이론으로 서사 읽기

이론으로 서사 읽기

송효섭 유정월 김정경 윤예영 김경섭
이지환 황인순 강지연 이향애 김보현
오세정 윤인선 김신정 전주희

Umberto Eco   Claude Lévi-Strauss   René Girard

Hayden White

Roman Jakobson

Walter Ong

Jacques Fontanille

Clifford Geertz

Yuri Lotman

François Rastier

Jacques Derrida

Algirdas Greimas   Roland Barthes   Charles Peirce

역락

인간과의 만남과
텍스트와의 만남

요즘 사람들은 불편한 소통 대신 편안한 단절을 꾀한다. 이 언택트(untact) 사회에서 사람들은 친구를 만나고 모임에 참석하는 대신 갱신된 웹소설을 읽고 유튜브 알고리듬이 추천하는 영상을 보고 넷플릭스로 전 세계 드라마를 시청한다. 사람 대신 '텍스트에 둘러싸인 삶'이다. 팬데믹 이전에도 그러한 삶은 만연했지만 이는 실제 인간을 만나고 소통하는 삶의 대체재로 여겨졌다. 이제 코로나로 인해 텍스트에 둘러싸인 삶은 권장할 만한 것이 되었다. 이러한 삶은 더 확대될 전망이고 그 추세가 단번에 바뀌기는 어려울 것이다.

텍스트에 둘러싸인 삶을 살 수밖에 없다면 우리는 텍스트를 통해 삶을 확장할 수밖에 없다. 인간이 만나 서로 경험을 주고받았던 것처럼 도처에 널린 텍스트와 만남으로써 경험을 주고받아야 하는 것이다. 그렇다면 인간이 아니라 텍스트와 경험을 주고받는다는 것은 어떻게 하는 것일까? 이 역시 친구를 만나 소통하는 것과 다르지 않다. 우리는 친구가 전하는 장황한 수다를 한두 마디로 추려서 교훈을 얻으려고 하지 않는다. 만남의 이유, 목적, 화제, 분위기를 비롯해 그 시간과 장소에서 접했던 시각, 촉각, 미각을 총체적으로 기억에 남긴다. 텍스트와의 만남 역시 마찬가지이다. 텍스트의 내용을 한 마디 관념이나 주제로 성급하게 환원하는 것은 텍스트와 제대로 만나는 것이 아니다. 텍스트의 모든 것(언어, 형식, 메시지,

통해 새로운 언어 소통 모델을 고안했듯이, 필자는 야콥슨의 모델을 통해 진행 중인 서사의 작용을 포착할 수 있는 '서사-세미오시스' 모델을 설계한다. 여기에서 제시된 '인지적 스토리', '사회적 스토리'의 개념은 기호학이 단지 기표로서의 텍스트 분석에 머물지 않고, 인간의 인지나 사회 맥락으로 서사를 해석하는 틀이 될 수 있음을 보여준다. 또한 발신자·수신자의 인지적 스토리나 그들이 속한 맥락에서 구성되는 사회적 스토리에 대한 1장의 논의는 (다른 글들에서 정확하게 같은 용어로 반복되지는 않지만) 텍스트 분석 과정이나 결과가 귀결되는 층위와 모델을 총괄적으로 보여준다는 점에서 다른 글들에 대한 메타적 역할을 한다.

소쉬르가 언어 연구를 통해 구조주의를 창시했고, 야콥슨이 그것을 의사소통 이론으로 발전시켰다면, 레비스트로스는 이 둘을 참조하면서 인간 사회와 문화를 이해하는 방법으로서 구조주의를 폭넓게 적용했다. 2장의 논의는 레비스트로스가 캐나다 원주민 문화를 이해하기 위해 수행했던 아스디왈 신화의 실제 분석을 중심으로 레비스트로스 이론을 소개한다. 특히 지리적, 우주적, 사회적, 경제적 도식들(코드들)의 상호 관계를 통해 극단적 대립을 덜 극단화하는 중재항의 기능에 초점을 두면서 레비스트로스의 신화이론을 정리한다. 이상의 논의는 제주도 신화 〈문전본풀이〉 분석에 적용되는데, 이 신화가 자아(내부)/타자(외부)라는 극단적 대립을 집안의 공간적 대립으로 치환함으로써 가족(가정)에 대한 제주도의 문화적 이해를 드러내고 있음을 살펴본다.

레비스트로스가 본질적 코드의 존재를 통해 신화를 이해한 것과는 대조적으로 바르트는 텍스트에 안정되고 고정된 중심이 있다는 것을 부정

이론으로 서사 읽기

한다. 바르트에게 텍스트의 의미는 그것이 지닌 체계들의 복수태, 다시 말해 그것이 지닌 무한하게 (순차적으로) 쓸 수 있는 특성'에 있다. 3장에서는 후기 구조주의 시기의 바르트가 『S/Z』에서 보여준 텍스트성(textuality) 이론과 텍스트 읽기의 구조화 과정을 소개한다. 『S/Z』에서 바르트는 발자크의 『사라진』을 읽어내면서, 욕망의 대상이 처음부터 부재했던 것과 마찬가지로 모든 것에는 기원이 부재하며 따라서 모든 것은 '이미' 인용된 것이라는 사실이 오히려 텍스트의 본질임을 드러낸다. 이 글에서는 『삼국유사』〈흥법〉을 대상으로 바르트가 『S/Z』에서 보여준 텍스트 읽기/쓰기 과정을 수행적으로 반복하는 작업을 시도한다.

3장이 바르트를 '좇아서' 쓰기였다면 4장은 데리다를 '좇아서' 쓰기를 수행한다. 후기 구조주의 대표적 철학자 데리다는 『그라마톨로지』에서 소쉬르, 레비스트로스가 가지고 있던, 기표와 기의가 고정적으로 결합하는 투명한 언어에 대한 확신에 도전한다. 특히 여기에서는 『그라마톨로지』의 대리보충(supplement)을 중점적으로 살피고, 대리보충이 후기의 주요한 작업인 '자서전적 글쓰기'로 실천된다는 것을 밝히면서 필자 역시 『삼국유사』를 가지고 학술적 글쓰기를 했던 경험에 대해 자전적 분석을 수행한다. 이 글은 학술적 글쓰기에서 이론과 대상, 과학과 비과학, 객관성과 주관성 등의 관계를 '대리보충적'이라 보고 이를 대리보충적 글쓰기로 횡단하고자 하면서 학술적 글쓰기의 관행에 대해 과감하고 도전적으로 문제를 제기한다.

1부의 논의들이 소쉬르의 언어학으로부터 시작되는 구조주의 공리들을 확대하거나 그 한계를 넘어서려는 이론을 중심으로 텍스트 분석을 실천한 것이었다면, 2부에서 독자들은 언어학뿐 아니라 철학, 문화학, 해석학 등에서 시작하거나 그것들과 접목된 다양한 기호학의 이론과 실용적인 모델을 접할 수 있다. 철학적 기반에서 시작해서 기호학의 대상이나 영역을 확대시킨 퍼스의 기호학, 그의 영향을 받은 에코의 기호학, 소쉬르에 기반을 두면서 서사 기호학적 전회를 이룬 초기 그레마스의 기호학, 서사를 분석하면서도 행위가 아니라 정념, 불연속성이 아니라 연속성에 초점을 둔 후기 그레마스·퐁타니유의 기호학, 문화에 대한 거시적 모델링 작업을 수행한 로트만의 기호학, 텍스트의 보편성 및 창조성, 집단성, 개별성을 모두 재현할 수 있도록 고안된 라스티에의 해석의미론이 그것이다.

앞서 언급한 퍼스는 기호학의 대상 혹은 영역을 획기적으로 확대시켰다는 점에서, 현대 기호학의 선구자 역할을 한 인물이다. 퍼스는 소쉬르의 기호학에서 찾아볼 수 없는 대상을 기호작용의 요소 중 하나로 끌어들이고 있어 기호학에서 현실 맥락을 고려할 수 있는 가능성을 열어 놓았다. (퍼스와 소쉬르의 핵심적 주장과 그 차이는 5장에 잘 정리되어 있다.) 퍼스 기호학은 기호학의 영역을 확장시켰다는 면에서도 중요하지만, 특히 5장에서는 속신의 형성을 기호학적으로 고찰하는 데 시사점을 던진다. 퍼스 기호이론의 핵심은 기호의 생산과 해석 과정이라는 끊임없는 기호 작용에 있다. 이는 한국 속신의 형성 과정을 해석소 산출의 기호학적 과정으로 논의할 수 있도록 한다. 이 글은 속신의 구체적 의미를 논하는 기존의 방식을 넘어서서 속신의 생성 과정은 물론 변형, 첨가, 삭제의 문화현상을 논의한다는 점에서 의의가 있다.

　　　　　　　　　　　　　　이론으로 서사 읽기

6장에서 다루는 에코는 퍼스의 기호학을 계승한 인물로, 기호학뿐 아니라 다양한 영역에 걸쳐있는 기호에 대한 논의들을 종합하여 정교하면서도 일반적인 적용이 가능한 기호학 이론 체계를 마련하고자 했다. 6장은 특히 당대의 인지 이론을 비판적으로 수용한 후기 에코 기호학의 관점에서 설화의 한 유형인 바보담을 분석한다. 여기에서는 개인의 인지를 사회에서의 기호작용과 긴밀히 관련시키고자 하면서 후기 에코 기호학에서 제시된 핵심 개념들(인지 유형, 핵 내용, 실체 내용, 지시와 합의)을 활용하여 스토리 내부 상황과, 사회에서 바보의 인지 실패가 이루어지는 과정을 분석하였다. 이 글은 바보를 인지 능력이 부족한 주체가 아니라, 실패할 가능성이 높은 인지 과정에서 상호작용하는 주체로 본다는 점이 특징적이다.

에코가 퍼스 기호학을 확장하고 정교화했다면 그레마스는 소쉬르의 구조주의적 언어학에 기반을 둔 개념들을 중심으로 서사 연구를 전개했다. 그레마스를 중심으로 한 기호학 연구는 파리학파로 통칭되는데 그 가장 중요한 공헌은 언어학적 구조를 서사에 적용하는 구체적이고 전면적인 방법론을 확립한 것이다. 7장에서는 그레마스의 서사 기호학적 접근 방식을 설명하고 이에 따라 서사의 심층과 표층을 분절한 후 심층과 표층을 잇는 논리적 구조, 통사적 구조에 천착한 텍스트 읽기를 시도한다. 여기에서는 특히 신성한 공간에 관한 스토리인 황룡사 설화에 대해 통사적 구조 분석을 수행함으로써 형이상학적으로만 여겨지는 신성성의 관념이 통사적 조작과 조직을 통해 구성되고 있음을 밝힌다.

그레마스의 이론은 전기와 후기에 다른 양상으로 진행되는데, 그의 전기 기호학이 서사의 행위를 중심으로 전면적 모델을 만드는 데 관심이 있었다면 후기에 그는 인간의 마음과 정념(passion)의 문제로 연구 대상을 확장한다. 그레마스의 후기 기호학은 그의 수제자 퐁타니유와 함께 '정념 기호학'으로 새롭게 탄생하면서 기존 분석 대상에서 제외되었던 감정, 기질, 마음의 연속성에 주목한다. 8장의 논의는 정념의 기호학 이론을 원용, 어떻게 정념을 포착하여 기술할 수 있는가를 소개하고, 이를 제주도 무속 신화인 〈이공본풀이〉에 적용한다. 이 신화에는 '분노'의 정념이 지배적으로 나타나는데, 독자들은 이 글에서 분노와 같은 복잡하고 모호한 감정이 형성, 발현, 해소되는 규칙적 논리와 구조를 탐색할 수 있다.

그레마스의 행위의 기호학, 그레마스·퐁타니유의 정념의 기호학이 텍스트의 내적 질서를 밝히려는 다차원적이고 정교화된 노력이었다면 로트만의 기호학은 개별 텍스트보다는 문화의 메커니즘을 밝히는 데 주안점이 있다. 9장은 로트만의 문화기호학적 관점을 바탕으로 한국 무속 신화의 공간 모델링을 통해 세 가지 문화 모델을 구축한다. 이 문화 모델들은 한국 무속 신화를 읽는 메타언어로 기능하면서, 무속 신화가 인간의 삶과 죽음의 문제를 어떻게 다른 방식으로 조직화하는지 보여준다. 로트만의 문화기호학은 개별 신화에 대한 분석을 넘어서서 상이해 보이는 무속 신화 텍스트들이 동일한 문화 모델을 구축할 수 있고, 유사해 보이는 텍스트들이 상이한 문화 모델을 구축할 수 있음을 보여준다는 점에서 의의가 있다.

라스티에의 해석의미론은 텍스트 내부와 외부적 맥락을 모두 고려하는 모델을 제시한다. 이 모델은 객관적·기술적이기보다는 상황적·실천적 성격을 가지는데, 의미 산출의 주체(해석자)를 중심으로 해석자의 경험과 사회·문화적 토대를 염두에 두고 텍스트의 의미가 산출되는 방식을 가정하기 때문이다. 라스티에는 주제부, 전략부, 변증부, 변론부를 통해 해석자가 각기 다른 의미를 활성화할 수 있다고 보고, 해석자가 이들을 작용시키는 방식을 제안한다. 특히 10장에서는 같은 장르로 규정되는 〈용비어천가〉와 〈월인천강지곡〉의 의미 도출 과정을 살핀다. 두 텍스트는 동일한 형식적 특성을 가지지만, 의미 산출 방식이 다르다. 그 차이는 독자에 따라, 텍스트의 통제에 따라, 의미부들이 독자적이면서도 상호적으로 변주하기 때문이다. 라스티에의 해석의미론을 통한다면, 텍스트가 보편적이면서도 창조적이고, 집단적이면서도 개별적인 의미를 지니도록 만드는 그 구체적 과정을 재현할 수 있다.

1부와 2부에서는 주로 언어학과 기호학의 이론을 통해 고전 서사를 분석하려고 했다면 3부에서는 인류학(지라르), 역사학(화이트), 매체 이론(옹), 민족지 기술(기어츠) 등에서 이루어진 다양한 논의들을 고전 텍스트 분석에 적용하고자 하였다.

11장에서는 인간 문화의 원형과 원리를 인간이 가진 모방욕망에서 찾고자 한 지라르의 논의를 소개한다. 지라르는 인간의 모방욕망으로 인해 사회에 극단적 폭력이 난무하게 되고, 이 무차별화의 위기를 만장일치의 폭력을 통해 극복한다고 주장한다. 이 장에서는 인간 문화에 대한 원초적 기술이라 할 수 있는 신화에 이러한 폭력 메커니즘이 작동한다고 보고 한국 신화를 대상으로 박해의 흔적을 밝히고자 한다. 이 글은 세부적 성격이

다른 무속 신화와 건국신화 모두에 희생양을 중심으로 한 희생제의 과정(특히 여성 박해의 흔적)이 서사구조를 이룬다고 주장한다. 신화에 단편적 사회상이 반영된 것이 아니라 인간 문화의 초석적 원리가 드러나고 있음을 밝힌다는 점에서 이 글은 한국 신화에 대한 새로운 시각을 보여준다.

12장에서는 과거의 실재와 언어적 재현물 사이에 투명한 일치성이 있다고 보는 역사학의 전제를 해체하며 "언어적 구성물로서의 역사"를 주장한 화이트의 논의를 도입한다. 먼저 역사 서술에 나타나는 구성 양상, 수사적 표현, 서술 전략 등을 통해 역사에서 사건을 의미화 하는 화이트의 방식을 살피고 이를 조선후기 천주교 순교자 증언록 〈기해일기〉에 적용한다. 화이트의 관점을 원용할 때, 이 증언록은 당시 순교자에 대한 사실적 정보를 제공하는 아카이브를 넘어서, 신분과 계층에 따라 분화된 순교의 사회·문화적 상상력을 보여주는 텍스트로 볼 수 있다.

13장에서는 구술문화와 문자문화에 대한 옹의 이론을 소개한다. 옹은 말과 글 같은 미디어 형식이 인간의 의식과 문화에 미친 영향력에 주목한다. 13장에서는 이를 기반으로 기술된 텍스트에 나타난 구술적 형식과 그러한 형식이 갖는 의미를 밝혀보고자 한다. 구체적으로 1930년대 야담전문잡지 『월간야담』에 수록된 근대 야담 텍스트의 서사 형식이 현대적 플롯과는 달리 대조적이거나 나열적으로 구성됨으로써 주제를 모호하게 하거나 잉여적으로 만드는 데 주목하고 이러한 형식적 특성이 구술성에서 기반한다고 본다. 이 글은 옹의 이론을 통해 인쇄된 텍스트가 구술성의 형식적 요소를 가질 수 있음을 시사한다는 점에서 의미가 있다.

14장에서 소개하는 기어츠는 그물망처럼 존재하는 의미들을 적절하

이론으로 서사 읽기

게 해석해야 한다고 주장한 미국의 문화인류학자이다. 그는 의미의 중첩된 맥락들을 충실히 기술하는 중층기술과 두 가지 모델-'~에 대한 모델(model of)'과 '~을 위한 모델(model for)'-의 상호작용으로 문화를 기술하고자 하였다. 이 글은 〈선녀와 나무꾼〉을 한국의 전통 혼인과 가족 문화의 관점에서 읽으면서 그 문화적 맥락을 중층적으로 기술하고자 한다. 그 결과 〈선녀와 나무꾼〉을 단순히 동물의 보은 이야기나 금기를 깬 이야기가 아니라, 오랜 시간 행해진 전통 혼인 제도의 폐해와 상처, 그리고 관계 안에서 갈등하는 인간의 심리를 보여주는 이야기로 재해석한다.

이론가의 스타일에 따라 각 장의 글쓰기는 달라질 수밖에 없었다. 가령 레비스트로스와 같은 구조주의 이론가는 언어를 통해 문화의 기저에 작동하는 심층적 코드를 찾으려고 하였다. 그에게 이론은 개별 텍스트에 적용되는 수준을 넘어서서 보편적 문법의 차원에서 작동하는 것이기에 포괄적이면서도 명쾌한 지점이 있다. 그러나 바르트나 데리다 같은 후기 구조주의자들에게 이론이 가지는 위상은 이보다 상대적이고 파편적이며, 개별 텍스트를 떠나 보편적 의미를 획득하기는 어렵다. 이런 경우 텍스트를 통해 이론을 검증하기보다는 텍스트와 이론의 상호작용을 보여주는 방식으로 글이 기술되었다. 어떤 글은 이론에, 어떤 글은 텍스트 분석에 더 초점을 둘 수밖에 없었다. 어떤 글은 한 편의 텍스트를 꼼꼼하게 분석하고 어떤 글은 여러 편의 텍스트가 가지는 공통점에 주목하기도 했다. 글마다 목적이 다르니 당연히 발생하는 현상이지만 특히 이 책에서는 선택된 이론과 서사의 정합성을 고려함으로써 글의 편차가 만들어지기도 했다.

여러 필자들이 집필에 참석한 결과 어떤 글은 간결하고, 어떤 글은 풍부하며, 어떤 글은 명쾌하고, 어떤 글은 모호하며, 어떤 글은 쉽고, 어떤 글은 어렵다. 그것은 저자들이 가진 개성일 수도 있고 저자들이 다룬 이론가들의 개성일 수도 있다. 개인적 관심에서 탐색하게 된 이론가의 어떤 특징은 연구자의 정체성의 일부가 되고 그렇게 형성된 정체성이 또 이론가에 대한 탐색을 심화하는 순환적 과정이 있었을 것이다. 다만 수록된 글들은 한 가지 공통점을 가진다. 앞서 언급한 것처럼 적어도 고전 서사를 자료가 아니라, '텍스트'로 다루고자 하였다는 것이다. 고전 서사를 자료로 다룰 때 우리는 고전 서사에서 풍속, 제도, 역사 등을 얻기 위해 그것들을 도구화한다. 고전을 도구화하는 연구자는 필요한 일부를 뽑아내고 필요하지 않은 부분을 무시하거나 왜곡한다. 고전을 텍스트로 다룰 때 우리는 앞서 언급한 것처럼 그것을 언어의 총체로 다루며, 그 세밀한 의미 작용에 관심을 가지고자 하였다. 친구와의 만남이 총체적인 기억으로 남는 것처럼 텍스트와의 만남은 치밀한 글쓰기로 남는다. 이 책 『이론으로 서사 읽기』는 텍스트 읽기의 모든 과정을 글로 드러내면서 텍스트와의 전면적인 만남을 기록한다.

이 글은 짧게는 10년, 길게는 25년 가까운 세월 동안 함께 공부한 연구자들이 세운 하나의 이정표이기도 하다. 저마다 전공한 텍스트, 텍스트를 보는 시각, 글 쓰는 방법이나 스타일이 다르지만 우리는 한 분의 스승을 공유했다. 수록된 글의 다양함은 그 분의 스펙트럼이기도 하다. 그 분은 우리가 만나고 공부하고 함께 책을 내기까지 특별한 인연의 구심점이 셨다. 그 분은 이 책의 한 장을 담당하셨을 뿐 아니라 수록된 이론가의 삽화를 그리기도 하셨다. 학문뿐 아니라 삶의 경계를 확대하고 계신 그 분께 존경과 감사를 전한다.

이 책이 탄생하기까지 필자들은 자신의 글을 정성껏 집필하고, 다른 사람의 글에 대해 충실한 피드백을 제공하고, 자신에게 주어진 피드백에 따라 원고를 여러 번 수정했다. 여러 번의 마감이 있었고 그때마다 원고를 수합하거나, 수합한 내용을 교정하거나, 각주나 참고문헌을 통일하고, 출판사를 알아보고, 제목을 정하는 등의 잡무가 끊이지 않았다. 상당한 시간과 에너지를 요구하는 작업이었지만 모두들 열심히 참여했다. 그런 점에서 이 책의 출간 과정은 이 책의 필자들이 쓴 글과 유사하다. 한 줄의 결론을 위해 텍스트를 희생시키지 않고 정보를 쌓아올리는 중요성을 알고 있듯이, 필자들은 책 한 권을 세상에 더한다는 결과가 아니라, 각 단계에 묵묵히 참여하는 중요함을 알고 있는 듯하다. 텍스트를 도구화하지 않듯이 상황과 관계를 도구화하지 않는 것이다. 이런 식으로 우리의 글은 우리의 삶에 영향을 미치는지도 모른다. 우리가 어렵지만 전면적인 텍스트와의 만남을 통해 삶을 바꾸듯 독자들 역시 그러하길 바란다.

2020년 7월 필자를 대표해서
유정월 씀

차례

3부 문화 이론과 고전 서사

Umberto Eco

Claude Lévi-Strauss

Rene Girard

Hayden White

Jacques Fontanille

Clifford Geertz

Roman Jakobson

Yuri Lotman

Walter Ong

Roland Barthes

François Rastier

Algirdas Greimas

Charles Peirce

Jacques Derrida

1부
_____

구조주의·후기 구조주의와 고전 서사

야콥슨의 소통이론과
서사학의 재구성

송효섭

1. 야콥슨의 기호학적 기획

소쉬르(Ferdinand de Saussure)의 『일반언어학강의』 이후, 언어학적 전회로 일컬어지는 20세기 인문 사회학의 혁명은 21세기인 현재까지도 막대한 영향을 미치고 있다. 이는 이전의 형이상학이 품고 있던 소통 불가능의 영역을 소통 가능한 영역으로 이끌어내어 담론의 광장을 형성했으며, 오늘날 우리는 그 광장 안에서 대화적 관계를 통해 지속적으로 학문적 소통을 유지하고 있다. 그 기폭제 역할을 한 연구자가 로만 야콥슨(Roman Jakobson, 1896~1982)이다.

러시아에서 태어나 체코슬로바키아를 거쳐 미국에 정착하는 과정에서 그는 다양한 영역의 학설을 수용하며 연구의 관심을 확장했다. 음소를 집중적으로 연구한 음운론자인 그는 그 이론을 문화의 전 영역으로 확대하여 일관된 구조적 원리를 추구함으로써, 구조주의가 갖는 보편성을 증명하는 데 주력한다. 이러한 작업은 이전까지 학문들 간의 엄격한 경계를 중시하던 관행을 무너뜨리고 언어학을 중심으로 경계를 가로지르는 메타학문을 구축하게 된다. 이것이 바로 기호학이라는 이름으로 기획된 새로운 학문이다. 그의 기호 개념이 소쉬르의 기표에 의존한다 하더라도, 그는 이를 토대로 더 넓은 기호학의 영역을 구상한다. 그의 기호학이 문화기호학으로 불리는 까닭이 여기에 있다. 다음과 같은 그의 언명이 그가 구상한 기호학의 전모를 보여준다.

> 기호학 혹은 기호와 기호들에 대한 과학은 기호들의 모든 유형들과 체계들의 구조를 연구하고 그들의 다양한 계층적 관계, 기능들의 관계망, 모든 체계들의 공통되거나 상이한 자질들을 밝힐 권리와 의무를 갖는다. 코드와 메시지 혹은 기표와 기의 사이의 관계의 다양성으로 인해, 기호학적 연구로부터 어떤 부류의 기호들, 예컨대 '사회화의 시험'을 회피함으로써 어느 정도 개인적인 것에 머물러 있는 기호들뿐 아니라 비자의적인 기호들을 배제하려는 자의적이고 개별적인 시도는 정당화될 수 없다. 기호학은 그것이 기호의 과학이라는 사실 때문에 기호의 모든 변이를 포괄할 것이 요구된다.[1]

사회화의 시험을 회피함으로써 어느 정도 개인적인 것에 머물러 있는 기호들이나 비자의적인 기호들은 모두 소쉬르가 파롤의 영역으로 배제한 기호가 아닌 상징이라 할 수 있는 것들이다. 야콥슨은 이와 같이 소쉬르가 말한 기표와 기의의 결합을 통해 구성되는 기호와 그것들 간의 구조적 체계

---

1 Roman Jakobson, *Language in Literature*, (eds.)Krystyna Pomorska & Stephen Rudy, Harvard University Press, 1987, p.454.

이론으로 서사 읽기

를 전제하는 기호학을 넘어서 퍼스가 말한 기호의 개념에 가까운 영역을 기호학으로 구축한다. 그러나 이러한 방대한 구상을 실현시키는 데 있어 여러 가지 문제들이 발생한다. 소쉬르가 언어학에 국한시키고 단지 확대 가능성만을 제시했던[2] 여러 공리들을 그가 실제로 확대시키기 위해서는 새로운 이론적 모델의 구축이 필수적이었다. 그의 작업은 소쉬르가 제안한 새로운 언어학의 연구 방법을 토대로 하지만, 그것이 갖는 원리적 요소만으로 해결할 수 없는 많은 현실적 문제들을 해결하기 위해 다양한 이론적 모델을 구축하는 데 집중한다. 그의 작업이 갖는 독창성은 바로 그 과정에서 나온다.

소쉬르 이후 실용적인 구조주의의 연구는 랑그, 기표, 공시, 형식, 계열체를 취함으로 버려졌던 파롤, 기의, 통시, 실체, 통합체를 어떻게 처리하느냐에 대해 관심을 갖는다. 랑그만이 소통가능한 영역이라 하더라도, 계속 변화하는 움직임 속에서 통합체를 통해서만 나타나는 실체를 부정할 수는 없기 때문이다. 야콥슨에게 소쉬르의 공리는 절대적인 명제로 자리잡긴 하지만, 그렇기에 그것은 끊임없는 극복의 대상이기도 했다. 그의 이론에서 엿보이

---

2 소쉬르가 다음과 같이 구상한 기호학은 아직 존재하지 않은 것으로 간주된다. 야콥슨의 공로는 그 존재하지 않은 것을 존재하게 한 것이다.
"랑그는 관념을 나타내는 기표들의 체계이며, 따라서 문자체계, 수화법, 상징적 의식, 예법, 군용기호 등과 비교될 수 있다. 랑그는 단지 이들 체계들 가운데에서 가장 중요한 것일 뿐이다.
그러므로 사회적 삶 속에 있는 기호들의 삶을 연구하는 학문을 생각할 수 있다. 그것은 사회심리학의 일부분을 이룰 것이며, 결국 이는 일반심리학의 일부가 될 것이다. 우리는 그것을 기호학이라 명명한다. 기호학은 우리에게 기호가 무엇으로 이루어지며, 그것을 지배하는 법칙이 무엇인가를 가르쳐줄 것이다. 기호학은 아직 존재하지 않기 때문에, 그것이 무엇이 될지 말할 수 없다. 그러나 그것은 존재할 권리가 있고 그 위치는 이미 정해져 있다."
Ferdinand de Saussure, *Cours de linguistique générale*, Payot, 1984, p.33.

는 퍼스의 기호학, 후설의 현상학, 게슈탈트 심리학, 인공지능 이론, 소통이론 등에서 바로 그 흔적을 찾을 수 있다. 소쉬르를 통해 촉발된 구조주의는 야콥슨이라는 탁월한 수정주의자를 통해 보다 현실적이고 대중적으로 확산될 계기를 맞게 된다. 구조주의를 토대로 한 서사학은 그 결과물로 탄생했으며,[3] 오늘날 그 이론 역시 다양한 방향으로의 확산을 모색하고 있다.

이 글은 야콥슨의 수정된 구조주의 개념을 설명하고, 그로부터 발상을 취한 새로운 서사학의 모델을 제시한다. 그 이론이 실제로 텍스트 읽기에 어떻게 활용되는지를 〈처용설화〉의 사례를 통해 설명할 것이다.

2. 야콥슨의 기호학적 개념들

앞서 밝혔듯, 야콥슨은 언어학의 원리를 다양한 문화현상에 적용하려했다. 구조주의적 관점에서 서사 역시 이러한 언어학의 원리에 지배되어야한다. 그렇다면 그 언어학의 원리는 무엇인가? 야콥슨은 이를 먼저 언어의

---

3 서사학이 1966년 프랑스의 저널 『코뮤니카시옹』 8호를 계기로 발생한 것으로 보는 견해가 있다. 이 저널의 필자 브레몽, 주네트, 그레마스, 토도로프, 바르트는 대표적인 구조주의자들인데, 이는 서사학이 구조주의에 토대에서 출발했음을 말하는 것이다. 바르트는 이 저널에 실린 논문 「이야기의 구조 분석」에서 "세상의 서사는 수도 없이 많다. 구술이건 기술이건 분절된 언어, 고정되거나 움직이는 이미지들, 동작들, 이 모든 실체들의 질서화된 혼합에 의해 드러날 수 있다. …… 좋은 문학과 나쁜 문학의 구분과는 무관하게, 서사는 국제적이고 트랜스문화적이다; 그것은 단지 거기에 있다. 삶 그 자체처럼"이라고 언명함으로써 서사학의 광범위한 확장 가능성을 제시한다.
Marie-Laure Ryan, *Avatars of Story*, University of Minnesota Press, 2006, p.3 참조 및 재인용.

이론으로 서사 읽기

가장 작은 단위라 할 수 있는 음소들 간의 관계에서 찾는다. 음소는 구조적 원리에 의해 체계화될 수 있지만, 음소 자체가 구조적 원리가 될 수는 없다. 예를 들어 ㄱ과 ㅋ을 대립관계로 설정할 수 있지만, 이것 자체가 구조는 아니다. 구조는 구조적 원리를 설명해야 하는데, 이들 음소들의 대립을 설명하는 구조적 원리는 /유성음/:/무성음/의 대립관계이다. 이 관계는 ㅂ과 ㅍ, ㄷ과 ㅌ도 설명할 수 있기 때문에 구조적 보편성을 갖는다. 이것을 '변별적 자질'이라 한다. 변별적 자질은 음소의 이항대립을 가장 엄격하게 설명할 수 있는 원리이지만, 야콥슨은 그보다 더 큰 단위에 같은 원리를 적용하고자 한다. 다시 말해 변별적 자질에서 음소, 형태소, 낱말, 구, 문, 발화 혹은 텍스트로 확대되어도 그 원리는 일관적으로 적용될 수 있다고 본 것이다.[4] 다만 변별적 자질의 엄격함은 더 큰 단위로 갈수록 느슨해지고, 이에 따른 여러 잉여적인 자질들이 설명되지 않고 남게 된다.

변별적 자질로부터 출발하여, 그가 설정한 기본적인 구조적 패러다임은 이항대립이다. 변별적 자질이 텍스트에서 실현될 때 이항대립이 된다. 그것은 반대관계뿐만 아니라 모순관계도 포함한다. 이항대립이 변별적 자질과 다른 점은 이항대립이 실체를 포함하고 있다는 점이다. /선/:/악/의 이항대립이 서사에서 나타난다고 해서, 그것이 서사의 의미자질을 구분하는 변별적 자질의 역할만을 하지는 않는다. '선'은 '선'의 실체가 '악'은 '악'의 실체가 엄존한다. '선'이 가리키는 기의와 '악'이 가리키는 기의는 특정 서사체에서 다양한 형상으로 나타난다. 흥부가 '선'을 나타내고 놀부가 '악'

4　Jakobson(1987), Op.cit., p.98.

을 나타낸다고 해서 그 구분만이 흥부와 놀부를 구분하는 징표는 아니라는 것이다. 흥부의 선행, 놀부의 악행이 갖는 형상적 측면과 함께 다른 구조적으로 파악될 수 있는 이항대립의 자질들도 문제될 수 있다. 이는 음소가 아닌 담화체에서 이항대립은 절대적인 것이 아니라, 더 큰 체계 안에서 상대적으로 존재함을 말하는 것이다. 이때 더 큰 체계는 전체를 말하는데, 전체를 인지하는 것은 단순히 구조적 문제가 아니다. 이항대립의 관계가 존재하는 전체에 대한 인식은 현상학적인 것이기도 하고, 게슈탈트 심리학적인 것이기도 하다.[5] '선'과 '악'의 구분 이전에 '선'과 '악'이 함께 존재하는 세계에 대한 인식이 필요하며, 거기에서 '선'은 '악'을 이끌어내고 통합할 수 있다. 이러한 점은 소쉬르의 공리만으로는 설명이 되지 않는 부분들이다.

야콥슨의 이항대립이 이러한 전체에 대한 인지를 토대로 하는 것이라면, 그 이항들 간의 관계 역시 절대적인 것이 아니라 전체를 어떻게 인지하느냐에 따라 달라진다. 이러한 문제는 구조적으로 해결하기 어렵지만, 야콥슨은 이를 음운론의 원리를 통해 해결하려 한다. 순수한 구조적 관계만으로 이항을 파악한다면, 이는 그저 반대나 모순 관계로 고정될 것이다. 이는 구조주의가 추구하는 보편성에 알맞은 것이지만, 텍스트라는 현실에 이를 적용하려면, 텍스트에 대한 전체적 파악을 통해 설정되는 구조적 단위가 만들어져야 한다. 이때의 구조적 단위는 의미론적이기도 하고 화용론적이기도 하다. 그러나 이러한 부분들 역시 구조적으로 파악해야만 애초의 구조주의의 이

---

5 Thomas A. Sebeok (edit.) *Encyclopedic Dictionary of Semiotics*, Tome 1, Mouton de Gruyter, 1986, pp.291-292.

이론으로 서사 읽기

념으로부터 이탈하지 않는다. 야콥슨은 그 해결책을 트루베츠코이와 함께 제시한 유표성의 개념에서 찾는다. 어떤 현상에서 어떤 표지가 있고 없고가 순전히 대칭적인 이항대립의 관계만을 가지지 않는다는 것이 유표성의 개념이 갖는 요체이다. 만일 그런 것이 있다면 그것은 현실과 무관한 추상적인 구조의 세계에 설정된 개념일 뿐이다. 이것 역시 변별적 자질이라는 개념에서 출발한다. 변별적 자질에 의해 구분된 음소들이 반드시 대칭적인 대립관계에 놓이지 않는다는 것이다. 예를 들어 비원순음과 원순음으로 구분되는 /i/와 /ü/의 대립에서 /i/는 여러 언어에서 보편적으로 나타나면서 무표적으로 규정되지만, /ü/는 보다 특수하게 드러남으로써 유표적으로 규정된다.[6] 이러한 비대칭성은 음소 자체에 대한 관찰만으로는 불가능하고 그러한 음소가 실현되는 언어세계 전체에 대한 직관이 있어야 가능하다. 거기에서 이들 음소들 간의 통합관계는 전체 언어세계를 전제로 규정되는 것이고, 이때의 유표성의 기준은 가변적이고 상황적이다. 이러한 개념은 서사를 분석할 때, 서사 단위 하나하나를 분절하여 이들의 관계를 규정하는 것이 아니라, 서사 전체에 대한 인지를 통해 서사 단위가 분절되고 규정되는 원리를 설명한다. 서사를 읽을 때, 그것을 단지 소쉬르가 말한 공시성으로 해석할 수 없는 것은 서사의 시간적 진행 속에서의 특정 방향에 대한 감지가 전제되기 때문이다. 선과 악의 대립이 있다 하더라도, 서사가 악에 대한 선의 승리로 끝난다면, 선과 악의 이항 관계는 그것의 영향을 통해 새롭게 규정

---

6   James Jakób Liszka, *The Semiotics of Myth: A Critical Study of the Symbol,* Indiana University Press, 1989, p.64.

되는 것이다. 이것이 이항대립이 갖는 비대칭성을 설명한다.

그러나 비대칭성이라는 말은 아직도 많이 모호하다. 구조주의적 관점에서 비대칭성을 설명하기 위해서는 비록 의미론적이고 화용론적인 해석을 이끌어오더라도, 그것을 구조화할 수 있는 개념적 모델이 필요하다. 그것이 바로 위계의 개념이다. 앞서 말한 유표성의 개념 역시 이러한 개념을 함의하고 있지만, 야콥슨이 적극적으로 이러한 개념을 적용한 것은 이른바 시학에서 예술적 기법을 설명할 때이다.[7] 언어의 예술적 기능이 드러날 때, 그것이 순전히 독자적으로 드러나는 것은 아니다. 언어의 다른 다양한 기능과 함께 드러날 수밖에 없는데, 그 가운데 가장 강력하게 드러남으로써 다른 기능을 통제하는 구조를 형성할 때, 이를 위계로 간주할 수 있으며, 야콥슨을 이를 지배소라는 개념으로 정리했다.[8] 이러한 위계의 개념은 그러나 시적 혹은 예술적 기능에만 국한되는 것은 아니다. 여기에는 그가 생각한 구조의 역동성에 대한 일반적 발상이 담겨 있다. 구조적 요소들이 위계적 관계를 가짐으로써, 그것은 상황에 따라 얼마든지 전복될 가능성을 갖게 된다. 우스운 농담을 했을 때, 그것이 좌중을 웃김으로써 친밀감을 도모할 수도 있지만, 오히려 누군가에게 모욕으로 받아들여져 적의를 불러일으킬 수도 있다. 그렇다면, 그 농담은 상황에 따라 시적 기능이 우세하기도 하지만 모욕적 기능이 우세할 수도 있다. 이러한 논리는 위계라는 구조적 개념에 상황의 논리 즉 화용론을 접목한 것이라 할 수 있다.

---

7 Jakobson(1987), Op.cit., p.44.

8 Ibid., pp.41-46.

이러한 위계는 야콥슨의 모든 구조적 관계를 지배하는 보편적인 원리인데, 이로써 그의 구조는 상황성을 내포한 역동성을 갖게 된다. 그의 시학의 가장 중요한 개념인 은유와 환유의 이항대립 역시 이러한 위계를 토대로 구성된다. 인간이 언어기호를 만들어가는 과정에서 작용하는 두 개의 원리를 그는 결합과 선택으로 요약한다.[9] 이는 소쉬르가 말한 통합체적 관계와 계열체적 관계에 해당하는 것이다. 소쉬르가 말한 이러한 관계는 퍼스의 영향을 받은 야콥슨에 의해 코드와 일렬화로 실현된다.[10] 계열체적 관계에서 선택이 이루어져 실제로 통합체적 관계가 실현되는 과정을 그는 그렇게 요약한 것이다. 그 과정이 시학적으로 실현될 때 은유와 환유라는 이항적 수사법의 구조가 탄생한다. 선택과 결합의 작용에 상응하는 은유와 환유의 생성은 각각 하나의 화제가 다른 화제로 유도될 때 유사성을 바탕으로 하느냐 인접성을 바탕으로 하느냐에 따라 구분된다.[11] 유사한 것으로 간주되는 두 개의 항의 선택을 일렬화로 결합시킬 때 은유가 생겨나는 것이다. 환유는 이미 현실에서 일렬화된 인접성을 갖고 있어, 그것이 실현될 경우 코드의 작용은 약화된다. 이는 시적인 것과 거리가 멀지만, 야콥슨은 시적 언어가 다른 언어들과의 위계 관계 속에 존재하는 것으로 보았기에, 이것에도 역시 전체 안에서 수행하는 구조적 역할이 부여된다. 소통이 이루어지는 모든 상황 속에서의 담화는 독자적인 기능이 아닌 기능들 간의 상대적인 위계 관계로 실현된다.

---

9 Ibid., pp.98-99.

10 Ibid., pp.99-100.

11 Jakobson(1987), Op.cit., pp.109-110.

이에 따라 은유가 환유에 비해 더 예술적이라는 위계의 관계는 얼마든지 전복될 수 있다. 모든 텍스트에서 일어나는 이러한 상호작용은 그 담화에서 본질적인 예술성을 규정하는 것이 아니라, 그 예술성이 특수하게 수행하는 작용을 드러낸다. 이는 이전의 형식주의와 결별한 야콥슨의 구조주의 시학이 보여주는 이론적 진전으로 평가된다.

야콥슨의 시학 이론이 문화 시학이 될 수 있는 것은 하나의 구조적 단위를 넘어서 전체에 대한 직관적 관점이 있기에 가능한 것이다. 이를 가장 잘 보여주는 것이 그의 소통 이론이다. 그는 언어 소통에 관여하는 여섯 가지 요소를 제시하면서, 그 요소가 촉발하는 언어의 기능을 설명한다. 기존의 소통이론이 발신자와 수신자 간의 효율적인 메시지의 전달에 초점을 맞추었다면, 야콥슨은 그러한 소통에 관여하는 모든 요소들을 고려해야만 소통을 더욱 완전하게 기술할 수 있다고 본다. 메시지는 그대로 전달되는 것이 아니라, 상황의 가변성 속에서 다양한 방식으로 다르게 전달될 수 있는 것이다. 야콥슨은 소통에 관여하는 여섯 가지의 요소들을 다음과 같이 정리한다.[12]

표 1. 야콥슨의 언어소통 모델

	콘텍스트	
	메시지	
발신자		수신자
	접촉	
	코드	

---

12 Ibid., p.66.

이론으로 서사 읽기

이러한 소통모델이 전적으로 구조적이지는 않다. 굳이 발신자/수신자, 메시지/콘텍스트, 코드/접촉의 이항대립을 설정할 수도 있지만, 그것이 엄격하지도 않고 또 꼭 그래야 할 까닭도 없다. 그보다는 야콥슨이 제안한 소통의 화용론적 상황 속에서 가변적으로 작용하는 요소들 간에 존재하는 위계관계를 파악하는 것이 더 중요하다. 그래야 소통이 지향하는 바를 알 수 있기 때문이다.

야콥슨은 이들 여섯 요소들에 의해 촉발되는 여섯 가지의 언어의 기능을 제시한다. 그는 발신자가 강조될 때 감정표현적 기능이, 수신자가 강조될 때 욕구적 기능이, 접촉이 강조될 때 친교적 기능이, 콘텍스트가 강조될 때 지시적 기능이, 코드가 강조될 때 메타언어적 기능이, 메시지가 강조될 때 시적 기능이 강조된다고 한다.[13] 어떤 요소가 강조될지는 상황에 따라 달라지기 때문에 언어의 기능도 상황에 따라 달리 실행된다. 그러나 이러한 요소도 또 그것이 수행하는 기능도 절대적은 아니기 때문에 발화가 이루어질 때 이들 요소들은 함께 발현하게 된다. 다만 그 가운데 어떤 것이 더 우월한 역할을 하느냐가 달라질 뿐이다. 이때에도 역시 그가 말한 위계의 개념은 구조가 실현되는 핵심적 원리로 작용한다.

이들 각각의 요소들을 명확하게 규정하기는 쉽지 않다. 앞서 말했듯, 이 소통모델이 엄격하게 구조적이지는 않기 때문이다. 그러나 야콥슨은 비록 수정을 거듭하기는 하지만, 구조주의의 패러다임을 버리지 않기 때문에 이 모델 역시 그러한 관점에서 파악할 수 있다. 이들 여섯 요소를 구조적으로

---

13 Ibid., pp.66-71.

파악한다면 이들은 모두 현실이 아닌 구조적 체계 속에 존재하게 되고 이에 따른 소통 상황에 대한 기술이 가능하다. 야콥슨 이후에 여러 구조주의 서사학자들이 서사를 다룰 때도 이러한 원칙을 고수한 것으로 보인다. 가령 발신자를 작가와 동일시한다면 작가는 구조적 단위가 아니기 때문에 구조주의의 원칙에서 벗어난 것이다. 그러나 바르트의 '작가의 죽음'[14]이라는 말이 암시하듯, 발신자는 작가와 동일시될 수 없는 구조적 단위로 간주된다. '서술자'라는 개념 역시 서사학자들이 그런 취지로 만들어낸 개념이다. 서술자는 현실에 존재하지 않고 텍스트 안에 존재한다. 텍스트는 구조화가 가능하기 때문에 서술자 역시 그 구조 안에 존재할 수 있다. 그런 점에서 수신자의 위상 역시 이와 같다. 서술자에 대한 피서술자의 개념이 설정되어 이들 간의 관계에서 서사적 발화가 수행된다면, 이는 구조적으로 얼마든지 기술해낼 수 있는 것이다. 그래서 이들 발신자와 수신자는 모두 코드화된 것들이다.

이러한 원칙은 다른 요소들에도 그대로 적용된다. 콘텍스트는 야콥슨이 "언어화되거나 언어화될 수 있는 것"[15]으로 규정했듯, 언어 체계 바깥에 존재하는 것이 아니다. 메시지가 나타내는 것이 콘텍스트라면, 콘텍스트는 일반적으로 현실에 존재하는 것으로 간주된다. 이는 종래의 '언어는 현실을 지시한다'는 형이상학적 언어관의 명제를 그대로 따르는 것이다. 그러

---

14 Roland Barthes, *Image, Music, Text*, (trans.) Stephen Heath, Hill & Wang, 1977, pp. 142-148.

15 Jakobson(1987), Op.cit., p.66.

먼저 이 모델을 '서사-세미오시스'로 명명한 까닭을 밝혀본다. 세미오시스는 앞서 말했듯, 퍼스의 기호 개념 즉 기호작용으로서의 기호를 뜻한다. 삼항적 관계를 통해 무한한 기호작용이 이루어지는 과정을 드러낸 그의 기호 개념이 반영된 것이다. 그렇다면, 이 서사-세미오시스의 모델 역시 서사의 무한한 기호작용이라는 의미가 함축된다. 무한하다는 것은 서사가 의미작용을 하지만, 그 의미가 최종적인 것으로 환원되지 않는다는 뜻이다. 발신자에서 수신자에 이르는 서사 텍스트의 소통 과정에서 의미는 계속 생성 중이며 그것이 기호작용으로 기술될 수 있는 것이다. 이 글에서 제안하는 서사-세미오시스의 서사학은 이러한 진행중인 서사의 작용을 포착하여 기술하는 서사학이다.

서사 자체가 아닌 서사가 소통되는 전체 상황을 기술하는 서사학적 발상은 야콥슨의 기호에 대한 일반적인 생각에서 비롯된 것이다. 현상학과 게슈탈트 심리학의 영향을 받은 그의 전체적 관점은 서사의 소통에도 그대로 적용될 수 있는데, 필자가 제시한 서사-세미오시스의 모델 역시 이러한 서사 소통의 전체 상황을 드러내는 것이다. 여기에서 야콥슨이 제시한 언어 소통의 여섯 요소, 즉 발신자, 수신자, 콘텍스트, 접촉, 코드, 메시지는 중요한 역할을 한다. 야콥슨은 이러한 요소들이 드러나는 양상을 위계와 같은 구조적 개념으로 설명하고 있으나, 필자는 이들을 보다 일관된 해석 모델을 통해 설명하고자 한다. 다시 말해, 이들 여섯 요소들이 세미오시스의 작용으로 드러나는 과정을 분명히 밝히는 것이다.

구조주의적 관점은 기표의 체계를 전제한다. 구조주의가 초월적 기원이 숨어있는 작품이 아닌 구조적 체계가 그대로 드러나는 텍스트로부터 출발하는 것은 그런 까닭이다.[19] 서사-세미오시스의 서사학에서도 이론의 출발은 그러한 텍스트가 될 수밖에 없다. 필자는 그것을 '메시지와 관련된 언어적이거나 비언어적인 서사적 스토리'로 항목화했다. 이것은 매체화된 텍스트로 드러나는 것이기에 구조분석의 대상이 된다. 드러나는 서사적 스토리는 다양한 구조적 전략을 통해 분석될 수 있다. 구조분석에서 우리가 수행하는 첫 단계의 작업은 분절이다. 분절에는 계열체적 분절과 통합체적 분절이 있다. 계열체적 분절이라 함은 텍스트가 갖는 여러 잠재적 층위들을 설정하는 분절이다. 그 층위는 분석자의 선택적 관점을 통해 설정된다. 예를 들어, 러시아 형식주의자들에 의해 만들어진 파불라와 수제의 분절[20]은 서사를 계열체적으로 분절하는 가장 대표적인 예이다. 이러한 분절이 확대되어 담화, 플롯, 스토리, 서사유형과 같은 분절[21]이 제시되기도 했다. 그레마스가 제시한 의미생성행로[22]는 이러한 분절을 일반 담화의 의미론으로 확장시킨 것이다. 이에 따라 계열체적 분절을 통한 구조의미론이 정립되었는데, 이 이론을 통해 모든 담화가 갖는 서사적 특성이 드러나게 된다. 이러한 계열체적 분절에는 심층이나 표층과 같은 공간적 관념이 개입한다. 텍스트에서 이러한 것들은 모두 텍스트 자체라기보다는 그것이 실현할 잠

---

19 Barthes(1977), Op.cit., pp.155-164.

20 Boris Tomashevsky, "Thematics", (trans. & intro.) Lee T. Lemon & Marion J. Reis, *Russian Formalist Criticism Four Essays,* University of Nebraska Press, pp.66-67.

21 Cesare Segre, *Structure and Time: Narration, Poetry, Models,* (trans). John Meddemmen, University of Chicago Press, 1979, pp.1-10.

22 A.J. Greimas, *Du sens,* Seuil, 1970, pp.135-136.

재적 층위이며, 이러한 잠재적 층위들을 통해 서사는 그 가능성을 발현한다. 이러한 층위들 간의 관계가 계열체적이라면, 각 층위에서의 단위들 간의 연결은 통합체적이라 할 수 있다. 통합체에서 각 단위들은 이미 계열체라는 패러다임을 통해 설정된 것이기 때문에 이들의 관계가 통합체적이라 하더라도 계열체적 속성의 지배를 받는다. 따라서 서사의 구조분석에서 중요한 것은 계열체적 분석이다.

계열체적 분석을 통해 서사는 여러 가지 속성을 드러낸다. 앞서 말한 심층과 표층의 속성을 구체화한다면, 특정 텍스트에만 드러나는 속성, 서사 텍스트에만 드러나는 속성, 모든 언어 텍스트에 드러나는 속성, 혹은 언어적이거나 비언어적인 모든 텍스트에서 드러나는 속성들이 밝혀진다. 앞서 표2 에서 제시한 서사적 스토리는 바로 이러한 계열체적이면서 통합체적인 분석의 대상이 되는 것이다.

대개 구조주의의 분석은 여기까지에 만족한다. 텍스트로 드러나는 서사적 스토리는 야콥슨이 말한 메시지에 해당하는 것인데, 그 메시지가 강조될 때 드러나는 시학적 요소들이 이를 통해 충분히 드러날 수 있기 때문이다. 그러나 특정 텍스트에서 시학만을 논의하는 것은 큰 의미가 없다. 왜냐면 시학은 특정 텍스트를 넘어 보편적인 속성을 다루는 것이기 때문이다. 특정 텍스트를 다룬다는 것은 그것이 어떤 특정 의미를 갖는가를 분석하는 것이다. 가령 그레마스의 의미론적 모델로 분석한다 하더라도, 특정 텍스트의 특정 의미를 드러내야 하는 해석학적 과제가 남는다. 이러한 해석은 야콥슨이 말한 구조분석에서 위계나 지배소를 통해 드러날 수 있지만, 그것은 매우 소극적인 해석에 불과하다. 그러한 방식 역시 구조를 드러내는 것이지 의미를 드러내는 것은 아니기 때문이다. 그렇기에 의미를 구현하기 위해서는 그가 제시한 소통의 여섯 가지 요소들이 모두 골고루 참여해야 하고, 이를 설명하는 모델이 필요하다. 필자가 제시한 표2의 모델도 그러한 취지에서 설계된 것이다.

야콥슨의 모델에서 발신자와 수신자는 누구인가? 텍스트에 대한 구조분석에서 발신자는 별 의미가 없다. 야콥슨이 소통 모델에서 제시한 발신자는 소쉬르의 구조주의의 기획에는 존재하지 않는 것이다. 그러나 구조적 관점을 통해 발신자를 설정한다면, 철저하게 텍스트 안에서만 존재하는 서술자 같은 존재가 될 것이다. 그러나 야콥슨이 소통 모델을 제시하면서, 발신자는 새로운 의미를 부여받는다. 소통은 특정 방향이 존재하며, 그것은 해석을 유도한다. 발신자의 의도를 알 수는 없다 하더라도, 우리는 그것을 추측은 할 수 있는데, 그것을 우리는 해석이라 부른다. 서사 텍스트에서 발신자는 작가는 아니지만, 그러나 작가를 추측해볼 수는 있다. 그 작가가 실제의 작가와 일치할 가능성은 없지만, 그래도 가설적으로 추측해볼 수는 있다. 그러한 추측은 퍼스가 말한 가추법[23]을 통해서만 이루어진다. 가추법은 새로운 발상을 떠올리는 추론법이다. 실제작가는 어떨 것이라는 것을 짐작하되, 그것이 짐작일 뿐임을 알기 때문에 그에 대해 확신하지 않는다. 그렇다면 그러한 가추법을 통해 생산된 가설은 얼마든지 수정 가능하다. 이는 퍼스의 세미오시스의 과정에 부합한다. 기호가 생산하는 해석소에서 드러난

---

23 Charles Hartshorne & Paul Weiss(eds.), *Collected Papers of Charles Sanders Peirce,* Harvard University Press, 2.623,625.

이론으로 서사 읽기

대상이 이미 거기에 존재하는 것으로 생각되었던 대상과는 달라질 수밖에 없다. 이것을 퍼스는 역동적 대상과 직접적 대상으로 구분했다.[24] 발신자로서 떠올릴 수 있는 작가 역시 마찬가지다. 텍스트에 이미 존재하는 것으로 생각되는 작가와 텍스트를 읽으면서 찾아낸 작가 간에는 분명한 괴리가 존재한다. 그것이 부합되면 그것을 최종적 해석소라 할 수 있지만, 어떠한 경우도 그러한 해석소로 귀결되지 않는다.

그러한 추론은 맥락이라는 일정한 근거를 통해 이루어진다. 서사적 스토리에서 추론된 작가는 야콥슨이 말한 발신자인데 그는 나름의 스토리세계[25]를 갖는 것으로 간주된다. 이는 그가 발신한 서사적 스토리가 비롯된 근원으로 간주되는 것으로 발신자의 경험세계로부터 구성된다. 그러나 그 경험세계의 스토리 역시 추론에 의해 구성된다. 이를 필자는 인지적 스토리라 명명한다. 인지적 스토리는 매체화되지 않은 것이기에 추론을 통해 기술할 수 있을 뿐이다. 그 추론은 나름의 근거를 갖기 때문에 기술의 과정에서 근거가 제시된다. 그것을 일정한 기호작용으로 본다면, 이것 역시 코드를 생성하는 과정으로 간주된다. 매체화되어 텍스트로 드러나는 서사적 스토리와 매체화되지 않은 인지적 스토리 간에는 상호코드화가 일어나는데, 이는 일방적인 것이 아니라 쌍방적인 것이다. 서사적 스토리에서 인지

---

24 (edit.) The Peirce Edition Project, *The Essential Peirce: Selected Philosophical Writings,* vol. 2(1893-1913), Indiana University Press, 1998, p.495.

25 Marie-Laure Ryan, "Story/Worlds/Media: Tuning in Instruments of a Media-Conscious Narratology" (edit.) Marie-Laure Ryan & Jan-Noël Thon, *Storyworlds across Media: Toward a Media-Conscious Narratology,* University of Nebraska Press, 2014, pp. 32-33 참조.

적 스토리를 추론하는 것은 서사적 스토리가 인지적 스토리로부터 비롯됨을 전제한 것이다. 이러한 과정을 필자는 코흐가 말한 발생과 메타발생 혹은 에코가 말한 과대코드화와 과소코드화를 통해 설명한 바 있다.[26]

인지적 스토리가 한 개인의 경험세계 즉 스토리세계에서 비롯된 것이라면 그 세계를 지배하는 보편적 코드 또한 상정할 수 있다. 그러한 코드를 생성하는 과정은 앞서 서사적 스토리에서 인지적 스토리를 추론하는 것과 같은 코드화의 과정을 거친다. 그리하여 한 개인을 지배하는 공공의 사회적 코드가 추론되는데, 이것을 필자는 사회적 스토리라 명명한다. 인지적 스토리가 야콥슨의 소통 모델의 발신자와 관계된 것이라면, 사회적 스토리는 그 모델의 콘텍스트와 관계된다. 콘텍스트를 이끌어 들이되, 그것을 스토리로 코드화시켜 끌어들임으로써, 우리는 하나의 서사적 스토리가 발생한 기호학적 근원에 한걸음 다가갈 수 있다. 우리가 흔히 서사 텍스트에서 의미나 주체를 찾는 일을 하지만, 그것이 인지적 스토리와 사회적 스토리의 단계를 거치는 추론으로 기술된다면 그것은 코드를 토대로 한 기호학적 방식이 될 것이다. 사회적 스토리는 한 개인이 아닌 사회에서 통용되는 공공의 스토리이기 때문에 집단적인 에토스나 세계관에 기반한 것이다. 그러한 것을 추론하는 것은 해석학적 과제인데, 이 모델은 그러한 해석학적 과제를 위한 기호학적 모델이 되는 것이다.

서사적 스토리의 발생이 이러한 과정을 거치는 것으로 추론된다면 그것이 수용되는 과정 역시 같은 방식의 코드화를 통해 진행된다. 발신자의 인

---

26 송효섭(2019), 앞의 책, 29-36쪽.

이론으로 서사 읽기

지 속에 스토리세계가 있다면 수신자의 인지 속에도 스토리세계가 존재한다. 그것은 수신자인 독자가 서사 텍스트를 읽고 머릿속에 그리는 상상적 스토리인데 이것 역시 인지적 스토리로 명명된다. 또 수신자의 인지적 스토리는 그가 몸담은 콘텍스트 속에 존재하는 공공적 스토리 즉 사회적 스토리와 상호코드화의 기호학적 관계를 갖는다. 수신자의 스토리세계는 개인적인 것이기는 하지만, 공공의 사회적 환경에서 생성된 것이다. 그것을 기술하는 방식은 앞서 발신자의 콘텍스트를 기술하는 방식과 같이 쌍방적이고 상호적으로 이루어진다.

　필자가 제안한 서사-세미오시스 모델은 이와 같이 발신자가 몸담은 콘텍스트의 공공적 사회적 스토리, 발신자의 경험적 세계에 기반한 인지적 스토리, 그리고 매체를 통해 드러나는 서사적 스토리, 그것을 수용하는 수신자의 경험적 세계에 기반한 인지적 스토리, 수신자가 몸담은 콘텍스트의 공공적 사회적 스토리로 이어지는 일련의 상호코드화를 보여준 것이다. 다시 말하지만, 이것이 발신자가 수신자에게 일방적인 서사적 메시지를 전달하는 회로를 보여준 것은 아니다. 발신자의 사회적 스토리를 코드화하여 인지적 스토리가 되고 그로부터 서사적 스토리가 만들어지는 것처럼 서사적 스토리를 수용한 수신자는 그의 마음 속에서 새로운 인지적 스토리를 만들고 그것을 통해 사회적 스토리를 생성해낸다. 이는 단지 텍스트의 구조를 기술하는 것이 아니라, 텍스트가 맥락에서 어떻게 수용되어 해석되는지를 보여준다. 그 과정을 코드로 기술하는 일은 코드가 구조뿐만 아니라 해석에도 관여함을 보이는 것이다. 아마도 야콥슨이 구조주의의 공리를 수정하면서 제시하려던 것 역시 이러한 해석을 목적으로 한 구조적 코드의 기술이었을 것이다.

4. 『삼국유사』 〈처용랑망해사〉 조 읽기

필자가 제시한 '서사-세미오시스' 모델을 토대로 『삼국유사』 〈처용랑망해사〉 조에 대한 독해를 시도해 보기로 한다.

①

제49대 헌강대왕(憲康大王) 시대에 서울에서 바닷가까지 집이 즐비하고 담장이 서로 이어지고, 초가집은 단 한 채도 없었다. 풍악과 노래가 길에서도 끊이지 않고 비바람이 사철 순조로웠다. 이 시절 대왕이 개운포(開雲浦)[학성(鶴城) 서남쪽으로 지금의 울주(蔚州)이다.]에 놀러 갔다가 돌아오던 참이었다. 낮에 물가에서 쉬고 있는데, 갑자기 구름과 안개가 자욱하여 길을 잃고 말았다. 이상히 여겨 주변 신하들에게 물으니, 일관이 아뢰기를, "이것은 동해 용의 조화이니 마땅히 좋은 일을 해서 풀어야 합니다."라 하였다. 이에 곧바로 왕이 신하에게 용을 위하여 근처에 절을 지으라 명하였다. 명을 내리자 구름이 걷히고 안개가 흩어지니 그곳 이름을 개운포(開雲浦)라고 하였다. 동해의 용이 기뻐하며 일곱 아들을 데리고 왕의 수레 앞에 나타나 덕을 찬미하며 춤을 추고 음악을 연주하였다. 그 아들 중 하나가 왕을 따라 서울에 들어와 왕의 정치를 보좌하였으니, 그 이름을 처용(處容)이라고 하였다. 왕은 아름다운 여자를 아내로 삼아주어 그의 마음을 잡아두려고 하였다. 또 급간(級干)의 벼슬도 내렸다.

이론으로 서사 읽기

②

처용의 아내가 너무 아름다워 역신(疫神)이 그녀를 흠모하였다. 그래서 사람으로 변신하여 밤중에 처용의 집으로 가 몰래 그 여자와 동침했다. 처용이 밖에서 집으로 돌아와 잠자리에 두 사람이 있는 것을 보았다. 이에 곧 노래를 부르며 춤을 추다 물러났다. 그 노래는 이렇다.

동경 달 밝은 밤
밤늦게 노닐다가,
들어와 잠자리를 보니
다리가 넷이로다.
둘은 내 것인데
둘은 뉘 것인고.
본디 내 것이지만
빼앗은 것을 어찌하리.

이때 역신이 모습을 드러내고 처용 앞에 꿇어앉아 이렇게 말하였다.

"제가 공의 아내를 사모하여 지금 범하였습니다. 그런데도 공이 화를 내지 않으시니 감동하여 아름답게 여깁니다. 맹세컨대 지금 이후로 공의 모습을 그린 그림만 보아도 그 문에 들지 않겠습니다."이 일로 인해 나라 사람들은 문에 처용의 형상을 붙여 나쁜 귀신을 물리치고 경사스러운 일을 맞아들이게 되었다. 왕이 서울로 돌아온 뒤에 곧 영취산 동쪽 경치 좋은 터에 절을 짓고 이름을 망해사(望海寺)라 하였다. 또 신방사(新房寺)라고도 하니, 곧 용을 위해 세운 것이다.

③

또한 왕이 포석정(鮑石亭)에 행차하였는데, 남산(南山)의 신이 왕 앞에 나타나 춤을 추었다. 주변의 신하는 보지 못하고 오직 왕만이 볼 수 있었다. 어떤 사람이 왕 앞에 나타나 춤을 추었는데, 왕이 몸소 그 춤을 추어 그 형상을 신하들에게 보여주었다. 신의 이름이 혹은 상심(祥審)이라고도 하였다. 고로 지금도 나라 사람들이 이 춤을 전해오는데, 어무상심(御舞祥審) 또는 어무산신(御舞山神)이라고도 한다. 어떤 사람은, 신이 나와서 춤을 출 때 그 모습을 '자세히[審] 본떠[象]' 장인에게 똑같이 조각하게 하여 후대에 보여주었기 때문에 '상심(象審)'이라 한다고도 하였다. 혹은 상염무(霜髥舞)라고도 하니, 이것은 곧 그 형상을 지칭하는 이름이다. 왕이 또 금강령(金剛嶺)에 행차했을 때 북악(北岳)의 신이 나타나 춤을 추었는데, 옥도령(玉刀鈐)이라 부른다. 또 동례전(同禮殿)에서 연회를 베풀 때 지신(地神)이 나타나 춤을 추었는데, 이를 지백급간(地伯級干)이라 하였다.

『어법집(語法集)』에는 이런 말이 있다.

"그 당시 산신이 춤을 추고 노래를 부르며, '지리다도파도파(智理多都波都波)' 등의 말을 한 것은, 대체로 '지혜로 나라를 다스리는 사람들이 알고 많이 도망갔으니, 도읍이 장차 파괴될 것'임을 말한 것이다."

이는 곧 지신과 산신이 나라가 망할 줄 미리 알았기 때문에 춤으로 경고를 한 것이다. 나라 사람들이 이 뜻을 깨닫지 못하고 상서로운 징조가 나타났다고 여겨 더욱 탐락이 극심하니 결국 나라가 망하고 말았다.[27]

---

27 일연, 『삼국유사』, 기이 편, 〈처용랑망해사〉 조

이론으로 서사 읽기

먼저 서사적 스토리를 분석해 보자. 〈처용랑망해사〉 조의 기사를 위의 인용처럼 세 개의 에피소드로 나누기로 한다. 이들 에피소드들은 각각이 하나의 작은 미시서사이며 이들이 연결되어 〈처용랑망해사〉 조의 거시서사를 이룬다. 미시서사는 그 안의 분절 단위들 간의 통합체적 연결로 드러나고, 거시서사는 미시서사들 간의 통합체적 연결로 드러난다. 중요한 것은 이러한 통합체적 연결을 관통하는 계열체들을 파악하는 일이다. 이러한 계열체적 구조를 기술하기 위한 도구로 그레마스의 행위소 모델을 활용한다. 적어도 서사의 의미론적 구조를 파악하는 데 지금까지 만들어진 모델 가운데 가장 효율적인 것이기 때문이다.

먼저 ①의 서사적 스토리를 분석해 보기로 하자.

모든 서사는 기본적으로 이항대립을 근간으로 하는 전개가 이루어진다. 갈등이나 문제가 생길 경우, 그것의 반대 상황으로 진전하는 움직임이 일어난다. 그로 인해 어떤 결과가 나타난다면, 이는 이항대립의 한쪽 항으로부터 다른 항으로의 변형이 이루어진 것이다. 그 변형을 주도하는 기호학적 요소가 바로 행위소 모델의 행위주체이다. 이에 따라 ①에서의 행위주체는 왕이다. 왕이 구름과 안개 때문에 길을 잃는 상황이 벌어졌을 때, 왕이 찾은 해결책은 동해 용을 위해 절을 짓는 것이었다. 이때의 그 방책을 알려준 원조자는 일관이 된다. 이러한 방식으로 해결이 됨으로써, 왕은 상황을 반전시키고 그가 얻고자 하는 대상 즉 구름과 안개를 거두고 길을 찾는 안전한 귀가를 얻게 된다. 이러한 서사는 두 행위주체 간의 교환이 이루어지는 교환의 서사이다. 두 개의 대상을 놓고 두 행위주체들 간의 교환이 이루어진다. 그레마스는 주체가 대상을 얻는 두 가지 방식으로 투쟁과 증여를 제시했다.[28] 이 경우, 증여이면서 아울러 이중적인 증여가 드러나는 것이다.

이러한 분석은 그레마스의 표층구조에서 일어나는 것으로, 그러한 양상이 어느 서사에서나 일어날 수 있다는 점에서 구조적이다. 그러나 주목해야 할 점은 ①에서 투쟁보다는 증여, 그리고 그 증여가 일방적이 아닌 쌍방적으로 일어난다는 것이다. 이것은 일종의 커뮤니케이션의 원활을 보여주는 것이다. 그리고 구름과 안개로 인한 자연의 비정상이 이러한 커뮤니케이션의 성공을 통해 자연의 정상으로 변화하는 것이다. 이것은 분명히 이 서사가 일정한 해석의 방향을 갖고 있음을 말한다. 자연적 세계의 왕과 초자연적 세계의 용왕 간에 이루어지는 커뮤니케이션이 쌍방적 증여라는 교환을 통해 자연의 문제를 해결했음은 이 서사를 지배하는 의미론적 패러다임이 무엇인지를 보여준다. 또 한 가지 중요한 점은 이러한 교환이 단지 왕과 용왕 사이에만 이루어지는 것은 아니라는 점이다. 이들의 교환은 이들이 모두 왕이라는 점에서 그가 지배하는 집단에 영향을 미칠 수 있다. 왕이 용왕에게 증여한 절은 용왕만을 위한 것이 아니라, 왕이 지배하는 백성들의 신앙생활을 위한 것이다. 용왕이 증여한 귀가에 덧붙인 그의 아들 처용은 왕의 지배를 돕는 관리가 됨으로써, 왕이 지배하는 집단에 영향을 미친다. 이것은 이 서사의 서사적 스토리를 통해 인지적, 사회적 스토리를 추론하는 단서가 된다.

② 역시 ①과 같은 의미론적 패러다임을 보여준다. 갈등이 있고 그 갈등

---

28   Greimas(1970), Op.cit., pp.172-178.

을 교환을 통해 해결하는 구조가 ①과 놀라울 만큼 동일하다. 갈등은 역신으로부터 비롯된다. 처용의 아내를 범한 역신으로 인해 생겨난 갈등을 해결하는 행위주체는 처용이다. 역신이 욕망을 가진 행위주체로 투쟁을 통해 처용의 아내를 범했다 하더라도, 이 서사에서 그러한 투쟁이 주도적인 것은 아니다. 만일 그랬다면 처용의 행위도 투쟁적으로 전개되었을 것이다. 그러나 처용은 투쟁보다는 증여를 선택했다. 노래와 춤을 역신에게 증여함으로써, 역신의 또다른 증여를 이끌어낸다. 역신이 처용 앞에 무릎 꿇고 한 맹세는 역신이 처용에게 대상을 증여한 것으로 그 증여의 대상은 그 대상의 수신자가 처용이 아닌 시대를 초월하여 존재하는 수많은 잠재적 수신자들이다. ①에서와 마찬가지로 이 경우도 역시 역신과 처용 간의 원활한 커뮤니메이션이 핵심적인 문제이다. 서로 간의 증여를 통해 처용이 해결한 것은 질병으로부터의 인간의 완전한 분리이다. 이것은 처용 개인의 문제를 넘어 시간을 초월한 공동체의 가치를 창출해낸 것이다. 이러한 점 역시 ②의 서사적 스토리가 일정한 지향성을 가지며, 그것이 인지적, 사회적 스토리를 추론케 함을 보여준다.

③ 역시 핵심은 커뮤니케이션의 문제이다. 여러 신들이 왕 앞에 나타나 추는 춤은 일종의 메시지인데, 그것을 올바로 읽어낼 수 있느냐가 문제가 된다. 이 춤은 '어무상심'이라는 이름으로 전해진다고 하였는데, 이는 이 춤이 갖는 공공성을 말한 것이다. 비록 왕에게 전달한 메시지라 하더라도, 그것은 시대를 초월하여 공동체에게 전달되는 메시지로 자리매김한다. 그런데 ③에서 메시지의 해석은 올바로 이루어지지 않았다. 『어법집』을 인용하여 서술한 것은 바로 그 메시지에 대한 올바르지 못한 해석이 낳은 결과

으로써, 〈처용랑망해사〉 조의 인지적 스토리를 그려볼 수 있다. 그런데 그러한 추론은 21세기를 사는 독자인 나의 인지적 스토리를 바탕으로 한다. 아마도 나의 인지적 스토리가 야콥슨이 말한 위계의 구조로 세계를 바라보는 구조적 관점을 갖고 있다면, 일연의 인지적 스토리를 추론하는 데도 결정적인 영향을 미칠 것이다. 그러나 이는 인지적 스토리의 추론을 위한 하나의 예를 제시한 데 그치는 것이다. 수많은 단서를 통해 이러한 인지적 스토리를 추론하는 일은 앞으로 무한히 진행될 수 있을 것이다.

발신자의 콘텍스트와 관련된 사회적 스토리는 이러한 인지적 스토리를 토대로 추론된다. 인지적 스토리가 일연이라는 발신자에 관련된 것이라면 사회적 스토리는 그가 속한 집단의 스토리라 할 수 있다. 근대 이전의 서사 텍스트들은 대개 발신자의 개성적인 목소리보다는 그가 속한 집단의 목소리를 강하게 반영하는 경우가 많다. 『삼국유사』역시 일연의 창작이 아닌 집단에서 받아들여진 뮈토스를 기술한 것이다. 그렇다면 이러한 텍스트에서의 인지적 스토리는 그대로 사회적 스토리로 연결될 가능성이 크다. 왜냐면 이러한 텍스트에서 개인의 목소리는 곧 집단의 목소리이기 때문이다. 『삼국유사』에 수많은 인용이 드러나고, 〈처용랑망해사〉 조에서도 『어법집』에서의 인용이 드러나는 것은 모두 일연이 자신의 목소리 대신 집단의 목소리를 기술하려는 의도에서 나온 것이다. 그런 점에서 〈처용랑망해사〉의 거시서사에서 사회적 스토리의 추론은 비교적 용이할 수 있다.

이에 대한 단서는 앞서 제시한 '이'로부터 찾을 수 있다. 신이한 것 혹은

Ann Shukman, Indiana University Press, pp.123-130.

괴기한 것에 대한 인지는 일연 개인만의 것은 아닐 것이다. 이러한 신이한 것은 앞서 서사적 스토리의 분석에 보았듯, 소통의 대상이다. 때로는 원활하지만 때로는 원활하지 않기도 하다. 이러한 소통은 일반적인 인간들 간의 소통과 다르기 때문에 그에 맞는 방식이 필요하다. 이에 대해 〈처용랑망해사〉 조에 그려진 방식은 절을 세우거나 춤추고 노래하는 것이 그것이다. 이러한 방식은 그 상황에서 우연히 즉흥적으로 만들어진 방식이 아니다. 초자연적인 존재와의 문제가 생겼을 때, 당대에 일반적으로 수행되는 방식이었을 터인데, 이는 이 서사에서 반복적으로 그러한 방식이 드러나는 데서도 알 수 있다. 또 그러한 방식이 미치는 영향 또한 집단적이고 지속적이라는 점도 그러한 행위가 갖는 특성을 말해준다. 이는 일종의 의례이다. 의례는 곧 초자연적인 존재와의 소통방식이며 그러한 소통이 실패할 경우 파탄에 이른다. 〈처용랑망해사〉 조의 모두에는 신라 헌강왕대의 풍요로운 성세에 대한 기술이 있다. 그러나 마지막에는 신라의 멸망에 대해 말한다. 극에서 극으로의 반전은 바로 문제 해결 방식의 실패에서 기인한다. 의례라는 소통에 실패함으로써, 초자연적인 메시지를 읽지 못함으로써 맞게 되는 파탄은 그 자체로 하나의 사회적 스토리이다. 오늘날의 관점에 비추어 해석하건대, 당시의 사회는 의례를 핵심으로 문제가 해결될 것이라는 믿음을 가졌을 것으로 추측되며, 이것이 당대를 집단적으로 지배한 사회적 스토리의 역할을 했을 것이다.

Umberto Eco　　**Claude Lévi-Strauss**　　René Girard

Hayden White　Roman Jakobson　Walter Ong　Jacques Fontanille

Clifford Geertz　Yuri Lotman　François Rastier　Jacques Derrida

레비스트로스의 신화이론과
한국 무속 신화

유정월

Algirdas Greimas　Roland Barthes　Charles Peirce

* **클로드 레비스트로스**(Claude Lévi-Strauss, 1908~2009)
프랑스의 저명한 인류학자로 언어학에서 시작된 구조주의를 인
간 사회와 문화를 이해하는 방법으로서 발전시키는 데 공헌한 인
물이다.

1. 레비스트로스의 신화 분석

클로드 레비스트로스(Claude Lévi-Strauss, 1908~2009)는 인간 사회와 문화를 이해하는 방법으로서 구조주의를 발전시켰다는 평가를 받고 있는 인물이다. 레비스트로스는 인간의 삶을 특정한 방식으로 규정하는 보편적 규칙을 찾기 위해 노력하였다. 원시사회를 통해 보편적 규칙을 탐구하던 그는 원시사회가 공통적으로 가지고 있던 '신화'에 주목한다.

레비스트로스에 따르면 신화는 현상들을 분류한다. 신화는 본질적으로 사유(thinking) 자체에 대한 예시라고 볼 수 있다. 인간은 분류(classification)하는 방식으로 사유한다. 그 분류는 대립항의 형식으로 이루어지며, 인간은 그것을 세계에 대해 투사한다고 레비스트로스는 주장한다. 레비스트로스에게는 신화뿐 아니라 요리, 음악, 미술, 문학, 의상, 예절, 혼례 그리고 경제학까지도 인간의 본질적인 대립항 만들기(paring)의 충동을 보여주는 대상들이다.

레비스트로스에 의하면 신화는 자유로운 상상력의 산물이라기보다는 정신적 질서를 가진 것이다. 신화가 질서를 가지고 있음을 증명하는 것은 신화 창조자가 질서를 가지고 있다는 사실, 따라서 논리적이고 지적이라는 사실을 증명하는 것으로 이어진다.[1] 후술하겠지만 그에게 신화가 중요한 이유는 하나가 더 있다. 신화는 대립을 표현할 뿐만 아니라 그것의 해소를 지향하기도 하기 때문이다.

레비스트로스가 실제로 진행한 신화분석은 크게 세 가지이다.[2]

① 오이디푸스 신화: 하나의 신화를 신화소들로 나눈 후 같은 의미가 있는 것끼리 모아 계열체를 구성하고 이를 비교하는 형식을 취하였다. 그 결과 오이디푸스 신화는 인간이 '혈연관계로 태어났음'과 '땅에서 태어났음' 사이의 모순을 보여주는 이야기가 된다.

② 아스디왈 이야기: 북태평양 캐나다 연안의 치므시 인디언 신화에 나타나는 다양한 도식(사회적, 지리적, 우주적, 경제적 도식)의 층위를 고려하면서 신화를 분석한다. 자세한 분석 방식은 후술한다.

③ 그 외 남·북 아메리카 신화들: 하나의 신화를 선택한 후 이웃 신화의 특성과 비교하여 분석하였다. 하나의 신화만으로 신화의 완전한 의미를 알 수 없기 때문이다. 같은 구조의 신화들을 묶어 비교함으로써 감추어진 의미를 찾고, 비교를 통해 같은 집단의 신화라는 것을 확인한다. 레비스트로스는 『신화학』 전권에서 800개가 넘는 아

---

1 로버트 시걸, 『신화란 무엇인가: 신화의 이론과 의미』, 이용주 역, 아카넷, 2017, 194쪽.

2 임봉길, 「구조주의 방법론과 신화학」, 레비스트로스, 『신화학1: 날것과 익힌 것』, 임봉길 역, 한길사, 90-92쪽.

이론으로 서사 읽기

메리카 인디언의 신화를 다루었다.

이 가운데 레비스트로스가 1960년에 발표한 논문 〈아스디왈 이야기〉는 태평양 연안의 캐나다 선주민인 치므시족(Tsimshian)에게 계승되는 이야기이다. 그는 여기에서 다양한 '도식(schema)'을 추출해내면서 다른 지역의 전승과 비교한다. 오이디푸스 신화 분석은 비교적 잘 알려져 있기는 하지만 계열체[3]에 대한 특별한 강조로 인해 비교적 특수한 방식의 분석인 것처럼 생각될 수 있다. 이에 비해 아스디왈 신화는 여러 도식들을 균형 있게 고려할 뿐만 아니라 그것들의 관계를 긴밀하게 도출하고 있으며, 현실과 신화 분석을 연계하면서 모범적인 구조주의 분석의 사례를 보여준다. 이런 이유로 아스디왈 신화 분석은 레비스트로스의 여러 편집본에서 자주 거론되지만, 우리나라에서는 제대로 소개되지 않았다. 이 장에서는 아스디왈 신화 분석의 절차와 방법을 중심으로 레비스트로스의 이론의 단면을 소개하고 그 의의와 한계를 짚어보기로 한다.[4]

---

3 '계열체(paradigme)', 그리고 뒤에 나올 '통합체(syntagme)'라는 용어는 소쉬르의 것으로, 기호들의 체계를 일컫는다. 계열체는 문장을 구성하는 단위들 상호간에 대체 가능성이 있는 잠재적 단위들의 집합들이다. 가령 "나는 학교에 간다."에서 "나" 대신 들어갈 수 있는 주어들(너, 우리, 그, 그녀 등)은 계열체적 관계에 있다고 할 수 있다. 통합체는 문장의 연쇄에서 나타날 수 있는 언어 기호의 결합을 말한다. 앞의 문장처럼 하나의 문장은 하나의 통합체로 볼 수 있다. 통합체가 언어의 선적 특성을 바탕으로 언술 속에서 실현되는 것이라면 계열체는 인간의 머리 속에 존재하며 그 실현은 그 집합에 속한 요소들의 선택에 따라 이루어진다. 송효섭, 『문화기호학』, 민음사, 1997, 61쪽. 레비스트로스에게는 계열체가 중요했는데, 그에게 텍스트의 통합체는 '무엇이 발생했는가'를 보여주는 것이고, 계열체는 텍스트가 '무엇에 관한 것인가'를 보여주기 때문이다.

4 〈아스디왈 이야기〉는 원제가 'La Geste d'Asdiwal'로, 1960년 *Annuaire de l'E.P.H.E.(-*

2. 〈아스디왈 이야기〉의 실제 분석

(1) 치므시족의 지리, 경제, 사회

〈아스디왈 이야기〉는 치므시 인디언(알래스카 아래 브리티시 콜롬비아 지역)의 신화이다. 먼저 신화를 소개하기 전에 레비스트로스는 그 지역적 특성을 자세하게 보고한다. 북에서 동으로 나스(Nass) 강이 흐르고, 남에서 서로 스키나(Skeena) 강이 흐르는 지역에 둘러싸인 곳이 그 지역이다. 이 곳은 다시 세 지역으로 나뉜다. 위쪽 스키나 지역의 기찬(Gitskan) 부족, 아래 해안의 치므시 부족, 나스 계곡 지역의 니스콰(Nisqu) 부족의 거주지. 그는 이들의 경제생활에 대해서도 보고한다. 치므시족은 농업을 하지 않고 채집과 낚시를 하며 계절에 따라 이동하며 생활한다. 이들은 겨울에 식량이 부족해지면 봄에 열빙어가 산란하러 강으로 오길 기다리고, 여름에는 연어를 낚으며, 서리가 내리면 마을로 간다. 사회적으로 볼 때 치므시족은 부거제(父居制)이면서 모계혈통을 따른다. 이 부족에게는 네 개의 모계에 따른 씨족이 구분되어 있고 이들은 엄격하게 족외혼을 한다.

(2) 〈아스디왈 이야기〉 소개

아스디왈 이야기는 다음과 같다.[5]

Sciences Religieuses)에 발표된 것이다. 이 글에서는 영어 버전을 참고했다. Levi-Strauss, *Structural Anthropology*, University of Chicago Press, 1976, pp.147-197.

5   원래 〈아스디왈 이야기〉에는 시퀀스가 나누어 있지 않다. 여기에서 시퀀스 분절은 제리

① 기근이 든 겨울에, 모두 미망인이었던 어머니와 딸이 각자의 마을을 떠나 스키나 강에서 만났는데, 먹을 것이라곤 겨우 썩은 과일 하나뿐이어서 고통을 겪었다.

② 신비한 이방인, 길조인 하스테나(Hastena)가 여자들을 방문했다. 그들은 함께 음식을 찾았고, 하스테나와 딸은 아들을 낳았는데, 그 아들의 이름이 아스디왈이다.

③ 하스테나가 사라지고 할머니가 죽은 후 아스디왈과 그 어머니는 어머니의 고향이 있는 서쪽으로 향했다. 거기에서 아스디왈은 하얀 웅녀를 쫓다가 하늘로 가는 계단을 올라갔고, 그곳에서 웅녀는 아름다운 소녀 저녁별로 변했다. 그녀는 아스디왈을 자신의 아버지 태양의 집으로 오게 했다. 아스디왈은 노력 끝에 태양의 허락을 받아 저녁별과 결혼했다.

④ 아스디왈은 어머니가 보고 싶어 많은 음식이 담긴 바구니 네 개를 들고 땅으로 돌아갔다. 아스디왈은 그의 고향마을 출신 여인과 바람이 나서 저녁별과 결혼을 깨뜨리고, 어머니는 죽었다. 그는 모든 관계를 청산하고 강 하류로 떠났다.

⑤ 아스디왈은 한 마을에 도착해서 그곳 추장의 딸과 결혼했는데, 네 명의 처남들과 야생 염소 사냥을 했고 그가 가진 마술적 물건들 덕에 승리하게 되었다. 굴욕감을 느낀 처남들은 누이를 데리고 가버렸다.

⑥ 아스디왈은 열빙어 사냥을 하러 나스강에 가는 또 다른 네 명의 형제와 그들의 누이를 만나 그녀와 결혼하고 아들을 낳았다. 아스디왈은 새로 생긴 처남들과도 경쟁 관계였다. 아스디왈은 그들보다 바

무어, 『인류학의 거장들』, 김우영 역, 2016, 한길사, 320-330쪽을 참고했다.

다사자 사냥을 더 잘할 수 있다고 뽐내던 중 큰 폭풍을 만나 모래언덕에 고립되었다. 다행히 하스테나가 나타났고 아스디왈은 파도 위를 나는 새가 되었다. 마침내 폭풍이 가라앉고 아스디왈은 지쳐 잠이 들었는데, 쥐 한 마리가 그를 깨워 아스디왈이 부상을 입힌 적이 있는 바다사자의 지하 동굴로 인도했다. 아스디왈의 화살은 신통력이 있고 안 보이는 것이었기 때문에 바다사자들은 자신들이 유행병 탓에 죽어간다고 생각했다. 아스디왈이 화살을 뽑아 바다사자를 치료해주자 바다사자의 왕은 보답으로 아스디왈이 육지에 닿을 수 있도록 도와주었다. 아스디왈은 나무로 식인고래를 조각했는데 그것이 생명을 얻어 그의 처남들이 탄 배를 공격했다. 이로써 아스디왈은 그를 놓고 가버린 처남들에게 복수를 했다.

⑦ 길고 파란만장한 인생 끝에 아스디왈은 부인을 떠나 스키나 계곡으로 돌아갔다. 그는 거기에서 아들을 만나 마술 활과 화살을 아들에게 주었다. 아스디왈은 겨울 사냥여행을 떠났는데, 설화(snowshoes)를 가지고 가는 것을 잊어서 오도 가도 못하게 되었다. 아스디왈은 스키나 강의 높은 곳에서 볼 수 있는 바위가 되었다.

(3) 네 가지 도식의 분석

레비스트로스는 지리적, 경제적, 사회적, 우주적 도식을 구분한다. 이들의 관계를 부분적으로 결합하는 통합적 도식이나 글로벌 도식이 있기는 하지만 기본 단위는 아니다. 이를 위해 레비스트로스는 시퀀스와 도식의 차이를 명시한다. 시퀀스는 신화의 분명하고 명시적인 내용인 반면, 도식은 시퀀스들이 서로 다른 추상 수준에서 조직된 것으로 잠재적이라고 본다.

서사를 음악(혹은 오케스트라)에 비유한다면, 몇 개의 음성으로 작곡된 멜로디는 2차원적으로 조직되는데 수평축으로는 자체의 멜로디(시퀀스)가 흐르고 수직으로는 대위법적 화음(도식)이 있는 것과 같다.[6] 이 수직적이고 대위법적인 면에 대해 살펴보는 것이 도식이다. 이 네 가지 도식 중 지리적 도식이나 경제적 도식은 신화와 현실이 유사하게 드러나서, 현실에서의 사냥, 낚시, 지역 간의 이동이 그대로 반영되는 것처럼 보인다. 우주적 도식은 아스디왈이 하늘로 올라가 저녁별과 혼인하거나, 반대로 지하로 내려가 모험을 하는 시퀀스들에서 나타나며 현실과 무관하다. 그런가 하면 사회적 도식에서는 현실과 상상이 교직된다. 실제로 치므시족은 부거제이면서 모계혈통을 따르는데, 신화에서 보면 어머니와 딸이 함께 살거나, 하테나스와 아스디왈 어머니가 결혼할 때, 아스디왈이 결혼할 때에는 모거제(母居制)가 나타나기도 한다.

레비스트로스는 "모든 것이 마치 같은 메시지를 전송하기 위해 다른 코드를 제공하는 것처럼 일어난다."고 하면서 각 도식에 대해 세심하게 분석한다. 그는 필요에 따라 (통합적 도식이라는 이름으로) 도식들 사이의 부분적 관계를 추가하기도 하고, 더 나아가 (글로벌 도식이라는 이름으로) 전체 도식들에 대해 최종적이고 메타적인 정리를 하기도 한다.[7]

---

6 여기에서 수평축-시퀀스는 소쉬르의 용어로 통합체적 축에, 수직축-도식은 소쉬르의 계열체적 축에 해당한다.

7 에드먼드 리치의 표현으로 말하자면 "긴 시간 간격에 의해 분리되어 있는 여러 사건들이 실은 같은 메시지의 일부일지도 모른다."
에드먼드 리치, 『구조분석 입문』, 황보명 역, 민속원, 2017, 88쪽.

① 지리적 도식

아스디왈은 동쪽에서 서쪽으로 이동했다가 다시 서쪽에서 동쪽으로 돌아온다. 귀환의 여행은 남쪽에서 북쪽으로, 그러고 나서는 북쪽에서 남쪽으로 오는 또 다른 여행으로 조바꿈이 되는데, 이것은 치므시 인디언이 계절에 따라 이동(봄에는 나스강으로, 여름에는 스키나 강으로 이동)하면서 사는 것과 호응을 이룬다.

$$\text{동쪽} \xrightarrow{\text{북쪽}} \text{서쪽} \xrightarrow{\text{남쪽}} \text{동쪽}$$

② 우주적 도식

이 신화에는 세 번의 초자연적 여행이 나타나는데, 하테나스가 젊은 과부를 방문한 것, 아스디왈이 저녁별을 좇아 하늘을 방문한 것, 쥐의 인도로 아스디왈이 바다사자 왕국인 지하 세계를 방문한 것이 그것이다. 마지막에 아스디왈은 산에 갇히고 중재의 중립화가 이루어진 것처럼 보인다. 이 중재는 그의 탄생에서부터 시작된 것이기는 하지만 그는 더 극단적인 중재(아래 / 위의 대립으로 생각되는 하늘과 땅 사이의 중재 그리고 동 / 서의 대립으로 생각되는 바다와 땅의 중재)를 수행하지는 못한다. 이상에서 다음과 같은 대립항을 찾아볼 수 있다.

하늘 / 땅
높은 / 낮은

이론으로 서사 읽기

바다 / 땅

동 / 서

③ **통합적 도식(논리적 도식)**

위의 두 도식은 여러 이항(양항)대립을 구성하는 세 번째의 것에서 통합
된다. 영웅은 그 이항대립 중 어떤 것도 해결할 수 없었다. 비록 그 거리는 점
차 줄어들었지만. 최초와 최후의 대립은 각각 '높은 / 낮은'과 '정상 / 계곡'
이며 이는 우주적 도식에 속한다. 두 개의 중재적 대립인 '물 / 땅' 그리고
'바다 사냥 / 산 사냥'은 수평적이며 지리적 도식에 속한다. 마지막으로 정
상 / 계곡의 대립에는 앞서 두 도식의 본질적 특성이 결합되어 나타난다. 그
것은 형식에 있어서는 '수직적'이지만 내용에 있어서는 '지리적'이다. 결국
아스디왈은 실패한다. 그는 설화를 잊어서 산 중간에 갇힌다. 이는 지리적
으로, 우주적으로, 그리고 논리적으로 의미를 가진다. 주인공이 결국 갈등과
대립을 해결하지 못한 채 산정상과 계곡의 중간지점에서 바위로 변하기 때
문이다. 이상에서 통합적 도식에 나타나는 대립항을 설정하면 다음과 같다.

위 / 아래

땅 / 물

산 사냥 / 바다 사냥

정상 / 계곡

'위 / 아래'가 수직적이면서 우주적인 도식이라면, '땅 / 물', '산 사냥 /
바다 사냥'은 수평적이면서 지리적인 도식이다. 이 중 정상 / 계곡의 대립

해 손상되었음을 인정하고 있음을 함축한다."[8]

〈아스디왈 이야기〉는 치므시 인디언들이 경험하는 사회적 갈등의 해결책을 제시해 주는 것이 아니라 그 갈등을 규명하고 표현하는 것이다. 이야기의 마지막에 아스디왈은 바위로 변하여 움직일 수 없게 된다. 이것은 부거제와 모계혈통 사이의 갈등에 대하여 만족스러운 해결책이 발견되지 않음을 나타낸다.

레비스트로스는 현실과의 관계를 통해 신화의 의미를 제시하는 데에서 그치지 않고 다시 무의식적 범주에 접근하기도 한다. 여기에서는 레비스트로스는 음식의 도식을 슬그머니 가져온다. 앞서 시퀀스에서는 명확하게 설명되지 않은 부분인데, 가령 아스디왈이 음식을 가져왔을 때 이는 음식이 없음을 부정하는 것으로, 음식이 있는 것과는 완전 다른 일이다. 아스디왈은 나중에 스스로가 물고기와 동일시되면서, 음식 자체가 되어 음식을 공급한다. 그 결과 아스디왈은 무력해진다. 결국 치므시족에게 유일한 존재의 긍정적 형태는 비존재의 부정이라는 것이다. 레비스트로스가 명시적으로 관련짓지는 않지만, 결국 돌이 된 아스디왈의 상태 역시나 비존재의 부정이라고 볼 수 있다. 아스디왈이 영원히 신화적 존재로 남을 수 있는 것은 그가 살아있는 존재도, 죽은 존재도 아닌 무기력하지만 물리적으로 감지할 수 있는 존재, 즉 비존재는 아닌 존재가 되었기 때문이다.

---

8 Levi-Strauss(1976), Op. cit., p.173.

이론으로 서사 읽기

(5) 이본 연구

마지막으로 레비스트로스는 나스강 이본을 살핀다. 여기에서는 모든 대립이 약화된다. 가령 앞서 이본에서는 시작 시퀀스에서 나이 든 사람과 어린 사람의 대립이 엄마와 딸로 나왔는데 나스강 이본에서는 언니와 동생으로 나타난다. 또 이 이본에서는 '서 / 동', '바다 / 땅'의 강한 대립 대신 '강 / 둑'의 약한 대립[9]이 나타난다. 그런가하면 이 두 이본 사이에는 대립의 축소뿐 아니라 전도(reverse) 역시 존재한다. 가령 나스강 이본에서는 주인공이 낯선 땅에서 결혼하기 위해 남쪽 치므시 땅으로 가며, 스키나 이본에서는 북쪽 나스 땅으로 간다.

이런 차이를 설명하기 위해 레비스트로스는 이 두 사회가 사회조직이 유사하나 삶의 방식이 다르다는 데 주목한다. 스키나인들은 계절에 따라 이동을 하면서 산다. 겨울에는 마을에서, 다른 계절에는 물고기를 따라 캠프 생활을 한다. 봄에는 나스강으로 열빙어를 따라 가고 여름에는 스키나강으로 연어를 따라간다. 이렇게 스키나족이 두 강을 오가며 사는 반면 나스족은 더 고착된 삶을 산다. 봄에 열빙어가 나스강으로 와서 이동할 필요가 없고, 연어는 두 강 모두에 있기 때문에 굳이 강을 따라 철마다 이동할 필요가 없다. 이런 삶의 방식으로 인해, 스키나 이본에서는 동에서 서쪽으로의 이동 경로가 분명히 나타나지만 나스강 이본에서 지리상의 도식은 불분명하게 된다.

이 지점에서 레비스트로스는 다음과 같이 말한다. "우리는 신화적 사고의

---

9 '강 / 둑'이라는 쌍은 통째로 바다와도 대립되고, 땅과도 대립 가능하다는 점에서 상대적으로 중립적이다. 나스 버전에서는 강이 얼어붙어 여자들이 얼음 위를 건너가서 만난다.

근본적 지점에 도달했다." … "신화적 도식이 하나의 인구에서 (언어, 사회조직, 삶의 방식에 차이가 있는) 다른 인구로 변형될 때 신화적 도식은 결핍되고 혼돈된다. 그러나 누군가는 그 신화가 전도되고, 정밀성을 회복하는 제한된 상태를 알아낼 수 있다." 레비스트로스는 신화가 보는 이에 따라 다른 정밀성을 가질 수 있음을 시사한다. 그리고 실제로 같은 신화를 가지고 다르게 보기의 작업을 수행한다. 〈아스디왈 이야기〉의 후기는 바로 그가 이본 차이를 심화하여 연구한 것으로, 여기에서 레비스트로스는 이전에 이 두 이본 사이의 차이를 축소 혹은 약화의 관계로 본 것을 수정하기도 한다.

3. 레비스트로스 이론으로 살펴본 〈문전본풀이〉

〈아스디왈 이야기〉처럼 여러 도식들의 관계와 그 매개항의 기능을 중심으로 제주도의 신화 〈문전본풀이〉를 분석하고자 한다. 〈문전본풀이〉는 집안의 여러 공간을 지키는 '집지킴이 신들'에 관한 신화이다. 〈문전본풀이〉 분석에서는 (1) 지리적 도식 (2) 윤리적(선악의 판단) 도식 (3) 능력의 도식 (4) 사회적 도식 (5) 공간의 도식을 사용할 것이다. (1) 지리적 도식과 (5) 공간적 도식은 일견 유사해 보이지만, 전자는 수평적 이동을 드러내고, 후자는 하나의 정적인 장소를 중심으로 한다는 점에서 차이가 있다. 이들이 모두 물리적 배경을 둘러싸고 선택된 도식이라면 (2) 윤리적 도식 (3) 능력의 도식 (4) 사회적 도식은 모두 인간의 자질이나 관계를 드러낸다. 윤리적 도식은 옳고 그름의 문제, 능력의 도식은 할 수 있는 것이나 없는 것, 그리고 사회적 도식은 가깝거나 멀게 느껴지는 관계의 정도를 기준으로 한다.

먼저 〈문전본풀이〉의 시퀀스를 정리하고 각 도식에 따라 분석하기로 하겠다.

① 〈문전본풀이〉의 남선비는 여산부인과 혼인하여 남선고을에 살면서 일곱 아들을 낳는다. 어느 날 여산부인이 남선비에게 자식들이 많아 살 수가 없으니 곡식 장사를 해보지 않겠느냐고 한다. 남선비는 장사를 떠난다.

② 남선비는 오동고을에 도착해서 노일저대에게 유혹당하고 배와 물건을 빼앗긴다. 남선비가 오랜 시간 소식이 없자 여산부인이 남편을 찾아 떠난다. 노일저대는 여산부인에게 같이 목욕하자고 하면서 강에 부인을 빠뜨려 죽인다.

③ 노일저대는 여산부인으로 가장하여 남선비와 함께 남선고을로 간다. 이때 막내아들인 녹디생인은 노일저대가 자신의 어머니가 아니라는 사실을 간파한다. 노일저대는 남선비의 아들들을 죽이기 위해 중병이 든 것으로 위장한다. 남선비는 노일저대의 속임수에 넘어가 아들들을 죽이는 데 동조한다.

④ 아버지가 형제들을 죽이려 한다는 것을 알게 된 녹디생인은 자신이 대신 형제들을 죽이겠다고 한다. 이때 녹디생인의 어머니가 꿈에 나와 노루를 잡아 죽이라고 알려준다. 녹디생인은 노루를 잡아 간을 내어 노일저대에게 가져간다. 그녀는 간을 먹는 척하다가 버린다.

⑤ 이를 지켜보던 형제들이 힘을 합쳐 노일저대에게 달려든다. 그녀는 형제들을 피해 측간으로 갔다가 목을 매달아 죽는다. 녹디생인은 형제들과 함께 서천꽃밭에서 환생꽃을 얻어다가 어머니를 환생시킨다.

⑥ 어머니는 조왕신, 아버지는 주목과 정살신, 노일저대는 측신, 큰아

들은 동방청제장군, 둘째는 서방백제장군, 셋째는 남방적제장군, 넷째는 북방흑제장군, 다섯째는 중앙황제장군, 여섯째는 뒷문전, 일곱째인 녹디생인은 일문전으로 좌정한다.[10] 〈문전본풀이〉에서 등장인물은 집의 각 공간을 관할하는 신이 된다.[11]

(1) 지리적 도식

〈문전본풀이〉에서 집과 오동고을이 대립되어 나타난다. 오동고을을 가기 위해 남선비는 배를 타고 물을 건너 하염없이 간다. 이곳은 멀고 낯선 곳이다. 두 공간에는 각각 다른 사람들이 위치한다. 남선고을에는 여산부인과 일곱 자식이, 오동고을에는 남선비와 노일저대가 위치한다. 이러한 명확한 구분은, 여산부인이 남편을 따라 오동고을로 가면서 점차 흐릿해진다.

남선마을 → 오동고을 → 남선마을

수평적 거리를 드러내는 이러한 지리적 도식은, 이후 서사에서 집을 중심으로 하는 '공간적 도식'에 자리를 내어준다.

---

10 〈문전본풀이〉에서 가족이 맡은 신직은 이본마다 차이가 있다. 이에 대해서는 현용준, 『제주도 신화의 수수께끼』, 집문당, 2005, 133쪽 참고.
11 〈문전본풀이〉의 오방지신은 집안의 각 방위를 맡는 신들로 보아야 한다.

(2) 윤리적 도식

오동고을에는 노일저대가 살고 있어, 남선비의 재산을 모두 빼앗는다. 원래 집은 가난했지만 노일저대로 인해 더 가난해진다. 또 노일저대는 남선비를 귀먹고 눈멀게 하고 급기야는 오동고을에서 남편을 찾아 온 여산부인마저 죽인다. 이렇게 노일저대는 악한 인물로 그려진다. 오동고을은 "유혹과 속임수가 난무하는 곳"[12]이며 노일저대는 유혹녀이자 사기꾼이다. (이런 점에서 지리적 도식과 윤리적 도식은 맞물린다.) 오동고을에서 노일저대는 여러 악행을 행하지만, 남선고을에서 노일저대는 악행의 대가를 받는다.

남선마을 ——————→ 오동고을 ——————→ 남선마을
　　　　　　　　　　　악행의 발발　　　　　　　악행의 처단

(3) 능력적 도식

이 이야기는 처음에는 남선비의 모험 이야기인 것처럼 보이다가 막내아들의 모험 이야기가 된다. 이야기 초반부에 남선비는 노일저대에게 속아 비참한 처지가 된다. 반면 막내아들(을 비롯한 아들들)은 노일저대의 흉계를 간파하고 그녀를 속여 죽인다. 아버지나 어머니는 모두 악인을 알아보는 지혜가 없는 사람들로 나온다. 반면 아들들, 특히나 막내 녹디생인은 노일저대를 간파하고 제압할 수 있는 지혜와 힘을 가지고 있다. 그 결과 무능

12　김재용, 「〈문전본풀이〉의 무속 신화적 성격에 대한 연구」, 『한국문학이론과 비평』 18, 한국문학이론과 비평학회, 2004, 79쪽.

한 아버지는 오동고을에서 노일저대에게 패배하지만 유능한 아들들은 남선마을에서 노일저대에게 승리하고 가족을 지켜낸다.

남선마을 ⟶ 오동고을 ⟶ 남선마을
　　　　　　남선비의 모험　　　형제들의 모험
　　　　　　남선비의 패배　　　형제들의 승리

(4) 사회적 혹은 가족 관계의 도식

남선마을에서 형제들이 승리할 수 있었던 것은 앞서 언급처럼 이들이 지혜를 가지고 있었기 때문이다. 이들의 지혜가 작동하는 방식과 결과는 또 다른 도식을 구성한다. 이들의 지혜는 이들을 가족과 가족 아닌 사람, 혹은 사회적인 범주로 치환하자면 '우리(주체)'와 '그들(타자)'을 구분하게 한다. 승리와 패배를 가름하는 결정적인 능력은 가족을 알아보는 능력이 된다. 특히 〈문전본풀이〉에서 막내아들 녹디생인은 '좋은 눈'[13]을 가지고 있는데, 이는 가족과 외부인을, 가족과 타인을 구분하는 안목을 의미한다. 대조적으로 남선비는 부인을 죽인 노일저대를 여전히 본부인으로 착각한다. 그의 눈은 제대로 기능하지 못함을 알 수 있다. 남선비는 노일저대에게 아들들의 간을 내어 주려고 한다. 이런 점에서 남선비는 가족이지만 타인에 가깝게 위치한다.

13　김재용 역시 녹디생인이 좋은 눈을 가지고 있다는 데 주목하였다. 김재용은 잘 보는 것을 샤먼이 가지고 있는 예측력과 관련짓는다. 이 글에서 '좋은 눈'은 적과 나를 구분하는 안목을 의미한다고 본다. 위의 논문, 83-84쪽.

남선마을 ——————→ 오동고을 ——————→ 남선마을
　　　　　　　　　　　외부인　　　　　　　　내부인
　　　　　　　　　　　타인　　　　　　　　　가족

(5) 공간적 도식

지리적 도식이 서로 다른 지역 간의 수평적 이동으로 규정되는 것이라면 공간적 도식은 집이라는 하나의 공간을 중심으로 구분되고 배열된다. 서사에서 여산부인과 노일저대는 각각 조왕신과 측신으로 좌정한다. 부엌과 변소의 대립은 텍스트 문면에도 명시된다. "그 때 내온 법으로 변소와 조왕이 맞서면 좋지 못한 법이라, 조왕의 것 변소에 못가고 변소의 것 조왕에 못가는 법입니다."라고 한다.

또 다른 대립도 있다. 앞서 언급한 것처럼 남선비는 정낭신이 되고 녹디생인은 문전신이 된다. 집안 내에서 안과 밖의 구분은 문전을 통해 이루어진다. 문전은 주된 생활공간인 상방을 지키는 문이다. 정낭에 비해 문전이 상대적으로 강한 방어적 역할을 하는 것으로 생각되는 것이다. 문전과 정낭의 대립은 실질적 문과 형식적 문의 대립이다.[14] '가족'과 '타인'을 구분하고 '가족'을 안으로 들이는 것이 바로 실질적 문, 문전의 기능이다.

───────────

14　이런 공간 관계는 아버지와 아들에 대한 독특한 생각을 반영한다. 제주도에서 아버지의 가족 내적 역할은 아들의 그것에 비해 불완전하거나 형식적인 것일 수 있다. 제주도에서 실질적 가장은 어머니였다. 어머니 중심의 가정에서 제일 중요한 관계는 '어머니-자식'이다. 아버지-가장은 있어도 없는 형식적인 존재이다.
　　조현설, 『우리신화의 수수께끼』, 한겨레출판, 2006, 233쪽.

문전은 외부 / 내부 혹은 낯선 곳 / 익숙한 곳이라는 극단적 대립이 중재되긴 하지만, 그렇다고 완전하게 해소되지 않는다. 가족으로만 구성되어야 하는 집안에 가족이 아닌(혹은 가족답지 않은) 이들이 자리한다. 이때 집안은 각각의 신이 좌정해있어서 평온한 공간이 아니라, 각각의 신들이 좌정해 있어서 문제적인 공간이다.[17]

4. 레비스트로스 이론의 유용성과 한계

레비스트로스의 신화 분석에서 극단적 대립이 완화되는 중재항은 완벽하지는 않지만 모순을 해결하려는 노력의 산물이다. 이런 방식으로 레비스트로스는 어떤 잠재적 문제를 드러내고 갈등을 완화하는 과정에 신화를 위치시킨다. 레비스트로스를 통해 신화를 읽을 때, 신화는 사회를 재현하거나 모방하지 않지만 사회의 모순을 떠나서는 해석될 수 없는 텍스트가 된다. 레비스트로스에 따르면 세계는 비슷하거나 무차별적이 아니라 대립적이고 모순적으로 경험된다.[18] 그에게 신화의 메시지는 추상적인 것처럼 보이기는 하지만 현실에 대한 하나의 경험이며, 신화라는 방식으로밖에 설명되지 않는 경험이다.

레비스트로스의 신화 분석은 다양한 도식(코드)의 분석을 통해 이루어

---

17 이 신화가 굿에서 지속적으로 연행되는 이유도 공간의 불완전함이나 불안함에서 기인할 수 있다. 이 완벽하지 않은 가족 공간은 문제를 유발할 수밖에 없고, 그것의 해결책으로 굿이 연행될 수 있다.

18 로버트 시걸(2017), 앞의 책, 195쪽.

졌다.[19] 이들은 텍스트나 상황에 따라 다양한 방식으로 설정 가능하다. 텍스트의 메시지가 다양한 코드를 통해 표현될 수 있음을 밝힌 것은 레비스트로스의 대표적 업적이다. 텍스트는 통사적인 측면뿐 아니라 계열체적 측면에서 분석될 수 있다. 이는 프롭류의 서사 분석에서 간과되었던 계열체적 분석의 중요성을 보여줄 뿐 아니라, 그 구체적 방법까지 제시한 것이다. 마치 레비스트로스가 계열체적 분석만을 진행한 것처럼 오해될 수 있지만, 〈아스디왈 이야기〉에서 본 것처럼 그는 통사적 순서, 즉 시퀀스의 흐름에 따른 분석을 도외시하지 않았다. 각 도식을 정리할 때(가령 부거제→모거제→부거제) 화살표는 바로 통사적 흐름을 의미한다. 레비스트로스는 통합체적 분석과 계열체적 분석을 종합하는, 당시로서는 가장 정교한 방식을 보여주었다.

레비스트로스가 설정한 다양한 대립항들은 유사성을 가지며 반복된다. 주지하다시피, 레비스트로스에게 구조화의 원리는 인간 세상을 이해하는 근본 방식이다. 이때 도식들의 관계는 대립의 정도와 관련이 있다. 그것들은 더 극단적 대립인가, 덜 극단적 대립인가, 추상적인가, 구체적인가에 따

---

19 이후 레비스트로스는 도식을 코드로 전환시킨다. 이러한 변화는 『야생의 사고』에서 신체와 종의 관계를 추적하는 다원론적인 이해의 성과로 이루어졌다. 이 이론은 오스트레일리아 선주민의 성물(聖物)인 츄링가를 둘러싼 우주론적인 해석에서 그 풍성함이 입증된다. 그 후 집필한 『신화학』에서 그는 '사회학적 코드', '계절의 코드', '천문학적 코드', '동물학적 코드', '청각적 코드', '후각적 코드', '기술, 경제적 코드' 등의 다양한 코드를 사용하여 신화를 분석한다. 1950년대의 '도식'에서 '코드'로의 전환은, 근린의 부족 간의 생태문화를 비교하는 한정적인 연구에서 나아가 보다 광역적인 집단 간의 생태와 그 생산물인 신화 텍스트 간의 비교연구를 가능하게 했다고 평가받는다.

라 다르며 정도의 차이는 있지만 기본적으로 반복적이다. 가령 '위 / 아래'의 추상적 대립은 '산 사냥 / 바다 사냥' 같은 구체적 대립으로 나타나며 이는 '정상 / 계곡' 같은 간극이 더 좁은 대립으로 전환된다. 레비스트로스는, 아스디왈 신화를 분석하면서 이야기 시작부에 존재하던 더 극단적인 대립이, 이야기의 끝부분에서 중재적('간극이 좁은') 대립으로 치환된다고 보았다.

〈아스디왈 이야기〉나 〈오이디푸스 신화〉를 분석하면서 그는 이들 신화에서 극단적 대립은 좁은 대립으로 치환 가능할 뿐, 근본적 해소는 불가능함을 보여준다. 이는 그가 분석한 텍스트의 결말이 해피엔딩이 아니라는 것에서 기인한 듯하지만, 대상 텍스트의 문제는 아니다. 그는, "신화는 세계가 경험되는, 모순적 방식을 재현"한다는 자신의 이론에 가장 적합한 신화를 선택한 것으로 보인다. 레비스트로스의 관점을 견지하자면, 갈등이 해소된 것처럼 보이는 신화들에서 그의 분석은 도구화될 수밖에 없다. 신화를 통해 세계에 대한 인간의 고민과 그 결과를, 모순의 드러냄과 중재의 불가능성으로 사유하는 대신, 다양한 대립항들을 통해 해당 신화에 내재하는 메시지를 찾는 것으로 축소되어 활용될 것이기 때문이다.

레비스트로스의 다른 저서들을 참고하면, 그가 찾아낸 다양한 모순들은 '자연'과 '문화'의 근본적 모순으로 요약 가능하다. 그 근본 모순은 자연의 일부라고 볼 수 있는 '동물로서의 인간'과 문화의 일부라고 할 수 있는 '인간 자체로서의 인간' 사이의 갈등으로 표현될 수 있다. 이는 반복적으로 등장하는 대립항이다. 레비스트로스는 날 것과 익힌 것, 야생 동물과 길들인

가축, 근친혼과 족외혼 사이의 대립에서 이러한 예들을 찾아낸다.[20] 그러나 '삶과 죽음'이나 '처가와 시가' 등 자연과 문화로 나누어 보기 힘든 대립항들도 다수 있다. 이는 〈아스디왈 이야기〉 분석에서도 마찬가지이다. '부거제 / 모거제', '부계혈통 / 모계혈통'은 모두 사회적 도식으로 분석되며, 여기에서도 자연과 문화의 근본적 모순을 읽어내는 것은 어렵다.

　레비스트로스에게 '자연'과 '문화'가 가지는 코드로서의 위상은 근원적 혹은 근본적이다. 즉 다른 도식들을 생산하는 뿌리 혹은 원천에 가깝다. 다른 도식들은 지엽적인 변형들일 뿐이며 결국 자연과 문화의 범주를 벗어날 수는 없다. 레비스트로스는 '자연 / 문화'의 도식이 모든 신화들에서 공통적으로 발견되는 것으로 본다. 다른 어떤 코드들도 이 코드의 변형으로 쉽게 치환되어 버린다. 여기에 과도하게 일반화를 해버린다는 레비스트로스의 한계가 있다.[21]

　레비스트로스의 분석은 근원적 코드가 아니라, 메타적 코드로 보완될 필요가 있다. 앞서 〈문전본풀이〉 분석을 보면, ① 지리적 코드(수평적 방위) ② 윤리적(선악의 판단) 코드 ③ 능력의 코드 ④ 사회적, 가족적 코드 ⑤ 공간의 코드를 통어하는 안전과 위험의 코드를 상정할 수 있다. 먼 곳은 속

20　로버트 시걸(2017), 앞의 책, 195쪽.

21　레비스트로스는 과도한 일반화를 한다고 비판받는다. 에드먼드 리치가 정리한 바에 따르면 그의 일반화는 여러 차원에서 발견될 수 있는 듯하다. 예를 들어 동일한 메시지(가령 사회가 지속되기 위해서는 딸들은 부모에게 불충해야 하고 아들들은 아버지를 죽이거나 대체해야 한다)나, 메커니즘(궁극적 갈등이 다른 종류의 코드로 변형된다는 것) 혹은 기능(해결 불가능한 불쾌한 모순을 내포하는 것이 신화) 등의 차원이다.
에드먼드 리치, 『레비스트로스』, 이종인 역, 시공사, 128-130쪽.

임과 죽음의 땅이며, 그곳에 살거나 그곳에서 온 사람들은 가족이기 어렵고, 변소처럼 오염된 것이기에 '위험'하다. 반면 집안은 방탕과 죽음으로부터 지켜주는 곳이며, 가족이 사는 곳이며, 부엌처럼 깨끗하고 생산적이기에 '안전'하다. 능력이 있는 주인공은 곧 안전을 지킬 수 있는 있다는 점에서 영웅이 된다. ①~⑤의 메타적 코드로서 '안전'과 '위험'의 코드를 상정할 때, 이는 근원적 코드로서의 지위를 가지지 않는다. 다른 텍스트나 문화들과의 관계에서 메타적 코드는 얼마든지 달라질 수 있기 때문이다.

레비스트로스의 이론은 결국 단일한 코드로 귀결된다는 점에서 경직성을 가지기는 하지만, 다양한 도식들을 상정하고 그것들의 관계를 구조적으로 보여주며, 인류학적 관심사와 신화 분석의 조화로운 관계를 예비했다는 점에서 충분히 의미가 있다.

이론으로 서사 읽기

클로드 레비스트로스 Claude Lévi-Strauss 주요 저작

- *Tristes Tropiques*, Paris: Plon, 1955.
  Tristes Tropique, John Weightman & Doreen Weightman trans., New York: Atheneum, 1974.
  『슬픈 열대』, 박옥줄 역, 한길사, 1998.
- *Anthropologie Structurale*, Paris: Plon, 1958.
  Structural Anthropology, Claire Jacobson & Brooke Grundfest Schoepf trans., New York: Basic Books, 1963.
  『구조인류학』, 김진욱 역, 종로서적, 1987.
- *Anthropologie Structurale deux*, Paris: Plon, 1973.
  Structural Anthropology Volume II, Claire Jacobson & Brooke Grundfest Schoepf trans., New York: Basic Books, 1976.
- *Le Totemisme Aujourdhui*, Paris: Presses Universitaires de France, 1962.
  Totemism, Rodney Needham trans., London: Merlin Press, 1964.
  『오늘날의 토테미즘』, 류재화 역, 문학과지성사, 2012.
- *La Pensée Sauvage*, Paris: Plon, 1962.
  The Savage Mind, Illinois: University of Chicago Press, 1966.
  『야생의 사고』, 안정남 역, 한길사, 1996.
- *Mythologiques I: Le Cru et le cuit*, Paris: Plon, 1964.
  Volume I: The Raw and the Cooked, John & Doreen Weightman trans., London: Jonathan Cape, 1978.
  『신화학1: 날것과 익힌 것』, 임봉길 역, 한길사, 2005.
- *Mythologiques II: Du miel aux cendres*, Paris: Plon, 1967.
  Volume II: From Honey to Ashes, John & Doreen Weightman trans., London: Jonathan Cape, 1973.
  『신화학2: 꿀에서 재까지』, 임봉길 역, 한길사, 2008.

- *MythologiquesIII: L'Origine des manières de table*, Paris: Plon, 1968.
  VolumeIII: The Origin of Table Manners, John & Doreen Weightman trans., London: Jonathan Cape, 1978.
- *Mythologiques IV: L'Homme nu*, Paris: Plon, 1971.
  VolumeIV: The Naked Man, John & Doreen Weightman trans., London: Jonathan Cape, 1981.
- *Myth and Meaning,* New York: Schocken Books, 1979.
  『신화와 의미』, 임옥희 역, 이끌리오, 2000.
- *Regarder, Écouter*, Lire, Paris: Plon, 1993.
  Look, Listen, Read, Brian Singer trans., New York: Basic Books, 1997.
  『레비스트로스의 미학강의: 보다 듣다 읽다』, 고봉만 역, 이매진, 2008.

Umberto Eco   Claude Lévi-Strauss   René Girard

Hayden White   Roman Jakobson   Walter Ong   Jacques Fontanille

Clifford Geertz   Yuri Lotman   François Rastier   Jacques Derrida

바르트의 『S/Z』와 『삼국유사』 「흥법」

김정경

Algirdas Greimas   **Roland Barthes**   Charles Peirce

* **롤랑 바르트**(Roland Barthes, 1915~1980)
  문학 및 사회의 여러 현상에 담겨 있는 기호 작용을 분석한 사상가, 비평가, 문학 연구자로서 20세기 후반 가장 뛰어난 지성 가운데 한 명이다.

1. 바르트와 『S/Z』[1]

이 글에서는 "바르트 최고의 작품"[2]으로 일컬어지는 『S/Z』[3]의 내용을 간략하게 살펴보고, 이 책에서 롤랑 바르트(Roland Barthes, 1915~1980)가 지향하는 텍스트 읽기/쓰기의 방식을 『삼국유사』[4] 「흥법」 편을 통해 수행 적으로 모방해 보려고 한다. 바르트의 『S/Z』는 '텍스트'에 관한 이론서인 동시에 『사라진(Sarrasine)』[5]에 대한 독창적 비평서이므로, 그가 『사라진』

---

1 이 글은 다음 글을 바탕으로 수정, 보완했다.
   김정경, 「『삼국유사』 「흥법」에 나타난 리얼리티, 반복, 경계의 문제」, 『한국고전연구』 48, 한국고전연구학회, 2020.

2 조너선 컬러, 『바르트』, 이종인 역, 시공사, 1999, 121쪽.

3 롤랑 바르트, 『S/Z』, 김웅권 역, 연암서가, 2015.

4 일연, 『삼국유사』, 이재호 역, 솔, 1997.

5 오노레 드 발자크, 「사라진」, 롤랑 바르트(2015), 앞의 책, 19-71쪽.

의 독자로서 『S/Z』라는 텍스트의 생산자가 되는 작업을 이해하여, 『삼국유사』「흥법」의 독서를 텍스트 생산의 과정으로 만드는 메커니즘을 드러내고 「흥법」에 대한 새로운 해석을 제시해보고자 한다.

연구 대상과 방법에 따라 구조주의자 또는 후기 구조주의자로 각기 다르게 호명되기는 하지만, 실제로 바르트의 연구는 언제나 당연하고 상식적이라 여겨지는 것들에 대한 의심과 회의에 기초한다는 점에서 공통적이다. 가령 구조주의자로 분류되는 시기의 바르트는 「이야기의 구조적 분석 입문」[6]에서 잘 드러나듯 기존의 비평이 상식·객관성·좋은 취향·명확성이라는 부르주아 이데올로기에 의존하면서 이데올로기의 바깥에 존재하거나 이데올로기를 초월하려는 점을 비판하며 구조주의적 서사 연구를 확립하고자 했다. 바르트의 구조적 서사 분석은 서사의 의미가 현실의 재현에서 나오는 것이 아니라, 의미를 생성하는 서사의 체계에서 비롯된다는 것을 보여줌으로써 문학적 리얼리즘의 부르주아적 이상을 비판·탈신화화 한 것이다.

그의 서사 분석은 이후 당연하게 '저자의 죽음'[7]으로 이어진다. 바르트는 저자라는 관념이 서사를 저자 고유 의식의 표현으로 이해하게 함으로써 서사가 매개되어 있다는 사실을 잊게 만들지만, 사실 저자는 문장과 마찬가지로 언어 그 자체의 규칙에 따라 드러나는, 담론 내부의 코드화된 위치

---

6 Roland Barthes, 'Introduction à l'analyse structural des récits', *Communication* 8(1), 1966; 롤랑 바르트, 「이야기의 구조적 분석 입문」, 『구조주의와 문학비평』, 김치수 편저, 홍익사, 1982.

7 Roland Barthes, *Image, Music, Text*, (trans.) Stephen Heath, Hill and Wang, 1978, p.148.

이론으로 서사 읽기

이므로, 구조적 분석이 의미의 근원으로서 저자를 상정하지 않고 진행되어야 한다고 주장한다. 문학에 대한 바르트의 이 같은 이론은 스스로가 기호임을 감추고 싶어 하는 우리 사회와 문화를 탈신화화 하려는 기획이라 요약할 수 있을 것이다. 이 시기에 그가 고안하고 설명한 모든 개념들은 이러한 관점에서 흔히 후기 구조주의자로 불리며 행한 이후의 작업에도 적극적으로 개진·활용된다.

후기 구조주의자로서의 대표작인 『S/Z』는 앞서도 말했듯 『사라진』에 대한 비평인 동시에 텍스트(성)에 관한 이론서이다. 이 둘을 엄밀하게 분리할 수는 없어도 설명의 편의를 위해 이론 부분과 비평 부분을 구분해보면, 93개로 나눈 『사라진』의 서사 단위와 그것의 하위 부류인 렉시(lexies) 그리고 렉시를 읽어낼 수 있는 코드[8]는 이론 영역에, 다섯 개의 코드와 이것을 더욱 섬세하게 분류하여 텍스트 분석을 행한 부분들은 비평 영역에 해당하는 것으로 볼 수 있다.[9] 즉, 다섯 개의 코드는, 일반적인 분류 틀이라는 그의 설명에서 알 수 있듯이 이론에 해당되면서도, 각각 『사라진』의 문장들-렉시-을 분석하는 과정에서 매우 세밀하게 분류되어, 『사라진』을 읽기 위한 비평의 도구 역할을 충실히 해낸다. 『S/Z』에서 이론과 비평은 이와 같이 뫼비우스의 띠처럼 한데 엉켜 『사라진』 읽기의 구조화 과정과 텍스트

---

8 ① 해석학적 코드 ② 의소 ③ 상징적 코드 ④ 행동적 코드 ⑤ 문화적 코드. 서사 단위를 이루는 렉시의 수는 무척 많지만 이는 모두 다섯 개의 코드 가운데 하나 혹은 그 이상으로 분류되므로, 다섯 코드들은 모든 텍스트가 통과하는 일종의 망이자 일반적인 분류 틀로 이해할 수 있다.

9 이때 서사 단위는 문장 혹은 기의를 가리키는 서사 단락 또는 렉시 그리고 코드는 렉시를 분류할 수 있는 일반적인 틀로 보면 된다.

(성)을 재현한다. 결론적으로 바르트가 다섯 개의 코드로 읽어낸 『사라진』이라는 텍스트는 거세와 육체의 문제를 중심으로 구조화되어 있으며, 『S/Z』라는 제목이 보여주듯 욕망의 주체-사라진(S)-가 곧 욕망 대상-잠비넬라(Z)-의 거울상이라는 점을 보여주고 있다고 요약할 수 있다. 그는 발자크의 『사라진』을 비어있는 대상(거세된 육체)을 욕망하는 비어있는 주체(거세의 전염)의 이야기로 읽어냄과 동시에 욕망의 대상이 처음부터 부재했던 것과 마찬가지로 모든 것에는 기원이 부재하며, 따라서 모든 것이 '이미' 인용된 것이라는 텍스트의 본질을 드러낸다.

2. 『S/Z』와 『사라진』 그리고 『삼국유사』 「흥법」: 연구 방법과 텍스트 선택의 문제

『S/Z』는 "발자크의 『사라진』이라는 별로 알려지지 않은 중편소설에 대해 수행한 독서작업"[10]이다. 그런데 작품(work)과 텍스트(text)를 구별하고, 저자의 죽음과 독자의 탄생을 선언하며, 텍스트의 의미가 그것이 지닌 무한하게 '옮겨 쓸 수 있는 특성'에 다름 아니라는 사실을 보여주는 작업이 왜 『사라진』을 통해 수행되어야 했을까.

바르트는 (연구) 방법이 텍스트의 선택을 구속하는 것이 자연스러운 일이라 여겼다. 다시 말해 '고전 텍스트'[11]를 분석의 대상으로 선택한 것은 『S/

---

10 레이몽 벨루르와의 대담, 「롤랑 바르트가 말하는 S/Z」, 『프랑스 문학』 1970. 5. 20. 롤랑바르트(2015), 앞의 책, 383쪽에서 재인용.

11 바르트는 단선적인 텍스트를 '고전 텍스트'라 부르면서 의미의 파괴를 목표로 하는 '현

Z』에서 그가 말하고자 하는 바와 매우 밀접한 관련이 있다. 바르트는 두 가지 이유에서 '고전 텍스트'를 선택했다고 이야기하는데, 그 하나는 '고전 텍스트'가 갖는 특징인 서사의 불가역성이며 다른 하나는 의미의 상호 연합성과 암시성이다. 즉 단선적인 텍스트를 선택하여 그것이 지닌 체계들의 복수태를 보여주고자 했으며, 비밀을 간직한 텍스트를 선택하여 의미의 최종적 기원이 허상임을 드러내려고 했다. 한편 '고전 텍스트' 중에서도『사라진』을 선택한 이유는 그것이 거세, 프랑스어, 기발한 상징으로 이루어졌기 때문이다.『사라진』은 그가 논하고자 했던 주제인 경제(황금), 성욕(육체), 언어(대조법, 상징)의 문제를 다루기에 매우 적절한 텍스트였던 것이다.

이러한 내용들을 종합해볼 때『사라진』은『S/Z』의 내용을 채우고 있는 텍스트 이론에 가장 적합한 작품이기에 선택되었다고 생각할 수 있다. 하지만『사라진』이 아니었다면『S/Z』를 현재와 같은 내용으로 쓸 수 있었을지 의문이다.『S/Z』는 동일한 이론을 다양한 작품에 적용하는 문학 이론서가 아니라 오직『사라진』에만 유효한 텍스트라고 할 수 있기 때문이다.『S/Z』는『사라진』의 독서과정에서 생산될 수 있었으므로,『S/Z』에서 전개된 그의 텍스트 이론은『사라진』과 분리하여 이해될 수 없다고 보는 것이 적절할 것 같다. 따라서『S/Z』에서 제시한 분석의 도구들을 문학 작품 분석에 그대로 적용하는 것은『S/Z』를 제대로 이해한 것으로 보기 어렵고, 새로운 텍스트 분석에 효과적이라 단정할 수도 없다. 즉,『S/Z』를 생산해낸 바르트의 행위를 수행적으로 모방 내지는 되풀이함으로써 자신만의 텍스트 읽기를 실천할 때에야

대적 텍스트'와 구별하였다. 위의 책, 81-83쪽 참조.

바르트적 의미에서의 『S/Z』를 읽은(/쓴) 것이라 말할 수 있을 것이다.

따라서 바르트의 『S/Z』를 토대로 『삼국유사』 「흥법」 편을 독서하는 것은 『S/Z』를 수행적으로 반복하는 행위를 시도하는 작업이다. 그것은 곧 『삼국유사』를 독서하는 과정 그 자체를 구조화하며, 『삼국유사』의 텍스트성을 전경화하는 것을 의미한다. 이때 『S/Z』를 방법론적 모델로 적용[12]해 보려는 이 글이 왜 『삼국유사』 「흥법」 편을 '후견 텍스트(texte tuteur)'[13]로 삼는지를 묻지 않을 수 없는데, 결론부터 말하면 텍스트의 의미는 그것이 지닌 체계들의 복수태, 다시 말해 그것이 지닌 무한하게 (순차적으로) '옮겨 쓸 수 있는 특성'에 다름 아니라는[14] 텍스트에 관한 그의 정의에 가장 부합하는 작품이 『삼국유사』이기 때문이다. 그리고 「흥법」이 그 가운데 바르트가 이야기하는 '고전 텍스트'의 특성이 가장 두드러진다는 점에서 텍스트성을 논의하기에 가장 부적절하면서도 한편으로 가장 효과적이기 때문이다. 이에 이 글에서는 경계를 구축하는 듯 보이는 「흥법」을 선택하여 그것이 어떻게 불/가능해지는가를 살펴보아, 이후 '현대적 텍스트'의 특징이 두드러지는 편에 관한 논의들과 비교하여 살펴볼 수 있는 토대를 마련해보고자 한다.

「흥법」은 대부분 삼국에 불교가 들어온 시기와 들여온 인물 그리고 사찰

---

12 물론 바르트는 자신의 작업이 과학적 모델의 가치를 지니고 있다고 생각하지 않으며 그럴 경우 방법의 변질만 가져올 뿐이라고 밝힌 바 있다. 때문에 이 글에서는 비록 그 구분이 쉽지 않을지라도 바르트의 작업을 모델로 삼아 『삼국유사』 분석에 적용하기보다는 하나의 '구조화'를 생산하는 작업을 시도해보려고 한다.

13 글을 쓰게 하는 텍스트의 다른 말이다. 위의 책, 88쪽.

14 위의 책, 170쪽.

이 건립된 장소와 명칭 등에 관한 역사적 기록을 다양하게 인용하며 그것의
진위를 판단하는 내용으로 이루어져 있다. 국가, 종교, 개인, 사찰, 탑 등의
시작과 끝(드러남과 사라짐), 사실과 거짓(진실과 허위)에 대해 그리고 그것의
경계와 지연에 대해 이야기한다. 이 글에서는 경계(기원, 윤회, 사실)에 대한
「흥법」의 사유가 어떠한 코드들에 기대어 있는지 그리하여 그 사유의 다양
함이 어디까지 펼쳐질 수 있는지를 서술해볼 것이다. 즉, 이 글에서는 이처
럼 '객관적'이며 '상식적'이라 여기는 '사실'이 「흥법」에 제시되는 과정을 다
시 읽고/써 보고자 한다. 이러한 과정은 『삼국유사』「흥법」 편에 기록된 사
실을 찾아 드러내는 것이 아니라 이러한 기록을 사실로 '구조화'하는 과정
을 '다시 쓰기'하는 작업이 될 것이다. 이 글에서는 독서의 가치가 발견되어
야 할 의미 혹은 사실에 있다는 가정을 갖게 만드는 독서의 메커니즘, 독자
를 텍스트의 생산자로 만드는 구조화의 과정을 드러내 보고자 한다.

3. 해석학적 코드·문화적 코드: 감응을 통한 리얼리티

누가 언제 삼국에 불교를 처음으로 들여왔는가 라는 질문[15]에 대한 일연
의 답이라 할 수 있는 「흥법」의 첫 세 조, 〈순도조려〉〈난타벽제〉〈아도기
라〉는 이 질문에 대한 대답으로 또 다른 질문을 제시한다. 그리고 그것은 아
도, 묵호자, 담시, 마라난타는 동시대에 존재했는가 이들은 동일인인가라고

---

15 "「흥법」편은 한국에 불교가 처음으로 전래·수용되는 이야기를 담고 있다."고 한다.
    이기백, 「『三國遺事』 興法篇의 취지」, 『진단학보』 89, 진단학회, 2000, 1쪽.

정리할 수 있다. 『S/Z』에서는 독서 과정에서 텍스트의 중심에 놓인 수수께끼를 찾아내어 이를 표명하고 지연시키는, 그러나 마침내 해독을 가능하게 하는 단위들과 표현들을 구별해내고 그것의 배후로 진실의 목소리를 가정하는 단위들 전체를 해석학적 코드[16]라 한다. 이 같은 해석학적 코드에 따라 우리는 하나의 텍스트를 어떤 질문과 그에 대한 대답으로 구조화할 수 있는데, 「흥법」의 경우 '누가 언제 삼국에 불교를 처음으로 들여왔는가'가 그 중심 질문이며, '아도, 묵호자, 담시, 마라난타는 동시대에 존재했는가, 이들은 동일인인가'가 그에 대한 질문 형식의 대답이라고 할 수 있다.

〈순도조려〉〈난타벽제〉〈아도기라〉에서 제기한 이 의문에 대해 일연은 아도와 묵호자가 동일인이며, 담시는 아도, 묵호자, 마라난타 중 한 사람이 이름을 바꾼 것이라는 가설을 비교적 명확한 답변으로 내놓는다. 하지만 그는 이 대답의 근거를 제시하는 데에 있어 일관된 기준을 가지고 있지 않다. 「흥법」에서는 역사적 사실을 확인하기 위해 많은 참고문헌들이 인용되고 있으나 일연은 그 기록들 가운데 어느 것에도 절대적인 권위를 부여하지 않는다.

「흥법」에는 『승전』(『해동승전』, 『고승전』), 『삼국사기』, 「고려본기(고구려본기)」, 「백제본기」, 「신라본기」, (고득상의) 「영사시」, 「본비」, 『고기(古記)』, (사문 일념의) 「촉향분예불결사문」, 향전, (김용행의) 아도비, 『책부원귀』, 본전(本傳), 『당서』, 『신지비사』, 속설 등의 인용과 그에 대한 일연의 논평이 담겨 있다. 일연은 고전에 없는 기록을 함부로 편찬하지 않는다며 고전의

---

16 롤랑 바르트(2015), 앞의 책, 93쪽.

기록을 중시하는 태도를 보이고, 「본기」에 대해 『승전』의 기록이 부정확함을 지적한다. 하지만 『승전』의 부정확함을 입증하는 근거로 제시하는 일연 자신의 지식도 언제나 옳은 것은 아니며, 『삼국사기』 역시 사실을 잘못 기록하는 경우가 있음을 밝히기도 한다. 물론 『승전』의 기록이 언제나 틀리는 것으로 나타나지도 않는다. 가령 마라난타의 특이한 행적에 대한 내용이 「본기」에는 없으나 『승전』에 자세히 기록 되어 있음을 밝히는 것을 보면 일연이 『승전』의 내용을 상당히 신뢰한다고도 볼 수 있다. 이어지는 〈원종흥법 염촉멸신〉 조에서는 여러 기록들 가운데 사실을 확정하기보다는 상이한 의견이 있음을 보여주는 것으로 서술이 마무리되기도 한다. 이 조에서 일연은 이차돈의 순교에 대해 『삼국사기』 기록을 가져와 소개하고, 이어 사문 일념의 「촉향분예불결사문」을 인용하여 자세히 서술하면서, 자신이 직접 주석을 통해 본문의 내용을 보충하거나 향전을 인용하여 「촉향분예불결사문」과 약간 다른 사실을 제시하기도 한다. 즉, 이 부분에서는 향전과 다른 기록들을 옳고 그름의 관점에서 보기보다는 무슨 까닭에서 다르게 기록되었는가에 의문을 가지면서 각각 제시하는 것으로 편자의 역할을 다하는 것이다.

이처럼 「흥법」에는 다양한 권위를 지닌 목소리들이 공존하고 있으며, 독자는 이 목소리들의 경쟁을 지켜볼 뿐 이 경쟁의 최후 승자를 찾아내지는 못한다. 다시 말해서 「흥법」을 구성하는 수많은 문헌들-바르트에 따르면 문화적 코드[17]라 명명할 수 있는-은 이 텍스트가 권위 있는 사실을 전달

---

17 문화적 코드는 텍스트가 의존하는 문화적 정보에 대한 자세한 지침이 된다. 인생이나 자

하는 단성적 텍스트라기보다는 다가적 텍스트임을 보여준다.[18] 그러므로 우리는 「흥법」이 제시하는 다양한 역사적 기록들에 기대어 이 텍스트가 제기하는 질문의 답을 찾기는 어렵다. 『삼국유사』는 과거를 재현하는 텍스트가 아니라 이미 존재하는 텍스트를 재인용, 조합하는 텍스트로서, 하나의 텍스트-『삼국사기』-는 다른 텍스트-향전, 『고승전』 등-에 기대고, 편찬자 일연이 가지고 있다고 여겨지는 발화의 권위는 『삼국사기』나 『고승전』과 같은 다른 텍스트들에 전적으로 의지하기 때문이다. 결과적으로 『삼국유사』에서 우리가 읽을 수 있는 것은 사실의 정확한 재현이나 진실의 담론이 아니다. 그런데, 이처럼 인용하는 수많은 전거들이 사실을 말해주지 않는다면, 「흥법」이 제기하는 질문의 해답을 얻기 위한 단서를 어디에서 찾아야 할까. 「흥법」의 해석학적 코드를 무엇으로 보아야 하는 것일까.

연, 사회와 관련되어 널리 받아들여지는 고사, 격언, 지식 또는 전통적인 지혜 등과 관계되는 코드이다.
뱅상주브, 『롤랑 바르트』, 하태환 역, 민음사, 1999, 67쪽.

18 "하나의 사실을 놓고 다른 문헌을 인용하는 이러한 사례는 『삼국유사』 담론에서 여러 군데 보인다. 그것은 하나의 사실에 대한 해석이 서로 다르다는 것을 인정한 것이다. 같은 사례에 대해서뿐만 아니라 『삼국유사』는 수없이 다양한 문헌들을 끌어들임으로써, 그것이 갖는 유기적인 구조를 스스로 해체한다. 하나의 목소리가 일관적으로 드러나는 것이 아니라, 다양한 목소리가 인용을 통해 『삼국유사』의 담론에 틈입하는 것이다. 담론적 저자는 각기 다른 문헌들이 갖는 권위를 인정하면서도, 그러한 문헌들을 복수화시킴으로써 그것이 갖는 절대성을 해체한다. 이것은 담론적 저자가 뮈토스에 대해 갖는 또 다른 태도를 드러내는 것이다. 이것은 뮈토스에서 로고스로의 전이를 드러내는 하나의 징표로 해석될 수 있다."
송효섭, 「『삼국유사』의 신화성과 반신화성」, 『한국문학이론과 비평』 37, 한국문학이론과 비평학회, 2007, 16쪽.

하나의 문헌을 중심에 두고 여타의 문헌들이 그것을 보충하는 역할을 하는 것이라 볼 수 없다면, 텍스트와 텍스트의 위계를 설정하고 관계를 재배치하는 코드-그것을 일연의 의도라고 할 수도 있겠지만, 표면적으로 드러나는 일연의 의도는 사실을 확정하고 진위여부를 밝히는 것이므로 일연의 의도라기보다는 텍스트의 코드 혹은 『삼국유사』의 사실성을 조직화하는 코드- 즉 그것을 통해 「흥법」의 수수께끼를 풀 수 있는 감춰진 해석학적 코드를 찾아야만 「흥법」을 보다 명확히 이해할 수 있을 것이다.

그리고 이러한 관점에서 봤을 때, 일연이 아도, 마라난타, 묵호자, 담시를 동시대에 존재했거나 동일인으로 볼 수 있는 근거로 신라의 불교 수용이 고구려나 백제에 비해 너무 앞서거나 너무 뒤지지 않는다는 것을 내세웠다는 점을 주목할 만하다. 일연은 "불교가 동방에 전파되던 형세는 틀림없이 고구려·백제에서 시작되어 신라에서 끝났을 것"[19]이라면서, 이 시기가 서로 '근접'해 있음을 주장한다. 또한 비슷한 시기에 불교가 일어나 거의 같은 시기에 끝났으므로 위에 언급한 승려들의 행적 또한 같은 시기의 것일 테며, 그 중 동일인이 있을 수도 있다고 말한다. 다시 말해 이 부분에서 일연이 역사적 사실과 인물을 이해하기 위해 전제로 삼고 있는 것은 이 모든 일들이 같은 시기, 인접한 장소에서 일어나 서로 긴밀하게 엮여있다는 사실이다. 일연은 여러 자료들을 검증한 결과, 이 일들이 동시대에 발생한 사건이라고 말하는 것이 아니라, 이 일들이 동시대의 사건임을 전제하고 모든 자료들을 검토한다.

---

19   일연(1997), 앞의 책, 394쪽.

양(梁)·당(唐)나라의 두『승전(僧傳)』및 삼국본사(三國本史)에는 모두 고구려와 백제, 두 나라의 불교가 동진 말기의 태원(太元) 연간에 시작되었다고 했으니, 순도와 아도법사는 소수림왕 갑술년(374)에 고구려에 온 것이 분명하므로 이 전기는 그릇되지 않았다.[20]

먼저 일연은 순도와 아도법사가 소수림왕 갑술에 고구려에 왔다는『삼국사기』의 내용이 사실이라고 전제하고,『양당고승전』과『삼국사기』양쪽 모두 고구려와 백제의 불교 시작이 진 태원 연간이라고 한 것은 틀리지 않았다고 말한다. 이 서술에서 일연이 주장하는 사실은 진 태원 연간에 고구려와 백제 두 나라에 불교가 시작되었다는 것인데, 이때 '진 태원 연간'이 아니라 '고구려와 백제 두 나라가 함께'라는 사실에 주목할 필요가 있다. 왜냐하면 다음에서 일연은 아도가 신라에 온 때를 규명하면서 신라와 고구려 사이의 시간적 간극을 무엇보다 중요하게 고려하고 있기 때문이다. 일연은 신라의 불교 유입이 고구려보다 백 년이나 뒤질 리도 없으며, 앞설 리도 없다고 본다.

만약 비처왕 때 처음으로 신라에 왔다고 한다면, 그것은 아도가 고구려에서 1백여 년이나 있다가 온 것이 된다. 비록 대성인의 행동거지는 세상에 숨었다 나타났다 함이 일정하지 않다고는 하지만 반드시 다 그렇지는 않을 것이다. 그리고 아마 신라에서 불교를 믿은 것이 그처럼 매우 늦지는 않았을 것이다. 또 만약 미추왕 때에 있었다고 한다면, 이것은 도리어 고구려에 들어왔던 갑술년(374)보다도 1백여 년이나 앞서게 된다.[21]

---

20 위의 책, 393쪽.
21 위의 책, 393쪽.

일연은 대성의 행동거지와 출몰이 보통과 다르다는 것을 인정하면서도 아도에게 그것이 해당될 것으로 보지 않는다. 또한 고도원의 예언을 모두 부정하지는 않으면서도 미추왕대라는 것은 믿지 않는다. 일연이 여기에서 전제하는 것은 고구려, 백제, 신라 사이에 약간의 시간차는 있어도 거의 비슷한 시기에 삼국에 불교가 들어왔으리라는 사실이다. "하나(신라 본기)는 연대가 어찌 그렇게도 뒤지고, 또 하나(아도의 본비)는 연대가 어찌 그렇게도 앞섰을까?"[22]라며 이어 "불교가 동방에 전파되던 형세는 틀림없이 고구려·백제에서 시작되어 신라에서 끝났을 것"[23]이라는 서술에서 그가 신라에 불교가 들어온 시기가 삼국 가운데 가장 나중이라 할지라도 신라와 고구려 사이에 소수림왕과 눌지왕 사이의 간격 이상이 벌어질 리 없다고 본다는 점을 알 수 있다. 일연은 이 같은 전제를 세운 후에 아도와 묵호자의 행적이 유사하고 의표 또한 비슷하다는 것을 근거로 이 두 사람이 동일인이라고 주장하는 것이다.

논평하여 말한다. 담시는 태원 말년에 해동(海東)에 왔다가 의회 초년에 관중으로 돌아갔다 하니, 그렇다면 이곳에 머물러 있은 지가 10여 년이나 되는데 어찌 동국 역사에는 그 기록이 없는가? 담시가 이미 괴이하여 알 수 없는 사람이며 아도·묵호자·난타와 연대 및 사적이 서로 같으니 아마 세 사람 중의 한 사람이 필경 그의 변명이 아닌가 한다.[24]

---

22 위의 책, 394쪽.

23 위의 책, 394쪽.

24 위의 책, 398쪽.

일연은 비슷한 시기에 삼국에 불교가 전해졌으므로, 그리고 아도, 묵호자, 마라난타, 담시가 비슷한 행적을 보이므로, 이들이 동일인일 것이라는 가설을 세운다. 동국의 역사 즉『삼국사기』에 담시에 관한 기록이 없기 때문에, 이들 가운데 한 사람이 담시일 것이라 보는 것은 『사기』에 대한 일연의 신뢰를 말해주면서 한편으로는 삼국의 불교 유입이 서로 긴밀한 관계를 맺고 비슷한 시기에 이루어졌다는 믿음을 보여준다는 점에서 유의미하다. 요컨대 일연의 서술에서 가장 확실하게 읽어낼 수 있는 바는 삼국에 비슷한 시기에 불교가 들어왔다는 사실을 모든 논증의 전제로 삼고 있는 점이다.

이처럼 비슷한 시기에 유사한 사건들이 일어나고, 또한 인접한 시기에 같은 행적을 보이는 인물들이 동일인이라는 주장은 이어지는 〈원종흥법 염촉멸신〉의 다음과 같은 부분과도 연결지어 생각해볼 수 있다.

> 「신라 본기」에 법흥대왕 즉위 14년(527)에 소신(小臣) 이차돈(異次頓)이 불법을 위하여 제 몸을 죽였다. 곧 소량(蕭梁, 梁武帝) 보통(普通) 8년 정미(527)에 서천축(西天竺)의 달마대사가 금릉(金陵)에 왔던 해다. 이 해에 또한 낭지법사(朗智法師)가 처음으로 영취산(靈鷲山)에서 법장(法場)을 열었으니, 불교의 흥하고 쇠하는 것도 반드시 중국과 신라에서 같은 시기에 서로 감응했던 것을 여기서 믿을 수 있다.[25]

위의 인용에 따르면 정미년에는 이차돈이 "불법을 위하여 제 몸을 없앴"으며, 서천축의 달마가 금릉에 왔고, 낭지법사가 처음으로 영취산에서

25　위의 책, 401-402쪽.

불법을 열었다. 이 외에도 일연은 '정미년'에 특히 주목하는데, 이는 "웅천주의 대통사가 창건된 시기가 대통 원년 정미년이라고 한 전승을 따로 추기한 것"[26]에서도 알 수 있다. 또한 강종훈이 지적하는 것처럼 『삼국사기』에는 528년 즉 법흥왕 15년의 일로 기록되어 있는 이차돈의 죽음과 불교 공인의 시점이 『삼국유사』에는 527년 정미년(법흥대왕 14년)으로 분명히 바뀌어 있다. 이처럼 정미년에 일어난 사실을 집중적으로 기록한 것은 "일연이 정미년이라는 해에 얼마나 집착하고 있었는지를 확인"시켜주는 것으로서, 그가 이차돈, 달마대사, 낭지법사에 관한 이렇듯 중요한 일들이 같은 해에 일어났을 것이라는 믿음을 지니고 있다는 사실을 알 수 있게 해준다.[27] 즉 정미년에 대한 강조는 같은 해에 서로 관계를 맺고 있는 일들이 일어났다고 하는 시간적 인접관계에 대한 서술자의 인식을 드러낸다. 삼국에 불교가 들어오던 시점의 사건들 가운데 일연에게 '사실적'으로 받아들여지는 것은 이처럼 중요한 일들이 정미년에 '동시에' 일어났다는 사실이다.

일연은 대흥륜사를 지은 해(544년)에서 가까운 태청 초년(547년)에 양나라 사신이 사리를 가져오고, 565년에 진나라 사신이 내경을 받들고 온 내용을 언급한 다음, 아래와 같은 서술을 한다.

---

26 "대통 원년 정미에는 양제를 위하여 웅천주에 절을 짓고 이름을 대통사라고 하였다. 뒤이어 각주에서는 이때가 정미년이 아니라 기유년이라고 수정하고 있다."
   강종훈, 『『삼국유사』홍법편, 원종흥법 염촉멸신 조 고찰』, 『신라문화제학술발표논문집』 35, 동국대학교 신라문화연구소, 2014, 210-211쪽.

27 위의 논문, 210-211, 227쪽.

절들은 별처럼 벌여 있고 탑들이 기러기 행렬처럼 연이어 섰다. 법당(法幢)을 세우고 범종을 달았다. 용상(龍象)의 중은 천하의 복전(福田)이 되고, 대승(大乘)·소승(小乘)의 불법은 경국(京國)의 자운(慈雲)이 되었다. 타방(他方)의 보살이 세상에 출현하고-분황(芬皇)의 진나(陳那), 부석(浮石)의 보개(寶蓋), 낙산(落山)의 오대(五臺) 등이 이것이다-서역의 명승들이 이 땅에 오시니 이로 말미암아 삼한은 합하여 한 나라가 되고 온 세상은 어울려 한 집이 되었다.[28]

원근이 동시에 서로 감응하고 온 세상이 한 집안이 되었다는 위의 인용은 법흥왕 대에 삼국이 하나가 되어 불법이 일어났음을 말해주는 대목이다. 이 부분은 비슷한 시기에 비슷한 일들이 연이어 일어난 것을 표현하고 있다. 마치 한쪽의 움직임에 인접한 다른 쪽이 반응하듯 삼한과 온 세상이 한 집안이 되는 과정이 순차적으로 그려지고 있는 것이다. 특히 이 인용에서 "불교의 흥하고 쇠하는 것도 반드시 중국과 신라에서 같은 시기에 서로 감응했던 것"이라는 서술을 읽을 수 있는데, 이 글에서는 이때의 '감응'을 「흥법」이 제기하는 수수께끼를 풀 수 있는 결정적인 단서로 보고자 한다. 다시 말해 「흥법」에 담긴 수수께끼 같은 여러 의문의 해답은 이 세계 안에 존재하는 모든 것들이 서로 '감응'한 관계라는 점을 전제해야만 찾을 수 있다.

일반적으로 감응은 "관계의 능력"으로 이해할 수 있다. 그것은 내가 변화와 생성을 희망하는 분량만큼 신과 나누어 갖게 되는 능력을 의미하며, 이런 관계에 참여함으로써 주체는 변혁과 생성이라는 신의 사역에 동참할 수 있

---

28 일연(1997), 앞의 책, 409-410쪽.

이론으로 서사 읽기

게 된다.[29] 감응은 또한 이질적인 두 세계가 접하면서 이루어진 부름과 응답의 소통기제를 가리키는 것으로 볼 수도 있는데, 교학 내에서는 성인께서 인간의 고통에 감하여 응해주시는 것으로 해석되기도 한다.[30] 이처럼 현실계와 초현실계가 만나며 이루어지는 소통의 기제 또는 관계의 능력을 가리키는 개념인 감응과 관련하여 우리가 관심을 갖는 지점은 이러한 교학적인 개념이 「흥법」 안에서 어떻게 서사화 되었는가라는 문제일 것이다. 결론부터 말하자면 「흥법」에서 감응은 시간적·공간적 인접성, 인과적 인접성을 바탕으로 특정한 시공간에서 일어나는 상호작용으로 서사화된다고 할 수 있다.

앞에서 살펴본 것처럼 「흥법」에서 감응은 같은 시기에 인접한 지역에서 또는 인접한 시기에 유사하거나 가까이 있는 인물들 사이에서 일어난다. 한 곳에서의 일어남이 다른 곳과 연결되고 한 인물의 행위가 곧 다른 인물의 행위로 이어지는, 그리하여 장소와 장소가, 장소와 시간이, 인물과 인물이 또는 장소와 인물이 한데 얽히는 것, 곧 이 같은 인연의 짜임이 「흥법」이 보여주는 감응의 양상이다. 그리하여 서로 '감응'한 관계라는 관점에서 〈순도조려〉〈난타벽제〉〈아도기라〉 조를 읽어보면 순도, 아도, 묵호자, 마라난타, 담시를 같은 시기에 같은 공간에 존재한 이들로 보고, 이들 가운데 동일인이 있다는 주장을 이해할 수 있다.

---

29 김문태, 「원왕생가와 감통편의 감응 구조-문맥 내에서의 노래의 위상을 중심으로」, 『국어국문학』 20, 국어국문학회, 1997.
    김창원, 『향가로 철학하기』, 보고사, 2004.
    박성지, 「불교적 감응의 담론 형성에 관하여-힘의 역학관계를 중심으로-」, 『구비문학연구』 21, 한국구비문학회, 2005, 461쪽에서 재인용.

30 박성지(2005), 앞의 논문, 476, 481-482쪽.

또한 「흥법」에서 이 같은 감응은 비단 시간적이고 지리적인 인접 관계에만 해당하는 것이 아니라 인물들 사이에서도 일어난다는 사실을 알게 된다.

아! 이 법흥왕이 없었으면 이 염촉이 없었을 것이고, 이 염촉이 없었으면 이 공덕이 없었을 것이니 유비(劉備)와 제갈량(諸葛亮)의 고기와 물 같은 관계며, 구름과 용이 서로 감응한 아름다운 일이라 할 수 있겠다.[31]

원종과 염촉은, 원종이 있어야 염촉이 존재하고 염촉이 있어야 원종이 존재하는 관계, 서로가 서로에게 존재의 이유가 되는 관계로 그려지는데, 이 또한 '감응'한 관계로 이해할 수 있다. 법흥왕비와 진흥왕비의 일화 역시 이러한 관점에서 살펴볼 때에라야 진흥왕비를 법흥왕비로 고쳐야 한다는 일연의 주장을 받아들일 수 있다.

『국사』에서는 건복(建福)31년(614)에 영흥사의 소상이 저절로 무너지더니 얼마 안 가서 진흥왕비 비구니가 세상을 떠났다고 했다.

살펴보건대 진흥왕은 법흥왕의 조카요, 왕비인 사도부인(思刀夫人) 박씨는 모량리(牟梁里) 영실 각간(英失角干)의 딸로서 또한 출가하여 여승이 되었다. 그러나 영흥사를 세운 주인은 아니다. 아마도 진(眞)자는 마땅히 법(法)자로 고쳐야 될 것 같다. 이는 법흥왕비 파조부인(巴刁夫人)이 여승이 되었다가 세상을 떠난 것을 말하며 이분이 바로 그 절을 짓고 불상을 세운 주인이기 때문이다.[32]

---

31 일연(1997), 앞의 책, 411쪽.
32 위의 책, 413쪽.

위에서 일연은 영흥사의 소상이 무너지고 동시에 진흥왕비가 세상을 떠났다는 역사적 기록이 잘못임을 지적하는데 이는 영흥사의 소상이 무너진 것은 절을 짓고 불상을 세운 주인인 법흥왕비 파조부인이 세상을 떠난 것과 연결되어야 한다고 보기 때문이다. 물론 일연의 이러한 주장은 역사적 사실과는 다소 거리가 있는 것이기 때문에[33], 이 부분의 서술에서 주목해야 하는 것은 법흥왕비와 영흥사의 소상이 무너진 사건을 반드시 연결시켜 이해하고자 하는 일연의 의도이다. 절을 세운 이와 절이 운명을 같이하는 것이 마땅하다는 이같은 인식, 어떠한 사건, 사물, 인물, 시공간이 긴밀하게 연결되어 있다는 전제를 우리는 「흥법」 곳곳에서 발견하게 된다. 〈보장봉노 보덕이암〉 조에서 양명과 그의 환생이라는 개금을 동일인으로 보려면 양명의 죽음과 고구려 운명의 상관성을 고려해야만 가능한 것처럼 말이다.

「흥법」에서는 일연의 기록들을 비교 검토하면서 역사적 사실을 확인하려 할수록 그가 사실이라 여기고 기록한 것들로부터 멀어진다. 「흥법」의 리얼리티는 역사적 기록들을 고증하는 데에서 오는 것이 아니라, 특정 시기나 특정한 공간에서 유사한 일들이 일어나거나 특별한 관계 맺음이 발생하는 것을 감응으로 이해하고 받아들이는 것, 대상이나 사건의 감응적 관계를 인

---

33 "일연은 진평왕대인 건복 31년에 영흥사에 머물다 죽은 것으로 전해지는 비구니가 국사 즉 『삼국사기』 「신라본기」에 나오는 것처럼 진흥왕비가 아니라 법흥왕비일 것이라는 주장을 하였는데, 이는 영흥사의 창건주가 법흥왕비라는 전승에 구애된 무리한 주장으로서 그의 고증 능력의 한계를 잘 보여준다. 영흥사에서 비구니가 사망하였다고 전해지는 건복 31년은 서기 614년으로, 6세기 전반에 주로 활동했던 법흥왕비가 당시까지 생존했을 가능성은 거의 없기 때문이다."
강종훈(2014), 앞의 논문, 226쪽.

식하는 것에서 생겨난다. 즉, 특정 시공간에서 발생하거나 존재하는 사건과 대상들 사이를 잇는 것, 그들 사이의 긴밀한 관련성을 발견하는 것이 곧 「흥법」의 리얼리티의 원리라는 것이다. 고구려와 백제, 그리고 신라 사이에 또는 아도와 묵호자, 마라난타와 담시 사이에서 차이가 아니라 관계성을 발견하는 것, 이들이 감응의 차원에서 관계 맺고 있다는 인식이 곧 「흥법」에 리얼리티를 부여한다. 결론적으로 관계맺음 그 자체가 「흥법」이 가지고 있는 독특함이자 차별성이며, 그것을 가능하게 하는 감응이 곧 「흥법」에 리얼리티를 부여하는 사실성의 코드이면서 해석학적 코드라고 말할 수 있겠다.

4. 행동적 코드: 부재를 포함하는 현존

앞서 「흥법」은 '감응'한 상태에 대해 이야기한다고 했지만 「흥법」 전체가 감응의 균일한 관계를 그리고 있는 것은 아니다. 다시 말해서, 「흥법」 안에서 감응은 특정 시공간 혹은 관계들 사이에서 일어나는 사건'들'이라고 보는 편이 타당하다. 이에 이 장에서는 감응이라는 사건의 단위를 규정하는 문제를 검토해보려고 한다. 이는 자기동일성이라는 주제와 관련될 것이다.

이를 위해 『S/Z』의 행동적 코드[34]를 중심으로 이 문제를 풀어보고자 한

---

34 이는 인간의 행동들을 함축하고 있는 코드로서, 바르트는 "프로아이레시스라는 능력, 즉 어떤 행동의 출구를 숙고, 결정하는 능력을 프락시스(실천)에 결합하는 아리스토텔레스의 용어를 참고하여" 이런 행동의 코드들을 행동적 코드라 부른다. 예를 들면 '가져오다-사라지다', '아프다-치료하다-낫다', '들어가다-나오다', '전하다-받다' 등의 시퀀스에 관여하는 코드이다.
롤랑바르트(2015), 앞의 책, 95쪽.

다. 『S/Z』에서 행동적 코드는 인간의 행동과 실천을 함축하는 것으로서 연속체들로 조직화되어 있는 시퀀스들에 관여하는 코드를 가리킨다. 이 코드는 이미 수행된 것이나 이미 읽은 것, 즉 경험 영역의 목소리를 직조하는데, 이 코드를 중심으로 「흥법」을 읽어보면 대부분의 이야기가 '시작하다-끝나다'의 시퀀스로 되어 있음을 알 수 있다. 다시 말해서 「흥법」에는 '시작하다-끝나다' '들어오다-나가다', '흥하다-망하다' '성하다-쇠퇴하다'의 시퀀스가 이야기의 주된 골격을 이룬다. 이러한 행동적 코드를 따라 〈순도조려〉〈난타벽제〉〈아도기라〉를 정리해보면 아래와 같다.

〈순도조려〉
① (불교를) 계속 일으키다
② (불상과 경문을) 보내오다 (아도가) 오다-(초문사를, 이불란사를) 지어 (순도를, 아도를) 머물게하다-시작이다

〈난타벽제〉
③ (마라난타가) 오다-절을 세우고 승려 열 명을 두다-시작이다-(불법을 신봉하라는) 교령을 내리다

〈아도기라〉
④ (묵호자가) 이르다-(의복과 향을) 전해오다-(묵호자가 향의 쓰임을) 알아서 (공주의 병을) 고치다-(묵호자가) 간 곳을 알 수 없다
⑤ (아도화상이) 오다-머물다-죽다
⑥ (담시가 요동에 가서 교화를) 펴다-(고구려가 불도를 들은) 시초이다-(담시가 관중으로) 돌아오다-(때가 온 것을) 알고 이르다-(탁발도가 불법을) 일으키다-(담시는) 그 뒤로 종적을 모른다

위의 내용에 따르면 아도와 순도는 374~375년, 담시는 384년에 고구려에 왔으며, 마라난타는 384년에 백제에 오고, 묵호자는 이로부터 몇 년 후 신라에 이르렀음을 알 수 있다. 편자는 이들이 각기 삼국에 들어온 때가 이 나라들에서 불교가 시작된 시점이라고 말하면서, 묵호자의 "간 곳을 알 수 없었다."[35]라거나 "법사는 모록의 집으로 돌아가서 스스로 무덤을 만들고 그 속에 들어가 문을 닫고 세상을 떠났으므로, 마침내 다시 세상에 나타나지 않았다."[36] 또는 "담시는 그 뒤에 그의 죽은 곳을 알 수 없었다고 한다."[37] 등의 서술로 이 이야기들의 끝을 맺는다. 이때 〈순도조려〉〈난타벽제〉에서는 시작을, 〈아도기라〉에서는 시작과 끝을 말하고 있기 때문에, 행동적 코드를 기준으로 할 때 각각의 조를 시작과 끝을 하나의 단위로 갖는 독립적인 시퀀스로 보기 어렵다. 즉, 행동적 코드를 중심으로 위의 세 조를 정리해보면, 〈순도조려〉와 〈난타벽제〉에서는 '일으키다' '시작이다', 그리고 뒤이어 〈아도기라〉에서는 '간 곳을 알 수 없다' '죽다' '종적을 모른다'와 같은 서술이 주를 이루고 있음을 알 수 있다. 그러므로 이들을 하나의 내용 단락으로 보아 '시작이다-죽다(종적을 모른다)'라는 시퀀스로 요약하는 것이 적절하다.

〈아도기라〉에 인용되어 있는 '아도본비' 역시 시작과 끝의 이야기[38]로, 아굴마와 고도령 사이에서 태어난 아도가 계림에 와서 불법을 전하였지만

---

35 일연(1997), 앞의 책, 388쪽.

36 위의 책, 392쪽.

37 위의 책, 397쪽.

38 일연은 이 시기가 앞서 『삼국사기』의 내용보다 100여 년 앞선다고 하여 진위여부를 의심하고 있는데, 이와 관련하여서는 뒤에서 다시 논할 것이다.

결국 미추왕의 죽음 이후 다시 나타나지 않았으며 불교도 폐지되었다는 줄 거리이다. 이 이야기도 행동적 코드에 따라, 아도의 '출생-사라짐' 그리고 계림에 '불법이 전해짐-불법이 폐지됨'의 시퀀스로 요약[39]할 수 있는데, 아 도의 활동시기에 관한 고증의 문제를 잠시 논외로 하고 이 텍스트만을 두 고 본다면 '아도본비'와 앞의 〈순도조려〉〈난타벽제〉〈아도기라〉가 동일한 구조를 취하고 있다는 것을 알게 된다. 또한 '아도본비'의 내용 가운데 고 도령의 예언 역시 이러한 관점에서 살펴보면 '전불시대가 있었다-전불시 대가 끝났다'의 시퀀스를 포함하고 있음을 발견할 수 있다. 고도령이 아도 에게 계림으로 가라고 하는 이유는 지금 그곳에 전불시대의 절터가 남았 기 때문이며, 이 말은 곧 전불시대가 있었던 것은 분명하나 지금은 그렇지 않다는 사실을 의미하므로, 이 일화에서 위의 다른 시퀀스들과 마찬가지로 전불시대가 '존재하다(시작하다)-사라지다(끝나다)'의 시퀀스를 발견할 수 있다는 것이다.

그러므로 이상의 내용은 행동적 코드를 중심으로 볼 때 순차적으로 '전불 시대가 시작되고 끝나다', '미추왕 때 아도가 태어나 신라에 오고 사라지다' 그리고 '소수림왕 때 삼국에 불교가 들어오고 끝나다'라는 세 단위로 정리 가 가능하다. 물론 지금까지의 논의에서는 고도령 이야기의 진위여부를 밝 히고 삼국에 불법이 전해진 시기를 명확하게 규명하는 문제가 중요하게 다 루어진 것이 사실이다. 그러나 행동적 코드를 중심으로, 즉 시작과 끝을 중

---

39 (아굴마와 고도령이) 사통하다-(아도가 태어나다)-(아도가 계림에) 오다-(아도가 공주의) 병을 고 치다-(사찰 건립을) 청하다 -(미추왕이) 죽다-(아도가) 다시 나타나지 않다-불교가 폐지되다

심에 두고 이 이야기들을 다시 읽어보면 이 텍스트들이 전불시대와 미추왕대 그리고 소수림왕대(침류왕, 눌지왕)에 각각 불법이 시작되고 끝난 내용을 주요하게 다루고 있음을 알 수 있다. 일연이 말하려는 내용은 삼국에 불교를 가지고 온 이가 누구이며, 그때가 정확히 어느 시기인가에 관한 것이지만, 텍스트는 우리에게 '시작하다-끝나다'라는 시퀀스의 반복을 보여준다.

이어지는 〈원종흥법 염촉멸신〉 〈법왕금살〉 〈보장봉노 보덕이암〉 조 역시 행동적 코드를 중심으로 읽으면 동일한 결론을 얻을 수 있다.

〈원종흥법 염촉멸신〉

① (서천축의 달마가 금릉에) 오다-(낭지 법사가 처음으로 영취산에서 불법을) 열다-(이차돈이 불법을 위하여 제 몸을) 없애다

② (진흥왕이 대흥륜사를) 짓다-(양나라 사신 심호가 사리를) 가져오다-(진나라 사신 유사가 내경을) 받들고 오다-(타방의 보살이) 출현하다, (서역의 명승이 이 땅에) 강림하다, 삼한이 한 나라가 되다, 온 세상이 한 집안이 되다 출현하다, 오다, 열다-순교하다-짓다-가져오다-받들어오다-한 나라가 되고, 한 집이 되다

③ (법흥왕이 불교를) 일으키고 (흥륜사, 대통사를) 세우다-출가하다-(불교를) 펴다

④ (왕비가 영흥사를) 세우다-출가하다-죽다

〈법왕금살〉

⑤ (법왕이 왕위에) 오르다-(살생을) 금지시키다-(왕흥사를) 세우다-(무왕이 왕흥사-미륵사-를) 완성하다

〈보장봉노 보덕이암〉

⑥ (보장왕이 도교를) 신봉하다-(개소문이 당나라에 도교를) 구하다-(보

덕화상이 왕에게) 간하다-(왕이) 듣지 않다-(보덕화상이 완산주로) 옮겨 살다-(나라가) 망하다

⑧ (수 양제가) 쳐들어오다-(고구려왕이) 항복을 청하다-(한 사람이 몰래 활을 쏘아 양제를) 맞추다-(양제의 신하 양명이 죽어 고구려 대신이 될 것을) 맹세하다-(양명이 고구려에) 태어나다-(무양왕의) 신하가 되다-(당나라에 도사를) 요청하다-(고구려가 신라에) 항복하다-(제자 11명이 절을) 세우다

〈원종흥법 염촉멸신〉에서 염촉, 법흥왕, 법흥왕비는 각각 순교하다, 출가하다, 죽다 등의 행위로 기록되어 있다. 그러나 이들의 행위는 결국 '한 집이 되다' 혹은 불교를 '펴다'와 같은 시작의 사건과 관련을 맺는다는 점에서 이전 아도, 난타, 묵호자의 죽음과 구별된다. 이들의 죽음이 그와 함께 불법 역시 사라지는 것으로 이해되는 것이었다면 〈원종흥법 염촉멸신〉조에서 인물들의 죽음은 순교 또는 출가와 같은 의미로서 불법을 일으키는 행위와 동의어로 해석된다. 즉 이 조의 이야기는 시작을 담고 있다는 것이다. 따라서 〈원종흥법 염촉멸신〉〈법왕금살〉〈보장봉노 보덕이암〉, 이 세 조 역시 표면적으로는 각각 신라와 백제, 고구려의 이야기를 하고 있지만, 행동적 코드를 중심으로 볼 때 이차돈의 순교로 불교가 다시 일어나, 법왕 대에 크게 흥한 뒤, 보장왕과 개소문에 의해 망했다는 이야기 즉 '일어나다-망하다'의 시퀀스로 요약이 가능하다. 앞서 〈순도조려〉〈난타벽제〉(시작)-〈아도기라〉(끝) 조를 하나의 시퀀스로 읽어냈듯이, 〈원종흥법 염촉멸신〉(처음)-〈법왕금살〉(중간)-〈보장봉노 보덕이암〉(끝) 조도 하나의 연속체로 볼 수 있다. 이처럼 행동적 코드에 따라 「흥법」을 읽어보면 여기에서 말

하는 것이 삼국의 불교가 어떻게 들어와서 끝나는가에 관한 것이 아니라, 시작과 끝으로 이루어진 시퀀스의 반복으로 불법의 들고 남, 일어나고 사라짐에 대한 것임을 알게 된다.

일반적으로 불교에서 반복은 윤회의 관점에서 이해되고, 이는 주로 인물에 대한 것으로 생각하기 쉽다. 그러나 「흥법」을 좀 더 들여다보면 이러한 반복이 반드시 인물 차원에서만 일어나는 것이 아님을 알 수 있다. 「흥법」은 법 혹은 감응의 반복을 주되게 그리고 있기 때문이다. 삼국이라는 특정한 장소에서 불법이 일어나고 사라진 사건들의 기록 즉, 「흥법」은 전불시대, 소수림왕대, 법흥왕대에 연속해서 삼국에 불법이 존재했던 것이 아니라 그 각각의 시기에 불법이 시작하고 끝났다는 사실을 서술하고 있다. 「흥법」은 삼국에 불법이 나타났다가 사라지기를 반복한다는 것을 보여준다. 법의 존재와 법의 부재, 존재의 시작과 끝이 「흥법」에서는 계속해서 되풀이되고 있다. 법은 일어나고 끝나지만 반드시 같은 장소에서 다시 일어나고 또 반드시 다시 사라진다. 그리하여 사라지는 것은 시작하는 것의 부정이 아니라 시작과 함축의 관계에 놓인다. 이 글에서는 이 과정의 계속되는 반복이 「흥법」의 줄거리이자 불법의 메커니즘이라고 본다. 법은 무엇이라 규정할 수 있는 내용적인 차원의 것이 아니라 바로 이와 같은 메커니즘 그 자체를 가리킨다는 것이다.

우리는 현존이란 존재하는 것, 아직 끝나지 않은 것이라 생각하며, 부재는 그것의 끝을 의미한다고 생각한다. 하지만 법을 중심에 두고 볼 때 「흥법」에서는 이와는 좀 더 다른 규칙이 발견된다. 끝은 일반적으로 부재를 의미하지만 「흥법」에서 우리는 끝나기 때문에 다시 시작하는 것을 볼 수 있

　　　　　　　　　　이론으로 서사 읽기

기 때문이다. 법은 끊김 없는 연속체가 아니라 부재를 통해 존재하는 것 혹은 부재를 포함하는 현존이다. 「흥법」에서는 끝이 나야 그 법이 이어질 수 있다. 끝이 있어야 법이 나타날 수 있기에 현존이 부재를 안고 있는 형상이다. 가령 양명이 부재해야 개금이 존재할 수 있듯이 말이다. 삼국이라는 공간에서 법이 들고 나는 것도 마찬가지이다. 이 공간에 법이 다시 일어날 수 있는 것은 과거에 이 공간에 법이 머물렀고 그것이 끝났기 때문이다.

불교의 연기설은 어떤 존재물이건 타에 의존하여 생하고 존재한다는 의미를 갖는다.[40] 불교에서 말하는 연기의 진리란 인간과 인간, 인간과 대상 사이에는 인과의 법칙이 존재하는데, 특히 어떤 결과가 발생하게 되면 그 결과는 또다시 그를 발생시킨 원인을 포함한 다른 모든 존재에 대해서 직접적 또는 간접적인 영향을 미치는 것을 말한다.[41] 이러한 관점을 따라 우리는 삼국에 불법의 시작과 끝이 반복되는 사건을 이해할 수 있다. 전불시대가 과거에 있었다는 데에서 전불시대의 시작과 끝, 미추왕 대에 아도화상의 태어남과 죽음에 맞춰 불법의 들고 남, 즉 시작과 끝, 소수림왕 대에 삼국에 불교가 들어왔다 끊기고, 이후 법흥대왕 대에 다시 불교가 일어나고 보장왕 대에 끝났다는 것까지 「흥법」에는 네 번의 시작과 끝이 존재하는 것을 알 수 있다. 이는 불법이 네 차례 윤회한 것이라고, 또는 불국토가 네 차례 나타났다 사라지기를 반복한 것이라고 말할 수 있을 것이다. 이 같

---

40 민족사 편집부, 『불교의 지식 100』, 민족사, 1988, 47쪽.

41 김정경, 「연기론의 서사화-『삼국유사』의 서사화 방식과 인식체계」, 『시학과 언어학』 2, 시학과 언어학회, 2001, 248쪽.

은 반복은 삼국이 특별한 공간이기 때문에 삼국에 불법이 일어난 것이 아니라 이 공간이 과거에 불법이 존재했던 곳이기 때문에 이곳에서 불법이 일어날 것을 기대할 수 있다는 사실을 의미한다. 왜 이 장소에 불법이 들어오는가라는 질문에 과거의 인연으로 오늘의 사건이 발생하는 것이라는 대답, 이전에 불법이 일어났던 곳이기 때문이라는 것이 「흥법」의 대답이다. 이유는 없다. 인연이 있을 뿐이다.

5. 의소적 코드·상징적 코드: 경계를 지음으로써 경계를 지워나가기

앞 장에서는 (불법의) 일어남과 사라짐이라는 행동적 코드를 중심으로 「흥법」을 읽고, 그 결과 이 텍스트가 불국토라는 신성한 시공간의 윤회를 그리고 있다고 보았다. 이 장에서는 이러한 윤회의 주체인 인물이나 장소의 '경계'를 보다 명확하게 이해하기 위해 시작과 끝, 일어남과 사라짐, 들어옴과 나감, 삶과 죽음, 흥함과 망함 등과 같은 의소[42]들을 중심으로 텍스트를 읽어보려 한다. 이 의소들은 대부분 대조적인 항목으로 분류할 수 있지만 이는 어디까지나 표면적인 대립일 뿐 「흥법」에서 시작, 끝, 흥, 망, 신이함,

---

42 의소는 의미론에서 기의의 단위이다. 이것은 하나의 낱말로 나타낼 수 있으며, 거의 통상적 의미에서 함축 의미가 지시하는 바대로 전형적인 기의를 구성한다. 또한 이것은 인물과 결부될 필요가 없으며, 하나의 동일한 주제 영역으로 통합되어서도 안된다. 이는 불안정하며 산재된 성격을 지닌 채로 작품 속에 담겨 있는 것으로 바르트는 "의미의 먼지같은 혹은 반짝이는 입자들"이라고 표현하기도 한다.
롤랑 바르트(2015), 앞의 책, 94-97쪽.

영검, 신성함 등의 자질들은 모두 반복 또는 윤회의 메커니즘 내부에 있기에 각각 명확한 경계를 갖는다고 보기 어렵다. 반복되기에 시작과 끝의 경계가 분명해야 하지만, 반복되기에 처음과 마지막을 명확히 하기 힘들다는 것이다. 이와 관련하여 이 장에서는 윤회의 메커니즘 안에서 경계는 어떻게 만들어지는가 라는 의문을 해결해보고자 한다. 그리고 이를 위해 「흥법」이 기록하는 '사찰'들에 주목할 것이다. 「흥법」의 절들은 위에서 언급한 의소의 대립적인 특질을 동시에 지니고 있는 것으로 보이기 때문이다.

「흥법」에 가장 먼저 기록된 절은 〈순도조려〉 조의 초문사와 이불란사로, 이 절은 동진에서 온 순도와 아도를 머물게 하기 위해 지은 것이다. 이 조에서는 이 절을 지은 것이 고구려 불법의 시초라고 되어 있다. 다음 〈난타벽제〉 조에는 을유년에 한산주에 절을 짓고 중 열 명을 둔 것이 백제 불법의 시초라는 기록이 나온다. 이렇듯 이 두 개의 조에서 절을 지은 것은 모두 불법의 '시작'과 관계가 있다. 초문사와 이불란사 그리고 한산주에 지은 절은 아직 불교가 전해지지 않은 삼국에 불교가 들어왔다는 표시라고 할 수 있다는 것이다. 이어지는 〈아도기라〉 조에서는 고도령이 예언한 절터에 지어진 7개의 절[43]에 관한 기록이 나온다. 고도령은 신라의 서울 안에 일곱 곳의 절터가 있는데, 이곳이 모두 "전불(前佛)시대의 절터며 불법이 길이 유행할 곳"[44]이라면서 아들인 아도에게 그곳으로 가서 불교를 전파하여 불

---

43 천경림(흥륜사), 삼천기(영흥사), 용궁남쪽(황룡사), 용궁북쪽(분황사), 사천끝(영묘사), 신유림(천왕사), 서청전(담엄사). 일연(1997), 앞의 책, 390쪽.

44 위의 책, 390쪽.

교의 개조가 되라고 말한다. 아도는 이후 신라에 가서 공을 세우고 고도령의 말대로 천경림에 절을 짓는다. 여기까지는 모두 삼국에 불교가 처음 들어온 시기에 건립된 사찰에 관한 기록이다.

이어지는 〈원종흥법〉조에서는 법흥왕이 등극한 뒤 절을 세워, "인민을 위하여 복을 닦고 죄를 없앨 곳을 마련"[45]하고자 하지만 조신들이 따르지 않아서 결국 염촉이 순교하고, 그 뒤에 나인들이 "이를 슬퍼하여 좋은 곳을 가려서 절을 짓고 그 이름을 자추사라 했다"[46]는 이야기가 나온다. 그 다음으로는 앞의 고도령의 예언에 나왔던 대흥륜사가 진흥왕 5년에 완성되었다는 이야기와 대흥륜사와 함께 역사(役事)를 일으킨 영흥사의 건립에 관한 내용이 이어진다. 이 조에는 양나라 무제를 위해 비슷한 시기에 대통사를 세웠다는 기록도 함께 담겨 있는데, 이 세 절의 건립 이야기 역시 모두 신라에서 불교가 인정받기 시작하던 때의 것이다.

이처럼 〈순도조려〉 〈난타벽제〉 〈아도기라〉 그리고 〈원종흥법〉에 기록된 사찰 건립은 모두 불교가 전해지기 이전과 이후 또는 불교 공인 이전과 이후의 경계를 만드는 것과 관계가 있다. 하지만 이를 단순히 '처음'의 사건이라고 할 수 없는 것은 고도령의 예언에 나오듯 이 장소가 과거 전불시대의 절터이기도 하기 때문이다. 다시 말해 이 절들이 세워진 시공간이 삼국 불교의 시작점일 수 있는 것은 전불시대가 완전히 끝났기 때문이면서 동시에 그 장소가 전불시대의 절터로서 전불시대와의 연속성을 지니고 있

---

45 위의 책, 402쪽.

46 위의 책, 408쪽.

이론으로 서사 읽기

기 때문이다. 표면적으로는 절을 세워 불교가 들어오기 이전과의 차이점을 분명하게 드러내는 것 같지만 이 차이점을 표시하는 장소는 전불시대와의 인연, 불법의 동일성을 간직하지 않는 곳이어서는 안 된다. 이렇듯 〈순도조려〉에서 〈원종흥법〉까지에 나타난 절들이 주로 시작을 이야기하면서 과거-끝-와의 관계를 내포한다면, 다음에 살펴볼 〈보장봉노 보덕이암〉 조에 기록된 사찰들은 그 역을 보여준다.

〈보장봉노 보덕이암〉 조는 수나라 장수 양명과 고구려 개금의 이야기 그리고 고구려 멸망의 과정에 이어 보덕법사의 제자들이 지은 8개의 절[47]이 나열되는 것으로 끝난다. 보덕법사의 제자들이 지은 절은 모두 고구려 말기의 것으로, 고려의 대각국사 의천이 1091년에 지은 시에 따르면 고구려 보장왕이 불법을 믿지 않고 도교에 미혹되어 나라가 망해가자 보덕국사가 신력으로 방장을 날려 고대산 경복사에 내려와 지낸 뒤로 고구려가 위태해졌다고 한다. 그러므로 보덕국사의 제자들이 절을 세운 때는 고구려의 불법이 사라진 시기라 할 수 있다. 즉, 이 절들은 모두 고구려의 불법이 사라지는 과정에서 마침표 역할을 하고 있다. 보장왕이 도교를 신봉하고, 보덕법사가 평안남도의 반룡사에서 전주 고대산 경복사로 거처를 옮기며 고구려가 차츰 망해가던 때에 법사의 제자들이 지은 절은 한시기를 마감하는 의미를 내포한다는 것이다. 하지만 이렇게 시대의 경계를 짓는 행위는 앞서도 말했듯 이 장소에 불법의 인연이 있었음을 표시하는 것이기에, 다시 감응이 일어날 수 있다는 가능성을 보여주는 것이기도 하다. 지금은 끝이

---

47 금동사, 진구사, 대승사, 대원사, 유마사, 중대사, 개원사, 연구사. 위의 책, 426-427쪽.

났지만, 그 표시는 다시 시작할 장소라는 의미도 함께 갖는다.

이처럼 「흥법」에 기록된 절들 대부분은 모두 한 시대의 경계를 만들어 낸다는 공통점이 있다. 전불시대의 절터에다 절을 세웠다는 것은 전불시대가 끝났다는 사실을 확인시켜주면서 전불시대와 삼국시대의 경계를 짓는 행위이다. 즉 전불시대와 그 이후의 차이를 명확히 하는 작업이다. 보덕법사의 제자들이 절을 지은 것 역시 고구려의 불법이 끝났다는, 고구려의 '멸망'에 대한 표식이다. 고구려와 고구려 이후의 경계를 세우는 행위라는 것이다. 공통적으로 이들 사찰의 건립은 불법이 흥했던 시대, 감응의 원리가 통하던 한 시대가 끝났다는 것을 의미하며 삼국이라는 시공간의 경계를 확립한다.

하지만 앞서도 말했듯 차이를 분명히 밝히는 이러한 작업이 이 공간에 감응이 다시 일어날 것임을 표시하는 역할을 하는 것 또한 사실이다. 절을 세운다는 것은 과거와 오늘날 사이의 차이를 분명히 하여 그 사이에 선을 긋는 행위인 동시에 그 자리에 법이 다시 일어날 가능성을 의미하는 행위이기도 하기 때문이다. 과거에 감응이 일어났던 장소에 절을 세우는 것은 이 장소가 감응의 장소였다는 표지를 남기는 것이며, 절은 장소의 동일성을 표상하는 기호이므로, 이로써 윤회의 가능성, 감응이 일어날 가능성이 만들어진다. 「흥법」에서 '공간(장소)'은 윤회하는 것으로 이해되므로 과거 불법이 흥했던 곳, 감응이 일어났던 곳과 동일한 장소임을 표시하는 절은 과거와 현재 그리고 다가올 미래 사이에 존재하는 경계를 지우는 역할을 한다고 말할 수

이론으로 서사 읽기

있다.[48] 요컨대 절은 시작의 의소와 끝의 의소를 동시에 담고 있는 기호이다. 그러므로 이 기호는 경계의 표시이며, 경계를 만들면서 동시에 경계를 지우는 역할을 한다. 「흥법」에서 찾을 수 있는 주된 의소들의 대립 관계는 사찰-경계-이라는 기호의 이중적인 의미작용 안에서 동시적으로 구현된다.

그리고 이 지점에서 우리는 『S/Z』의 '상징적 코드'[49]를 떠올리며 「흥법」의 핵심적인 의소가 무엇과 대립하는가에 대해 생각해볼 수 있다. 앞에서 말했듯이 「흥법」에서는 표면적으로 대조적인 듯이 보이는 '시작/끝' 그리고 '(법의) 존재/부재'의 관계가, 실제로는 시작이 끝을, 부재가 존재를 함축하는 관계, 즉 대립의 경계를 무화하는 메커니즘으로 드러난다. 중단 없는 '반복'과 '지속' 또는 '순환'이, 「흥법」에 표면적으로 나타난 대립 관계의 핵심 '의소'인 것이다. 그렇다면 대립적 두 항의 결합 또는 대조법과 관계되는 것으로 「흥법」의 상징적 코드는 '반복'·'지속'·'순환'이라는 의소의 대립항에서 찾아야 할 것이다. 다시 말해 지금까지 논의한 내용들을 바르트의 다섯 가지 코드 가운데 남은 한 가지, 상징적 코드를 중심으로 읽어보면, 「흥법」의 끝나지 않는 반복-의소적 코드-은 진정한 죽음 곧 사라짐을

---

48 장소 외에도 「흥법」에는 여러 인물들과 사건들이 감응의 관계를 맺고 있는데 이들의 경계에 대해서도 생각해볼 수 있다. 가령 「흥법」의 인물들, 아도, 순도, 마라난타, 담시를 동일성의 원리에 따라 이해할 수 있게 하며 다른 것과 구별짓는 경계는 바로 '동시대성'이다. 마찬가지로 정미년에 일어난 여러 사건들을 다른 사건들과 구분하며 특별하게 만드는 경계 역시 '동시대성'이라 할 수 있겠다.

49 바르트는 상징적 코드를 반대적 두 항의 결합 또는 대조법과 관련된 것으로 이해했다. 바르트는 주로 거세나 육체의 유전적 특성과 관계되는 요소들의 상호 관계를 상징적 코드를 통해 해석했다.
롤랑 바르트(2015), 앞의 책, 94-95쪽.

대립항으로 두고 있음을 알 수 있다.

따라서 이 글에서는 「흥법」의 상징적 코드를 '반복/단절', '지속/소멸' 또는 삶과 죽음의 '끝나지 않는 순환/순환으로부터의 벗어남'이라는 대립 관계로 보고자 한다. 즉, 「흥법」의 시작(또는 끝)의 대척점은 그것의 종결점 (또는 시작점)이 아니라 시작(과 끝)을 넘어서는 사라짐 혹은 소멸이라는 것이다. 진정한 끝, 죽음은 사라짐이고 충만함이기에 반복될 필요가 없다는 점에서 「흥법」은 환생 혹은 윤회의 중지를 열망하며 끝없이 시작과 끝을 반복한다.

우리는 「흥법」의 의소적 코드로부터 죽음 또는 멸망의 사건이 곧 그것의 불가능성을 가져와 존재와 공간을 끊임없는 반복의 회로로부터 벗어날 수 없게 한다는 점을 알게 되었고, 상징적 코드를 통해 진정한 죽음이란 바로 이 순환의 고리로부터 벗어나는 것이라는 사실을 알았다. 이 체계를 벗어나는 진짜 죽음, 그것은 감응의 세계, 윤회, 반복과 같은 모든 관계를 벗어난 뒤에 비로소 누릴 수 있을 것이다. 그리고 이렇게 「흥법」을 처음과 끝의 이야기면서 처음도 끝도 없는 이야기 혹은 처음과 끝을 이야기하면서 처음과 끝을 지워가는 이야기로 읽는다면, 그리하여 「흥법」의 경계짓기와 경계지우기가 진정한 사라짐 또는 소멸과 상징적 대립 관계를 맺고 있다는 사실을 받아들인다면, 이 같은 특징을 토대로 「흥법」이 죽음을 피하려는 인간의 이야기가 아니라 완전한 죽음을 맞지 못하는, 죽지 못하는 두려움을 이야기하는 텍스트라고도 할 수 있지 않을까 한다. 「흥법」에서는 시작과 끝이 무수히 반복되며, 이 사실은 이 텍스트가 끊임없이 종결을 향한다는 사실을 말해주기 때문이다. 종결하고자 하는 욕망이 끝없는 반복과 순환을 낳는 것이므로

이론으로 서사 읽기

반복 그 자체는 소멸을 향한 의지에 다름 아니다. 「흥법」은 완전한 사라짐을 지향하기에 계속해서 시작될 수밖에 없는 역설에 놓여있다.

그러나 「흥법」의 이 같은 이중적인 역설을 이해하기 위해서는 「흥법」으로부터 빠져나와 '상호텍스트성'을 기억하며 「흥법」에 앞선 「기이」, 이후의 「탑상」, 「의해」, 「신주」 등으로 이동해야 할 것 같다. 이 장에서는 어디까지나 상징적 코드로 「흥법」을 읽어내기 위해 '반복'의 대립항으로 '소멸'을 설정해보았지만, 이렇게 읽어낸 '완전한 죽음' 혹은 '완전한 소멸'의 구체적 양상은 「흥법」보다는 「탑상」 또는 이들을 둘러싼 『삼국유사』 각편을 함께 검토함으로써 보다 뚜렷하게 이해할 수 있을 것이기 때문이다.

6. 『삼국유사』 쓰기/다시 쓰기

지금까지 「흥법」을 리얼리티(진실성), 반복(윤회), 경계의 문제를 중심으로 읽어보았다. 이 글에서는 일연이 순도, 마라난타, 아도, 담시를 동일인으로 보기 위해 삼국의 불교가 비슷한 시기에 순차적으로 들어왔다는 사실을 전제하고 있다는 점에 착안하여, 「흥법」이 시간적 또는 공간적으로 인접한 인물, 사건, 장소들의 관계를 '감응'이라는 개념에 기대어 이해하고 있다고 보았다. 그 결과 「흥법」은 일반적인 의미에서의 역사와는 다르게 감응의 관계에 놓인 인물, 사건, 장소, 시간 등을 사실 또는 진실로 받아들이고 있음을 알았다. 「흥법」은 감응의 사실들을 기록하고 있다는 것이다.

이어서는 감응의 관계를 맺고 있는 대상을 규정하는 범위, 감응의 단위를 '시작과 끝'이라는 행동적 코드를 기준으로 설정하고, 불법의 '흥과 망'

을 하나의 단위로 보아 인연의 원리에 따라 삼국이라는 공간이 윤회를 거듭한다는 사실을 읽어냈다. 이러한 관점에서 보면 법의 현존은 언제나 부재를 포함하며, 법의 부재는 언제나 법의 현존을 예비하고 있음을 알게 되는데, 다시 말해 불법의 일어남은 과거 그 장소에 불법이 존재했다는 사실 없이는 절대 불가능하며, 불법의 사라짐은 그 장소에 언젠가 반드시 불법이 일어날 가능성을 지니지 않을 수 없다는 것이다. 그리하여 「흥법」이 인물은 물론이고 더 중요하게는 장소의 윤회를 말하고 있음을 알 수 있었다.

끝으로 리얼리티와 반복의 문제는 경계에 대한 인식과 밀접한 관련이 있다고 보고 경계에 대한 「흥법」의 사고를 읽어내기 위해 절을 짓는 행위에 대해 검토해보았다. 그 결과 절을 짓는 것에는 경계를 지어 차이를 만드는 것과, 경계를 지워 동일성을 만드는 것의 두 가지 의미가 동시에 담겨 있음을 알았다. 경계가 만들어내는 차이는 시간적인 차원의 것으로 가령 전불시대, 소수림왕대와 같은 감응의 원리가 통하던 한 시기가 끝나 이전과 이후가 구별되는 것을 뜻하며, 경계를 지우며 생겨나는 동일성은 공간적인 차원의 것으로 전불시대의 절터와 삼국시대의 절터가 감응의 윤회가능성이라는 차원에서 구별되지 않는다는 사실을 의미한다.

흥미로운 것은 『삼국유사』, 그 중에서도 「흥법」이라는 텍스트가 이러한 내용의 기록이면서 동시에 이 과정의 일부라는 사실이다. 이는 「흥법」의 마지막 조가 갖는 의미와 기능을 통해 좀 더 명료하게 이해할 수 있을 것이다. 지금까지 〈동경 흥륜사 금당의 10성〉 조에 대해서는 원본대로 그것이 「흥법」 편 끝에 있어야 한다는 주장과, 「탑상」 편 맨 앞부분에 오는 것이 옳다고 하는 주장이 맞서고 있다. 원본에는 「흥법」에 속해 있으나 불상을 나열하고 있으므로 「탑상」에 함께 실리는 것이 옳다는 주장은 『삼국유사』의 각 편이 무엇을 기록하는가라는 소재적인 차원에서 이 문제에 접근한 결과일 것이다. 하지만 불법-시작과 끝-의 반복이라는 「흥법」의 구성적 측면에서 본다면 이 같은 불상의 열거는 과거에 법이 존재했지만 현재에는 부재하며 앞으로 다시 일어날 것을 가리키는 기호로 읽을 수 있다. 「흥법」의 마지막 조인 〈동경 흥륜사 금당의 10성〉에 기록된 아도, 염촉, 표훈, 자장 등의 진흙상은 〈보장봉노 보덕이암〉 조 끝부분에 나열되는 사찰들과 동일하게, 이들이 일으킨 법의 흥함이 완전히 끝났음을 표시하면서 동시에 그곳에 법이 일어날 가능성을 표상한다는 것이다.

이를 좀 더 확대하여 생각해보면 「흥법」은 그것 자체가 법의 일어남을 견인하는 역할을 한다고도 볼 수 있다. 바르트의 『S/Z』에서 거세된 대상을 욕망하는 사라진-S-과 거세된 욕망의 대상인 잠비넬라-Z-가 사실은 서로의 거울상임을 의미하는 S와 Z 사이 '/'의 역할과 같은 것이 곧 물질로서의 「흥법」이라는 텍스트라는 것이다. 즉, 법의 끝과 시작을 마주보게 하는 것이 「흥법」의 수행적 기능이다. 「흥법」이 기록하고 있는 내용은 감응이 윤회하는 장소이자 시간으로서의 삼국과 그곳에서 일어났던 감응적 진실의 사건들-유사(遺事)-이다. 그 모든 것이 이미 지난 시기의 일들이기에 「흥법」은 삼국시대와 그것을 기록하는 현재의 경계를 짓는다. 하지만 감응이 윤회하는 바로 그 장소에서 일어난 감응의 사건들을 기록하기에 「흥법」이라는 텍스트는 삼국과 현재의 경계를 지운다고 할 수 있다. 이렇게 부재의 기호는 곧 시작의 가능성의 기호이기도 하므로, 일연은 「흥법」 나아가 『삼국유사』를 통해 부재를 표시함으로써 법의 현존을 일으키고자 한 것으로 볼 수 있다.

　지금까지 이 글에서는 「흥법」을 저자 또는 지시대상과의 관계 속에서가 아니라 "지시대상이 없는 기록물(글쓰기)"로 읽고 그 독서 과정을 풀어내 보았다. 이 같은 다시 쓰기가 『삼국유사』 각 편을 대상으로 어떠한 메커니즘이 무한히 반복·변형되는 과정을 포착하는 작업의 출발점이 되는 동시에 바르트적 의미의 '글쓰기' 행위가 갖는 생산적 엄정함과 자유로움을 이해하는 데 한 걸음 더 다가갈 수 있는 계기가 되기를 희망한다.

롤랑 바르트 Roland Barthes 주요 저작

- *Le degre zero de l'ecriture*, Paris: Seuil, 1953.
  『글쓰기의 영도』, 김웅권 역, 동문선, 2007.
- *Michelet,* Paris: Seuil, 1954.
  『미슐레 그 자신으로』, 한석현 역, 이모션북스, 2017.
- *Mythologies*, New York: Hill and Wang, 1972.
  『현대의 신화』, 이화여자대학교 기호학연구소 역, 동문선, 1997.
- *Système de la Mode*, Paris: Seuil, 1967.
  『모드의 체계』, 이화여자대학교 기호학연구소 역, 동문선, 1998.
- *S/Z*, New York: Hill and Wang, 1974.
  『S/Z』, 김웅권 역, 연암서가, 2015.
- *L'empire des Signes*, Genéve: Editions d'Art Albert Skira S.A., 1970.
  『기호의 제국』, 김주환·한은경 역, 산책자, 2008.
- *Le plaisir du texte*, Paris: Seuil, 1973.
  『텍스트의 즐거움』, 김희영 역, 동문선, 1997.
- *Roland Barthes par Roland Barthes*, Paris: Seuil, 1995.
  『롤랑 바르트가 쓴 롤랑 바르트』, 이상빈 역, 동녘, 2013.
- *Fragments d'un discours amoureux*, Paris: Éditions du Seuil, 1977.
  『사랑의 단상』, 김희영 역, 동문선, 2004.
- *La Chambre claire: Note sur la photographie*, Paris: Gallimard, 1980.
  『밝은 방』, 김웅권 역, 동문선, 2006.
- *Oeuvres complètes*, Paris: Seuil, 1993-95.
- *La Preparation du roman I·II*, Paris: Seuil: IMEC, 2003.
  『마지막 강의』, 변광배 역, 민음사, 2015.

- *Journal de deuil*, Paris: Seuil, 2009.

  『애도일기』, 김진영 역, 걷는나무, 2018.

- *Comment vivre ensemble: cours au Collége de France 1976-1977*, Paris: Seuil, 2002.

  『어떻게 더불어 살 것인가』, 김웅권 역, 동문선, 2004.

- *Image, Music, Text*, Stephen Heath edit. & trans., New York: Hill and Wang, 1978.

- *Incidents*, Paris: Seuil, 1987.

  『작은 사건들』, 김주경 역, 동문선, 2003.

  『소소한 사건들-현재의 소설: 메모, 일기 그리고 사진』, 임희근 역, 포토넷, 2014.

Umberto Eco   Claude Lévi-Strauss   René Girard

Hayden White   Clifford Geertz

Roman Jakobson   Yuri Lotman

데리다의 대리보충과
학술적 글쓰기

윤예영

Walter Ong   François Rastier

Jacques Fontanille   Jacques Derrida

Algirdas Greimas   Roland Barthes   Charles Peirce

* **자크 데리다**(Jaques Derrida, 1930~2004)

데리다는 후기 구조주의, 해체론의 대표적인 철학자이다. 그의 이론은 6, 70년대 서구 정통 철학의 다시 읽기와 다시 쓰기로 시작되어 8, 90년대 다양한 미디어와 현실 정치에 대한 글쓰기로 완성된다.

1. 데리다와 글쓰기

이 글은 자크 데리다(Jaques Derrida, 1930~2004)의 주요 개념을 살펴보고 그 개념을 활용하여 문학 텍스트를 분석하고자 하는 글이 아니다.[1] 이 글에서 주로 다루고 있는 대리보충을 포함하여 차연, 글쓰기, 파르마콘, 로고스 중심주의 등은 데리다의 핵심 저서 『그라마톨로지』의 대표적인 개념으로, 데리다는 이 개념들을 이용해서 해체 이론을 구축한 것으로 여겨지곤 한다.

그러나 데리다는 자신을 해체라는 말과 연결 짓는 것을 반기지 않았다. 이 이름은 당대뿐만 아니라 지금까지도 데리다가 로고스 중심주의를 어떤 과정으로 해체했는지 실천에 주목하게 하기보다는 그 결과만을 선정적으

---

[1] 이 글은 다음 글을 바탕으로 수정, 보완했다.
윤예영, 「학술적 글쓰기의 '대리보충'」, 『기호학연구』 63, 한국기호학회, 2020.

로 소비하게 만들었다. 더 나아가 로고스 중심주의, 차연, 글쓰기 등의 개념으로 환원하고 이론화하는 시도는 그의 철학에 대한 오독에 그치지 않고 이 개념이 실재하느냐 아니냐, 참이냐 거짓이냐 등 비난에 가까운 소모적인 논쟁으로 이어지기도 했다.

데리다의 글쓰기(écriture)는 기의가 아닌 기표로, 이들의 관계보다는 어긋남으로 이동할 때 도래한다. 글쓰기는 소쉬르의 기호 개념을 해체하는 과정에서 등장하며 이 과정과 분리될 수 없다. 또한 글쓰기는 기표와 기의 바깥에 있는 것도, 안에 있는 것도 아닌 차연(différance)이기에 기존의 기호라는 말의 대체어나 기호에 대한 이항대립적 개념으로 파악할 수도 없다. 소쉬르 기호학에서 기표, 기의, 기호와 같은 개념이 차지하는 위상과 데리다의 철학에서 대리보충이나 차연이 차지하는 위상이 다른 것이다. 극단적으로 말하면 소쉬르 이론이 기표나 기의와 같은 개념으로 구성된다고 말한다면 데리다에게 그런 식의 개념화는 불가능하다. 후기 구조주의와 포스트모더니즘은 구조주의와 모더니즘을 해체하기 때문에 역으로 구조주의와 모더니즘의 언어로는 그 이후를 기술할 수 없다는 것이 바로 이 글이 당면한 첫 번째 난제이다.

그러나 기표와 기의를 언급하지 않고는 글쓰기에 대해서도 언급할 수도 없고, 기호의 투명성을 해체할 수도 없다는 데 두 번째 난제가 있으며 이는 해체의 일반적인 조건이라는 점에서 피할 수 없다. 결국 데리다를 따라서 데리다를 기술하면 명료한 소통이 불가능하고, 데리다에 반하여 명료하게 기술하면 데리다의 이론적 가치를 배반하게 되는 모순이 있다. 그러나 데리다는 이런 모순을 부인하지도 않았고, 섣불리 봉합하고자 하지도 않았다.

이론으로 서사 읽기

따라서 이 글은 이러한 불가능성을 기본 조건으로 보고 데리다를 보다 데리다에 가깝게 실천하는 방법을 모색하고자 한다. 대리보충을 개념화해서 이를 텍스트 분석에 적용하기보다는 데리다가 대리보충에 도달한 과정에 주목하는 것이다. 데리다의 이론적 가치를 증명하는 것이 아니라 실험하고 실천하는 것이다. 물론 이를 위해 2장에서 개념으로서의 대리보충을 살펴보는 임시적 단계를 거치는 타협을 하기도 했다.

한편 3장에서 시도한 실천이 정확히 어떤 효과를 거두었는지를 불분명하다. 구조주의 이전의 문학연구는 먼저 개념과 이론을 설정하고 이를 텍스트에 적용하여 텍스트를 분석한다. 반면 후기 구조주의 및 포스트모더니즘은 이론이 곧 실천이다. 이론과 실천이 결합된 철학이 어떤 식으로 펼쳐질지는 시작하기 이전에는 예측할 수 없다.

실천의 양상을 짐작할 수 없다 하더라도 데리다를 따른다면 이 글의 결론이 데리다나 대리보충으로의 회귀여서는 안 된다는 것은 분명하다. 만일 그렇게 된다면 이 글은 일반적인 학술적 글쓰기의 형식에 따라 3장은 개념의 적용이자 분석이 된다. 따라서 3장은 대리보충이라는 개념을 사례로서 제시함에 따라 대리보충이라는 개념의 보편화로 기능할 것이다.

결국 이러한 가정은 문학 텍스트를 이론에 수렴시키는 귀납적 글쓰기 혹은 반대로 이론을 가설로 해서 문학 텍스트에서 무엇인가를 검증하는 연역적 글쓰기, 즉 학술적 글쓰기의 형식 자체를 문제로 떠오르게 한다. 더 나아가 만일 이를 통해 문학적 대상을 문학적 대상으로, 학술적 글쓰기를 학술적 글쓰기로 존재케 하는 형이상학의 조건을 드러낼 수 있다면, 이것은 이 글이 시도할 수 있는 실천 가운데 데리다에 가장 근접한 시도일 것이다. 데리다를 해체주의자라고 명명하는 것이 데리다에 어긋난다고 하더라도 『그라마톨로지』에서 실천하고자 한 것이 서구 철학의 형이상학적 전통의 해체였음은 부정할 수 없기 때문이다.

따라서 이 글은 데리다의 대리보충을 개념화해서 문학 작품을 분석하는 기존의 학술적 글쓰기의 답습하기보다는 대리보충을 통하여 학술적 글쓰기 자체를 문제 삼고, 나아가 텍스트로서의 삶과 삶으로서의 텍스트의 대리보충적 관계를 드러내고자 한다. 즉 문학연구에서 데리다를 이론으로서 어떻게 실천할 것인지, 더 나아가 데리다뿐만 아니라 모든 이론과 문학연구는 어떤 관계를 맺어야 하는지 모색이다.

2. 『그라마톨로지』와 대리보충

데리다는 『그라마톨로지』에서 루소, 레비스트로스, 소쉬르와 플라톤에 이르는 주요한 텍스트들을 다시 읽는 과정에서 서양철학사가 근원에서부터 기반해 온 로고스 중심주의 즉 '존재의 형이상학'을 해체하고 의미 중심의 커뮤니케이션 모델과 투명한 언어에 대한 확신에 도전한다. 서양철학사에서 목소리는 마치 진리, 이성, 법을 드러내는 '투명'하고 '초월적'인 매체로 다루어지며, 글쓰기와 문자, 시니피앙의 작용은 괄호 속에 넣어진다는 것이다.[2]

---

2 Maria Magaroni, *'Derrida, Jacques', Encylopedia of Postmodernism*, (edit.) Victor E. Taylor & Charles E. WInquist, Routledge, 2001, pp.92-93.

이론으로 서사 읽기

(1) 개념으로서의 대리보충

『그라마톨로지』의 1부 「글자 이전의 에크리튀르」에서 주로 소쉬르와 레비스트로스를 중심으로 『그라마톨로지』의 중심축인 '로고스 중심주의(음성중심주의)'의 윤곽이 설계된다면 2부 「자연, 문화, 에크리튀르」에서는 데리다의 루소 다시 읽기를 중심으로 '로고스 중심주의'가 해체되는 동시에 데리다의 문자학(그라마톨로지)의 전모가 드러난다.

장 자크 루소는 그의 저서 『발음』에서 다음과 같이 말한다. "언어는 말하기 위해 만들어졌고, 글쓰기는 말의 대리보충일 뿐이다. … 말은 계약적 기호들에 의해 사고를 재현하며, 마찬가지로 글쓰기는 말을 재현한다. 따라서 글쓰기 기술은 사고의 간접적인 재현에 불과하다." 여기에서 알 수 있듯이 루소는 대리보충이라는 말을 루소 당대에 흔히 사용하는 보충하다라는 일반명사의 의미로 사용하고 있다.

그러나 데리다의 '대리보충'은 루소에서 출발했지만 전적으로 데리다가 고안해낸 개념이다. 대리보충은 『언어 기원에 관한 시론』뿐만 아니라, 『에밀』과 같이 교육철학을 담고 있는 픽션, 『고백록』처럼 자전적 경험을 다루고 있는 텍스트, 그리고 그 밖에 루소의 텍스트 곳곳에서 발견된다. 데리다는 루소의 텍스트를 자르고, 병렬하고, 이어붙이고, 교차해서 읽으면서 개념으로서의 대리보충을 만들어 낸다. 데리다가 루소의 여러 텍스트를 교차해서 루소를 다시 읽는 만큼, 대리보충의 개념은 문자언어와 음성언어의 관계에서만이 아니라, 기호와 사물, 예술(문화)과 자연, 교육과 모성, 자위와 성관계 등의 여러 영역으로 확장된다. 문자언어는 음성언어의 보충물, 일종의 타락한 음성언어일 뿐이며, 예술과 문화는 자연을 대리보충하고,

재현은 현전을 대리보충하며, 여성은 남성을 대리보충한다.

그러나 동시에 루소는 텍스트의 다른 부분들에서 음성언어, 자연, 모성, 성관계는 완벽한 것도, 순수한 것도 아니기에, 보충이 필요하다고 말한다. 음성언어는 문자언어에 종속되며, 예술과 문화는 자연을 대리보충한다. 현전은 재현에 의해 완성되며, 남성적 주체의 자위(대리보충)는 결핍된 성관계이다.

결국 대리보충이란 '외부적인(extra)' 것이 첨가되어 있는 것으로서 어떤 충만성에 다른 충만성이 보완된 것, 즉 잉여라는 뜻이기에 충만성과 결여를 동시에 포함하는 모순적인 개념이다. 따라서 대리보충은 『그라마톨로지』가 해체하는 이항대립(자연과 문화, 음성언어와 문자언어, 남성적 주체와 여성적 주체, 자위와 성관계 등) 사이의 모순적 관계라고 할 수 있다.

(2) 글쓰기로서의 대리보충

대리보충을 『그라마톨로지』가 해체하는 이항대립 쌍(자연과 문화, 음성언어와 문자언어, 남성적 주체와 여성적 주체, 자위와 성관계 등) 사이의 모순적 관계라고 한다면 이를 드러내고 밝히는 해체의 전략으로서의 대리보충을 '대리보충적 글쓰기'로 구별하려고 한다. '대리보충적 글쓰기'가 무엇인지는 데리다가 대리보충을 어떻게 얻게 되었는지 세밀하게 살펴봄으로써 알수 있다.

만약에 우리가 텍스트를 계열체적 가치 아래 둘 수 있다면, 그것은 오직 잠정적일 수밖에 없으며, 엄밀하게 결정될 미래의 읽기 규율에 대해 속단하지 않는 한에서만 그렇다. 어떠한 읽기의 모델도 이 텍스트, 즉 내가 자료(document)가 아니라 텍스트로 읽기를 원하는 이 텍스트와 힘을 겨룰 준비가 되어 있지 않은 것 같다. 완전하고 엄격하게 힘을 겨루는 것, 이러한 겨루기는 이제껏 사람들이 가늠해온 읽을 수 있는(legible) 최고의 경지와 그 이상을 넘어설 것이다. 나의 유일한 야심은 내가 읽기라고 부르는 것이 결코 환원될 수 없는(to dispense with[faire économie]) 의미 작용을 텍스트로부터 도출하는 일이다. 이 의미 작용은 바로 쓰인 텍스트의 경제로서 그것은 다른 텍스트들을 통해 순환하며 끊임없이 그것으로 향하며, 언어의 요소와 조절된 기능에 순응하는 것이다. 예를 들어 "대리보충"이라는 말과 그 개념을 연결하는 것은 루소가 고안한 것은 아니다. 그 기능의 독창성을 루소가 완전히 제어한 것도 아니며 역사와 언어 혹은 언어사에 의해 강제로 부과된 것도 아니다. 루소의 (글)쓰기(writing)에 대해서 언급하는 것은 곧 이러한 수동성과 능동성, 맹목성과 책임짐의 범주에서 벗어나는 것이 무엇인지 인지하고자 하는 시도이다. 그리고 이 경우 쓰여진 텍스트(written text)에서 그것이 의미할지도 모르는(would mean) 기의를 바로 뽑아낼 수 없다. 그것은 루소의 글에서 의미된 진실(truth signified)(형이상학적 진실 혹은 심리학적 진실: 즉 작품 뒤의 루소의 삶)을 찾아내는 것과는 아무런 관계가 없다. 왜냐하면 만약에 우리에게 흥미를 유발하는 그 텍스트들이 무언가를 의미한다면(mean) 그것은 바로 그 조직(tissue), 바로 그 텍스트 안에서 실존과 글쓰기를 감싸는 참여와 소속일 것이다. 바로 그것이 여기에서 대리보충이라고 부르는 것이자, 차연의 다른 이름이다.[3]

3　영역본을 번역하되 국역본 김성도 역(2010)과 전승훈·진주영 역(2013)을 참고했다.

이 인용문은 대리보충에 대해 정의하고 있을 뿐만 아니라 데리다가 루소를 어떻게 읽었는지에 대해, 즉 데리다의 읽기와 쓰기 방법에 대해 데리다가 스스로 밝히는 부분이라는 점에서 주목해야 한다.

먼저 데리다는 자신의 루소 읽기를 '계열체적 가치 아래 두기'라고 부르고, 이것을 '미래의 읽기'라고 이름 붙인다. 왜 미래의 읽기인가? 데리다는 자기 이전에 누구도 루소를 텍스트로 읽지 않았다고 선언한다. 『그라마톨로지』에서 이 인용문 앞뒤에서 데리다가 해온 독법, 그리고 이후에도 계속될 데리다의 독법은 루소의 방대한 저작들의 조각들을 자유롭게 찢고 연결하고 이어붙이는 방식이다. 기존의 독법이 텍스트로부터 '뽑아낸 의미' 즉 추상화한 의미는 '형이상학적 진리 또는 심리학적 진리'로서 텍스트를 텍스트가 아닌 자료로 다루는 읽기이다. 예를 들어 루소의 『고백록』을 읽고 루소의 전기적 사실을 추론하거나, 루소의 『언어 기원에 관한 시론』을 읽고 그로부터 언어의 기원을 추상하는 방식을 말한다. 데리다는 기존의 읽기가 상상할 수 있는 정도보다 더 루소를 '읽을 수 있는' 텍스트로 만들고자 하며, 이것을 텍스트와의 완전하고 엄격한 힘겨루기라고 말한다. '결코 환원될 수 없는 의미 작용을 텍스트로부터 도출'하는 것이 곧 '미래의 읽기'이며, 우리가 읽는 『그라마톨로지』가 그 '흔적(trace)'이자 '연기 서명

Jacques Derrida, *Of Grammatology,* Gayatri Chakravorty Spivak (trans.) Johns Hopkins University Press, 1976, pp.149-150.
자크 데리다, 『그라마톨로지』, 김성도 역, 민음사, 2010, 371-372쪽.
자크 데리다, 데릭 애트리지 엮음, 『문학의 행위』, 전승훈, 진주영 역, 문학과지성사, 2013, 120-121쪽.

144 　　　　　　　　　　　　　　　　이론으로 서사 읽기

(counter signature)'인 것이다.

텍스트는 형이상학적 진리나 심리학적 진리로 환원될 수 없으며 '바로 그 텍스트 안에서 실존과 글쓰기를 감싸는 참여와 소속', 의미 작용 그 자체만을 의미할 수 있을 뿐이다. 데리다는 텍스트를 그물처럼 짜여진 것이자 세포 조직처럼 겹겹의 층을 지닌 것으로 본다. 실존과 글쓰기를 '감싸는' 동시에 역으로 실존과 글쓰기를 '포괄'하는 것이 곧 의미 작용이자 텍스트, 텍스트의 경제이다. '의미 작용은 바로 쓰여진 텍스트의 경제로서 그것은 다른 텍스트들을 통해 순환하며 끊임없이 그것으로 향하며, 언어의 요소와 조절된 기능에 순응하는 것이다.' 따라서 텍스트에는 안과 밖이 없다. 루소의 삶 대 루소의 저작, 자료 대 형이상학적 진리, 자료 대 심리학적 진리로 텍스트를 안(진리)과 밖(자료)으로 분리하고 단절하는 읽기, 그것이 바로 기존의 읽기, 과거의 읽기이다.

반면 루소를 텍스트로 읽는 데리다의 읽기, 미래의 읽기는 루소의 삶과 루소의 텍스트를 안과 밖으로 분리하고 보충하는 읽기가 아니다. 이때 루소의 삶은 루소의 텍스트 밖에 놓이고, 루소가 쓴 텍스트는 삶의 안쪽에 놓이는 것이 아니라, 삶과 텍스트는 텍스트의 연장, 텍스트로 함께 쓰이고 읽힌다. 의미 작용으로서의 대리보충은 마치 혈구가 혈관과 조직을 넘나드는 것처럼, 텍스트의 그물망과 조직을 타고 '순환'하고 끊임없이 되돌아가며, 이러한 혈행에 의해 살아있는 조직과 그물망, 즉 텍스트는 경계가 사라지고, 연결되고, 끊임없이 확장된다.[4]

---

4 '텍스트 밖은 없다', '콘텍스트 밖은 없다'는 '텍스트 밖에는 아무것도 없다'는 초월적 관

따라서 기존에 루소를 읽어온 과거의 읽기에서 루소의 작품과 삶이 대리보충적 관계에 놓여 있었다면, 이 관계를 읽어내고 다시 쓰는 데리다의 읽기와 쓰기는 대리보충적 글쓰기이다. 대리보충적 글쓰기를 통해 텍스트의 밖은 사라진다. 데리다가 선언한 미래의 읽기를 대리보충적 글쓰기라고 부를 수 있는 까닭은 대리보충의 개념이 대리보충적 글쓰기를 통해 고안되었기 때문만이 아니라, 차연의 기호학에 따르면 대리보충과 대리보충적 글쓰기는 구분될 수 없으며, 대리보충과 대리보충적 글쓰기는 곧 의미 작용이자 차연이기 때문이다.

대리보충이 대리보충적 글쓰기를 통해 탄생하고, 사실상 모든 읽기와 쓰기, 모든 언어기호가 대리보충적이라면 대리보충적 글쓰기에서 '대리보충적'이라는 수식어는 불필요하다.

그러나 대리보충의 개념과 대리보충적 글쓰기가 대리보충의 관계에 있다고 말하는 순간 아포리아에 빠질 수밖에 없다. 그래서인지 데리다가 루소를 잘못 읽었으며 대리보충은 데리다가 만들어낸 '자의적 구조'이며, 데

념론으로 오해되기도 한다. 데리다를 이렇게 읽은 대표적인 사람으로 존 설(John Searle)이 있다. 『유한회사』는 데리다가 오스틴의 언어 화행이론을 다시 읽기한 작업, 그에 대한 설의 반박, 그리고 데리다의 재반박을 엮은 책이다.(Jacques Derrida, Limited Inc, Gerald Graff et al., Northwestern University Press, 1988) '텍스트 밖은 없다'는 데리다의 주장은 설처럼 받아들이기보다는 모든 것이 컨/텍스트라는 말로 이해하는 것이 맞다. 데리다의 평생의 작업은 텍스트라는 개념, 흔적이라는 개념의 일반화라고도 할 수 있는데, 데리다는 이때의 '텍스트'는 그냥 문학이나 철학이 아니라 삶 일반을 말한다고 밝힌 바 있다. 자크 데리다 외, 『이론 이후 삶: 데리다와 현대이론을 말하다』, 강우성, 정소영 역, 민음사, 2007, 44쪽.

리다의 루소 읽기는 '서사적 독해'이자, 심한 경우에는 '텍스트에 기생'[5]하는 읽기라고 평가되기도 한다.

데리다의 대리보충은 텍스트로서의 루소 전체, 데리다의 『그라마톨로지』라는 텍스트의 경제 전체를 순환한다. 그래서 데리다는 '대리보충이 곧 차연'이라고 말한다. 방대한 루소의 텍스트를 종횡무진 누비고 꿰매는 행위를 대리보충적 글쓰기라고 한다면 꿰맨 결과인 조각보가 대리보충이다. 이때 조각보의 무늬만을 묘사하는 것으로는 충분치 않다. 어떻게 조각보를 만들었는지, 그 과정을 설명할 수밖에 없다. 개념으로서의 대리보충과 전략으로서의 대리보충, 해체의 대상으로서의 대리보충과 해체의 전략으로서의 대리보충은 뫼비우스띠처럼 연결되어 있다. 이 과정에서 '대리보충적 글쓰기'를 대리보충과 구분하는 것은 다소 위험한 시도일지도 모른 모른다. 그러나 이러한 구별이 데리다를 좀더 '읽을 수 있는 텍스트'로 만들기 위한 잠정적인 단계일 수는 있을 것이다.

3. 대리보충적 글쓰기와 자서전적 글쓰기

데리다는 대리보충은 물론이고, 차연, 대리보충적 글쓰기를 무엇이라고 정의하거나 개념화한 적이 없다. 데리다를 이론화하려고 하면 할수록 데리다의 실천으로부터는 거리가 더 멀어진다. 따라서 2장의 대리보충의 개념화는 데리다의 의도를 지시할지는 몰라도 데리다의 실천과는 다르다. 이

---

5   제이슨 포웰, 『데리다 평전』, 박현정 역, 인간사랑, 2011, 220-226쪽.

장에서는 대리보충이 무엇인지 명명하고, 이를 대상에 적용가능한 이론으로 만들었는지에 주목하기보다는 『그라마톨로지』 이후 데리다의 실천, 즉 대리보충적 글쓰기가 어느 지점으로 이동했는지에 주목하고자 한다.

『그라마톨로지』에서 자연과 문화, 음성언어와 문자언어, 남성적 주체와 여성적 주체, 자위와 성관계의 대리보충을 기술할 때 해체되는 것은 이들의 관계만이 아니다. 어디까지가 루소의 『언어기원에 대한 시론』이고 어디서부터 루소의 삶인가. 어디까지가 루소이고 어디서부터 데리다인가. 그 경계가 흔들리는 순간에 대리보충적 글쓰기가 어디로 향하는지 드러난다. 즉 데리다가 루소가 쓴 대리보충을 읽고 루소가 말하지 않은 대리보충을 발견하고 기술하고 해체한 그 지점에서, 글쓰기로서의 대리보충은 개념으로서의 대리보충을 초과한다,

『그라마톨로지』 이후 대리보충은 덜 명명화되는 반면 더 구체화된다. 즉 대리보충이라는 용어가 사라지고 대리보충적 글쓰기에 바로 돌입한 것이다. 데리다가 니체를 읽고 쓸 때, 폴 드만을 읽고 쓸 때, 우리가 읽는 것은 오직 데리다가 읽은 그러나 니체가 말하지 않은 니체, 데리다가 읽은 드만, 그러나 끝내 드만이 침묵했던 드만이다. 데리다는 드만의 콘텍스트와 텍스트, 진실과 거짓말, 삶과 죽음, 고백과 말하지 않은 것을 구분하는 것은 불가능하며 결코 알 수 없다고 말했다. 여기에서 데리다 후기의 주요한 실천인 '이질적 죽음의 기록(heterothnatographical)'으로서의 '자서전적 글쓰

기(autobiographical writing)'[6]가 등장한다.[7]

데리다에게 자서전은 삶과 진실에 대한 고백이 아니라 오히려 이를 '말할 수 없음'에 대한 고백이자 '결코 현전하지도 지각되지도, 경험할 수도 없는 타자성 혹은 이질성' 그 자체에 대한 고백이다. 니체와 드만이 아니라 그 자리에 데리다가 오더라도, '내'가 오더라도 마찬가지이다. 데리다는 정통적인 의미의 자서전을 쓰지 않았다.[8] 이를테면 루소의 『고백록』이나 『루소, 장 자크를 심판하다-대화』와 같은 경우를 말한다면 그렇다. 자서전적 글쓰기가 극단으로 치닫는 경우 만나게 되는 것은 이중 구속과 아포리아,

---

6   Jacques Derrida, *The Post Card: From Socrates to Freud and Beyond*, (trans.) Alan Bass, University of Chicago Press, 1987, p.273.

7   데리다는 *The Ear of the Other: Otobiography, Transference, Translation*에서 프리드리히 니체의 자서전적 글쓰기인 『이 사람을 보라』를 두고 자서전에 대한 이론을 펼친다. 여기에서 참된 자서전은 '자연적 삶과 텍스트적 인공물이 나뉘는 경계선, 그것들의 여백에서 그것들의 차이는 그것들의 통일의 흔적, 즉 삶죽음'이라고 말한다. 따라서 데리다 개념으로서의 자서전은 결코 자연인으로서의 한 사람을 주제로 하더라도 그에 대해서는 아무것도 말해주지 않으며 삶과 죽음의 경계선, 글쓰기 그 자체에 대해서만 말할 뿐이다. 자서전은 비밀이나 고백의 공간일 수 있지만 '말할 수 없는 것만 말할 수 있다는 것, 결코 현전하지도 지각되지도, 경험할 수도 없는 타자성 혹은 이질성' 그 자체에 대한 고백이며 이것만을 타자와 공유할 수 있다는 점에서 일종의 연대이기도 하다.
    니콜러스 로일, 『자크 데리다의 유령들』, 오문석 역, 앨피, 2007, 256쪽.
    제이슨 포웰(2011), 앞의 책, 297-302쪽.

8   데리다의 저술 중 자서전에 관련된 것은 *The Postcard*(1987)와 *The Ear of the Other: Otobiography, Transference, Translation*(1985)이 대표적이다. 그리고 베닝턴 Geoffrey Bennington과 함께 쓴 Jacques Derrida(1993)에 실린 'Circumfession' 역시 데리다의 자서전적 글쓰기이다. 통상적인 의미의 전기로 개념을 확대하면 Catherine Malabou와 함께 쓴 Counterpath(2004), Kirby Dick 와 Amy Ziering Kofman가 만든 영화 Derrida(2002), Points...: Interviews 1974-1994(1995) 등 데리다 관련 여행 기록, 인터뷰, 강연도 데리다의 자서전적 글쓰기에 포함된다.

그리고 광기이다.

그러나 데리다가 통상적인 의미의 자서전적 글쓰기를 않았다고 해서 자서전을 쓰지 않은 것은 아니다. 자아가 대리보충, 모순, 아포리아 사이를 순환할 뿐만 아니라, 이 모순과 아포리아의 전체, 텍스트의 경제, 대리보충적 글쓰기 그 자체인 텍스트인 한에서, 그래서 자아는 완벽하게 복기될 수도 회고될 수도 없는 한 자아의 기록은 불가능하다.[9] 반대로 그렇기 때문에 대리보충적 글쓰기는 모든 것을 주체와 타자 뒤섞임, 삶과 죽음의 이질적 기록, 즉 (데리다 개념의) 자서전으로 다시 쓰기인 것이다. 『그라마톨로지』에서 대리보충이 철학과 문학 텍스트 읽기와 쓰기의 이론이었다면 『그라마톨로지』 이후의 대리보충은 명명화된 적은 없지만 삶으로서의 텍스트, 모순과 아포리아로 구조화된 삶을 횡단하는 실천, 자서전적 글쓰기로 본격화되었다.

나는 2010년 8월 26일 목요일 오후에 인문대의 한 강의실에서 '『삼국유사』 담론의 기호학적 연구-『삼국유사』의 「기이」, 「흥법」, 「탑상」편을 중심

---

9 Susanne Gannon, "The (Im)Possibilities of Writing the Self-Writing: French Poststructural Theory and Autoethongraphy", *Culrural Studies*, vol. 6, no. 4, Sage Publications, 2006, pp.474-495.
   Robin M. Boylorn, *Critical Autoethnography: intersecting cultural identities in everyday life*, Walnut Creek: Routledge, 2014, pp.13-26.
   Kai-su Wu, "Ethics of Writing-From Autobioghraphy to Hetero-Thanato-Biography: A Reading of Derrida's Circumfession", *EurAmerica* vol. 44, Institute of European and American Studies, Academia Sinica, 2014, pp.91-126.

으로'라는 제목으로 박사논문 예비발표를 했다. 이 자리는 대학원의 문학 전공의 교수님들과 대학원생들이 참석하여 박사학위 논문의 계획안을 발표하는 자리이다. 박사논문 심사를 위해서는 공식적으로 반드시 거쳐야 하는 중요한 관문이었고 이 발표를 마쳤지만, 결국 논문을 완성하지 못했다.

박사논문을 준비를 할 당시 나에게는 두 가지 선택지가 있었다. 하나는 『삼국유사』였고 다른 하나는 고전 여성산문의 자기 서사였다. 2005년에 쓴 「조선 후기 문헌 설화의 여성 전형 연구」라는 논문을 바탕으로 조선 후기의 여성들이 글쓰기를 할 때 사회적으로 구성된 전형을 어떻게 수용하고 변형시키는지 살펴보고 싶었다. 학술대회에서 발표한 이 논문을 두고 다른 선생님들과 선배의 조언을 듣고 대상 텍스트를 확대해서 학위논문으로 준비해볼 수도 있겠다고 생각했다. 문제는 이 논문에서 다룬 텍스트는 대체로 조선 시대 남성들이 한문으로 기록한 문헌 설화라는 점이었다. 그러자면 여성들이 직접 쓴 국문 여성 산문을 다루어야 하는데 한 번도 다루어 보지 않은 분야였다. 뿐만 아니라 그 주제는 이론을 바탕으로 직관적으로 떠올린 '가설'에 불과했다. 낯선 텍스트에 친숙해지는 것도 문제였지만, 텍스트 읽기가 모두 끝났을 때 만일 나의 이론적 가설과 전혀 다른 결과가 나온다면 어떻게 해야 할지 막연히 두려웠다.

결과적으로 석사논문으로 이미 한 차례 다루어 보았고, 석박사 과정 전체 7학기 중 최소 4학기 이상 다루어 보았던 『삼국유사』로 돌아섰다. 우선 구조주의 기호학의 방법론으로 「탑상」편을 하나의 담론으로 분석하는 소논문을 써보기로 했다. 나는 「탑상」편 전체를 일관된 규칙에 따라 첫 번째 부분(n1), 두 번째 부분(n2), 세 번째 부분(n3)으로 분절해 나갔다. 그런데 각 부분을 계열체로 다룰 경우 텍스트 '전체' 가운데 버려지는 부분이 더 많아진다고 생각했다. 그래서 이 분절들을 환유적 관계로 연결하면 「탑상」 편을 관통하는 메타서사를 읽어낼 수 있다는 것이 이 짧은 논문(「『삼국유사』「탑상」편의 메타서사 읽기」, 2007)의 주제였다. 이 주제를 확대해서 준비한 박사논문 예비발표문의 첫 단락은 이렇게 시작된다.

> 본고는 『삼국유사』를 담론의 기호학으로 다시 읽음으로써 「기이」「흥법」「탑상」편 담론의 역사·정치적 함의를 재구성하는 것을 목적으로 한다. 본고에서는 이를 위해 『삼국유사』의 담론 규칙을 규명하고, 담론 규칙 상호간에 이루어지는 관계와 충돌 양상을 밝힐 것이다. 이러한 시도는 기존에 『삼국유사』 독법에서 지배적이었던 정전적 독해를 비판하고 이와 다른 대안으로서의 독법을 찾고자 하는 것이다. 본고에서는 『삼국유사』에서 지금까지 논의되지 않았던 부분을 조명하고, 이를 통해 『삼국유사』의 담론적 의미를 새롭게 밝히고자 한다. (윤예영, 여름 박사논문 예비발표문, 2010년)

문제는 예비발표 전부터 지도교수님께서 『삼국유사』의 세 개 편만을 다루는 데 회의적이셨다는 점이다. 나로서는 「탑상」편 한 편에서 시작된 논문을 세 배로 확대했으니 엄청난 확대였지만, 『삼국유사』를 이미 전체로 다루어보신 입장에서나 학위논문 지도 경험에 비추어 보나 세 편은 안 될 말이었다. 만일 순발력을 발휘해서 예비발표 후 『삼국유사』 전체를 정연하게 설명했다면 박사논문을 완성할 수 있었을까? 그렇지 못했을 것이다.

왜냐하면 예비발표 후 그런 시도를 안 해본 것이 아니기 때문이다. 각

편을 일일이 분절한 후 최소 분절(기호 혹은 텍스트) 그리고 다시 이들 분절 사이의 관계를 기술하고, 가능성이 있지만 실현되지 않은 관계까지도 설명하는 것이 계획이었다. 현실적으로 이를 완벽하게 기술하는 것은 불가능하지만, 이러한 기호와 텍스트의 관계가 곧 『삼국유사』의 '전체'라고 생각했던 것이다.

실제로 지도교수님은 이러한 방법으로 이미 20년 전에 『삼국유사』 읽기를 시도하셨다.[10] 그런데 만일 동일한 대상을 다른 이론으로 접근한다면 좀 더 나아간 결론에 이르지 않을까 하는 막연한 기대가 있었다. 그래서 결국 「의해」편 이하의 담론 구조에 대해서는 어렴풋한 윤곽만을 잡은 상태에서 텍스트의 좀 더 미세한 부분, 즉 서사의미론적 층위 이상의 담화 층위와 텍스트 층위로 나가면 어떻게든 이전의 '전체'와는 다른 '전체'를 다룰 수 있지 않을까 생각했다.

통상적으로 예비발표를 여름에 하면 그해 가을에 심사를 받고 다음 해 2월에 학위를 수여하게 되어 있었다. 하지만 '체재' 상으로 모두 여섯 개의 편을 더 다루어야 하는 상황이 되니 논문의 완성은 그다음 학기로 미루어졌다. 사실 다음 학기에도 나의 초고는 내가 생각한 '전체'에도 선생님이 요구하신 '전체'에도 이르지 못한 상태였다. 하지만 논문을 심사를 받고, 심지어는 심사 이후에도 완성할 수 있다는 주변의 말을 듣고 일단은 심사 시도라도 해보기로 했다. 그렇게 해서 2011년 5월에 100여쪽의 초고와 목차를 다시 지도교수님께 제출했다.

---

10 송효섭, 『삼국유사 설화와 기호학』, 일조각, 1990.

제본한 초고를 받고 그 자리에서 목차만 살펴보시고 긍정적인 반응을 보이셨던 선생님께서 바로 다음 날 전화를 주셨다. 자세한 이야기는 만나서 나누어야겠지만 뒤죽박죽이니 정리가 많이 필요하다는 말씀이었다. 그리고 약속한 날짜에 선생님을 직접 뵙자 이상한 부분을 일일이 검토한 초고를 돌려주시면서 한 학기 정도 시간을 더 들이면 어떻겠냐고 먼저 말씀하셨다. 어쨌든 되는 데까지 해보고 안 되면 말씀드리겠다고 했지만 결국 며칠 후 심사를 다음 학기로 미루겠다고 말씀을 드렸다.

2017년 겨울에 새로운 주제로 학위논문을 다시 시작할 때까지도 당시 나의 실패의 가장 큰 이유는 신상의 문제나 나의 능력 부족 때문이라고 생각했다. 결국 2019년도 여름, 2011년도와는 전혀 다른 방법론과 텍스트로 학위논문(「스테레오타입의 매체기호학적 연구」)을 완성했다. 마침 당시 이 책의 준비를 위해 자신이 맡을 이론가와 텍스트를 정하고 있었다. 한창 논문을 쓰는 와중이라 만일 심사가 무사히 끝나 여름에 졸업을 한다면 가을에 또 같은 이론과 텍스트로 글을 써야 한다는 건 생각만으로도 지치는 일이었다. 그래서 한동안 잊고 있던 『삼국유사』라면 가볍게 글을 써볼 수 있지 않을까 생각했다.

그런데 당시 학위논문을 쓰기 위해 방법론을 구상하다 보니 리터러시, 디지털미디어, 하이퍼텍스트, 젠더, 페미니즘, 탈노동에 관련된 다양한 이론을 접하게 되었는데[11] 어떤 이론을 따라가도 데리다를 한 번씩은 만나게

---

11 다나 J. 해러웨이, 『겸손한 목격자』, 민경숙 역, 갈무리, 2006.
　　주디스 버틀러, 『혐오 발언』, 유민석 역, 알렙, 2016.
　　사라 살리, 『주디스 버틀러의 철학과 우울』, 김정경 역, 앨피, 2004.

되었다. 석사과정 때(2000년도 2학기) 지도교수님의 전공 수업에서 잠깐 다루었던 텍스트에 불과했던 데리다가 여전히 유효하고 활발하게 논의되고 있으며, 데리다가 말한 포스트모던이 데리다 사후에 이미 현실이 되었다는 점이 신기했다.

학위논문의 제출이 끝난 후(2019년 9월)부터 본격적으로 이 글을 준비하기 시작했다. 이때부터 데리다의 『그라마톨로지』를 본격적으로 읽고 지도교수님과 박사 논문의 다른 외부심사위원이자 데리다의 저서를 번역하신 선생님, 10여 년 전에 포스트모더니즘과 포스트구조주의 이론 세미나를 하고 관련된 개론서 번역을 했던 선배의 추천을 참고해서 조금씩 공부를 계속했다. 그러던 중에 계획에 없던 학술대회의 발표를 맡게 되었고 마침 쓰고 있는 논문이 있던지라 발표를 하기로 했다.

발표문의 요지는 데리다의 『그라마톨로지』를 자연과 문화, 목소리와 글쓰기, 로고스와 미토스, 기의와 기표의 양항대립을 해체하고, 그 해체는 앞의 항들에 의해 억압되어 있던 두 번째 항들을 복권시키고자 한 시도로 요약하고, 『삼국유사』의 겹겹의 담론적 층위에서 이러한 대리보충적 관계들이 어떻게 발견되고 또 어떻게 해체되어야 하는지에 대해서였다.[12] 물론 『그라마톨로지』에서 대리보충의 개념을 '뽑아서' 삼국유사라는 텍스트 읽기와 쓰기에 어떻게 적용할 것인지 고민을 담고 지금까지의 삼국유사에 대

샌드라 하딩, 『누구의 과학이며 누구의 지식인가』, 조주현 역, 나남, 2005.
조지 P. 란도, 『하이퍼텍스트 3.0』, 김익현 역, 커뮤니케이션북스, 2009.

12 윤예영, 「삼국유사 다시읽기와 다시쓰기를 위한 시론」, 『한국고전연구』 48, 한국고전연구학회, 2020.

한 정전적 독해를 해체하는 새로운 방식의 읽기의 모델을 제안하는 방향이 전혀 가망성이 없는 시도는 아니었을 것이다.

그러나 발표문이 윤곽을 잡아갈수록 무언가 부족하다는 생각이 들었고, 발표문을 수정, 보완해서 논문으로 완성하자 이 생각은 더욱 분명해졌다. 학술지라는 매체의 제한 때문에 그런 모델이 필요하다는 가설을 제안하는 정도에 그칠 수밖에 없었고 텍스트 '전체'의 분석을 보여주지 못한 점이나, 대리보충을 텍스트 분석에 활용하기 위해 개념화하는데 집중한 나머지 대리보충이 곧 차연과 같다는 것을 제대로 파악하지 못한 것은 오히려 부차적인 문제였다.

만일 지금까지의 실패의 원인을 내가 데리다를 몰랐기 때문이라거나 제대로 이해하지 못했기 때문이라는 고백으로 마무리한다면 과연 이번에는 성공할까? 대리보충을 '이론'이나 '개념'에 위치시키고, 이러한 경험의 고백을 개념에 대한 한 사례로 제시하는 것이기에 사실 이 글을 자문화기술지(autoethnograph)[13]라는 논문 형식으로 볼 수 있을지는 모른다. 자문화

---

13 자문화기술지는 연구자 자신의 경험을 관찰, 분석하여 특정한 논제를 뒷받침하는 논거로 제시하는 학술적 글쓰기(논문)의 한 갈래이다. 주로 사회과학과 인류학에서 사용되는 방법론이다. 기존의 민속지가 타자를 관찰하고 분석하여 이를 기술하는 방법론이라면, 자문화기술지는 자신의 경험을 대상으로 한 글쓰기이다. 자문화기술지는 데리다와 직접적인 관련이 없지만 자문화기술지의 탄생은 데리다를 중심으로 한 포스트모더니즘의 사유에 기반한다.
주형일, 「자기민속지학의 쟁점과 현황」, 『사회과학논집』 44, 연세대학교 사회과학연구소, 2013, 47-66쪽.
이동성, 「자문화기술지의 방법적 이슈와 글쓰기 전략」, 『질적탐구』 5, 한국질적탐구학회

기술지는 기존의 사회과학의 논문이 이론적 가설에 대하여 논거로서 양적 연구를 제시하는 것을 질적 연구(내러티브)로 대체하고, 기존의 연구에서 객관성과 중립성을 지키기 위해서 연구대상에서는 제외했던 연구자 자신의 경험을 연구대상으로 끌어들이는 학술적 글쓰기로 인류학이나 민속학에서 주로 사용한다. 그러나 연구자의 자전적 경험을 이론을 뒷받침하기 위한 논거와 사례로 사용한다는 점에서는 기존의 사회과학의 학술적 글쓰기의 큰 틀은 그대로 유지된다. 뿐만 아니라 자문화기술지를 단지 새로운 수사학적 관행으로 정식화하고 모방하는 데 그친다면 대안적 가치마저 상실하기 쉽다. 더 중요한 것은 자문화기술지가 사회과학에서 쓰여질 때, 실제로 이용되는 양상은 데리다의 실천과는 거리가 있다는 점이다.

결국 이 논문은 이전 논문(윤예영, 2020)과 마찬가지로 대리보충의 개념화를 피하지도 못하고 대리보충적 글쓰기도 실패할 위기에 처한 듯하다.

실패의 기원을 더 멀리(윤예영, 2011)서 찾을수록 더 그렇다.

『삼국유사』의 정전화에 대한 의문은 『삼국유사』의 정전적 가치에 대한 의문이 아니라, 『삼국유사』 읽기 방식에 대한 의문에서 비롯되기 때문이다. 정전화는 특정 텍스트를 선택하고 배제하는 과정에서 이루어진다. 『삼국유사』를 정전으로 선택하는 과정에서는 『삼국사기』를 사대주의에 물든 텍스트로 규정하고 이를 배제하는 과정이 동시에 이루어졌다. 문제는 정전화에서 일어나는 텍스트 선택과 배제의 작용이 텍스트와 텍스트

2019, 1-28쪽.
장은영, 「자기민속지학적 글쓰기를 적용한 학술적 글쓰기의 방향과 수업 방안」, 『리터러시연구』 21호, 한국리터러시학회, 2017, 157-187쪽.

사이에서만 일어나는 것이 아니라 하나의 텍스트 안에서도 작동한다는 점이다. 정전적 읽기는 하나의 텍스트 안에서도 정전적 기능에 부합되지 않는 부분들에 대해서는 침묵하거나 삭제하는 방식으로 텍스트를 읽어 왔다. …(중략)… 『삼국유사』 안에는 이질적인 텍스트들이 공존하고 있지만 이것을 선택하고, 배열하고, 병치시키는 관점과 목소리가 존재하고 있으며, 이것이 『삼국유사』를 담론적 관점에서 새롭게 볼 수 있게 해줄 것이다. 『삼국유사』의 각 편을 하나의 담론으로 보았을 때 이러한 담론적 전략을 구사하는 담론의 주체를 상정해 볼 수 있다. 이 담론의 주체는 『삼국유사』가 전하고 있는 구술·기술 미토스를 여러 전략을 통해 해석하고 전달하고 있으며, 이 과정에서 새로운 미토스와 로고스 그리고 파토스가 발생할 것이다. 「의해」편 이하가 유형을 구축하고 이를 다시 해체하는 윤리적인 담론이라면 「기이」, 「흥법」, 「탑상」편은 역사적 담론으로 볼 수 있다. …(중략)… 『삼국유사』 담론이 개별적인 텍스트들을 투명하게 전달하는 매체가 아니라는 전제로부터, 역사적 담론에서 정치적 담론으로 이동을 모색하고자 한다. (윤예영, 2011년)

완성하지 못한 박사논문의 문제 제기 부분이다. 이 질문은 『삼국유사』라는 텍스트 그 자체에 대한 질문이라기보다는 『삼국유사』를 어떻게 읽을 것인가에 대한 질문이다. 따라서 주체의 문제가 개입되는 문제이다. 그런데 당시 내가 선택한 방법론에는 이런 식의 담론의 주체를 설명할 수 있는 자리가 없다. 『삼국유사』를 담론장 안 어디에 위치시키느냐의 정전화의 문제는, 그리고 그러한 정전화의 규칙을 내면화한 독자의 『삼국유사』 읽기의 문제는 현상학적인 독서가 아니라 정치적 독서의 문제이며, 제도로서의 문학에 관련되기 때문이다.

그렇다면 그때 제기한 질문이 내가 가진 도구로 해결 불가능하다는 성찰을 덧붙인다면 이번에는 성공할까? 마침 데리다는 어떤 텍스트가 자전적인가 학술적인가, 이론적인가 허구적인가, 철학적인가 문학적인가는 텍스트 안에 존재하는 본질에 의해 결정되는 것이 아니라 '이 텍스트는 문학적이고 저 텍스트는 그렇지 않다고 구분해 줄 내재적 분석은 없'으며, 이를 구분해주는 것은 '한 묶음의 관습들', '본질이 아닌 기능의 문제'라고 하지 않았던가.[14]

이쯤에서 반복되는 실패를 매번 『삼국유사』에 적합하지 않은 이론을 방법론으로 삼았기 때문이라고 요약하고 싶다. 구체적인 실체를 더 잘 분류할 수 있는 더 적절한 이론이 있지 않았을까? 이론에서 벗어나는 구체적인 현상을 설명하는 데 새로운 이론이 필요하지 않았을까? 이러한 회고는 때로는 형식주의, 때로는 역사주의, 때로는 구조주의, 그리고 지금은 데리다에까지 얼마든지 적용될 수 있다. 회고는 언제나 원인을 찾아낼 수 있다.

그러나 이런 식의 상상이야말로 루소가 성관계에 대하여 자위를 이용한 방식, 자연에 대하여 문화를, 여성에 대하여 남성을 이용한 방식에 가장 가깝다. 데리다가 대리보충적 글쓰기를 통해 이미 신랄하게 뒤집은 바로 그것이다. 따라서 학술적 글쓰기를 수행함에 있어 이론과 텍스트를 원자론적으로 연결하고자 했던 학술적 글쓰기의 형식 자체가 문제였고 이론을 다루는 당시의 나의 경험에서, 텍스트와 이론, 이 둘 사이의 관계를 구성해내는 연구자 '나'의 위치는 아예 생략되어 있었다는 다음과 같은 고백도 결국 실패

---

14   자크 데리다(2013), 앞의 책, 44쪽.

할 것이다.

　'나'는『삼국유사』를 자기충족적이고 완결된 '전체'로 보고 있다. 그런 데 '전체'의 외부에서 '이론'이라는 이름으로 '전체'를 보충하고자 하고 있 다.『삼국유사』가 그처럼 자기충족적이고 완전한 세계라면 보충이 필요한 가? '나'는 지금『삼국유사』를 '자료'가 아닌 '텍스트'로 다루고 있는가? 그 연구에서 '나'는 어디에 있는가? '나'는 자연과 문화, 목소리와 문자의 대리보충적 관계를 논문쓰기라는 학술적 글쓰기를 통해 관습적으로 재연 하고 있는 것은 아닌가?

『삼국유사』에서 출발하여, 데리다를 거쳐, 루소를 다시 읽은 데리다를 다 시 읽은 내가 발견하는 것은 데리다도,『삼국유사』에 내재한 진실도 아니다. 오히려 학술적 글쓰기는 어떻게 수행해야 하는가라는 질문이다.

4. 학술적 글쓰기의 대리보충

　데리다는『그라마톨로지』에서 장 자크 루소의『고백록』,『에밀』,『언어 기원에 관한 시론』 등을 함께 놓고 읽고 다시 쓴다. 이 과정에서 기존에 소 설, 에세이, 자서전, 학술적 글쓰기 등으로 분류되었던 텍스트들은 경계가 무너지고, 루소의 내밀한 성적 판타지에 대한 개인적 고백은 플라톤으로부 터 소쉬르, 레비스트로스를 관통하는 문자학(grammatology)의 일부가 된 다. 루소라는 대상으로부터 대리보충이라는 개념을 추상해낸 것이 아니라, 글쓰기로서의 대리보충의 실천을 통해 개념으로서의 대리보충을 의미하지(signification) 않고 다시 쓴다.

학술적 글쓰기는 바로 문학 연구의 장, 그 장 안에 놓인 '나', '데리다', '삼국유사'를 연행하는 것이며, 이들 모두 텍스트이며, 이렇게 끊임없이 다시 읽고 다시 쓰인다. 따라서 이 글의 결론은 데리다도 대리보충도 아닌 기존의 문학 연구의 학술적 글쓰기에 의해 재생산되는 문학이라는 제도, 그리고 이를 지탱하는 겹겹의 대리보충에 대한 기술이어야 한다.

어떤 것은 분석의 대상이 되고 어떤 것은 방법론이 되는가? 루소의 『고백록』은 문학 연구의 대상인가 이론인가? 레비스트로스의 『슬픈 열대』는 문학적 에세이인가 민속지인가? 자서전적 글쓰기를 학술적 글쓰기에 도입하는 것이 효과적인가 그렇지 않은가? 이때의 자서전적 글쓰기는 데리다의 것인가 사회과학의 것인가?

사회과학과 (인)문학을 구성하는 대리보충의 관계와 또 이 두 제도 사이의 대리보충, 더 나아가 근대적 지식 생산의 장에서 학술적 연구의 대상과 연구의 방법에 놓이는 것 사이의 대리보충, 지식이 될 만한 것과 그렇지 않은 것 사이의 대리보충, 학문적·과학적·객관적인 것과 그렇지 않다고 여겨지는 것 사이의 대리보충을 기술해야 한다.

그러나 이 글은 문학 연구의 장에서 통상적으로 사용되지 않는 학술적 글쓰기의 스타일을 시도하는 데 그쳤다. 대리보충을 통해 제도로서의 학문을 구축하고 있는 대리보충적 관계를 드러내고 대리보충적 글쓰기를 통해 균열을 내고자 했으나 결국 질문과 고백의 중간에서 멈췄다. 경험('실패')과 고백('자서전적 글쓰기'), 내가 선택했던 이론과 이로써 분석하고자 했던 대상 텍스트, 학술적 글쓰기와 이를 통해 구성되는 학술적 대상, 과학과 비과학, 객관성과 주관성, 합리적인 비인칭 주체의 분절적 언술과 하위 주체의 모호하고 분절되지 않은 언술의 대리보충을 명료하게 기술하지도 못했고, 이를 대리보충적 글쓰기를 통해 횡단하지도 못했다.

그러나 문학연구, 더 나아가 인문학적 글쓰기 일반에서 이론과 텍스트 그리고 연구자 사이에서 일어나는 읽기와 쓰기뿐만 아니라 모든 종류의 의사소통에는 실패가 전제되어 있다. 그래서 데리다는 오히려 실패의 가능성을 이미 의사소통에 내재한 구조로 받아들이고 부재를 드러내고, 타협하고, 돌파하고자 했다.

2002년도에 제작된 다큐멘터리 영화에서 데리다는 이렇게 말한다. 글을 쓰고 있을 때에는 아무런 생각이 들지 않는다. 하지만 쓰고 있지 않을 때 문득 두려움이 엄습한다. 글을 쓰지 않고 있을 때, 잠자리에서 약간 의식이 불분명할 때에야 분명한 각성이 엄습한다.[15] 필연적인 실패에 대한 공포, 그럼에도 불구하고 멈출 수 없는 텍스트와의 '힘겨루기'를 데리다는 어떻게 견뎠을까?

어디까지가 나이고 어디까지 타자인가?

일반적으로 학술적 글쓰기는 최대한 '나'를 드러내지 않아야 과학적이고 객관적이라고 여겨져 왔다. 그러나 이론은 텍스트에 대해서만이 아니라 연구자에 대해서도 초월적, 객관적, 절대적 위치에 놓여 있지 않다. 데리다를 따라서 이러한 전제를 다시 쓴다면 이론이라는 메타언어도 일종의 언어이기에 그 안에 필연적으로 죽음과 부재가 구조화되어 있으며, 구조화된

---

15 *Derrida*, directed by Amy Ziering Kofman & Kirby Dick, Jane Doe Films, 2002.

이론으로 서사 읽기

부재, 죽음은 실패나 오류가 아니라 쓰기와 다시 쓰기, 읽기와 다시 읽기, 시도와 실패의 상호텍스트로 보아야 한다.

동시에 데리다는 가장 충실하고 진정한 방식의 동반이나 추종은 '아나콜' 즉 '따르지 않음'이라고도 말한 바 있다.[16] 이에 따라서 그리고 이에 반해서 어떻게 데리다를 좀더 적절하게 이론화할 것인가, 어떻게 적용할 것인가, 이 시도는 성공인가 실패인가라는 질문은 다시 쓰여야 한다. 문학만이 아니라 이론도, 연구자도 모두 부재로 구조화된 텍스트, 콘텍스트, 상호텍스트이기 때문이다. 컨/텍스트 밖은 없다는 데리다의 말에 따르면 그렇다.

---

16 데리다는 텍스트에는 서로 다르며 양립할 수 없는 두 명령에 응답해야 하는 아포리아적 구조들이 존재하며, 존재하지 않는 새로운 규칙을 고안하는 일에 우리는 책임을 다해야 한다고 말한다. 데리다는 텍스트가 의미하는 것을 이해하려고 노력하며 그들이 쓴 것을 마땅하게 대우하고 또 어느 지점까지는 그들을 가능하면 멀리까지 가능하면 자세히 따라가려고 노력한다는 점에서 앞선 철학자들, 문학가들에 대해 충성하지만, '그들을 좇아가는 경험 내부에서 뭔가 상이한 것, 뭔가 새로운 것, 무언가 다른 것이 생겨나'는 지점이 생겨나며 이를 표시하는 것을 '배반'이라고 말한다. 또 이 표시를 '대응 기호(counter-sign)'나 '연기 서명(counter-signature)'으로 부른다.
자크 데리다 외(2007), 앞의 책, 20-24쪽.

자크 데리다^{Jacques Derrida} 주요 저작

- *De la gammatologie*, Paris: Éditions de Minuit, 1967.
  Of Grammatology: Fortieth-Anniversary, Gayatri Chakravorty trans., Baltimore: Johns Hopkins University Press, 2015.
  『그라마톨로지에 대하여』, 김웅권 역, 동문선, 2004.
  『그라마톨로지』, 김성도 역, 민음사, 2010.
- *L'Ecriture et la diffrence*, Paris: Seuil, 1967.
  Writing and Difference, Alan Bass trans., Chicago & London: University of Chicago Press, 1973.
  『글쓰기와 차이』, 남수인 역, 동문선, 2001.
- *La voix et le phénomèna*, Paris: Presses Universitaires de France, 1967.
  Speech and Phenomena, David Allison trans., Evaston: Northwestern University Press, 1973.
  『목소리와 현상』, 김상록 역, 인간사랑, 2006.
- '*Signature Event Context*', Marges de la philosophie, Paris: Minuit, 1972.
  '*Signature Event Context*', Limited Inc, Samuel Weber & Jeffrey Mehlman trans., Evaston: Northwestern University Press, 1988.
- *Glas*, Paris: Galilée, 1974.
  Glas, John P. Leavey & Richard Rand trans., London: University of Nebraska Press, 1986.
- *La Carte postale de Socarte à Freud et au-delà*, Paris: Aubier-Flammarion, 1980.
  The Post Card: From Socrates to Freud and Beyond, Alan Bass trans., Chicago & London: University of Chicago Press, 1987.
- *L'Oreille de l'autre: Otobiogragphies, Transfert, Traductions*, Sous la direction de Clude Lévesque et Christie Vance McDonald, Montréal: VLB, 1982.

The Ear of the Other: Otobiography, Transference, Translation, Peggy Kamuf al. trans., Lincoln & London: University of Nebraska Press, 1988.

- 'Circonfession', *Jacques Derrida*, avec Geoffrey Bennington, Paris: Seuil, 1991.

  Geoffrey Bennington with 'Circumfession', *Jacques Derrida*, Geoffrey Bennington trans., Chicago: Chicago University Press, 1992.

- *Foi et Savoir: suivi de Le siécle et le Pardon*, entretien avec Michel Wieviorka, Paris: Éditions du Seuil, 2000.

  『신앙과 지식』, 신정아·최용호 역, 이카넷, 2016.

- *Without Alibi,* Peggy Kamuf edit., & trans., Stanford, CA: Stanford University Press, 2002.

- "Following Theory: Jacques Derrida", *Life·After·Theory*, Michael Payne & John Schad eds., London & New York, NY: Continuum, 2003.

  「이론을 좇아서」, 『이론 이후 삶: 데리다와 현대이론을 말하다』, 마이클 페인·존 샤드 편, 강우성·정소영 역, 민음사, 2007.

- *Acts of Literature*, Derek Atrridge edit., London & New York: Routledge, 1992.

  『문학의 행위』, 데릭 애트리지 엮음, 전승훈·진주영 역, 문학과지성사, 2013.

- *A Derrida Reader: Between the Blinds,* Peggy Kamuf edit., New York: Columbia University Press, 1991.

- *Jacques Derrida Basic Writings,* Barry Stocker edit., Abingdon: Routledge, 2007.

Umberto
Eco

René
Girard

Claude
Lévi-Strauss

Hayden
White

Clifford
Geertz

Jacques
Fontanille

Roman
Jakobson

Yuri
Lotman

Roland
Barthes

Walter
Ong

François
Rastier

Algirdas
Greimas

Charles
Peirce

Jacques
Derrida

2부

기호학과 고전 서사

Umberto Eco   Claude Lévi-Strauss   René Girard

Hayden White

Roman Jakobson

Walter Ong

Jacques Fontanille

Clifford Geertz

Yuri Lotman

François Rastier

Jacques Derrida

퍼스 기호학과
속신(俗信)의 형성

김경섭

Algirdas Greimas   Roland Barthes   **Charles Peirce**

* **찰스 샌더스 퍼스**(Charles Sanders Peirce, 1839~1914)

미국의 철학자이자 논리학자이며 기호학자인 그는 기호의 개념을 확장하고, 기호학이 다루는 영역을 획기적으로 확대할 수 있도록 현대 기호학의 선구자 역할을 한 인물이다.

1. 퍼스 기호학의 위치

기호 현상을 연구하는 과학으로 자리매김 되고 있는 기호학은 이제 언어뿐만 아니라, 인간이 만들어 낸 문화와 심지어는 자연계까지 그 영역을 넓혀 가고 있다.[1] 기호에 대한 연구의 영역이 이렇듯 확대될 수 있었던 데는 미국의 기호 학자 찰스 샌더스 퍼스(Charles Sanders Peirce, 1839~1914)의 기호학이 큰 역할을 하였다. 그로부터 기호학은 단지 기호 그 자체만을 다루는 것이 아니라, 기호가 구성되는 체계 혹은 약호와 함께 그러한 기호와 약호가 활동하는 문화를 다루는 문화학[2]이 될 가능성이 열리게 되었다.

기호는 어떤 대상을 통해서 드러나게 되는데, 이때의 대상은 텍스트라

---

1 John Deely, *Basics of Semiotics,* Indiana University Press, 1990, p. 7.

2 송효섭, 「소쉬르·퍼스 기호학적 시읽기」,『현대시 사상』, 1994 봄호, 146쪽.

할 수 있다. 텍스트는 본래부터 그것이 지니고 있는 성질에 의해서 부여되는 것이 아니라, 해석자가 그것을 텍스트로 간주할 때 부여되는 자질이다.[3] 기호학에서는 이런 텍스트를 기호로 본다. 텍스트에 대한 규정과 마찬가지로 기호 역시 해석자에 의해 부여된 자질인 것이다. 따라서 우리는 하나의 대상을 놓고 기호로 볼 수도 있고 그렇지 않을 수도 있다. 먹구름은 기상 관측자에게는 비가 곧 올 수도 있다는 기호이지만, 일반인에게는 기호가 될 수 없을 수도 있다.

문제는 신호등이나 자연언어처럼 발신자의 의도가 명백히 들어 있는 기호가 아닌, 자연현상과 같은 발신자의 의도가 담겨 있지 않은 기호도 기호의 영역에 포함시킬 수 있을까 하는 데 있다. 이는 기호의 개념 혹은 기호학의 영역에 대한 근본적인 물음이며, 언어학을 바탕으로 한 소쉬르의 기호학과 철학의 바탕 위에 선 퍼스의 기호학이 갈라지는 점이기도 하다.[4] 양자는 언어

---

3 Thomas A. Sebeok (edit.) *Encyclopedic Dictionary of Semiotics*, Tome 2, Mouton de Gruyter, 1980, p. 1080.

4 송효섭, 앞의 글, 147쪽.
   퍼스와 소쉬르 기호학을 비교하면 다음과 같다. 송효섭, 『문화기호학』, 민음사, 1997, 95-98쪽 참조.

	퍼스	소쉬르
이론의 토대	철학, 논리학	언어학
기호 모델	3원적 모델 - 기호, 대상, 해석소의 삼항 관계 - 주어진 기호로부터 촉발되는 의미 효과 - 우리가 한 기호를 접하게 될 때 우리 관념 속에서 발생하는 기호 작용 중심	2원적 모델 - 기호 그 자체의 의미 생성 중심

이론으로 서사 읽기

학과 철학으로 대비될 뿐만 아니라 존재론과 인식론, 경험론과 합리론의 간극에 위치하고 있다고도 볼 수 있다.

이처럼 퍼스의 기호학을 살피기 위해서는 먼저 소쉬르의 기호학과 퍼스의 기호학이 지니는 변별점을 지적할 필요가 있다. 두 사람은 각각 유럽과 미국의 기호학적 전통을 대표하는 학자들이다. 본격적으로 퍼스의 기호 이론을 언급하기 전에 소쉬르와의 변별점을 간략히 정리해 보겠다.

주지하다시피 소쉬르에게 있어서 기호는 기표와 기의의 자의적 결합에

기호의 의미	소쉬르 식의 '기호'는, 퍼스의 '상징기호' 기호: 해석 가능한 대상 　　　기호를 해석하는 인간의 마음 중요 　　　기호(표상체)는 대상과 관계를 가지며, 그 관계는 해석소를 함의한다. 역동적 과정 – 기호 자체로 역동성 내포 – 하나의 기호는 내적으로 충만한 역동성을 지님 – 하나의 기호는 보다 발전된 기호들을 생산해 냄	(언어)기호: 기표와 기의의 자의적 결합 정태적 개념: 랑그, 파롤 – 기호의 의미가 정확하게 구현되기 위해서는 다른 기호들과의 결합, 관계 중요 – 랑그에는 내적 본질에 의해 자체적으로 정의되는 항은 없고, 오직 '차이'만 존재
기호학의 영역	무한한 생성 가능성을 지닌 잠재성. 규범, 약속 뿐 아니라 자연현상 포함 기호는 기호 그 자체가 아니라 '일반적 현상'의 발현으로 작동	언어학: 인간의 사고를 가장 명징하게 드러내는 체계 텍스트에 초점: 한정된 체계
기호의 방향성	기호는 어떠한 방향을 지향 '최종적 해석소' = 기호과정의 결정론·목적론	기호는 가치중립적
이론 확대의 가능성	모리스, 시벅 – 인류기호학, 동물기호학, 커뮤니케이션기호학 등	옐름슬레우, 바르트 – 확대된 언어학

의해 만들어진 것이다. 개념이 약속이나 관습에 의해 청각영상과 결합된 것이 기호이다. 따라서 소쉬르식의 기호는 언어 기호를 말하는 것이며, 그에게 있어서 언어 기호는 모든 기호들 중에서 가장 중요한 기호 체계를 이룬다. 여기서의 기호는 관습이자 약속이다. 즉 약호(code)인데 따라서 집단적이라고 할 수 있다. 우리가 문화를 다룰 때 문화는 집단적이자 관습적이라는 측면을 간과할 수 없다. 이런 지점에서 문화에 대한 소쉬르 기호학의 개입 가능성이 생긴다.

소쉬르와 퍼스의 기호 이론에서 서로 대별하여 고찰할 필요가 있는 것은 상징에 관한 양자의 입장이다. 기표와 기의 사이의 관계가 유연적(有緣的 motivated)인 것이 소쉬르식의 상징이다.[5] 이는 일면 그의 기호 이론에 위배된 것으로 보일 수 있다. 왜냐하면 유연적이라는 말은 곧 '자의적'이라는 말에 정반대되는 말이며, 소쉬르는 어떤 경우에도 기호에 있어서 절대적 유연화는 존재하지 않는다고 말하기 때문이다. 그는 유연화가 존재한다면, 그것은 기호가 아닌 상징이라고 규정한다. 이것은 소쉬르가 상대적 유연성의 영역을 열어 놓은 것을 의미하며, 그 영역은 다름아닌 상징이 속한 영역이다.[6]

---

5 Arthur Asa Berger, *Cultural Criticism*, SAGE Publications, 1995, p. 77.
   저자는 소쉬르의 기호 이론을 Semiology로 퍼스의 기호 이론을 Semiotics로 구별하고 있는데, Semiotics가 기호 이론에 대한 일반적인 용어이지만 소쉬르의 기호 이론이 다분히 언어학적인 측면과 밀접한 관련성을 띠고 있기 때문에 이렇게 구별한다고 밝히고 있다.

6 페르디낭 드 소쉬르, 『일반언어학 강의』, 최승언 역, 민음사, 1994, 156쪽.
   그는 랑그의 전체 체계가 기호의 자의성이라는 비합리적 법칙에 의거하는데, 이것이 무제한 적용된다면 극도록 복잡한 상태에 이르게 된다고 말하고, 그러나 정신은 기호 덩어리의 어떤 부분에 질서와 규칙의 법칙을 도입할 수 있으며, 이것이 곧 상대적 유연성의 역할이라고 말한다.

이론으로 서사 읽기

소쉬르는 상징이 결코 완전히 자의적이지는 않다고 주장한다.[7] 반면 퍼스는 그의 삼분법에 따른 기호의 세 종류(도상Icon, 지표Index, 상징Symbol) 중의 하나인 상징에 대해, 그것이 관습적이며, 반드시 학습되어야 하는 것으로 파악한다. 따라서 퍼스식의 상징의 개념은 소쉬르식의 기호 개념과 어느 정도 상응된다고 볼 수 있으며, 퍼스의 기호 삼항 중의 한 가지가 소쉬르의 기호 개념인 것이다. 즉 퍼스의 기호 개념이 소쉬르의 그것보다 더 확장되었음을 알 수 있다.

소쉬르는 기호학이 언어학의 상위에 있으며, 그것에 바탕을 둔 것임을 분명히 한다. 그는 기호학의 바탕에 텍스트의 언어학적 원리를 기반으로 한 약호 내지는 체계가 있다는 가설을 세운다. 따라서 그의 기호학은 '약호의 기호학'으로 명명되기도 한다.[8] 약호의 기호학의 대상이 되는 텍스트는 닫힌 텍스트로서의 의미를 갖는다. 그 자체로 하나의 완결된 전체인 텍스트는 언어학에서처럼 음운론, 통사론, 의미론적 차원에서 텍스트에 대한 분석이 행해지는 것이다. 따라서 텍스트가 비언어적 텍스트인 문화 현상일 때 어떠한 문화 현상은 완결된 텍스트로 간주되어 분석된다. 그런 분석을 통해 기호들 간의 약호를 밝혀내는 작업이 약호의 기호학의 주된 목적이다. 이때의 약호는 기호들의 체계화를 가능하게 하는 일련의 규칙이 된다.

어떠한 가능성 속에서 선택된 단위들이 구체적인 텍스트 속에서 어떤 원리에 의해 결합되어 의미를 전달하는 것이 약호의 기능 양상이며, 그런

---

7 페르디낭 드 소쉬르(1994), 앞의 책, 86쪽.

8 송효섭, 「문화기호학 서설」, 한국기호학회 월례발표회 발표문, 1995. 9. 30. 11쪽.

가능성이나 원리가 곧 문화의 기호학적 성격을 결정짓는다. 언어학적 시각으로 언어학적 방법을 사용하는 약호 중심의 언어학적 문화 기호학이 여기서 비롯된다.[9]

기호를 관습과 약속에 의해 만들어지는 것으로 보는 소쉬르의 기호학과는 달리, 퍼스는 인간에 의해 기호로 인식될 수 있는 모든 것을 기호의 영역에 포함시켰다. 자연현상과 같이 기호 생산자의 전달 의도가 드러나지 않은 것들도 퍼스 기호학에서는 기호의 영역에 든다.[10] 소쉬르식의 기호학에서는 기호가 청각영상과 개념으로 이루어진 것이어서, 현실의 맥락이 개입할 여지가 없다. 또, 퍼스의 기호학에서 다루는 삼항 중, 소쉬르의 기호학에서 찾아볼 수 없는 것이 바로 '대상'이다. 퍼스의 기호학은 기호학의 영역을 확장시켰다는 면에서도 중요하지만, 본고에서 다루는 속신의 형성을 기호학적으로 고찰하는데도 많은 시사점을 던진다.

2. 퍼스와 삼항성의 기호론

퍼스가 시종일관 탐구했던 문제는 논리의 철학적 토대 및 사고와 현실의 본질적 특성을 포착하기 위한 새로운 논리의 틀들을 체계화시키는 것이

---

9 송효섭(1995), 앞의 글, 같은 쪽.

10 퍼스의 저작물은 그의 사후에 하버드 대학 철학과에서 편집한 유고논문집으로 그 전모가 드러났다. Charles Hartshorn & Paul Weiss, eds., *Collected Papers of Charles Sanders Peirce*, vol. I -VI, Havard University Press, 1931~1935, & vol. VII-VIII, Arthur W. Burks, eds., same publication, 1958.

었다.[11] 실제로 그가 목표로 한 학문은 형이상학을 비롯해 인간이 경험 가능한 대상들에 적용될 수 있는 고도의 보편적 개념을 구체화시키는 것이었다. 다시 말하자면 그는 기호학을 인간의 사고와 현실의 일반적 형식을 구명하는 철학적 토대에서 출발시켰다.[12]

퍼스 기호 이론의 초점은 기호가 해석소를 통해 기호의 대상과 관련을 맺는다는 식의 기본적인 삼분법에 놓여 있으며 또한 이러한 삼항관계가 우리에게 기호의 생산과 해석 과정이라는 궁극적인 기호 작용의 조건들에 관해 설명하는 것이다.[13] 이러한 기호의 생산과 해석 과정에 대한 퍼스의 기호 이론은 속신의 형성과 특징을 밝히는데 도움을 줄 수 있다. 하나의 기호가 해석소를 산출하는 과정은 다음의 퍼스의 언급을 통해 드러난다.

> 기호 혹은 표상체(representamen)는 어떤 점에서 혹은 잠재적 능력 안에서 누군가에게 어떤 것을 표상하는 무엇이다. 그것은 누군가에게 전달된다. 즉 그 전달받은 사람의 마음속에 등가적인 혹은 더 발전된 기호를 산출해 낸다. 그것이 만들어 낸 기호를 나는 첫 번째 기호의 해석소

---

11 김성도, 「현상·인식·그리고 기호: 퍼스 기호학 서설」, 『작가세계』 23, 1994, 54쪽.

12 퍼스는 그 당시 기호 학자로 명성을 날렸던 영국의 빅토리아 레이디 웰비(Victoria Lady Welby)여사와 1903년부터 1912년까지 계속된 서간문에서 자신의 기호론에 대한 견해를 피력하고 있으며, 그의 모든 지성 편력이 기호학적 축으로 모아질 수 있다는 말을 하고 있다.
Charles S. Hardwick, eds., *Semiotic and Significs*, Indiana University Press, 1977, p. 85.

13 Robert E. Innis eds., *Semiotics— An Introductory Anthology*, Indiana University Press, 1985, p. 1.

(interpretant)라 부르고자 한다. 기호는 어떤 것을 표상하는데 그 어떤 것이 대상object이다. 그것은 그 대상을 모든 측면에서가 아닌 어떤 종류의 관념에 의해서 나타내게 되는데, 나는 그 관념을 표상체의 기반(혹은 토대 ground)이라 부르고자 한다.(Ⅱ, p. 228)[14]

이처럼 퍼스의 기호 개념은 기호, 대상, 해석소의 3항으로 이루어진다. 해석소(interpretant)란 기호 해석자의 기호 해석에 의해 그의 마음속에 만들어진 기호를 말한다. 여기서 중요한 것은 해석소의 개념인데, 이는 본고에서 논의할 속신의 형성을 기호학적으로 고찰하는데도 중요한 것이다. 해석소는 이른바 기호 작용 내에서의 맥락이라고 할 수 있는 기반을 바탕으로 만들어진다. 여기서 기반의 의미는 매우 포괄적이어서 인간적 기반, 사회적 기반, 문화적 기반, 역사적 기반 등 우리가 생각할 수 있는 모든 맥락이 포함될 수 있다.[15] 퍼스는 기호 해석에 있어서의 콘텍스트를 고려한 것으로 보인다.

해석소는 기반을 바탕으로 인간의 마음속에 만들어지는 또 하나의 기호이다. 기호 작용은 이처럼 기호가 해석소를 낳고, 그 해석소가 또 다른 해석소를 낳는 무한한 의미 작용을 통해 이루어지는 것이다.[16] 여기서 한 가

---

14 이후 괄호 안의 표시는 찰스 하츠혼과 폴 와이즈가 편찬한 책의 권 수와 페이지를 나타낸다.

15 송효섭, 「설화등장인물의 공간이동유형과 그 문화적 의미」, 『한국문학형태론』, 일조각, 1993, 3쪽.

16 다음의 그림은 퍼스의 무한한 기호작용(unlimited semiosis)을 잘 설명한다.

지 구별하고 넘어갈 것이 해석자(interpreter)와 해석소의 개념이다. 퍼스 자신은 해석자를 메시지의 수신자 또는 해독자로 언급했으며, 해석소는 수신자가 그 메시지를 이해하기 위하여 원용하는 열쇠를 의미하는 것으로 구별하였다.[17] 이런 측면에서 퍼스의 기호 이론은 소쉬르의 약호의 기호학에

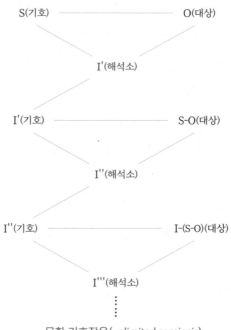

무한 기호작용(unlimited semiosis)

위의 도식에서 최초의 기호(S)가 그 이전의 삼항 관계에 따른 해석소임을 유념할 필요가 있으며, 세 번째 해석소 역시 다음 단계의 삼항 관계에서는 하나의 기호가 된다. 따라서 이러한 기호작용은 끊임없이 계속되는 것이다.
John K. Sheriff, *The Fate of Meaning: Charles S. Peirce, Structuralism and Literature*, Princeton University Press, 1989, p. 60.

17 야콥슨·바흐찐 외, 『러시아 현대비평이론』, 조주관 역, 민음사, 1993, 349쪽.
퍼스 기호이론의 해석소는 기호작용 내에서 매개적 상황문맥에 의해 기호를 명칭화하

대응되는 '해석소의 기호학'으로 명명되기도 한다.[18] 그의 이론에 따르면 기호는 발신자가 없는 경우, 즉 해석 가능성만으로도 기호의 요건을 갖춘 것으로 분류된다. 그러므로 퍼스 기호학에서는 병의 징후도 기호의 범위에 포함될 수 있는 것이다. (VIII, p. 185)

퍼스 기호 이론의 무한한 기호 작용(unlimited semiosis)의 개념에서 어떤 기호는 반드시 같은 대상을 나타내는 그 이전의 기호에 대한 기호라고 할 수 있다. 그렇다면 기호 작용이 계속 진행될수록 기호의 대상은 기호로부터 멀어지는 것처럼 보일 수 있다. 그러나 무한한 기호 과정을 통해 도달된 최종 해석소(final interpretant)는 대상이 최대한으로 실현된 기호여서, 대상과 기호, 그리고 해석소 사이의 구분이 모호해진다.[19] 따라서 퍼스의 기호작용은 최종적 지향점을 가정하고 있으며 그의 기호론이 일종의 목적론, 결정론으로 간주되는 이유가 여기에 있다. 퍼스의 기호론이 의미의 불확정성에 바탕을 두고 있지만 다른 한편으로 가치중립적인 기호 개념을 넘어서 어떤 방향으로의 해석을 지향하고 있다는 점[20]은 매우 중요한 지점이다.

가장 일반적인 과학으로서의 기호학은 기호 관계의 일반적인 구조를 연구하는 것인데, 이는 곧 우리의 경험 대상들 또는 우리의 경험들을 연구하

는 것으로 이해될 수도 있지만, 실제로 퍼스는 해석소를 세 가지로 구별하여 설명하면서, 해석소의 범주들을 변별해 놓았다. 이 점에 대해서는 뒤에 언급된다.

18 송효섭(1993), 앞의 글, 12쪽.

19 Thomas A. Sebeok (edit.) *Encyclopedic Dictionary of Semiotics*, Mouton de Gruyter, 1986, p. 676.

20 송효섭, 『문화기호학』, 민음사, 1997, 83쪽.

이론으로 서사 읽기

는 것이기도 하다. 이상의 논의를 염두에 둘 때, 퍼스의 기호학은 일종의 기호학적 인식론이라 할 수 있으며, 소쉬르의 기호학에서 간과되기 쉬운 의도, 가치, 맥락의 문제가 기호학의 영역으로 편입되고 있다. 퍼스 기호이론의 이런 특징은 속신과 같은 믿음의 영역에 속한 인간 인식론의 측면을 고찰할 수 있도록 한다는 데 의의가 있다.

퍼스의 기호이론에서 기호란 기호 그 자체가 아니라 일반적인 현상의 발현이다. 그는 현상들의 범주를 1차성, 2차성, 3차성의 세 가지 범주로 구분하는데, 1차성이란 구체적 사실로 실현되지 않은 자질적인 가능성이며, 2차성은 실제적 사실이며, 3차성은 이러한 사실을 지배하는 법칙이다.[21] 소쉬르의 기호 개념은 그러므로 퍼스가 말한 3차성의 기호에만 포함된다. 중요한 것은 퍼스가 1차성의 범주와 2차성의 범주도 기호의 범주에 포함시키고 있다는 사실이다. 이를 간략하게 나타내면 다음과 같다.

표 1. 현상의 범주

1차성(firstness)	2차성(secondness)	3차성(thirdness)
· 느낌 (모호한 맛, 색감 등) · 어떠한 관계성도 가지지 않음 · 그 자체로의 단순한 '가능성'	· 있는 그대로의 사실들 · '관계'를 통해 발생	· '관념'과 관련 · 3차성을 통해 1차성이 2차성의 관계 속으로 들어옴
기호/표상체	대상	해석소

_____

21 '1차성 - 2차성 - 3차성'은 각각 '자질(quality) - 사실(fact 또는 행위) - 사고(thought 또는 개념)'으로 표현할 수도 있다.

퍼스의 기호론은 이들 삼항성의 범주로부터 출발한다. 그에 따르면 기호는 기호 자체의 측면에서 단순한 자질인 '자질 기호'(기호 그 자체의 물질적 성격에 따른 기호의 감각적 질, 기호의 내재적인 자질, 자질 기호는 기호가 구체화 될 때까지 기호로써 실제적으로 작용하지 못한다: Qualisign), 실제적 존재인 '실재 기호'(기호 개별적인 실재, 실재적으로 존재하는 것이나 사건: Sinsign), 일반적 법칙인 '법칙 기호'(일반적으로 동의된 법칙이나 관습, 기호의 복제품 replica로 불릴 수 있는 것들: Legisign)일 수 있다.

또 기호는 그 대상과 어떤 관계를 갖는가에 따라 세 가지로 다시 나뉜다. 그 관계가 유사성에 의한 것이면 '도상 기호'(허구적 혹은 실재적 대상과의 물리적 존재론적 유사성을 공유하는 기호: Icon), 실제적 인접성을 띠면 '지표 기호'(표지로서 그 대상과 실제적인 인과적 관계를 맺는 기호, 징후나 전조도 여기에 포함됨, 따라서 여기서 인접성이란 물리적·심리적 인접성: Index), 관습이나 약속의 성격을 지니면 '상징 기호'(문화적으로 결정된 관습적이고 일반적인 기호이자 그 대상과의 유사성 내지 물리적 연관이 전혀 없는 기호: Symbol)로 분류될 수 있다.

마지막으로 기호의 해석소가 기호를 '가능성'의 기호로 표상하는가에 따라 '잠재 기호'(해석소를 대신하는 질적인 가능성을 지닌 기호: Rheme), '사실'의 기호로 표상하는가에 따라 '사실 기호'(해석소를 대신하는 실재로 존재하는 기호, 가리키면서 해석되어지는 사실의 기호: Dicent Sign), '법칙 내지는 합리성'의 기호로 표상하는가에 따라 '논리기호'(전제와 결론 사이를 지배하거나 중개함으로써 어떤 것의 진실을 나타내는 것으로 이해될 수 있는 기호:

이론으로 서사 읽기

Argument)로 분류될 수 있다.[22]

이처럼 퍼스에게 있어서 삼항성의 이론은 사고의 방식이자 존재의 체계라 할 수 있다. 이상의 논의들을 간단하게 나타내면 다음과 같다.[23]

표 2. 삼항성과 기호의 범주

	형식적 측면	존재적 측면 (현상의 일반적 범주)		
		1차성 (자질)	2차성 (있는 그대로의 사실)	3차성 (법칙)
기호 (표상체)	1차성	자질기호 자질로 이루어진 표상체 예) 초록색	실재기호 존재하는 물리적 실재 예) 도로표지판	법칙기호 법칙으로 이루어진 표상체 예) 농구 심판의 호각 소리
대상	2차성	도상 기호와 대상의 유사성 예) 사진	지표 기호와 대상의 인과 관계 예) 의학적 증상	상징 기호가 관습에 의해 대상과 관계 예) 비둘기(평화의 상징)
해석소	3차성	잠재기호 기호가 하나의 가능성으로서 해석소를 표상하는 경우 예) 개념	사실기호 기호가 하나의 사실로서 해석소를 표상하는 경우 예) 사실에 대한 진술	논리기호 기호가 하나의 추론으로서 해석체를 표상하는 경우 예) 명제

---

22 자질 기호, 실재 기호, 법칙 기호에 관한 설명은 다음의 책에서 참고하였다.
① C. W. Spinks, *Peirce and Triadomania*, Mouton de Gruyter, 1991.
② D. Greenlee, *Peirce's Concept of Sign*, Mouton, 1973.
③ Robert E. Innis eds., *Semiotics -An Introductory Anthology*, Indiana University Press, 1985.
도상 기호, 지표 기호, 상징 기호에 관한 설명은 ①의 책, p. 60-73, ②의 책, p. 70-98, ③의 책, p. 9-19에서 참조하였으며, 잠재 기호, 사실 기호, 논리 기호에 관한 설명은 ①의 책, p. 74-91, ②의 책, p. 101, p. 143-144, ③의 책, p. 8-9에서 참조한 것이다.

3. 퍼스 기호학으로 본 속신의 형성과정

이 장에서는 한국 속신의 형성과정을 퍼스 기호론의 관점에서 살펴보는 것이 목적이다. 이를 위해 우선 속신에 대한 일반론적인 논의가 선행되어야 할 것이다. 우선 다음과 같은 질문을 먼저 던진다. 속신(俗信 Folk-Belief)은 미신(迷信 Superstition)인가? 말을 바꾸어 다음과 같이 반문해 보자. "다리를 떨면 복이 나간다." 혹은 "불장난 하면 자다가 오줌 싼다." 혹은 "아침에 까치가 울면 귀한 손님이 온다."는 말에 자신이 얼마나 구속되어 있는가, 혹은 이런 식의 강박에서 자신이 얼마나 자유로운가 하는 것 말이다.

여기서 우리가 떠올릴 수 있는 속신을 모두 언급할 수 없지만, 세련된

---

23 퍼스에 의하면 다양한 층위의 삼항성들의 조합은 다음과 같은 10가지로 나타날 수 있다.

교리와 정통성을 지니고 있는 기성 종교의 신자라 할지라도 위와 같은 속신의 주술적 속박(呪縛)에서 자유로운 사람은 거의 없을 것이다. 이처럼 속신은 무시할 수 있을 듯하면서도 결코 벗어날 수 없는 야릇한 민간신앙이자 민속적 담화의 한 양상이다.

그러므로 이런 구술표현들을 속설 내지는 미신으로 치부할 수만은 없는 것이다. 인간 문화 발달의 초기에는 자연 현상이나, 천재지변의 징후가 과학적으로 해명될 수 없었다. 과학적이고 논리적 근거가 아직 통용되고 정착되지 못한 상태에서, 인간의 인식이 자연현상에 대해 적절한 해답을 내릴 수 없을 때 의존하는 것은 경험의 축적에 의한 심리·문화적(psycho-cultural) 해석이었다. 이런 단계에서 자연에 대한 인간 해석의 하나가 바로 속신(俗信 Folk-Belief)일 수 있다. 속신의 기원을 거슬러 올라가면 아마도 인간이 최초로 생활을 영위한 순간과 일치할 것이 틀림없다. 왜냐하면 그것은 인간 외적 세계, 사물 및 인간이 처한 상황에 대한 의미 해석의 결과이기 때문이다. 문화가 원시 상태에 가까울수록 자연의 징후들은 하나의 기호로서 그것의 올바른 해석이 절대적으로 중요성을 지니고 있으며, 인간의 기호해석 능력은 그것을 심리적이고도 경험적으로 판단하는 데 그치고 만다. 그 결과, 인간들의 인식론이 단문 형식으로 표현된 것이 속신이라고 할 수 있다.

다른 말로 표현하자면 속신은 자연현상, 자연 사물 또는 인간 및 사회의 어떤 징표를 기호로 삼아 그것을 의미화하는 작용에서 빚어진다. 자연과 인간 및 사회에 대한, 말하자면 세계에 대한 해석 행위가 다름 아닌 속신이다. 따라서 속신은 민속적인 해석학이다.

속신을 고대의 신앙이나 주술이 종교에 이르지 못하고 민간에 퇴화하여 잔존한 것으로만 판단하는 입장은 잘못된 것이다. 종교의 하부요소가 민간에 탈락하여 속신이 되었다고 한다면, 종교라 할 만 한 것을 가져 보지 못한 민족에게는 속신이 있을 수 없다. 하지만 사실 그런 민족에게서 더 많은 속신을 찾아볼 수 있으며, 더구나 문명이 발달한 오늘날에도 속신은 여전히 생겨난다. 결국 속신은 종교의 진화론적 발달사에서 파악되는 잔존물이 아니라, 커다란 신념체계 내에서 종교나 주술, 혹은 신앙과 동일한 위계에서 파악되는 인간 신념의 한 양상인 것이다.

우리는 말의 힘의 울타리 속에서 자라나게 되고 일생을 통해서 그 울타리의 보호에서 벗어나지 못하고 그 말을 통해서 사회화되고 언중과 만나게 된다. 인간이 태어나서 타인과 또는 자연과 대응하면서 삶을 살아 나갈 때, 말의 힘에 의해 구속을 받게 되는 대표적인 예가 바로 속신인 것이다. 과학문명이 발달한 20세기 후반을 살아가는 우리도 마찬가지이다. 속신은 독자적인 구조와 의미를 지닌 구술 전승력을 갖추고 있는 민간 구술 전승의 기본단위이며, 민족의 원초적인 세계관과 인식론을 담고 있다. 그만큼 속신은 인간의 사물에 대한 인식과 경험들이 가장 짧은 형태로 축약된 문학적 표현인 것이다.

대부분의 속신은 강한 점복성(占卜性)과 예언성(豫言性)을 지니고 있다. 그러나 그것들은 매우 관습적이고 정형적이다. 한 집단의 구성원이면 누구나 꼭 같이 해석하게 된다. 그것은 속신이 지닌 전통성에서 유래한다. 속신은 전통성이라는 권위를 등지고 있기 때문에 쉽게 사람들을 강박관념 속으로 몰고 간다. 여기서 합리나 불합리를 따지는 것과, 그것의 객관적 정당

이론으로 서사 읽기

성 여부는 의문의 대상이 되지 못한다. 속신은 사람들로 하여금 속신에 대한 반성(反省)이나 내성(內省)의 여지를 부여하지 않는다. 사람들은 무턱대고 거기 사로잡혀서 강박관념을 형성하고 강박행위를 저지르게 된다. 이런 면에서 속신의 믿음을 전통성과 짝지은 강박성(强迫性)과 관련시키는 것은 피할 수 없는 일이다.

속신에 대한 의미화의 작업은 심층 심리학에서 말하는 이른바 '상징화(象徵化)'와 매우 맞닿아 있다. 가령 정신분열증 환자가 겹쳐진 신발을 보고 자신이 죽을 거라고 생각하는 따위가 전형적인 상징화이다. 이 해석에는 객관적인 근거도 없고 보편성도 없다. 해석이 자의적(恣意的)인 것이다. 이런 자의적 해석 행위가 쌓여 단일 집단의 공동 해석으로 성장하게 되면 관례화된 '집단적 상징화'의 면모를 보이게 되고, 이것이 속신으로 자리 잡게 된다고 할 수 있다.

이러한 면이 속신을 '잘못 알고 믿는 것, 혹은 사람을 혹하게 하는 신앙'인 미신이라고 단정하는 근거가 된다. 그러나 속신은 미신이라고 단정하여 치부해 버려서는 안 될 인간의 인식론을 담고 있다. 미신이라는 용어는 현재의 과학적 인식론을 전제로 한 판단이기 때문이다. 미신은 특정 공동체가 보편적으로 믿고 있는 종교의 처지에서 용납될 수 없거나 믿음성이 없다고 믿어진 대상에 대해 붙여진 이름이다. 기독교도 이슬람 국가에서는 미신으로 치부되며, 불교도 기독교를 믿고 있는 우리나라 사람에게는 미신에 지나지 않을 수 있다. 따라서 속신을 미신이라고 부르는 것은, 그것을 특정 문화를 바탕에 두고 이해해야함을 고려할 때, 정당한 판단이 아닌 것이다.

따라서 속신은 그것을 믿음직하다고 보장하는 문화의 테두리 속에서 살펴야 한다. 이런 전제 하에 속신을 연구하는 데 있어서, 그것의 비과학성 내지는 비합리성을 앞세워 속신 자체의 존재론적 근거를 의심하는 것은 올바른 태도가 아닐 것이다. 가령 다음의 속신을 살펴본다면 속신과 문화의 관련성을 어느 정도 짐작할 수 있다.

- 네잎 클로버를 찾으면 행운이 온다
- 사진을 찍을 때 한가운데서 찍으면 명이 짧아 진다
- 13일의 금요일에는 액운이 생긴다 [24]

'네잎 클로버, 사진, 13일의 금요일'이라는 단어를 연상해 본다면 위의 속신들은 서구 문명이 우리나라에 유입된 이후에 생성된 속신들로 봐야 한다. 인간의 과학적 인식론이 발달하면서 사멸하는 속신이 생길지라도 발달한 문화에 따른 또 다른 속신이 생겨나고, 문화 간의 접목이 활발하면 할수록 다른 문화의 영향에 따른 새로운 속신이 지속적으로 생길 수 있다는 점을 위의 사례들이 보여 준다할 것이다. 따라서 속신에 대한 연구는 문화에 대한 연구와 매우 밀접한 관련성을 지니고 있다.

따라서 우리가 속신을 미신(迷信 Superstition)이라고 단정하는 것은, 우리가 알고 있는 속신을 지금 현재 인간의 인식론으로 해명하고자 하는 데서 비롯된 오만이다. 고전소설을 연구하면서 적강(謫降)이나 천정(天定), 환생(還生)의 논리를 20세기의 과학적 인식론으로 이해하고자 한다면 고전

24　박계홍, 『한국민속학개론』, 형설출판사, 1994, 250쪽.

소설의 세계를 올바로 이해할 수 없으며, 신화를 신화의 세계에서 고찰했을 때만이 신화적 가치 체계를 이해할 수 있는 것과 마찬가지의 논리인 것이다.

이런 면에서 속신의 의미화 작업 내지는 속신에 대한 의미 분석은 일면 난점을 띠고 있다. 더 나아가 속신의 의미 구명 작업은 그 자체가 매우 회의적인 작업이 될 수밖에 없다. 속신이라는 구술 단문에 대한 의미론적 고찰에 현대의 과학적 인식론이 개입되었을 때 생기는 폐해를 얼마간 예상할 수 있는 것이다. 근대 과학 이전의 사고방식과 인식론의 결과물인 속신을 과학성을 토대로 한 현재의 인식론으로 해명하고자 하는 시도는 애당초 무리인 것이다. 더구나 '민속(folk)'의 개념과 '신념(belief)'의 개념이 합쳐진 속신의 세계에서 과학이 설 여지는 매우 협소하다. 현실적으로 비과학적이고 불합리한 지식을 모두 미신으로 내모는 것이나, 민간신앙을 모두 미신이라 단정하는 것은 민속적인 신앙 현상의 결과가 주로 자연과학의 지식으로 정당하게 해석될 수 없는 데서 비롯된 생각이다.

속신의 의미 구명이라는 작업이 지니는 이런 한계를 염두에 둔다면, 속신이라는 민속학적 해석론에 대한 과학적 해명의 문제가 중요한 것이 아니라, 이들 속신 속에 담겨진 인간 인식론의 특징을 찾는 작업이 중요한 것임을 알 수 있다. 따라서 속신 연구에 있어서, 속신이 진정으로 의미하는 바를 논리적으로 해결하려는 작업은 자칫 회의론에 빠지기 쉽다. 속신은 어디까지나 믿음의 체계를 드러내는 발화 표현이기 때문이다.

속신 연구는 마치 지질학자가 지층을 연구하는 것과 마찬가지의 목적을 지녀야 한다. 지질학자는 겹겹이 쌓여진 지층의 맨 아래쪽에서 고대 지층의 특징과 그로부터 그 시대의 자연 환경을 유추한다. 여러 겹 적층된 고대 지구의 지질학적 덩어리들은 아직 살아 있는 것이며, 의식적이고도 무의식적인 인간의 "마음"이나 "심리"도 그런 식으로 우리 시대에 존재한다고 할 수 있다.

지층과 마찬가지로 속신은 적층성을 띤 구술 전승물의 성격을 농후하게 지니고 있다. 또한 속신은 문화의 기반이 되는 기층문화의 큰 부분을 점하고 있다. 따라서 속신 연구는 문화라는 거대한 지층의 아래 부분을 연구하여 우리 문화의 특징을 유추하는 작업이다. 본 논의에서는 개별 속신 하나하나의 의미를 찾는 작업이 아니라, 속신의 생성과정을 기호학적 방법론으로 접근하여 속신의 인식론을 탐구하는 작업을 수행하고자 한다.[25]

이제 속신에 대한 앞서의 논의들을 염두에 두고, 속신의 형성 과정을 퍼스의 기호론으로 살펴보고자 한다. 우선 속신은 그 존재 양상을 명확히 설

---

25 본고에서 다룰 내용은 아니지만 한국 속신의 분류 체계와 존재 양상을 표와 그림으로 나타내면 다음과 같다.

예조(豫兆)속신 – 신념의 측면		제어(制御)속신 – 규범의 측면	
길조속신	흉조속신	권장속식	금기속신
• 아침에 상여를 본다면 운이 좋다 • 주걱턱인 사람은 잘 산다	• 까마귀가 울면 재수가 없다 • 미인은 팔자가 세다	• 문지방을 잘 닦으면 저승길이 밝다 • 이사 가서 거꾸로 자면 탈이 없다	• 불장난 하면 밤에 오줌을 싼다 • 설날에 일하면 죽을 때 헛손질 한다

이론으로 서사 읽기

정할 수 없다는 특징이 있다. 그것은 일면 신념의 체계에 속한 인간의 심리 상태이면서도, 상황에 따라 발화될 수도 있고 문자화될 수도 있기 때문이다. 일단 속신을 언어 체계의 일부분으로 상정한다면, 법칙 기호의 범주를 벗어날 수 없다. 언어 체계는 일반적으로 동의된 법칙이나 관습이며 따라서 기호의 복제품이 무한히 가능하다는 점에서 법칙 기호 중 대표적인 예라고 할 수 있다. 물론 법칙 기호 중에는 지표 기호나 도상 기호도 포함된다.[26] 따라서 이런 기호들은 반드시 언어 기호가 아닐 수 있다.

또한 속신이 인간에 의해 발회된 말(언어)이라고 가정한다면 속신은 도상과 지표가 아닌 상징 기호에 속한다. 퍼스식의 상징은 문화적으로 결정된 관습적이고 일반적인 기호이며 그 대상과의 유사성 내지 물리적 연관성이 전혀 없는 기호인데 그런 면에서 언어는 전형적인 상징 기호로서의 특징을 지니고 있다. 상징 기호만이 우리로 하여금 온전히 그것이 지시하는 의미뿐 아니라, 그것의 형식적 자질에도 관심을 갖게 한다.[27]

그렇다면 속신은 일종의 법칙 기호이면서 상징 기호에 속한다. 또 해석소의 측면에서 살펴보면 속신은 하나의 텍스트로서 해석될 가능성을 남겨놓고 있는 텍스트이다. 다시 말해 기호(속신 텍스트)의 해석소(속신 텍스트의

---

26 여기에 해당되는 것에 도상적 법칙 기호(Iconic Legisign(바위가 굴러 떨어질지도 모른다고 경고하는 교통표지))와 잠재적 지표적 법칙 기호(Rhematic Indexical Legisign(천둥이 치리라는 것을 전조하는 번개, 지시대명사)), 사실적 지표적 법칙 기호(Dicent Indexical Legisign(사람이 홍역을 앓고 있음을 지시하는 고전적 징후들, 엔진이 과열되고 있음을 나타내는 빨간색 계기판))가 있다.

27 John K. Sheriff, *The Fate of Meaning: Charles S. Peirce, Structuralism, and Literature,* Princeton University Press, 1989, p. 75.

해석)가 그것(속신 텍스트)을 가능성의 기호로 표상하는 기호, 즉 잠재 기호이다. 속신은 단지 그것의 자질 자체로서 존재할 뿐인 기호, 즉 그것을 접했을 때 즉각적으로 우리에게 다가오는 어떤 느낌(속신의 자질 또는, 가능성이라고 할 수 있는 것)과 같은 기호인 것이다.

그러나 이런 가능성의 기호(1차성)는 또 다른 해석을 낳게 되어, 또 다른 기호인 2차성의 기호를 만들어 낸다. 이 단계에서 작용하는 것이 바로 '기반(ground)'이다. 즉 기반을 바탕으로 하나의 잠재적 속신 텍스트는 실재로 해석되어 존재하게 된다. 이 상태에서 읽힌 속신 텍스트는 퍼스의 기호 체계에서 사실 기호에 해당된다. 기호로서의 특성 자체 안에서 그것의 대상을 표상 하는 3차성의 기호 즉, 논리기호는 1차성의 기호(속신 텍스트)의 절대적 자질과 2차성의 기호(속신 텍스트의 해석)의 상대적 자질을 연결하는 매개가 되는 기호이다.[28] 3차성은 1차성과 2차성 사이의 법칙을 발견했을 때 드러나게 되는 기호인데 이는 곧 속신 일반론이 된다.[29] 이처럼 퍼스의 기호 이론은 다양한 기반, 즉 특정 콘텍스트가 기호 체계 속에 들어와 체계화 될 수 있는 유연성을 지니고 있다고 할 수 있다.

우리들은 일상적으로 알지 못하는 미지를 알아내는 과정을 수없이 되풀이하면서 살고 있다. 다만 그 과정이 대부분 무의식적으로 반복되고 있을 뿐이지만, 사실은 미지의 사실을 알아내고 그것을 지식으로 기호화하고

---

28 John K. Sheriff(1989), Op. cit., pp. 126-127.

29 이것은 해석의 가능성을 담고 있는 일반적인 '문학작품'과 그런 가능성의 작품에 대한 '작품 해석', 그리고 작품과 해석 사이에서 발견되는 어떤 법칙을 담고 있는 문학 이론의 관계로 설명이 확대될 수 있다.

축적하여 체계적으로 운용하고 있는 것이다.[30] 인간의 지식은 자연현상이나 물질의 어떠한 상태에 대한 인간의 관찰을 바탕으로 이루어지게 된다. 지식의 확대와 축적은 인간의 지식을 발전시켜 복잡한 정신세계를 구축한다. 이러한 정신세계를 기호학적으로, 첫째 비슷한 형상을 가지고 감지하는 것(icon), 둘째, 유의미한 인과적 관계가 있는 것을 가지고 감지하는 것(index), 셋째, 유사성이나 인과적 관계도 없는 것을 가지고 감지하는 것(symbol)으로 언급한 학자도 있다.[31] 이런 식의 사고는 퍼스의 기호 삼분법을 의식한 언급으로 보인다. 그런데 실제로는 도상, 지표, 상징이라는 삼분법이 많은 잘못된 견해를 생산해 왔다. 인간사회의 모든 기호를 엄밀하게 구별하여 세 부류의 범주로 나누어 생각하려는 시도를 퍼스의 탓으로 돌리지만, 정작 당사자인 퍼스는 이 세 범주가 실제로는 '한 범주가 다른 범주

---

30 최길성, 『한국민간신앙의 연구』, 계명대학교 출판부, 1989, 243쪽.

31 Edmund Leach, *Culture and Communication,* Cambridge University Press, 1976, p. 12.
   본 논의에서는 속신을 위에서와 같이 도상, 지표, 상징으로 구분하지는 않는다. 실제로 모든 민속학적 상징이나 언술들에 대해서 이와 같은 분류가 가능해 보일지 모르지만, 퍼스 식으로 기호와 대상간의 관계에 따라 기호를 세 가지로 구분하는 작업은 매우 회의적이다. 퍼스도 밝혔듯이 모든 기호에는 이 세 가지의 특징들이 함께 녹아 있기 때문이다. 더구나 속신처럼 언어 기호로 받아들여지는 것들은 일단 상징 기호의 범주에 든다는 전제를 바탕으로 다시 상징 기호 내의 기호와 대상간의 관계라는 하위 분류 작업을 시도해야 한다. 즉 상징 기호가 대상간의 관계상 도상적일 수도, 지표적일 수도, 상징적일 수도 있다는 것을 상정해야만 한다는 난점이 따른다.
   따라서 리치의 언급은 기호에 대한 퍼스식의 개념을 의식한 것이지만 퍼스 기호 이론의 전체 기호 체계를 고려한 것으로는 보이지 않는다. 실제로 그의 주된 작업은 의사소통에 있어서 상징이 수행하는 역할을 구조적으로 분석하는 것이었다.

에 비해 지배적인' 또는 '어떤 체계에서는 다른 두 범주나 그중의 한 범주와 연관되는' 세 범주를 고려했을 뿐이다.[32] 이점을 언급한 퍼스의 발언을 제시하면 다음과 같다.

> 상징은 도상이나 이것이 포함된 지표를 내포할 수 있다.(IV, p. 447) 하나의 표상체가 다른 두 기능이 배제되어 있는 가운데 이 세 기능 가운데 한 기능을, 또는 다른 한 기능이 배제되어 있는 가운데 두 기능을 행사함이 바람직한 것으로 보이지만, 가장 완벽한 양태의 기호는 도상적, 지표적, 상징적 특성들이 가능한 한 균등하게 혼합되어 있는 경우이다.(IV, p. 448) 절대적으로 순수한 지표를 찾아낸다는 것은 불가능한 것은 아니지만 어려운 일이다. 지표적 특성이 전혀 없는 기호를 찾아내는 것도 어려운 일이다.(II, p. 306) 하나의 도식(diagram)은 지표에 가까운 특성과 일상적으로 상징적이라는 특성이라 볼 수 있는 자질을 가지면서도 전체적으로 볼 때는 하나의 도상인 것이다.(IV, p. 531)

퍼스의 기호학에는 일상 언어와 여러 가지 유형의 정식화된 언어가 자리잡고 있다. 그의 기호학이 언어학적 자료에 있어서 기표와 기의의 상징적 관계를 우선적으로 강조할 뿐만 아니라, 동시에 도상적이고 지표적인 관계의 공존도 강조함을 유의해야만 한다.[33]

퍼스의 기호 이론으로 속신을 고려하기 위해서는 속신에 대한 정의(定義)도 필요하다. 그러나 속신의 정의가 시대와 콘텍스트에 따라 매우 다양

---

32 로만 야콥슨, 신문수 편역, 『문학 속의 언어학』, 문학과 지성사, 1989, 293쪽.

33 John K. Sheriff, Op. cit., p. 351.

이론으로 서사 읽기

할 수 있기 때문에 일반적인 정의에 많은 난점이 있는 것이 사실이다. 실제로 엘리아데가 편집한 『종교학 사전』에서는 속신의 정의를 내리는 작업을, 시대적으로 속신을 어떻게 인식했는가에 대한 개괄로 대신했다.[34] 다만 속신이 특정 문화 내에서 참으로 받아들여지는 종교에 반대되는 어떤 것으로 한정되어, 묘사적이고 분석적이기 보다는 경멸적인 용어로 쓰일 수밖에 없었다는 점을 지적하고 있다. 그러나 속신도 특정 시대의 종교와 마찬가지로 신념의 문화의 한 축을 담당하고 있음을 언급한다.

따라서 속신의 정의를 애써 내리자면 과도한 추상화와 일반화를 피할 수 없다. 그 이유는 속신 자체가 특정 시대와 문화, 집단을 바탕으로 하기 때문이다. 따라서 속신의 정의는 탈역사적이고 탈문화적인 언급이 필요하다. 본고에서는 퍼스의 기호학적 인식론과 속신의 형성 과정을 관련시켜 살피기 위해 속신을 다음과 같이 정의한다 — '하나의 또는 몇몇의 기호나 조건이 하나 또는 몇몇의 결과를 드러낸다고 믿는 전통적인 표현'.

이것은 다른 말로 '인간의 마음(정신)이 어떤 현상에 대하여 그것이 무엇

---

34 M. Eliade, eds., *The Encyclopedia of Religion*, vol. 14, Macmillan Publishing Co., 1987, p. 163.
이 사전은 속신에 대한 정의를 내리는 데 있어서 추상적인 정의를 애써 찾으려는 시도보다는 속신의 역사적 적용의 실례를 개괄하는 것이 속신의 개념을 파악하는 데 가장 좋은 방법이라고 주장한다. 따라서 속신을 그 기원과 고전적 해석, 초기 기독교 사회, 가톨릭과 종교 개혁 시대, 계몽주의 시대, 중세 기독교 시대로 나누어 각각의 시대에서 속신이 어떤 의미로 사용되었는지를 소개하는 데 그치고 있다. 이는 한 문장으로 속신을 정의내리기에는 많은 난점이 있음을 반증하는 예이다. 그러나 이 사전에서도 성문화된 종교의 입장에서 속신을 파악하려는 입장을 취하고 있다는 점에서 속신에 대한 정당한 관점을 취했다고 보기 어렵다.

을 나타낸다고 믿는(해석한) 어떤 것'이라 할 수 있다. 일단 '어떤 현상'이라는 범주가 기호학의 범위 내에 포함될 수 있다는 점이 퍼스 기호학이 소쉬르 기호학과 변별되는 특징이며, 속신을 기호학적으로 고찰할 수 있게 하는 점이다. 여기서의 해석은 단순한 해석이 아니라 일단의 현상이나 상태가 사람의 마음 속에 신념이나 믿음의 형태로 해석되는 것에 한정된다.

왜냐하면 저녁에 지는 노을을 바라보면서 '아 저 노을이 내 마음 같구나'하고 생각했다면, 이것 역시 퍼스의 기호 이론에 따르면 해석소라 할 수 있기 때문이다. 여기서는 이런 식의 해석소는 논외로 한다. 이를 퍼스의 기호 삼항관계에 대입시키면 어떤 현상은 기호(sign)에, 나타내는 무엇은 대상(object)에,[35] 최종적으로 인간의 마음이 판단하는 무엇은 해석소(interpretant)에 해당된다. 동일한 현상(기호)에 대한 최종적인 판단이 사람마다, 민족마다 상이할 수 있는 이유는 기반(ground)이 서로 다를 수 있기 때문이다. 이것을 도식화하면 다음과 같다.

---

35 퍼스의 기호 이론에서 대상object지닐 수 있는 내용에 대한 언급은 다음과 같다.
"기호는 많은 정보를 가질 수 있기 때문에 대상은 유일하게 알고 있었던 존재하는 것이거나 혹은 그전에 존재 했다고 믿는 것이거나 또는 존재하기를 기대하는 것이거나 혹은 그러한 집합이거나 혹은 아는 성질, 관계, 사실일 수 있다. 이와 같이 하나의 대상은 하나의 집합일 수도 있고 혹은 전체의 부분일 수도 있다. 혹은 일반적인 환경에서 욕망하며 요구하고 변함없이 발견하게 되는 어떤 것일 수도 있다."
Robert E. Innis eds., *Semiotics -An Introductory Anthology*, Indiana University Press, p. 7.

이론으로 서사 읽기

표 3. 속신의 무한 기호작용

자연현상, 물질의 상태, 인간의 행위　　현상, 상태, 행위가 표상하는 무엇
　　　　　(기호1) ————————————（역동적 대상）

　　　　　　　　인간의 해석(역동적 해석소)
　　　　　　　　　(해석소1 : 기호2)

　　　인간의 해석　　　　　　　인간의 해석이 표상하는 무엇
　　　　（기호2) ————————————（역동적 대상）

　　　　　　　　해석에 대한 해석(역동적 해석소)
　　　　　　　　　(해석소2 : 기호3)

　　　해석에 대한 해석
　　　　(기호3)
　　　　　　　　　⋮

　이러한 일련의 기호 작용은 속신이 형성되어 가는 과정을 설명해 준다.

　퍼스의 기호 이론에서 무한히 연속되는 것처럼 보이는 이런 기호 작용
은 실제로 어느 한 순간에 일어나는 찰나적인 것이다. 그러나 퍼스의 기호
이론에서는 그런 순간적인 것들에 기호와 대상, 해석소라는 삼분법을 적용
하는 것이 가능하다. 속신이 해석소가 산출되어 나가는 과정에서 형성되는

것임을 밝히기 위해서는 무한한 기호 작용이 구체적으로 어떠한 양상으로 움직이고 있는가에 대한 설명이 필요하다. 이런 점은 기호의 측면과 해석소의 측면으로 고찰될 수 있다.[36]

먼저 기호의 측면에서 기호는 그것의 대상을 지시하면서 그것의 해석소를 산출해 나가게 되는데, 새롭게 산출된 해석소는 이전의 기호가 그랬듯이 자신의 대상을 지시하면서 새로운 해석소를 결정(determine)하게 된다. 해석소의 측면에서 해석소는 기호와 대상의 중개적 표상이다. 이것은 대상의 어떤 측면을 나타내는(represent) 것이다.[37] 따라서 퍼스의 무한한 기호 작용에서 위에서 아래로 가는 과정은 결정하는(determine) 과정으로, 거꾸로 아래에서 위로 향하는 과정은 제시하는(represent) 과정으로 설명될 수 있다.

기호 작용의 전 과정을 걸쳐 처음의 대상은 변함이 없지만, 한편으로 기호 작용은 무한히 연결되는 것이다. 각각의 삼항은 계속 연결되면서 삼항 속에 새롭게 생성되는 대상이 나타난다는 것은, 계속되는 해석소의 산출을 통해 그런 해석소가 지시하는 새로운 대상이 생성된다는 말이다. 그러나 처음의 대상은 계속 불변한 존재로 유지되기도 한다. 퍼스는 이를 위해 두 개의 대상을 구분한다.[38]

---

36 Sebeok(1980), Op. cit., p. 678.

37 퍼스는 결정하는(determine) 과정과 나타내는(제시하는)(represent) 과정이 실제로는 동일한 것을 말하는 것으로 논의했다. 그는 "X가 Y를 결정하는"(또는 "Y가 X에 의해 결정되는")것은 "Y가 X에 대해 언급(refer)하는" 것이나, "Y가 X를 나타내는" 것, "Y가 X를 대신하는(stand for)" 것과 동일하다고 말한다.
   Ibid., 같은 쪽

38 Ibid., p. 679-680.

특정 기호(기호1)에 대해 사람들은 그 기호가 무엇을 나타낸다(기호2: 그 기호에 대한 해석소)고 생각하게 된다. 이런 과정에서 퍼스는 기호1의 대상을 '역동적 대상(dynamic or mediate object)'라 명명했다. 역동적 대상이란 기호가 사용되고 해석될 때의 대상이어서 어떤 기호로부터도 독자적이지만, 기호가 나타내는 대상을 지시할 때 기호의 의미를 결정한다는 면에서 대상이 된다. 따라서 역동적 대상은 기호 밖의 현실의 모습이라고 할 수 있다.

그러나 기호1에 대한 기호 작용은 여기서 종결되는 것이 아니라 무한히 지속된다. 따라서 기호1에 대한 해석은 완결된 것이 아니라, 보다 궁극적인 해석을 위해 또 다른 해석소(기호3)를 산출해 나간다. 이때 기호2와 기호3은 물론 기호1에 대한 해석소들이다. 또 기호1의 대상은 기호2와 기호3의 대상이기도 하다.

이러한 기호 작용의 최종적 도달 지점을 퍼스는 '최종 해석소(final interpretant)'라 명명했다. 최종 해석소 역시 일종의 기호임은 물론이다. 그는 최종 해석소가 나타내는 대상은 기호1이 지시하는 객관적 내용에 가장 가까운 것이라고 설명한다. 따라서 최종 해석소는 기호가 가리키는 불변의 대상으로 생각될 수 있다. 이와 같은 대상을 퍼스는 '직접적 대상'(immediate object)으로 명명한다. 퍼스에 따르면 직접적 대상은 실제로 존재하거나 그렇지 않거나에 상관없는 대상의 정신적인 표현이다. 따라서 직접적 대상은 기호 내에 존재하는 것이고, 역동적 대상은 기호의 외부

에 존재하는 것이다.[39]

위 도식에서 해석소는 또 다른 기호가 되어 또 다른 해석소를 산출하는 끊임없는 기호 작용을 하게 되는데 이런 과정은 속신이 공동체의 공인을 받는 과정, 즉 속신이 속신으로서 형성되는 과정일 수도 있고, 반대로 사회 구성원으로부터 속신으로서의 자격을 잃는 과정이라고 말할 수도 있다. 따라서 이 도식은 애초에 인간에게 속신이 어떤 식으로 인간의 마음속에서 만들어지게 되는 지를 드러내며, 또한 그렇게 형성된 속신이 어떤 식으로 사람들에게 존재하게 되는지를 보여주는 인식론의 방법이자 존재론의 방식이다.

해석소의 해석소가 산출되는 과정은 인간 자신의 마음속에서 속신이 달리 해석되는 과정일 뿐만 아니라, 공동체의 구성원들 사이의 의사소통 과정이라고도 볼 수 있다. 즉 퍼스의 기호 이론에 입각한 위의 도식은 속신이 생성되어 한 사람의 신념 체계에 속하게 되는 아주 짧은 한정된 순간을 드러내는 것이며, 동시에 속신이 공동체에서 소통되는 양상을 표현하는 것이기도 한 것이다. 다시 말해 삼항 하나하나는 공시적인 면을 드러내며, 계속적인 해석소의 산출 과정은 통시적인 면을 드러내는 것이다. 이런 과정을 통해 속신은 실제로 생성, 첨가, 변형, 삭제의 길을 걷는다.

일반적으로 속신의 조건절은 어떤 현상이나 상태를 나타내는 것이며, 속신의 조건절을 전제로 한 결과절은 해석소에 해당된다고 볼 수 있다. 따라서 속신의 전제조건은 하나의 기호라 할 수 있고, 이런 기호가 나타내는

---

39 Winfried Noth, *Hand Book of Semiotics*, Indiana University Press, 1990, p. 43.

대상은 역동적 대상이다. '개구리가 울면 비가 온다'는 속신에서 조건절은 자연현상을 말하는 것이며, 이런 상황을 전제로한 전체 속신은 하나의 해석소인 것이다.

퍼스는 특정 기호에 대해 인간이 행하는 실제 해석을 '역동적 해석소(dynamic interpretant)'로 명명한다. 역동적 해석소는 해석자의 조건이나 상황에 좌우되기 쉽다. 그러나 인간에 의해 해석되는 것과는 별도로 해석소에는 특정 기호가 본래부터 지니고 있을 해석 내용이 있을 수 있다.

이것은 기호가 나타낼 수 있는 범주 전체의 가능성을 가리킨다. 따라서 이런 해석소는 기호가 원래부터 지니고 있는 것으로 볼 수 있다. 즉 기호가 어떤 것을 나타낼 수 있다고 생각할 수 있는 모든 것들이다. 이는 해석자의 해석 이전에 기호가 가지고 있을 것으로 판단되는 것들이다. 퍼스는 이것을 '직접적 해석소(immediate interpretant)'로 명명했다. 퍼스는 기호 그 자체의 올바른 이해를 통해 드러나는 그대로의 해석소인 '직접적 해석소'와 이른바 통상 기호의 의미라고 불리는 것을 구별할 것을 제안한다. 그에게 있어서 모든 의미화는 '하나의 기호를 다른 기호들의 체계로 치환하는 것일 뿐인 것이다. 퍼스는 어떤 기호든 어떤 점에서 항상 그것과 상호 등가적인 다른 기호들의 무한한 연쇄로 치환될 수 있음을 분명히 하고 있다.

또 하나의 해석소인 '최종 해석소(final interpretant)'는 앞서 언급했듯이 기호가 표상하는 '직접적 대상'이다. 기호가 지속적인 해석의 과정을 통해 궁극적으로 도달하게 되는 해석 내용인 것이다. 이것은 실제로 실현된다기보다는 가상적인 해석소이다. 이런 해석소는 어느 순간 내용상 직접적 해석소와 구분되지 않을 수도 있지만, 개념상으로는 엄연히 구분된다.[40] 철학자인 퍼스는 최종 해석소를 규정하고 그러한 해석소가 가능한 이상적 공동체(ideal community)를 가정한다. 이런 측면이 퍼스 기호론을 객관적 관념론이나, 목적론으로 보게 하는 이유가 된다.

속신이 형성되어 가는 과정에서 산출되는 해석소는 모두 역동적 해석소이며, 하나의 속신 역시 역동적 해석소의 한 예이다. 하나의 속신은 퍼스의 기호 삼항관계를 실제의 예를 들어 말로 표현한 것이라고 할 수 있으며, 기호-대상-해석소의 전체적인 인식 과정이 하나의 속신을 만들어 낸다고도 할 수 있다.

'귀가 크면 잘 산다'는 속신은 그것 자체가 하나의 기호가 되어 우리에게 무엇인가를 나타내게 되는데, 이 경우 귀의 모양은 '역동적 대상'으로서 '역동적 해석소'를 결정(determine)하는 기호작용을 발생시킨다. 만약 속신이라는 기호에 대한 해석소가 사람들 사이에서 공통점을 띤다면 그 속신은 그 공동체에서 부정적이던 긍정적이던 동일한 의미의 기호로 인식되고 있음을 반증하는 것이다. 하지만 이런 해석적 공통점을 '최종 해석소'나 '직접적 대상'으로 결부시켜 의미작용이나 해석 가능성을 종결하는 것은 무리라고 본다.

퍼스가 제시한 최종해석소나 직접적 대상의 개념이 특정 기호작용의 종결지점을 상정한 것은 사실이지만, 기호작용의 마지막에서 대상과 기호의 관계로부터 도출되는 해석 가능성이 남김없이 해소된다는 것이 과연 현실

---

40   Sebeok(1980), Op. cit., p. 682.

에서 가능할까 의문이기 때문이다. 또한 퍼스가 자신의 기호작용 모델을 무한 기호작용(unlimited semiosis)이라 명명했다는 점을 염두에 둔다면 속신과 같은 민속적 해석에 있어서도 특정 현상이나 생김새에 대한 해석은 기호작용으로서 무한하게 열려 있다고 상정해야 한다.

　물론 속신은 그것이 발생했을 당시부터 속신은 아니었을 것이다. 어떤 현상이나 상태에 대한 해석이 인간의 심리에 믿음이나 신념의 상태로 해석되었을 때, 최초의 해석은 개인적인 차원에 그친 것이겠지만 그런 현상에 대한 해석이 어느 정도 공동체의 신념으로 바뀌면 속신이 된다고 할 수 있다. 속신은 역동적 해석소로서 과거에도 현재에도 여전히 기호작용 중에 있는 것이다. 이 경우 기호에 대한 해석은 해석자들의 기반(ground)이 작용한다는 점에서, 민족마다의 속신이 다른 이유와, 같은 민족 내에서 보편적으로 받아들여지는 속신이 별도로 있다는 사실이 설명될 수 있다.

찰스 샌더스 퍼스Charles Sanders Peirce 주요 저작

- *Collected Papers of Charles Sanders Peirce*, vol. I -VI, Charles Harts-horn & Paul Weiss eds., Cambridge: Havard University Press, 1931~1935.
- *Collected Papers of Charles Sanders Peirce*, vol. VII-VIII, Arthur W. Burks, edit., Cambridge: Havard University Press, 1958.
- Greenlee, D., *Peirce's Concept of Sign*, Hague, Paris: Mouton, 1973.
- Leach, Edmund., *Culture and Communication*, London, New York, Melbourne: Cambridge University Press, 1976.
- *Semiotic and Significs: The Correspondence between Charles S. Peirce and Victoria Lady Welby,* Hardwick, Charles Sidney & Cook, James eds., Bloomington & London: Indiana University Press, 1977.
- Hill, Carole E., "The Study of Beliefs and Behavior", *Symbol and Society: Essays on Belief Systems in Action(Society Proceedings, no. 9)*, C. E. Hill edit., Georgia University Press, 1975.
- *Semiotics: An Introductory Anthology,* Innis, Robert E. edit., Bloomiton: Indiana University Press, 1985.
- *Encyclopedic Dictionary of Semiotics*, Sebeok, Thomas A. edit., Mouton de Gruyter, 1980.
- *The Semiotic Web*, A. Sebeok, Thomas. & Umike-Sebeok, J. eds., Berlin: Mouton de Gruyter, 1987.
- Sheriff, John K., *The Fate of Meaning: Charles S. Peirce, Structuralism, and Literature*, Princeton, New Jersey: Princeton University Press, 1989.
- Deely, John., *Basics of Semiotics*, Bloomington: Indiana University Press, 1990.
- Spinks, C. W., *Peirce and Triadomania*, Berlin, NewYork: Mouton de Gruyter, 1991.

Umberto Eco   Claude Lévi-Strauss   René Girard

Hayden White   Clifford Geertz

Roman Jakobson   Yuri Lotman

Walter Ong   François Rastier

Jacques Fontanille   Jacques Derrida

에코의 해석기호학과 바보담

: 바보의 인지실패 과정에 대한 탐구

이지환

Algirdas Greimas   Roland Barthes   Charles Peirce

* **움베르트 에코**(Umberto Eco, 1932~2016)

텍스트를 벗어난 것과 텍스트 간의 연결을, 기호학적 모델들과 그것들의 적절한 사용을 통해 유연하게 조절한다. 그의 모델들은 다양한 소통의 접면(interface)들로서, 다원적인 기호학적 고찰들을 조화롭게 양립시키고 소통시킨다.

1. 바보에 대한 에코 기호학적 고찰

기호학은 사고가 기호를 통해서 이루어진다고 생각한다. 그래서 기호가 사회적인 것이라면, 사고도 사회적인 것이다. 대표적으로 소쉬르는 "사회 속에서의 기호들의 생명"[1]을 연구하는 것을 기호학이라고 말한다. 이는 기호들의 과학은 기호의 사회적인 통용을 고려하여야 한다는 것이다. 퍼스는 "어떤 점에서나 어떤 능력에서 누군가에게 있어 어떤 것을 대신하는 어떤 것"[2]을 기호로 본다. 기호는 3원적인 관계 속에서 기호적 자아에 의하여 작용하며, 항상 제 3의 것인 어떤 것을 해석으로 가져온다. 그래서 한 기호

---

1 Ferdinand de Saussure, *Course in General Linguistics:* (trans.)Wade Baskin. (edit.) Perry Meisel and Haun Saussy, Columbia University Press, 2011, p.16.

2 Charles Sanders Peirce, *The Collected Papers of Charles Sanders Peirce,* vol. I -VI, (edit.) Charles Hartshorne & Paul Weiss, Harvard University Press, 1931-1935. 편의상 권 번호와 문단 번호를 넣어 괄호 안에 표기한다. 예를 들어, (CP:2.228)

작용은, 근거, 매개, 목적, 그리고 자기가 포함하는 다양한 범주의 기호들에 관하여, 다른 기호작용에 연결된다. 세부적인 기호작용들이 어떠하든, 사회 속에서 소통하는 인간들의 총체적인 기호작용은 항상 사회적인 것을 배제할 수 없다. 그렇다면 기호작용의 실패에 대해서도, 사회적인 조건 및 맥락들을 배제하고 고찰할 수는 없다.

상황 속에서의 사고의 진행이 원활하지 못한 사람을 바보라고 한다면, 위에서처럼 기호학은 바보에 대해서 심도 있는 설명을 제공할 수 있다.[3] 상황과 목적에 적절한 기호의 생산과 활용을 연구하는 것은, 다양한 기호작용의 가치를 판단하고 그 작용 양상을 조절하는 규범들을, 가추적인 추론

---

3 유리 로트만은 직접적으로 문화기호학적으로 바보를 유형화했다. 로트만의 바보는 코드를 모르거나, 코드를 경직되게 사용하는 사람이다. 더 나아가 상황에 맞는 코드를 생산할 수 없는 사람, 코드가 상황에 부적합할 수 있음을 예측할 수 없는 사람, 기존 코드에 따른 행동에 부정적인 결과가 초래되었음에도, 오히려 코드를 고수하거나 확장시켜 다른 것에도 적용하는 사람으로 보인다. "바보는 자신을 둘러싼 주변 상황에 유연하게 대처하지 못한다. 그의 행위는 완벽하게 예측가능하다. 유일하게 가능한 적극적 행위의 양태는 상황과 행위 사이의 올바른 대응 관계를 파괴하는 것이다. 그는 자신의 스테레오 타입에 따라 행동할 뿐인데, 다만 그 행위들이 장소에 걸맞지 않은 뿐이다. 가령 결혼식에서는 울고, 장례식에서는 춤을 춘다. 그렇지만 바보는 어떤 새로운 것도 생각해내지 못한다. 한마디로 그의 행위는 엉뚱하기는 하지만 동시에 완전히 예측가능하다."(pp.71-72) 여기서 유연한 대처란, 코드의 적절한 사용, 대체, 재구성, 혹은 '코드 사용의 중지' 등이 될 것이다. 상황은 대체로 다중적이거나 복합적이기에 스테레오 타입(그의 정신에서 지배적인 코드들)의 경직된 사용은 올바른 대응 관계를 파괴할 가능성이 높다. 미세하고 가변적인 맥락에 따라 적절히 판단하고 행위할 수 있는 자들은, 적합한 코드를 알고 있거나 그러한 코드를 추론할 수 있는 능력을 가졌다고 보아야 할 것이다. 이러한 점에서 우리 모두는 어느 정도 바보 같은 사고를 하지만, 제일 바보인 것은, 자기가 바보라는 사실도 모르는 바보이다. 왜냐하면 그 바보는 대체로 복잡하고 유동적인 상황에 맞춘 대응을 위한 '새로운 코드'를 유연하게 재구성하지 못하기 때문이다.

유리 로트만, 『문화와 폭발』, 김수환 역, 아카넷, 2014, 71-72쪽.

에 의하여 상정한다. 그래서 기호학적 작업들은, 어떻게 보면 체계적으로 '바보'가 무엇인지 규명하는 것에 도움을 줄 수 있는 연구이기도 하다. 그러한 지점에서 기호의 사회성을 강조하거나, 외부와의 관계 속에서 발전하는 기호의 성질을 보거나, 어떤 것들을 기호로서 사용하는 것에 대한 고찰은, 자기 자신의 어리석음을 보고 벗어나기 위한 자기 제어의 일환으로 기능할 수 있다.

그런데 타자와 소통 가능한 해석, 즉 사회적인 사고의 적절한 진행을 연구하는 움베르트 에코(Umberto Eco, 1932~2016)의 해석기호학은, 각 개인이 기호를 잘 생산하고 사용하는 법을 넘어, 바보가 포함된 사회적 기호작용의 성패와 반성 및 조정에 대해서도 고찰할 수 있게 한다. 에코는 그의 전기 기호학적 작업의 완성이라 할 수 있는 『일반 기호학 이론』에서 "기호학은 원칙적으로 거짓말을 하기 위해 사용될 수 있는 모든 것을 연구하는 학문이다."[4]라고 말한다. 이 표현의 재치와 별개로, 그가 말하는 정의의 취지는 엄정하다. 초점은 '대체하는 사용'이라는 과정 및 행위 등에 있으며, 대체하는 어떤 것의 성격인 '메타성, 혹은 대하여성(aboutness)'을 배제한 채, 사용된 기호 그 자체의 존재나 현존을 고려하면 안 된다는 뜻이다. 그렇다면 여기서 바보는 어떤 것을 대신하여 어떤 것을 사용하고 있으면서도 그것을 잊거나, 자명하고 직접적인 것이라 말하는 사람이다. 거기에는 타자가 기호를 어떻게 사용하고 있는지, 우리가 기호를 어떻게 사용할 것인

---

4   움베르트 에코의 저작은 방대한 지식과 복잡하고 다채로운 서술 덕분에 더욱 번역이나 작업이 어렵다. 선행 연구자들의 노고에 감사할 수밖에 없다.
    움베르트 에코, 『일반 기호학 이론』, 김운찬 역, 열린책들, 2009, 23쪽.

지에 대한 고찰이 부족한 사람도 포함된다.

　이 글은 에코의 후기 기호학적 고찰들 중에서도 엄밀하고 적극적인 주장을 담은 이론서라고 할 수 있는 『칸트와 오리너구리』[5]를 이러한 관점에서 살펴보고자 한다. 『칸트와 오리너구리』는 기호학 전반에서 일어난 도상적, 인지적 전회와 궤를 같이 하면서 저술되었다. 이 책의 목적은 분명하다. 그것은 기호 행동의 기반, 기호 행동이 일어나는 상황, 기호 행동 간의 관계(협상, 합의 등) 등을 검토하는 것이다. 여기서 기호 행동이란, '기호를 생산하는 행동'을 인지 과정에 대한 기호학적 고찰의 중심에 두려는 이 글에 한정하여 사용하는 축약적인 가칭이다. 이 글에서 기호 행동은, 사용할 기호를 구하고, 생산하고, 조정하는 행동들이다. 구체적으로, 그 행동들에는 발상, 발견, 인식, 지시, 확인, 도식화, 도식의 응용, 추론이나 상상 등이 포함된다. 이 행동들은 서로 복합적인 관계를 맺으면서 대상과 해석의 사이를 매개하고, 자신들에 관계된 대상과 해석을 다시 변화시킨다. 이러한 기호 행동들은 대상에 대한 해석소(interpretant)의 연결이며, 기호작용 및 습관의 조정으로 나아간다.

　기호 행동의 출발점, 매개점, 귀결점 등은 존재하는 것에 영향을 받는다. 에코는 『칸트와 오리너구리』의 1장에서 우리의 인식을 제한하는, '저지선으로서의 존재' 개념을 설명한다. 그 존재의 저지선은 부정으로서 우리를

5　원저는 이탈리아어로 쓰인 Umberto Eco, *Kant e l'ornitorinco,* Bompiani, 1997. 영역본은 *Kant and the Platypus: Essays on Language and Cognition,* (trans.) Alastair McEwen, Secker & Warburg, 1999.
　국역본은 움베르트 에코, 『칸트와 오리너구리』, 박여성 역, 열린책들, 2006.

가로막지만, 바로 그 가로막힘이, 우리가 그 너머의 존재에 다가가려는 노력을 하고 있다는 것을 보여준다. 어떤 존재에 대한 지각이 불완전하고, 그럴 수밖에 없다고 하더라도, 그것이 더 이상 그 존재를 지각하지 말아야할 이유가 될 수 없다. 오히려 그 시험적인 지각으로 말미암아 그 존재를 향한 우리의 기호 행동이 수행해질 수 있다는 점이 중요하다.

기호 행동이 수행되는 과정과 양상은 반응의 연쇄를 넘어선다. 다원적인 제어이자 과학적인 양식의 적용에 영향을 받는다. 에코는 이를 2장에서 칸트의 도식 개념과 퍼스의 도상 개념을 비교하며 논의한다. 에코에 따르면, 칸트의 도식은 어떤 것에 대한 직접적인 이미지 그 자체가 아니라, 그러한 이미지를 구성하기 위한 규칙, 지침 등이다. 그와 달리 퍼스의 일차적 도상성의 스펙트럼은 즉시적으로 현전하면서, 바로 그렇기에 그 다음의 작용에 자기의 흔적을 남기면서 사라지는 순수 자질에서부터, 진정 일차성이라고 할 수는 없는 감관 인상에까지 이른다. 지각판단은 그처럼 기반(ground)을 지향시키는 일차적 도상성에 의하여 진행되는 것으로 설명된다. 그러한 지각판단은 연속적 실재에 대한 일반화된 술어로 그 도상성을 구성하고 담아내는 불안정한 가설이다. 그러한 논의의 핵심은 결국 연속체를 한 범주에 환원적으로 할당하는 것을 불가능하게 하는 존재의 저항적 성질을 이야기하기 위한 것이다. 간단히 말해 도식의 적용을 유발하는 어떤 동기로서의 토대의 영향(상위의 인지 층위를 요청하는 일차적 도상성)은, 어떤 것이 실재에 얼마나 유효한 적용인지 판단하는 요소가 된다. '퍼스에게는 이 일차적 도상성이 대상의 실존에 대한 실재론적 증거라기보다는 그 대상에 대한 원천적 실재론의 공준으로서 유지된다."[6]는 에코의 정리는 유념할 필요가 있다. 일차적 도상성은 해석의 연쇄가 구성해낸 총체가 지향하는 어떤 것일 뿐만 아니라, 그것을 출발하게 하거나, 중간에 변형시키는 어떤 것이기도 하다는 점이 중요하다.

우리가 감각되는 것과 연관된 그 무언가에 의해, 그리고 그 무언가를 향해 어떤 것을 인지하고자 하지 않았다면, 우리는 여러 감각 표상의 다중 결합과 그 결합체들 간의 체계적 작용에 의한 어떤 정신성을 가지지 않았을 것이다. 그래서 우리에게 자극과 반응이 아니라 표현과 내용이 있고, 코드와 2차적 모델 체계가 있다. 그리고 대상들에 의한 행동으로의 추동과 그 행동에 의한 대상의 재구성을 넘어, 행동을 제어하는 습관을 학습하고, 대상을 대체하는 어떤 것에 대하여 해석소라는 결과를 내놓는 기호 행동을 보다 복합적이고 메타적인 차원에서 시도할 수 있다.

이러한 것들에 대한 과학적 고찰이 기호학이며, 그것은 정신적 삶을 가능하게 하는 기호 작용의 규칙성을 발견하고 보다 나은 기호작용을 유도하기 위해 기호체계를 재조직한다. 우리는 기호를 사용한다. 그렇지 않다면 기호학은 전혀 무용한 것이다. 그리고 기호 행동을 하지 않는다는 것은, 대화하고 학습하는 인간에게는 불가능하다. 정신적 삶은 대체로 자신과 타인의 지각과 사고에 대한 실재론을 바탕으로 깔고 성장하며 나아간다. 물론 그 실재론은 사람에 따라서 공준, 전략, 목적, 도구일 수 있다.

이상에서 『칸트와 오리너구리』의 기본 전제들을 개략적으로 논의하였

---

6   에코(2006), 앞의 책, 167쪽.

다. 이 전제들을 바탕으로 『칸트와 오리너구리』는 인지 과정이 사회적, 문화적인 이유를 충분히 설명한다. 그럼으로써 에코의 논의는 칸트 중심의 인지 이론들에서 주장하는 개인(individual) 내적 도식(schema)의 한계를 넘어선다. 우리는 우리에게 내재된 도식뿐만 아니라, 보다 명확하게 우리 모두가 확인할 수 있고, 사용하고 있는, 다이어그램적 성질을 가진 모든 것들과의 관계[7]속에서, 그리고 그것들을 내재화하고 추상화시킨 인지 속 다이어그램(diagram)을 통해 인지한다. 우리는 어떤 것이든 도움이 되는 것을 사용하며, 사용된 것들에 대하여 학습하고, 다시 발전시키면서, 다른 사람들과 대화한다.

그렇기 때문에 에코는 그의 기호학적 논의들에서 일관되게 주장했던 입장에 어긋나지 않으면서, 퍼스적인 인지 기호학 이론을 정교하게 전개할 수 있었다. 에코는 기호작용에 대한 존재의 역동적인 영향력과 기호 행동의 토대인 지각적 기호작용의 일차적 도상성들을 인정하면서도, 경험적이고 사회적인 과정에서 이루어지는 인지와 기호작용을 보다 강조하고 체계적으로 설명하려 노력한다. 그래서 그는 인지 유형의 생성과 교환을 통한 해석소의 생산, 해석소들에 대한 사회적 합의와 종합적인 기호 체계의 구성(사전과 달리, 도상을 적극적으로 포함하고 구조를 기반으로 조직된 백과사전) 등을 포괄적으로 논의한다. 그렇기 때문에, 인지 과정을 다원적으로 고찰할 수 있고, 인지 주체들을 이해하고, 더 나아가 인지 과정의 사회적 고찰

---

7 여기에는 가리키는 손가락, 언어, 그래프, 수식, 지도, 백과사전, 내러티브의 구조, 설명서, 계획서, 유저 인터페이스 등이 포함된다.

에 기여할 기호학적 이해를 제공한다. 이를 보이기 위해 다음 장에서는 기호 행동 주체의 기호작용과, 인지 과정의 사회적 진행 등에 관한, 『칸트와 오리너구리』[8]의 주요 개념들과 그것들의 관계를 고찰할 것이다.

2. 인지 과정의 사회적 진행

(1) 인지 유형과 핵 내용

에코는 『칸트와 오리너구리』 3장에서 일차적 기호작용으로서의 지각 추론에서 문화적이고 일반적인 기호작용으로 가는 과정을 다룬다. 그 과정의 핵심은 "인식을 가능하게 하는 무엇"으로서의 '인지유형(Cognitive Type)'이다.[9] 에코의 이러한 규정은 필자가 볼 때, 그 매개적 기능이나 효과를 중심으로 한 것이다. 인지 유형의 단독적인 내적 실존을 전제하면 논의는 순환적이고 맹목적인 접근에 빠진다. 그런데, 어떤 인식 주체가 어떤 것에 대하여 어떻다고 표현할 때, 그 대상에 대하여 그러한 표현을 매개하는 것을 인지 유형이라고 상정하면, 논점을 이탈하지 않는다. 인지 유형을 인

---

8 『칸트와 오리너구리』의 주된 주장의 일부이자, 기초이며, 분량으로도 상당히 많은 부분을 차지하는 2장과 6장 및 그에 관련된 3,4,5장의 내용은, 다양한 인지 이론, 칸트의 도식 개념, 퍼스의 도상성 개념에 대한 논의, 일차적 기호작용이나 지각 기호작용에 대한 논의 등이지만, 그것들은 실제 인간들이 느끼고 생각하는 바에 보다 밀접하게 관련되는 것이다. 이 글은 바보담이라는 특정 유형의 내러티브를 다루고 있기에, 이와 관련된 내용(인지, 지각, 기호작용에 대한 사회적, 문화적 영향을 강조하고 논의하는 고찰)을 중심으로 논의를 전개할 것이다.

9 위의 책, 195쪽.

식 주체가 대상에 표현을 연결하는 매개적 행동(기호 행동)의 중간 요소로 놓는 것이다. 그리고 그 기호 행동이 일어나고 다음 기호 행동으로 넘어가는 순간 그 중간 요소는 또 다른 시작점으로서 기능한다. 즉, 이전 기호 행동의 결과인 어떤 해석에 대하여 다른 해석이 덧붙을 때, 그 이전 기호 행동의 결과로서의 해석은 새로운 기호 행동의 중간점이라 할 수 있다. 최초와 최종의 실존이나 그것들에 대한 인식 여부와 별개로, 각각의 인지 유형은 둘 이상의 기호 행동의 관계에서 구성되며(정확히는, 매개하는 기능을 성취하였기에 인지 유형인 것으로 볼 수 있음), 그 관계에 기반해 추론될 수 있는 무엇이다. 논리적으로도 그렇지만, 실제로도 단 한 순간의 간단한 인지 유형조차도, 복합적인 기호 행동에 의하여 일어난 것이다. 그리고 일단 일어났다면, 이제 그 인지 유형은 그 시작점과 무엇인가를 공유하는 어떤 것을 대신하여 사용될 수 있거나, 어떤 것을 그 시작점과 '인지유형으로서의 자신'을 공유하는 관계로 인식하도록 우리를 인도한 무엇이다. 그러므로 인지 유형에 단독적 존재(개별체)를 가정하는 것은 잘못된 것이다. 그렇다고는 하나, 그 잘못됨을 주장하는 의의만 알면 언어적 편의를 포기할 필요는 없다.[10] 복잡한 기호 행동들 간의 관계(유기체 안의 다양한 생물 기호학적 주

10　더 구체적으로 설명하자면, 인지 유형은 기호작용들의 역동적인 관계의 중심이 되는 것으로서, '전체적인 기호 연결망에서의 주요한 역할을 하는 중심적인 국소적 연결망' 같은 것이다. 그것은 인지의 주요한 매개변수로서 다른 것들이 해석으로 덧붙거나 어떤 해석들이 부정될 때마다 축소, 보충, 수정되거나, 해석들과의 관계에서 총체적인 재구성을 거치는 지점으로 보아야할 것이다. 그것은 정해진 내용을 갖는다기보다 내용을 정함에 따라 구성되는 것으로서, 작용에 의해서만 실제적인 효과를 발휘한다. 중력이나 끌개가 가상적인 개념이지만, 실재적인 것인 것처럼, 인지 유형도 그러하다. 필자가 볼 때 에코

체들의 상호작용)를 설명하거나 접근하지 않고서도, 그 총체적 작용의 추상적인 결과로서 우리가 반성할 수 있는 종류의 기호 행동을 탐구하는 것만으로 충분하다. 논의하고자 하는 인지 유형이 세포나 세포군의 층위의 것이 아니라, 두 사람 이상이 각자의 기호 행동을 통해 상호작용하는 것에 활용될 수 있는 층위의 것이기 때문이다.

인지 유형은 물론 멀티미디어적 이미지를 포함하기는 하지만, 그 이상인 복합체이다. 그것은 칸트적인 의미에서 도식, "규칙, 즉 말馬의 이미지를 구성하기 위한 절차"(p.194)[11]일 수 있다. 우선 그것은 도상적인 것과 명

는 인지 유형을 '블랙박스'(이런 표현에는 마치 안을 열면 '어떤 것이' 있긴 있을 것이나 우리가 접근할 수는 없다는 전제가 있다.)라고 처리하면서, 그 자체로서는 가정적이고 가상적이라는 것을 때때로 혼동하거나 망각하는 것처럼 보인다. 그는 『칸트와 오리너구리』 p.245에서 인지 유형을 "머릿속에 존재하는 무엇"이라고 말한다. 머리는 공간이 아니고, 인지 유형은 개체가 아니다. 이는 개념에 '그릇이나 상자로서의 정신(블랙박스)'이라는 은유를 끼워 넣고 만 것이다. 정신 속에서 기호는 실재적인 효과를 갖고 그에 상응하는 물리적인 작용을 하지만, 그 자체가 '어떤 구분된 개체'로서 실제로 존재하는 것은 아니다.

11 왜 '말'인지 의문을 가질 수 있기에 설명한다. 에코는 『칸트와 오리너구리』 3장에서 스페인 사람들과 그들의 말horse을 처음 발견한 아즈텍족의 파발꾼들이, 그들의 왕인 몬테수마에게 말에 대하여 설명한다는 가상 사건에 대해 사고 실험을 전개한다. 말을 본적이 없던 몬테수마에게 파발꾼들은 말이 무엇인지 설명할 것이고, 몬테수마는 그에 따라 말에 대해 상상, 표현, 추론, 연구하거나, 직접 찾아가 확인, 발견, 검증, 시험하고, 파발꾼들과 인지 유형을 합치시키거나, 말에 대한 적절한 표현을 생산하여 합의된 사용으로 나아가고, 성공적인 지시와 설명을 이후에도 수행할 수 있을 것이다. 바보 이야기 속의 인지 과정 자체는 에코의 사고 실험적인 서사에서 제공하는 인지 과정과 동질적인 면이 있다. 만약 몬테수마를 바보로 설정한다면, 이 사고 실험적 서사는 즉시 바보 이야기가 될 수 있다. 그래서 바보 이야기는 선명하게 에코 이론의 각 개념을 설명하는 것에 도움이 되고, 에코 이론의 유용성도 구체적으로 보여줄 수 있다. 필자는 에코가 바보, 외골수, 괴짜, 광인 등의 특수한 기호 행동을 보이는 주체들에 대한 이야기를 한다면, 그의 논지를 보다 명확히 보여줄 수 있다고 생각한다.

이론으로 서사 읽기

제적인 것을, 그리고 다양한 기호 연결의 습관이나 방식 등을 포함할 수 있다. 그것은 어떤 것에 대하여 제공된 이미지에, 모델의 체계에서 생산하는 이미지로 접근하기 위해 활용되는 "심상 모델"일 수 있다.[12] 특정한 상황이나 사건을 인식시켜주는 "규칙에 준한 대본"일 수 있다.[13] 즉, 복합적인 서사일 수 있다. 그리고 "대립 쌍도 인지 유형의 일부"일 수 있는데, 어떤 대상을 인식, 확인, 식별하기 위해서 우리는 대립 쌍으로 생각되는 것의 어떤 속성이 없음을 주요하게 사용하기도 하기 때문이다.[14] 다시 말해 인지 유형은 형태적이거나 시각적인 이미지인 어떤 것을 넘어선다. 그것들은 다양한 종류의 관계이고, 우리가 그 관계를 다시 어떤 다이어그램이나 다른 도상으로 표현할 수 있는 것이면 충분한 것이다. 그것은 꼭 외재적으로 표현될 필요는 없는데, 우리가 어떤 기호 행동을 하고 있다면, 그 행동을 가능하게 하는 것이면 된다. 그리고 그것들은 "지각 세미오시스의 현상"에 있으며, 그리하여 그것의 외재화가 어떠한 양식을 취하든, 그것 자체는 타인이 "볼 수도 만질 수도 없는" 사적인 것이다.[15]

그러나 인지 유형은 사적인 것에만 머무르지 않는다. 인지 유형은 표현의 사용에서의 합의(간주관성의 실현)가 일어날 때 추론될 수 있는 어떤 것이기도 하다. 성공적인 대화적 상호작용은 인지 유형을 보다 공적인 것으

---

12 위의 책, 231쪽.
13 위의 책, 232쪽.
14 위의 책, 232쪽.
15 위의 책, 203쪽.

로 만든다고 할 수 있다. 이러한 인지 유형의 외재화(혹은 표현이라고 부를 수 있다)와 외재화한 것의 공공화, 즉 그것의 적절한 사용, 혹은 적절한 사용을 위한 그것의 재구성에 대하여 타자와 합의하기 위해서, 우리는 초기의 인지 유형을 다른 인지 유형들과 겹치려 노력하고, 그리하여 거기에 표현을 더하며, 그것을 내용으로 삼는다. 초기의 무질서한 인지 유형들을 교환하며 일반화를 시도한다. 그 일반화의 과정 속에서 규정과 합의를 추동하고, 그 규정과 합의라는 행동의 대상이 되는, 어떤 종류의 일치점, 유사점, 동질점 등을 발견하고 그것들을 표현하면서 우리는 "조절가능한 일련의 해석소"들을 생산한다. 그 "해석소들의 총합"이 핵 내용(Nuclear Content)이다.[16] 이러한 핵 내용은 "인지 유형이 어떤 특징으로 이루어졌는지 간주관적으로 설명하려는 양식을 제시한다."[17] 이러한 핵 내용의 의의는 그것들이 "유형의 사례들(흔히 지시물) 중의 하나를 확인하는 판별 기준이나 지침"과 "발견을 위한 지침"을 제공한다는 것에 있다.[18] 우리는 다른

---

16 위의 책, 202쪽.

17 위의 책, 203쪽.

18 에코는 확인과 발견을 구분한다. 위의 책, pp. 205-208. 보태어 설명하자면(그는 추적을 말하지는 않았다), 범인을 아는, 범죄 현장의 목격자가, 범인을 잡으려는 경찰을 도울 때, 그는 경찰이 '확인'하도록, 즉 경찰이 어떠한 인지 유형을 구성하도록, 다양한 해석소들을 제공할 수 있다(그림이나 말을 통한 그의 용모나 특이한 습관, 소지품, 범인의 질병이나 자세 등). 그리고 그는 경찰이 '발견'하거나 '추적' 하도록, 즉 경찰이 자기의 기호 행동을 특정한 방식으로 행하거나, 제어할 수 있도록, 범인의 행적, 흔적, 주소, 이름, 범인의 사육사(에드가 앨런 포우의 『모르그 가의 살인사건』에서의 살인 오랑우탄의 경우) 혹은 '범인의 존재, 부재, 죽음' 등을 알려줄 수도 있다. 때로 경찰은 굉장히 빈약하고 어설픈 인지 유형만으로도 범인을 확인하거나 발견할 수도 있으며, 범인에 대해 모든 것을 알 필요는 없다. 그러나 상황(예를 들어 문학 교사가 텍스트를 학생에게 가르치고 그 학습 결과를 시험할 경우)에

이론으로 서사 읽기

이들이 자신의 인지 유형에 대해 표현한 어떤 해석소들에서 다시 출발하여 그들의 핵 내용을 파악하고, 그 핵 내용을 중심으로 우리가 필요한 만큼 "실험적인 인지 유형을 형성하는 지향점"[19]을 마련할 수 있는 것이다. 이러한 방식으로 우리는 타인의 설명을 받아들여 우리가 전혀 알지 못했던 어떤 것에 대하여 생각하거나 논할 수 있게 된다.

그렇다면 에코의 말대로 훌륭한 해석을 우리가 제공받았을 때, 그것에 기반하여 생성한 우리 스스로의 가정적인 인지 유형(아직 실제 대상과의 합치를 시도해보지 못한)을 활용하여, 우리가 대상을 처음 보게 될 때에도 이를 적확하게 다른 것과 구분할 수 있을 것이다. 여기서 '훌륭하다는 것'은 평가를 함축하고 있다. 그것은 '인지 과정의 사회적 진행'에서 어떤 해석이, 다른 이에게 얼마나 적절한 인지 유형을 형성하게 할 수 있는지, 그들의 기호 행동을 얼마나 적절하게 유도할 수 있는지를 중심으로 평가될 수 있다는 것을 함축한다. 핵 내용의 총체의 중심에서 지나치게 먼 어떤 국소적 인지 유형을 유도하는 해석소가 제공될 때, 우리는 적합한 핵 내용을 얻지 못하여, 적절한 기호 행동(확인과 발견)을 시도하기 어렵거나, 비경제적인 기호 행동을 하게 된다.

우리는 대상들에 대하여 인지 유형과 핵 내용을 생산하고 발전시키거나 정돈한다. 이러한 행위는 보통 경제성을 갖는다. 우리는 세상의 사물들을

따라, 우리는 굉장히 풍부한 인지 유형과 정교한 핵 내용을 필요로 한다. 그러므로 상황 속에서의 기호 행동의 특성과 그 기호 행동이 포괄하는 인지 과정의 성질에 따라, 이러한 개념들은 더욱 자세히 논의될 필요가 있다.

19   위의 책, 205쪽.

늘어놓고 그것들이 서로에게 갖는 유사점과 차이 등을 똑같이 가치 있게 취급하여, 모든 대상을 포괄하면서도 정밀한 논리적인 분류를 만들고 그에 따라 인지 유형을 작용시키면서 행동하지는 않는다.[20] 가치가 있는 대상의 차이나 유사성이 우리에게 가치 있다. 우리는 우리에게 보다 필요하거나 가치 있는 일정한 범주의 대상들에 대하여 더 세밀하고 다양한 인지 유형, 더 정교한 구조의 인지 유형을 작용시킨다. 어떤 대상들에 대한 인지 유형의 풍부함과 정교함은 우리가 그 대상들에 대한 기호 행동에 부여하는 가치를 간접적으로 보여 준다. 그렇기에 누군가가 단순히 '인지 유형'을 갖추지 못함에 대한 비난은 특정한 가치 체계를 강제하는 행위임을 알 수 있다.

그러면 해석소를 제공할 때 제공받는 사람의 인지 유형이 부족함을 탓할 필요는 없다. 그리고 가급적 그 인지 유형의 가치, 다시 말해 대상들에 대한 기호 행동의 가치를 제공하는 편이 좋다. 우리가 대화 속 기호 행동의 주체로서 서로에게 문제 삼을 수 있는 것은 언제나 기호 행동의 방식이나 태도이다. 대화적 상호작용에서, 상대의 말을 듣고 인지 유형을 생산하려 하지 않거나, 서로의 인지 유형을 확인하고 추론할 수 있는 기반인 해석소를 제공하지 않을 때, 기호작용의 단절이 온다. 각자의 사적 인지 유형의 합치나 대응은, 그 사적 인지 유형을 타자가 생산하거나 활용할 수 있도록 하는 공적인 핵 내용을 통해서만, '상정'될 수 있다. 예를 들어, 차제설법과 대기설법[21]의 격률은, 문제의 핵심을 해석소의 생산자에게 놓는다. 자기의

---

20 이러한 문제의 제기에 대해서는 위의 책, 268-272쪽을 보라.

21 차제설법(次第說法)은 설법의 각 단계를 구분하여 순차적으로 학습자에게 전달하는 것

인지 유형을 전달하기 위해서는, 타자가 그것을 생성하는 것을 고려한 핵 내용이 필요하다. 이는 타자의 핵 내용에 기반한 그의 인지 유형에 대한 추론, 그의 기호 행동의 이해, 총체적인 사회적 인지 과정의 진행에 대한 고찰을 포함한다. 이러한 의미에서 실패한 인지와 행동을 한 어떤 기호 행동 주체만이 바보인 것이 아니다. 그에게 핵 내용을 전달한 사람도 바보일 수 있다. 그리고 그 둘만이 바보인 것이 아니라, 전반적인 인지 과정이 실패가능성 높은, 즉 '바보스러운' 것일 수 있다. 간단히 말해, 지시받는 개인의 인지 과정, 가르치는 자의 인지 과정, 그들의 대화와 행동의 인지 과정, 그 사회의 포괄적인 인지 과정이 각각 바보일 수 있다. 보다 순화하자면, 그 인지 과정의 실패가능성이 높을 수 있다. 그래서 결과적으로 바보스러운 행동을 한 어떤 주체만을 바보라고 부르는 것은, 이 포괄적인 인지 과정의 성격에 대한 이해를 제한한다.

(2) 합의와 지시 행위

사적인 인지 유형을 공공화한 핵 내용은 사용을 위한 것이다. 그리고 지속적인 사회적 사용(커뮤니케이션 뿐만 아니라 기록 및 "조절 관념으로서의 백과사전"[22]) 속에서 핵 내용들은 자기 조직화된다. 2.1에서 설명한대로, 그것

이다. 그러므로 설법 간의 총체적인 관계를 고찰하지 않으면 안 된다. 대기설법(對機說法)은 학습자에 맞추어 설법을 전달하는 것이다. 그러므로 학습자의 능력, 상태, 조건, 상황 등에 따라 적절한 내용을 적합한 방식으로 전달해야 한다.

22 위의 책, 335쪽.

들은 "확인과 발견을 위한 지침도 암시적으로 내포한다."[23] 그 과정에서 우리는 대화 공동체의 연구와 합의 과정을 거쳐 지식을 발달시킨다. 즉, "지각적 인식에 반드시 필요하지는 않은 지식까지 포괄하는 〈확장된 지식〉"인 "총 내용(Molar Content)"[24]을 얻는다. 총 내용은 기초적인 기호작용의 결과물인 인지 유형이나 핵 내용을 벗어나는, 문화적으로 분화된 모든 지식 체계와의 관련 속에서 얻어진 대상에 대한 지식, 지식의 총체이다. 그리고 그것은 상세한 지식일 뿐만 아니라, 지식에 대한 지식이자, 공공적으로 확인가능한 지식이다. 전문적이거나 과학적인 지식은 총 내용들의 체계의 일부일 뿐이다. 핵 내용은 그 체계 속에서 구분되는 총 내용들 간의 상호 연관을 위한 겹침 지점이다. 그래서 핵 내용은 사회적 인지 과정의 주요소이지만, 사회적 인지 과정의 목표는 총 내용의 확장과 조직화와 거기에 접근하기 위한 메타적인 총 내용의 확장과 학습에 있다고 할 수 있다. 그러면 다양한 맥락에 따라 즉시 필요하지 않은 총 내용에 대해서, 우리는 그것에

---

23   위의 책, 337쪽.

24   역자는 '실체 내용'으로 번역했지만, Contenuto Molare(Molar Content)는 직역하면, 몰적 내용이다. 아마도 에코는 Nuclear와 Mole을 쓸 때에, 화학 용어와 개념을 차용한 것으로 보인다. 몰은 그램 단위로 계량될 수 있는, 분자들의 모음을 나타내는 단위이다. 논지를 고려했을 때, 몰적 내용은, 총 내용(혹은 모인 내용)으로 부를 수 있다. 이 총 내용은 다른 문화적 체계와의 관련 속에서 생산된 내용들의 집합으로 보는 것이 적절하다. '실체'가 대상에 대한 지속적인 연구와 투박한 인식과 범주의 정제와 교정에 의해 얻어지는 것을 나타내기 위해 쓰인 어휘가 아니라면, 실체라는 단어는 개체로서의 존재의 본질이라는 함의를 부여하는 오해를 살 수 있다. 오히려 에코는 직접 총 내용인 Molar Content의 총체가 "조절관념과 기호학적 공준으로서의 백과사전과 동일"하다고 말한다. 위의 책, 208-209쪽.

이론으로 서사 읽기

접근하거나 발견하거나 확인하는 지침으로 핵 내용을 다시 만들고, 그 총 내용이나 인지 유형 자체는 인지 과정에서 잠시 거리를 두어도 큰 문제가 발생하지 않는다.

정리하자면, 인지 유형은 단 한 명의 인지 주체의 사적인 인지 과정에서도 생산될 수 있다. 핵 내용은 둘 이상의 인지 주체의 상호적인 인지 과정을 필요로 한다. 그리고 총 내용은 그러한 인지 유형과 핵 내용과 인지 주체들의 상호작용을 통한 복합적인 인지 과정의 지속과 발달의 결과물로 기호 체계의 형성을 필요로 한다.

핵 내용이 '잠정적이거나 확고한 합의(보다 포괄적으로는 공감)'에 의한 것이기 때문에, 핵 내용에 기반하여 재구성되는 인지 유형도 '합의/협상'과의 관계 속에서 끊임없이 생산적인 이탈과 회귀를 거친다. 에코의 요점은, "인지 유형과 핵 내용은 항상 협상의 대상이며, 주변 환경과 문화에 따라 모습을 달리한다."[25]는 것이다. 합의 과정 자체에 의하여 규정되는 것을 넘어서는 효과를 정당하게 발휘하기 위해서는, 합의에 의하여 최종적으로 부과되는 탐구 공동체의 가치 평가를 거쳐야 한다. 이러한 관점에서는 각자의 인지 유형이 아무리 사적으로 확고한 가치를 부여받은 것이더라도, 다음의 핵 내용 층위에서 대화 상대자의 합의 없이는, 공공적으로 확고한 어떤 것으로 기능할 수 없다.

이처럼 합의가, 특정한 기호체계에 한정되지 않은 것을 포괄하고, 비심상적인 것들을 포괄하는 것으로서의 '내용(어떤 표현이 나타내는 어떤 것)'들을

---

25 위의 책, 390쪽

생산하는 과정의 중심이 된다. 그에 대해 에코는 "합의를 위한 〈규칙들〉이 사전에 존재하기 때문에 가능한 것이다."[26]라고 말한다. 이것은 '과잉 코드화'다. 그런데 『일반 기호학 이론』에서 에코 자신이 주장했듯이, "아주 정확한 규칙들이 없는 상태에서 일부 텍스트의 거시적 부분들이, 모호하지만 실제적인 내용의 부분들을 운반할 수 있는, 형성 중인 코드의 적절한 단위들로서 잠정적으로 채택되는"[27] 미달 코드화의 개념에도 합의의 규칙에 적용될 수 있을 것이다. 합의의 규칙이라는 것은 합의의 참여자로서 기호 행동을 어떠한 방식으로 행해야하는지를 규정하는 것이다. 달리 말해, 어떤 것을 '합의된 것'으로 '믿고 그에 따라 다음의 기호 행동을 함'을 위해 필요한 규칙이다. 그러나 이러한 합의의 규칙들은 합의의 대상들보다는 보다 점진적으로 변화한다. 그렇기에 우리는 기호들의 패러다임과 합의 과정 간의 긴장이나 조화 속에서, 특정한 해석 습관을 성취한다고 볼 수 있을 것이다.

그렇기 때문에, 에코는 사소하고 간단한 지시조차도, 최소한 잠정적이거나 관용적으로라도 합의된 내용이나 암묵적인 합의 과정 없이 이루어질 수 없다고 계속해서 주장한다. 역으로 그런 것들이 없이 이루어진 지시는 실패가능성이 높은 지시라고 할 수 있다. 더 나아가 지시, 지시에 기반한 행동 등의 실패가 일어났을 때, 전반적인 합의 내용이 어긋나게 사용되고 있거나 제대로 된 합의 과정이 수반되지 않았음을 예측해볼 수 있다. 에코는 분명히 "핵 내용은 지시 대상을 식별하는 지침을 포함하지만, 이 지침과 식별

26 위의 책, 394쪽.

27 움베르트 에코, 『일반 기호학 이론』, 김운찬 역, 열린책들, 2009, 226쪽.

자체는 무엇을 가리키는 지시 행위와는 무관하다."[28]고 주장하고 있다. 다시 말해, 같은 핵 내용을 공유하더라도, 그 핵 내용을 사용하는 것, 어떤 것을 가리키기 위하여 그 핵 내용을 전달하고, 어떤 핵 내용을 전달받아 그것이 가리킨다고 생각되는 대상과의 지시 관계를 확정하는 것은 다를 수 있다는 것이다. 그러므로 핵 내용을 발전시키는 것과 구분될 수 있는 층위가 필요하다는 추론을 해볼 수 있다. 그것은 지시 행위 자체에 대한 인지, 지시 행위에 대한 협상 과정의 층위이다. "다시 한 번 간주관적으로 제어할 수 있는 해석소들의 연쇄체를 명시화"[29]하면서, 어떤 지시 행위(A)의 대상과 어떤 지시 행위(B)의 대상 간의 관계(특히 동일성)에 대하여 합의하는 것이다. 그러면 이 결과에 따라, 에코 자신의 논의를 밀고 나가자면, 지시 행위들의 '내용'은 달라진다. 즉, 지시 행위에 대한 협상은, 핵 내용의 활용 양상을 제어하는 지침을 생성한다. 지시 행위는 그것이 가리키는 대상의 핵 내용에 의하여 자동적으로 규정되는 것이 아니다. 지시 행위는 부단한 대화와 협상 속에서 각각의 층위가 상호 작용하면서 일어나는 것이다: ① 그 자신의 핵 내용, 즉 맥락 속에서의 그 행위의 구체적인 내용 ② 지시 행위 자체에 대한 총 내용(보다 전문적인 지시 이론까지 나아가는) ③ 지시 행위가 사용되는 다양한 양태의 상황들.

　그래서 우리는 이 대화와 협상 과정, 상호작용 자체가 소거되는 경우에 문제가 생길 것이라 예상할 수 있다. 다시 말해, 지시 행위가 강제적이고

28　에코(2006), 앞의 책, 412쪽.

29　위의 책, 415쪽.

협상이나 합의 과정이 불가능한 경우에, 혹은 간주관화 되지 않고, 명시화되지 않을 경우에, 인지의 실패가능성이 높아질 것이다. 어떤 지시 행위가 어떤 것을 가리킨 것인지 인지 주체가 이해 못한 경우에, 그것은 오로지 그 인지 주체의 잘못만은 아니다. 지시 행위의 성공이든, 실패이든, 공적인 인지 과정 속에서 이루어지는 것이기 때문이다.

3. 바보담에 나타난 인지 실패

이제 바보담 속에서 바보들의 인지 과정을 살펴봄으로써 그 함의와 적용가능성을 보다 구체적으로 설명하고자 한다. 바보는 일상 언어이지만, 이 글은 어떤 인지 과정의 진행이 에코 기호학의 관점에서 부적절하다고 판단될 때, 그 인지 과정에서 책임을 크게 갖는 사람을 가설적으로 '바보'라고 할 것이다. 인지 과정은 개인적일 뿐만 아니라 사회적인 것이며, 그러한 점에서 '바보'는 사회적으로 진행된 인지 실패의 과정에서의 중심적인 기호 행동 주체(main agent of social semiosis)로 상정된 것이다. 그러나 복합적인 사회적 인지의 상황을 구체적으로 살펴보면 바보들의 실패는 오로지 바보들의 탓이 아니다. 바보들에게 제공된 기호가 편향적(다양한 기호 간의 상보적 관계가 없음)이거나 혹은 불충분하여(구체적이거나 추상적인 기호의 결핍), 어떤 대상에 대한 주체의 기호 행동(관찰, 발견, 해석, 검증, 사용 등)을 적절히 유도하지 못했기 때문이다. 그리고 바보들의 행동의 결과에 대한 타인의 해석이 바보들의 행동에서 추론될 수 있는 바보들의 기호작용의 문제점을 수정하거나 보여주거나 문제가 발생하지 않도록 도와주지 않

이론으로 서사 읽기

았기 때문이다.

이에 따라 이 글은 바보담을 분석하고, 그 안에서 표현되는 인지 과정을 종합적으로 추론해보려고 한다. 에코 기호학적 관점을 적극적으로 해석해보면, 실망스러운 기호 행동을 하는 주체가 혼자서만 바보이거나, 혼자서만 어리석게 행동하는 것이 아니다. 다시 말해, 어떤 기호 행동 주체가 인지 과정에서 실패하거나 어리석다는 평가를 받는 것은 사회, 콘텍스트, 내러티브와 같은 기호들의 연결망 속에서 이루어진다. 그래서 인지 과정, 기호작용을 신경생리학적이거나 형식주의적, 구조적으로 보는 것을 넘어서서, 사회, 문화, 역사, 경험, 기록물, 대화 등과의 관계 속에서 바라본다면, 바보라고 누군가를 규정하는 것은, 인지 과정의 사회적 진행에서 부정적인 효과가 생산되는 것(인지 실패)에 대하여 은폐하면서, 어떤 개인의 사고 능력의 부족으로 환원하는 것으로도 볼 수 있다.

바보담에서 바보들은 시키는 대로 한다. 거기에서 멈춰서서 의심하는 일도 없다. 그렇다면 오히려 이러한 사실을 알면서도 실패할 가능성이 높은 인지 과정을 시작하거나 유도한 사람이 더 문제인 것은 아닐까? 이 같은 문제의식은 인지 과정을 총체적인 대화에서의 기호작용으로 보는 것에 기인한다. 바보가 시키는 대로 하는 사람이라면, '시킴'이 최선이어야 한다. 바보들의 행동이 부적절한 결과로 이어진다면, 시키는 행동에서 전달한 의미나 규범이, 부적절한 것일 수도 있다는 것이다. 바보들이 어떻게 행동하리라는 것을 충분히 알지 못하는 것, 적절한 인지 유형과 사용 지침을 제공하지 못하는 단순한 명제 전달(과 수반될 수 있는 강압)이 바보스러운 인지 과정, 인지 실패의 주요 원인이다. 그렇기 때문에 주체의 독자적인 판단을 정지시키고 강압적으로 어떤 코드만을 사용하도록 하는 그 상황이, 주체의 인지 실패 가능성을 높이는 상황이라고 할 수 있다. 이것은 주체를 특정한 상황에 맞게 자동화시킨다. 그래서 한편으로 주체는 적용할 새로운 코드를 생성하지 못하고, 다른 한편으로는 기존 코드의 적용을 정지시키지 못한다.

　그 결과는 좋을 수도 있다. 그러나 당장 그 결과가 좋더라도 전체 인지 과정은 치명적인 실수에 '취약'해진다. 복합적이고 상호적인 인지 과정이 '일원적이고, 단순하고, 즉각적'이 될수록, 그 인지 시스템(이 단어에 반감을 가진 사람을 위해 생태라고 하자.)은 외부 환경의 변화나, 시스템 내부의 문제 등에서 치명적인 위험을 제대로 처리하지 못하고 극단적인 결과를 가져올 수 있는 취약성을 갖게 되는 것이다. 그래서 극단적인 예로, 형제 현우담에서 바보 형제가 형이나 동생이 시킨 명령에 따라 덫에 걸린 어머니를 죽여서 가져오는 일이 발생하는 것이다. 이는 단순히 똑똑한 사람과 바보같은 사람의 문제가 아니라, 명령의 강제성과 명령의 오류성을 비롯한, 상호적인 인지 과정 자체의 문제이다. 이러한 관점에서 바보담에서의 바보스러운 인지 과정에 참여하는 요소를 구분해보자면, 인물들의 관계(일원성), 코드의 속성(단순성), 행동의 속성(즉각성), 환경 및 상황의 속성(복잡성, 가변성)이 될 것이다. 어떤 상황은 굉장히 복잡하고 가변적이며, 어떤 인지 실패나 성공이 중요한 문제인 상황이 있다. 가령 매번 관련된 사고의 대상이 바뀌거나, 복잡한 사고를 요구하는 상황일 경우에 경직된 코드의 적용은 부적절할 수 있다. 서사적 과정은 행동을 위한 해석 습관의 소유 혹은 타인에 의한 전달 → 상황의 발생과 그에 어긋난 행동 → 그 행동의 결과에 대한 인물, 혹은 해석자의 평가로 정리될 수 있다.

물론 어리석은 행동이 한 인간의 결점에서만 비롯하지 않는다고 해서, 바보담에서의 바보가 똑똑하고 능력 있다고 주장하는 것은 아니다. 실패가 능성이 높을 것이라고 예상 가능한 인지 과정에서, 특정한 인지 주체가 그 가능성을 높여 실패를 실현하게 된다는 것이다. 그 실패는 인지 주체에게 일어난 일의 결과적인 가치를 떠나서, 과정의 실패, 즉 기호 행동의 적절한 성립의 실패다. 다시 말해, 상황에 적합한 인지를 하고자 하지 않았거나 그 것이 부족했다는 것이다. 그의 행동은 전체 상황을 고려할 때 적절했을 수 도 있고, 결과는 상황에 따라 좋을 수도 있었다. 그럼에도 불구하고, 그의 사고, 인지, 표현, 지시 등의 기호 행동은 부적절할 수 있다.

2장에서 논한 대로, 실패가 일어난 원인을 크게 둘로 나눌 수 있다. 하나 는 인지 유형과 핵 내용, 총 내용 등에 관련된 것이다. 이는 인지 주체나, 그 의 대화자가, 인지 유형과 핵 내용을 스스로 적절히 생성하거나 학습할 능 력이 없거나, 혹은 제대로 다른 이가 생성하고 활용할 수 있도록 잘 표현하 고 전달하지 못한 경우이다. 이럴 경우 인지 주체가 어떤 것을 인식, 확인, 발견, 사용하는 기호 행동을 적절히 시도하기 어렵다.

다음은 합의와 지시 행위에 관련된 것이다. 지시 행위를 포괄하는 강제 적인 명령이나 조언에서 지시 행위에 관한 대화나 협상 과정이 없을 수 있 다. 그럴 경우 정확히 어떤 대상을 지시하려고 한 것인지 알 수 없으며, 어 떤 대상이 그 지시 행위의 대상이 될 수 있는 후보군에 포함될 수 없는지가 불명확할 수 있다. 그리고 지시 행위를 포괄하는 행동이 비윤리적이거나 문제적일 수 있다. 그럴 경우 그것을 따라 어떤 행동을 하는 것은 그 자체로 문제성의 실현으로 이어질 수 있다.

(1) 인지 유형 및 핵 내용의 부족

바보가 자기의 삶과 직접적인 상관이 없는 사람이라면, 그가 하는 일은 웃길 것이다. 그러나 그와 함께 무엇인가를 하거나 그에게 중요한 일을 맡겨야 한다면, 그건 웃기지 않다. 그럼에도 웃을 수 있다면, 웃는 사람은 어떤 실패나 손실, 혹은 부담에 개의치 않을 수 있는 사람일텐데, 그런 사람이 많지는 않을 것이다. 평생의 동반자나, 중요한 권력자가 바보라면 더욱 그럴 것이다.

적절한 기호 행동을 하기 위한 어떤 '인지 유형이나 핵 내용'을 모르는 사람은 두 부류로 나뉠 수 있다. 하나는 견식이나 배움의 기회가 없었던 바보(알려준 적이 없었던 바보)이다. 다른 하나는 그런 기회가 있어도, 제대로 보거나 배울 수 없는 바보이다. 그래서 이 절에서는 후자(알려줘도 모르는 바보)를 다루려고 한다. 단순히 낯선 환경이나 대상을 마주한 바보나, 학습의 기회가 없었던 바보에 대한 이야기는, 에코의 논의의 유의미한 가치를 보여주기 어렵기 때문이다. 게다가 보다 관용적인 관점에서, 그들은 모르거나 못 배운 사람일 뿐이다. 적절한 개인적·사회적 인지 과정의 진행 후에 그들은 알게 될 것이다. 이와 달리, 어떤 내용을 전달받고서도, 제대로 기호 행동에 적용하지 못하는 이야기, 즉 부적절한 사회적 인지 과정이 나타나는 이야기가, 그 내용의 생성이나 대화가 갖는 가치, 그 내용의 활용에 대한 합의나 보충, 협상 등의 가치를 잘 보여줄 수 있다.

이론으로 서사 읽기

① 어떤 대상에 대해 알려준 '내용'을 부적절한 다른 대상에 적용함

바보신랑[30]

…색시가 실수 없게 하려고 저의 신랑에게 뚝배기를 살 적에는 모양도 묘하고 무래구멍도 없는 것을 사야 하니 물을 부어서 휘휘 저어서 물이 새지 않는 것으로 골라 사고, 갓을 살 적에는 탄탄하고 칠도 잘 칠해지고 머리에 써 봐서 딱 맞는 것을 사가지고 오라고 잘 일러 주었다.

바보 사이는 장에 가서 먼저 뚝배기전에 가서 뚝배기 하나를 골랐다. 뚝배기가 칠이 곱기 칠해져 있어서 이것을 머리에다 쓰고 맞나 안 맞나 이리저리 만지작거리다가 그만 떨어뜨려서 산산조각으로 깨트렸다. 뚝배기 장수는 이것을 보고 이 사람 정신나갔나 뚝배기를 머리에다 쓰고 만지작거리다가 깼느냐 하면서 뚝배기 값이나 물어내라고 야단쳤다. 바보신랑은 뚝배기를 사지도 못하고 뚝배기 값만 물었다.

다음에 갓전에 가서 갓을 하나 골라서 집어들고 갓에다 물을 들어붓고 휘휘 들러 보고 물이 새니까 이 갓 물이 새서 못 쓰겠다 하면서 또 다른 갓을 집어서 물을 부으려 했다. 갓 주인이 이것을 보고 쫓아 나와서 이놈 미친놈이기로 왜 남의 물건을 버려놓느냐 하면서 귓쌈을 때리고 갓 값을 물어내라고 했다…

이 이야기에서 색시는 품질이 좋은 대상을 확인하는 방법, 즉 각 대상이 목적에 맞게 잘 활용될 수 있기 위한 성질을 확인하는 지침을 가르쳐주고 있다. 이 각각의 지침들은 뚝배기와 갓에 대한 총 내용을 구성한다. 그러나 색시는 정작 바보 신랑이 뚝배기와 갓에 대한 인지유형을 알고 있는지는

---

30   임석재 엮음, 『한국구전설화: 임석재전집』 5(경기도 편), 평민사, 1989, 347-348쪽.

핵 내용을 통해 간주관적으로 확인하지 못하였다. 그러므로, 뚝배기를 살 때에는 그것이 뚝배기인지 확인하라는 지침을 제공하지 못하였다. 색시는 당연히 알 것이라 전제한 것이지만, 실제로는 당연한 것이 아니었다는 것이다. 그렇게 되면, 총 내용에 따라 행동할 때 바보가 뚝배기와 갓을 인지하고, 그것들에 대해, 적합한 총 내용을 적용하는 것은 확률의 문제가 된다. 그리고 대상의 품질을 확인하는 이 두 지침은, 다른 대상에 적용되었을 때 그 대상의 기능을 망가뜨리기 때문에, 상호 배제적이다. 즉 뚝배기의 품질을 확인하는 지침은 갓에 적용될 수 없고, 갓의 품질을 확인하는 지침은 뚝배기에 적용될 수 없다. 이는 각 물건을 파는 장수들의 부정적인 평가로 드러난다.

이 이야기를 통해 알 수 있는 것은 바보가 어떤 대상에 관한 총 내용을 정확히 외우고 정확히 적용하더라도, 정작 대상에 대한 인지 유형이 없거나, 핵 내용을 통하여 지침을 전달하는 자나, 공동 행동(거래)을 해야 할 자(장수)들과 대화할 수 없다면, 문제가 발생한다는 것이다. 물론, 상징과 총 내용의 연결 관계를 제공한 것만으로도, 상징을 적극적으로 활용하고, 관용적이고 협조적인 상대들과 대화한다면 문제가 발생하지 않을 수 있다. 그러나 바보는 확인하지 않고, 지침을 그대로 실현한다. 그러므로 바보의 기호 행동을 돕고자 하는 이가, 아무리 바보에게 내용을 잘 일러주더라도, 정작 바보의 일반적인 인지 패턴과, 대상에 대한 인지 과정 등에 대하여 간주관적으로 확인하지 않는다면, 공동의 인지 과정은 실패한다. 이러한 문제의 발생과 바보의 바보스러운 행동의 부정적인 결과가, 누군가를 바보로 보게 하는 서사적 배열이라고 말할 수 있다. 그렇다면 우리가 앞서 전제했듯이,

이론으로 서사 읽기

이러한 유형의 서사적 배열이 바보의 실패가능성 높은 인지 과정을 만든다고도 할 수 있다. 그러므로 각각의 바보에 대하여 제대로 아는 것이, 바보를 포함한 공공의 인지 과정을 성공으로 이끌 수 있다. 서사적 배열의 표층에서 은폐되지만, 바보에게 어떤 것을 가르치는 사람이, 정작 바보에 대해서는 모른다고 볼 수 있다. 즉 그들은 혼자서는 바보가 아니지만, 바보와 함께하는 인지 과정에서는 바보를 모르는 바보가 되는 것이다.

② 알려주는 내용이 사용하기에 추상적이거나 불충분함

미련한 신랑[31]

…그리고 처갓집이서넌 음식을 막 퍼먹어야 한다고 그랬대요. 어어 음식은 가리지 않고 소탈하게 먹어야 대접받지 음식을 가려먹고 깨지락 깨지락 허며넌 그렇게 사람이 소탈하지 않는다고 하니깨 막 먹으라고 그랬대요.

이북에서는 밭에서 콩을 꺾어다가 쪄서 먹으라고 갔다 놓니까 옳지 음식은 막 먹으라 그랬이니깐 막 먹어야겠다 하고 콩 잎사귀서버텀 콩 껍데기꺼지 다아 먹고 갔대요. … "그담에넌 콩얼 꺾어서 삶어왔넌데 막 먹으라고 그러시넌 것이 생각이 나서 기양 막 먹었어요." "어떻게 막 먹었니?" "그 잎파리째 껍데기째 기양 홀떡 다 먹었어요. 먹으니깨 목구녁이 뜨금뜨금해서 혼났읍니다." "에이 녀석, 그렇그넌 그러는거 아니다. 이 담에는 그런거 났거던 속얼 까고서 먹어야 한다." "예예, 이젠 요 담에 가먼 까서 먹갔십니다."

---

31 임석재 엮음, 『한국구전설화: 임석재전집』 3권(평안남도·황해도 편), 평민사, 1988, 320쪽.

또 갔넌데 이제 송편을 해 왔넌데 까 먹으라고 그랬이니깬 까 먹어야겠다 그리고 뚝 까가주구 속만 파먹고 송편언 뒤깐에다 홀떡 버렸다넌 그런 이야기가 있다고 해요.

이 이야기에서는 음식이라는 표현에 '가리지 않고 먹어야 하는 것'이라는 내용을 연결하고 있다. 그러나 어떤 것인지 구분해주지 않으면, 그는 음식이라는 표현에 대하여 '먹을 수 있는 것'일 원래의 내용을 대신하여, '먹으라고 내주는 것은 음식이므로 무엇이든지 먹어야 함'이라는 지침의 내용을 '음식'이라는 표현에 연결하고, 음식을 먹는 행동에 활용할 것이다. 처갓집에서 먹으라고 내어주는 것은, 삶은 콩 알맹이에 한정됨이 틀림없다. 그러나 구태여 명시하지 않는 이유는 먹는 사람이 알아서 먹지 못하는 것과 먹을 수 있는 것을 가려서 생각하리라는 암묵적 가정이 일반적으로 합의되었다고 보았기 때문이다.

그러나 바보는 어떤 해석이든 전달된 대로 따른다. 가리지 말아야 한다는 내용을 전달받았으므로, 가리지 않는다. 이 경우 알려주는 추상적 해석은, 일반적인 해석과 어긋난다. 음식을 가릴 것을 예상하고 음식(콩 알맹이)을 포괄하는 껍데기와 잎사귀들까지 제공한 상황에서, 그것들을 가려내지 않는 부적합한 행동이 일어나게 되는 것이다. 바보에게 잘못된 추상적 명령을 내리지 않았다면, 그는 자연스럽게 자신의 욕구를 조절하여, 목이 따가운 정도의 고통을 참고 껍질을 먹는 행동을 하지 않았을지도 모른다. 그러므로 전칭적이고 전도적인 핵 내용은 오히려 바보의 자연스러운 인지 과정 및 조정을 교란한다고 볼 수 있다.

이론으로 서사 읽기

다음으로, '그런 거'라는 불충분한 대용적 지시 표현은, 이전의 음식과 유사성을 가진 어떤 것을 말하므로, 수용자가 알아서 보충해야 한다. 이 경우에 '그런 거'는 '먹을 수 없는 껍데기를 가진 어떤 것'이 될 것이다. 그러나 바보는 유사성을 상황에서 주요하게 작용하는 것으로 이해하지 않고, '유사성'을 가진 것이면 무엇이든 '까서 먹으라는 지침'과 연결하게 될 것이다. 이때 바보의 해석에서 작용한 도상성은 '겉과 속이 분리될 수 있음'이라는 자질이다.

그러므로, 알아서 보충하기 어려운 수용자에게는 정확하고 구체적이고 풍부하고 정교한 표현이 필요하다. 다양한 사물은 다양한 측면에서 유사하다. 그러므로 도상적 기호 관계를 가진 대상들에 대해 일괄적으로 적용될 지침을 전달하고자할 때에는, 도상적 자질이 충분하게 설명되어야 한다. 가령 이 이야기에서는 그냥 '분리될 수 있는' 겉을 버리라고 해서는 안 되고, '먹을 수 없고 분리될 수 있는' 겉을 버리라고 충분히 설명할 필요가 있었다. 그렇게 하지 않으면, 이러한 서사적 배열, 즉 충분한 설명 없이 누군가가 실패하도록 하는 것은, 누군가를 바보로 만든다. 다른 사물에도 적용될 수 있는 모호한 설명이 행동 주체에게 전달되고, 행동 주체가 지침의 범위를 무차별적으로 확장하여 적용할 때, 그 행동 주체는 바보로 보인다.

(2) 지시(denotation) 행위 및 명령의 강제성

위에서 보았듯이, 어떤 것이든 그대로 따른다면, 그 자체로 인지 과정의 실패 가능성이 높아질 수 있다. 왜냐하면, 그 행동이 적절한 대상에 대한 것이 아닐 수도 있고, 따라야 하는 어떤 지침이 그 자체로 불충분하고 문제적일 수 있기 때문이다. 그런데 3.1의 경우는 어쨌든 알려 주는 것이지, 어떤 해석이나 명령을 그대로 따르도록 '강제'하는 것은 아니다. 그렇기 때문에, 그것이 잘못되었다면, 일정 수준 바보의 판단이 개입되었기에, 바보의 잘못인 경우가 많다. 3.1의 경우들은 알려주는 사람이 예상하기도 어려운 수준으로, 인지 주체가 원래 알고 있는 것이 부족하거나, 새로 배울 수 있는 능력이 부족하여, 전반적인 인지 과정에서 문제가 생긴 것이다.

그러나 어떤 내용이 강제되거나 지시 대상에 대한 생각이나 판단이 허용되지 않은 경우가 있다. 이는 바보와 알려주는 사람의 상호작용에 잠재된 문제가 특정한 방식으로 실현된 것이라기보다는 시키는 자가 문제적인 경우이다. 어떤 대상에 대한 지시, 그리고 그 지시되는 대상에 대한 행동을 강제하는 경우에, 그 대상이 정말로 지시된 대상인지, 행동이 적용되어야 할 대상인지에 대한 의심, 협상, 합의가 사라진다. 그리고 대상이 적절할지라도 행동의 옳음에 대한 고민이 사라진다. 이러한 경우, 시키는 자를 비롯하여 그를 중심으로 하는 인지 과정은 실패가능성이 높은 것, 바보스러운 것이라 할만하다. 이렇게 일어난 실패의 실현은 바보와 상관없이 지시 행위자 및 명령자의 어리석음에 의해 일어날 수 있다.

이런 일이 일어나는 대표적인 경우는 둘로 구분된다. 하나는 자동적이고 기계적인(강제적, 강박적, 맹목적) 인지 시스템에 한 인지 주체를 매개체로 놓는 것이다. 그는 자극을 행동에 대한 명령으로 해석하고, 그 명령에 따라 행동을 반복하는 주체로 파편화·단순화된다. 그럴 경우 바보에게 자극을 제공할 수 있는 것은 무엇이든지 바보의 행동을 강제할 수 있다. 다시 말해, 인지 과정에서 기호적 주체로서 바보의 개입이 최소화된다. 그러한 자극을 줄 수 있는 모든 것, 즉 스위치를 누를 수 있는 존재들은 그 시스템에 대한 메타적인 존재가 되며, 그에 해당하는 높은 위계를 갖게 된다. 바보의 행동을 강제하는 또 다른 방식은 강압적이고 권위적으로 지시 행위의 대상, 그리고 지시 대상에 대한 행동에 대해 논리적·윤리적 판단을 정지시키거나 결여시키는 것이다. 이럴 경우 바보는 일반적으로는 특정한 대상에게 할 수 없는 일을 하게 되므로, 엄청난 악행에 해당하는 일을 저지르거나, 큰 문제를 발생시킬 수 있다. 그러므로 행동에 대한 판단의 정지나 지시 대상에 대한 무비판적 강제는 그 자체로 취약하고 문제적인 인지 과정을 유발하는 속성이 있다.

③ 자동적인 인지 시스템에 위치됨

우인의 인사[32]

…인사법을 배와주넌데 아무리 배와 주어두 제대루 하디 못했시오. 그래서 색시는 이카자 하구 남덩에 부랑에다 실을 자아매구 그 실을 샛문으루 해서 아르간에서 한 번 나까채면 "안녕이 오시오, 좀 둘오시오"하구 두 번채 나꿔채면 "여보시, 나가서 밥이나 한 상 채레오구레" 세 번채 나꿔채문 "어서 밥 드시오" 그리고 네 번 나꿔채면 "고롬 안녕히 가시오" 그카라구 대주구 그거를 여러 번 넌습시켰시오. 이렇게 넌습을 하느꺼니 이자는 제법 제대루 인사법을 알게 됐시오.

…색시레 다른 볼일이 있어서 실 끝에다 달구(닭의) 뻬다구를 자매두

---

32 임석재 엮음, 『한국구전설화: 임석재전집』 1 (평안북도 편), 평민사, 1987, 198-199쪽.

구 나갔시오. 그런데 광이레 이 뻬다구를 먹갔다구 나꾸쳤시오. 실이 잡아 땡기어디느꺼니 믹제기는 "아이구 벌써 가실레우. 고롬 안녕히 가시오"했이오. 사둔 아바지레 이 말을 듣구 데 사람이 와그러능가 하구 멍하니 바라보구 있었시오. 광이레 뻬다구를 물구 잡아채느꺼니 이 믹재기는 "야야 안녕히 오세요. 좀 둘오시오." 광이레 또 자꾸자꾸 나꾸채느꺼니 "야야 여보시 밥이나 한상 차레오구레, 야야 밥이나 드시오. 야야 발세 가시오, 안녕이 가십시오, 아야 안녕이 오십시오, 좀 둘오시오, 여보시 밥이나 한상 차레와요, 밥 드시오, 볼세 가실나우 고롬 안녕히 가시오, 안녕이 오시오, 좀 둘오시오" 하멘 같은 말을 되풀이 했시오. 사둔이 이걸 보구 "여 여보 사둔 와그루 미치디 안했소?"하느꺼니 믹제기레 "여보 사둔은 부랄이 아푸디 안하느꺼니 그러니 난 부랄이 아파서 이러무다."하드래요.

남편이 인사법을 모르고, 알려줘도 배우지 못하자, 색시는 자신의 인지와 남편의 인지를 회로 시스템 안으로 위치시켜 연결한다. 전체 인지 회로의 구성요소들에는 다음의 주 요소가 포함된다: 상황에 대한 적절한 인사법을 아는 색시의 신호(실 당김 횟수), 실 당김 횟수 각각에 할당된 인사말(수와 발화를 연결하는 코드), 자신의 음낭을 통해 자극의 횟수를 판정하고 코드를 통해 발화로 연결하는 남편의 개체적 인지 과정. 여기서 연습을 한다는 것은 자극의 횟수 판정과 그 판정에 대한 발화의 내용을 기억하는 것, 즉 코드를 자동적으로 색시의 신호에 따라 실현할 수 있도록, 개체적 인지 과정을 자동화하는 일이다. 잘 알게 되었다는 것은 신속하고 자동적으로 회로를 작용시킬 수 있게 되었다는 것이다. 즉, 이제 실 끝의 당김이라는 현상은 남편의 인지 과정에서 자극의 횟수 및 그에 해당하는 인사말로 원활히 흐를 수 있다. 이는 남편이 인사법을 배웠다기보다는, 인지 과정을 분할하고 코드를 통해 잘 절합하여, 그 작동이 실패하지 않도록 자동화를 완수한 것이다. 즉, 신호 스위치를 누르면, 인사라는 결과가 잘 나오도록 시스템을 효율적으로 단순화하고, 어려운 학습 과정을 소거한 채 복잡한 인지를 색시의 인지로 대신한 것이다.

색시는 인사말을 사용해야할 상황을 잘 판정할 수 있으므로, 색시의 인지가 신호를 생산할 경우에는 큰 문제없이 총 인지 과정이 실행될 수 있다. 이 경우 수용자는 그 총 인지 회로를 모를 경우에도 최종적인 행동을 하는 개인적인 인지 과정에서 정상적인 상황 판단과 발화 행동이 일어난 것이라고 착각할 수 있다. 그것은 착각이지만, 색시가 있고, 신호가 명백히 필요한 상황에서만 전달되도록 통제될 경우에는, 그 시스템의 취약성에도 불구하고 큰 문제가 생기지 않는다.

그러나 바보스러운 행동을 보여야하는 바보담에서는, 신호의 생산자가 고양이(다른 동물이나 다른 바보나, 혹은 회로에 대하여 잘 모르는 어떤 행위 주체여도 상관없을 것이다)로 대체되는 일이 발생한다. 이때 고양이는 인간의 상황에 대한 판단이나, 적절한 발화 행동을 하지 못하고, 자신의 욕망에 따라 총 인지 회로의 스위치에 해당하는 행동(실의 당김)을 반복적으로 시행한다. 이에 따라 총 인지 과정의 결과물도 반복적으로 시행된다. 고양이의 당기는 행위는 무의미한 움직임이지만, 최종적인 행동의 실행자는 의심 없이, 자신의 자극 횟수 측정 패턴에 따라 그 움직임을 임의로 분절하여 순서를 할당한다. 그리고 그에 맞는 발화로 연결되는 과정을 기계적으로 작용시키고 있다. 그는 무의미한 움직임을 코드에 적합한 신호로 번역하고, 다른 이들에게는 내용을 갖지만, 그 자신에게는 내용이 없는 상징 기호를 반복적으로 생산하는 것이다.

그러므로 이때 문제적인 것은 바로 이 회로 자체의 속성이다. 회로를 적절히 수정할 수도 있지만, 인사법을 모르고 배울 수 없다면, 아예 그대로 놔두는 것, 즉 모르는 것을 하도록 강제하지 않는 것도 한 방법이다. 내용을 모르는 행위를 자동적으로 하도록 인간을 기계화하는 것은, 문제가 발생하여, 내용에 대한 주체적인 판단이 필요할 때, 한 인간을 바보로 보이게 한다. 회로 속의 주체에 대한 기계화와 총 회로에 대한 접근 및 조정의 배제가 강해질수록, 그 인간은 회로를 시작하는 스위치의 작동에 반응하는 중간 접점일 뿐이게 된다. 그만큼 신호를 발송하는 자에 대한 의심이나 그에 따른 회로의 조정이나 정지가 어려워진다. 그 작동을 누구나 쉽게 할 수 있고, 행동하는 주체에게 의심을 사지 않을수록, 인지 시스템의 실패가능성 자체가 높아진다고 볼 수 있다. 왜냐하면 그것은 복합적인 인지나 총 인지 과정의 제어 자체를, 회로 속의 주체에게서는 소거하고, 회로와 회로 밖을 연결하는(스위치를 소유한) 다른 주체에게 할당했기 때문이다. 이럴 경우 그 다른 주체가 문제적이면 회로의 결과 자체가 문제적일 수밖에 없다.

④ 지시 대상과 행동이 강제됨

바보형[33]

넷날에 兄弟가 있넌데 묘은 믹제기구 저근니는 재간이 있었다. 저그니는 산짐승을 잡갔다구 뒷山에다 큰 창애를 놨다. 그리구 묘과 창애에 걸린

---

33 위의 책, 219-220쪽.

240   이론으로 서사 읽기

거이 있으문 잡아오라구 말했다. 兄은 갔다 와서 앞집에 송아지레 걸레 있어서 놔주구 왔다구 했다. 저근니는 그거는 송아지가 아니구 노루라구 했다. 다음날 兄이 가보구 와서 뒷집에 수탉이 걸레 있어서 놔주구 왔다구 했다. 저근니는 수탉이 아니구 당껭이라구 했다. 다음날 또 가보라구 하멘 이번에는 아무거이구 걸린 거 있으문 놔주딜 말구 잡아오라구 했다. 다음날 兄이 가 보느꺼니 저에 오마니가 걸레 있어서 이거를 잡아서 끌구 갈라구 했다. 오마니레 "야야 난 너에 오마니다. 너에 오마니야" 하는데두 형은 저근니레 걸린 건 머이던 잡아오라구 했으꺼니 잡아가야 한다멘 발루 차구 때리멘 끌구 갔다. 집에꺼지 끌구 오느꺼니 오마니는 죽었다. 저근니레 보구 와 오마니를 잡아왔능가 하느꺼니 "네레 걸린 거는 아무거이구 잡아오라구 하딜 안했슴메?"하구 말했다…

바보 형이 한 앞의 두 가지 실수를 보면, 그는 남의 것을 훔치지 못하는 사람으로, 잇속은 차리지 못하지만 어쨌든 심성 자체는 옳다. 그러나 '아무 거이구 걸린 거 있으문 놔주딜 말구 잡아오라'는 명령은, 덫에 걸린 것은 모두 자신이 가져도 되는 것임을 주장하는 파렴치한 행위임이 틀림없다. 뿐만 아니라, 이는 결과로도 드러나듯이, 잡힌 대상의 죽음까지도 유발할 수 있는 명령이다.

바보에게 '아무 것'이라는 전칭은 3.1에서도 보았듯이 상황에 맞추어 가변적이거나 유연하게 판단할 수 있는 것이 아니기 때문에, 그 자체로도 굉장히 부정적인 가능성을 갖는다. 그 '아무 것'에 가장 죽여서는 안 되는 대상 중의 하나로서 인간, 특히 어머니가 잡힘으로써, 이러한 지시 대상의 확정이 가지는 문제성이 명확히 드러난다. 어떤 행동을 적용시키기 위한 지시 대상이란, 상황에 맞추어 화용론적으로 고찰해야하는 것이지, 상황과 상관없이 정해질 수 있는 것이 아니다. 그리고 지시 대상에 대하여 대화자들의 문제 제기, 합의, 협상, 대화 등이 보다 수평적이고 유연하게 작용해야 하는 것이다. '덫에 걸리는 것'은 심지어 동생 자기 자신일 수도 있다. 사실상 동생의 명령은 그 자체로 오류이다. 바보 형의 행동은 동생 말의 오류를 명시적으로 드러내며, 어머니임에도 끌고 가는 행동으로 비윤리적인 지침에 대한 이야기 화자의 비판적인 견해를 암시한다.

정리하자면, 총 인지 과정에서 나타나는 이 같은 비극적이고 파국적인 결과는, 비윤리적이고 오류가 있는 명령과, 지시 대상의 내용과 상황에 대한 고찰의 배제가, 최종적인 인지 주체(실제 행동으로 옮기는 자)에게 강제될 때 일어난다.

4. 바보의 사회적 구성

이 글은 바보의 결점을 확인하는 것에 초점을 두지 않았다. 그보다는 무능력하거나 특수한 것으로 평가되는 인지를 보이는 개인들을 포함하는 사회적인 인지의 과정을 중점적으로 검토하였다. 문화적인 의미에서 바보의 '총 내용'을 확인하고 해석하는 것은 굉장히 방대한 작업일 것이다. 그래서 본고는 바보가 어떻게 구성되는지, 바보에 대한 '핵 내용'은 무엇인지 간략히 논하였다. 그에 따라 바보로 취급되는 기호 행동의 주체들이 어떠한 사회적 관계, 상호적 인지 과정, 구체적 수행 맥락에 속해 있는지를 보이려 했다. 또한 그들의 일정한 특성이 그 상황에서 어떻게 실현되는지를 보이려 했다. 그들의 유일한 공통적 특성을 거칠게 추론해보자면, 실패한 기호 행동을 '멈추지 않거나 확장함'에 있을 것이다. 그들을 바보로 구성하는 과정에서 이탈시킨다면, 그들은 충분히 잘 조정된 사회적 인지 과정 속에서 인지 주체로서 문제없이 행동할 수 있다. 에코에 따르면, 그러한 시도의 핵심은, 사적으로는 인지 유형을 잘 발달시키며, 간주관적으로는 '핵 내용'을 적절히 생산하고 잘 전달하며, 대화 상대자 간에 지시 방식과 지시 대상을 명시적으로 확인하고 합의와 협상을 원만하게 진행하는 것들에 있을 것이다.

움베르트 에코Umberto Eco 주요 저작

- *La Struttura Assente,* Milano: Bompiani, 1968.
  『구조의 부재』, 김광현 역, 열린책들, 2009.

- *Il segno,* Milano: Isedi, 1971.
  『기호: 개념과 역사』, 김광현 역, 열린책들, 2009.

- *Trattato di semiotica generale,* Milano: Bompiani, 1975.
  A Theory of Semiotics, Indiana: Indiana University Press, 1976.
  『일반 기호학 이론』, 김운찬 역, 열린책들, 2009.

- *Lector in fabula,* Milano: Bompiani, 1979.
  『이야기 속의 독자』, 김운찬 역, 열린책들, 2009.

- *Semiotica e filosofia del linguaggio,* Torino: Einaudi, 1984.
  Semiotics and the Philosophy of Language, Bloomington: Indiana University Press, 1984.
  『기호학과 언어 철학』, 김성도 역, 열린책들, 2009.

- *I limiti dell'interpretazione,* Milano: Bompiani. 1990.
  The Limits of Interpretation, Bloomington & Indianapolis: Indiana University Press, 1990.
  『해석의 한계』, 김광현 역, 열린책들, 2009.

- Eco et al., *Interpretation and Overinterpretation: The Tanner Lectures 1990,* S. Collini edit., Cambridge: Cambridge University Press, 1992.
  『작가와 텍스트 사이』, 손유택 역, 열린책들, 2009.

- *Kant e l'ornitorinco,* Milano: Bompiani, 1997.
  Kant and the Platypus: Essays on Language and Cognition, Alastair McEwen trans., London: Secker & Warburg, 1999.
  『칸트와 오리너구리』, 박여성 역, 열린책들, 2009.

- *Dire quasi la stessa cosa: Esperienze di traduzione*, Milano: Bompiani, 2003.

  Experiences in Translation, Alastair McEwen trans., Toronto: University of Toronto Press, 2001.

  『번역한다는 것』, 김운찬 역, 열린책들, 2010.

- *Dall'albero al labirinto: studi storici sul segno e l'interpretazione*, Milano: Bompiani, 2007.

  From the Tree to the Labyrinth: Historical Studies on the Sign and Interpretation, Anthony Oldcorn trans., Cambridge: Harvard University Press, 2014.

그레마스의 서사도식과
황룡사 설화

황인순

*   알기르다스 줄리앙 그레마스(Algirdas Julien Greimas, 1917~1992)

소쉬르의 언어학적 기반과 더불어 옐름슬레우의 개념들을 통합
적으로 계승한 파리기호학파의 선구자로 알려진다. 그는 의미의
보편구조를 구축하고자 했으며 심층과 표층 구조를 통해 생성행
로를 설명한다.

1. 그레마스의 서사 기호학[1]

이 글에서는 알기르다스 줄리앙 그레마스(Algirdas Julien Greimas, 1917~1992)의 서사분석이론을 이해하고, 이를 고전서사 읽기에 적용하는 과정을 기술하고자 한다. 『구조의미론』을 중심으로 한 그레마스의 초기 이론이 가지고 있는 가장 명확한 정체성은 **객체의 기호학**이라 지적되기도 한다.[2] 이는 일종의 기호학적 표준모델로 텍스트를 **의미의 소우주**로 상정하며 그 설화적 혹은 담화적 조직의 논리 의미론적 모델을 규명하고자 하는

---

1 이 글은 다음 글을 바탕으로 수정, 보완했다.
   황인순, 『사찰연기설화의 신성성 구성 체계 연구』, 서강대학교 박사학위논문, 2012.

2 이는 그레마스의 기호학이 의미의 객관적 혹은 보편적 구조에 천착한다는 의미이다.
   최용호, 「그레마스의 의미생성 모델에 대한 비판적 고찰-의미와 설화성을 중심으로-」, 『언어와 언어학』 38, 한국외국어대학교 언어연구소, 2006, 164-184쪽 참조.

것이다.[3] 그의 기호학적 시도가 가장 잘 드러나는 저작은 쿠르테스(Joseph Courtés)와 함께 쓴 『기호학 사전』으로 이와 같은 분석과 연구에서 활용하는 거의 모든 개념어들을 정의하고 있는 저술이다. 이처럼 그레마스 이론에서 용어의 정의와 그 적확한 활용은 중요하며 이것이 그레마스가 구상한 객체의 기호학을 완결할 수 있는 기반이 된다. 그러나 종종 그레마스 기호학은 기계적인 이론의 적용이라는 측면에서 비판받기도 한다. 특히 문학연구에 있어서는 그 면밀함 덕에 활용되기도 하지만 피와 살을 배제한 채 뼈대만 남겨 설명할 수는 없다는 점과 과도한 복잡성 등을 이유로 배척되는 경우도 있다. 이러한 비판은 일견 유의할 부분도 있겠지만 대부분 그레마스 이론에 대한 오해에서 기인하는 경우가 많다.

그레마스 이론의 가장 대중적인 지점은 기호 사각형의 존재이다. 그레마스의 논의를 활용한 대부분의 연구들이 기호 사각형을 통해 텍스트 해석을 시도하고 있는 것은 이 구조가 매력적이기 때문일 것이다. 그러나 엄밀하게 말하자면 기호 사각형은 텍스트의 심층 의미를 기술하기 위한 구조이다. 텍스트에 **심층** 의미가 있다면 **표층**이 있을 것은 당연하다. 이는 그레마스가 텍스트를 이해하고 동시에 분절하는 가장 기본적인 방식이다. 텍스트가 개별 층위로 분절되고 심층이 표층으로 발현되며 이를 통해 의미의 행로가 생성된다는 전제를 간과하고 단순히 기호 사각형을 통한 분석의 시도에만 의의를 둔다면 자칫 도식적 적용에 그치게 될 것이다.

그레마스에 기반하여 전개된 파리학파의 이론은 이미 그레마스와 퐁타

---

3 안느 에노, 『기호학으로의 초대』, 홍정표 역, 어문학사, 1997.

니유(Jacques fontanille)의 공동 저작인 『정념의 기호학』으로 전개되며 다변화를 꾀했고 에노(Anne Hénault)와 퐁타니유 등이 그의 이론을 발전시키고 있다. 또한 그 행위소 이론으로부터 전환과 확장을 시도한 라투르(Bruno Latour) 등의 논의와도 관계를 맺는 등 다양한 방식으로 변형되고 있다. 따라서 그레마스의 초기 이론을 단절된 이론으로서 인식할 수도 있겠지만, 그 한계를 보완하고 재인식하는 과정에서 후대의 이론들이 생성된 만큼 이를 고찰하는 것은 의미가 있는 작업으로 생각한다. 특히, 텍스트의 분절에 기반하고 이를 통해 텍스트로부터 일정 정도의 거리두기를 가능하게 하는 그레마스의 이론은, 2020년을 목전에 두고도 고전적 영감과 선험적 감상에서 벗어나는 것을 두려워하는 고전 읽기의 방식에 새로운 의미를 던질 수 있다고 본다.

이 글에서는 사찰연기설화, 그 중에서도 황룡사 설화를 중심으로 그레마스의 이론을 적용하고자 한다. 분석 대상으로 연기설화를 선택한 첫 번째 이유는 주체의 앎과 믿음이 교차하는 서사이기 때문이다. 그레마스의 서사 분석 방법론은 일반적으로 그 행위에 주목한다고 알려진다. 그러나 행위뿐 아니라 인식적 관점의 접근 역시 가능하다. 이 글은 사찰연기설화의 의미가 구성되는 행로를 밝히고 주체들이 어떤 행위와 인식을 수행하는지를 밝히고자 한다. 두 번째는 사찰연기설화가 구축한 공간 서사라는 체계에 대해 고찰하기 위한 것으로, 절과 탑에 관한 전설을 포괄하여 보고자 하기 때문이다. 공간을 지표로 하는 전설이라는 범주가 서사와 실재 사이에서 어떻게 작동하는지 살피기 위해서는 이를 보편구조 안에서 기술하는 그레마스의 논의가 효과적이라고 판단했다. 마지막으로 이 글에서는 황룡사 설화를 중심으로 사찰, 즉 신성한 공간에 관한 서사에서 인식적 차원이 어떻게 구성되며 이를 통해 공간적 기억이 어떻게 형성되는지에 관해 논의를 확장하고자 한다.

2. 서사도식(schéma narratif)을 통한 서사 분석의 실제

(1) 생성행로(parcours génératif)와 서사도식[4]의 기반

그레마스의 생성행로는 텍스트 전반을 심층과 표층의 기호 서사구조, 표층의 담화구조로 분절하고 각각의 국면들을 발현 혹은 전환[5]의 관계들을 전제한다. 텍스트는 심층의 보편(에 가까운) 의미구조로부터 담화국면에 이르는 개별적 시공간화와 인물화의 과정을 거치며, 그 중간 단계로서 표층의 기호 서사구조라는 국면을 설정하는 것이다. 아래 표는 『기호학 사전』의 생성행로 항목에서 확인할 수 있는 텍스트의 구조이다.[6]

---

4 그레마스는 서사도식(schéma narratif), 서사행로(parcours narratif) 등의 용어를 사용한다. 이때 narratif는 경우에 따라 보편적 이야기라는 의미의 설화로 번역되기도 한다. 장르적 명칭으로서 설화라는 용어와의 혼동과 혼용을 막기 위해 이 글에서는 narratif로 지칭되는 용어들을 모두 서사로 번역하기로 한다.

5 그레마스의 이러한 논의들을 명징하게 요약한 저술로 안느 에노의 *Les Enjeux de la Sémiotique*를 들 수 있다. 에노는 생성행로의 각각의 국면들은 전환(conversion)의 관계 속에 놓인다고 지칭하며 모든 전환은 1) 기본구조를 분절하고 2) 의미 및 통사적 보충으로 이루어진다고 요약한다.
안느 에노, 『서사, 일반기호학』, 홍정표 역, 문학과 지성사, 2003, 123쪽.

6 Greimas & Courtés, *Semiotics and Language: An Analytical Dictionary*, Indiana University Press, 1982, p.134.

표 1. 그레마스의 생성행로

생성 행로		
	통사적 요소	의미적 요소
기호-서사 구조	(심층) 기본 통사론	(심층) 기본 의미론
	(표층) 서사 통사론	(표층) 서사 의미론
담화구조	담화 통사론 (담화화: 인물화, 시간화, 공간화)	담화 의미론 (구상화, 주제화)

　텍스트는 수많은 요소들의 연쇄와 직조이며 그 구조를 파악하기 위해서는 이처럼 복합적 틀이 필요하다. 이중 기호-서사구조의 심층에 위치하는 것이 가장 잘 알려진 기호 사각형이다. 그레마스는 『의미에 관하여』에서 "심층 구조란 개인 혹은 사회가 실재하는 기초적인 모델을 규정하는 것인데 따라서 기호학적 대상의 상태를 규정하는 것이기도 하며 심층의 기초적 구성요소는 정의가능한 논리적 구조로 만들어진다."고 요약했다.[7] 이 사각형을 이해하기 위해서는 반대관계(relation de contrariété)와 모순관계(relation relation de contradiction)를 먼저 이해할 필요가 있다. 그레마스는 이 관계들에 대해 "개념의 대립 구조에는 두가지 형태가 있는데 반대관계(A‥-A)는 (동일한 의미축 아래서) 어느 정도까지는 유사한 특질을 보여주는 것이며 모순관계(A·Ā)는 어떤 특성의 존재와 부재에 따른 대립"이라

7　A.J Greimas, *On Meaning,* (trans.) Frank Collins & Paul Perron, Minneapolis: University of Minnesota Press, 1987, p.48.

고 정의한다.[8] 이상의 설명을 고려하여 하나의 의미 개념에 대해 반대의 개념을 세우고, 이어 모순의 개념을 세워 각각의 축을 만들어 나간다면 심층의 기호 사각형은 다음과 같은 형태로 완성된다.

표 2. 그레마스의 기호 사각형

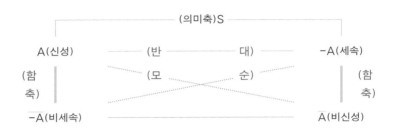

예를 들어 신성성의 의미 체계를 구현한다고 할 때 신성과 세속을 반대 관계로 놓을 수 있다. 이때 신성과 세속은 반대의 항으로 그 둘을 잇는 하나의 의미축의 양 극단에 있는 개념으로서 대립적인 관계이다. 반면 신성과 비-신성은 신성의 존재와 부재를 명시한다는 점에서 대립되는 것이며 이를 모순 관계라 지칭한다. 그렇다면 의미 개념과 그 반대의 개념, 모순의 개념을 찾을 수 있고, 반대항인 -A로부터 역시 모순항을 설정할 수 있다. 또한 이때 고려해야 할 것은 왼쪽과 오른쪽 축, 즉 A와 -A̅의 축과 A̅와 -A의 축이 각각 함축관계에 놓인다는 것이다. 즉, -A̅(비세속)의 영역은 A(신성)의 의미 영역을 포함하며 A̅(비신성)의 영역은 -A(세속)의 영역을 포함한다.[9]

---

8 Greimas & Courtés(1982), Op. cit., pp. 308-311.

9 그레마스는 반대관계를 기술할 때 nonA라는 표현을 사용하였으며 모순을 위와 같이 A̅

이론으로 서사 읽기

그런데 앞서 기술한 심층은 말 그대로 가장 아래에 있는 층위이며 이처럼 분절되는 의미들은 내용적인 것이다. 표층은 다양한 방식으로 발현될 여지가 있는 내용들을 담화구조로 배열하는 일종의 기호학적 문법체계를 구성한다.[10] 즉 의미들을 표면의 인식가능한 체계로 발현하는 과정에서 일종의 문법, 통사를 만들어내는 것이다. 의미 사각형만큼 잘 알려진 행위소 모델은 표층-서사층위에서 적용되는 것인데, 이 층위는 실제로는 기능 모델과 행위소 모델로 나뉜다. 텍스트를 지각하는 데에 가장 표면에 놓인 담화 층위에서 가장 개별적인 형태의 시공간화와 인물화를 포착할 수 있다면 그러한 주제화와 형상화는 심층의 의미로부터 발현되는 것이라 생각할 수 있다. 그러므로 심층과 담화 사이에 놓여 있는 표층의 서사 통사 층위는 의미가 최종적으로 구체화되어 재현되는 세계로 표현되기 전단계의 준인간적 주체들로서 이해된다.[11] 쉽게 말해 이 단계는 간략한 통사구조를 빌어 주어와 동사의 관계로 표현될 수 있는데, 이때 주어를 주체라 지칭하고 그 통사적 관계들을 규명한다. 에노는 이를 요약하면서 다음과 같이 기술한다.

이 표층의 국면은 크게 ① 주체와 대상의 문제 ② '하다'와 '이다'의 문제, 그리고 ③ 양태와 기술의 문제로 분절되는데 ①은 변형의 두 주요 행

로 표시한다. 그러나 그레마스가 기술한 반대와 모순 관계, 그리고 예를 우리말로 번역했을 때 비-신성, 비-세속이라는 용어를 사용하여 모순관계를 기술하는 것이 적절할 것으로 판단하였다.

10   A.J Greimas(1987), Op.cit., p.48.

11   안느 에노(2003), 앞의 책, 78-145쪽 참조.

위소를 규정짓는 가장 기본적인 서사적 관계이며 모든 단언들이 주체와 대상의 관계화로 구성된다는 의미이다. ②는 그 주체와 대상의 관계화가 술어 /하다/와 /이다/에 의해 규정된 의미 범주로 현동화된다는 것이다. ③에서 이 두 동사는 양태화의 과정 속에서 '이다를 하다', '하다를 이다', '이다를 이다', '하다를 하다'의 네 가지 범주로 나눠진다. 이는 각각 수행, 역량, 진리검증, 조종의 네가지 차원으로 나뉘며 이 차원은 이야기의 통사적 연계 내에서 조종, 역량, 수행, 검증의 순서로 나타난다. 이중 조종과 검증은 인식적 차원이며 역량과 수행은 행위적 차원으로 구분된다. 이처럼 양태화의 과정을 거친 /하다/와 /이다/는 양상 동사인 '해야 한다(devoir)' '할 수 있다(pouvoir)' '원하다(vouloir)' '알다(savoir)' 등에 따라 다시 분절될 수 있다.[12]

주체와 대상의 관계를 '이다'와 '하다'로 재기술하는 상태문과 행위문들이 결합하는 과정에서 서사 프로그램이 만들어지며 이 서사 프로그램들이 계열체적 혹은 통합체적으로 결합하는 것이 서사행정, 서사도식이다. 즉 '이다'와 '하다'로 재구되는 상태문과 행위문들은 앞서 말한 양상동사와 결합하면서 조종, 역량, 수행, 검증의 양상적 범주를 구축하는데 이들의 연쇄를 서사도식으로 이해하고 보편적인 서사구조 분절을 인식하는 하나의 틀로 활용하기도 한다. 이는 아래와 같은 구조로 요약된다.[13]

---

12 위의 책, 45-69쪽.

13 위의 책, 69쪽 참조.

표 3. 그레마스의 서사도식

조종 (manipulation)	역량 (compétence)	수행 (performance)	검증 (véridiction)
인식적	행위적		인식적
하게 하다 (faire-faire)	하다의 이다 (être du faire)	이게 하다 (faire-être)	이다의 이다 (être de l'être)

이처럼 텍스트는 겹겹의 층위로 분절된다. 서사 텍스트를 상정할 때, 텍스트라는 덩어리로부터 시작하여 텍스트를 좀 더 작은 단위로 나누어 내려가는 분절의 과정을 따라갈 수도 있고, 흔히들 말하는 문장 차원으로부터 시작하여 작은 단위들이 계열체적, 통합체적으로 결합하는 구조화의 과정을 따라갈 수도 있다. 이들 구조들은 그 자체로 나누어서 개별적으로 적용될 수도 있으며 경우에 따라서는 선택적으로 사용되기도 한다.

따라서 이 글에서 더 주목하고자 하는 것은 일련의 통사론이다. 전술한 에노의 말처럼 "텍스트의 **전환관계**를 이해하고 그 **분절**의 기준을 설정하는 것"이 그레마스의 표준모델을 활용하는 데에 있어 가장 기반이 되는 작업이라 보기 때문이다. 물론 심층, 표층의 기호 서사구조, 표층의 담화구조를 모두 다루는 것이 텍스트의 다층적 의미 작용을 조망하는 데에 유효한 것이 사실이다. 이러한 과정이 궁극적으로 텍스트의 내재적 구조를 규명하고 보편 의미를 구축하는 데에 그 목표를 둔다면, 기호-서사구조를 이루는 통사적 구조가 논리적 틀이 될 것이기에 이 글에서는 통사적 구조를 중심으로 분석하고자 한다. 의미는 보이지 않지만 텍스트에 내재된 것이라고 믿어지며, 그레마스 기호학의 가장 핵심 역시 심층, 즉 의미 구조라고 믿어지므로 주목하기 쉽다. 또한 표면은 가장 잘 보이므로 상대적으로 더 주목하게 된다. 반면, 의미와 표현을 잇는 구조와 문법은 반투명하기 때문에 종종 간과되기도 하기 때문이다.

생성행로 내의 표층 서사-통사론의 기본적 구조와 더불어 또 하나의 흥미로운 사각형이 분석의 단계에서 활용된다. 이 진리검증의 사각형은 앞서 제시한 서사 도식 중 검증의 과정에서 적용되는 것이다. 이는 '이다가 이다'로 양태화되는 과정에서 형성되며 이를 '이다'와 '나타나다'의 관계를 통해 구조화한다.[14] 연기설화들은 최종적으로 '짓다'의 행위로 종결되는 텍스트들로 그 행위적 변형의 양상이 잘 드러난다. 그러나 행위적 차원은 '믿다' 혹은 '알다'의 인식적 차원에 기반해서 수행되며 실제로 공간에 관한 설화란 **존재하는** 대상과 관련하여 기술된 이야기이다. 따라서 이는 행위뿐 아니라 인식적 차원의 분석에 방점을 찍는 이 글에서 유효한 틀이 될 것이다.

표 4. 그레마스의 진리검증의 사각형

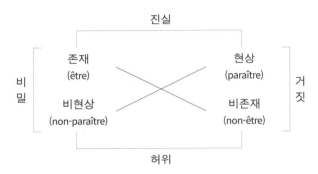

14　표와 설명, Greimas & Courtés(1982), Op. cit., p. 310.

이론으로 서사 읽기

다음 장에서는 일련의 서사도식들을 사찰연기설화 분석에 활용하고자 한다. 우선 텍스트를 분절하고 통사화하는 방식을 정하고 두 번째로는 서사의 내부에서 행위적 변형과 상태적 변형을 찾아볼 것이다. 마지막으로는 조종과 검증을 아우르는 인식적 차원의 접근을 통해 신성성 인식의 구조를 분석하고자 한다.

(2) 텍스트의 분절과 재구조화의 방식

이상의 요약을 통해 보듯, 그레마스의 논의를 텍스트에 적용하기 위해서는 텍스트를 어떻게 분절할 것인가로부터 시작해야 한다. 이는 텍스트가 총체적이며 유기적인 대상이라는 관점에서 벗어나 층과 결로 분절될 수 있는 구조적인 대상임을 전제로 하는 것이다. 그레마스의 서사도식 자체를 텍스트 분절에 그대로 적용하는 것도 가능하지만 텍스트의 개별성을 고려한다면 방법론을 중심으로 분절의 기준을 재정립할 수도 있다. 그레마스의 『기호학 사전』에서는 텍스트 분절에 대해 다음과 같이 정의한다.

분절은 텍스트를 조각들, 즉 잠정적인 통합체 단위로 나누는 것이다. 즉, 분절은 본질적으로 통합체적인데 그 자체로는 언어학적 혹은 기호학적 단위를 인식하도록 하지는 않는다...분절은 최초의 실증적 단계로 간주되는데 잠정적으로 텍스트를 좀 더 다루기 쉬운 개체들로 나누는 것을 목표로 하기 때문이다. 따라서 이를 통해 얻어진 시퀀스들은 담화적으로 구

축된 단위가 아니라 텍스트적인 단위이다.[15]

텍스트를 분절하는 과정은 그 자체로 해석의 영역 안에 있다. 텍스트에 대한 인식의 방향과 기준이 분절의 양상에 드러나기 때문이다. 분절이 중요한 수행이면서도 여전히 **잠정적**이라는 그레마스의 지적이 이를 입증한다. 물론 분절이 언제나 막연한 수행인 것은 아니다. 그레마스는 같은 항목에서 분절의 일반적 기준에 대해서도 언급하는데 "담화적으로 일종의 지표들을 찾을 수 있다."고 지적하며 예를 들어 "이곳/저곳, 이전/이후, 나/그 등 이야기 내부에서 어떠한 전환을 일으키는 담화적 지표"들을 중심으로 분절의 실질적 기준을 제시하기도 한다.[16] 그에게 분절은 단순한 나누기의 과정이 아니라 통합체적 축에 기반한 재구조화의 과정이다. 텍스트를 조각조각 분쇄하여 의미 없는 부분으로 만들어버리는 것이 아니라, 이를 토대로 새로운 의미에 접근할 수 있도록 단위를 재구성하는 것이다.

따라서 이 글에서는 설화를 서사단락으로 분절하고[17], 이를 토대로 세 단계로 재구성하는 방식으로 분석을 수행하고자 한다.[18] 우선 조종, 역량,

---

15   Greimas & Courtés(1982), Op.cit., pp. 270-271.

16   Ibid., pp. 270-271.

17   설화분석에서 텍스트 분절은 흔히 서사단락 분절이라 부르기도 한다. 주어와 통사로 이어지는 상태문과 행위문의 시퀀스를 나누는 과정은 이와 유사하기도 하다. 이 글에서는 설화적 서사단락의 분절을 수행하고 이를 상태문과 행위문적으로 인식한 후 이를 바탕으로 서사도식의 단계들로 묶어나가는 방식을 선택한다.

18   생성행로는 기본 구조를 분절하고 그것을 의미와 통사적으로 보충하는 과정에서 전개된다. 이러한 보충적 분절은 층위별로 규칙을 따르기에 그 분절을 수행하고 규칙을 발견하는 것이 해석의 작업이 된다.

수행, 검증의 서사도식이 인식, 행위, 인식으로 이어지는 통합적 구조에 주목하고 이를 사찰연기설화의 구조 분석에 적용하고자 했다. 사찰연기설화의 서사구조를 '공간, 혹은 체계에 발생하는 유표적인 변형을 인식주체가 어떻게 해석하고 어떻게 반응하는가'로 요약한다면 이를 인식, 행위, 인식의 구조틀로 재구할 수 있다. 따라서 각 단계를 신성성의 지표를 통해 유표적인 변형을 인식하는 지표화의 단계, 인식이 믿음으로 이행하는 인지와 믿음의 단계로 명명[19]한 후 그 의미 작용을 도출하고자 한다. 분석 대상이 되는 설화는 『삼국유사』 「탑상」편 〈황룡사 장륙존상〉 조이며 다음은 그 원문을 제시한 것이다.

황룡사의 장륙존상[20]

진흥왕이 황룡사를 짓다

신라 제24대 진흥왕 즉위 14년 계유 2월에 대궐을 용궁 남쪽에 지으려 하는데 황룡이 그곳에 나타났으므로, 이에 고쳐서 절로 삼고 황룡사(黃龍寺)라 했다. 30년 기축년에 담을 쌓고 17년 만에 겨우 완성했다.

안느 에노(2003), 앞의 책, 123쪽 참조.

19 신성성 지표화의 단계에 이어지는 두 번째 단계를 신성성 인지의 단계로, 세 번째 단계를 신성성 믿음의 단계로 명명했다. '앎'이라는 용어를 지식, 혹은 인식으로 번역하는 경우가 많으나, 이 글에서는 '인식적 차원'이라는 용어 역시 사용하므로 혼용을 막기 위해 '인지의 단계'라는 용어를 사용했다. 퐁타니유가 인식적 차원을 앎과 믿음으로 구분한 만큼, 인식적 차원의 두 단계들을 각각 앎과 믿음이라는 관점에서 이해한 것이기도 하다.
Jaques Fontanille, *The Semiotics of Discourse*, (trans.) Heidi Bostic, Peter Lang Publishing Inc, 2006, pp.158-160.

20 일연, 『삼국유사』, 이재호 역, 솔, 2007, 28-33쪽.

아육왕의 황금 황철로 불상을 주조하다

얼마 안 가서 바다 남쪽에서 큰 배 한 척이 떠와서 하곡현(河曲縣) 사포(絲浦)—지금의 울주(蔚州) 곡포(谷浦)다—에 닿았다. 이 배를 검사해보니 공문(公文)이 있었다. 인도 아육왕이 황철(黃鐵) 5만 7천근과 황금 3만 푼을 모아서—「별전」에는 철 40만 7천근과 금 1천 냥이라 했는데 아마 잘못된 것 같다. 혹 3만 7천근이라고도 한다—석가의 불상 셋을 주조하려다가 이루지 못했다. 그래서 그것을 배에 실어 바다에 띄우면서 "인연 있는 국토에 가서 장륙존상(丈六尊像)을 이루어달라"고 축원했다는 것이다. 한 부처와 두 보살의 상도 모형으로 만들어 함께 실려 있었다.

하곡현의 관원이 문서로써 아뢰었다. 왕은 그 고을 성 동쪽의 높고 메마른 땅을 골라 동축사(東竺寺)를 세워 그 세 불상을 모시게 하고 그 금과 철은 서울로 수송하여 대건(大建) 6년 갑오 3월—절 기록에는 계사년 10월 17일이라 했다—에 장륙존상을 주조했는데 단번에 이루어졌다. 그 무게는 3만 5천7근으로 황금 1만 1백98푼이 들었으며 두 보살상에는 철 1만 2천근과 황금 1만 1백36푼이 들었다.

영특한 효험의 불상

장륙존상을 황룡사에 모셨더니, 그 이듬해에 불상에서 눈물이 발꿈치까지 흘러내려 땅이 한 자나 젖었다. 그것은 대왕이 세상을 떠날 조짐이었다. 혹은 불상이 진평왕 때에 와서 완성되었다 하나 그릇된 말이다.

불상에 대한 하나의 이설

「별본(別本)」에서는 이렇게 말했다. 아육왕은 인도 대향화국(大香華國)에서 부처가 세상을 떠난 후, 1백 년 만에 출생했으므로 부처에게 공양하지 못함을 한스럽게 여겨 금과 철 몇 근씩을 거두어 세 번이나 불상을 주조했으나 성공하지 못했다. 그때 왕의 태자가 홀로 그 일에 참여하지 않으므로 왕이 그 까닭을 물으니 태자가 아뢰었다.

"그것은 혼자 힘으로는 성공하지 못할 것입니다. 벌써 안 될 줄 알고 있었습니다."

왕은 그렇다고 여겨 그것을 배에 실어 바다에 띄워 보냈다. 그 배는 남염부제(南閻浮提) 16대국과 5백 중국, 10천 소국, 8만 촌락을 두루 돌아다니지 아니한 곳이 없었으나 모두 불상을 주조하는 데 성공하지 못했다.

마지막에 신라국에 이르자 진흥왕이 문잉림(文仍林)에서 그것을 주조하여 불상을 완성하니 모습이 다 갖추어졌다. 아육왕은 이에 근심이 없게 되었다.

그 후에 대덕(大德) 자장(慈藏)이 중국으로 유학 가서 오대산에 이르러 감응했더니, 문수보살이 나타나 비결을 주며 이내 부탁했다.

"너희 나라의 황룡사는 곧 석가불과 가섭불이 강연했던 곳이므로 연좌석이 아직도 있다. 그러므로 인도 아육왕이 황철 약간을 모아 바다에 띄웠는데 1천3백여 년이나 지나서 너희 나라에 도착되어 불상으로 만들어져 그 절에 안치되었던 것이다. 대개 위덕(威德)의 인연이 그렇게 시킨 것이다."—「별기(別記)」의 기재와는 같지 않다.

불상이 이루어진 후에 동축사의 삼존불도 또한 황룡사로 옮겨 안치했다.

절 기록에서는 진평왕 6년 갑진(584)에 이 절의 금당(金堂)이 조성되었다. 선덕여왕 때 이 절의 첫 주지는 진골(眞骨) 환희사(歡喜師)였고, 제2대 주지는 자장국통(慈藏國統), 다음은 국통 혜훈(惠訓), 그 다음은 상률사(相律師)라 했다. 이제 병화가 있은 후 큰 불상과 두 보살상은 모두 녹아 없어지고 작은 석가상만이 아직 남아 있다.

〈황룡사 장륙존상〉 조는 **황룡사**가 지어진 유래를 기술한 부분과, **황룡사 장륙존상**이 지어진 유래를 기술한 부분, 둘로 나누어진다. 따라서 설화를 다음과 같이 분절한다.

황룡사의 유래

① 신라 24대 진흥왕 14년 계유(553) 2월에 대궐을 용궁 남쪽에 지으려하다.

② 황룡이 그곳에 나타나다.

③ 왕이 이에 고쳐서 절로 삼고 황룡사라 하다.

황룡사 장륙존상의 유래

① 인도 아육왕이 황철과 황금을 모아 석가불상 셋을 주조하려 하다.

② 이루지 못하자 배에 실어 바다에 띄우면서 인연있는 국토에 가서 장륙존상을 이루어 달라고 축원하다.

③ 신라 하곡현에 남쪽에서 큰 배 한척이 떠오다.

④ 신라왕이 고을 성 동쪽의 높고 메마른 땅을 골라 동축사를 세워 그 세 불상을 모시다.

⑤ 금과 철은 서울로 수송하여 장륙존상을 주조했는데 단번에 이루어지다.

신성성의 지표화 단계는 '황룡이 나타나다'로, 인지 단계는 (함축되어 있으나) '황룡이 나타난 것을 (신성한 것으로) 알다'로, 믿음의 단계는 '신성성을 믿어 그 장소를 황룡사라 하다'로 구분한다.[21] 〈장륙존상〉 연기설화에서 신성성의 지표화 단계는 황철과 황금이 신라 땅에 도착하는 것, 즉 '남쪽에서 큰 배 한 척이 떠오는' 부분이다. 아육왕이 불상을 주조하려다가 뜻을 이루지 못했기에, 다른 장소로 보냈고, 그 장소는 불상을 주조하기 위해 적합한 유표적인 장소이므로 그곳에서 장륙존상이 이루어진 것이다. 따라서 '황철과 황금이 신라 땅에 도착하는' 이후의 ④·⑤ 서사 단락은 인지와 믿음의 단계에 해당한다.

3. 황룡사 설화에서 행위와 인식적 차원의 분절과 통합

(1) 주체들의 상태와 변형: 이다와 하다의 도식

텍스트 분절을 통해 서사의 분절을 수행했다면 각각의 단계들을 보다 구체적으로 분석하고자 한다. 상태문과 행위문을 활용한 변형의 이해, 이를 토대로 한 인식적 관점의 해석을 수행하는 것이다. 상태와 변형에 관한 그룹 덩트르벤느(Group d'Entrevernes)의 설명은 다음과 같다.

> 서사 분석의 기반으로서 상태(état)와 변형(transformation)을 이해할 필요가 있다. 상태란 '이다(être)' 혹은 '갖다(avoir)'라는 동사로 치환될 수 있는 발화에 해당되는 것이며, 변형이란 '하다(faire)'라는 동사로 치환될 수 있는 발화에 해당된다. 예를 들어 '그는 슬프다'라는 발화는 전자에

---

21 이 텍스트에서는 서사 단락 분절이 신성성의 인식 단계 분절과 겹치지만, 다른 모든 텍스트에서도 그런 것은 아니다.

해당하며 '그는 비싼 물건을 샀다'는 후자에 해당한다. 상태에 속하는 두 가지 형태의 상태 발화가 존재하는데 그것은 연접과 이접이다. 연접은 주체와 대상이 접합된 상태에 놓인 것이다. 예를 들어 '그는 금을 얻었다'라는 발화가 있다고 하자. 이때 주체는 '그'이며 대상은 '금'이고, 주체와 대상은 연접 상태에 있는 것이다. 반면 이접은 연접과는 반대의 상태를 의미한다. 예를 들어 '그는 그의 금을 모두 써버렸다'고 말할 때 주체는 역시 '그'이고 대상은 '금'이다. 그러나 이때 주체와 대상은 이접 상태에 놓인 것이다. 그런데 변형의 맥락에서는 연접되어 있는 상태를 이접된 상태로 변형하거나 이접된 상태를 연접된 상태로 변형하게 된다. 이때 변형을 야기하는 주체를 조작주체라고 부른다. 상태와 변형은 논리적으로 연쇄되며, 그 과정을 서사 프로그램(Programme narratif)이라고 부른다. 이 과정을 도식으로 표시하면 다음과 같다.[22]

$$F(S) \Rightarrow [(S \lor O) \rightarrow (S \land O)] (= F \{S1 \rightarrow (S2 \cap O)\})$$

황룡사 설화에서 신성성의 지표화 단계는 '무표적인 공간이 신성해지는' 과정으로 신성성이 특정한 공간에 연접되는 것이다. 그런데 이것을 그 지표의 출현에 주목해서 정리한다면 이것은 주체가 공간에 신성성을 연접시키는 구조로 해석된다. '황룡이 나타나다'는 신성성의 지표를 서술된 그대로 받아들인다면, 이것은 일상의 세계에 '황룡'이라는 이물이 나타났다는 의미이며, 실현가능성의 측면에서 살펴본다면 이것은 자연발생적인 것

---

22 Group d'Entrevernes, *Analyse Sémiotique des Textes*, Presses Universitaires de Lyon, 1985, pp. 14-17.

도, 일상적인 것도 아니다.[23] 그러므로 이 지표를 이접시킨 존재를 초월적인 것으로 설정할 수 있고, 이로 인해 현상을 **신성**하게 인식할 수 있는 기반이 마련된다. 따라서 **초월적 존재**가 일상적인 공간을 신성성을 가진 공간으로 **변형**한 주체이다. 황룡이 나타났다는 것은 무표적 공간에 유표적 신성성을 부여하여, 황룡사라는 신성한 공간이 지어질 당위를 생성한다. 이를 기호학적 변형의 도식으로 나타내면 다음과 같다.

{초월적 존재→(용궁 남쪽의 공간 ∩ 신성성=황룡)}

마찬가지로 장륙존상 이야기에서 '신라 땅'으로 구획된 공간은 '황철과 황금의 이동'을 통해 신성한 공간으로 변형된다. 황철과 황금은 불상을 만들 수 있는 재료이므로, 그것이 있고, 불상을 주조할 능력이 있다면 불상을 이룰 수 있어야 한다. 그런데 텍스트에서는 그럼에도 불구하고 특정한 공간이 아니었기 때문에 불상이 이루어지지 않았다고 기술한다. 따라서 이 '황철과 황금'은 약속된 공간에서만 불상이 이루어지도록 하는 재료들이므로, 공간을 유표화, 신성화할 수 있는 매개이다. 장륙존상을 주조하도록 신성한 공간으로 배를 보낸 주체는 인도의 아육왕이다. 석가의 불상이 신라 땅에 닿아 지표로 기능했던 것은 인연 있는 국토에서만 불상이 주조될 수

---

23 물론 이와 같은 현상을 문자 그대로만 이해하는 것은 아니다. '황룡이 나타나다'는 구절은 실제로 황룡이라는 비일상적 존재가 출현했다는 의미가 아니라 특정한 현상의 비유적 표현 혹은 상징적 표현일 수도 있다. 그러나 서사구조 분석에서는 그와 같은 맥락은 우선 배제하고 서사구조 층위에서 기술된 담화에 주목할 것이다.

있다는 것을 알고 이것을 배에 띄워 보낸 이역의 왕 덕분이다. 이를 도식으로 정리한다면 다음과 같다.

{아육왕→(신라땅 ∩ 신성성=황금과 황철)}

(2) 설득주체와 해석주체의 인식적 전환: 알다와 믿다의 양상

앞서 언급한 설화의 변형은 행위적 국면에서 나타나는 것이다. 따라서 어떠한 공간에 지표가 나타나고, 그 지표를 토대로 절을 짓는 행위로 종결되는 행위적 변형으로 설화를 분석할 수 있을 것이다. 그러나 지표가 나타나고 절을 짓는 행위적 국면에서 인식의 전환이 나타난다. 따라서 행위들 역시 인식적 국면을 전제로 할 때 의미를 가진다.[24] 그러한 행위들은 주체의 앎과 믿음을 행위적 재현으로 드러내는 것이기 때문이다. 그레마스는 "인식적 차원에서 인식의 대상은 그 /존재(ce qu'elle est)/와 /발현(ce qu'elle pârait)/의 관계를 통해 진실 여부를 판가름하게 되는데 이를 판단하도록 하는 것은 주체의 앎(savoir)"이라 지적하고 그 관계 속에서 앎의 문제를 규명하기 위해 또 다른 양상인 믿음(croire)의 문제를 가져온다.[25]

---

24 연기설화에서 신성한 공간을 구축하는 것은, 신성성을 인식했음을 공표한다는 의미를 함축한다. 사찰연기설화에서의 '만들다', '짓다'라는 기술은, 단순히 공간을 완성했다는 의미로 완료되는 것이 아니라, '공간의 신성성을 알리다' 혹은 '공간의 신성성을 알게 하다'라는 인식적인 의미로 확장된다. 물론 행위의 차원이 인식의 차원과 연결되어 있다는 원론적인 부분은 기존의 논의에서도 이미 지적된 바 있다.
　박인철, 『파리 학파의 기호학』, 민음사, 2003, 230-245쪽 참조.

25 Greimas(1987), Op. cit., pp. 165-166.

인식의 세계를 구성하는 두 가지 양태로서 앎과 믿음, 즉 알다와 믿다의 문제를 제기하는 그레마스의 논의는, 대상의 진위를 판별하거나 혹은 그 에피스테메의 체계를 규정하는 데에 이르기도 하는데, 이때 지식과 믿음의 차이에 기반한 상호적인 관계와 인식의 국면들은 흥미로운 지점이 된다. 퐁타니유는 지식과 믿음을 구별하며 "인식의 대상과 맺는 관계, 그리고 인식 대상의 가치결정 양태에 따라 그 두 가지 인식의 차원이 달라진다."고 언급한 바 있다.[26] 이 글에서는 앎과 믿음이 인식적 체계를 구성하는 대립적 양상이자 통합적 양상이라는 기본적 틀을 차용하되, 텍스트의 정체성을 토대로 그 앎과 믿음의 속성을 규정하려고 한다.

이 글에서는 인식의 차원에서 나타나는 앎과 믿음의 구조를 '주체가 알다'와 '주체가 믿다'는 통사적 구조로 치환하여 분석할 것이다. 이때 알거나 믿는 주체는 모두 인식주체가 될 것이다. 그런데 아는 주체와 믿는 주체를 구분하기 위해 아는 주체를 인식주체1로, 믿는 주체를 인식주체2로 구

---

26 퐁타니유는 제시한 예시는 다음과 같다. 이는 지식과 믿음에 관한 간략한 요약이 될 것이다. "주체가 인식 대상을 최대의 강도와 최소의 양으로 인식하고자 할 때를 생각해본다. 만일 앎의 형태라면, 학자의 방식이다. 믿음의 형태라면, 광신도의 방식이다. 학자는 그가 인식대상 사이에 구축한 관계들 속에서만 정의된다. 대상들에 학자가 부과하는 상관계수가 아무리 강력하다 해도 이것은 인식대상에 관해 그가 취하는 태도와는 아무 상관이 없다. 심지어 다른 대상들에 대한 태도와도 관련이 적다. 학자들은 단지 잘 알기 위해 배제한다. 반면 광신도들은 자신들의 관계들을 제한적으로 그들의 추정 세계 속에 암시한다. 그리고 결국 대상을 추측하는 데에 스스로 관여한다. 인식대상 뿐 아니라 인식주체 역시 상관계수 안에 적용된다."
   Jaques Fontanille(2006), Op. cit., p. 161.

분한다. 황룡이 신성성의 계시임을 아는 인식주체는 황룡사 설화에서는 왕이다. 또한 이를 믿고 절을 짓는 인식주체 역시 이 설화에서는 동일하게 왕이다. 아래 표는 앞 장의 담화구조를 이상의 인식구조 분절에 따라 다시 정리한 것이다. 가로축은 가시화된 서사의 진행이며 세로축은 가치의 이동과 같은 비가시적인 서사의 진행이다. 표에서 볼 수 있듯이 이 설화의 서사 모형은 계단식으로 된 구조로 나타난다.

표 5. 황룡사 설화의 서사구조 재구-인식의 과정을 중심으로

지표화 단계의 발신자	대상	인지 단계의 수신자 (인식주체1)	〈인지〉	
초월적 존재	황룡 (황금과 철)	왕		
〈지표화〉		앎의 전달		
		믿음 단계의 발신자 (인식주체2)	인식 대상	믿음 단계의 수신자 (다수의 인식주체)
	〈믿음〉	왕	황룡사	불특정다수

그런데 왕은 두 단계에서 모두 인식주체였으므로 인식주체가 겹친다는 것은 신성성과 관련한 재귀적인 앎의 전달이 존재했음을 의미한다.[27] 그러므로 각 과정의 인식주체들은 사실상 앎과 믿음에 관한 해석주체와 설득주

---

27 이러한 재귀적 과정은 일반적인 통사적 표현을 빌리자면 깨달음의 과정인 셈이다

이론으로 서사 읽기

체의 역할을 수행하기도 한다. 설화에서 인식주체들은 변형을 어떻게 인식할 것인지를 결정하며, 이처럼 변형을 인식하는 것은 해석 행위—"발화체에 내재성의 위상을 부여하는 것으로 인식적 차원에서 진리 판단이 이루어지는 것"[28]-라고 한다. 한편 해석 행위가 있기 위해서는 그와 같은 해석이 가능하도록 특정한 방향으로 해석을 이끄는 상대적 행위가 전제되어야 한다. 즉, 해석 행위와 설득 행위는 짝을 이룬다. 설득 행위란 해석주체가 어떤 존재를 판결하도록 해석주체를 유도하는 행위를 말한다. 따라서 설득과 해석의 행위는 진리판단을 수행하는 과정에서 지속적으로 발생한다.

설화에서 변형이 **신성한 것**으로 해석되는 것은 인식주체1의 해석 능력 때문이다. 지표화 단계의 변형이 특정한 코드에 의해 이루어진 것이기 때문에, 인식주체가 이러한 코드를 해석할 능력이 있다면, 즉, 인식주체가 지표화 단계의 조작주체와 동일한 코드의 체계를 가지고 있다면 이는 해석가능하다.[29] 그러므로 인식주체1은 신성한 지표를 해석하는 해석의 주체가 된다.

---

28 Greimas & Courtés(1982), Op. cit., p.160.
박인철(2003), 앞의 책, 232쪽.

29 신성성의 지표로 주어진 황룡은 인식 단계에서 다양한 해석의 가능성을 낳는다. 기이한 현상으로 인식되어 불길한 징조로 해석될 수도 있고, 신령한 지표로 인식될 수도 있으며, 어떠한 세계에서는 일상적인 사건으로 치부될 수도 있다. 그런데 텍스트에서 이 지표는 유표적인 것으로 인식되며 그중에서도 신성한 것으로 읽힌다. 용을 종교적 상징이자 신성한 상징으로 본다는 당시의 코드가 개입된 결과이다. 만일 그렇지 않았다면 용이 나타난 자리에 절을 짓지는 않았을 것이기 때문이다. 물론 용이 나타났다는 현상이 비일상적인 의미로 읽혀진 것은 사실이다. 그러나 용이 이물, 혹은 흉조로 해석되는 것은 아니다. 이를 위해 신성성의 인지 단계에서 설득주체는 해석주체가 동일한 코드를 갖게 되도록 설득의 행위를 시작한다. 물론 인지가 **용을 신성성의 코드**로 해석하는 하위 코드의 체계를 구축하는 데에 이를 것인지는 유보적이다. 『삼국유사』라는 맥락을 고려한다면

그런데, 이 인식주체1은 해석의 주체인 동시에 설득의 주체이기도 하다. 인식주체는 앎을 가지고 있지만 아직 믿음을 가진 존재는 아니다. 따라서 스스로에게 앎에 기반한 해석이 옳음을 설득하는 과정이 필요하고 그 과정을 통해 믿음이 획득되면 비로소 이를 각인하는 신성한 공간이 구축된다.

그렇다면 인식주체2는 해석의 행위만을 수행하게 되는가. 인식주체2는 신성한 공간임을 아는 주체라고 했다. 그런데 이 주체들은 신성한 공간을 구축하는 행위를 통해 자신들의 앎을 드러낸다. 그 행위는 말 그대로 인식했음을 드러내는 행위인 동시에 타인들에게 이것이 믿음으로 이행했으며, 코드를 믿는 체계가 만들어졌음을 공표하고 전파하는 행위이기도 하다. 다시 말하자면, 인식주체2는 해석의 주체로서 신성성의 지표를 알고 절을 짓기 시작하며 이 행위가 동시에 불특정 다수에게 자신의 믿음을 공표한다는 관점에서는 설득주체가 된다. 각 단계의 인식주체들이 어떤 설득 행위와 해석 행위를 수행하는지에 기반하여 담화구조를 재구성해보면 다음과 같다.

그 불교적 코드가 강조되는 읽기의 기반이 좀 더 쉽게 생성되겠지만 신성한 공간에 대한 설화들이 모두 『삼국유사』에서 기술된 것은 아니므로 코드의 생성은 읽기의 맥락에 따라 달라진다.

이론으로 서사 읽기

표 6. 황룡사 설화의 서사구조 재구-설득과 해석의 과정을 중심으로

설득주체1	대상	해석주체1 =설득주체2	〈인지〉	
초월적 존재	황룡 (황금과 철)	왕		
〈지표화〉		앎의 전달 (깨달음)		
		해석주체2 =설득주체3	인식 대상	해석주체3
〈믿음〉		왕	황룡사	불특정다수

믿을 것인가 믿지 않을 것인가는 주체의 믿음 양상에 따라 달라진다. 황룡이 등장하는 이 사건을 과학적인 시각으로 인지하고 문제를 해결하고자 할 수도 있고, 혹은 텍스트에서처럼 믿음의 체계가 구축되는 지표로 볼 수도 있다. 중요한 것은 황룡을 신성의 상징으로 읽는 코드, 그리고 다시 신성성 아래에서 황룡의 출현이 행위를 야기하는 당위로 읽히는 코드가 존재하는 체계에서만, 이와 같은 소통이 가능하다는 것이다. 따라서 믿음의 단계에서, 황룡사가 지어진다는 것은 이처럼 설득과 해석의 행위가 각 단계마다 이루어졌고, 전체의 텍스트가 믿음에 관한 공통 코드가 존재하는 체계 아래 포섭되었다는 것을 의미한다. 따라서 이러한 구조는 신성성을 기술하고 재현하는 설화의 문법을 가시화한 것이다.

4. 황룡사 설화를 통한 기억의 생성: 진리검증의 인식적 토대를 중심으로

설화 내부에서 사찰이 지어지거나 지어지지 않는 것, 그리하여 그 신성성이 구축되거나 구축되지 않는 것이 담화의 행위주체 및 인식주체들의 앎과 믿음의 역장에 달린 것이라면, 설화의 수신자와 발신자들에게 이 이야기들이 소통되는 방식 역시 앎과 믿음의 체계 내에서 정해진다. 그 앎과 믿음의 대상, 즉 인식대상에 관해 좀 더 구체적으로 살펴보고자 한다.

공간 설화의 인식대상은 다소 독특한 위치를 점하는데, 서사 내부의 인식 과정은 다음과 같이 설명된다. 지표화 단계에서 황룡이 나타나지만 그 현상에 잠재된 신성성이 아직 황룡사라는 현상으로 완전히 발현된 것은 아니다. 그러므로 '황룡'을 현상의 범주에 놓을 때는 이와 대비되는 '아무것도 일어나지 않은 용궁 남쪽의 공간'이 비현상이 된다. 그러나 최종적으로 '황룡사'를 현상으로 놓는다면 '황룡'은 신성성을 드러낸 것이 아니라 이를 잠재하고 있는 대상으로 해석하는 것이 적절하다. 즉 황룡은 '신성성의 지표'이면서 동시에 '가지고 있는 신성성이 잠재된 비현상'이기도 한 것이다. 황룡이 신성한 것으로 인식될 때에만 신성성의 인식적 행로는 완료된다. 그러므로 황룡만이 존재하는 공간은 신성성이 구현되기 이전의 비밀이라 부를 수 있으며, 황룡사 짓기가 완료되면서 신성성의 진실을 확인한다.

표 7. 황룡사 설화의 인식 대상 재구-진리 사각형을 중심으로

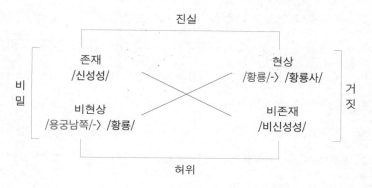

그러므로 '황룡사는 신성한 공간이다/신성의 현현이다'가 항상 진실로 드러나는 것은 아니다. 현상을 읽고 그것을 해석하는 과정에서 지체가 일어나고, 지표들을 해석한 후 다시 절을 짓거나 이름을 붙이는 단계가 이어지기 때문에 이중적인 과정 안에서 다양한 시제가 혼합되기 때문이다. 물론 텍스트 내에서 기술되는 시제는 일관성 있다고 보아야 하지만 과거의 어느 지점에서는 진실이었던 것이 현재나 미래의 어느 지점에서는 비밀이나 거짓, 혹은 허위가 되기도 한다. 황룡의 신성을 인식하는 주체에게만 공간의 신성성이 인식된다고 이해한다면 모두가 신성의 지표를 아는 것도 아니며 과거, 현재, 미래의 모든 주체가 그 신성성을 인식하는 것도 아니기 때문이다.

즉, 설화에서 설득주체와 해석주체의 소통이 가능했다면 소통 맥락에서 그렇게 읽힐 수 있도록 하는 동일한 코드 체계를 이미 전제하고 있다는 의미이다. 황룡이 종교적 상징, 신이의 상징으로 해석되는 것은 개별적 코드이기보다는 체계가 공유하고 있는 문화적 코드에 기반한 것이라 보는 편이 옳다. 그러므로 황룡사 설화의 신성성은 그 신성성을 믿는 이에게만 작동할

뿐, 그 코드를 공유하지 못하는 이들에게는 아무런 기능을 하지 못한다.

그런데 황룡사 이야기를 인식의 대상으로 하고, 인식의 주체를 이야기를 읽고 구술하는 주체들로 넓혀본다면 인식대상의 진실은 더욱 모호해진다. 이 글에서는 기술된 설화를 대상으로 했지만 황룡사에 관한 이야기들은 구술로도 전승된다. 실제로 설화의 수신자, 혹은 독자들을 명확히 설정하기란 불가능한 일이다. 따라서 이를 읽거나 들은 독자들의 범주는 한정할 수 없으며 이를 시간적으로 구획하기도 힘들다. 그러므로 이 담화구조 내부에 작동하는 다양한 코드들을 알거나 모르거나, 혹은 일부만 믿거나 전혀 믿지 않는 등 그 인지적 양상 역시 다층적일 것이다. 서사 내부의 인식주체는 황룡사의 신성을 인식하는 주체일 수 있다. 그러나 서사 바깥의 인식주체가 확장될 때 모든 주체가 황룡사의 신성을 인식하는 주체라고는 볼 수 없다. 서사 내의 황룡사는 이미 신성성의 진실을 표상하는 대상이지만, 시제가 복합되는 서사의 외부에서 그 신성성은 다시 잠재될 여지를 가지는 것이다. 즉, 황룡사지는 신성한 공간이었던 황룡사를 배태하고 있는 공간이 될 수도 있고, 그저 아무것도 존재하지 않은 공터로 읽힐 수도 있다. 만일 아무것도 남아 있지 않은 황룡사의 공간에서 신성성의 의미를 찾아내고자 한다면, 이것은 서사가 구축한 신성성 코드의 체계를 받아들이는 주체에게만 가능한 일일 것이다.

따라서 이 담론 안에서는 잠재되고, 유보되고, 지연되었던 것들이 현동화 되는 과정이 발생한다. 이 균열과 뒤틀림이 누적된 것이 공간에 대한 서사적 기억이 된다. 무엇이 있고, 무엇이 드러나는지는 시제와 결합하며 혼종된다. 그렇기에 진실이었던 것은 비밀이 되기도 하며, 거짓인 것은 진실

이론으로 서사 읽기

의 가능성으로 나아가기도 한다. 그렇기에 이 혼종성은 서사 내부의 인식적 지향이면서 동시에 서사를 둘러싼 메타적 인식적 지향의 구조로 이해될 수 있다. 물론 이러한 해석은 설화적 소통, 혹은 공간 설화 읽기의 특수한 맥락 안에서 가능한 것이다.

그러므로 사찰연기설화는 실재 공간을 대상으로 하면서도, 그 진실의 속성은 모호하고 앎과 믿음 역시 교차하며 순환된다. 즉, 이와 같은 모호성 속에서도 지속적으로 이루어지는 설득과 해석의 과정을 거쳐서 신성성에 대한 체계가 구성되는 것이며 그 설득과 해석의 균열적 수행이 일종의 기억 과정으로 작동하는 것이다. 안느 에노는, "그레마스의 논문「지식과 믿음: 단 하나의 인식세계」는 처음으로 기호 사각형에 대한 점진적인 해석을 내놓았다."고 지적하며 "기호 사각형의 불연속성과 모순성의 축들을 강조하는 대신 그 점진적인 형상들에 대한 고려와 고찰이 수행"된다고 기술한 바 있다.[30] 사실 진리 검증의 사각형을 통해 그레마스가 구상했던 것은 서사적 기억에 관한 문제와는 조금 다른 것일지도 모른다. 그러나 표준모델에 기반한 분석을 통해서 이 글은 고전 서사 문법을 재구하고 메타적 차원의 의미를 찾을 수 있다는 가능성을 제시하고자 했다.

---

30 안느 에노, 『기호학사』, 박인철 역, 한길크세주, 2000, 170쪽.

알기르다스 줄리앙 그레마스 Algirdas Julien Greimas 주요 저작

- *Sémantique Structurale*, Paris: Larousse, 1966.

  Structural Semantics: An Attempt at a Method, Daniele McDowell, Ronald Schleifer, & Alan Velie trans., Lincoln, Nebraska: University of Nebraska Press, 1983.

- *Du Sens*, Paris: Seuil, 1970.

  Du Sens II, Paris: Seuil, 1983.

  On Meaning, Frank Collins & Paul Perron trans., Minneapolis: University of Minnesota Press, 1987.

  『의미에 관하여』, 김성도 편역, 인간사랑, 1997.

- *Maupassant: La Sémiotique du Texte*, Paris: Seuil, 1976.

  Maupassant: The Semiotics of Text, Paul Perron trans., Amsterdam and Philadelphia: J. Benjamins, 1988.

- *Sémiotique et Sciences Sociales*, Paris: Seuil, 1976.

  The Social Sciences: A Semiotic View, Frank Collins & Paul Perron trans., Minneapolis: University of Minnesota Press, 1989.

- *Sémiotique: Dictionnaire Raisonné de la Théorie du Langage*, avec Joseph, Courtés, Paris: Hachette, 1979.

  Sémiotique: Dictionnaire Raisonné de la Théorie du Langage 2, avec Joseph, Courtés, Paris: Hachette, 1986.

  with Joseph Courtés, *Semiotics and Language: An Analytical Dictionary*, Larry Crist et al., trans., Bloomington: Indiana University Press, 1982.

- *Des Dieux et des Hommes. Études de Mythologie Lithuanienne*, Paris: Presses Universitaires de France, 1985.

  Of Gods and Men: Studies in Lithuanian Mythology, Milda Newman trans., Bloomington: Indiana University Press, 1992.

- *De L'imperfection*, Périgueux: P. Fanlac, 1987.
- *Sémiotique des Passions: Des États de Choses aux États d'âme*, avec Jacques Fontanille, Paris: Seuil, 1991.

  with Jacques Fontanille, *The Semiotics of Passions: From States of Affairs to States of Feelings*, & Paul Perron & Frank Collins trans., Minneapolis: University of Minnesota Press, 1993.

  『정념의 기호학: 물적 상태에서 심적 상태로』, 유기환·최용호·신정아 역, 강, 2014.
- *La Mode en 1830*, Paris: Presses Universitaires de France, 2000.

그레마스 및 퐁타니유의
정념 기호학과 본풀이의 정념

강지연

* **자크 퐁타니유(Jacques Fontanille, 1948~)**

프랑스의 언어학자로 그레마스와 함께 파리 기호학파를 이끌며 정념의 기호학을 정립했다.

그는 기호학 연구의 한계를 넘어 감성과 정념, 열정의 문제를 다루며 새로운 연구 영역을 개척하였으며, 기호학과 담화 연구에 크게 공헌하였다.

1. 그레마스 기호학의 전회(轉回):
연속성의 패러다임으로서 정념의 세계[1]

알기르다스 줄리앙 그레마스(Algirdas Julius Greimas, 1917~1992)와 자크 퐁타니유[2](Jacques Fontanille, 1948~)가 공저한 『정념의 기호학』(1991)[3]

---

1 이 글은 다음 글을 바탕으로 수정, 보완했다.
   강지연, 「제주도 일반신본풀이와 제의의 파토스 담론 연구」, 서강대학교 대학원 박사학위논문, 2018.
   강지연, 「제주도 서사무가 〈이공본풀이〉에서의 '분노'의 감성 연구」, 『민족문학사연구』 62, 민족문학사연구소, 2016.

2 자크 퐁타니유는 그레마스의 수제자 가운데 한 사람으로서 그레마스의 제안으로 정념의 기호학을 연구했다. 이후로도 자신만의 독자적인 방법과 정교한 분석의 방법론을 연구하여 담화의 기호학(*sémiotique Du Discours*, Limoges, PULim, 1998.)을 발표했다.

3 A. J. Greimas & Fontanile(1991), *Sémiotique des passions: Des etats de choses aux etats d'ame*, (trans.) Paul Perron & Frank Collins(1993), *The Semiotics of Passions: From States of Affairs to States of Feelings*, University of Minnesota Press.

은 그레마스 기호학 연구의 역사에서 전기와 후기를 가르는 분수령이 되었다는 평가를 받고 있다. 그동안 기호학 이론은 다양한 분과 학문에 적용되어 발전을 거듭하면서 방법론적 토대를 넓혀왔다. 정념의 기호학 이전의 기호학 연구는 행위 기호학 또는 서사 기호학으로 불리며 표층, 심층, 담화 층위에 이르는 의미 생성 구조에 주목한다. 반면 정념의 기호학은 의미 생성 모델의 새로운 층위를 설정하여 분절되기 이전 비(非)분절 상태에 놓인 정념의 구조를 탐색한다.[4] 이는 행위 기호학과는 인식의 토대 자체를 달리하므로 단순히 하나의 분석 층위를 추가하는 차원의 문제가 아니라 의미 생성 모델을 완전히 새롭게 설계하는 것이다.

그러한 인식론적 차이는 불연속성과 연속성의 패러다임에서 기인한다.[5] 먼저 행위 기호학에서 가장 심층 층위에 있는 기호 사각형은 반대, 모순, 함의라고 하는 의미론적인 관계로 이루어져 서사의 논리적인 측면을 보여준다. 이것이 표층 층위에서 서사 프로그램으로, 이후 담화 층위로 이어지며 의미 생성의 과정을 설명한다. 이때 상부구조는 하부구조의 단계를 전제하며 읽기 과정에서는 역행의 논리를 따른다. 즉 독자는 가장 먼저 담화

---

4 "초창기 이론에서 제외되었던 인간의 희로애락, 실질이나 연속성의 문제, 지각과 의미의 관계, 미 등의 새로운 문제 틀을 구성하려는 연구에 시선을 돌려 기호학적 지평의 확대를 꾀한다. 요컨대 의미의 생성 행로의 규명에만 전념해 온 기존의 연구에서 진일보하여 이제는 의미의 발생에 대한 가상물을 제시하게 되었으며 이것은 기존의 기호학이 그동안 불연속의 기호학이라는 비판을 받은 데서 탈피하려는 움직임이었다고도 할 수 있다." 홍정표, 「김동인의 단편 소설 『배따라기』에 나타난 정념의 기호학적 분석」, 『기호학연구』 20, 한국기호학회, 2006, 2쪽.

5 알지르다스 J. 그레마스, 자크 퐁타니유, 『정념의 기호학』, 유기환·최용호·신정아 역, 강, 2014, 10-17쪽.

층위에 있는 인물과 행위를 파악하고 나서 표층 층위의 서사구조를 분석할 수 있다. 이를 바탕으로 심층의 논리적 관계를 탐색할 수 있다.

정념의 기호학에서 정념은 분절되기 어려운 다양한 양태들이 모여 하나의 정념을 구성한다는 전제로부터 출발한다. 이때 분절되지 않는 가능성의 상태에 있는 존재가 담화에서 바로 포착되기도 하고, 기호-서사 층위를 거쳐 담화로 소환되기도 한다. 이처럼 정념의 기호학은 인식의 패러다임 자체를 달리하여 이전의 기호학에서 다루지 않는 새로운 영역을 설계하였으며, 이후 담화 기호학으로 연구를 이어갔다.

사건과 갈등을 다루는 서사물에서 행위의 배후에는 언제나 특별한 정념이 있다. 이 글은 정념의 기호학의 방법론을 원용하여 제주도의 무속 신화인 〈이공본풀이〉에서 신(神)의 정념을 새롭게 읽어보려는 시도이다. 정확히 말하자면 본풀이는 신이 되기 이전의 내력담에 관한 서사로, 신성한 존재가 신이 되기까지의 여정을 다룬다. 여기서 인물의 정념은 서사적 사건을 야기하는 행위 이전에 선행하는 것으로 보고, 신성함의 구축에 미치는 정념의 효과를 이해하는 것이다.[6] 즉 신이한 존재는 어떠한 정념을 갖고 있는가? 그러한 정념은 행위와 사건에 어떻게 영향을 미치는가? 그러한 정념

---

6 신화는 신화적 인물의 행적을 다루는 이야기라는 측면에서, 전승자들은 이를 신성하다고 여긴다. 그러한 전승 집단의 '믿음'과 '신성함'은 이성적 판단이 아닌 감성과 직결되는 문제라 하겠다. 특히 본풀이는 제의의 맥락에서 이해되어야 하는데, 제의에서 인간은 신에게 도움을 청하고, 때론 위로를 받기도 하며 때론 위협을 느끼기도 한다. 그래서 신을 잘 모셔야 한다는 인식의 층위에서 제의를 행하는 목적을 찾을 수 있다. 이러한 관점에서 본풀이와 제의에서 정념을 탐색하는 작업은 전승 집단의 믿음과 신념 형성에 영향을 미치는 인지적인 논의로 확장될 수 있다.

은 어떠한 양태로 구성되는가? 본고는 이러한 물음에 해명하기 위해 정념의 기호학적 이론으로 〈이공본풀이〉를 다시 읽어보려고 한다.

그런데 논의를 시작하기에 앞서 두 가지 중요한 물음을 제기할 수 있다. 첫째는 신화의 정념을 이해하는 것이 신화적 의미를 보태거나 또는 더 심화시키는데 어떤 의미가 있는가에 대한 물음이다. 먼저 신화적 주인공이 일련의 사건을 거치면서 어떠한 행위를 보여주었다면, 그리고 신화의 수용자는 그러한 행위를 신성하다고 여기고 신의 행적을 기리는 것이라면 행위와 수행을 낳게 한 정념에 주목할 필요가 있다. 정념은 행위 이전에 존재하며, 행위를 추동한다. 정념과 행위의 관계를 통해서 신이한 존재의 특별한 수행이 의미하는바, 즉 신화적 의미의 실체를 파악하는데 유의미한 단서를 제공할 것이다.

정념이 담화에 포함된 이차적 담화로 드러나는 한 정념은 우리가 예컨대 '언어 행위'라고 말하는 의미에서의 '행위'로서 간주 될 수 있다. 즉 정념 주체의 행위는 담화 주체의 행위를 환기시키지 않을 수 없으며 필요한 경우에 그것을 대체할 수 있다. 그리하여 정념적 행위들의 연쇄인 정념적 담화는 수용담화(discours d'accueil)-어떤 의미에서 실제 그대로의 삶-와 충돌하고 이를 교란시키거나 굴절시킨다. 더욱이 분석 과정에서 정념은 통사적으로 조작, 유혹, 고문, 조사, 연출 등으로 이루어진 행위의 연쇄로 드러난다.[7]

그레마스는 정념이 행위와의 모종의 관계를 맺으며 신화적 사건을 일으킨

---

7 알지르다스 그레마스·자크 퐁타니유(2014), 앞의 책, 94-95쪽.

다고 설명한다. 결과적으로 정념을 추적하는 것은 사건의 배후를 이해하고 서사를 추동하는 동인(動因)을 확인하는 것에 다름아니다. 이러한 관점에서 신화의 정념은 신성한 존재의 신성성을 근원적으로 탐색한다고 할 수 있다.

다음으로 분절되기 이전의 상태인 정념을 어떻게 기술하여 분석할 수 있는가에 대한 물음이다. 신화에서 인물의 정념을 읽는 것이 단순히 인물의 감정 상태를 확인하는 것이라면 굳이 기호학의 방법론이 필요하지 않을 수도 있다. 여기서 주목하는 것은 언표화(言表化) 이전의 감각의 상태, 이른바 감각의 기질 덩어리라고 하는 감각(sens)에 대한 작용을 살피려는 것이다. 정념의 기호학은 감적 상태인 '기질 덩어리를 점진적으로 모델화'하는 이론적 일관성을 보여준다.[8] 이것이 가능할 수 있는 것은 선-조건 층위(niveau des préconditions)라고 불리는 새로운 층위에 대한 모델을 설정했기 때문이다. 이는 심층보다 더 이전 단계에서 의미 생성 모델의 토대를 마련한다. 그리하여 정념의 기호학은 감성 영역에 대한 기술적인 분석 도구를 제시함으로써 정념에 대한 논의의 가능성을 열어주었다.

2. 정념적 장치들: 정념을 어떻게 분석하는가?

텍스트에서 정념의 보편적인 구조를 기호학적으로 분석하고 이를 기술하기 위해서는 체계적인 방법론적 도구가 필요하다. 변조(modulation), 양태화(modalization), 상화(aspectualization)라는 용어는 각각 선조건 층위,

---

8   위의 책, 14-16쪽.

을 원하는 상태는 대상을 추구하는 행동의 개시를 의미하므로, 주체의 최초 상태를 결정짓는다. 담화에서는 기동상으로 표출되어 가치가 생성되는 상태로 인식한다.

종결변조는 되어감의 흐름을 멈추게 하여 과정을 지속시키지 않고, 지향의 효과를 중지시킨다. 이는 기호 서사 층위에서 /지식/(알다)의 양태로 나타난다. 분열과 불균형의 상태에 놓인 주체는 지식을 얻음으로써 합리적인 감응이 일어나기 마련이다. 따라서 종결 변조는 주체의 긴장 상태가 안정화 단계에 이른다고 설명한다. 역으로 말하자면 주체의 분열은 알지 못함에서 비롯하여 앎으로의 과정에서 종결되는 것이다. 담화에서는 종결상으로 나타난다.

지속변조는 분열 상태를 지속시키고 이를 계속해서 지탱하게 하는 것을 말한다. 이는 기호 서사 층위에서 /능력/(할 수 있다)의 양태화가 되는데, 이는 지향의 흐름을 유지하는 효과를 불러온다. 능력은 무엇을 계속하게 할 수 있다는 것을 담보하며 긴장의 불균형을 지속적으로 관리하는 특성을 지닌다. 능력을 갖춘 주체는 분열을 유지시키는 힘이 있기 때문에 지속변조는 다음 단계로 진전하는 일종의 추진력을 지닌다고 말한다.

점괄변조는 /의무/(해야 하다)의 양태화가 되는 원형으로 간주하여 그것이 사행의 시초에 위치할 때는 기동상이 되지만 끝에 위치할 때는 종결상이 된다.[12] 일종의 의무가 주어졌을 때 그로부터 긴장의 불균형을 야기 할 수도 있지만 동시에 불균형의 상태를 종식시키는 작용도 하기 때문이다. 다시 말

---

12 점괄상에 대한 자세한 설명은 박인철, 『파리학파의 기호학』, 민음사, 2003, 448-449쪽 참조.

이론으로 서사 읽기

해, 앞서 세 개의 변조와 그 효과는 점괄변조로 인해 작동과 멈춤이 가능하다.

가령 어떤 대상에 대해 분노하는 주체의 상태를 기술해 본다면, 주체는 현재 주어진 상황이나 대상에 대해 변화하기를 원하는 것으로부터 설명할 수 있다. 이러한 개시변조를 시초로 긴장의 공간에서 균열을 감지할 수 있다. 이러한 균열의 상태가 지속되기 위해서는 계속해서 분노할 수 있는 주체의 성향, 타고난 기질, 주변의 상황 맥락 등 다른 요소들이 주어져야 한다. 이는 일종의 분노할 수 있는 능력으로써 지속변조가 된다. 하지만 주체에게 분노의 원인이나 해결방법에 대한 일종의 지식이 주어진다면, 이는 더 이상 비분절적인 형태가 아니라, 어떠한 행위나 신체적 반응으로 분노를 멈추거나 또 다른 정념으로 나아가는 상태로 분절된다. 가령, 지식을 얻은 이후의 분노는 더 큰 분노를 일으키거나 또는 분노의 해소를 불러 올 수도 있는 것이다. 이처럼 분노라는 정념이 담화에서는 일시적인 행위나 순간의 장면으로 포착되지만, 정념의 향기와 그 효과는 지속적으로 서사의 진전에 개입한다.

정리하자면, 네 가지 변조는 기호 서사 층위에서 네 가지 양태로 표현되고, 담화층위에서 네 가지 상으로 표출한다. 이때, 선조건 층위에서 변조가 직접 담화로 소환(convocation)되거나 또는 기호 서사 층위에서 양태 전환 후 담화 층위에 소환하여 인물의 정념을 탐색할 수 있다. 의미 구조의 세 가지 층위는 다음과 같이 상응하여 기술할 수 있다.[13]

---

13 홍정표(2014), 앞의 책, 107-108쪽.

표 2. 의미 구조

선조건 층위	기호-서사 층위	담화 층위
개시 변조	/의지 혹은 원하다/	기동상
종결 변조	/지식 혹은 알다/	종결상
지속 변조	/능력 혹은 할 수 있다/	지속상
점괄 변조	/의무 혹은 해야 하다/	점괄상

그레마스는 "양태화의 직,간접적인 징후가 없는 경우, 지배적인 상적 (aspectual) 선택을 살펴봄으로써, 특히 담화로 소환된 심층 층위에서의 다양한 지배적인 변조의 존재를 상정하는 것이 가능하다."고 설명한다.[14] 변조는 선조건 층위에 놓인 주체의 정념을 식별할 수 있도록 하며, 변환과 소환의 방식으로 정념의 발현과 특징을 분석하는데 유용한 관점을 시사한다.

3. 〈이공본풀이〉에서 '분노'의 정념 읽기

〈이공본풀이〉는 제주도 큰굿인 '불도맞이'나 '이공본풀이' 제차에서 구연되는 서사무가로 서천 꽃밭을 관장하는 이공신의 내력을 담은 신화이다. 이공신이 되는 할락궁이는 어려서부터 장자의 집에서 머슴살이를 지내며 나약한 모습으로 지내다가 천상의 아버지를 만난 악심꽃을 받은 이후 그 꽃으로 어머니를 죽인 장자의 일가족을 살해하고 복수에 성공한다. 이후

---

14   A. J. Greimas & Fontanile(1991), Op. cit., p.13.

어머니를 살오름꽃으로 환생시키면서 할락궁이는 생사를 주관하는 꽃관 감으로 좌정한다.

이 과정에서 할락궁이는 친부의 존재를 어머니에게 물어보는 대목에서 어머니의 신체(손)에 해(害)를 입히기도 한다. 또 복수의 방법으로 생면부지의 낯선 장자의 친척들까지 살해한다는 점에서 신화는 할락궁이의 폭력성을 중심으로 진행된다고 볼 수 있다.[15] 할락궁이의 폭력성은 '분노'의 정념적 발현의 결과라는 관점에서, '분노'의 정념은 신성함의 메커니즘이 될 수 있다. 신성한 존재의 정념이라면 응당 자비심과 연민과 같이 긍정적인 감정으로 인간을 보살피고 구원해 줄 것 같지만, 할락궁이는 인간이 저지른 죄와 폭력에 더 큰 폭력으로 응수하며 인간적인 정념을 지닌 인물로 그려진다. 꽃관감이라는 신직을 얻기 위해서 그가 분노하는 대상은 무엇인지, 분노의 정념적 양태는 어떻게 구성하고 있는지에 살피면서, 전체적으로 담화 구성의 원리를 탐색하고자 한다.[16]

---

15 신호림은 '폭력의 관점에서 보더라도, 어느 한 인물에게 주어진 폭력의 양상뿐 아니라 서사 안에서 존재론적 변신을 꾀하는 세 인물들이 겪는 폭력의 다양태에 주목해야' 한다고 논의한 바 있다. 그리고 '서사의 방향이 사라도령, 할락궁이, 원강암이의 존재론적 변신으로 나아간다'고 하여 폭력을 매개로 주변 인물의 폭력성까지 논의의 대상으로 삼아야 한다는 주장은 설득력을 갖는다.
신호림, 「〈이공본풀이〉에 나타난 폭력의 양상과 기호학적 의미」, 『기호학 연구』, 한국기호학회, 46, 2016, 94-123쪽.
본고에서 주목하는 것은 '폭력'이라는 행위 자체에 있는 것이 아니라, 행위 이전의 감성, 즉 주체의 '분노'의 정념에 주목함으로 분노의 주체인 할락궁이를 논의 대상으로 삼는다.

16 감성이란 사전적 의미로는 '자극이나 자극의 변화를 느끼는 성질'로 정의하고 있다. 최원오는 감성이 실현되기 위해서는 세 가지 단계를 거친다고 보았는데 그 첫째가 외부로부터 '자극'이 주어지는 단계이며, 그러한 '자극'으로 인해 '느낌이 생성되는 단계' 그리

주체의 감성은 행위와 모종의 관계를 갖으며, 행위의 원천을 파악하게 해준다. 주인공의 정념이 지배적인 담화는 자율적이든 타율적이든 정신의 움직임을 요구하는데, 이러한 것들이 사슬처럼 이어져 정념의 형성 배경을 이해할 수 있다. 주체의 '행위'가 아닌 '상태'에 따라 분노의 생성과 변형의 과정에 주목하여 〈이공본풀이〉를 새롭게 읽어보려는 시도이다. 이러한 주체의 상태는 '존재태'라는 개념을 통해 자세히 살펴볼 수 있다. 존재태는 성립의 여러 단계를 특징짓고 심층 층위에서부터 담화 층위에 이르기까지 인식론적 주체의 행로를 설정하는 개념이다. 정념의 기호학에서는 이를 '주체의 존재태'라 부르며,[17] 이는 다음과 같이 통사적인 단계를 통해 연결되어 있다고 설명한다.

고 '생성된 느낌'이 '외부로 발현되는' 단계가 그것이다.

최원오, 「제주도 구전신화에서의 여성의 '감성·감수성'과 신체적 표현: 분노 감정의 신화적 의미를 중심으로」, 『한국고전여성문학연구』 31, 2015, 118쪽.

이 정의에 따르면 특정 자극이 주어지지 않을 경우, 감성은 주체적으로 발현하기 어렵다. 감성이 외부로부터 받은 자극으로 인해 발현되는 경우가 대부분이기는 하지만, 기질적 성향으로 인해 내부에서의 자극이 감성에 영향을 미치기도 한다. 본고에서 주시하는 감성 차원의 기술은 인물의 '감정 상태'를 포함해 담화 전체를 구축하는 '긴장의 요소들'을 아우른다. 그리고 감성은 이성에 대립되는 개념이 아니라 이성을 지배한다는 관점에서 영국의 철학자 흄의 정념론에 가깝다고 하겠다. 이러한 감성은 이성적인 판단에 의해 사고하기 전에 주어지며 그것이 주체의 신체나 행동에 영향을 미친다. 따라서 감성은 대상에 대한 지각이 먼저 이루어져야 하며, 주체가 대상에 대해 얼마나 인지하고 지각하느냐가 감성을 형성하는 주요한 요소로 기능한다.

17 홍정표, 「주체의 존재태 연구-정념의 기호학을 중심으로」, 『불어불문학연구』 50, 한국불어불문학회, 2002, 606쪽.

잠재화-현실화-(가능화)-실현화[18]

이제 정념의 기호학에서 설정한 네 단계의 층위에 입각하여 〈이공본풀이〉에서 주체의 존재태를 설정하고, 신의 정념을 파악할 수 있다.

〈이공본풀이〉는 진성기와 현용준의 채록본을 비롯하여 심방들이 구송한 자료집[19]에 수록된 것까지 그 이본의 수가 적지 않다.[20] 각편마다 할락궁이의 친부 탐색 과정과 제인 장자를 징치하고 어머니를 살려낸다는 서사의

18　그레마스는 단계마다 '주체의 존재 방식'을 기호 사각형의 입각하여 다음과 같은 기초
　　모델을 제시하였다. A. J. Greimas & Fontanile(1991), Op. cit., p.86.

　　실현화　　　　　　　　　　　현실화
　　실현화된 주체　　　　　　　현실화된 주체

　　가능화　　　　　　　　　　　잠재화
　　가능화된 주체　　　　　　　잠재화된 주체

19　제주대학교 한국학협동과정 편(양창보), 「양창보 심방 본풀이」, 제주대학교 탐라문화연
　　구소 2010, 134-153쪽.
　　제주대학교 한국학협동과정 편(고순안), 「고순안 심방 본풀이」, 제주대학교 탐라문화연
　　구소, 2013, 145-161쪽.
　　제주대학교 한국학협동과정 편(서순실), 『서순실 심방 본풀이』, 제주대학교 탐라문화연
　　구소, 2015, 133-148쪽.

20　참고한 자료집은 다음과 같다.
　　문무병, 『제주도 무속 신화: 열두본풀이 자료집』, 칠머리당굿보존회, 1998,153-161쪽.
　　문무병, 『제주도 큰굿 자료』, 제주도전통문화연구소, 2001, 247-258쪽.
　　현용준, 『제주도무속자료사전』(개정판), 각, 2007, 108-114쪽.
　　장주근, 『제주도 무속과 서사무가』, 민속원, 2013, 157-168쪽.

핵심은 동일하다. 본고의 논의는 현용준 채록의 안사인본과 장주근 저작집의 고산옹본을 주 텍스트로 삼되 다른 각편의 내용을 참고하여 살피고자 한다. 이 둘의 자료들은 대화와 행동의 묘사가 비교적 자세하여 주체의 정념을 살피는 본고의 논의 목적에 부합하는 텍스트라 하겠다. 〈이공본풀이〉는 신화적 사건의 중심에 놓인 행위주체의 상태에 따라 세 개의 에피소드로 분절할 수 있다.[21]

① 원강아미와 사라도령이 혼인을 하여 할락궁이를 낳고 헤어지다.
② 원강아미와 할락궁이가 장자네 집에서 수난을 겪고 할락궁이가 친부를 찾아 떠나다.
③ 할락궁이가 장자 집으로 돌아와 장자네 집 식구들을 죽이고 어머니를 살리다.

신화에서 주인공이 태어나기 전, 출생에 얽힌 특별한 사연은 주인공의 비범한 자질을 예고하는 서사적 장치로 이해할 수 있다. 대부분의 제주도 본풀이 역시 신화적 주인공의 출생담은 자식이 없어 근심하는 주인공의 부

---

21 김창일은 〈이공본풀이〉의 서사체를 크게 네 단계로 분류한 바 있다. 사라도령이 천상의 부름을 받고 길을 떠나는 제1노정기, 원강암이 천년장자로부터 고통을 받는 수난기, 할락궁이가 아버지를 찾아 탈출하여 길을 떠나는 제2노정기, 사라도령·원강암·할락궁이가 신(神)이 되는 좌정기 등이 그러하다.
김창일, 「이공본풀이계 서사체 연구」, 동아대학교 석사학위논문, 2002.
하지만 이는 각 단계마다 주체가 다르게 설정되어 감성 층위의 행로를 포착하는데 어려움이 따른다. 본고에서는 거시적인 단계에서 각각의 주체를 상정하여 이를 토대로 분노의 발현 양상과 변형 과정을 통시적으로 살펴보기 위해 세 개의 서사 단락으로 분절하였다.

모가 절에 시주하고 정성을 드려 자식을 얻게 되는 이야기로 시작한다.

①에서는 오래도록 자식이 없는 김정국과 임정국이 기자 치성을 드려서 원강아미와 사라도령이 출생하는 이야기이다. 이 둘은 십 오세가 되어 결혼을 하지만 사라도령이 천상계의 부름을 받아 서천 꽃밭에 꽃감관으로 살러 떠난다. 원강아미는 사라도령과 함께 길을 떠나지만 가는 도중 발병이 나서 장자 집에 종이 되어 남고서 사라도령 혼자 천상계로 떠난다. 여기까지가 할락궁이의 출생 이전의 서사로 원강아미와 함께 남겨진 할락궁이가 앞으로 부정적인 상황에 처하게 될 것을 예고한다.

②는 제인장자 집에서 원강아미와 할락궁이가 갖은 벌역(罰役)을 겪으며 수난의 시절을 보내는 이야기이다. 하루는 할락궁이가 어머니를 협박하여 친부의 존재를 확인하고 사라도령이 살고 있는 서천 꽃밭으로 가기 위해 장자의 집을 떠난다. 할락궁이가 자신의 부정적인 처지를 적극적으로 타개하기 위해 갈등이 최고조에 이르는 사건을 다룬다.

③에서 할락궁이는 아버지와 재회한 후 장자로부터 죽임을 당한 어머니의 소식을 듣게 된다. 할락궁이는 다시 장자의 집에 돌아가 그 일가족을 살해하고, 생명꽃으로 어머니를 살린다. 이후 꽃관감의 신직을 맡아 이공신으로 좌정한다.

이상의 내용을 4개의 존재태로 분절하여 정리하면 다음과 같다.

/의무/와 /의지/ 사이에서 발생한 긴장감은 점괄변조와 개시변조의 효과로, 감정의 동요가 일어나는 최초의 사건을 야기시킨다. 원강아미는 남편과 함께 길을 따라 걸어야 하지만 발병이 나서 걸을 수 없고, 걸을 수 없다면 남편과 떨어져야 한다는 사실을 알고 있다. /능력/은 정념의 상태를 지속시키는 지속변조의 양태이지만, 이를 계속할 수 없다는 앎의 양태로 /지식/은 원강아미의 의지를 꺾고 체념에 이르게 한다. 원강아미가 자처하여 장자 집에 종이 되겠다고 말하는 것은 자신의 의지로는 남편을 따라갈 수 없는 체념의 상태를 보여준다.

원강아미의 양태 구성은 잠재화된 주체인 할락궁이에게도 '무력감'의 정념을 형성한다. 여기서 잠재화된 존재태에 해당하는 양태는 /의무/와 /의지/라 할 수 있다.[24] 해야 하는 것과 하고자 하는 것이 앞으로 전개될 행위의 발판이 되기 때문이다. 그런데 여기서 종이 되기로 자처한 어머니와 천상계의 부름을 받고 떠나는 아버지 사이에서 할락궁이는 어떠한 의지도 갖지 못하는 수동적인 상태에 있다. 할락궁이에게 주어진 양태는 /의지/는 없고 /의무/만이 존재한다. 이후에 전개되는 서사에서 정념을 형성하는 배경으로 이해할 수 있다.

---

24 행위자가 어떤 것을 하기를 원하거나 또는 해야 하는 때부터 우리는 조작적 주체에 대해 말할 수 있다. 그것의 실현을 위해 아직 아무 것도 행해지지 않았다고 하더라도 주체의 행위가 미래에 달성되리라는 점에서 잠재성이라고 말한다.
홍정표(2002), 앞의 논문, 610쪽에서 재인용.

이론으로 서사 읽기

(2) 현실화: 분노의 발현

②는 할락궁이의 분노가 거칠게 폭발하여 정념의 발현이 현실화되는 단계이다. 장자는 임신 중에 있는 원강아미에게 밤마다 동침을 요구는데 어머니가 이를 거부하자 그때부터 장자는 어머니와 할락궁이를 괴롭힌다. 할락궁이가 성장한 후에도 원강아미를 겁탈하려는 장자의 악행은 지속되는데, 이를 지켜보는 할락궁이는 장자에게 저항하지 못하고 폭력적인 상황에서 성장한다.

"무슨 벌역(罰役)을 시키느냐?"

"할락궁이에게는 낮에는 나무 쉰 바리를 해 오라고 하십시오. 밤에는 삿기줄 쉰 동을 꼬라고 하십시오. 할락궁이 어머니에게는 낮에는 물명주 다섯 동을 매라고 하십시오. 밤에는 물명주 두 동을 짜라고 하십시오."

"너의 말도 말해 보니까 가련하다. 그것은 어서 그렇게 하라."

(중략)

하룻날은 비가 오니까 천년장제 셋째딸 아기가 "오늘은 비가 오고 있으니 쉬라고 하십시오."

"그래, 그것들 쉬라고 하라."

〈고산옹본〉에서 보듯, 장자의 셋째 딸은 원강아미를 죽이려는 아버지를 만류하고 벌역(罰役)이나 시켜서 원강아미와 할락궁이를 살려 두자고 제안한다. 비 오는 날에는 쉬게 하자고 아버지를 설득할 만큼 모자(母子)의 처지를 딱하게 여기며 연민하고 있다. 장자와 셋째 딸의 대화에서 할락궁이가 불쾌한 감각적 상태에 처해 있음을 짐작할 수 있다.

할락궁이의 성장담에서 분노의 강도는 더 크고 거친 폭력으로 형성되어 급기야 어머니와의 갈등 국면으로 치닫는다. 마침내 심한 분노에 휩싸인 할락궁이는 모자(母子) 관계를 위협하며 현실화된 주체로 거듭나게 된다.

할 수 없이 어머니는 장막을 털어 콩 한 되를 모아 볶기 시작했다. 한참 볶노라니, 할락궁이가 급히 달려오며 저 먼 문에 누가 와 부르니 어서 나와 보시라고 한다. 볶던 콩을 놓아두고 어머니는 얼른 나가 보았다. 아무도 없었다. 무슨 일이 일어날 것만 같은 예감이 들었다. 할락궁이는 콩 젓던 죽젓광이를 부엌 방석 밑으로 얼른 감추고 어머니를 불렀다. "어머님아, 어머님, 콩이 모두 까맣게 타고 있으니 어서 저으십시오." 죽젓광이를 못 찾아 이리저리 헤매니, "아이고, 어머님. 콩 모두 타지 않습니까. 손으로라도 어서 저으십시오." 하도 급히 서두르는 바람에 손으로 콩을 저으려고 했다. 순간 할락궁이는 어머니 손을 꼭 눌렀다. "어머님아, 어머님아, 이제도 바른 말 못하겠습니까? 아버지 간 데를 말해 주십시오[25]."

위 인용문은 할락궁이가 어머니를 속이고 손으로 콩을 볶게 한 다음 뜨거운 가마솥에 어머니의 손을 지지는 장면이다. 장자에게 반항 한번 하지 않았던 나약한 이전 모습과는 확연히 달라진 태도로 어머니에게 불만감의 상태를 표출하고 있음을 확인할 수 있다. 이는 분노의 정념이 행위로 이행하는 최초의 순간이다. 고의적으로 어머니에게 가한 폭력의 의도는 친부의 존재를 묻는 할락궁이의 물음에서 알 수 있다.

---

25 현용준, 『제주도 신화』, 서문당, 2016, 69쪽.

위의 인용문에서 사라도령이 할락궁이에게 꽃을 증여한 이유와 꽃의 의미를 확인할 수 있다. 이제 할락궁이는 생명꽃으로 어머니를 환생시켜야 한다는 /의무/의 양태가 주어지고 임무를 수행한다. 사라도령에게 받은 꽃으로 장자에게 복수할 수 있는 /지식/과 /능력/의 양태도 갖추게 되었다. 마지막으로 아버지의 말씀을 따르고자 하는 /의지/의 양태까지, 실현화 단계에서 할락궁이는 모든 양태 역량을 획득하게 된다. 이제 할락궁이는 분노에서 복수심으로 정념의 양상이 변화되어 다음과 같은 양태들의 배열로 구성된다.

/~이지 않기를 원함/ (어머니가 죽지 않기를 원함)
/~이어서는 안 됨/ (어머니가 죽어서는 안 됨)
/~일 수 있음/ (어머니가 죽을 수 있음)
/~임을 앎/ (어머니가 죽었음을 앎)

앞서 가능화 단계에서 할락궁이는 자신이 떠나고 어머니의 죽음을 예고했던 만큼 어머니의 안전을 생각해야 하는 자식으로서의 /의무/보다 /의지/의 양태가 더 강하게 작용했음을 보여주었다. 이제 양태 역량을 모두 갖춘 후에는 자신 때문에 희생한 어머니를 위해서 어머니가 죽지 않고 환생하기를 원한다. 그리고 장자 가족을 향해 복수를 다짐한다. 아버지가 일러준 임무를 수행하는 과정에서 형성된 복수심은 분노가 해소되는 것을 의미한다. 그 복수심은 장자의 일가족 모두를 죽여야 하는 폭력을 동반하고 어머니를 환생시킬 수 있다는 사실을 전제한다.

4. 긴장 도식과 '분노'의 신화적 의미

이 장에서는 본풀이가 구송되는 제의적 맥락과 함께 분노의 신화적 의미를 살펴보고자 한다. 『정념 기호학』을 발표한 이후 정념에 대한 분석은 퐁타니유에 의해 정교한 분석의 방법론으로 발전했다. 삼각형의 도식으로 나타나는 세 층위로부터 정념을 기술하는 방식은 "주체의 신체적 떨림, 흥분, 허무감 같은 현존적 참여의 분석이 결여되어 있으며, 발화가 행해지는 방식과 발화 작용이 범주를 선택, 결합, 정리, 변형시키는 방식을 설명하지 못 한다[30]"는 한계를 지니기 때문이다. 이를 보완하기 위해 퐁타니유는 담화에서 직접 정념의 효과를 파악하는 개념으로서 '긴장 도식''이라는 새로운 분석 도구를 제시하였다.

표3. 긴장도식

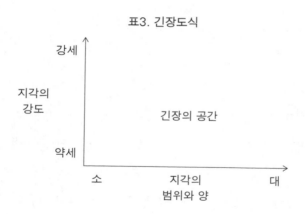

위의 긴장도식은 긴장의 강도와 범위의 조합에 따라 분절되기 어려운 분노의 점이적인 변화양상을 논의할 수 있어 정념을 다루는 데 유의미한

---

30 홍정표(2014), 앞의 책, 247쪽.

이론으로 서사 읽기

도구가 된다. 〈이공본풀이〉의 정념을 긴장도식에 적용하여 살피는 것은 분노의 강세와 그 변화 추이에 대한 이해를 도모한다.

할락궁이가 분노하는 사건을 그 자체로만 살피게 된다면, 본풀이의 상징적인 함의를 모두 이해하는 데 한계가 있다. 분노를 행위로 표출할 때 동반하는 폭력은 그 자체가 목적이 될 수 없기에, 폭력의 이유나 목적의 규명이 행위에 대해 더 많은 것을 말해 준다. 이러한 맥락에서 할락궁이의 분노는 장자로 표상되는 악에 대응하는 격렬한 반응을 형상화하기 위한 전략으로 해석된다. 물론 이러한 감성 층위는 담화에서 바로 분절되거나 명시되는 것은 아니다. 폭력의 기저에서 행위를 부추기는 분노는 긴장의 강도와 범위의 조합을 바탕으로 점이적으로 이루어지는데, 이러한 긴장의 공간을 도식으로 표현하면 다음과 같다.[31]

표4. 긴장도식

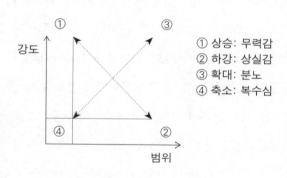

① 상승: 무력감
② 하강: 상실감
③ 확대: 분노
④ 축소: 복수심

31 홍정표, 「정념의 기호학과 담화 기호학의 상호보완적 고찰-박경리의 『재귀열』을 중심으로」, 『기호학연구』 28, 한국기호학회, 2010, 298쪽.

앞서 살펴본 주체의 최초 상태에서 '무력감'의 긴장적 스타일은 높은 강도와 좁은 범위에 자리잡으며, 도식에서는 ①번으로 향하는 점선 사이에 위치한다.

> 그 애기가 달이 차서 낳아서 기어다니며 놀아 가니까 하루 밤에는 천년장자가 철죽대(지팡이)를 짚고 툇마루에로 질칵(발자국 소리)올라서니까 원강아미는 몽둥이를 놔두었다가 다시
> "요 개 저 개 지나간 밤도 조반쌀을 놔두었으니까 모두 먹었던데 오늘 밤도 내일 조반쌀 먹으러 왔구나."

위의 인용문은 할락궁이가 태어나 기어다닐 무렵, 원강아미에게 욕정을 품은 장자를 피하기 위해 원강아미가 기지를 발휘해 위기를 모면하는 대목이다. 이후에도 밤마다 찾아오는 장자로부터 원강아미는 갖은 핑계를 대어 위기를 모면한다. 할락궁이가 겪은 어린 시절의 사건은 장자가 친부가 아님을 의심하는 분노의 시초로 작용한다. 하지만 아직 아무것도 모르는 할락궁이는 불쾌의 감각을 인지하면서도 그 대상과 범위에 대해서는 한정적일 수밖에 없다. 동시에 '앎'의 부재는 할락궁이에게 강도 높은 긴장감을 일으킨다. 이를 도식에서 표현하면 ①을 향하는 점선의 상승 국면으로 나타난다.

이후 할락궁이가 억울한 벌역을 감내하는 과정에서 자신이 종의 자식임을 인지하고 현재의 상황을 인식하기에 이른다. 여기서는 자신의 처지를 지각할 수 있으므로 긴장의 강도는 약해지는 반면 장자에 대한 불만과 어머니에 대한 불신이 커지는 단계이므로 감성이 미치는 대상의 범위는 더욱 넓어진다. 따라서 긴장도식에서 ②의 점선을 따르는 하강의 국면을 취한다.

하지만 이후에 벌어지는 상황에서 주체의 정서 상태는 크게 동요되어 현실 상황에 민감하게 대응하는데, 이때 주체의 억누를 수 없는 흥분 상태는 격렬하고 폭력적인 분노로 표출된다. 이는 긴장의 강도와 범위 모두가 '확대'되는 ③의 위치에서 포착할 수 있다.

> "하늘님아 땅님아 어머님 손목을 잡은 것이 아니라 아버님 찾기 위하여 어머님의 손목을 잡습니다."[32]

이 장면은 〈이공본풀이〉에서 할락궁이의 '분노'가 가장 극심하게 표출되는 대목이다. 위의 인용문에서 할락궁이는 '어머니의 손목'을 잡은 것이 아니라 '아버지 찾기'를 행한 것이라고 말한다. 아버지를 찾고 싶은 마음에서 어머니에게 가한 폭력의 부정적인 의미는 무마된다. 이때의 분노는 특정 대상을 지목하기보다 현재 자신의 처지에서 갖고 있는 불안 심리가 어머니를 겨냥했을 뿐이다.[33] 그래서 긴장의 범위는 가장 넓어지며, 강도는 강해지는 것이다.

할락궁이는 아버지와 조우한 후 '선/악'을 구분하는 지식의 양태를 갖

---

32 장주근(2013), 앞의 책, 165쪽.

33 만일 할락궁이가 원망하는 대상이 장자라고 한다면, 앞서 장자가 시킨 벌역을 단 한 번도 저항하지 않고 순종했던 태도를 설득할 수 없다. 할락궁이가 저항할 힘이 없어서라고 하더라도 장자에 대한 감정을 원강아미에게 풀었다는 것은 납득이 가지 않는 태도이다. 같은 맥락에서 그 원망의 대상이 어머니나 아버지에게 있지 않는 이유도 이와 같다. 여기서 필자는 할락궁이의 원망을 현재의 상황에 대한 원망이자, 그러기에 불특정 다수를 겨냥한 원망으로 이해한다. 이는 어머니에 대한 폭력이 특정 사건으로 보아서는 안된다는 이 논의에 단서를 제공한다.

춘 상태가 되었다. 이는 자신을 비롯하여 어머니의 상태를 회복시킬 수 있는 실천적 차원의 문제이기도 하다. 이제 분노를 해소할 대상을 명확히 알고 있기에, 가치 판단의 영역은 좁아진다. 또한 아버지(사라도령)에게 증여받은 꽃으로 어머니를 살리고, 장자 일가족을 징치할 수 있다는 점에서 앞서 불특정했던 긴장의 강도와 범위는 모두 〈축소〉되며, 긴장도식에서는 ④의 점선을 따라 이동하는 것으로 나타난다.

긴장의 현시 요소들의 움직임은 앞서 제시한 감성의 시퀀스와 접목하여 표현할 수 있다.

상승: 잠재화, 긴장 상승, 범위 축소 −무력감
하강: 현실화, 긴장 하강, 범위 확대 −상실감
확대: 가능화, 강도와 범위 모두 확대 −분노심
축소: 실현화, 강도와 범위 모두 축소 −복수심

위의 분석을 통해서 주체의 가장 강도 높은 분노는 가능화의 단계에서 /믿음/의 양태가 지배적인 순간에 나타남을 알 수 있다. 이는 할락궁이의 분노를 이해하는 단서를 제공한다. 비록 그 분노의 표출이 어머니를 향해 있지만, 원강아미는 직접적인 분노의 대상이 될 수 없다. 천상계의 부름은 가족의 곁을 떠나야 했던 아버지로부터 가족의 해체를 야기한 사건이다. 원강아미나 사라도령 모두 자신의 의지와 무관하게 이별의 상황에 놓인 상태에서, 탐욕과 욕정에 물든 제인장자의 집에 거처를 정하면서부터 할락궁이의 시련은 예고된 것이나 다름없다. 하지만 장자가 친아버지가 아니라는 의심과 진짜 아버지를 만나야 한다는 /믿음/의 양태는 분노의 감정을 형성하는 기제가 되었다. 이로부터 아버지를 찾겠다는 강한 의지와 함께 일종의 역량을 얻기 위한 수행의 단계로 나아간다.

지라르(Rene Girard)의 관점[34]에서 '욕망은 결코 타자를 위한 욕망이 아니며, 단지 타자의 욕망(리비도, 에너지, 심지어 혹은 삶)을 위한 욕망일 뿐'이다. 그리고 여기에는 항상 갈등과 폭력의 추구가 존재한다. 할락궁이의 경우 '진짜 아버지'를 만나고자 하는 욕망은 물리적 아버지가 아닌, 천상계의 존재인 아버지의 그 '능력'을 욕망하는 것으로 읽을 수 있다. 여기서 어머니를 공격하는 것은 사실 자신의 욕망에 대한 공격이며, 이 같은 공격 양상은 모방의 욕망에는 언제나 은폐된 채로, 응징적인 폭력이 도사리고 있다는 지라르의 관점과 통한다.

그렇다면 분노 이후에 장자 가족에게 행한 징치의 의미는 무엇인가? 왜 자신과 어머니 편에서 목숨을 살려 준 장자의 셋째 딸까지 모두 죽여야만 했을까? 할락궁이는 앞서 어머니를 향했던 분노보다 장자 가족을 대할 때에 더 강하고 잔인한 살인의 방식으로 분노를 표출한다. 하지만 앞서 살펴 본 긴장도식에서 복수심의 심적 기제는 오히려 긴장의 강도와 범위가 축소되는 지점에서 일어남을 확인하였다. 말하자면 할락궁이의 분노는 더 거친 폭력의 방식으로 다루지만 긴장의 강도는 오히려 약화되었다는 것을 뜻한다.

여기서 할락궁이의 정념 변화의 양상에 주목해 볼 필요가 있다. 할락궁이는 친부의 존재를 확인하고자 했던 어머니와의 대화에서 최고로 불안한 심

---

34 르네 지라르, 『낭만적 거짓과 소설적 진실』, 김치수·송의경 역, 한길사, 2001,

적 상태를 보여주었다면 이제 그 분노를 해소할 수 있는 상대를 알고서는 분노의 범위와 강도가 축소된 것이다. 그런데 할락궁이는 어머니를 살려야 한다는 당위성과 별개로 살인이라는 방법으로 복수를 감행한다. 그것도 장자만이 아닌 장자의 가족 모두를 살해하는 이유는 어떻게 이해할 수 있을까?

이를 두고 '어머니를 위해 복수를 해서 자식의 도리를 다했다'는 '효행'에 주목하는가 하면,[35] 할락궁이가 집단의 존망을 좌우할 수 있는 능력을 지녔음을 대변하며, 어떤 공동체에 영향을 미치는 '힘과 위력'을 상징한다고 이해한 논의도 있다.[36] 이러한 해석은 제주도 신화에서 '꽃'의 기본적인 의미를 그것이 인간 생명력의 근원에 있다는 점을 근거로 한다. "'꽃'이라는 기표는 '능력'이라는 새로운 의미와 결합하고 '권능의 징표'라는 기호로 작동"한다는 설명이다.[37]

> 할락궁이는 웃음 웃길 꽃을 내어놓으니 삼족 일가족이 모두 해삭해삭 창자가 끊어지도록 웃는구나. 이제는 멸망꽃을 내어놓으니 모두 쓰러지듯 삼족 일가족이 모두 죽어가는구나.

할락궁이는 장자의 가족에게 1차적으로 감정을 다루는 웃음꽃을 놓아주고, 이후 죽음을 다루는 멸망꽃으로 복수를 행한다. 여기서 할락궁이가

---

35 조동일, 『동아시아 구비 서사시의 양상과 변천』, 문학과 지성사, 1997, 102쪽.

36 정진희, 「제주 무가 「이공본풀이」의 신화적 의미에 관한 일고찰」, 『국문학연구』 7, 국어국문학회, 2002, 189쪽.

37 위의 논문, 21쪽.

보여준 능력은 기본적으로 생사를 주관한다는 점에서 제주도 신화의 꽃의 의미와 기능면에서 유사하지만, 그 전에 웃음꽃으로 장자 가족의 감정을 다루었다는 점은 할락궁이의 진일보한 신적 직능을 보여준다.

장자가 성적 탐욕과 무절제라는 악의 형상을 대변한다면, 할락궁이가 장자 가족을 몰살한 행위는 장자가 거주하는 인간세계에서 악의 근원을 근절시키며, 궁극적으로 질서의 회복을 꾀한다. 이는 〈이공본풀이〉가 구송되는 제의적 맥락에서도 알 수 있다. 불도맞이는 아이를 점지하고, 안전하게 잉태하기를 기원하기 위해서 출산과 양육을 담당하는 생불할망(삼승할망)을 모시는 의례이다. 여기서 '수레멜망악심질침'이라는 제차에서 〈이공본풀이〉를 구송하고 이후 심방이 악심꽃을 꺾는 '악심꽃 꺾음' 제차를 한다. 제의적 맥락에서 〈이공본풀이〉 신화의 내용과 관련되는 것은 이공신의 내력이 아니라 바로 '악심꽃의 내력'에 있다.

신화에서 악심꽃은 장자의 가족을 죽이는 데 사용한 도구이며 제의에서는 악심꽃을 꺾어 버림으로써 부정한 것을 씻어버리는 정화의 기능을 상징한다. 즉 악심꽃은 인간에게 해를 끼치는 모든 부정한 것들을 제거하는 신물의 상징이다. 만일, 이를 할락궁이의 개인적 복수심이나 분노의 형상으로 본다면 그가 왜 꽃관감의 신직을 얻었는지 이해하기 어렵다. 어머니를 죽인 장자를 징치하는 심적 동기에서 개인의 복수심을 배제할 수 없지만, 그것만으로 할락궁이가 왜 장자의 가족을 모두 죽이는지, 그리고 다른 수단이 아닌 죽음으로 대할 수밖에 없었는지를 설명할 수 없다.

이러한 악심꽃의 기능은 신화와 제의의 상관성을 잘 보여준다. 결국 할락궁이의 분노는 개인의 사사로운 감정이 아닌 사회 질서를 회복하고 부정한 것을 정화(淨化)하는 일종이 사회적 복수라는 의미로 재해석된다. 살인 행위의 감성 기제는 정의심에 따라 인간 세상의 부정함을 제거하고 정의를 바로잡는 것이며, 이렇게 볼 때에야 악심꽃을 이용한 징치의 방식으로 이 공신이 신성을 획득하는 과정을 이해할 수 있다.

할락궁이가 분노하는 대상은 특정 인물 또는 사건에 국한되어 있지 않으며, 부정한 현실 세계로 향해 있다. 그렇기에 분노의 해소는 장자라는 한 개인에 의해서가 아닌, 일가족 모두를 향해 집단적으로 행해진다. 장자가 소속된 사회에서 장자의 일가족은 현실 세계에 거주하는 인물들의 군상이다. 장자가 아닌 장자 가족의 몰락은 가족이라는 집단의 몰락, 나아가 그들이 거주하는 세계에 대한 몰락이다. 이는 '분노'의 감정이 부정한 것들을 근절하고 질서를 회복하기 위한 신성함의 힘이자 신성 획득의 기제로서 기능함을 의미한다.

전술했다시피, 할락궁이가 신의 역량을 갖추고 신성성을 발현하는 장면은 마지막 실현화 단계에서 확인할 수 있다. 장자에게 죽임을 당한 어머니는 '생불꽃'으로 살아나고 할락궁이와 세 가족은 모두 천상계에 진입하는 한편, 장자의 가족은 모두 '악심꽃'으로 죽게 되었다. 할락궁이는 장자의 집과 서천 꽃밭을 이동하며 삶과 죽음을 다스리는 신의 면모를 보여주며 신성한 존재로 활약한다.

한때 어머니에게 가한 할락궁이의 폭력은 장자의 가족을 죽이는 또 다른 폭력 앞에서 정의심으로의 가치 전환을 이룬다. 할락궁이의 폭력은 개인에게 가한 고통이 아니라, 자신의 어머니를 죽인 장자의 악행에 대한 복수심의 표출이다. 이때 어머니를 살리는 행위와 장자의 가족을 죽이는 행

이론으로 서사 읽기

위는 동일한 정념으로 읽을 수 있다. 어머니를 살리기 위한 도덕적 가치는 살인이라는 부도덕한 복수 행위와 하나의 쌍으로 연결되어 있다.

5. 정념의 기호학으로 읽는 본풀이 연구의 의의

지금까지 〈이공본풀이〉 서사구조에서 주체의 존재태와 양태화의 양상, 양태화가 구성하는 정념을 살펴보았다. 〈이공본풀이〉는 폭력과 살인, 복수의 내용을 다루며 신화적 주인공의 상태와 감정에 주목할 때 분노의 서사로 읽을 수 있다. 이러한 분노의 정념은 담화 전체를 지배하며 서사를 추동한다. 신성한 존재인 신의 분노는 세속적 인간의 감성과는 달라야 할 것 같지만, 〈이공본풀이〉의 주인공인 할락궁이는 지극히 인간적이며 원초적인 욕망을 여실히 보여주고 있다. 하지만 그가 보여준 폭력과 분노의 의미는 개인의 사사로운 감정이 아니며, 악에 대한 응당한 처벌과 질서의 회복을 꾀하는 것으로 이공신의 신이한 능력을 대변해 준다.

감성에 주목하여 신화를 이해할 때에, 그래서 신화의 내용과 그 감성이 함께 전승 될 때에 그 의미는 더욱 생생하며, 비로소 신화가 과거에 불리던 이야기만이 아닌 살아있는 것으로 우리에게 전해질 수 있다. 신화적 인물의 감성은 신화를 구송하는 심방이 함께 공유하며, 제의의 참여하고 그 신화를 기억하는 우리 모두의 것이기도 하다.

분노의 주체인 할락궁이는 아버지의 부재와 종의 자식이라는 무기력한 상태에서 출발하여 이유도 근거도 없이 벌역을 해야 하는 서러운 감정 상태에 있다. 이때의 무력감과 좌절감은 주어진 현실 상황에 대한 원망으로

자크 퐁타니유^{Jacques Fontanille} 주요 저작

- with A. J. Greimas et al., *Le Discours aspectualisé*, Limoges: Pulim, c1991.
- with A. J. Greimas, *Sémiotique des passions: Des etats de choses aux etats d'ame*, Paris: Seuil, 1991.

  with A. J. Greimas, *The Semiotics of Passions: From States of Affairs to States of Feelings*, Paul Perron & Frank Collins trans., Minneapolis: University of Minnesota Press, 1993.

  『정념의 기호학: 물적 상태에서 심적 상태로』, 유기환·최용호·신정아 역, 강, 2014.
- *Sémiotique et litterature: essais de methode*, Paris: Presses Universitaires de France, 1999.

  『기호학과 문학』, 김치수·장인봉 역, 이화여자대학교 출판부, 2003.
- *Sémiotique du Discours*, Limoges: Pulim, 2017.

  The Semiotics of Discourse, Heidi Bostic trans., New York: P. Lang, c2006.
- *Soma et sema: Figures du corps*, Paris: Maisonneuve & Larose, 2003.
- *Pratiques sémiotiques*, Formes sémiotiques, Paris: Presses Universitaires de France, c2008.

Umberto Eco　Claude Lévi-Strauss　René Girard

Hayden White

Roman Jakobson

Walter Ong

Jacques Fontanille

Clifford Geertz

Yuri Lotman

François Rastier

Jacques Derrida

로트만의 문화기호학과
한국 무속 신화

이향애

Algirdas Greimas　Roland Barthes　Charles Peirce

* **유리 로트만(Yuri Lotman, 1922~1993)**
모스크바-타르투 학파로 불리는 소비에트-러시아 기호학파의 수
장이자 문화기호학의 창시자로 알려져 있으며, 미하일 바흐친과
더불어 대표적인 현대 러시아 사상가이다.

1. 로트만의 문화기호학[1]

유리 로트만(Yuri Lotman, 1922~1993)의 문화기호학은 개별 현상이 아니라, 그것을 만드는 체계가 어떻게 작동하는지 그 원리에 관심을 둔다. 이는 광고, 영화, 드라마 등의 문화 텍스트를 기호학적 방법론을 이용해 그 구조를 분석하는 방식과는 다르다. 그는 대상으로서의 문화를 기호학적 방법으로 분석하는 것이 아니라 문화 자체가 이미 기호학적이라 보고 그 문화의 메커니즘을 밝히는 데 주안점을 둔다. 즉, 현상 이전에 체계가 작동하는 원리에 관심을 가지는데, 여기에는 문화를 바라보는 두 가지 관점이 전제되어 있다. 그것은 바로 **전체론적 접근법**(holistic approach)과 **문화 유형론**(typology of culture)이다.

---

1   이 글은 다음 글을 바탕으로 수정, 보완했다.
    이향애, 「한국 무속 신화의 문화기호학적 연구」, 서강대학교 대학원 박사학위논문, 2018.

전체론적 접근법이란 문화는 반드시 **총체**로 작동한다는 것으로, 개별 구성 요소들의 기능과 그것의 관계는 총체의 관점에서만 제대로 파악될 수 있다는 것이다. 이는 개별 기호가 모여 체계를 형성하는 것이 아니라 체계를 먼저 파악해야만 그 구성 요소를 분석하는 것이 가능하다는 것을 말한다. 이와 같은 관점은 로트만의 주요 개념인 **기호계**(semiosphere)와 연결된다. 기호계는 여러 기호들이 작용하는 하나의 통합된 메커니즘으로, 모든 기호체계가 자리하는 거대한 추상적 공간이다. 모든 기호들은 이 기호계 안에서만 작용이 가능하기 때문에 개별 기호 체계를 분석하기에 앞서 이 기호계를 먼저 고려해야만 한다.[2] 예를 들어, 지구를 기호계로 보고, 그 안에 살고 있는 다양한 생물종들을 개별 기호로 보자. 각각의 생물종이 모여 지구가 된 것이 아니라, 지구가 선재적으로 존재한 가운데 그 속에 다양한 생물종이 생겨났다. 지구를 떠나 생물종들의 서식은 어렵다고 할 수 있으며, 이들에 대한 기능과 작용을 연구하기 위해서는 지구 내부의 메커니즘을 이해해야 한다.

기호계의 특징으로는 경계성, 혼종성[3], 비대칭성, 역동성[4]을 들 수 있다. 로트만은 기호계 안에 다양한 경계가 있으며, 이로 인해 다층적인 구조를 가진 기호계는 이질적인 언어들로 가득 차 있어서 혼종성을 띤다고 하였

---

2 김수환, 『사유하는 구조』, 문학과지성사, 2011, 332-335쪽.

3 Yuri Lotman, *Universe of the Mind: A Semiotic Theory of Culture*, (trans.) Ann Shukman, Indiana University Press, 1990, pp.126-127.
   김수환(2011), 앞의 책, 346-347쪽.

4 유리 로트만, 「기호학적 체계의 역동적 모델」, 『기호계』, 김수환 역, 문학과지성사, 2008, 183쪽.

이론으로 서사 읽기

다. 로트만은 기호계의 혼종성을 보여주기 위해 박물관을 예로 들어 설명한다. 박물관 내부는 상이한 시대의 전시물이 있고, 설명문과 관람계획서 그리고 방문객의 행동 준칙이 있다. 또한 기호계 내부에는 중심과 주변이 비대칭적인 관계를 맺고 있는데, 이들은 상호작용하면서 중심과 주변이 자리를 바꾸는 역동성을 보인다.

　문화 유형론은 문화가 기호 체계로서 세계를 특정한 방식으로 모델링한다는 것과 관계가 있다. 이 모델링된 세계상은 문화가 만드는 **자기기술**(self-description)의 모델이라고 할 수 있는데, 이 기술의 유형학을 취급하는 학문이 바로 문화 유형론이다.[5] 여기서 자기기술이란 자신의 문법을 만들어가는 것을 말하는데, 이 자기기술의 과정은 기호계 내부에 존재하는 다양한 언어 가운데 특정한 언어 하나가 돌출되면서 그 체계 자체를 기술할 수 있는 **메타언어**가 되는 방식으로 설명할 수 있다. 그 예로 피렌체 방언이 르네상스 시기 이탈리아 전체의 문학어로 대두된 것과 로마의 법 규범이 제국 전체를 위한 규범이 된 것을 들 수 있다. 메타언어는 기호계 내부의 중심에 위치하면서 특권적 위상을 갖게 되는데, 이 메타언어를 통한 자기기술은 체계 내부의 상이한 언어를 단일한 언어로 기술 가능하게 한다. 자기기술의 핵심은 내부를 1인칭으로 만드는 것이기 때문에 자기와 동일한 것은 내부에 위치시키지만, 자기기술의 관점에서 적절하지 않은 것으로 간주되면 체계의 밖인 외부로 밀어낸다.[6]

5　김수환(2011), 앞의 책, 124쪽.

6　위의 책, 283-285쪽.

여기서 중요한 것은 중심과 주변의 관계는 고정적이지 않다는 점이다. 한 시기를 지배하던 코드와 메타언어는 다음 시기에 다른 코드와 메타언어로 교체된다. 이때 새롭게 중심의 위치에 오는 메타언어는 이전 시기 외부로 밀려나 배제되었던 주변 영역의 언어다. 즉, 중심과 주변이 지속적인 교체를 반복하면서 역동적으로 움직이면서 변화해 나간다. 자기 기술의 모델이 통시적으로 변화해가는 양상을 통해 문화 유형의 통시적 변화(문화사 기술)를 기술할 수 있고, 다른 유형과 공존 및 대립하는 양상을 통해 다른 문화 유형 간의 소통(문화 상호작용론)을 기술할 수도 있다.[7] 따라서 로트만의 문화사 기술과 문화 상호작용론은 매우 거시적인 관점을 필요로 하는 작업이다.

전체론적 접근법과 문화 유형론의 밑바탕에는 **공간적 모델**이 자리한다. 이 공간적 모델은 로트만의 문화기호학 이론에서 중요한 특징 중 하나로써, 기호학적 체계로 문화를 이해하는 방식의 바탕이 된다. 로트만에게 공간적 특성은 인류 문화에 속하는 모든 세계상을 위한 필수적이면서도 형식적인 구성소이다.[8] 이러한 공간적 관계들은 현실을 이해하는 기본 수단으로 일종의 메타언어로 기능한다. 가령 천상-지상, 지상-하계, 하층-상층, 좌-우(좌익과 우익) 등은 모두 공간적 언어로 세계를 표현한 것이다.[9] 이렇게 인간이 주위의 세계를 이해하는 데 사용하는 가장 보편적인 사회, 종교, 정치, 윤리적 세계 모델들은 공간적이다. 공간적 기준 가운데에서 로트만

---

7   위의 책, 125쪽.

8   유리 로트만, 「문화를 유형학적으로 기술하기 위한 메타언어에 관하여」, 『기호계』, 김수환 역, 문학과지성사, 2008, 19-20쪽.

9   유리 로트만, 『예술 텍스트의 구조』, 유재천 역, 고려원, 1991, 330쪽.

에게 가장 기본이 되는 기준은 따로 있는데, 그는 문화가 세계를 자신의 내적 공간과 그들의 외적 공간으로 나누는 것에서부터 시작한다고 본다. 이원적 공간 분할이 어떻게 해석되는가에 따라 문화의 유형 분류가 가능해지기 때문에 이는 문화 유형화의 작업과 긴밀하게 연결된다.

경계를 기준으로 공간을 이원적으로 분할하는 시도는 공간을 모델링 하는 첫 단계이다. 이 공간 모델링을 통해 문화 모델이 만들어진다. 즉, 로트만의 문화 모델은 공간을 통해 구성된다는 점이 특징이다. 그에 따르면 문화 모델의 기본적인 속성은 공간의 분할, 공간의 차원, 지향성[10]으로 설명할 수 있다. 먼저 공간의 분할은 경계를 그어 공간을 상이한 두 부분인 내부 공간과 외부 공간으로 나누는 것을 말한다. 내부 공간은 닫힌 공간이면서 조직화된 공간인 반면에 외부 공간은 열린 공간이고 조직화되지 않은 공간이다. 공간의 차원은 내부와 외부가 동일한 차원에 속 하는가 그렇지 않은가에 따라 문화 모델의 유형이 달라질 수 있다. 동일한 차원에 속한다는 것은 동일한 법칙이 작용(가령 적군 포로에게 기대했던 무자비한 적의 모습 대신 인간의 얼굴을 보게 된 경우 우리와 같은 사람이라고 인식하는 것)하는 것이지만 그렇지 않은 경우 두 공간은 상이한 법칙성이 부여(저곳에 우리와 닮지 않은 비인간적이며 불가해한 신적 존재들이 존재하는 것) 된다는 것이다. 마지막으로 공간의 지향성은 수행 주체의 시점과 결합해 정방향성과 역방향성 두 가지의 변이형을 도출할 수 있다. 정방향성은 내부 공간의 중심으로부터 외부 공간

---

10 유리 로트만(2008), 앞의 책, 26쪽.

을 향하며, 역방향성은 외부로부터 내부 중심으로 향하는 모델을 말한다.[11] 공간의 지향성이 수행 주체의 시점을 중심으로 하는 이유는 로트만이 텍스트 안에서 움직이는 요소와 움직이지 않는 요소를 나누기 때문이다.

움직이는 요소는 수행 주체 즉, **주인공**이고 움직이지 않는 요소는 **부동의 인물**이다. 주인공이 움직임을 특성으로 갖는다면, 다른 인물들은 부동(不動)의 특성을 갖는다. 그러나 주인공 이외의 다른 인물 모두가 부동성을 갖는 것은 아니다. 주인공 이외의 등장인물 중에서 공간을 이동하는 인물도 있다. 공간을 움직이는 인물들 가운데 주인공과 그렇지 않은 인물을 분류하는 기준은 **공간의 이동이 새로운 의미를 만드는가?** 하는 것이다. 한 공간에서 다른 공간으로 이동하지만 그 움직임이 특별한 의미를 만들어내지 못하는 경우가 있는가 하면, 인물의 움직임이 서사 안에서 새로운 의미를 만들어 가는 경우가 있다. 전자는 움직임은 있으나 새로운 의미를 창출하지 못한다는 점에서 부동의 인물군(群)으로 볼 수 있다. 후자는 움직임이 유의미한 특성을 갖기 때문에 이런 인물을 주인공이라 할 수 있다. 즉, 주인공의 움직임이 다른 인물의 움직임과 다른 점은 **의미론적 경계를 넘는다**는 것이다. 주인공의 움직임은 사건을 만들고 의미를 만들어 서사를 추동하는 특징을 갖는다. 따라서 주인공은 단순히 움직이는 인물이 아니라 **움직임을 통해 의미를 만들어 가는 인물**이라고 할 수 있다.

공간을 이동하지 않는 인물들은 공간의 상황과 환경을 대변해서 보여주

---

11   김수환(2011), 앞의 책, 129-135쪽.

는 기대에 반(反)하는 인물이면서 위계상 하위에 속하는 인물이다. 바리공주는 내부 공간에서 주변부에 위치하게 되며, 그 공간의 중심인물인 어비대왕의 영향으로부터 자유로울 수 없다는 점에서 주변부 인물의 처지는 중심인물이 추구하는 가치에 의해 결정된다.

아들이 필요한 내부 공간에 일곱 번째 딸인 바리공주는 더 이상 필요하지 않는 잉여적인 인물이다. 절대 권력자인 아버지가 더 이상의 딸은 필요하지 않다고 명명하는 순간 바리공주는 버려진다. 일곱 번째 딸은 내부 공간이 원하지 않던 존재로서, 그녀의 출생은 내부 공간의 가치에 반하면서 갈등을 야기한다. 내부 공간이 원하는 가치를 충족시키지 못한 바리공주는 결국 버려지게 되고, 자신의 뜻과 관계없이 외부 공간으로 나가게 된다. 버려진 바리공주는 석가세존에 의해 자식이 없는 비리공덕 할아비와 할미 손에 자란다. 자식이 없는 비리공덕 내외와 부모가 없는 바리공주는 서로의 결핍을 보완해줄 수 있는 상호보완적인 관계다. 이는 위계적이고 비대칭적인 어비대왕과 바리공주의 관계와는 대조를 이룬다. 바리공주는 비리공덕 내외 손에 자라면서 천문과 지리 그리고 육도삼략을 공부한다. 여성에게는 다양한 학문을 배울 수 있는 기회가 주어지지 않는다는 점을 감안하면 사회적 성 역할에 고정된 상태로 성장하지 않음을 볼 수 있다. 이는 어비대왕의 공간에 사는 여성들과 비교했을 때 변별적 자질을 갖게 한다.

바리공주를 버린 죄로 죽을 병에 걸린 어비대왕은 바리공주를 찾아 데려온다. 대왕부부는 생명수를 마셔야 다시 살 수 있는데, 이 생명수는 서천서역국이라는 외부 세계에 있기 때문에 아무도 그곳을 가려고 하지 않는다. 어비대왕의 여섯 딸들은 뒷동산 후원에 꽃구경을 가서도 동서남북 방향 분간을 못하고, 대왕의 신하들은 조선국 밖을 나가본 적이 없다는 이유로 생명수를 찾아나서는 것을 거부한다. 외부 세계를 경험해 본 바리공주는 조선국 내부의 다른 사람들과의 관계에서 남다른 자질을 갖춘 인물로 유표화된다. 바리공주는 생명수를 찾아 떠나게 되는데, 이는 바리공주가 자기 의지로 결정했다는 점에서 처음 버려졌을 때와 달리 주체적이고 자발적인 외부 세계로의 이동이라고 할 수 있다.

남장을 하고 길을 떠난 바리공주는 서천서역국에서 생명수를 얻기 위해 무장승이 제안한 나무하기 3년, 물 기르기 3년, 불 때기 3년을 수행한다. 이후 바리공주가 여자임을 안 무장승은 아들 일곱을 낳아달라고 요구하고, 바리공주는 일곱 아들을 출산해 생명수를 얻는다. 출산은 생명수 획득에 결정적인 역할을 했는데, 이 행위는 그가 여성이기 때문에 가능한 것이다. 내부 공간에서는 불필요한 잉여적 존재로 여겨졌던 딸이라는 존재가 여성만이 할 수 있는 출산 행위를 통해 내부 공간의 문제를 해결하는 결정적인 역할을 한다. 또한 출산과 생명수는 죽은 자들이 가는 저승의 이미지와 상반된다. 저승에서 행해지는 바리공주의 출산은 이 공간이 죽음만을 상징하지 않음을 보여준다. 저승은 죽은 자들이 머무는 공간이라는 의미를 넘어서 천도를 받아 다시 태어날 수 있는 가능성의 공간이다. 바리공주의 망자 천도는 단순히 망자를 저승으로 이동시키는 것이 아니라 영혼 천도를 통해 망자가 환생해 새로운 삶을 살 수 있는 가능성을 부여한다는 의미가 있다. 바리공주로 인해 죽음 뒤에 새로운 삶이 진행될 수 있는 가능성이 만들어진 것이다.

생명수를 가지고 내부 공간으로 귀환한 바리공주는 죽은 부모를 살려

혼란스러운 내부 공간의 질서를 바로잡고 유지하는 역할을 한다. 어비대왕은 보답으로 바리공주에게 귀한 물건과 나라를 주려고 하지만 바리공주는 모두 거절하고 망자 천도 신이 되겠다고 한다. 외부 공간에서 생명수를 가져와 내부 공간의 문제를 해결한 바리공주는 더 이상 내부 공간의 주변부에 위치하는 인물이 아니다. 바리공주는 외부 공간으로의 이동을 통해 내부 공간의 주변에서 중심으로 이동한다. 이 위계의 상승은 비단 내부 공간에서만 해당하는 것은 아니다. 외부 공간에서도 공간의 중심에 위치한다. 바리공주가 외부에 위치한 비리공덕 부부와 망자들에게까지 살 길을 열어준다는 점에서 그 영향력이 내부에서 외부로 확장되었기 때문이다.

(2) 내부 → 외부 모델링과 〈삼공본풀이〉

② [내부 공간 → 외부 공간]의 이동 유형은 〈삼공본풀이〉, 〈당금애기〉, 〈초공본풀이〉, 〈칠성본풀이〉 신화에서 볼 수 있다. 이들 신화 중 〈삼공본풀이〉를 살펴보도록 하겠다. 이 신화의 주인공은 가믄장아기다. 가믄장아기의 시점을 중심으로 그가 태어나고 자란 집과 그 이외의 공간 사이에 경계를 그어 내부 공간과 외부 공간으로 나눌 수 있다. 가난하게 살던 강이영성과 홍운소천은 결혼을 해서 세 명의 딸을 낳는다. 딸들에게 "누구 덕에 사는가"라는 물음 던졌는데, 첫째와 둘째는 부모님 덕으로 산다고 답한 반면 셋째 딸 가믄장아기는 "자기 덕으로 산다."고 답한다. 가믄장아기의 이 대답은 부모와 갈등을 야기하게 되고 결국 집에서 쫓겨나는 계기가 된다. 가족 공동체는 가부장인 아버지를 중심으로 위계와 질서가 형성된다. 자식은

(3) 내부 / 외부 모델링과 〈삼승할망본풀이〉

③ [내부 공간 / 외부 공간]은 ①과 ②의 두 유형이 동시에 나타나는 경우다. 〈차사본풀이〉, 〈천지왕본풀이〉, 〈삼승할망본풀이〉 신화가 여기에 속한다. 이 유형의 신화는 다른 신화와 달리 주인공이 두 명이거나 한 명의 주인공이 두 가지의 가치를 함축한다. 그래서 내부 공간과 외부 공간이 분리될 수밖에 없으며 원래 공간으로의 회귀와 새로운 공간으로의 정착이 중층적으로 나타나게 된다. 〈천지왕본풀이〉와 〈삼승할망본풀이〉는 두 명의 주인공이 서로 다른 신격을 갖게 되면서 공간은 내부와 외부 공간으로 분리되는 양상을 보이고, 〈차사본풀이〉는 한 명의 주인공이 내부 공간과 외부 공간으로 각각 분리되어 외부 공간을 중심 공간으로 하여 내부와 외부를 오고간다. 이들 신화 가운데 〈삼승할망본풀이〉를 중심으로 이 유형을 살펴보겠다.

〈삼승할망본풀이〉는 동해용왕따님애기와 명진국따님애기 두 주체를 중심으로 서사가 전개된다. 이들의 공간 이동 경로는 상이한데, 이 신화가 산육신의 내력을 풀고 있다는 점에서 명진국따님애기를 중심으로 공간의 경계를 나눌 것이다. 그렇게 되면 명진국따님애기가 태어나고 자란 공간과 그 이외의 공간 사이에 경계를 그어 내부 공간과 외부 공간으로 공간을 분할 할 수 있다.

아버지 석가여래와 어머니 석가모니 사이에서 태어난 명진국따님애기는 부모에게 효도하고 일가친척이 화목하다는 이유로 천상의 옥황상제에게 생불왕으로 천거된다. 명진국따님애기의 공간 이동은 외부 공간의 요청에 의해 이루어진다. 초월적 존재인 조종자에게 선택된 주인공은 내부 공간에서 외부 공간으로 이동을 시작한다.

옥황상제는 명진국따님애기를 테스트하여 그가 생불왕에 적임자라고 판단을 한다. 이에 명진국따님애기는 옥황상제로부터 생불왕이 갖추어야 할 능력인 잉태와 출산하는 법을 배운다. 초월적 존재에게 선택되고, 신으로 좌정할 수 있는 능력 또한 그 초월적 존재가 부여한다는 점에서 여타의 주인공들이 신으로 좌정하는 과정과는 다른 양상을 보인다. 명진국따님애기의 시련은 다시 내부 공간으로 귀환 후 동해용왕따님애기를 만나면서 시작된다.

동해용왕따님애기는 부모에게 불효한 죄로 버려지는데, 이때 인간 세상에서 생불왕으로 살기 위해 어머니부터 잉태하는 법만 배우고 해산하는 방법은 알지 못한 채 집에서 쫓겨난다. 두 인물은 서로 대립되는 자질을 갖는다. 명진국따님애기가 부모에게 효도하고 완전한 생불왕의 능력을 갖췄다면, 동해용왕따님애기는 불효하고 생불왕의 능력을 온전히 갖추지 못했다. 동해용왕따님애기가 생불왕의 자리를 놓으려 하지 않자 결국 두 사람은 생불왕의 자리를 놓고 충돌한다.

동해용왕따님애기의 등장으로 명진국따님애기는 인간 세상에 생불왕으로 안착하지 못하고 다시 옥황상제가 있는 외부 공간으로 이동한다. 여기서 이 두 사람은 옥황상제가 부여한 꽃피우기 내기를 수행하게 되는데, 동해용왕따님애기의 꽃은 하나의 뿌리에 난 송이가 시들한 반면 명진국따님애기의 꽃은 하나의 뿌리에 가지와 꽃이 사만오천육백가지로 번성한다. 경합에서 승리한 명진국따님애기는 인간할망으로 좌정하고, 경합에서 패한 동해용왕따님애기는 저승할망이 된다. 그러나 저승할망이 아이에게 온갖 질병을 주겠다고 엄포를 놓으면서 두 신은 다시 한 번 갈등 위기를 맞는다. 이때 생불왕 명진국따님애기가 저승할망도 인간 세상에서 인정을 걸어 얻어먹고 살 수 있는 법을 만들면서 두 신은 각자의 공간에 위치한다.

명진국따님애기는 유일한 생불왕이 되어 다시 내부 공간(인간 세계)으로 귀환하고, 저승 할망인 동해용왕따님애기는 저승에 위치한다. 〈삼승할망 본풀이〉는 주인공과 대립하는 인물의 등장으로 인해, 생불왕의 좌정 과정에서 뚜렷한 공간의 분리와 신직의 분리를 보여준다.

3. 로트만의 문화 모델로 본 한국 무속 신화

지금까지는 주인공의 공간 이동 과정을 중심으로 무속 신화의 공간 모델링을 살펴보았다. 지금부터는 공간 모델링을 바탕으로 한 문화 모델을 통해 그 메타언어를 살펴볼 것이다. 이 메타언어는 무속 문화가 삶과 죽음의 문제를 어떻게 조직화하는지 알 수 있는 틀이 된다.

(1) 공간 통합을 통한 삶의 의미 강화 모델

바리공주는 생명수를 얻기 위해 무장승이 제안한 나무하기 3년, 불 때기 3년, 물 기르기 3년 조건을 받아들이고 수행한다. 이 세 가지 과제는 생명수를 얻는 대가로 노동력을 제공한다고 볼 수도 있겠으나 다른 관점에서 해석해볼 수 있다. 바리공주가 구해야 하는 것은 병을 고치거나 사람을 살릴 수 있는 생명수다. 생명수를 취할 수 있는 자격을 얻기 위해서는 그에 상응하는 행위를 해야 한다고 할 때 나무하기, 불 때기, 물 기르기는 단순히 노동력을 제공한다는 의미보다는 생명을 상징하는 행위로 볼 수 있다. 즉, 나무, 불, 물이 **생명**[16]을 상징한다는 의미에서 무장승이 제안한 세 가지 조건은 생명을 재현하는 행위라는 것이다. 생명을 상징하는 행위를 재현함으로써 생명수를 얻을 수 있는 자격을 갖추게 된다. 출산은 새로운 생명을 탄생시키는 행위이다. 나무하기, 불 때기, 물 기르기가 생명과 관련된 간접적인 행위라면 출산은 생명과 관련된 직접적인 행위이다. 무장승이 바리공주에게 앞의 세 가지 조건을 제시했을 때 무장승은 바리공주를 남자로 인식했다. 출산 요구에 앞서 제시한 세 가지 조건은 출산을 할 수 없는 남성이 생명과 관련된 행위를 재현함으로써 생명수를 얻을 수 있는 자격을 획득하는 것이다. 반면 바리공주가 여성임이 밝혀진 이후에 제안한 출산의 과정은 생명과 관련된 직접적인 행위를 통해 생명수를 얻을 수 있는 자격을 획득하는 것이라고 볼 수 있다.

바리공주는 무장승이 제안한 조건을 모두 수행한다. 생명수는 바리공주가 서천서역국에 온 목적이자 내부 공간의 문제를 해결해 줄 수 있는 열쇠다. 생명수의 획득은 문제를 해결하는 것은 물론이고 주인공 자신에게도

---

16 임재해, 「설화에 나타난 나무의 생명성과 그 조형물」, 『비교민속학』 4, 비교민속학회, 1989, 77-80쪽.
　　이수자, 「한국문화에 나타난 〈불〉의 다층적 의미와 의의」, 『역사민속학』 10, 한국역사민속학회, 2000, 204-213쪽.
　　표인주, 「민속에 나타난 '불(火)'의 물리적 경험과 기호적 의미」, 『비교민속학』 61, 비교민속학회, 2016, 146-148쪽.
　　김명자, 「세시풍속을 통해본 물의 종교적 기능」, 『한국민속학』 49, 한국민속학회, 2009, 158-159쪽.

존재의 변화를 가져온다. 1차 변화는 무장승과 혼인 및 출산으로 누군가의 아내와 어머니가 됐다는 점이다. 2차 변화는 내부 공간의 문제를 해결하고 망자천도신으로 좌정한 것이다. 바리공주는 내부 공간의 문제만 해결한 것이 아니다. 신으로 좌정하면서 비리공덕 할미와 할아비도 신직을 받게 해 자식이 없어 의지할 곳이 없는 그들의 결핍도 해소한다. 또한 서천서역국을 가던 길에 만난 망자들을 바리공주가 천도해 준다. 바리공주로 인해 내부 공간은 물론이고 외부 공간의 문제도 해결되는 양상을 보인다.

바리공주가 생명의 재현 행위를 통해 획득한 생명수는 내부 공간의 문제뿐만 아니라 외부 공간의 문제도 해결한다. 내부 공간의 어비대왕은 죽었다가 다시 살아나며, 비리공덕 부부는 의지할 곳이 없던 상황에서 신직을 얻어 삶을 지속할 수 있게 되었다. 저승의 망자들도 바리공주의 천도 덕분에 환생을 해서 새로운 삶의 가능성을 열게 된다. 내부 공간의 인물인 바리공주는 내부 공간과 외부 공간을 모두 자신이 추구하는 생명의 가치로 통합하여 삶의 의미를 강화하는 모습을 보인다.

〈바리공주〉는 진오기굿의 말미거리에서 구송되는데, 말미거리에서 〈바리공주〉를 구송하고 나면 세발심지 확인이라는 과정을 거친다. 이는 망자가 무엇으로 환생했는지 점치는 것이다. 망자천도신인 바리공주의 직능을 확인할 수 있는 제차다. 바리공주는 단순히 죽은 자를 저승으로 옮기는 역할을 하는 것이 아니라 망자가 왕생극락하여 영원한 생명을 누리게 한다. 망자의 왕생극락은 망자뿐만 아니라 이승에 남겨진 가족들의 삶에도 긍정적인 영향을 미친다. 죽은 자가 저승으로 가지 못하고 이승을 떠돌면 가족들의 삶이 어려움에 처하기 때문이다. 산 자와 죽은 자가 정해진 공간에 각

이론으로 서사 읽기

각 귀속되었을 때 평화로운 공존이 가능하다. 망자천도신 바리공주는 신화 서사 속에서는 물론이고 현실의 제의 상황에서도 삶의 의미를 강화하는 역할을 한다.

〈바리공주〉는 주인공의 공간 이동이 내부 공간에서 시작해 다시 내부 공간으로 귀환하는 구조를 갖는다. 주인공이 내부 공간을 출발할 때 그는 공간의 주변부에 위치해 있었다. 그러나 공간 이동을 마치고 돌아와서는 공간의 중심에 위치하게 된다. 주인공이 내부 공간으로 다시 돌아오면서 공간의 가치는 주인공이 추구하는 가치를 중심으로 변한다. 다시 돌아온 주인공에게 내부 공간과 외부 공간의 경계는 무의하다. 외부 공간의 가치를 내부 공간으로 끌어들이고 내부 공간의 가치로 외부 공간을 변화시키면서 두 공간은 통합한다. 이 통합은 삶의 의미를 강화하는 방식으로 이루어진다.

〈바리공주〉는 망자천도신인 바리공주에 관한 본풀이다. 〈바리공주〉는 망자천도굿인 진오기굿에서 구송된다. 이 본풀이를 공간 모델링을 통해 보면 삶의 의미를 강화하는 것으로 나타난다. 죽은 자를 저승으로 보내는 신이 공간을 이동하는 양상은 삶을 지향하는 방식으로 드러난다. 이는 망자가 저승으로 향하는 길 떠남의 과정이 잘 이루어져야 망자도 환생할 수 있고, 이승의 가족도 편안할 수 있음을 의미한다.

(2) 공간 분화를 통한 죽음과 재생의 의미화 모델

〈삼공본풀이〉의 주인공 가믄장아기는 부모와의 갈등으로 집에서 쫓겨나지만, 출가(出家)는 자기 운명의 힘을 증명하기 위한 목적도 있다. 운명의 힘에 대한 대결에서 우열을 가리기 위해서는 갈등 관계에 있는 두 주체가 서로 다른 공간으로 분리되어야 하기 때문이다. 가믄장아기가 내부 공간에서 외부 공간으로 나아가는 과정은 험난한 여정이다. 가믄장아기는 암소에 식량만 실어서 집을 나온다. 주인공의 공간 이동은 정해진 곳을 찾아가는 과정이 아니다. 외부 공간은 특정되지 않은 곳이다. 아무 것도 예정되지 않은 상황에서 스스로 길을 찾아 나가야 하는 위험한 여정이다. 가믄장아기는 여러 재(嶺)를 넘는 과정에서 해는 지고 달은 뜨지 않은 어두운 상황을 맞는다. 이와 같은 상황에서 스스로 길을 찾아가야 하는 여정은 빛이 없는 어둠의 시공간을 견디는 행위다. 죽음과도 같은 위험한 시공간을 지나 가믄장아기는 마퉁이 삼형제가 살고 있는 아주 작은 초막(외부 공간)에 도착한다. 외부 공간은 가난한 아들 삼형제가 마캐는 일을 하면서 부모를 봉양하며 살아가는 공간이다.

가믄장아기는 외부 공간(마퉁이 삼형제의 집)에서 부동의 인물과 직접적인 대립 관계를 형성하지 않고 다만 그들의 행위를 관찰한다. 가믄장아기가 마퉁이 삼형제를 판단하는 기준은 부모에 대한 공경(孝)과 타인에 대한 배려다. 가믄장아기는 자신의 기준에 모두 부합하는 셋째 마퉁이를 남편으로 선택한다. 주인공이 부동의 인물을 관찰하고 선택하는 행위는 주인공 자신의 삶의 변화뿐만 아니라 부동의 인물의 삶과 공간도 변화시킨다. 가믄장아기가 셋째 마퉁이와 부부가 되면서 이들은 또 다른 가정으로 분리된다. 가믄장아기가 셋째 마퉁이의 작업장에서 금과 은을 발견하면서 부자가 되는데, 이는 가난한 외부 공간(마퉁이 삼형제의 집)에 삶의 질적 차이를 일으킨다.

가믄장아기는 부동의 인물과 직접적인 갈등 요인으로 대립하진 않지만 자신의 선택에 의해 외부 공간의 가치를 대립시킨다. 부모를 공경하고 손님(가믄장아기)를 배려하는 셋째 마퉁이와 부모에게 불효하고 손님을 박대하는 두 형제는 [선(善) : 악(惡)]으로 분리된다. 세 명의 마퉁이 형제는 자신들의 방식으로 일상을 살아가고 있었다. 그런 가운데 가믄장아기의 등장으로 그들의 행위가 평가된다. 그 평가의 결과는 가믄장아기가 셋째 마퉁이를 남편으로 선택하는 것으로 드러난다. 가믄장아기는 세 형제의 작업장에 가는데, 이때 두 형과 달리 셋째 마퉁이 마밭에서는 금과 은을 발견한다. 이는 형제들의 가난한 삶을 [부(富) : 빈(貧)]으로 분리시켜 가치의 대립을 일으킨다. 부동의 인물의 자질에 따라 [선(善) : 악(惡)]으로 나뉘고, 경제적 처지에 따라 [부(富) : 빈(貧)]으로 나뉜다. 가믄장아기로 인해 외부 공간은 서로 다른 가치의 대립이 나타난다. 가믄장아기는 자기 기준으로 외부 공간의 가치를 분리하면서 스스로 그 공간의 중심인물이 된다. 가믄장아기가 외부 공간의 중심에 위치하게 되면서 그 공간의 중심에는 선(善)과 부(富)의 가치가 자리하고 주변에는 악(惡)과 빈(貧)의 가치가 위치한다.

강이영성과 홍운소천은 가믄장아기가 집을 나간 뒤 맹인이 되고 다시 궁핍한 생활을 하게 된다. 가믄장아기가 걸인잔치를 열면서 부모와 재회하는데, 이는 가믄장아기가 자신의 가치를 중심으로 하는 공간으로 부모를 불러들이는 행위다. 가믄장아기가 죽음과도 같은 어두운 길을 지나 외부 공간에 안착했던 것처럼 맹인인 강이영성과 홍운소천도 그와 같은 과정을 거치면서 가믄장아기의 집에 도착한다. 주인공은 죽음과도 같은 상태를 지나 외부 공간의 중심에 정착한다. 자신이 태어나고 자란 내부 공간은 주인공이 추구하는 가치와는 다른 별개의 공간으로 분화된다. 주인공은 내부 공간과 특별한 관계를 맺지 않으며 새로운 공간의 중심에서 삶을 지속하게 된다. 부모를 자신의 공간으로 모신다는 점에서 더더욱 예전의 공간은 주인공의 삶과 관련성을 갖지 못한다. 주인공은 새로운 공간에서 자신의 가치를 중심으로 스스로의 삶을 재의미화 한다.

〈삼공본풀이〉는 주인공이 내부 공간을 나가 외부 공간의 중심에 서면서 새로운 공간에 안착하는 구조를 보여준다. 주인공이 새로운 공간인 외부 공간의 중심에 서기까지 그들은 죽음과 같은 위기를 맞는다. 그 위기를 벗어난 뒤 자신의 방식으로 이전과 다른 삶을 살게 된다. 주인공에게 공간의 분화는 죽음과도 같은 고통이지만 자신의 가치를 중심으로 한 삶을 살기 위해서는 필수적으로 겪어야 하는 과정이다. 공간 분화를 통한 죽음의 상황으로 인해 주인공은 자기 삶을 재의미화하게 된다. 앞서 공간 통합을 통한 삶의 의미 강화 모델도 죽음이 삶의 의미를 강화하기 위한 전제가 된다. 이때 이 두 모델의 차이는 공간 통합을 통한 삶의 의미 강화 모델은 주인공이 공간을 통합하는 과정에서 다른 존재의 죽음을 통해 삶의 의미를 강화하는 반면에 공간 분화를 통한 죽음과 재생의 의미화 모델은 주인공이 공간을 분화하면서 자기 스스로가 죽음의 위기에서 삶을 재의미화한다는 것이다.

(3) 공간 분리를 통한 삶과 죽음의 위계화 모델

〈삼승할망본풀이〉는 아기의 잉태와 출산 그리고 양육을 담당하는 산육신인 삼승할망의 내력을 담고 있는 신화이며, 삼승할망은 생불할망이라고

이론으로 서사 읽기

도 한다. 동해용왕따님애기는 부모에게 불효한 죄로 쫓겨나 인간 세상에 산육신의 자격으로 들어온다. 그러나 동해용왕따님애기는 해산하는 방법을 알지 못해 완전한 능력을 갖춘 신이라고 할 수 없다. 동해용왕따님애기의 부족한 자질로 인해 명진국따님애기가 옥황상제에게 산육신으로 선택된다. 두 인물은 산육신의 자리를 놓고 꽃 피우기 내기 경합을 벌인다. 경합의 승자는 산육신이 되고 패자는 저승할망이 되는데, 두 주체 모두 이승의 산육신으로 좌정하고 싶어 한다. 산육신인 이승할망은 아이의 잉태와 출산을 담당하는 신으로서, 생(生)의 가치를 구현하는 인물이다. 반면에 저승할망은 아이에게 질병을 주어 죽음에 이르게 하는 존재로서, 사(死)의 가치를 구현하는 인물이다. 꽃 피우기 내기를 통해 생명을 번성할 수 있는 능력을 갖춘 인물은 탄생과 삶을 담당하는 이승 할망으로, 생명의 번성에 실패한 인물은 질병과 죽음을 담당하는 저승할망으로 좌정하면서 삶과 죽음, 이승과 저승이라는 공간의 대립적 가치를 뚜렷하게 보여준다.

명진국따님애기와 동해용왕따님애기 모두 산육신으로 좌정해 생(生)의 가치를 구현하고자 한다. 꽃 피우기 내기의 승자에게는 생명을 잉태하고 해산시킬 수 있는 자격이 주어진다. 반면에 꽃 피우기 내기의 패자에게는 생명과 반대되는 가치가 자격으로 주어진다. 질병과 죽음이 그것이다. 두 인물이 생명의 잉태와 탄생을 주관하는 산육신 자리를 놓고 경쟁한다는 점에서 이승과 저승의 관계는 이승을 중심으로 한 위계적 관계다. 그러나 위계적으로 상위에 있는 생(生)의 가치가 사(死)의 가치를 완전히 제거할 수 있는 것은 아니다. 이승할망은 저승할망의 위협(포태를 준 아이들에게 온갖 흉험(凶險)과 질병을 주어 저승으로 데려가겠다)에 인간 세상에서 인정을 걸어 얻어먹을 수 있도록 법지법을 마련하겠다는 타협점을 제시한다. 이 승할망은 저승할망을 제압하는 것이 아니라 타협점을 찾아 저승할망이 나쁜 마음을 먹지 않도록 한다. 즉, 이승할망이 저승할망을 관리하는 것은 질병과 죽음의 위협을 완전히 제거하기보다는 저승할망의 존재를 인정하는 전제 하에 위험 요소를 관리하는 것이다. 두 신의 위계는 고정되어 있지 않다. 이승할망은 언제든 저승할망에게 위협받고, 그 위계가 전도될 수 있는 위험성을 안고 있다. 따라서 두 신의 관계를 통해 생명을 가진 모든 존재는 질병과 죽음의 위협에 노출될 수 있음을 보여준다. 이 모델은 이승과 저승으로 분리된 두 신들의 관계 속에서 삶과 죽음의 불안정한 위계를 보여주기 때문에 공간 분리를 통한 삶과 죽음의 위계화로 명명할 수 있다.

4. 문화 모델, 한국 무속 신화를 읽는 메타언어

로트만의 문화기호학적 방법으로 〈바리공주〉, 〈삼공본풀이〉, 〈삼승할망본풀이〉를 대표로 하여 한국 무속 신화의 문화 모델을 살펴보았다. 공간 통합을 통한 삶의 의미 강화, 공간 분화를 통한 죽음과 재생의 의미화, 공간 분리를 통한 삶과 죽음의 위계화가 그것이다.[17] 이 모델들은 무속 문화가 삶과 죽음의 문제를 어떻게 이해하고 있는지를 신화를 통해 보여준다. 또한 한반도 본토 신화와 제주도 신화를 한국 무속 문화라는 범주 안에서 함

---

17 각 문화 모델별로 신화를 한편씩 뽑아 분석했는데, 2장에서 같은 유형으로 묶인 신화들은 3장에서 같은 문화 모델에 해당한다.

께 볼 수 있는 보편적인 틀을 제공한다. 서사적 측면에서는 상관관계가 없어 보이는 신화들이 메타 차원에서 동일한 범주로 묶일 수 있고, 반대로 상관관계가 있다고 생각했지만 메타 차원에서는 다른 범주로 묶일 수 있다.

〈바리공주〉, 〈성주풀이〉, 〈이공본풀이〉, 〈세경본풀이〉, 〈문전본풀이〉는 서사적 측면에서는 공통점을 찾기가 쉽지 않다. 그러나 공간적 모델링을 통한 문화모델에서는 이 신화들이 공간의 통합을 통해 삶의 의미를 강화하는 방식을 취하고 있음을 알 수 있다. 〈바리공주〉와 〈차사본풀이〉는 주인공이 죽은 자를 저승으로 인도하는 역할을 수행한다는 측면에서는 유사점이 있지만 메타 차원에서는 다른 양상을 보인다. 〈바리공주〉가 공간 통합을 통해 삶의 의미를 강화한다면 〈차사본풀이〉는 공간 분리를 통해 삶과 죽음을 위계화[18]하고 있기 때문이다. 이처럼 로트만의 문화기호학은 문화모델이라는 메타언어를 통해 무속 문화를 거시적인 관점에서 바라볼 수 있는 틀을 제공한다. 무속 문화의 기호계 안에서 개별 신화들이 어떻게 상호작용하며 관계 맺는지 알 수 있다.

지금까지 로트만의 문화기호학의 관점에서 한국 무속 신화를 분석해보

---

18 〈차사본풀이〉는 〈삼승할망본풀이〉와 같은 문화모델(공간 분화를 통한 죽음과 재생의 의미화)에 속한다. 강림을 누가 차지할 것인가를 놓고 이승의 김치원님과 저승의 염라대왕이 대립한다. 보이는 형상에 집착한 김치원님은 강림의 몸을 선택하고, 인간 생사의 이치를 알고 있는 염라대왕은 강림의 혼을 선택한다. 한 명의 주인공이 내부 공간과 외부 공간으로 분리되어 외부 공간(저승)을 중심으로 두 공간을 오고간다. 저승의 염라대왕이 대결에서 승리해 강림을 데려간다는 점에서 저승이 이승보다 위계적으로 상위에 있는 것처럼 보인다. 그러나 이 위계는 절대적이지 않다. 저승의 법도는 이승의 질서와도 맞닿아 있고, 차사의 역할이 이승의 질서를 위해 존재한다는 점에서 그러하다.

았다. 전체론적 접근법과 문화유형론을 전제로 하는 문화기호학은 개별적인 현상들에서 보편적인 상위 문법을 찾아낼 때 유용하게 활용할 수 있다. 신화는 특정 국가에서만 전승되는 것도 있지만 다른 나라와 유사성을 갖는 것도 있다. 특히 지리적으로 인접한 동아시아 신화는 비교 연구의 대상이 되는 경우가 많은데, 이때 로트만의 문화유형론의 방식을 통해 문화 상호작용의 관점에서 신화들의 관계를 짚어볼 수 있다. 그렇게 되면 개별 신화 몇몇의 특성의 유사점과 차이점에 주목하는 것에서 벗어나 보다 거시적이고 보편적인 동아시아 신화의 문화 문법을 그려볼 수 있을 것이다. 또한 메타언어를 통해 문화의 유형학을 기술하는 방식을 다른 장르의 텍스트 분석에도 적용할 수 있다. 전설이나 민담에 나타난 삶과 죽음의 이야기를 대상으로 문화 유형학적 분석을 시도해 본다면, 한국 설화에서 삶과 죽음을 바라보는 보편적 인식을 알 수 있을 것이다.

유리 로트만Yuri Lotman 주요 저작

- *Избранные статьи: В 3 т*, Таллинн: Александра, 1992-1993.
- *Leksii po struktural'noi poetika: Vvedenie, teoriia stikha*, Providence, RI.: Brown University Slavic Reprint, no. 5, 1968.
- *Analysis of the Poetic Text*, Ann Arbor, edit., D. Barton Johnson, 1976.
  『시 텍스트 분석: 시의 구조』, 유재천 역, 가나, 1987.
- *Semiotics of Cinema*, Mark E. Suino trans., Ann Arbor: University of Michigan, 1976.
  『영화기호학』, 박현섭 역, 민음사, 1994.
  『영화, 형식과 기호』, 오종우 역, 열린책들, 1995.(재간: 『영화의 형식과 기호』, 2001.)
- *The Structure of the Artistic Text*, Gail Lenhoff & Ronald Vroon trans., Ann Arbor: University of Michigan, 1977.
  『예술 텍스트의 구조』, 유재천 역, 고려원, 1991.
- with Uspenskij, B.A., *The Semiotics of Russian Culture(Michigan Slavic contributions no. 11)*, Ann Shukman edit., Ann Arbor: University of Michigan, 1984.
- *The Semiotics of Russian Cultural History*, Alexandar D. Nakhimovsky & Alice Stone Nakhimovsky eds., Boris Gasparov intro., Ithaca & London: Cornell University Press, 1985.
- *Universe of the Mind: A Semiotic Theory of Culture*, Ann Shukman trans., Bloomington & Indianapolis: Indiana University Press, 1990.
  『문화기호학』, 유재천 역, 문예출판사, 1998.
- *Семиосфера*, Санкт-ПетерБург: Искусство-СПб, 2000.
  『기호계』, 김수환 역, 문학과지성사, 2008.
- *Culture and Explosion*, Marina Grishakova edit., Wilma Clark trans.,

Berlin: Mouton de Gruyter, 2009.

『문화와 폭발』, 김수환 역, 아카넷, 2014.

- *Беседы о русской культуре: Быт и традиции русского дворянства XVIII-начало XIX века*, Санкт-Петербург: Искусство-СПБ, 1999.

『러시아 문화에 관한 담론』, 김성일·방일권 역, 나남, 2011.

Umberto Eco   Claude Lévi-Strauss   René Girard

Hayden White

Roman Jakobson

Walter Ong

Jacques Fontanille

Algirdas Greimas   Roland Barthes   Charles Peirce

Clifford Geertz

Yuri Lotman

François Rastier

Jacques Derrida

라스티에의 해석의미론으로 읽는
〈용비어천가〉와 〈월인천강지곡〉

김보현

1. 고전의 의사소통과 해석[1]

텍스트의 의미 찾기는 여러 관점과 방식으로 진행되었다. 유형별로 정리한다면, 텍스트를 구성하는 가시적인 의미요소나 요소의 관계 속에서 의미 찾기, 텍스트와 텍스트 생산 주체가 제시하는 의도나 추론 가능한 생산 환경 속에서 의미 찾기, 텍스트와 텍스트를 수신하는 해석 주체의 해석 행위나 해석 환경 속에서 의미 찾기로 나눌 수 있겠다. 이러한 의미 찾기 과정의 공통된 전제는 텍스트를 의사소통이라는 인간 행위의 산물, 인간 사고의 흐름을 가늠할 수 있는 대표적 행위의 결과물로 본다는 것이다. 의사소통은 화자와 청자, 필자와 독자와 같은 발신자와 수신자가 짝을 이루어

---

1 이 글은 다음 글을 바탕으로 수정, 보완했다.
   김보현, 「해석의미론과 인지주의적 독서과정—〈용비어천가〉와 〈월인천강지곡〉을 중심으로」, 『기호학 연구』 62, 한국기호학회, 2020. 35-67쪽.

수행하는 인지적 상호작용으로 인간이 수행하는 대표적인 사회·문화적 활동이다. 야콥슨은 발신자, 수신자, 메시지, 맥락, 접촉, 코드를 의사소통의 요소로 제시한다. 이 여섯 가지 요소에서 소통의 목적, 의의, 의미 등을 살피기 위해 주로 연구되었던 영역은 발신자와 발신자에 속한 맥락이나 코드들이다. 기호에 의해 표현되는 문화 및 예술 전반을 포함하는 의사소통 연구에서 발신자와 발신자의 환경에 집중하는 것은 그 메시지를 산출한 생산자에게 메시지의 목적, 의의, 의미를 재확인하는 것으로 연구자들이 마땅히 지향할 만한 지점이다. 그런데 텍스트가 발신자의 자족적인 완성품에 그치는 것이 아니라 상호작용의 참여자에 의해 해석되어야 하는 것이라면, 의미 산출을 발신자에게만 귀속시킬 필요는 없다.

현재의 시점에서 고전 텍스트는 텍스트가 생산된 혹은 향유되었던 시공간과 분리되어 새로운 시공간에 놓이게 된 텍스트이다. 이러한 이유로 고전을 소통상황으로부터 완전히 해방되어 탈시간적, 탈공간적, 탈개인화된 텍스트로 규정하기도 한다.[2] 그러나 텍스트가 소통상황에서 완전히 해방된 상태에서 존재 자체로만 의미를 발생시키는 것은 불가능하다. 고전과 같이 이미 생성된 텍스트가 의미를 드러낸다는 것은 소통상황에서 벗어나는 것이 아니라, 누군가에 의해 해석될 수 있는 새로운 소통상황에 위치하는 것으로 보아야 한다. 텍스트는 어떤 시기에 어떤 독자가 어떤 방식으로 해석할 때, 의미를 지니게 되는 것이다. 프랑수아 라스티에(François Rastier, 1945~)의 해석의미론은 독자의 능동적인 해석 활동을 보여줄 수 있는 텍

---

2 볼프강 하이네만·디터 피이베거, 『텍스트언어학입문』, 백설자 역, 역락, 2001, 279쪽.

　　　　　　　　　　　　　　　　　　이론으로 서사 읽기

스트 분석법으로, 텍스트의 현재적 의미를 발견하는 데 효과적인 연구 방식이다. 라스티에는 텍스트에 존재하는 의미적 단위들, 이 단위들을 선택하고 통합하는 해석자의 해석 활동, 해석 활동에 작용하는 맥락을 텍스트의 의미 구성 요소로 포함시킨다.[3] 또한, 텍스트 의미 산출의 주도권을 해석자의 주체적인 행위로 분배시킴으로써 탈시간화, 탈공간화된 고전을 해석자의 시간과 공간에 재배치할 기회를 제시한다.

시공을 넘어서는 텍스트 의미를 독자의 위치에 두는 해석의미론적 관점은 인간의 사고가 추상적이고 선험적인 것이 아니라, 구체적이고 경험적인 것으로 보고자 하는 인지학적 관점과도 맞닿아 있다. 인지주의 관점에서 사고나 이해는 자아, 정체성, 도덕성, 마음, 감정, 기억, 의식, 감각, 지각, 몸, 이데올로기를 지닌 주체와 주체의 경험, 행위에 의해 결정된다고 본다. 이러한 인지주의는 라스티에가 말하는 의미의 상대성, 국지성, 지역성, 개인성 등과 연결된다. 인지학에서는 문학 연구를 인간 정신작용을 이해하는 실질적인 도구로 활용하고자 하였다. 그런데 기존의 언어 정보 처리 방식으로 문학을 설명하는 것이 문학만의 인지적 특성을 발견하기 어렵다고 판단하면서, 문학 연구를 위한 인지 작용 틀을 찾고자 노력하였다.[4] 최근 국문학에 대한 인지시학적 연구는 낯설게 하기, 개념 은유 등과 같이 기존 문학 연구의 주요

---

3 François Rastier, (trans.) Frank Collins & Paul Perron, *Meaning and Textuality*, Toronto: University of Toronto Press, 1997, pp. 27-32.
   김보현, 「〈용비어천가〉의 해석의미론적 연구」, 서강대학교 박사학위 논문, 2012, 18-24쪽.

4 김보현, 「〈규한록〉의 서사적 읽기에 대한 인지시학적 연구」, 『기호학연구』 59, 한국기호학회, 2019, 4쪽.

관심사였던 항목들을 중심으로 인지적 과정을 설명하고 있다. 인지 과학에서 구명하고자 하는 것이 경험적 인간과 인간이 특정 대상을 인식할 때 작용하는 뇌 활동이라고 한다면, 인지 작용의 과정이며 결과물인 다양한 의사소통의 양상을 언급하지 않을 수 없다. 문학적 인지과학이 특히 주목하는 것은 의사소통의 양상에서 개별 수신자가 감지한 의미요소 및 감지한 요소를 메시지 해독 과정에 수용하는 방식이나 과정이며, 나아가 이러한 불완전한 소통상황에 관여하는 해석적 틀이나 기제들을 찾는 것이다.[5]

라스티에는 텍스트의 의미 산출 과정에 해석하는 주체의 개별적 특성(개인 언어)이나 사회 문화적 특성(사회적 언어)을 개입시키면서, 의미요소들의 작용을 영역화한다. 이는 텍스트를 해석하는 해석자의 인지 과정에 대해 체계적 설명을 가능하게 하고, 고전 해석을 의사소통으로, 독자의 인지 작용을 도식화하여 객관적으로 제시할 수 있다는 점에서 눈여겨 볼만하다.

2. 해석의미론의 의사소통과 의미부

(1) 해석 주체를 향한 의사소통

해석의미론의 관점에서 텍스트 의미는 텍스트를 읽는 독자에 의해 (재)구성된다. 텍스트의 의미는 텍스트에 대한 독자의 장르 의식, 텍스트를 읽는 순차적 과정, 의미요소들에 대한 독자의 선택과 배제 및 첨가와 삭제라는 읽기의 과정을 통해 만들어지는 것이다. 이러한 전제는 독자가 지닌 텍

---

5   이득재, 「인지과학과 문학」, 『서강인문논총』 40, 서강대학교 인문과학연구소, 2014, 5-34쪽.

스트에 대한 사전 지식, 텍스트를 해석하는 능력 등에 따라 텍스트의 의미가 변할 수 있음을 상정하며, 텍스트의 의미 결정권을 텍스트를 이해하고자 하는 독자에게서 찾을 수 있게 한다. 그런데, 이러한 해석의미론적 관점이 독자수용미학 등과 차별화되는 가장 중요한 지점은 텍스트에 접근하는 방식이다. 해석의미론에서는 텍스트의 의미 확정에 독자가 결정적인 역할을 하지만, 독자가 텍스트에서 완전히 벗어날 수는 없다는 입장이다. 독자는 텍스트의 의미를 찾아가는 능동적인 해석 주체이지만, 텍스트가 만들어 놓은 길에서 완전히 벗어날 수 없는 매여 있는 주체이기도 하다. 말하자면, 독자는 놓인 길을 가지 않을 수는 있지만, 새롭게 길을 개척하는 것은 불가능한 그러한 주체인 것이다. 아래 표는 라스티에의 독서 이론이다.[6]

표 1. 라스티에의 독서 이론

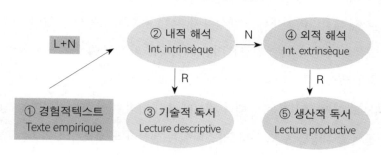

L: 언어의 기능적 체계(système fonctionnel de la langue)
N: 규범(normes)
R: 다시쓰기(réécriture)

---

6 François Rastier, *Sémantique interprétative*, Paris: Presses Universitaires de France, 1987, pp. 231-233.

표1에서 경험적 텍스트의 생산자는 드러나지 않는다. ①경험적 텍스트가 모든 해석의 출발점에 서 있을 뿐이다. ②내적 해석을 수행하고 다시 읽기를 통해 ③기술적 독서를 실행하는 과정과 ④외적 해석을 수행하고 다시 읽기를 통해 ⑤생산적 독서를 실행하는 과정만이 도식화되어 있다.

우리가 이 표에서 예상할 수 있는 것은 첫째, 해석의미론에서는 텍스트 의미를 생산자와 텍스트가 아니라 존재하는 텍스트와 텍스트를 읽는 독자 사이에서 도출한다는 점이다. 도식에는 텍스트의 생산자, 텍스트가 생산된 시대, 당시의 규범 등은 표시되어 있지 않다. 내적 해석 혹은 외적 해석으로 나아가는 텍스트에 관여하는 언어의 기능적 체계나 사회적 규범은 해석자에게 속해 있으며, 해석자에게만 영향력을 발휘한다. 라스티에는 수신자의 해석능력은 발신자의 생산능력이 만들어낸 의미와 구별되는 새로운 의미를 도출할 수 있다고 전제하는 것이다.

둘째, 해석의미론에서는 해석자에 따라 텍스트의 독서 과정이 달라질 수 있음을 가정한다는 것이다. 어떤 해석자는 자신의 해석 의지에 따라 ①경험적 텍스트를 ②내적 해석으로 다시 쓰는 ③기술적 독서에서 끝날 수 있다. 또 어떤 해석자는 ②내적 해석에서 ④외적 해석으로 나아가 ⑤생산적 독서를 지향할 수도 있다. 라스티에는 생산자와 해석자의 의미를 구분할 뿐만 아니라, 해석 의지에 따라 해석자 각각이 산출하는 개별적인 의미를 구별하여 이 모두를 텍스트 의미로 포함시키는 것이다.

이처럼 해석의미론은 해석자의 개별적 다시 쓰기에 역점을 두고 의미 산출 과정을 보여준다. 이 과정에서 변하지 않는 유일한 존재는 경험적 텍스트 그 자체이다. 해석의미론에서는 의미요소들의 기능과 작용을 네 개의

이론으로 서사 읽기

의미부—주제부, 전략부, 변증부, 변론부로 나눈다. 이들의 작용은 해석자의 개별적 다시 쓰기에 따라, 텍스트를 독서하는 인지 작용에 따라 서로 다른 방식으로 활성화될 수 있다.[7]

(2) 네 개의 의미부

① 주제부

주제부는 텍스트의 의미를 구성하는 요소들 간의 계열체적 구조를 보여주는 의미부이다. 주제부에서 도출되는 주제는 텍스트에 존재하는 어휘들에 대해, 독자가 선택·배제·종합 등의 인지적 과정을 수행함으로써 형성된 의미적 복합체라 할 수 있다. 이를테면 달[月]이라는 주제어가 있다고 하자. 달은 사전에서는 지구의 위성, 〈정읍사〉에서는 밤을 밝히는 존재, 〈월인천강지곡〉에서는 세상 곳곳에 존재하는 부처라는 의미를 지닌다. 이처럼 동일 어휘가 텍스트마다 별개의 의미를 지니는 것은 각기 다른 텍스트 속 서로 다른 의미요소와 관계를 맺기 때문이다. 이와 같이 주제어들은 읽기를 통해 다른 의미요소와 결합되고 변형된 복합체인 것이다. 주제부의 의미 작용은 텍스트 의미 도출의 근간으로 거의 모든 해석 과정에서 작동한다. 주제어들은 여타의 의미요소와 더불어 통사적 그물망(주제화 그래프)을 형성하면서, 텍스트의 종결점을 향해 나아간다.

---

7 네 개의 의미부에 대해서는 Rastier(1997), Op. cit., pp. 7-61을 주로 참조하였다.

② 전략부

전략부는 텍스트 의미요소의 배열 방식을 살피는 의미 영역이다. 의미
요소들의 위치나 정렬 방식은 텍스트의 의미나 의도를 구성하거나, 강화
혹은 약화하는 기능을 지닌다. 어떤 요소들이 반복적으로 나타나 특정한
리듬으로 인식되고, 인식된 리듬에서 내포된 의미를 찾는다면, 텍스트의
의미는 리듬을 인식하기 전의 상태와는 다른 새로운 국면을 맞이할 수 있
다. 게다가 의미적 리듬을 형성하는 반복은 뒤따라오는 의미요소들을 유도
하여 의미를 한정하거나 확대할 수도 있다. 따라서 전략부의 의미 작용은
가시적인 외적 형식에서 도출되는 의미뿐만 아니라 읽기 과정을 통해 의미
요소들을 재배열함으로써 의미를 산출하는 작용이기도 하다.

③ 변증부

변증부의 작용은 서사를 구성하는 데 이바지한다. 주제화 그래프는 행
위자들에게 행위에 대한 통사적 역할을 제공함으로써 인물과 서사를 구성
하게 한다. 서술적 기능을 수행하는 동사나 형용사가 통사적으로 행위 주
체, 상태 주체, 대상, 목적과 같은 항목들을 요구하면, 행위자가 이들과 관
계를 맺고, 이어져 변화가 발생한다. 이러한 변형은 사건을 만들고 사건은
서사를 진행하는 동력이 된다.[8] 행위들이 연결되어 나타나는 변형은 동일
인물 간에서도 다른 인물 간에서도 발생한다. 이때 인물들 간에는 적대적

---

8   김보현(2012), 앞의 논문, 36쪽.

이거나 친화적인 관계를 설정할 수 있는데, 이러한 관계가 서사의 발전 단계를 작동시킨다.

서사 장르로 규정되는 대다수 텍스트에서는 이와 같은 변증부가 의미 작용의 주요 영역이 될 수 있다. 그러나 서사로 규정된 장르 내에서만 변증부의 작용이 활성화되는 것은 아니다. 독자들은 행위자나 행위를 예견할 수 있다면 변증부를 작동시킨다.

④ 변론부

변론부의 의미 작용은 발신자의 대상이나 대상이 속한 세계에 대한 인식이나 태도에서 일어난다. 텍스트에서 인식이나 태도는 서술어에 결부된 양태로 나타나는데, 발현된 양태는 발신자에 따라 대상에 따라 같거나 다르다. 독자는 발화행위가 가능한 텍스트의 모든 발신자, 이를테면 실제 저자, 내포 저자, 서술자, 행위자들의 대상이나 세계에 대한 태도를, 종합적으로 고려하여 텍스트에 대한 양태적 의미를 산출한다. 이때 독자는 발신자의 감정적 상태나 세계 인식에 대해 있는 그대로 제시하거나 설명하거나, 긍정하거나 부정하거나, 공감하거나 의심하거나 등과 같은 태도를 취할 수 있다. 발신자의 인식이나 태도에 대해서, 독자는 논리의 정합성이나 심리적 공감도 및 여러 기준을 적용하여 텍스트의 양태를 수용하거나 수용하지 않는 것이다.

네 개의 의미부는 텍스트의 장르에 따라 활성화되는 정도나 방식이 달라질 수 있다. 이는 독자가 텍스트의 장르를 결정하고 그에 따라 특정 의미요소를 활성화하거나, 활성화 방식을 선택할 수 있다는 것과 같다. 독자의 기억에 자리 잡은 모범적이고 전형적인 사례들은 새로 경험하는 텍스트를 구별하는 기준이 될 수 있다. 이를테면 어떤 텍스트의 의미요소가 명확하게 장르적 특성을 드러내지 않더라도, 독자가 그것을 서사적인 것으로 읽는다면 서사적 장르 인식에 기대어 텍스트를 읽을 수 있다는 것이다. 독자는 장르의 스펙트럼에 새롭게 접한 어떤 대상을 임의로 위치시킬 수 있고, 임의적 위치의 장르적 특성에 맞게 의미요소를 활성화할 수 있는 것이다.

이제 조선 시대 한글로 기술된 『용비어천가』, 『월인천강지곡』에서 시도할 수 있는 해석의미론적 의미화 과정을 살펴보자. 분석의 초점은 두 텍스트의 의미요소들이 텍스트의 통제나 독자의 통제에 따라 선별적으로 작동하는 의미화 방식에 둘 것이다. 이러한 선택적 의미화 과정은 텍스트의 가치나 장르 인식이 독자에 따라 변형될 수 있음을 보여주는 적극적인 근거가 될 수 있다.

3. 텍스트의 통제와 해석자의 의미 활동

(1) 주제부—주제어, 의미를 예견하기

텍스트 읽기는 어휘들을 따라서 순차적으로 진행된다. 그러므로 독자들에게 주제는 텍스트의 어휘에서 도출 가능한, 읽기 과정에서 도출되는 의미요소들의 총체로 인식된다. 주제가 읽기 과정에서 도출된다면, 과정의 특정 지점에서 인식되는 각각의 주제들은 같지 않다. 독자가 텍스트 읽기를 완결한 후 주제를 확정하려고 한다면, 주제의 의미 작용은 순차적으로 주제들을 통합하거나 앞선 지점의 주제를 해체하고 새로운 주제를 탐색하는 과정일 것이다. 독자가 텍스트의 주제를 읽기 이전이나 시작 지점에서 인지한 경우라면, 주제의 의미 작용은 예단한 주제를 확정하거나 변경하는 과정일 것이다. 예단을 확정하는 과정이 통제를 주축으로 하는 인지 과정이라면, 예단을 변경하는 과정은 완결된 읽기의 주제 확정과 마찬가지로 탐색을 주축으로 하는 인지 과정이다. 읽기를 시작하는 순간에 주제어를 예단하면 선택된 주제어를 준거로 하여 나머지 요소들을 통제하면서 주제적 의미를 도출할 수 있다. 읽기를 시작하는 순간에 정한 주제어를 변형 가능한 것으로 인식하면 독자는 텍스트의 주제적 의미를 지속적으로 탐색해야 할 것이다. 읽기의 통제와 탐색은 상반되는 것이지만 상보적으로 나타날 수 있다.

(기1) 높고 높은 석가불의 끝없고 가없는 공덕을 세상이 다할 때까지 어찌 다 말하리(巍巍釋迦佛無量無邊功德을 劫劫에 어느 다 슬ᄫ리)

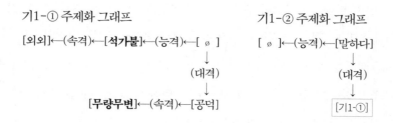

제시된 예문은 〈월인천강지곡〉 기1이다. 이 장에서는 〈월인천강지곡〉이 어떤 주제를 담고 있는지를 명확히 제시한다. 텍스트를 구성하는 의미 덩어리는 "높고 높은 석가불[외외석가불巍巍釋迦佛]", "끝없고 가없는 공덕

[무량무변공덕無量無邊功德]", "세상이 다할 때까지 말해도 다 말할 수 없다 [겁겁劫劫에 어느 다 슬ᄫ리]"로 나누어볼 수 있다. 말하자면 행위자가 "석가불"이고, 그의 행위는 "공덕"으로 요약되며 행위자가 수행한 행위는 "끝없고 가없는" 상태로 이어질 것이라고 화자가 "말하는" 것이다. 이어 제시한 도식은 이를 주제화 그래프로 분리한 것이다.[9]

(기2) 세존의 일 말씀드리니, 만리 밖의 일이나 눈에 보는가 여기십시오.
세존의 말 말씀드리니, 천세 전의 말이나 귀에 듣는가 여기십시오.

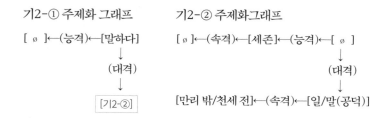

기2-① 주제화 그래프

[ø]←(능격)←[말하다]
↓
(대격)
↓
[기2-②]

기2-② 주제화그래프

[ø]←(속격)←[세존]←(능격)←[ø]
↓
(대격)
↓
[만리 밖/천세 전]←(속격)←[일/말(공덕)]

기2는 기1에서 제시한 석가불의 즉, 세존의 말할 수 없이 높은 공덕이 "만리 밖의 일, 천년 전의 말"임을 덧붙이면서, "공덕"의 "끝없고 가없는" 속성이 시·공을 초월하는 것이라고 한다. 기2도 기1과 마찬가지로 주제화 그래프를 그려볼 수 있는데, 도식은 기2가 기1과 순서만 바뀌었을 뿐 구조적으로 동일하다는 것을 보여준다. 더하여 기2는 기1을 반복하는 데 그치지 않고, 지금 "눈에 보는 것"으로 "귀에 듣는 것"으로 여겨야 하는 청자

---

9 주제화 그래프는 텍스트 읽으면서 의미요소를 인식하는 방식을 간결하게 일반화하여 보여주는 것이다. 주제화 그래프에서 [ ]는 의미요소, ( )는 의미요소 간의 관계, →는 중심적 요소가 요구하는 요소들을 보여준다. [중심적 요소]→(속격)→ [요구적 요소]. ø는 주어 생략

이론으로 서사 읽기

를 요구한다. 청자에게 기1과 기2를 〈월인천강지곡〉의 의미적 준거로 삼고, 이어지는 텍스트에 출현하는 인물, 행위, 시공을 "외외석가불"에 속한 것이자 "무량무변"이라는 속성을 지닌 것, 시공을 초월하여 지금 여기까지 이어지는 것으로 규정하고 의미요소들을 통제하게 하는 것이다.[10] 텍스트를 읽는 독자 또한 이러한 텍스트의 유도에 따라 앞으로 읽어나갈 〈월인천강지곡〉 전체 텍스트가 지닌 의미의 예상치를 구획할 수 있다.

> (기3) 아승기전 오래전 세상에 임금 자리를 버리고 정사에 앉아 있더니
>   오백전 세상의 원수가 나라의 재산을 훔쳐서 정사를 지나가니
> (기4) 형님인 것을 모르므로 발자취를 밟아서 나무에 꿰어, 목숨을 마치시니
>   자손이 없으므로 몸의 피를 모아 그릇에 담아서 사내와 계집을 내니
> (기5) 불쌍하신 목숨에 감자씨 이으심을 대구담이 하셨습니다.
>   아득한 후세에 석가불 되실 줄 보광불이 이르셨습니다.

이렇게 읽는다면, 기3, 기4, 기5는 기1과 기2를 보여주는 한 사례로 이해하게 된다. 기3을 시작하는 "아승기전과 "오백전"은 헤아릴 수도 없이 오래전이라는 의미로 "천세 전"과 상통한다. 또한, 텍스트에 드러나지 않은 어떤 이도 아승기 전에도, 오백겁 전에도 살았던 존재이며, 아승기세 전에도 오백세 전에도 원수인 자 때문에 죽임을 당하며(기3), 사내와 계집으로 다시

과 같이 중심적 요소의 요구가 있으나 텍스트에서는 생략된 요소를 가리킨다.

10 차현실은 기1과 기2가 메타 언어적 기능을 지니고 텍스트 전체를 지배한다고 설명한다. 차현실, 「월인천강지곡의 장르와 통사구조의 상관성」, 『월인천강지곡의 종합적 고찰』, 한국어문학연구소 학술대회, 이화여대 한국어문학연구소, 2000, 29쪽.

소생하는, 영원히 죽었다 다시 살아나는 인물(기4)이라는 점에서 마찬가지이다. 이렇게 아주 오래전이라는 의미요소는 기1의 "석가불", 기2의 "세존", 기3의 "임금 자리를 버리는", "정사에 앉아 있던" 행위자, 기4의 "오백 전 원수" 때문에 "동생에게 죽임을 당하였으나" 다시 소생한 행위자를 하나로 묶는다. 기3과 4는 기1과 기2의 끝없고 가없는 공덕, 시공을 초월한 공덕을 구체적으로 형상화한 것이다. 독자는 이를 통해 텍스트에서 옛날 어느 시공에서 **버리는 행위를** 하는 자는 모두 아마도 석가불이며, 그들은 **죽고** 다시 살아남으로써 "무량무변 공덕"을 행하는 자로 예측할 것이다.

이상과 같이 고정되고 통제된 방식으로 주제를 읽을 수 있는 〈월인천강지곡〉과 달리 〈용비어천가〉는 변경되고 탐색되는 방식으로 주제를 읽을 수 있다.

> (1장) 해동 육룡이 나시어 일마다 천복이시니 고성이 동부하시니
> (2장) 뿌리 깊은 나무 바람에 아니 흔들리며, 샘이 깊은 물 가뭄에 아니
>   그치니

〈용비어천가〉 1장의 주요 의미요소는 "해동 육룡", "날다", "일", "천복", "고성", "동부"라고 할 수 있다. 이 의미요소들은 나머지 장들을 해석할 수 있는 통제적 준거가 되거나 의미 탐색의 근거가 될 수 있다. 제1장의 축자적인 의미는 "해동에서 여섯 용이 날아올라, 하는 일이 모두 하늘의 뜻이며, 중국의 옛 성현의 일과 같다."로 풀어볼 수 있다. 이 해석을 바탕으로 독자는 이어지는 장들에서는 해동의 여섯 용, 천복인 일, 고성이 동부한 일에 대해 살필 수 있으리라 기대하게 된다. 2장은 앞선 1장 읽기에서 빚어진 기대와는 무관하게 새로운 의미요소를 덧붙이는 장으로 읽힌다. "뿌리 깊은

나무"와 "샘이 깊은 물"은 "깊다"라는 의미로 통합되며, 이 깊음이 "바람"이나 "가뭄"과 같은 문제 상황을 문제로 만들지 않는 속성이 된다. 이러한 의미가 1장과 결부되면, 독자는 천복이자 고성 동부한 육룡의 일에 "깊다", "끝나지 않는 것" 등의 새로운 의미요소들을 부가시킬 수 있다. 말하자면 1장에서 2장, 장들을 넘어가면서, 〈용비어천가〉의 행위자 해동 육룡은 고성 동부, 천복, 깊음, 영속과 같은 의미요소와 결부되는 것이다.

> (3장) 주국대왕이 빈곡에 사셔서 제업을 여셨습니다.
>   우리 시조가 경흥에 사셔서 왕업을 여셨습니다.
> (4장) 적인 사이에 가시어 적인이 침범하니 기산으로 옮기심도 하늘 뜻이니
>   야인 사이에 가시어 야인이 침범하니 덕원으로 옮기심도 하늘 뜻이니

3장은 "주국대왕"이라는 구체적인 인물로 시작한다. 후절 또한 "우리 시조"로 시작하여, 독자는 이 장부터 고성과 육룡에 속한 구체적 인물이 등장할 것이라 예측할 수 있다. 또한, 3장 전절의 "빈곡에 사셔서 제업을 열다."에 후절의 "경흥에 사셔서 왕업을 열다."가 나란히 제시되어 있으므로, 주국대왕과 우리 시조가 "동부"하다는 것을 확인하게 된다. 이러한 텍스트의 구조적 동일성은 역으로 독자가 주국대왕의 정체에 대해 알건 모르건 주국대왕이 "고성"임을 인식하게 되는 계기로 작용한다. 게다가, "시조"는 최초나 아주 오래전이라는 의미를 환기함으로써 깊다와 연계된다. 이어지는 4장에서는 주체의 행위가 "하늘 뜻"이라고 직접 언급함으로써 "천복"의 의미도 끌어온다. 이렇게 보면 〈월인천강지곡〉의 해석 방식과 크게 다르지 않은 것처럼 보인다.

문제는 3장에 등장하는 우리 시조와 4장의 생략된 주체를 예견하는 데서 발생한다. 3장과 4장 전절은 둘 다 주나라 고공단보에 대한 것인데 반해, 3장 후절은 목조, 4장 후절은 익조에 대한 것이다. 그런데 행위자가 생략된 상태에서 독자들이 "동부"라는 기준을 의심 없이 수용했다면, 두 절의 행위자를 모두 목조로 해석할 수도 있다. 〈용비어천가〉는 조선 건국 주체인 태조와 아들 태종, 그리고 태조의 선대조인 목조(고조부), 익조(증조부) 도조(조부) 환조(부父)에 대한 노래로, 이 주체들이 역사적 존재로 읽히기 위해서는 개별 행위자로 해석되어야 한다. 그런데 〈용비어천가〉는 노래하는 대상인 6명의 주요 행위자를 명확히 변별하지 않는다. 〈용비어천가〉는 구조적으로 행위 주체를 자주 생략하고, 유사한 의미를 지닌 서술어를 반복한다. 각 행위자의 개별 행위나 개성을 드러내지 않으며, 관련된 부수적 행위자도 고유명사가 아니라 보통명사로 제시한다.[11]

〈용비어천가〉의 이러한 특성은 특정 행위자와 행위의 연결을 어렵게 하고 관련된 행위자들을 종종 혼동하게 하여, 해석자가 제시된 사건에 속한 인물이 누구인지, 개별 행위를 수행하는 인물이 누구인지 지속적으로 추적하게 한다. 행위자를 명확히 구별할 수 없다면, 각 행위자를 역사적 존재로 인식하기 어려울 수도 있다. 뿐만 아니라 독자들이 생략된 주체가 여섯 용 중에 누구인지를 끊임없이 탐색하고 구별하기를 시도하다가 구별이 어려워지는 어떤 지점에 도달하게 되면, 육룡을 구별하는 일이 텍스트 해석

---

11 김보현, 「〈용비어천가〉의 서사 구성에 대한 해석의미론적 연구」, 『기호학 연구』 38, 한국기호학회, 2014, 97-123쪽.

에 어떤 가치를 지니는지 의심하는 극단적 지경까지 이를 수 있다. 어떤 독자가 모든 행위를 개별 행위자에 연연하지 않고 "육룡"의 행위로 통합해서 읽었다면, 이는 〈월인천강지곡〉과 같은 방식으로 읽은 것이다. 이와 달리 텍스트의 어떤 행위를 목조, 익조, 도조, 환조, 태조, 태종과 각각 연결하여 개별적 사건으로 이해하고자 한다면, 독자는 텍스트와 텍스트 밖의 정보들을 적극적으로 탐색해야 한다. 결국 〈용비어천가〉의 주요 의미는 그것이 생산자나 텍스트의 의도이건 아니건, 해석자의 선택에 따라 결정된다고 할 수 있겠다.

(2) 전략부 – 배열된 요소들, 재배치하기

전략부의 의미 작용은 의미 단위의 순차적 조합과 인지하는 의미요소의 배열에서 발생한다. 독자가 사전 정보 없이 어떤 기호로 구성된 텍스트를 마주했다고 가정할 경우, 독자는 우선 텍스트가 어떤 기호와 어떤 규칙으로 조합되었는지를 살피고, 자신이 알고 있는 기호와 규칙을 토대로 의미요소를 배열하여, 텍스트를 해독 가능한 것으로 인식한다. 전략부의 의미 단위에 대한 인식 순서나 의미요소 배열에서 도출되는 의미 작용을 논하면서, 우선 고려하는 항목은 텍스트의 형식적이고 표면적인 차원과 텍스트의 내용적이고 조합적인 차원이다. 텍스트의 형식적이고 표면적인 차원은 말 그대로 어떤 의미요소들이 어떤 방식으로 물질적 텍스트를 구성하고 있는

가와 관련된다.[12] 그런데 전략부의 의미 작용은 제시된 의미요소를 순차적으로 결합하는 데 그치지 않는다. 앞서 살펴본 〈월인천강지곡〉과 〈용비어천가〉는 모두 조선 시대의 문자 언어인 한글이라는 기호로 쓰인 물질적 텍스트이다. 표면적으로 〈월인천강지곡〉, 〈용비어천가〉는 문자 언어로 구성된 텍스트이면서, 형식적으로는 장별, 행별로 구별되어 있는 운문 텍스트이다. 두 텍스트의 장(혹은 기)과 행들은 텍스트에 형식적 완결성이 구축될 수 있도록 만든다. 그러나 그러한 완결성을 내용적 측면에까지 확대할 수는 없다. 〈용비어천가〉부터 살펴보자.

〈용비어천가〉에 대한 기존의 연구에서는 〈용비어천가〉의 서사에 해당하는 1장과 2장, 결사에 해당하는 125장을 제외하고, 〈용비어천가〉의 3장에서 124장까지를 전절과 후절로 분리한다. 전절은 고성, 후절은 육조로 나뉘기 때문이다. 후절을 행위자별로 순서대로 정리하면 목조 ⇒ 익조⇒ 도조 ⇒ 환조 ⇒ 태조로 이어지고, 다시 목조에서 출발하여 익조⇒ 도조 ⇒ 환조 ⇒ 태조 ⇒ 태종으로, 다시 목조⇒ 익조⇒ 도조 ⇒ 환조 ⇒ 태조 ⇒ 태종으로 끝난다. 이렇게 순차적인 방식으로 텍스트를 이해하기도 하지만, 이러한 텍스트의 배열과는 다른 방식으로 의미요소들을 재배열할 수 있다. 아래의 표와 같이 주기성 및 순차성을 지닌 텍스트로 정리한 것이다. 이 배열은 텍스트를 읽은 독자가 특정 행위자의 주기적인 행위들을 묶어서 행위자를 중심으로 서사를 새롭게 배치할 가능성을 마련한다.[13]

---

12 최용호, 『텍스트 의미론 강의』, 인간사랑, 2004, 156-158쪽.

13 이 분절과 배열은 성기옥, 「〈용비어천가〉의 서사적 짜임」(정병욱 선생 환갑기념논총, 1982)

표 2. 〈용비어천가〉의 서사 분절과 배열

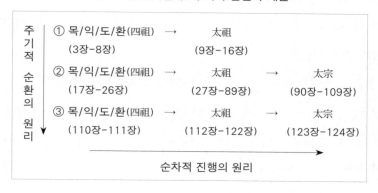

〈용비어천가〉를 읽는 독자는 다음과 같은 의미화 과정도 가능하다. ㉮ 독자가 〈용비어천가〉를 순차적으로 읽는다. ㉯독자는 ①을 읽으면서 목조, 익조, 도조, 환조, 태조의 행위를 발견하고, 사건이나 서사를 도출한다. ㉰ 독자가 이어서 ②를 읽을 때, 이미 읽은 ①은 ②에서 도출한 행위나 사건에 연계되어, 기존의 서사를 확장하거나 새로운 서사를 도출한다. ㉱독자가 ③을 읽을 때, 수행한 ㉯의 과정에서 얻어진 결과를 ③의 읽기 과정에 반영한다. ㉲이러한 과정을 통해 독자는 행위 주체를 중심으로 목조는 3, 7, 110장 등, 태조는 9, 27, 112장 등, 태종은 90, 123장 등의 의미요소들을 병합하여 육조에 대한 개별 서사를 구성한다. ㉮~㉲로 진행되는 읽기는 인물에 따라 구성요소들을 분절하는 방식으로 읽는 것을 가정하고, 개별 행

에서 제안한 것이다. 개별 행위 주체의 관점에서 〈용비어천가〉의 서사구조는 표2처럼 반복적이고 순환적이라고 할 수 있다. 다만, 제반 지식이 없는 비전문적 독자들이 〈용비어천가〉를 이러한 방식으로 읽는 것은 어렵다고 생각한다. 따라서 독자의 해석적 관점을 살피는 연구는 어떤 독자를 중심으로 독서모델을 구축할 것인지를 미리 설정해야 한다.

위자들의 서사를 도출할 수 있다. 그런데 텍스트에 나열된 순으로, 혹은 행위자별로 나누어서 읽는 이러한 읽기 방식은 텍스트가 지닌 중대한 형식적 특성을 넘어서게 한다.

사실 〈용비어천가〉는 표면적으로 행위의 주체를 명확히 명명하지 않는다. 따라서 각 행위나 사건에 관련된 인물들을 이미 알고 있는 생산자나 **전지적 독자**가 아니라면 이와 같은 방식으로 읽는 일은 너무도 어렵다. 그렇다면 일반적인 독자에게 어떤 방식의 의미 배열이 가장 손쉬운 것일까? 〈월인천강지곡〉에 그 단서가 있다.

(기6) 외도인 오백 명이 선혜의 덕을 입고 제자가 되어 은돈을 바쳤다.
   꽃 파는 여인 구이가 선혜의 뜻을 알고 부부가 되고자 꽃을 바쳤다.
(기44) 동남문에서 노닐다가 늙고 병든 사람을 보고 출가할 마음을 낸다.
   서북문에서 죽은 사람, 비구승을 보고 출가할 마음을 더욱 서두른다.

〈월인천강지곡〉은 〈용비어천가〉처럼 각 장이 전절과 후절 2개의 절로 구성되어 있지만, 두 절의 내용은 연결된다. 별개의 사건이 아니라, 동일한 행위자에 속한 하나의 사건이나 관련된 사건을 이어 제시하는 것이다. 기6은 선혜에 관한 이야기로, 외도인 오백 명이 선혜의 덕을 입고 제자가 되어 은돈을 바쳤으며, 구이가 선혜의 뜻을 알고 부부가 되고자 했다는 것이다. 기44는 생략된 주체인 실달태자가 동남문에서 놀다가 늙고 병든 사람을 보고, 서북문에서 죽은 사람과 비구승을 보고 출가할 마음을 내었다는 것이다. 주제부에서 살핀 것처럼 〈월인천강지곡〉은 석가불, 세존, 임금 자리를 버린 자나 인용문 기6에 등장하는 선혜나 기44에서 출가할 마음을 내는 어떤 사람은 모두 한 행위자로 통합될 수 있는 조건을 갖추고 있었다. 전생과 이생의 행위자들에게서 공통의 요소를 가려 뽑고, 한 행위자의 서사로 통합함으로써, 불교의 환생과 열반의 서사를 구성하도록 만드는 것이다. 이러한 읽기는 〈월인천강지곡〉의 의미요소를 재배치하여 연계하는 전략부의 의미 작용에 의한 결과물이라고 할 수 있다.

〈월인천강지곡〉에 대해 이상과 같은 읽기를 가정하면, 이를 〈용비어천가〉에도 적용해볼 수 있다. 〈월인천강지곡〉에서 석가불, 세존, 선혜처럼 드러난 인물이나 임금 자리를 버린, 죽임을 당한, 출가를 결심한 자와 같이 명명되지 않는 인물들을 모두 석가모니 부처로 묶는 것처럼, 〈용비어천가〉의 목조, 익조, 도조, 환조, 태조, 태종 등 텍스트에 명시되지 않은 개별 행위자들을 육룡이라는 **집합적 주체**로 묶을 수 있다. 〈월인천강지곡〉의 서사가 모두 부처의 서사로 통합되는 것처럼, 〈용비어천가〉의 서사도 모두 육룡의 서사로 변형하는 것이다. 이러한 전략부의 의미 작용은 〈용비어천가〉의 행위자들을 "육룡"이라는 집합적 주체로 통합하는 극단적인 해석을 가능하게 한다.

이상과 같은 읽기에서 차출되는 의미요소는 행위 자체로 보인다. 〈용비어천가〉에서 의미화의 교량은 /유교/, /도리/, /건국/ 등의 자질로 귀결되는 "가다, 살다, 구하다, 세우다"와 같은 행위들이고, 〈월인천강지곡〉에서 의미화의 교량은 /불교/, /도리/, /공덕/ 등의 자질로 귀결되는 "버리다, 살리다, 구하다, 드리다"와 같은 행위인 것이다. 의미요소들을 추출·배열하는 이러한 작업은 〈용비어천가〉나 〈월인천강지곡〉을 특정 인물의 것이 아니라, /건

국/이나 /공덕/을 수행하는 유형화된 인물의 것으로 변형하게 만든다.[14]

(3) 변증부 – 서사와 서사화

지금까지 살핀 〈월인천강지곡〉과 〈용비어천가〉는 어떤 내용을 담고 있는 텍스트인가. 어떤 연구자들은 〈월인천강지곡〉은 석가의 전생 이야기를 담고 있는 시가, 〈용비어천가〉는 조선 건국 주체들의 이야기를 담고 있는 시가 즉, **이야기를 담고 있는 서사시**라고 규정한다. 어떤 연구자들은 〈용비어천가〉와 〈월인천강지곡〉이 진정 서사다운 서사를 구현하고 있는지 되물으면서, 이들의 주요 목적을 교화로 보고 교술시라고 규정하기도 한다. 〈용비어천가〉와 〈월인천강지곡〉의 장르 규정의 문제는 이 두 텍스트를 연구하는 사람들이라면 한 번쯤은 고민하게 되는 난해한 문제이다. 그런데 해석의미론의 관점으로는 그러한 장르적 규정은 아무런 문제가 되지 않는다. 해석의미론에서 장르는 독자의 선지식을 자극하고, 해석의 방향성을 결정하는 도구일 뿐, 불변의 가치는 아니기 때문이다.

텍스트의 서사적 의미는 변증부에서 활성화된다. 일반적으로 서사적 의미 작용에 관여하는 의미요소는 인물들과 행위들, 행위의 연쇄로 발생하는 변형이나 갈등이다. 해석의미론은 이러한 갈등과 해소를 대립적 관계와 친화적 관계의 연쇄로 표현한다.[15]

---

14 김보현, 「〈월인천강지곡〉의 서사 구성 방식 연구」, 『우리문학』 51, 우리문학회, 2016, 218-224쪽.

15 송효섭, 『해체의 설화학』, 서강대학교출판부, 2009, 294쪽.

표 3. 라스티에의 서사의 기능과 통합체

친화적 통합체	친화적 기능	대결적 기능	대결적 통합체
계약	제안(가능성) / 수용(가능성)	도전(가능성) / 응전(가능성)	대립
교환	전달 / 전달	공격 / 반격	충돌
결과	재분배	인정	결과

텍스트가 등장하는 인물들과 행위들이 표에 제시된 통합체, 계약-교환-결과의 친화적 통합체나, 대립-충돌-결과의 대결적 통합체들을 연달아 재현한다면, 대부분의 독자는 이를 이야기로 인식하는 것이다. 우리가 아는 단군신화, 주몽신화와 같은 설화를 비롯하여 춘향전, 흥부전과 같은 고전소설은 이와 같은 변증부의 의미 작용이 활성화되는 전형적인 범주에 속한다. 그렇다면 〈용비어천가〉와 〈월인천강지곡〉은 어떠한가? 〈월인천강지곡〉 기3과 기4를 다시 살펴보자.

(기3) 아승기전 오래전 세상에 임금 자리를 버리고 정사에 앉아 있더니
오백전 세상의 원수가 나라의 재산을 훔쳐서 정사를 지나가니
(기4) 형님인 것을 모르므로 발자취를 밟아서 나무에 꿰어, 목숨을 마치시니
자손이 없으므로 몸의 피를 모아 그릇에 담아서 사내와 계집을 내니

표 4. 〈월인천강지곡〉의 텍스트 재구성

절	텍스트의 빈자리( ) 채우기
기3-1	아주 오래전 (어떤 나라의 왕자가) 임금 자리를 버리고 정사에 앉아 있었다.
기3-2	(그보다 더 오래전) 오백 전생에서 원수였던 자가 나라의 재산을 훔쳐서 정사 앞을 지나갔다.
	(왕자의 동생이 나라 재산을 훔친 도둑의 발자취를 밟아 쫓으니, 어떤 이가 정사에 있었다.)
기4-1	(동생이 그가) 형님인 것을 모르고, 발자취를 쫓았던 (도둑이라 착각하여) 그를 나무에 꿰자, 그는 목숨을 잃었다.
기4-2	(죽은 형에게) 자손이 없어서 몸의 피를 모아 그릇에 담아서 사내와 계집을 만들었다.

전략부에서 살펴보았듯이, 〈월인천강지곡〉은 해석상의 빈자리가 매우 많다. 그럼에도 한국어로 의사소통을 할 수 있다면 표에서 제시한 정도의 내용은 채울 수 있다. 이렇게 채워진 내용이 서사가 되기 위해서 가장 필요한 것은 서사의 주체 즉, 주인공과 그의 행위이다. 여기에 제시된 행위자는 임금 자리를 지닌 자(죽은 자, 사내와 계집이 된 자), 원수였던 자, 동생인 자, 사내와 계집을 만든 자이다. 이 중에 누구를 주인공으로 볼 수 있을까? 네 행위자 중에 상태가 변화하는 행위자는 임금 자리를 버린 자이다. 그는 왕의 계승자로 태어났지만 임금 자리를 버리고, 정사에 앉아 불도를 닦다가, 동생에게 죽임을 당하고, 다시 남자와 여자로 나뉘어 태어난다. 대부분의 이야기에서 주인공들은 고난을 겪고, 조력자의 도움을 받고, 적대자의 공격을 받고, 지위도 변한다. 우리가 구담 바라문의 이야기를 모른다 하더라도, 이러한 전형에 딱 맞는 행위자는 임금 자리를 버리고 죽어서 다시 태어

이론으로 서사 읽기

난 자라고 예측할 수 있다.

왕위 계승 이야기에 친숙한 독자는 이 인물을 중심으로 다음과 같은 관계도 연상할 수 있다. 임금 자리나 버림, 형님 등의 단어에서 왕자들 간의 왕권 교환 및 계승이라는 친화적 관계를, 원수나 나라 재산, 죽음 등의 단어에서 왕과 도둑 간의 공격 및 반격이라는 대결적 관계를 떠올리는 것이다. 이러한 상상은 독자에게 표5와 같은 연쇄를 구성하게 한다. 서사 연쇄에서 텍스트를 통해 확인되는 부분은 검은 색으로, 독자의 지식이나 예상, 상상 등을 통해 채워지는 부분은 회색으로 표시하였다. ø는 텍스트에서 존재를 예상할 수는 있으나 생략된 행위자를 표시한 것이다.

표 5. 〈월인천강지곡〉의 구성 가능한 서사 연쇄

예상되는	통합체	친화적	계약	주인공은 임금 자리를 버리고 수행 자리를 얻고자 제안하다. 동생은 임금 자리를 대신하고, 통치 권리를 얻고자 수용하다.
			교환	임금의 권리를 전달하다. 수행의 자유를 전달하다.
			결과	주인공은 정자에서 수행을 하고, 동생은 임금 자리를 얻는다.
드러나는	통합체	대결적	대립	도둑이 나라의 재산을 훔쳐 달아나다(도전). 동생이 도둑을 잡다(응전).
			충돌	동생이 도둑을 잡아 죽이다.(공격) 도둑이 달아나다(반격)/도둑이 아닌 주인공이 죽임을 당하다.
			결과	잘못된 죽음, 재생의 가능성
도출되는	통합체	친화적	계약	주인공 석가를 다시 태어나게 하고자 하다. ø가 몸의 피를 모아 사내와 계집을 만든다.
			교환	ø가 몸의 피를 모아 사내와 계집을 만든다. 주인공이 사내와 계집으로 환생하다.
			결과	석가로 다시 환생하다(주인공은 죽지 않는다).

예상되는 통합체에서는 독자가 텍스트에 드러난 **결과**를 바탕으로, 선행되었을 내용인 **계약**과 **교환**을 추정하고 친화적 통합체를 구성한다. 드러나는 통합체는 텍스트에 명시적으로 드러난 **대립**과 **충돌**로 대결적 통합체를 구성한다. 그런데 주인공이라고 할만한 행위자가 죽어버리면서, 이어지는 통합체의 시작으로 연계된다. 도출되는 통합체는 명시되지 않으나 행위는 존재하고, 이러한 행위는 불교와 전생과 같은 텍스트에 대한 사전 지식, 주인공이 죽으면 서사가 끝난다와 같은 서사적 클리셰, 앞선 기1, 2에서 나타나는 의미요소 영속성 등이 종합되어 석가의 탄생이라는 결과를 도출하게 된다.

〈용비어천가〉도 〈월인천강지곡〉과 마찬가지로 서사를 구체화하는 기능적 연쇄를 도출할 수 있다.

> (3장) 주국대왕이 빈곡에 사셔서 제업을 여셨습니다.
>   우리 시조가 경흥에 사셔서 왕업을 여셨습니다.
> (4장) 적인 사이에 가시어 적인이 침범하니 기산으로 옮기심도 하늘 뜻이니
>   야인 사이에 가시어 야인이 침범하니 덕원으로 옮기심도 하늘 뜻이니

〈용비어천가〉 4장에서 주제어는 "살다", "왕업", "가다", "침범", "옮김", "하늘 뜻"이다. 여기서 독자는 "주인공들이 빈곡/경흥에서 왕업을 열었는데, 이곳을 "적인/야인이 침범하여서 기산/덕원으로 이주했고, 이 이주는 하늘의 뜻이다."라고 해석할 수 있다. 이렇게 간단한 해석에서도 독자들은 친화적-대결적-친화적이라는 통합체의 연쇄를 예측할 수 있다.

이론으로 서사 읽기

표 6. 〈용비어천가〉의 구성 가능한 서사 연쇄

예상되는	통합체	친화적	계약	백성이 넉넉하고 실속 있기를 원하다. 주국대왕/우리 시조가 넉넉하고 실속 있게 할 수 있다.
			교환	주국대왕/우리 시조가 빈곡에서/경흥에서 덕을 행하다. 백성이 덕을 입다.
			결과	주국대왕/우리 시조가 빈곡에/경흥에 왕업을 세우다.
드러나는	통합체	대결적	대립	주국대왕/ø (우리 시조?)가 적인의 사이에 가다. 적인/야인이 거부하다.
			충돌	적인/야인이 침범하다. 주국대왕/ø (우리 시조?)가 침범을 이기지 못하다.
			결과	주국대왕/ø (우리 시조?)가 기산으로/덕원으로 옮기다.
도출되는	통합체	친화적	계약	주국대왕/ø (우리 시조?)는 침범을 피하고자 하다. 하늘의 뜻이 주국대왕/ø (우리 시조?)를 이주시키고자 하다.
			교환	주국대왕/ø (우리 시조?)가 기산으로/덕원으로 옮기다. 하늘이 침범을 피하여, 나라를 세우도록 하다.
			결과	주국대왕/ø 는 하늘의 뜻대로 나라를 세우다.

이를테면 주인공이 빈곡/경흥에 살면서 왕업을 세울 수 있었던 것은 오
랑캐와 분쟁이나 대결은 없었기 때문이다. 따라서 빈곡/경흥에서 예상되
는 관계는 반대결적 즉, 친화적 관계이다. 이후 주인공들이 적인/야인 사이
에 가니 그들이 침범하였다는데, "침범"은 주인공과 적인/야인이 대결적
관계임을 보여준다. 주인공들은 대결적 관계에서 싸우지 않고 "옮김"을 통
해 문제를 해결하는데, 이러한 해결 방식은 하늘 뜻이다. 하늘은 주인공이
임무를 수행하여 목적을 달성하도록 조종하는 자이므로, 하늘과 주인공의
관계는 친화적인 연쇄를 도출할 가능성이 크다. 이렇게 보면 〈용비어천가〉
는 해석의미론적 관점의 필수적인 서사적 요소를 갖춘 셈이다. 그러나 독
자들이 이 정도의 해석으로는 만족하지 않을 것이다. 이에 〈용비어천가〉의

발신자들은 삭제된 서사성을 충족시킬 수 있도록, 많은 분량의 주석을 제공한다. 주석을 통해 표7과 같이 생략된 내용을 채워볼 수 있다.

표 7. 〈용비어천가〉의 텍스트 재구성

절	텍스트의 빈자리( ) 채우기
3장-1	주국대왕이 빈곡에 사시면서 제업을 열었다.
4장-1	(주국대왕이) 적인 사이에 갔는데 또 적인이 침범하여 기산으로 옮겼다.
4장-1	주국대왕이 기산으로 옮긴 것은 하늘의 뜻이다.
주석	주국대왕이 빈곡에서 덕을 쌓고 기산으로 옮기니 사람들이 따랐다. 사람들은 나라의 근간이므로 이로써 나라를 세울 수 있었다. 이 모두가 하늘의 뜻이다.
3장-2	우리 시조인 목조가 경흥에 사시면서 왕업을 열었다.
4장-2	익조가 야인 사이에 갔는데 또 야인이 침범하여 덕원으로 옮겼다.
4장-2	(익조가 덕원으로 옮긴 것은) 하늘의 뜻이다.
주석	우리 시조+익조가 덕원으로 옮기니 사람들이 모두 따랐다. 사람들은 나라의 근간이므로 이로써 나라를 세울 수 있었다. 이 모두가 하늘의 뜻이다.

만약 어떤 독자가 텍스트의 편집 과정에 따라 3, 4장 전절의 주석을 먼저 읽고 "주국대왕이 빈곡에서 덕을 쌓고 기산으로 옮기니, 사람들이 모두 따랐다. 이로써 나라를 세울 수 있었다."라고 해석한다면, 고성 동부라는 조건에 따라 3장, 4장의 후절은 동일한 맥락에서 "우리 시조가 경흥에서 덕을 쌓고 덕원으로 옮기니 사람들이 모두 따랐다."는 내용으로 해석할 것이다. 그런데 후절의 주석을 읽다 보면, 4장 전절에서 생략된 주체는 3장의 주국대왕과 같은 인물인데 비해, 후절에서 생략된 주체는 우리 시조인 목조가 아니라 그의 아들 익조라는 것을 알게 된다. 독자들은 주석을 읽으

면서, 앞선 장의 전절과 후절의 관계를 동일하게 참조한다는 해석 규칙에서, 후절의 행위주체 설정은 개별적으로 탐색해야한다는 새로운 해석 규칙을 발견한다. 이러한 **행위주체의 재탐색**은 이어지는 장의 행위주체를 예측할 수 없다는 사실을 의미하며, 이는 〈용비어천가〉의 서사 구성의 중대한 변수가 될 수 있다.

웬만한 서사 텍스트는 인물과 행위, 이들 간의 갈등과 갈등 해소, 친화와 대결과 같은 관계 변화 등 서사를 구성할 수 있는 의미요소들이 곳곳에 널려 있어, 텍스트를 읽는 순간 자동적으로 서사적 의미를 구성할 수 있다. 그러나 해석의미론에서는 서사적 의미 작용을 서사 텍스트에 국한하지 않고, 범텍스트적 인지 작용으로 확대한다.[16] 변증부는 서사를 활성화할 만한 요소가 하나라도 등장하면 서사적 의미 작용을 가동할 만반의 태세를 갖춘다. 〈월인천강지곡〉처럼 전형화된 서사적 지식에 기대어 작동하기도 하고, 〈용비어천가〉처럼 주석에 의지하여 작동하기도 하며, 새로운 정보를 입수하면 앞서 구성한 서사를 변경하기도 하면서 독자에게 서사를 구성할 수 있는 의미적 틀을 제공하는 것이다.

(4) 변론부 - 역사와 신화

〈용비어천가〉와 〈월인천강지곡〉은 역사적이고 실존적 인물을 정치적 혹은 종교적 존재로 믿고 찬양하고자 하는 목적성을 띠고 있는 텍스트이

---

16 안스가 뉘닝, 베라 뉘닝 엮음, 『서사론의 새로운 연구 방향』, 조경식 외 역, 한국문화사, 2018.

다. 이러한 목적성은 기술된 대상과 세계에 대해 진술하는 이의 입장이나 태도에서 드러나며, 양태라는 언어적 기표로 표출된다.[17] 변론부에서는 텍스트의 발신자나 행위자들이 표출한 양태들의 의미 작용과 이를 해석하는 독자의 태도를 확인할 수 있다. 〈용비어천가〉는 조선의 건국 주체인 태조 이성계를 중심으로 태조의 고조부 목조, 증조부 익조, 조부 도조, 부父 환조, 자子 태종의 사적에 대해 단언적 어조로 말하고, 이를 찬양하면서, 후대의 왕에게 경계한다. 따라서 〈용비어천가〉의 지배적 양태는 단언(참과 거짓), 평가(긍정과 부정), 청유(금지와 허용)의 양태이다.[18]

> (9장) 하늘을 우러러 죄를 물으심에 사방 제후가 모이더니, 성화 오래시니 서이 또 모이니
>   창의반사(의를 노래하고 군사를 이끎)에 천리 인민이 모이더니, 성화 깊으시니 북적이 또 모이니
> (13장) 말씀을 올리는 사람이 많되 천명을 의심하므로 꿈으로 재촉하시니
>   노래를 부르는 사람이 많되 천명을 모르시므로 꿈으로 알리시니

〈용비어천가〉의 많은 장들은 태조의 행적이 하늘의 뜻이자 왕업이라고 직접 말하거나 관련된 일화를 언급한다. 9장에서 천리의 인민이 모이고, 북적이 모이는 것은 실제 일어난 일일 수 있다. 그런데 이것을 "창의반사"나

---

17 양태의 유형에 대해서는 송효섭(2009), 최용호(2004)를 참고할 수 있다.

18 〈용비어천가〉의 지배적 양태에 대해서는 김보현(2012), 앞의 논문, 125-147쪽 참조.
    (77장) 남은 죽이려 하거늘 천지처럼 넓은 도량이시어(평가)
    (110장) 구중에 드셔 태평을 누리실 때 이 뜻을 잊지 마십시오(청유)

"성화의 깊음"과 연계하여 인과관계를 설정하는 것은 발신자의 견해이다. 13장에서 목자가 왕이 된다는 노래를 하늘이 내린 운명과 직결시키는 것은 발신자의 해석이다. 태조의 행적에 대한 이와 같은 단언적 표현은 발신자의 믿음과 해석을 마치 사실인 것처럼 보이도록 만든다. 발신자는 스스로 참이라고 생각한 내용을 명제로 제시했겠지만, 텍스트에 등장하는 인물이나 독자가 모두 발신자의 의견에 동조한다고 볼 수 없다. 13장에서 태조가 "천명을 모른다."라고 한 것은 태조가 자신의 행적을 왕업이라 판단하지 않는다고 이해할 수 있다. 뿐만 아니라 〈용비어천가〉에서는 태조는 왕이 되고자 회군한 것이 아니라고 말한다.

발신자와 행위자 태조가 이렇게 상반된 태도를 취할 때, 독자는 그들의 말에서 참과 거짓을 결정하고자, 믿을 만한 증거들을 텍스트 안팎에서 찾는다. 독자가 텍스트를 진실로 받아들여, 발신자는 알고 태조는 몰랐으므로 태조의 행적이 왕업이라는 명제는 참이라고 판단할 수도 있고, 태조가 몰랐다고 하는 태조의 말이나 그것을 사실인양 인용한 발신자의 말이 거짓이라고 판단할 수도 있다. 전자의 독자는 태조의 신성성을 수용하여 텍스트를 건국 신화로 읽거나, 후자의 독자는 태조의 신성성을 허위나 과장으로 인식하여 텍스트를 승자가 기술한 역사로 읽을 수 있다. 결국 〈용비어천가〉의 진실성은 발신자, 발화된 세계, 발화된 인물, 발화된 인물이 발화한 세계 등 텍스트 내에서 구현되는 태도, 그리고 이를 수용하는 해석자와 관련되는 것이다.[19]

---

19 그레마스는 담론의 진실성을 "계약"이라는 용어를 사용하면서 다음과 같이 표현한 바

〈월인천강지곡〉은 석가의 전생, 석가의 수행과 공덕에 대해 말하고 찬양하는 노래다. 〈용비어천가〉와 마찬가지로 독자가 제시된 사적을 믿고 찬양에 동참하도록 만들기 위한 텍스트인 것이다. 그런데 〈월인천강지곡〉과 〈용비어천가〉의 발신자들이 말하고자 하는 바는 조금 다른 방식으로 드러난다. 〈용비어천가〉에서는 발신자의 단언, 청유, 평가의 양태가 다수 드러난다. 그에 비해 〈월인천강지곡〉에서 두드러지는 양태는 존재(현실적/비현실적)와 기호(기술적/설명적)의 양태이다. 존재적 양태는 사실적이냐 비사실적이냐 하는 것이며, 기호적 양태는 기술적이냐 설명적이냐 하는 문제다. 〈용비어천가〉의 신성성은 꿈을 통한 예언이나 징조 등과 같이 일어난 사실을 해석하는 방식으로 구성된다면, 〈월인천강지곡〉의 신성성은 비현실적 존재의 등장과 주인공과의 대결, 이에 관한 서술로 재현된다고 할 수 있다.

> (기189) 열여섯 마리 독룡이 모진 성을 내어 몸에서 불을 내고 우박을 뿌리니
> 다섯 나찰녀가 상스러운 모양을 지어 눈에서 불을 내어 번개와 같으니
> (기190) 금강신의 금강저에 불이 나거늘 독룡이 두려워하니
> 세존의 그림자에 감로를 뿌리거늘 독룡이 살아나니
> (기193) 발을 드시니 오색 광명이 나서 꽃이 피고 보살이 나시니
> 팔을 드시니 보배의 꽃이 떨어져 금시조가 되어 용을 두렵게 하니

있다. 진실성의 방식들은 발화자와 피화자의 이중적 기여에서 결과된다. 상이한 위치는 커뮤니케이션 구조와 두 행동자 사이의 묵시적 일치에서 오는 어느 정도 안정된 균형의 형식 아래서만 고정될 수 있다. 진실성의 계약이란 이름으로 지칭되는 것은 이 같은 암묵적 일치이다.
그레마스, 『의미에 관하여』, 김성도 역, 인간사랑, 1997, 462-463쪽.

　　　　　　　　　　　　　　　　　　　이론으로 서사 읽기

〈월인천강지곡〉 기189, 기190, 기193에는 독룡, 나찰녀, 금강신, 세존, 보살, 용, 금시조가 등장한다. 이 인물들은 독룡/용, 나찰녀 대對 금강신(세존), 보살, 금시조로 나눌 수 있다. 독룡과 나찰녀는 성을 내고, 우박을 뿌리며, 불을 내는 모진 존재이고, 금강신(부처의 본체)은 금강저로 독룡과 나찰녀를 제압하면서도 다시 살리는 존재이며, 금시조는 부처를 도와 독룡을 물리치는 존재라고 할 수 있다. 독룡이나 나찰녀, 금시조와 같은 행위자는 부처에게 적대자거나 조력자지만, 현실에 실제로 존재하는 부처와 달리 상상 속의 동물이나 비현실적 행위자이다. 금강저로 물리치고, 감로를 뿌려 살리고, 발에서 오색 광명이 나고, 꽃에서 보살과 금시조가 나오는 것은 비현실적인 사태이다. 발신자는 비현실적인 행위자와 비현실적인 사태를 비현실적인 것으로 제시하지 않는다. 발신자는 실재 인물인 석가모니를 통해 텍스트에 등장하는 비현실적인 행위자와 사태를 현실적인 것으로 변형한다. 등장하는 모든 비현실적인 등장인물이나 비현실적인 행위를 현실적인 석가모니나 그의 행적과 등가로 취급함으로써, 비현실적인 존재를 가능세계로 이동시키는 것이다. 이러한 이동은 독자에게 비현실적 존재를 **옛날 옛적에는 있었을 법한 것**으로 인식시킨다.

뿐만 아니라 나찰녀나 독룡을 두렵게 하고, 또다시 살리는 금강신에 대한 정보는 두 대립적 인물들 간에 대결적인 통합체와 이 대결적 통합체와 이어진 친화적인 통합체를 유추하도록 만든다. 특히 부처의 본체인 금강신은 신성하면서 강력한 물리적 힘을 지닌 신적 존재이고, 나찰은 사람을 괴롭히고 잡아먹는 사악한 여자 귀신이라는 것을 알고 있는 사람들은 텍스트에 제공된 정보만으로도 충분히 금강신과 독룡의 대결적 이야기를 도출해낼 수 있다.

이야기를 만들어내는 독자는 텍스트에서 발신자의 의도를 발견하는 데에 주안점을 두지 않는다. 발신자가 누구나 다 아는 어떤 이야기를 전달하는 것이라고 판단할 따름이다. 이러한 방식으로 〈월인천강지곡〉을 읽는 독자들은 텍스트에서 불교의 종교적 교리를 고민하기보다는 종교적 이야기에 몰입할 것이다. 존재의 양태나 기호의 양태도 〈월인천강지곡〉의 발신자가 불교를 믿는 방식이나 평가를 표출한 것임은 틀림없다. 그러나 많은 경우 독자들은 존재나 기호의 양태에 대해 현실적 의구심이 아니라, 문학적 개연성을 개입시킨다. 덧붙여 독자들이 〈월인천강지곡〉에 대해 진실성을 문제 삼지 않는 까닭을 불교에 대한 독자들의 오랜 믿음에서 찾을 수도 있다. 그렇다면 우리는 독자들이 이야기 내부로 들어가 이야기 세계에 대해, 예술적 관점이나 종교적 관점으로 텍스트의 진실성을 인식한다고도 볼 수 있다.

〈용비어천가〉와 〈월인천강지곡〉은 텍스트의 형식이나 목적이 유사하여, 동일한 방식으로 해석할 가능성이 매우 크다. 그런데 독자는 변론부의 의미작용을 수행하면서, 발신자의 해석을 받아들일 수도, 의심할 수도, 믿음과는 별개의 문제로 치부할 수도 있다. 텍스트의 내용을 믿을 만한 것으로 받아들이거나, 믿기 어려운 것으로 의심하는 독자의 태도는 발신자가 보여주는 대상에 대한 태도나 말하기 방식을 넘어선다. 발신자의 태도에 대한 **독자의 태도**는 텍스트에 대한 신뢰도와 직결되어, 텍스트를 읽는 관점의 차이를 유발한다. 독자는 발신자의 관점을 지지할 수도, 비판할 수도 있는 것이다. 결과적으로 이러한 발신자의 태도에 변론부의 의미작용은 발신자가 말하거나 경험한 사건을 독자 자신의 믿음을 토대로 재해석하는 일인 것은 분명하다.

4. 인간을 읽는 인지적 독서모델과 해석의미론

텍스트 읽기 과정을 모델링하고 이를 구체화한다는 것은 인간의 인지 과정을 구체화하는 일이다. 이는 해석하는 인간 주체가 어떤 의미화 경로를 따라 텍스트를 해석하는지 그 과정을 살피는 일로, 인간의 인식 작용을 이해하기 위한 가장 중요한 작업이다. 다른 생물과 구별되는 독특한 인간의 인지 작용이 바로 기호화하고 해독하는 언어적 활동, 나아가 문학적 활동이기 때문이다. 따라서 인지학에 문학을 접목하는 일은 텍스트의 의미를 이해하는 작업을 넘어 인간의 세계에 대한 의미화 과정, 다시 말하면 인지 작용을 밝히는 활동이겠다.

지금까지 고전 텍스트 〈용비어천가〉와 〈월인천강지곡〉을 통해 해석 주체가 텍스트를 독서하고 해석하는 인지적 활동, 해석하는 인간의 인지 과정의 한 단면을 해석의미론의 방법론을 통해 그려보았다. 이 작업은 두 텍스트를 하나의 형식과 장르로 묶고 하나의 가치로 의미화하는 방식에 의문을 제기하고, 각 텍스트가 지니는 개별적 특성과 이러한 특성이 발현될 수 있는 해석자의 의미화 과정을 예측해보고자 한 것이다. 해석의미론의 4분화된 의미 작용은 형식적으로는 유사한 두 텍스트에서 실현되는 의미화 방식의 차이를 구체적으로 보여준다고 생각한다. 인간 존재의 인지 과정과 해석 메커니즘은 보편적일 수 있지만, 해석자가 의미요소를 추출하고 선택하는 활동은 개별적이고 문화적이다. 개인의 개별적이고 문화적인 의미 활동은 결국 텍스트에 대한 서로 다른 의미 작용을 가능하게 한다.

책은 순차적인 방식으로 독자에게 전달된다. 그러나 독자가 이를 의미화하는 방식은 선형적이라고 보기 어렵다. 텍스트의 표면에 의미요소들이 존재하지만, 이 의미요소들은 전략부, 주제부, 변증부, 변론부라는 각각의 의미부에서 독자적이면서도 통합적으로 해독된다. 주체적 독자는 지나간 것들을 소환하고 앞으로 올 것들을 예견하면서, 영역과 영역이 교차하고 결합하는 입체적인 읽기 작용을 수행한다. 독자의 읽기 과정은 텍스트의 의미를 보편적이면서도 창조적이고, 집단적이면서도 개별적인 특성을 지닐 수 있도록 의미화한다. 어떤 텍스트는 생산자의 요구와 일치하는 방식으로 해석되기도 하고, 어떤 텍스트는 그것과 무관한 방식으로 해석되기도 한다. 그것은 텍스트를 읽는 독자가 어떤 의미영역을 활성화할 것인지를 결정하고, 이에 따라 텍스트의 여러 요소를 자신의 해석 방향과 부합하는 방식으로 다루기 때문이다. 라스티에의 해석의미론은 텍스트에 대해 서사적, 교술적, 사실적, 허구적 등과 같은 수식어로 규정할 수 있는 근거를 해석 활동으로 제공한다. 독자의 해석 활동은 텍스트와 텍스트가 속해 있는 환경의 테두리 안에서 발생하며, 해석 주체는 실물적이고 인지적인 자신과 자신의 환경을 벗어날 수 없다. 이러한 인간의 속성은 자신에게 적합한 의미영역들을 활성화할 확률을 높인다. 독서 주체의 인지적 독자성이 가능한 의미영역을 확장하면서, 단어를 이야기로, 역사를 종교로 다시 재현할 수 있게 하는 것이다.

이론으로 서사 읽기

프랑수아 라스티에François Rastier 주요 저작

- *Idéologie et Théorie des Signes: Analyse Structurale des Éléments d'idéologie d'Antoine-Louis-Claude Destutt de Tracy*, La Haye: Mouton, 1972.
- *L'isotopie Sémantique, du mot au texte*, Doctoral thesis, Université de Paris-Sorbonne, 1985.
- *Sens et Textualité*, Paris: Hachette, 1989.
  Meaning and Textuality, trans. Frank Collins & Paul Perron, Toronto: University of Toronto Press, 1997.
- *Sémantique et Recherches Cognitives*, Paris: Presses Universitaires de France, 1991.
- *Sémantique Interprétative*, Paris: Presses Universitaires de France, 1996.
- *Arts et Sciences du Texte*, Paris: Presses Universitaires de France, 2001.
- *Ulysse à Auschwitz. Primo Levi, le survivant*, Paris: Cerf, Coll. Passages, 2005.
- *La mesure et le grain: Sémantique de corpus*, Paris: Champion, 2011.
- *Naufrage d'un prophète: Heidegger aujourd'hui*, Paris: Presses Universitaires de France, 2015.
- *Exterminations et littérature*, Paris: Presses Universitaires de France, 2019.

Umberto
Eco

Claude
Lévi-Strauss

René
Girard

Hayden
White

Clifford
Geertz

Jacques
Fontanille

Roman
Jakobson

Yuri
Lotman

Roland
Barthes

Walter
Ong

François
Rastier

Algirdas
Greimas

Charles
Peirce

Jacques
Derrida

3부

문화 이론과 고전 서사

Umberto Eco   Claude Lévi-Strauss   René Girard

Hayden White   Roman Jakobson   Walter Ong   Jacques Fontanille

Clifford Geertz   Yuri Lotman   François Rastier   Jacques Derrida

지라르의 폭력론과 한국 신화
: 박해의 텍스트로 한국 신화 읽기

오세정

Algirdas Greimas   Roland Barthes   Charles Peirce

* **르네 지라르**(René Girard, 1923~2015)

프랑스에서 태어나 파리 고문서학교를 졸업하고, 미국 인디애나 대학에서 역사학을 전공한 문학평론가이자 문화인류학자다. 거의 30권의 책을 저술했으며, 그의 저술은 철학, 문학, 종교학, 역사 등 다양한 분야에서 영향을 발휘하였다.

1. 인간 본성에 대한 새로운 성찰: 모방 욕망으로 인한 폭력의 작동과 희생양의 탄생[1]

르네 지라르(René Girard, 1923~2015)는 인간, 그리고 인간 문화의 원초적 모습과 그것의 형성 원리에 천착했다. 그것도 당시 유럽의 주류 담론에서 벗어나거나 혹은 그 담론들과 경쟁하면서 말이다. 지라르 이론의 핵심은 인간이 갖는 '모방 욕망', 그리고 그로 인해 발생하는 '폭력'이라 할 수 있다. 부연하면 인간의 무의식적 세계, 즉 욕망에서 출발해서 사회 질서를

---

1 이 글은 다음 글을 바탕으로 수정, 보완했다.
  오세정, 「폭력과 문화, 희생양의 신화-지라르의 정화이론을 중심으로」, 『인문학연구』 15, 인천대학교 인문학연구소, 2011.
  오세정, 「희생서사의 구조와 인물 연구-〈바리공주〉, 〈지네장터〉, 〈심청전〉을 대상으로」, 『어문연구』 30.4, 한국어문교육연구회, 2002.
  오세정, 「무속 신화의 희생양과 희생제의: 〈바리데기신화〉와 〈제석본풀이〉를 중심으로」, 『한국고전연구』 7, 한국고전연구학회, 2001.

수립해 가는 과정에서 특정한 폭력 시스템이 작동한다는 것이다. 그리고 그는 모든 종교와 문화가 만장일치된 폭력에 따른 '희생'을 생성하는 메커니즘이라고 본다.[2]

지라르는 고문서학과 역사학을 전공하였지만, 그의 첫 저술인 『낭만적 거짓과 소설적 진실(Mensonge Romantique et Vérité Romanesque)』(1961)에서 볼 수 있듯이 초기 연구는 소설이론 분야였다. 『폭력과 성스러움(La Violence et le Sacré)』(1972)을 발표하면서 문화인류학, 종교학, 사회학 등 본인의 주요 연구 영역을 확장·확정하게 된다. 그러나 초기 소설이론에서의 입장과 결별했거나 단절한 것은 아니다. 『낭만적 거짓과 소설적 진실』에서 자기 논의의 핵심 전제가 되는 욕망의 문제를 소설 텍스트를 통해 다루었다. 여기서 다룬 '중개된 욕망'은 다름 아닌 '모방 욕망'[3]인데, 그가 관찰하는 모든 대상의 근본 문제는 바로 이 모방 욕망에서 출발한다. 지라르에 따르면 모든 욕망은 타자에 의해 매개되고 촉발된 것으로, 그것은 자

---

2 René Girard, *To Double Business Bound: Essays on Literature, Mimesis and Anthropology,* Johns Hopkins University Press, 1978, pp.199-200.

3 『낭만적 거짓과 소설적 진실』에서 주된 논의가 바로 모방 욕망에 관한 것이다. 동키호테의 예를 들어 인물들의 욕망은 삼각형의 욕망이라고 주장한다. 욕망의 주체와 대상 사이에는 그 대상을 욕망하게 한 타자가 숨어있다. 동키호테는 전설 속 기사 아마디스에 따라, 엠마 보바리는 삼류소설 주인공들에 따라 욕망의 대상을 발견한다.

동키호테   -   아마디스   -   이상적인 기사
엠마 보바리 - 삼류소설 주인공 -   연인
[욕망 주체]   [욕망 중개자]   [욕망 대상]

René Girard, *Deceit, Desire, and the Novel: Self and Other in Literary Structure,* (trans.) Yvonne Freccero, The Johns Hopkins University Press, 1965.

발적인 것이 아니다. 어떤 것을 욕망한다는 것은 어떤 것을 욕망하게끔 촉발되었다는 것을 의미하는 것이다. 대상에 대한 충동은 궁극적으로 중개자에 의한 충동이다. 중개자에 의한 충동은 주체의 자발적인 욕망이 아니며, 결국 거짓으로 꾸며진 욕망이다. 이러한 욕망을 매개한 모델에 대한 주체의 태도는 추종이 아닌 중개의 끈을 거절하려는 것이다. 그러나 이 연결의 끈은 오히려 적대감으로 인해 더욱 강하게 연결되며, 주체는 모델에 대해 복종하는 경외감과 동시에 격렬한 악의를 품게 된다.

우리에게 불어넣어준 욕망을 충족시킬 수 없게 하는 그 존재야말로 진정한 증오의 대상이 되며 장애물이 된다. 중개자는 더 이상 전범(모델)이 아니라 경쟁자, 방해자가 된다. 주체가 타자(중개자)를 자신의 경쟁자로 대치하게 만든 투쟁 속에서 그의 모방을 감추기 위해서 욕망의 논리와 시간상의 순서를 뒤집어 버린다. 주체는 욕망을 중개했던 타자의 지위와 기능을 더 이상 인정하지 않고, 오히려 자신의 욕망이 경쟁자의 욕망보다 우선한다고 주장하며, 적대심의 책임을 중개자의 탓으로 돌린다. 중개자는 주체에게 있어 소중한 소유물을 약탈하는 악마와 같은 적대자가 되며, 동시에 주체의 합법적인 욕망을 방해하는 존재가 된다.

지라르가 바라보는 인간은 모방 욕망에 강하게 사로잡혀 웬만해서는 거기에서 빠져나오기 힘든 존재이다. 이 욕망에 사로잡힌 인간은 다음 단계에서 바로 폭력과 직면하게 된다. 지라르는 이전의 모방 논의에 대해 비판하며 자신의 입장을 강화한다.[4] 그에 따르면 플라톤의 모방론은 너무 단순

---

4 René Girard(1978), Op. cit., pp.201-203.

해서 복잡한 내면을 보지 못하며, 헤겔이 말한 동물들과 구별되는 인간의 차원 높은 주체적 욕망, 즉 자신의 고유한 가치를 인정받고 싶어하는 욕망은 낭만적 허구라고 비판한다. 오히려 이기적인 동물보다 더 나쁜 쪽으로 인간의 욕망은 발전한다. 동물의 경우, 싸움의 결말은 희생 동물이 정복 동물에게 복종하는 방식으로 끝이 난다. 복종하는 동물은 지배하는 동물에게 항상 굴복당한다. 그런데 이와 달리 인간의 싸움은 끝까지 벌어진다. 이 차이는 폭력 본능으로 설명된다. 동물계에서 종 내부의 살인자는 인간뿐이다. 증가하는 모방 욕망은 증대된 인간 뇌에 반응해서 아무 보상 없는 관점을 넘어 모방적 경쟁을 창조한다. 폭력과 살인은 인간을 동물의 영역에서 뛰어넘게 해주고, 동시에 인간사회의 붕괴의 원인이 되기도 한다. 여기에 인간존재의 이중성과 모순이 담겨 있는 것이다.

과다한 경쟁자들은 인간사회에 문제를 만든다. 종 내부 갈등의 강화는 모방의 관심을 투쟁적 대상에서 경쟁자들 자신들로 옮긴다. 이 이동은 '희생양 효과(scapegoat effect)'로 불리는 효과로 설명된다. 인간의 같은 대상을 향해 움직이는 끊임없는 욕망은 결국, 서로를 경쟁자로 만들며, 경쟁 그 자체에 맹목적으로 매달리게 한다. 애초에 진정한 욕망 대상과 주체는 없기 때문이다. 일단 사회집단에 전염된 폭력의 기운이 휩싸게 되면, 그 사회는 걷잡을 수 없는 위기에 빠진다. 이러한 위기에 빠지기 이전에 복수를 당할 위험이 없는 무력한 희생자에게로 공격 성향을 집중시킨다. 희생의 기능은 내부의 폭력을 진정시키고, 분쟁의 폭발을 막는 데 있다.[5] 그렇다면

---

5   René Girard, *Violence and the Sacred*, (trans.) Patrick Gregory, Johns Hopkins

희생자는 누가 선택되는가? 희생자는 말 그대로 희생을 당하는 자인데, 더 정확히 말하자면 '대리 희생자(surrogate victim)'이다. 폭력이 난무하는 사회적 위기상황, 그 폭력은 다름 아닌 사회의 위계를 해치는, 다시 말해 차이를 무차별화시키는 그런 위기상황이며, 이를 종식시키기 위해 요청되는 만장일치의 합의된 폭력의 대상이 '희생양(scapegoat)'이다.

지라르는 기존의 신화적 주인공을 영웅시하고 그의 업적이나 행위를 신성시하는 분석에 완전히 반대하는 입장을 취한다. 일반적으로 무언가 결핍된 주인공은 그 결핍을 메워 가는 과정에서의 행위가 영웅적인 것이 된다. 그러기에 종종 신화의 주인공들은 불구의 모습으로 등장한다는 것이다. 〈오이디푸스〉에서 '퉁퉁 부은 발'을 의미하는 오이디푸스가 대표적인 예라고 할 수 있다. 그런데 지라르는 이 불구가 '결핍'이 아니라 오히려 '과잉'이라고 강조한다. 보통 인간이 가지고 있지 않은 특징을 더 가지고 있기 때문에 과잉이며, 이 과잉의 자질 때문에 신화나 제의의 주인공으로 선택된다는 것이다. 이 특징은 부정적이면서, 동시에 신성한 것이 된다.

신화나 제의의 주인공인 희생양은 이처럼 항상 유표(有標)적인 성격을 띤다. 전쟁포로나 노예, 이방인, 외국인들과 같이 사회 내에서 낮은 지위를 가지는 자들이 유표적이다. 하지만 동시에 왕 또한 희생제물의 징표를 갖고 있다. 왕은 핵심적이고 중요한 그 지위 자체가 그를 타인들과 분리시키며 그를 진짜 '사회에서 배척된 자'로 만든다. 마치 노예나 포로가 '낮은 것'

University Press, 1977, pp.14-18.

René Girard, *Things Hidden since the Foundation of the World*, (trans.) Stephen Bann & Michael Metteer, Stanford University Press, 1987, pp.10-19, pp.287-289.

으로 사회에서 유리되는 것 같이 왕은 '높은 것' 때문에 사회에서 벗어나 있는 것이다.[6]

2. 문화의 기원으로서 초석적 폭력: 신화와 제의 다시 보기

지라르는 원시종교와 비극 연구를 통해 겉으로 드러나 있지는 않지만 똑같은 원칙이 존재한다고 보았다. 질서와 평화와 풍요로움은 모두 문화적 '차이'에 근거하는 것이다. 지라르에 따르면, 문화적 안정이나 사회적 안정의 의미는 그 사회집단의 위계나 차별화, 다시 말해 차이가 제대로 존재할 때를 의미한다. 지라르는 광란의 경쟁관계, 즉 같은 가족이나 같은 사회의 사람들 사이에서 일어나는 극단적인 투쟁은 차이들 때문에 발생하는 것이 아니라, 차이의 소멸에서 발생한다고 본다.[7] 원시종교와 마찬가지로 그리스 비극에서도 폭력적 혼란이 일어나는 것은 차이가 발생해서가 아니라 차이가 소멸했기 때문이다. 위기는 인간들을 무차별한 상황으로 몰아넣는 것이다. 이때는 인간의 언어 자체가 위협받는다. 마치 견고한 대지를 일종의 죽처럼 변형시키면서 모든 사물을 쓸어가 버리는 홍수의 메타포는 〈창세

---

6 『폭력과 성스러움』이후 희생제의에 대한 논의를 정교화시켜 발표한 것이 바로『희생양 Le Bouc émissaire』(1982)이다. 여기에서는 희생양의 징후들과 희생제의의 절차 등을 소개하고 있다. 영역본은 1986년에 간행되었다.
René Girard, The Scapegoat, (trans.) Yvonne Freccero, Johns Hopkins University Press, 1986.

7 René Girard(1977), Op. cit., p.49.

기>의 희생 위기와 똑같은 폭력적 무차별 현상을 묘사하는 것이다. 이 같은 현상은 셰익스피어의 문학 작품에서 어렵지 않게 찾을 수 있다.[8]

지라르는 차이에서 갈등이나 경쟁이 유발되고, 위기가 발생한다고 보는 많은 학자들과 분명하게 반대의 입장을 취한다. 인간적 정의는 차이의 질서에 뿌리박고 있기 때문에 이 질서가 사라지면 차이도 함께 사라진다고 본다. 차이의 소멸로 인해, 갈등, 경쟁, 위기가 일어난다는 것이 그의 강력한 주장이며 주목할 대목이다. 근친상간에 대해 모든 인류집단이 긴장하는 이유는 아버지와 아들, 어머니와 딸의 가족 내 차이가 소멸하기 때문이다. 반란이 위험하고 위급한 것은 왕과 신하의 차이가 없어지는 것을 의미하기 때문이다.

희생을 통해 '정화' 기능이 충족되면 사회는 다시 안정화된다.[9] 만약 희

---

8 지라르는 폭력과 인간 문화에 대해 문학적으로 가장 잘 형상화한 작가로 셰익스피어를 꼽았다. 지라르가 주목한 것은 셰익스피어의 작품에서 주인공이 무차별화 상태에서 희생양이 되는 구조를 찾을 수 있다는 점이다.
   René Girard(1978), Op. cit., p.200.

9 리츠카(James Jakob Liszka)는 신화의 기호구조 내의 폭력을 분석하면서, 폭력에 관한 이론적 접근들을 '이데올로기적 접근', '상징이론', '정화이론'으로 나누어 파악했다. 리츠카의 분석은 신화를 통해 폭력이 어떻게 작용하고 있는지, 그리고 신화가 어떻게 폭력을 형상화하고 있는지를 잘 드러낸다.
   J. J. Liszka, "Mythic Violence: Hierarchy and transvaluation", *Semiotica 54*, 1985, pp.224-232.
   이 논의에 따르면 정화이론의 대표적 연구자가 지라르이다. 지라르 외에도 부르케르트(Walter Burkert)가 해당된다. 그의 대표 저서는 다음과 같다.
   Walter Burkert *Homo Necans: The Anthropology of Ancient Greek Sacrificial Ritual and Myth*, (trans.) Peter Being, University of California Press, 1983.
   지라르와 부르케르트는 공통적으로 카타르시스적 기능에 대해 언급하고 있다. 이들은 신

생물에 대한 만장일치의 폭력이 정말 위기를 종결짓는다면, 이 폭력은 분명히 새로운 체계의 기원이 될 것이다. 또한 이 희생물만이 구조 파괴 과정을 중단시킬 수 있었다면, 이 희생물은 모든 구조화의 기원이 될 것이다. 지라르에 따르면 문화질서의 본질적인 규칙들, 예를 들어 축제, 근친상간의 금기, 통과제의 등에서도 마찬가지로 이 논리를 적용 가능하다고 주장한다. 희생물에 대한 폭력은, 따라서 인간문화 내에서 '초석적인 것(foundation)'이라는 것을 알 수 있다. 초석적 폭력은 인간이 보존하고 있는 모든 소중한 것들의 실질적인 기원을 이루게 된다. 한 신화적 인물이 다른 신화적 인물에 의해 살해되는 것으로 끝나는 모든 기원 신화가 은연중에 단언하고 있는 것이 바로 이러한 사실이다. 이 같은 사건이야말로 문화질서가 어떻게 창립되는지 그리고 누가 창립자인지를 알려준다. 죽은 신성으로부터 제의뿐 아니라 결혼 규칙, 각종 금기, 인간에게 인간성을 부여하는 모든 문화 형식들이 탄생하는 것이다.[10]

희생양 효과에 기초한 종교적 신념은 매우 강력하며, 따라서 희생자는 '말썽을 일으키는 자(trouble maker)'라기보다는 '평화를 만드는 자(peace maker)'로서 인지되며 그는 전능한 존재로 보이게 된다. 희생자는 시조나, 신성한 존재가 되며 초자연적 헌신으로 수용된다. 희생자는 법을 처음 어긴 자이며, 또한 동시에 공동체를 초래한 자이다. 희생양 메커니즘에 의해서, 문화적 형식은 안정화된다. 하지만 문화적 안정화는 절대적인 것이 아

화와 제의를 사회적 틀 내에 발생하는 폭력을 배출하는 과정으로 본다.

10 René Girard(1977), Op. cit., pp.93-94.

니라 항상 관계적인 것이며, 보편적이지 않고 지역적이다. 또한 문화적 안정화는 결코 영원하지 않으며 특정한 상황의 역사적 기간 내에서만 유효한 일시적인 현상이다.

결국 사회가 제대로 유지되려면 인간과 인간사회가 폭력에 사로잡히지 않아야 한다. 지라르에 따르면, 그 방법으로 폭력을 오래 속이는 방법 외에는 별다른 방법이 없다. 폭력을 속이는 것과 불순하고 비합법적인 폭력 사이에는 차이가 있으며, 합법적 폭력의 초월성은 나쁜 폭력의 내재성을 이겨낼 수 있다고 믿어야 사회가 유지될 수 있다. 제의적 폭력은 폭력을 무력화시키고 정의를 증진시키는 것을 목표로 하지 않는다. 그것은 폭력을 종식시켜야 한다는 필요성에 근거해 있을 따름이다. 따라서 공동체의 일원들은 좋은 폭력과 나쁜 폭력이 있다는 것을 진리로 받아들인다. 물론 좋은 폭력은 폭력이라는 이름마저도 벗어던지고 미화되고 정당화된다.

제의는 공동체 내부에 질서를 회복시킨 최초의 자연발생적인 사형(死刑)의 되풀이라 할 수 있다. 왜냐면 그것은 희생물과 그 주위에 대해서 일어난 상호적 폭력 속에서 상실되었던 일체감을 다시 형성시켜 주기 때문이다. 사람들이 파르마코스(pharmakos: 그리스의 인간 희생제물)를 곳곳에 끌고 다니면서 모든 불순한 것을 그 한 사람에게 덮어씌워서, 모두가 참여한 의식을 통해서 그를 죽이거나 추방하는 행위를 한 것이 모두 이런 이유에서이다. 오이디푸스 신화가 파르마코스식의 제의와 밀접하다는 것은 또한 명백하다.

캠브리지 제의학파들의 파르마코스에 대한 해석은 계절 변화와 자연의 죽음과 소생이 제의의 원래 모델, 즉 본질적인 의미영역을 이룬다는 생각에 근거하고 있다. 그러나 자연 속에는 실제로 파르마코스만큼 잔인한 유형의 제의적 희생을 요구하거나 그것을 암시하는 경우는 없다. 결국 희생위기와 그 해결책이 사실상 유일한 모델인 것이다. 자연은 항상 인간과 인간 행위 그 뒤에 있다. 제의적 사고는 자연의 리듬 속에 사회의 질서와 무질서의 교체와 유사한 교체가 있다고 믿는다. 어떤 때는 상호적이며 해롭고 또 어떤 때는 만장일치적이며 이로운 폭력의 작용이 우주 전체의 작용이 된다.[11]

지라르는 〈오이디푸스〉를 비롯해서, 그리스 로마 신화, 아프리카 신화 등을 분석하면서 신화 역시 초석적 폭력을 잘 드러내고 있다고 주장한다. 신화의 주인공들은 바로 희생제의에 바쳐진 희생양이며, 그는 처음에는 폭력적, 제의적 위기 상황에서 선택되어 죽임 내지 희생을 당한다. 그 후 그를 희생시킨 제의를 반복함으로써 인간 문화 내지 규범을 계속해서 강조, 환기시키며 폭력적 위기가 재발되는 것을 억제한다. 희생자는 죽기 전에는 모든 범죄나 재앙, 희생의 징후들을 다 뒤집어쓰게 되지만, 희생제의 진행 후에는 신적인 존재, 초월적 존재로 추앙받게 된다.[12] 서구의 신화 중, 〈오

---

11 René Girard(1987), Op. cit., pp.19-23.
　　René Girard(1977), Op. cit., pp.95-96.

12 이러한 희생제의는 지라르의 논의뿐 아니라, 인류학이나 민속학을 바탕으로 한 논의나, 특히 제의학파의 논의에서도 공통적으로 찾을 수 있다. 래글란(Lord Raglan)의 경우, 신화와 제의의 연구를 통해서 제의의 원형 내지 기원으로 '살해되는 왕'을 제시하였다. 해마다 살해되고 새로운 왕이 즉위하는 신구 대체인 신년식(新年式)이 그 예이다. 신화와 제의의 패턴에 관한 이러한 원초적 형태는 프레이저(James George Frazer)의 『황금가지』에서 황금가지를 수호하는 사제의 살해의식과 동일한 궤에 놓인다. 래글란은 이러한 왕과 신년의식에 관한 제의의 진화·발전 과정을 4단계로 설정하여 '① 희생왕, ② 신성

이디푸스〉는 이러한 희생의 제전에 가장 잘 들어맞는 경우라 할 수 있다. 지라르는 제의적 폭력, 즉 나쁜 폭력을 막는 좋은 폭력을 미화시키는 것을 '신비화'라고 칭한다. 역사가 흐르면서 각 민족은 자신 선조대부터 내려온 제의와 그와 관련된 신화에서 폭력을 지워버리고, 자의적으로 선택하여 희생자에 대해 윤색을 가하게 된다. 따라서 지라르의 과제는 이제, 모든 인간의 역사를 통해 신화와 제의에 숨겨진 이러한 신비화의 껍질을 벗겨 내는 것이다.

3. 신화, 박해의 틱스트: 희생제의의 서사로서 〈바리공주〉

지라르는 『희생양』에서 신화와 같은 구전 자료나 기록을 검토할 때 따져야 할 것들을 다음과 같이 정리했다. 첫 번째로 사회 문화적 위기, 즉 전면적인 무차별화에 대한 묘사이다. 두 번째로, 무차별화의 범죄이다. 세 번째로 범죄 용의자들이 희생물로 선택될 징후나 무차별화의 역설적 지표이다. 네 번째로 전형적 폭력이다.

지라르는 이 네 가지 전형들은 다음의 사실을 알려준다고 지적했다. 먼저 폭력과 위기가 실재했다는 점, 그리고 그 희생물들이 선택된 것은 집단이 비난하는 범죄 때문이 아니라 그들이 갖고 있는 희생물의 징후, 즉 그들이 위기에 대해 혐의가 있다는 관련성을 암시하기 때문이라는 점이다. 또

왕의 대리인, ③ 속죄양, ④ 희생양식'이 역사적으로 실재했었다고 주장한다.
Lord Raglan, "The Hero of Tradition", Alan Dundes (edit.) *The Study of Folklore*, Prentice-Hall, 1965, p.148.

한 그 위기의 책임을 그 희생물에게 전가시켜 그 희생물을 없애거나 그 위기에서 벗어나고자 하는 것이 처형의 의미라는 점이다.

지라르는 〈오이디푸스〉의 예를 들어 다음과 같이 설명했다. 첫 번째 전형으로 페스트가 테베에 창궐한다. 두 번째 전형으로 근친상간과 친부살해의 죄를 지은 오이디푸스가 용의자로 지목된다. 세 번째 전형으로 오이디푸스는 절름발이며 업둥이이자 왕이다. 네 번째 전형으로 오이디푸스가 박해를 받는다.

지라르는 〈오이디푸스〉 사례와 같이 네 가지 박해의 전형이 모두 잘 나타나는 경우도 있지만 그렇지 않은 사례도 있다는 것을 인정한다. 하지만 특정 신화나 이야기에 이 네 전형 모두 나타나지 않는다 하더라도 희생제의의 흔적을 충분히 밝힐 수 있다고 말한다.[13] 박해는 주로 위기의 시기에 나타나는데 이 시기는 정규적 제도가 약화되어 군중들이 쉽게 형성될 수 있는 때이다. 위기는 전염병이나 자연재해와 같은 외부적 요인에 의해서도 발생 가능하고, 정치나 종교적 갈등으로 인한 내부적인 요인에 의해서도 발생 가능하다. 이 같은 상황의 공통된 특징이 중요한데, 그것은 사회적인 것이 원천적으로 소멸하고 문화적 질서를 규정하는 차이와 규칙이 소멸한다는 점이다.[14]

신화가 새로운 문화질서의 수립에 관한 것, 다른 말로 문화의 기원에 대한 이야기라는 기본적 정의를 고려할 때, 지라르의 논의대로 무차별화된

---

13 르네 지라르, 『희생양』, 김진식 역, 민음사, 1998, 44-45쪽.

14 위의 책, 26쪽.

사회에 새로운 질서와 규칙을 세운다는 폭력의 논리는 그러한 정의와 상통한다고 볼 수 있다. 한국의 신화 중 지라르의 폭력과 희생의 메커니즘이 작동하는 박해의 흔적을 비교적 잘 찾아볼 수 있는 것이 있다. 한국에 전하는 많은 무속 신화(巫俗神話)의 여성 주인공들은 이러한 박해의 핵심인 '희생양'으로서의 특성을 잘 구현하고 있기 때문이다.

한국의 무속 신화는 무속제의인 굿에서 구술되는 서사이다. 신이 된 내력을 소개하는 '본풀이'라는 명칭으로 전한다. 이 본풀이에 등장하는 한국의 무속신들을 통해 한국의 기층문화의 여러 본질적 요소들의 기원이 어떻게 형성되었는지 찾아볼 수 있다. 한국의 무속 신화는 문명화된 사회에서는 찾아보기 힘든 신화의 존재 형태라 할 수 있다. 현재에도 제의와 신화가 분리되지 않은 채 상호 관련 속에서 존재하고 작동한다. 따라서 지라르의 논의에 따르면, 박해의 서사인 신화를 희생양을 중심으로 진행되는 희생제의의 서사적 상관물 내지 제의 과정의 기록이라 할 수 있을 것이다.

한국의 대표적 무속 신화인 〈바리공주〉는 이러한 박해의 과정, 희생제의에 있어 상당히 전형적인 모습을 보여준다. 바리공주의 부왕(父王)은 하늘이 정한 기일을 어기고 결혼을 하자 그에 대한 벌로 공주만 계속 낳게 된다. 마지막에 태어난 일곱째 바리공주, 그녀는 결국 아버지에 의해 유기(遺棄)되고 만다. 하지만 정작 병들어 죽게 된 아버지를 살리기 위해 생명수를 구하러 떠나는 이는 바로 바리공주이다. 한국 무속에서 '무조신(巫祖神)'으로 숭배되는 바리공주가 신이 되는 내력을 담은 이 신화는 한 편의 희생제의 과정으로 보기에 충분하다.

우선 무속 신화 〈바리공주〉의 이야기는 어떤 식으로 전개되는지 간단하

게 살펴보자. 이야기를 핵심 사건을 중심으로 간단한 문장형태로 정리하면 다음과 같다.[15]

① 어비대왕이 나라를 다스리며 살다.
② 대왕이 복자의 말을 어기고 혼인하다.
③ 공주만 여섯을 낳고 왕자를 낳지 못하다.
④ 대왕이 일곱째로 바리공주를 낳자 황천강에 버리다.
⑤ 석가세존의 도움으로 바리공주가 비리공덕부부에게 거두어져 길러지다.
⑥ 대왕부부가 정체불명의 병에 걸려 죽게 되다.
⑦ 복자가 아기를 버린 죄값이라 말하고 생명수를 먹어야 낫는다고 예언하다.
⑧ 여섯 딸들이 생명수 구하기를 거부하자 한 신하가 바리공주를 찾아나서다.
⑨ 바리공주가 궁궐로 돌아가 부모와 재회하고 약을 찾아 길을 떠나다.
⑩ 험난한 지옥을 통과하여 약수 있는 곳에 당도하다.
⑪ 무장승을 만나 물 삼년, 불 삼년, 나무 삼년 해주다.
⑫ 무장승의 요구로 결혼하여 아들 일곱을 낳다.

---

15 무속 신화는 구술전승되기 때문에 이본별로 이야기의 차이가 존재한다. 따라서 지역별 전승본의 차이가 있으며, 같은 이야기를 구연하는 무당에 따라서도 차이가 존재한다. 등장인물과 핵심사건 등은 거의 유사하지만 지역별 전승본에 따라서는 바리공주가 신이 되지 못하고 죽는 이야기도 있다. 이러한 전승본은 신화적 성격이 거세되고 거의 세속화된 버전이라고 할 수 있다. 이 글에서는 가장 널리 알려졌고, 신화로서 신성성을 잘 갖춘 이야기를 요약해서 제시한다. 비교적 널리 알려진 이본은 다음과 같다.
문덕순 구연, 〈말미(바리공주)〉, 김태곤, 『한국무가집』 I, 집문당, 1992.

⑬ 바리공주가 신약을 얻어 남편과 자식들과 함께 돌아오다.

⑭ 바리공주가 부모를 회생시키다.

⑮ 바리공주가 신직(神職)을 받아 이승과 저승을 관장하는 신의 역할을 맡다.

이 이야기를 지라르가 언급한 박해, 즉 희생제의의 과정으로 재구성해 볼 수 있다. 먼저 처음 제시되는 사회는 안정적인 질서를 가진, 즉 무차별화 되지 않은 위계가 뚜렷한 사회이다. 왕이 있고 왕비가 있는 한 국가의 왕궁 이 배경이다. 그런데 질서가 무차별화되는 위기가 발생한다. 그 위기는 바 로 국왕이 왕자를 생산하지 못한다는 점이다. 이는 왕위가 계승되지 않는다 는 것을 의미하며, 나아가 대왕부부가 병에 걸려 죽게 된다는 것은 '왕'을 정 점으로 하는 왕국의 붕괴를 의미한다. 그런데 이 위기를 극복하기 위해서는 생명을 구하는 귀한 약을 구해야 하는데, 아무도 그 약을 구하러 가려 않는 다. 이때 갓 태어난 자신을 유기한 부모를 원망하지 않는 선한 인품의 바리 공주가 지옥을 통과해야 하는 고난의 구약여행에 나선다. 결국 갖은 시련과 박해를 인내한 바리공주는 과업을 완수하고 죽은 부모를 회생시킨다. 그리 고 바리공주는 망자의 혼을 위무하고 천도시켜주는 신이 된다.

〈바리공주〉의 내용을 지라르가 제시한 박해의 전형들을 참조하여 서사 구조를 패턴화하면 다음과 같다.[16]

16　한국의 전통 서사에서 찾을 수 있는 희생제의의 패턴은 아래 책 참고.
　　오세정, 『신화, 제의, 문학-한국 문학의 제의적 기호작용』, 제이앤씨, 2007, 187-192쪽.

⊙ 위계가 뚜렷한 사회가 존재하다.

ⓛ 질서가 무차별화되는 위기가 도래하다.

ⓒ 희생양의 징표가 드러나다.

ⓔ 희생양에게 박해가 가해지다.

ⓜ 희생을 통해 질서를 회복하다.

ⓗ 희생양이 신성화되다.

희생양의 서사구조라 할 수 있는 이것은 지라르가 말한 박해의 전형들을 중심으로 이야기의 인과성을 고려한 관련 이야기가 앞뒤로 붙어 있다고 볼 수 있다. 그만큼 〈바리공주〉에서 도출한 이 서사구조는 지라르의 박해의 서사구조와 흡사하다고 할 수 있다.

그렇다면 이 이야기에서 주인공 바리공주가 왜 희생양으로 선택되는지, 그리고 바리공주의 신화적 의미가 무엇인지를 살펴보자. 우선 바리공주가 희생양으로 선택되는 가장 중요한 자질은 딸(여성)로 태어났기 때문이다. 전근대 사회 혹은 전통사회에서 여성의 자질은 남성과의 대립 체계에서 열위에 놓인다. 특히 왕위를 계승하기 위해서 반드시 필요했던 왕자, 즉 아들이 태어나지 않는 것은 당시 사회에서는 사회 구조의 붕괴라 할 수 있는 심각한 위기를 야기시킨다. 결국 바리공주가 태어나자마자 박해를 받는 것은 아들(남성)이 아니라 딸(여성)이라는 희생양 자질 때문이다.

그런데 여기에서 주목할 것은 바리공주는 여성이라는 이유로 박해를 받지만, 이야기 전편을 살펴보면 오히려 바리공주가 여성이기 때문에 사회의 위기를 극복할 수 있다는 점이다. 절대자인 남성, 즉 아버지의 죽음이라는 위기는 바리공주의 여성성과 그것의 실현을 통해 극복되는 것이다. 이는 바리공주가 구약여행에서 무장승에게 생명수를 얻게 되는 과정에서 잘 드러난다. 무장승을 만난 바리공주가 약수를 요구하자, 무장승은 대가로 처음에는 물 삼년, 나무 삼년, 불 삼년의 노동을 바리공주에게 요구한다. 바리공주가 이를 수행하자 자식을 낳아줄 것을 요구받고 아들 7형제를 낳자 아버지를 회생시킬 약을 얻는다. 가사 노동과 출산이라는 여성 영역의 과업을 완벽히 수행하자 비로소 약을 얻고 자신의 세계로 돌아올 수 있게 된다. 여기에 더해서 바리공주의 아버지는 7공주를 낳았음에 반해, 자신은 아들 7형제를 낳음으로써 기존 사회에 닥친 결핍과 위기의 상황과는 상반된 모습 내지 그러한 부정적 요소가 극복된 모습을 보여준다.[17]

바리공주가 여성이기 때문에 왕위계승에 문제를 일으키고 왕실에 위기를 몰고 온 것으로 낙인찍히지만, 여성이기 때문에 아버지를 구하고 아들들을 출산할 수 있었다. 희생양으로 선택될 때 바리공주는 여성이라는 자질로 말미암아 박해의 대상이 되지만, 또한 여성이기 때문에 위기에 빠진 사회를 구해낼 수 있었다. 흥미로운 점은 이 이야기에서 실제로 질서를 교란시키고, 위기를 초래한 인물은 그 사회에서 가장 강한 힘을 가진 인물이자 사회구조의 정점에 위치한 왕이다. 아버지이자 왕인 그는 딸을 죽일 수도, 또한 딸에게 신직을 부여할 수 있는 능력의 소유자이기도 하다. 여기에서 이 절대 권력자를 중심으로 희생제의가 행해지는 사회적 맥락을 살필 수 있다.

기존에 존재하는 사회체제 내 위기상황은 그 사회의 통치자이자 신격인

17　위의 책, 165쪽.

대왕이 왕위를 계승할 아들이 없는 채로 죽게 된다는 데에 있다. 대왕은 일시적으로 죽음을 겪게 되지만 바리공주의 희생제의로 말미암아 소생하게 된다. 따라서 대왕의 득병과 치유의 과정 속에 바리공주의 희생이 있는 것이다. 이 점을 어비대왕의 입장에서 보면, 이 한 편의 이야기는 어비대왕의 재생제의[18] 과정을 의미하는 것이기도 하다. 마치 진짜 왕을 대신해 죽는 대리왕, 즉 희생양의 이야기가 우리의 무속 신화 〈바리공주〉와 묘하게 겹쳐있다.

한국의 대표적 무속 신화인 〈바리공주〉는 무속종교 체제 내 핵심 직능자인 무당들의 기원을 알려준다. 무당들의 주요 역할이 아픈 사람을 치유하고 망자를 천도하는 것이라 할 때 바리공주가 왜 그 시원이 되는지 이야기를 통해 확인할 수 있다. 이 이야기는 분석한 바와 같이 여성 주인공 바리공주에 대한 박해의 이야기로 볼 수 있으며, 이 이야기는 하나의 제의 과정으로 볼 수 있다. 이처럼 한국 무속문화의 한 기원을 담고 있는 신화 속에는 지라르가 말한 희생양에 대한 폭력의 메커니즘이 고스란히 존재하고 있다.

---

18 동북아시아에서는 무당의 '재생제의(再生祭儀)'라는 것이 널리 퍼져있는데, 이는 무당이 되는 과정, 즉 입무식(入巫式) 내지 성무식(成巫式)의 핵심적 절차이기도 하다. 재생제의는 단지 죽은 자의 재생만을 의미하는 것이 아니라, 살아있는 자의 생명력의 갱신을 위해서도 행해진다. 이 경우 살아있는 자가 죽은 것처럼 꾸며 보이고 이어 되살아나는 과정을 나타내 보이게 된다.
김열규, 『한국의 신화』, 일조각, 1998, 12-13쪽.

4. 한국 신화의 희생양의 면모와 특성
: 여성 주인공을 중심으로 본 희생양과 희생제의

〈바리공주〉에서 추출한 희생제의의 서사구조는 비단 〈바리공주〉에만 해당하는 것이 아니다. 한국의 무속 신화에서 바리공주와 유사한 여정을 겪는 인물들이 많다. 한국에서 전승되는 대표적 무속 신화로, 〈바리공주〉와 함께 2대 무속 신화라 할 수 있는 〈당금애기(제석본풀이)〉를 희생제의의 서사구조로 분석해보자.

먼저 〈당금애기〉의 내용을 요약하면 다음과 같다.[19]

① 서천서역국에서 당금애기와 가족들이 함께 살다.

② 스님이 당금애기를 찾아와 시주하라고 하다.

③ 스님이 자루를 찢어 쌀을 흘리자 당금애기가 쌀을 일일이 담아주다.

④ 스님이 당금애기에게 하룻밤 묵게 해달라고 요구하여 방에서 함께 자다.

⑤ 스님이 왕거미로 변해 당금애기에게 접근하나 거부당하다.

⑥ 스님이 미래를 알려주는 사주책으로 당금애기를 설득하여 동침하다.

⑦ 스님이 박씨를 주고 떠나다.

⑧ 당금애기가 임신한 것을 가족들이 알다.

⑨ 오라비들이 당금애기를 죽이려고 산속에 버리다.

---

19 제석신과 그 가족의 내력을 전하는 〈당금애기〉는 한국에서 가장 많은 이본이 전하는 무속 신화이다. 이본별 내용의 편차가 있지만 일반적으로 신화적 성격을 잘 담고 있는 것이 중부지역 전승본이다. 이 지역본 중에 대표적인 것은 다음과 같다.
박월례 구연, 〈시준굿〉, 김태곤, 『한국무가집』 I, 집문당, 1992.

⑩ 당금애기가 아들 셋을 낳다.

⑪ 당금애기가 남편 없이 아들 셋을 키우다.

⑫ 아들들이 당금애기에게 자신들의 출생에 대해 묻다.

⑬ 아들들이 당금애기와 함께 박씨줄을 타고 스님을 찾아가다.

⑭ 스님이 아들들을 시험하여 혈육임을 확인하다.

⑮ 스님이 아들들과 당금애기에게 신직을 주다.

이 신화의 주인공인 당금애기 역시 바리공주와 같은 희생제의의 과정을 거친다. 앞에서 도출한 희생제의의 서사구조(㉠~㉯)에 이 줄거리를 대입하면 다음과 같이 정리할 수 있다.

㉠ 위계가 뚜렷한 사회가 존재하다.

  : 부모와 오라비들과 함께 안정된 가정을 이루고 살다.(①)

㉡ 질서가 무차별화되는 위기가 도래하다.

  : 스님의 유혹으로 처녀가 사통(私通)하다.(②, ④, ⑤)

㉢ 희생양의 징표가 드러나다.

  : 스님의 억지요구에도 선행을 베풀다.(③)

  : 자신의 운명을 받아들이다.(⑥, ⑦)

㉣ 희생양에게 박해가 가해지다.

  : 오라비들에게 죽을 위기를 겪다.(⑧, ⑨)

  : 남편 없이 힘들게 3형제를 낳고 키우다.(⑩, ⑪)

㉤ 희생을 통해 질서를 회복하다.

  : 아들 3형제를 데리고 남편을 찾아가다. 가정을 찾다.(⑫, ⑬, ⑭)

㉯ 희생양이 신성화되다.

  : 당금애기와 3형제가 신직을 받다.(⑮)

이론으로 서사 읽기

〈당금애기〉에서도 여성 주인공이 희생제의에 바쳐지는 희생양의 자질을 잘 보여준다. 당금애기가 희생양으로 선택되는 데 있어 결정적인 것은 자신이 속한 세계질서, 즉 가부장적 질서와 유교적 이데올로기에 어긋나는 혼사를 치른다는 점이다. 부모의 허락도 없이 스님과 사통하고 임신함으로써 당금애기는 가정의 명예를 훼손시키고 질서를 교란시킨 장본인이 된다. 또한 당금애기는 바리공주와 마찬가지로 선한 성품을 가지고 있다. 스님이 당금애기에게 자루를 찢어 시주한 쌀을 쏟게 한 다음, 한 톨씩 주워달라고 하자 그대로 응한다. 결정적인 부정 행위인 사통 역시 당금애기의 부정적 자질 때문에 발생한 것이 아니다. 당금애기가 당시 여성에게 요구되던 정조관념이 부족해서 스님과 동침한 것이 아니라, 인간의 운명을 알고 있는 절대적 존재를 인식하였고 그의 명을 거역할 수 없었기 때문이었다. 이처럼 과도한 선한 품성은 여성 주인공이 다른 사람들과 구별되는 자질이 된다.

당금애기는 가부장적 질서 하에서 용인되지 않는 혼인을 하여 가문에서 축출되고 처벌된다. 특히 오라비들에 의해 살해될 뻔하며, 임신한 몸으로 땅에 묻히게 된다.[20] 하지만 그녀는 꿋꿋이 모든 시련과 박해를 견뎌낸다. 결국 그녀는 남편을 따르는 여성의 미덕을 지키고, 홀로 힘들게 자식을 낳고 기르는 여성의 임무를 수행함으로써 박해를 끝내고 신으로 좌정하기에 이른다. 당금애기는 남성을 만나서 고난을 겪지만, 결국 남편을 찾음으로

---

20 당금애기가 시련과 박해를 받는 것은 이본에 따라 약간의 차이는 있다. 이 대목이 비교적 상세하게 묘사된 경우는, 오라비들이 여동생이 가문의 명예를 실추시켰다고 하여 직접 살해하려고 하자 어머니가 말려 집 밖의 산에 산 채로 매장하거나 돌무더기에 묻는 것으로 나온다. 이 같은 매장 행위는 제의적 살해 행위로 유추하기에 충분하다.

써 신성한 존재가 된다.

한국의 대표적인 무속 신화 두 편에서 여성 주인공은 박해의 서사의 희생양이라는 점에서 공통적이다. 또한 이야기 속에서 부각되는 희생양의 자질은 상당히 유사하며 특정한 논리체계에서 이해될 수 있다. 두 여성인물이 갖는 남들과 구별되는 유표적 자질, 즉 유표성(the marked)[21]이 동일하다면, 혹은 하나의 원리로써 이해할 수 있다면, 이는 한국의 무속 신화를 전승해 온 집단의 사회적·문화적 성격을 이해하는 단초가 될 수 있다. 유표성이 문화집단 내에서 평균적인 것으로부터의 벗어난 것을 의미한다고 할 때, 희생양의 유표적 자질에 대한 가치 판단은 그 문화집단의 체제 속에서 비로소 가능하기 때문이다.

우선 두 여성인물은 모두 선한 성품을 가졌다. 바리공주는 여섯 언니들과 비교해서 부모에 대한 효성이 지극하다는 점이 부각되며, 당금애기는 시종 선한 성품과 순종의 미덕을 잘 보여준다. 이 같은 성품은 서사의 주인공에게 요구되는 일반적인 자질이라 할 수 있다. 중요한 것은 해당 서사의 핵심 사건과 관련된 인물들의 자질이다. 바리공주는 여성이기 때문에 왕위계승에 위기를 몰고 오지만, 여성이기 때문에 아버지를 구하고 아들들을 출산할 수 있었다. 희생양으로 선택될 때 바리공주는 여성이라는 유표성으로 말

---

21 유표성(the marked)과 무표성(the unmarked)은 음운론의 모델을 통해 빌어온 개념이다. 자연스러운 특성을 무표자질로 설정하며, 여기에 덧붙여지거나 어렵고, 자연스럽지 못한 것을 유표자질로 본다. 형태적으로는 무표성은 단순하며, 근원적이고, 유표성은 복잡하거나 파생적이다. 가치적 측면에서는 무표성은 정상(normal)의 의미, 문화적 상위 가치에 해당하며 무표성은 그 반대이다.
J. J. Liszka, *The Semiotic of Myth*, Indiana University Press, 1989, pp.61-73 참고.

이론으로 서사 읽기

미암아 박해의 대상이 되지만, 또한 여성이기 때문에 위기에 빠진 사회를 구해낸다. 이는 당금애기도 마찬가지이다. 여성의 몸으로 소속된 사회집단의 결혼관과 규칙을 위반했다는 유표성이 부각된다. 그러나 당금애기가 결혼을 하고 힘든 출산과 육아의 고통을 참고 견뎌냄으로써 오히려 어머니와 아내로서의 자질이 높이 평가되어 완전한 한 가정을 이루는 데에 성공한다.

두 편의 이야기에서 실제로 질서를 교란시키고, 사회의 위기를 초래한 인물은 각 이야기 속에서 가장 강력한 힘을 가진 인물들이다. 〈바리공주〉에서는 아버지인 대왕이 그러하며, 〈당금애기〉에서는 남편인 스님이 그런 인물이다. 바리공주의 아버지는 왕이며, 딸을 죽일 수도 있으며, 딸을 신으로 만들 수 있는 인물이다. 당금애기의 남편 스님은 사제이며, 세속과 구분되는 신성의 존재이다. 그의 능력 역시 인간과 구별되며 막강하다. 자신의 아내가 될 여자의 운명을 이미 알고 있으며, 변신술이나 공간 이동의 능력을 가졌고, 당금애기와 자식들에게 신직을 부여할 수 있다. 이러한 사실은 두 신화의 희생제의를 파악하는 새로운 접근법을 가정할 수 있게 한다. 다시 말해 실제 서사에서 가장 강한 힘을 가진 인물, 실제 사회의 위기를 초래한 인물들을 통해서 희생제의가 이루어지는 사회적·문화적 맥락을 살펴보는 것이다.

먼저 〈바리공주〉를 보면, 기존에 존재하는 사회가 위기에 빠지는데, 이는 그 사회의 통치자이자 신격인 어비대왕이 후계자도 없이 죽게 된다는 점이다. 어비대왕은 일시적으로 죽음을 겪게 되는데, 바리데기의 희생제의로 말미암아 소생한다. 따라서 어비대왕의 입장에서 보자면, 이 한 편의 이야기는 어비대왕의 재생제의 과정을 말하는 것이기도 하다. 바리공주의 희생제의의 이야기를 포괄하는 이야기를 설정할 수 있는 것이다. 이를 표시하면 다음과 같다.

〈바리공주〉의 제의적 서사구조

바리공주의 희생제의	어비대왕의 재생제의

〈당금애기〉에서 스님은 인간적 존재가 아닌 신성한 인물, 즉 신이나 사제라 할 수 있다. 이 신성한 존재는 당금애기를 만나기 전까지는 가정을 이루고 있지 못한 불완전한 상태에 있다. 스님을 만나 당금애기는 시련과 고난을 겪게 되지만, 당금애기의 이 희생을 통해 스님은 아내와 자식을 얻게 된다. 그리고 가족 구성원인 아내와 자식은 신이 됨으로써 이제 스님을 중심으로 한 새로운 신성가족이 탄생하게 된다. 이렇게 본다면 당금애기의 희생제의는 불완전한 상태에서 벗어나 완전한 상태로의 변신을 꾀하기 위한 스님의 통과제의의 가장 핵심적인 절차로 이해할 수 있다. 이를 표시하면 다음과 같다.

〈당금애기〉의 제의적 서사구조

당금애기의 희생제의	스님의 통과제의 (혼사)

이론으로 서사 읽기

무속 신화의 여성 주인공들은 새로운 문화를 창조하는 문화영웅임에도 불구하고 건국신화의 남성영웅들과는 달리 상당히 수동적이다. 남성영웅들이 자신의 자질과 능력을 발휘하여 외부세계를 새롭게 창조하는 일을 수행한다면, 무속 신화의 여성영웅들은 자신의 능력이나 자질에 대한 평가가 외부세계에 의해 결정된다. 여성영웅들은 자신에게 가해지는 불합리한 박해를 감수함으로써 신성시된다. 이때 여성영웅이 어떤 자질 때문에 희생되는가가 중요한데, 이를 통해 해당 사회의 문제점과 그것에 대한 극복방안을 알 수 있기 때문이다.

바리공주는 쇠락하는 사회를 신생시킬 수 있는 능력, 즉 출산의 능력과 생명을 돌볼 수 있는 능력을 소유하였다. 비록 여성영웅이 수동적이기는 하지만 분명 이 신화에서는 남성 중심의 사회가 불완전하며 쇠락하고 있음을 보여주고, 그것을 극복하기 위해서는 여성의 힘이 필요함을 역설하고 있다. 당금애기의 경우에는 부권 중심의 한 가정에서 벗어나 독립을 함으로써 불완전한 존재가 어떻게 성장·성숙하는지를 보여준다. 독립과 결혼은 단순히 개인적 차원으로 그치는 것이 아니라, 세상사에서 가장 중요한 출산의 문제와 직결된다. 남녀가 결합을 이루어야 사회 유지와 재생산에 가장 기본적 조건인 출산이 이루어진다. 〈당금애기〉는 사회구조의 가장 근간이 되는 이 문제를 여성의 수난을 중심으로 서사화된 신화로 보여주고 있는 것이다. 이 신화에서 비록 여성은 아버지, 오라비와 남편 등 모든 남성에게 박해를 받지만, 결국 한 사회에서 가장 중요한 근간이 되는 덕목은

바로 출산과 육아라는 여성적 자질임이 강조되고 있다.[22]

이렇듯 무속 신화의 여성 주인공의 희생은 한 사회 내의 결핍된 요소, 내지 신생의 필요가 있는 본질적 요소 때문에 발생하는 사회적 요구에 따른 것이라 할 수 있다. 따라서 희생제의는 일종의 사회적 메커니즘이라고 할 수 있다.[23] 한 사회가 외적·내적인 위협을 극복하거나 결핍요소를 충족시키고 그 통합성을 계속 유지하기 위해 자율적으로 이루어지는, 위기에 대한 사회구조적 대응현상이라는 점에서 그러하다. 이러한 사회적 메커니즘으로서의 희생제의는 결국 한 사회를 대표하는 대표자 내지 지배자의 전체 제의 속의 하나의 부분 제의의 과정으로 파악할 수 있다. 이는 무속 신화에만 국한되는 특징이 아니다.

한국의 대표 건국신화인 〈단군신화〉에서 웅녀를 바로 이 희생양으로 파악할 수 있다. 〈단군신화〉의 전체 이야기는 환웅이 인세에 관심을 가져 강림해서 나라를 세우고 단군이 뒤를 이어 인세의 왕이 된다는 내용이다. 이 이야기에서 환웅이 등장하여 건국한 이후, 그의 아내이자 단군의 어머니인 웅녀가 이야기의 주요인물로 등장한다. 웅녀는 무속 신화의 바리공주나 당

---

22 건국신화와 무속 신화는 이처럼 신화라는 큰 틀과 같은 뿌리라는 배경에서 동질성을 가지고 있으면서 동시에 역사 담론과 종교(제의) 담론이라는 다른 전승 맥락으로 인해 차별성을 가지기도 한다. 나아가 이 차별성은 상반되는 두 가지 경향의 문화적 양항 체계로 읽힐 수도 있다. '분화된 세계: 미분화된 세계', '합리적 역사성: 초합리적 제의성', '남성적 원리: 여성적 원리' 등의 문화적 양항 체계를 설정할 수 있다.
송효섭, 『설화의 기호학』, 민음사, 2002, 54-58쪽.

23 V. P. Ciminna, *Violence and Sacrifice: An Analysis of Girard's Interpretation of Ritual Action,* New York University Ph.D. dissertation, 1984, p.20. 유성민, 「희생제의와 폭력의 종교윤리적 의미에 대한 연구」, 서울대학교 박사학위논문, 1990, 6쪽에서 재인용.

금애기와 유사한 성격을 보여준다.

환웅을 그 사회를 대표하는 지배자로 본다면, 환웅이 나라를 건국하는 과업을 수행하였지만 다음 단계로 진입, 발전이 필요하다. 환웅이 인간세계로 와서 건국할 때 배우자나 자식은 없었다. 환웅이 건설하고 지배하는 새로운 사회에는 이제 왕의 비와 왕자가 필요한 것이다. 이러한 결핍은 환웅이 건국한 국가의 영속성 보장을 위해 반드시 해결해야 하는 절박한 문제라고 할 수 있다.[24] 이런 사회적 맥락 속에서 요구되는 것이 바로 웅녀의 출현과 웅녀의 희생제의라고 할 수 있다. 웅녀가 혼인하여 출산하기 위해 겪어야 하는 고초는 바로 인간으로 화하는 과정에서 빛을 보지 못하고 100일간 마늘과 쑥을 먹는 것으로 상징된다. 환웅을 중심으로 행해지는 전체 제의 과정에서 웅녀의 희생제의가 내포된 것으로 이해할 수 있다.

〈단군신화〉의 제의적 서사구조

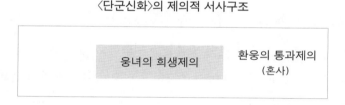

웅녀의 희생제의　　　환웅의 통과제의
　　　　　　　　　　　　(혼사)

건국신화인 〈단군신화〉에서도 여성 주인공인 웅녀는 그 사회가 직면한 문제적 상황에서 사회를 유지하고 갱신시켜주는 희생양의 역할을 하고 있

---

24 이러한 맥락 읽기는 굳이 환웅이 대표자, 내지 주인공으로 설정하지 않더라도 맞아 떨어진다. 단군을 주인공으로 본다면, 단군 탄생의 정당성을 부여하기 위해 어머니 웅녀의 시련이 전제되고 있는 것으로 볼 수 있다.

다. 이는 비단 〈단군신화〉에서뿐 아니라, 〈해모수신화〉, 〈주몽신화〉에서도 역시 마찬가지로 확인된다. 유화는 남편에게 버림받고, 아버지로부터의 추방당하고, 금와에게 감금을 당하는 모진 시련을 겪는다. 부여와 고구려의 건국신화에 등장하는 유화의 이야기는 여성인물의 희생제의에 대한 서사로 충실하게 읽힌다. 유화의 희생제의는, 해모수의 입장에서 보면 해모수의 결혼이라는 통과제의를 이루는 요소로, 주몽의 입장에서 보면 주몽의 탄생의 제의 과정의 요소가 되는 것이다.

〈해모수·주몽신화〉의 제의적 서사구조

유화의 희생제의	해모수의 통과제의(혼사) 주몽의 통과제의(탄생)

한국의 건국신화는 고대국가 건국 시조를 중심으로 형성된 이야기로 국조(國祖)와 관련된 사건과 관련 인물들을 미화하고 신성화하였을 것은 자명하다. 민간의 종교 담론 속에서 존재하고 전승된 무속 신화에 비해서 지배계층의 이념과 논리가 훨씬 강하게 덧씌워져 윤색되었을 것이다. 하지만 한국의 대표적 건국신화인 〈단군신화〉나 〈해모수·주몽신화〉에서 확인할 수 있듯이 신화 속 여성인물을 희생양으로 한 박해의 흔적을 찾을 수 있다. 특히 남성 중심의 새로운 사회 재편과 신생을 위한 여성인물의 희생이 무속 신화뿐 아니라 건국신화에서도 반복되는 핵심 주지임을 알 수 있다.

5. 한국 신화 연구에 있어서 지라르 이론의 가능성과 의의

지라르는 인간의 본성을 모방 욕망을 가진 존재로 파악했고, 이로 인해 인간사회는 심각한 위기상황에 빠진다고 보았다. 특히 인간의 역사와 문화에서 끊이지 않는 광기 어린 집단적 폭력에 주목하였다. 이러한 인간의 폭력을 막기 위한 장치로 고안된 만장일치의 폭력, 그 폭력의 메커니즘이 결국 인간사회가 파괴되지 않고 유지되며, 갱신할 수 있게 한 것이다. 이 폭력의 메커니즘의 정수 내지 다른 표현이 희생양에 대한 박해, 희생제의라 할 수 있다.

인간 문화에 대한 원초적 기술이라 할 수 있는 신화는 이런 측면에서 바로 이 희생양을 둘러싼 폭력 메커니즘의 흔적을 가진 박해의 텍스트라 할 수 있다. 비록 그 박해의 흔적을 지우거나 숨기고 미화시켰더라도 문화의 기원을 이루고 그것을 유지시키고 작동시키는 메커니즘의 흔적 자체를 지울 수는 없을 것이다. 지라르는 오이디푸스의 신화를 통해 그 박해의 전형들을 도출하였다. 이러한 지라르의 신화 읽기, 즉 박해의 흔적 밝히기는 한국의 신화 읽기에서도 충분히 적용 가능하며 유효한 분석법이 될 것이다.

지라르의 신화 독해는 특히 남성 중심의 사회체제 내 여성 박해의 흔적을 직접적으로 드러내고 있는 한국의 무속 신화에서 희생양 서사의 구조로 잘 포착된다. 건국신화에서도 건국의 주인공이 되는 남성영웅과 관련된 아내 혹은 어머니 등 여성 주인공들에게는 이 희생양 메커니즘이 적용되고 작동된다. 이 여성 주인공들은 남성 중심의 새로운 이데올로기를 갖춘 사회체제를 구축하기 위해 필요한 희생양으로 선택되고, 그 희생양이 결국 사회를 유지하고 새롭게 갱신시키는 역할을 맡게 되어 신성시된 것이라 할 수 있다.

한국의 신화는 지라르의 폭력과 희생양 이론으로 그 심층의 형태와 의미가 잘 포착된다는 것을 살펴보았다. 이러한 폭력과 희생 메커니즘은 신화뿐 아니라 그러한 사고와 논리가 전승된 집단의 다양한 서사에서도 그 흔적을 남기고 있을 것이다. 인간사회의 위기 상황에서 어떤 논리와 메커니즘으로 극복하였는지를 살펴볼 좋은 관점과 도구를 얻은 것이다.[25] 이는 특정 위기 상황에서 인간사회의 단면을 파악하는 것에 그치는 것이 아니라 인간사회와 문화의 원초적 토대에 대한 접근법이기도 하다. 논의의 범위를 확장시키고 방법론을 더욱 정교화해야 할 것이다.

---

25 지라르의 관점과 이론을 적용한 한국의 고전서사 연구는 신화뿐만 아니라, 설화나 현대의 서사까지 확장된 논의들이 생산되고 있다. 대표적인 것들을 소개하면 다음과 같다.
신호림, 「〈지네장터〉 설화에 나타난 폭력의 양상과 극복의 의미」, 『구비문학연구』 36, 한국구비문학회, 2013.
신호림, 「희생제의 전통의 와해와 기괴한 효행담의 탄생-〈죽은 아들을 묻은 효부〉를 중심으로」, 『고전과해석』 21, 고전문학한문학연구학회, 2016.
윤준섭, 「〈도랑선비·청정각시〉에 나타난 청정각시 죽음의 의미」, 『고전문학연구』 53, 한국고전문학회, 2018.
정제호, 「희생제의 서사의 문화적 함의와 트랜스미디어 스토리텔링 양상」, 『구비문학연구』 54, 한국구비문학회, 2019.

르네 지라르Rene Girard 주요 저작

- *Mensonge Romantique et Vérité Romanesque*, Paris: Grasset, 1961.
  Deceit, Desire and the Novel: Self and Other in Literary Structure, Yvonne Freccero trans., Baltimore: Johns Hopkins University Press, 1966.
  『낭만적 거짓과 소설적 진실』, 김치수·송의경 역, 한길사, 2001.
- *La Violence et le Sacré*, Paris: Grasset, 1972.
  Violence and the Sacred, Patrick Gregory trans., Baltimore: Johns Hopkins University Press, 1977.
  『폭력과 성스러움』, 김진식·박무호 역, 민음사, 1993.
- *To Double Business Bound: Essays on Literature, Mimesis, and Anthropology*, Baltimore: Johns Hopkins University Press. 1978.
- *Des Choses Cachées depuis la Fondation du Monde*, Paris: Grasset, 1978.
  Things Hidden since the Foundation of the World(Research undertaken in collaboration with Jean-Michel Oughourlian & G. Lefort), Stanford: Stanford University Press, 1987.
- *Le Bouc émissaire*, Paris: Grasset, 1982.
  The Scapegoat, Baltimore: Johns Hopkins University Press, 1986.
  『희생양』, 김진식 역, 민음사, 1998.
- *La Route Antique des Hommes Pervers*, Paris: Grasset, 1985.
  Job, the Victim of His People, Stanford: Stanford University Press, 1987.
- *A Theatre of Envy: William Shakespeare*, New York: Oxford University Press, 1991.
- *Je Vois Satan Tomber Comme l'Éclair*, Paris: Grasset. 1999.
  I See Satan Fall Like Lightning, James G. William edit., Maryknoll: Orbis Books, 2001.

『나는 사탄이 번개처럼 떨어지는 것을 본다』, 김진식 역, 문학과지성사, 2004.

- *Celui par qui le Scandale Arrive: Entretiens avec Maria Stella Barberi*, Paris: Desclée de Brouwer, 2001.

  The One by Whom Scandal Comes, East Lansing: Michigan State University Press, 2014.

  『그를 통해 스캔들이 왔다』, 김진식 역, 문학과지성사, 2007.

- *Les Origines de la Culture*, Paris: Desclée de Brouwer, 2004.

  Evolution and Conversion: Dialogues on the Origins of Culture, London: Continuum, 2008.

  『문화의 기원』, 김진식 역, 기파랑, 2006.

Umberto Eco   Claude Lévi-Strauss   René Girard

Hayden White

Roman Jakobson

Walter Ong

Jacques Fontanille

Clifford Geertz

Yuri Lotman

François Rastier

Jacques Derrida

헤이든 화이트의 '메타 역사'와 천주교 증언록의 '서사'

윤인선

Algirdas Greimas   Roland Barthes   Charles Peirce

* **헤이든 화이트**(Hayden White, 1928~2018)

후기-구조주의의 영향을 받은 역사학자이다. 그는 역사적 사건에 대한 재현의 투명성을 해체하고, '서사적 산문 담론의 형식을 취하는 언어적 가공물'로서의 역사 서술을 주장하였다. 그의 이론은 실증주의 역사학의 해체와 수사로서의 역사라는 새로운 패러다임을 가능하게 했다.

1. 헤이든 화이트, 실증주의 역사관의 해체와 수사로서의 역사[1]

우리는 역사 혹은 역사적 서술이라는 말을 들었을 때 '사실성'이라는 이미지를 떠올린다. 흔히 역사를 '과거 사실에 대한 객관적 기록'이라고 말한다. 하지만 이러한 관점은 19세기 이후 역사학이 전문적이고 독립적인 분과학문으로 자리매김하는 과정에서 나타난 것이다. 19세기 이후의 역사학은 과거의 사실을 있는 그대로 복원하고 실재를 충실하게 재현하는 것을 최대의 목표로 하였다. 그리고 이 목표를 이루는 것이 역사학이 다른 인문과학에 비해 지닐 수 있는 학문적 특권이라고 생각했다. 이를 '실증주

---

1 이 글은 다음 글을 바탕으로 수정, 보완했다.
윤인선, 「천주교 고난 경험 서사 연구」, 서강대학교 박사학위 논문, 2015.
_____, 「〈긔히일긔〉에 나타난 순교 경험의 서사화 양상-"고난"을 매개로 나타나는 순교의 문화적 의미」, 『기호학연구』 38, 한국기호학회, 2014.

의 역사관'이라고 부를 수 있다. 실증주의 역사관은 독일의 역사학자 랑케(Leopold von Ranke, 1795~1886)에 의해 완성되었다. 근대 역사학의 아버지라고 불리는 랑케는 어떠한 선입견이나 편견 없이 자료를 바탕으로 객관적인 입장에서 역사가 서술되어야하고, 서술될 수 있다고 주장하였다. 실증주의 역사관에서 역사학자의 언어는 과거의 실재들과 1:1의 대응 관계를 맺는다. 다시 말해, 역사학자의 언어는 과거 사실에 대한 투명하고 객관적인 재현을 담보하는 것이다.

하지만 실증주의 역사관은 20세기 이후 후기-구조주의에 영향을 받은 학자들에 의해 조금씩 해체되기 시작한다. 헤이든 화이트(Hayden White, 1928~2018)는 실증주의 역사학에서 주장하는 과거 실재와 언어적 재현물 사이의 투명한 일치성에 대한 신화를 해체한 대표적인 학자이다. 그는 역사를 "서사적 산문 담론(prose discourse) 형식을 취하는 언어적 가공물(verbal artifact)"[2]이라고 정의한다. 다시 말해, 그는 역사의 본질을 과거의 실재가 아닌 '역사 서술이라는 형식'에서 발견하며, 서술의 형식인 서사가 내용을 결정할 수 있다고 주장한다. 화이트에 따르면, 역사 서술은 단순히 과거의 사건을 투명한 언어로 있는 그대로 재현하는 것이 아니다. 역사 서술은 역사적 사실의 의미가 무엇인지 밝히는 과정이며, 이는 과거의 사건을 엮어 어떻게 이야기로 구성하는가에 달려 있다는 것이다. 따라서 역사 서술은 서술된 과거 사건에 대한 역사가의 의미화의 과정이며, 이것을 가

---

2   H. White, *Metahistory: the historical imagination in nineteenth-century Europe*, Johns Hopkins University Press, 1973, p.ix.

능하게 하는 것이 바로 '서사'인 것이다. 이러한 맥락에서 화이트는 역사가의 서술이 과거의 실재를 복원할 수 있다는 주장은 허상에 불과하다고 말한다. 화이트에게 역사를 서술한다는 것은 대상을 있는 그대로 정확하게 재현하는 것이 아니라 '수사학의 언어'처럼 대상을 표현하는 과정인 것이다.[3] 따라서 그는 역사적 서술에서 사실의 복원이 아닌 어떻게 언어적으로 재현하고 있는가에 대한 문제, 즉 실증주의 역사관을 해체하고 역사를 수사학의 관점에서 바라볼 필요성에 대해 주장한다.

화이트는 역사를 서술하는 과정에서 나타나는 수사법 혹은 수사적 구성 양상을 특정한 시대의 역사적 상상력에 대한 심층구조의 형식을 분류하기 위한 근거로서 제시한다. 그는 수사법이 단지 기법의 차원에서 머무르는 것이 아니라, 전체 담론 체계에서 보다 본질적인 역할을 담당한다고 주장한다.[4] 이처럼 화이트는 역사 서술에 설득력을 부여하고 의미를 진작시키는 언어 형식에 관한 문제를 중심으로 수사학으로서의 역사 이론에 대해 설명하며, '역사 서술의 문예 이론적 성격'에 대해 논의한다.

하지만 화이트가 포스트 모더니스트나 해체주의자들이 주장하듯, 역사학에 있어서 완벽한 '언어로의 전환'을 주장하지는 않았다. 그는 역사적 실재를 언어적 구성물로 바라보는 바르트의 견해에 동의하지만, 역사적 사실의 의미가 어떻게 쓰여지는가에 따라서 다르게 구성된다는 것을 주장한 것이지, 역사적 사실을 부정하는 것은 아니라고 말한다. 다시 말해, 화이트는

---

3   A. Munslow, *Deconstructing History*, Routledge, 1997, p.148.

4   세미오시스 연구센터, 『내러티브와 리얼리티』, 한국외국어대학교 출판부, 2014, 47쪽.

역사적 사건의 의미는 서술되는 언어에 의해 구성되는 것이지만, 과거에 존재하던 사건 자체를 부정하거나 그것이 언어에 의해 결정된다는 것은 아니라고 말한다.[5]

이처럼 화이트는 과거 사실에 대한 복원을 지향하는 실증주의적 역사관에 대한 해체를 바탕으로 역사적 사건의 서술을 통해 드러나는 의미에 초점을 둔 수사로서의 역사라는 새로운 관점을 주장하였다. 그는 역사학 내부에서 한편으로는 "역사를 보는 인식과 시선의 전환을 가져온 인물"[6]로, 다른 한편으로는 "역사학의 과학적 성격을 부정함으로써 학문의 존립기반을 위협한 인물"[7]이라는 극단적으로 엇갈린 평가를 받고 있다. 하지만 우리는 화이트의 논의를 통해 역사적 기록 안에서 '서사'를 발견하고, 그것의 심층에 자리 잡고있는 서사적 상상력과 욕망에 대해 생각해 볼 수 있는 새로운 가능성을 고민해 볼 수 있을 것이다.

2. 메타 역사: 역사를 '서사 형식'으로 기록하기

헤이든 화이트가 주장하는 수사로서의 역사 서술에 대한 관점을 가장 잘 보여주고 있는 저서는 1973년도에 출판된 『메타 역사: 19세기 유럽의

---

5   H. White, "Response to Arthur Marwick", *Journal of Contemporary History* vol. 30 no. 2, 1995, pp.239-240 참조.

6   D. LaCapra, "Review on Tropics of Discourse", *MLN* vol. 93, 1978, p.1037.

7   A. Marwick, "Two Approaches to Historical Study", *Journal of Contemporary History* vol. 30 no. 1, 1995, pp.5-35.

역사적 상상력』이다. 그는 이 책을 통해 역사 서술에 나타나는 언어의 구성 양상에 대해 살펴보고, 구체적인 4명의 역사학자들의 서술을 분석한다. 우리는 그의 저서에서 '역사적 상상력'이라는 어휘에 주목해 볼 필요가 있다. 즉 헤이든 화이트에 따르면 역사를 서술하고 의미화하는 것은 사실로서의 기록이 아니라, 역사가의 상상력이라는 점이다. 그렇다면 헤이든 화이트는 이러한 상상력의 구조를 어떻게 설명하고 있을까?

화이트는 역사 서술에 나타나는 사건들을 객관적 '사실'이 아니라 '구성된' 사실의 성격을 지닌다고 주장한다. 따라서 서술된 사건의 의미는 그것 자체를 넘어서 구성 양상, 수사적 표현, 서술 전략 등을 통해 나타나는 것이다. 이러한 맥락에서 과거 사건이 서술되는 양상에 대한 논의는 헤이든 화이트가 주장한 '플롯화(emplotment)'의 측면에서 이해할 수 있다. 그는 '주어진 과거 사건들의 집합은 그 자체로 비극이나 희극 또는 풍자적 성격을 지니고 있지 않기 때문에 역사가는 사건들에 하나의 스토리 유형을 부여함으로써 의미를 부여할 수 있고, 사건들의 집합을 서사로 만들 수 있다'고 말한다. 혼란스러운 것이거나 의미가 없이 존재하는 삶은 서사로 이야기될 때에만 과거를 거슬러 올라가 의미있는 형태로 변형되는 것이다.[8] 그리고 화이트는 이러한 과정을 가능하게하기 위해, 즉 무정형의 사건에 의미를 발생시키기 위해 '스토리 유형'을 부여하는 과정을 플롯화라고 설명한다.[9] 따라서 실

---

8 도미니크 라카프라, 『치유의 역사학으로- 라카프라의 정신분석학적 역사학』, 육영수 편역, 푸른 역사, 2001, 150쪽.

9 헤이든 화이트, 『메타 역사:19세기 유럽의 역사적 상상력』, 천형균 역, 문학과지성사, 1991, 11-60쪽.

제 사건의 의미는 플롯 구성과 분리해서 생각할 수 없는 것이다.[10] 이러한 맥락에서 사실을 올바로 재현했는가는 부차적인 문제가 된다. 초점이 되는 것은 오히려 사실을 재현하는 '형식 그 자체'에 있다.[11] 따라서 화이트는 19세기 유럽의 역사 서술에 관해 논의하며 사건의 사실성이 아닌, 그것에 나타나는 역사 서술의 '형식'으로서 플롯 구성과 논증, 이데올로기와 그것들 사이의 '선택적 유사성'이라고 부르는 서사적 연관성에 관해 설명한다.

먼저 플롯 구성이란 역사적 사건을 '발단-전개-결말' 혹은 '원인-결말'과 같은 서사적 단계로 구성하고, 이 과정에서 의미를 형상화하는 것을 말한다. 그는 플롯 구성을 '로맨스', '풍자', '희극', '비극'이라는 4가지 원형적 서사를 활용하여 설명한다. 이때 로맨스는 영웅의 승리와 인간 해방, 풍자는 인간이 세계의 주인이 아니라 노예라는 인식, 희극은 다양한 갈등을 수용하고 조화와 결합을 낳는 과정, 비극은 갈등의 분열에 대한 서사적 원형을 뜻한다.

다음으로 헤이든 화이트는 논증의 형식으로 '형태론', '유기체론', '기계론', '맥락주의'를 제시한다. 이때 형태론은 역사에 존재하는 다양한 대상의 성격을 밝히며, 유기체론은 특수한 성격을 종합적인 과정으로 밝힌다. 또 기계론은 역사의 인과법칙을, 맥락주의는 역사에서 나타나는 사건의 기능적 의미를 논증하는 형식이다.

---

10 Michael S. Roth, "Cultural Criticisim and Political Theory: Hayden White's rhetorics of history", *Political Today* vol. 16 no. 4, 1988, p.40.

11 전진성, 『역사가 기억을 말하다-이론과 실천을 위한 기억의 문화사』, 휴머니스트, 2005, 137-138쪽.

이론으로 서사 읽기

끝으로 그는 이데올로기적 설명 방식으로 '보수주의', '자유주의', '급진주의', '무정부주의'를 제시한다. 보수주의는 사회변화에 대해 회의적인 양상을 띠고, 자유주의는 사회변화를 발전의 전환점으로 보며, 급진주의는 새로운 기초를 통해 사회의 재건을 추구하고, 무정부주의는 사회를 무너뜨리고 인간성에 기초한 개인의 공동체를 형성하는 양상을 가진다.

표 1. 플롯 구성, 논증 형식, 이데올로기적 설명 방식의 구조적 상동성

플롯 구성 형식	논증 형식	이데올로기 형식
로망스	형태론	무정부주의
비극	기계론	급진주의
희극	유지체론	보수주의
풍자	맥락주의	자유주의

화이트의 플롯 구성, 논증 형식, 이데올로기적 설명 방식에서 나타나는 4가지 유형은 아래 표와 같이 구조적 상동관계가 있으며 화이트는 이를 바탕으로 각각이 결합한다고 주장한다. 이를 통해 화이트는 역사를 서술하는 데 나타나는 언어적 규약과 그것을 가능하게 하는 심층의 상상력에 대해 살펴본다.

이처럼 화이트는 역사적 기록에 나타나는 서사적 형식을 발견하고, '역사적 서술이 실재를 제시하는 거울이 아니라 새로운 의미를 발생시키는 언어적 인공물'이라고 주장한다. 이러한 화이트의 논의를 바탕으로, 우리는

다양한 역사적 서술에서 '서사' 더 나아가 '서사 형식'을 발견할 수 있다. 이를 통해 역사가가 지니고 있는 역사적 상상력과 욕망에 대해서도 생각해 볼 수 있을 것이다.

3. 천주교 증언록, 객관적 사료와 쓰인 서사 사이에서

천주교 증언록을 바라보는 기존의 시선들은 텍스트에 나타난 사건의 사실 여부나, 실증성을 활용하여 사회 문화적 혹은 신앙적 모습에 대해 초점이 맞추어져 있다. 하지만 화이트의 논의에 따라 천주교 증언록을 언어적 구성물로 간주한다면, 새로운 논의가 가능할 것이다. 이 글에서는 천주교 증언록을 순교 사건에 대한 투명한 재현이 아닌 기억 메커니즘을 통해 '언어적으로 구성된 재현'으로 보고자 한다. 그동안 자명한 진리로 받아들인 경험 서사의 실증성은 다양한 기억들로 이루어진 다양한 재현방식 및 그 재현을 수용하는 방식들로 인해 해체될 수 있다.[12] 이를 위해 기해박해에 대한 증언록을 살펴보자.

형문 3차 하고 결안하여 하옥한데, 옥에서 한 교우에게 편지하기를, "부모와 장부와 베네딕따가 다 치명하시니, 육정은 오죽하리오마는 천당을 생각하여 위로 감사하고 도리로 신락(神樂)이 도도하고 심중에 즐겁다." 하였더라. 12월 28일에 당고개서 참수 치명하니, 연이 22세러라.

〈기해일기〉中

---

12 전진성(2005), 앞의 책, 26쪽.

일곱 번의 문초를 받고 100대의 매를 세 번 이상 맞았습니다. 8개월 간의 혹독한 감옥의 고초를 겪었습니다. 그녀의 부모와 남편은 그녀보다 먼저 천국으로 갔습니다. 바르바라는 많은 이들을 격려한 후 마침내 1840년 2월 1일 목이 잘렸습니다. 그녀의 나이 21세였습니다.

〈기해·병오 박해 순교자들의 행적〉中

위 인용은 〈기해일기〉와 〈기해·병오 박해 순교자들의 행적〉에 나타난 최영이 바르바라에 관한 기록의 일부이다. 옥에서 고문 받고 순교에 이르는 과정이라는 점에서는 큰 차이를 보이지 않지만, 전자에서는 후자에 없는 편지에 관한 내용을 서사화하고 있다. 이러한 차이를 통해 전자는 후자에 비해 순교에 임하는 최 바르바라의 깊은 신앙심을 극적인 모습으로 보여준다. 또한 전자에서는 바르바라가 12월 28일에 순교한 것으로 후자는 2월 1일에 순교한 것으로 서로 다르게 서술하고 있다. 이처럼 기록된 순교 사건은 서사화 과정에서 뿐만 아니라, 순교자의 수와 배열순서, 그리고 '객관적인 자료'라고 여겨져 성인 시복 과정의 근거가 되는 입교에 관한 사항이나 순교 시기, 그리고 신상에 대한 기본정보에서도 차이를 보인다.[13] 천주교 증언록에 나타나는 순교 경험은 투명하고 객관적으로 존재하는 것이

---

13 이러한 모습은 기해박해 당시 순교자 경험 서사를 비교해보면 어렵지 않게 확인할 수 있다. 가령 〈기해·병오 박해 순교자들의 행적〉에서는 〈기해일기〉에 나타나지 않은 윤성우와 같은 순교자가 등장하고 있다. 또한 손소벽의 경우 〈기해일기〉에서는 조모로부터 천주교를 배웠다고 하지만, 〈기해·병오 박해 순교자들의 행적〉에서는 조부라고 나와 있다. 또한 체포시기에 있어서도 여러 순교자들 간의 차이를 보인다.
신동원, 「기해박해 관련 수교자 전기 비교 연구」, 가톨릭대학교 석사논문, 2010, 45-60쪽 참고.

아니라, 쓰여진 서사를 통해 구성되는 것이라고 할 수 있다.[14] 그리고 이러한 서사는 과거 현실을 재현하는 투명한 매개체가 아니라 구성된 기호로서 현실을 판단하고 이해하는 하나의 양식으로 존재하게 된다.[15] 따라서 천주교 증언록에 대한 연구 역시 사료적 가치뿐만 아니라, 언어로 재현되는 구체적인 수사적 구성 양상에 주목해 볼 필요가 있다. 그리고 이를 통해 천주교 증언록의 서사에 나타나는 순교의 역사 서술에 대한 상상력에 관해 살펴볼 수 있을 것이다.

4. 헤이든 화이트의 시선으로 〈기해일기〉 속 서사 읽기

본 장에서는 다양한 천주교 증언록 중 〈기해일기〉를 대상으로 헤이든 화이트가 논의한 역사 서술의 의미에 대해 생각해 볼 것이다. 특히 〈기해일기〉에 나타나는 순교자들에 대한 서사를 헤이든 화이트가 논의한 플롯화의 측면에서 생각해 볼 것이다. 〈기해일기〉는 1839년(헌종 5년) 기해박해를 전후하여 순교한 천주교인들에 대한 기록이다. 〈기해일기〉는 목격자들의 증언에 기초하여 작성되었으며, 이후 1925년에 시복된 79위 복자의 시복 조사작업의 중요한 사료로 이용되었다. 다시 말해, 역사적 사실에 대한 객

---

14 이에 대해 화이트는 "실제 사건들은 스스로 말할 수 없고, 다만 담론의 지시체로서 역할을 해야 한다."고 말한다.
H. White, "The Value of Narrativity in the Representation of Reality", *On Narrative*, The University of Chicago Press, 1981, p.3.

15 R. G. Collingwood, *The Idea of History*, Clarendon Press, 1946, p.244.

이론으로 서사 읽기

관적인 자료로 인식, 이용되었다. 하지만 본고에서는 이러한 역사적 서술물을 기록했던 당시에 심층에 자리 잡고 있는 역사적 상상력과 욕망을 생각해 보기 위해 〈기해일기〉에 나타나는 '서사'를 헤이든 화이트의 관점으로 읽어보려 한다. 먼저 〈기해일기〉를 작성한 현석문이 당시 천주교 순교 사건에 어떤 스토리 유형을 부여하고 있는지를 살펴보고, 이러한 서술을 가능하게 하는 심층의 상상력에 대해 생각해 볼 것이다.

〈기해일기〉의 서사 전개 과정을 살펴보면 구성 양상에 있어서 서로 분리된 두 가지 체계를 지니고 있는 것처럼 보인다.

> ㉠ 성품이 충직겸화(忠直謙和)하고 순실양선(淳実良善)하여 나이 비록 젊으나 백사(百事)에 다 노성(老成)한 태도가 있는지라. 모두 열복(悅服)하며, 자지 신심(信心)이 항상 화평하더라/㉡ 기해년에 군난이 크게 일어나 2월 25일 밤 중에 포졸이 달려들거늘 피하여 문 밖으로 나갔더니, 길에서 아는 사람을 만나, 지시함으로 세 사람이 한가지로 잡힌지라.

위 인용문은 원 마리아 순교 기록의 일부이다. ㉠에서는 원 마리아의 성품에 관해 서술하고, ㉡에서는 관군에게 붙잡히는 서사가 전개된다. 순교에 대한 기록이라고 할 때, 실제적으로 필요한 것은 ㉡ 부분이지만 ㉠ 역시 함께 서술된다. 이처럼 〈기해일기〉에 나타난 순교 기록은 일면 인과성이 떨어지는 두 가지 서사로 구성되어 있는 것처럼 보인다. 하지만 역사 서술이 분리된 개별 사건들에 유기체로서 인과성을 부여하는 과정에서 구성된다는 화이트의 관점에 따르면[16], 이 ㉠과 ㉡에서 순교에 대한 스토리 유형을 추론할 수 있다.

순교란 사전적으로 '모든 압박과 박해를 물리치고 자신이 믿는 신앙을 위한 목숨을 바치는 행위'를 의미한다. 특히 조선 후기 천주교에서 순교는 '천주교인들에게 내려진 큰 은혜의 상'으로 사후 '천당 영원 끝없는 세상에 비할 데 없는 참된 복'을 얻을 수 있는 행위로 인식되었다.[17] 이처럼 순교는 인물이 현실적 차원에서는 죽음에 이르지만 종교적 차원에서 영원한 생명에 이르는 상징적 과정이다. 따라서 순교는 상징적 가치를 획득하기 위해 현실의 생명을 버릴 수 있는 존재가 되기 위한 주체의 변형 과정으로 볼 수 있다. 이는 ① 순교에 이르지 못한 주체의 '최초상태'에서 ② 순교에 이를 수 있는 조건이나 자질을 비롯한 '역량'을 보여주고 ③ 고문과 같은 순교에 이르기 위한 시련을 극복하는 '수행'을 통해 ④ 순교라는 '최종상태'를 향해 전개되는 '통합체적 플롯 구조'라고 할 수 있다. 즉 서사를 통해 주체의 결핍이 해소되는 변형(transformation) 과정인 것이다.

이러한 주체의 변형 과정에서 나타난 사건들은 영원한 생명이 부재하는 '기점'에서 출발하여 순교를 통해 영원한 생명을 얻는 '목표'로 향해가기 위한 주체의 '조절' 양상[18]으로 볼 수 있다. 그리고 이러한 조절은 '양태 조절'과 '행위 조절'로 나뉜다. 먼저 순교에 이르려는 주체에게 부재하는 능

---

16 한스 위르겐 괴르츠, 『역사학이란 무엇인가』, 최대희 역, 뿌리와이파리, 1995, 283쪽.

17 최해두, 『천주성교 자책』, 박형무 역주, 군자출판사, 2013, 35-37쪽.

18 자크 퐁타니유, 『기호학과 문학』, 김치수·장인봉 역, 이화여자대학교 출판부, 2003, 74-78쪽 참조.

이론으로 서사 읽기

력 혹은 당위성을 갖추어 순교를 위한 가능 조건을 만드는 '양태 조절'[19]이 있고, 순교에 이르기 위한 역량을 수행하는 '행위 조절'이 있다.

이 글에서는 서사 양상을 크게 두 부분으로 나누어 볼 것이다. 기점과 양태 조절을 포함하여 인물의 자질을 보여주는 '순교-자질' 서사와, 순교를 실천하여 죽음에 이르는 과정을 보여주는 것으로 행위 조절과 목표를 포함하는 '순교-수행' 서사가 그것이다. 지금까지 논의한 서사 통합체와 주체의 상태 변형 과정의 상관성은 다음과 같다.

표 2. 순교 서사의 구조적 구성 양상

서사 통합체	① 최초상태	② 역량	③ 수행	④ 최종상태
주체의 변형	기점	양태 조절	행위 조절	목표
		조절		
서사 양상	순교-자질 서사 (being-narrative)		순교-수행 서사 (doing-narrative)	

〈기해일기〉의 순교 기록 역시 이러한 스토리 유형의 맥락에서 볼 수 있다. 즉 앞서 살펴본 ㉠ 부분을 순교에 이를 수 있는 인물의 자질과 조건에 대한 서사로, ㉡ 부분을 이러한 자질을 지닌 인물이 순교를 수행하는 과정

---

19 양태성(modality)에 대해서는 다양한 정의가 존재한다. 하지만 서사 분석을 목적으로 하는 본고에서는 "특정한 상태를 가능하게 하는 하나 혹은 그 이상의 방식"으로 이해할 것이다. 따라서 주체가 대상과 연접하기 이전에 그에게 부족한 자격 조건을 얻는 혹은 부여받는 과정을 양태 조절이라고 할 수 있을 것이다. 이러한 양태성에 대한 정의는 아래 글을 참조한다.

에 대한 서사로 간주할 수 있는 것이다. 이때 각각의 서사 모두가 고난을 중심으로 구성되고 있음을 확인할 수 있다.[20] 다시 말해, 〈기해일기〉에서는 고난을 매개로 인물의 순교-자질을 서사화하고 있으며, 이후 또 다시 고난을 매개로 인물이 순교를 수행하는 과정을 서사화한다.

고난은 종교학적으로 절대자로부터 위안을 받고자 하는 욕구와 갈망을 느끼게 되는 계기로 절대자에게로 이를 수 있는 일종의 통로를 의미한다.[21] 조선 후기 천주교 신자들에게서도 현실에서의 고난은 '육신이 비록 이 세상에 있을지라도 이미 천상 사람의 참된 복'[22]을 누릴 수 있는 중요한 계기로 간주되었다. 이때 〈기해일기〉에서는 고난을 평신도와 수도자에게서 서로 다른 양상으로 서사화하고 있다. 따라서 본고에서는 순교의 맥락에서 중요한 의미를 지니면서 동시에 순교 주체에서 따라 차이를 보이는 고난 양상에 초점을 두고 〈기해일기〉에 나타난 순교의 의미에 관한 논의를 전개할 것이다.

P. Sulkunen·J. Törrönen, *The Production of Values: The concept of modality in textual discourse analysis*, Semiotica 113-1/2, 1997, p.45.

20 이유진 역시 〈기해일기〉와 〈한국천주교회사〉에 수록된 한국 천주교 순교자 설화를 고찰하면서 1차적 고난과 2차적 고난이라는 용어를 통해 서사에 나타난 두 번의 고난에 주목하였다. 하지만 이후 논의에서 이러한 고난의 의미나 이 둘의 관계에 특정한 구조를 부여하지 못하고 있다.
  이유진, 「한국 천주교 순교자 설화 연구」, 『구비문학연구』 26, 한국구비문학회, 2008, 259쪽.

21 성 토마스 모어, 『고난을 이기는 위안의 대화』, 성찬성 역, 가톨릭출판사, 2007, 49-54쪽 참조.

22 최해두(2013), 앞의 책, 39쪽.

(1) 순교-자질의 형성에 나타난 고난

먼저 순교-자질 서사에 해당하는 최초상태와 역량의 양상을 살펴보다. 여기에는 먼저 순교에 이르는 인물에 대한 소개가 나타난다.

> 박루치아는 궁녀라. 분성이 영민강의(英敏剛毅)하고 재주와 지식이 비범하더라. 어려서 모친이 죽은 후 궐내에 뽑히어 들어감에, 그 정결한 덕과 순일(純一)한 성품이 중중(衆中)에 초출(超出)한 고로 상총(上寵)이 융후(隆厚)하더라.

박 루치아 서사의 최초상태는 인물에 대한 기본적인 정보와 성품에 대한 설명으로 구성되어 있다. 〈기해일기〉에는 다양한 신분의 순교자가 있는데, 그들 각각에 따라 개인적 자질, 집안, 상황이 서술된다.

> 범 라우렌시오는 프랑스 사람이라. 어려서부터 성품이 관홍인애(寬弘仁愛)하시어, 나이 겨우 7세에 부친과 한가지로 성서를 보다. '중인(衆人)의 영혼이 많이 지옥에 떨어진다.'하는 구절에 이르러, 크게 감동함과 측은함을 발하여, 부친께 고하여 가로되, "후래(後來)에, 내 마땅히 원방(遠邦)에 전교하여 중령(衆靈)을 구하리이다." 하더니

인용문에서처럼, 수도자 범 라우렌시오 주교의 경우도 박 루치아와 유사하게, 인물에 대한 기본 정보와 성품을 설명한다. 이처럼 범 라우렌시오를 비롯한 〈기해일기〉에 나타난 순교 수도자들의 최초상태는 위와 같이 국적, 어린 시절의 모습, 인물의 성품과 미래 비전에 대해 설명하는 것으로

나타난다.

순교는 누구나 할 수 있는 행위가 아니다. 순교에 이르기 위해서 인물은 특정한 조건이나 자질을 지녀야 한다. 이후 순교-자질 서사에서 역량은 순교에 이르는 인물의 평소 자질을 설명하는 부분으로 이루어진다.

나이 거의 30세에 비로소 성교의 도리를 듣고 즉시 봉행코자 하나, 몸이 금중(禁中)에 매인 고로 수계하기가 어려운지라, 뜻을 결단하여 칭병(稱病)하고, 궁금(宮禁)을 떠나 나오니, 부친은 외교라, 성교를 배척하는 고로 그 조카와 더불어 집에 머무며 차차 권화하여 온집이 다 영세 입고 하니, 항상 주은(主恩)을 일컬어 감격하여 하더라.

위 인용문은 박 루치아가 관군에 붙잡혀 심문을 받기 직전까지 상황에 대한 것이다. 박 루치아는 비록 궁녀의 신분이어서 천주교를 믿는 것조차 어려운 상황이었다. 하지만 병을 핑계로 궁을 나오고, 신앙이 없는 가족들을 떠나 조카 집에 머물면서 교리를 충실하게 실천한다. 서사는 그녀가 종교적 믿음에 이르는 과정에서 궁녀라는 신분과 가족의 반대 같은 현실적 고난을 겪지만, 그것을 극복하여 굳건한 믿음에 이르렀음을 보여준다. 박 루치아는 바로 충실하게 신앙을 실천할 수 있는 자질을 지닌 인물이었기에 순교에 이를 수 있었다는 것을 암시한다.

범 라우렌시오 주교를 비롯한 수도자의 서사는 조금 다른데, 이런 경우 뛰어나고 비범한 능력을 인물의 자질로 서술한다.

겨우 두어 달에 언어를 대략 통하시어, 능히 고해신공을 받으시고, 공경규정을 다시 정하시어, 동국말로 번역하시니, 지우(智愚)와 노유(老幼)를 의논치 말고, 간략하여 알기 쉽게 함을 위하심일러라. (중략) 거지(擧止)와 동정이 다 절조(節操)가 있음에 매주일내에 3차 대재(大齋)를 지키시어 고극(苦克)하기를 힘쓰시고 사람 대접은 인애로써 하시며

위 인용문을 보면 그는 두어 달 만에 고해성사를 진행할 수 있을 정도로 뛰어난 언어 능력, 사람들을 쉽게 이해시킬 수 있는 표현 능력, 그리고 부지런함을 지닌 것으로 서술된다. 박 루치아를 비롯한 신자들의 역량을 보여주는 인물 자질이 현실에 대한 고난 속에서 믿음을 키워가는 양상으로 전개되었다면, 범 라우렌시오 주교를 비롯한 수도자의 경우에는 언어나 생활 태도에서 존재의 비범함을 보여주는 양상으로 서사가 전개된다. 수도자들의 인물 자질이 기술된 이후에는 마찬가지로 고난에 관한 서사가 진행된다.

경성에 계신지 1년이 지남에, 향촌에 가 전교하실 때, 말을 타지 아니하시고 걸어 행하시며, 힘써 권위(權鼞)하시니, 그 표양에 감발하여 냉담한 자가 번연히 회두(回頭)하는 자가 많더라. (중략) 향촌으로 내려오시어 한두 달 종적을 감추어, 내두(來頭)를 보려 하시니, 겪으신 바 고초는 불가형언(不可形言)이라. 항상 치명하실 원의(原意) 간절하신 고로 매사를 위로하여 감순인내(甘順忍耐)하시더라.

위 인용문을 보면 수도자들의 고난은 평신도들의 것과 다르다는 것을 알 수 있다. 평신도의 고난이 그들의 외부적 요인에 의한 것으로 서술되던 것과 달리, 이들은 스스로의 의지에 의해 고난을 선택하는 것으로 재현

된다. 전교 과정에서 말을 타지 않고 걸어 다니거나, 붙잡힐 수 있는 위험한 상황에서 본국으로 피하지 않고 신자들의 장사를 지내는 등 스스로 고난에 이르는 양상이 서사화 된다.

이렇게 〈기해일기〉에서 고난에 대해 서술할 때 수도자와 평신도 사이에 차이가 나타나고 있음을 확인할 수 있다. 평신도의 경우 신분이나 상황 같은 주체 외부적인 요소에 의한 고난이 나타나고, 그들은 불리한 외부적 상황 속에서 신앙과 믿음을 지키며 순교에 이르는 것으로 그려진다. 평신도들 서사 나타나는 고난은 단순히 신앙의 문제뿐만 아니라, 경제적인 면, 정치적인 상황, 신체적인 면에 이르기까지 그 신분이나 입교 배경에 따라서 다양하다.

> 박요한은 친척이 없이 고독한 자이라. 부친이 신유박해에 치명하고, 다만 노모가 있어, 서로 의지하며, 모친은 교유의 집에 물을 길음에 원근(遠近)을 불계하고 다니며, 모자가 구명도생(苟命徒生)하니, 그 가난함을 알리로다.

앞서 살펴본 박 루치아의 고난이 신앙에 관한 것이었다면, 박 요한의 고난은 경제적 문제였다. 아버지가 순교의 영광에 이를 정도로 가족들이 모두 신앙을 지니고 있으나, 가난으로 인해 현실적인 문제에 직면하게 된 것이다. 그러나 이후 서사에서 박 요한은 가난이 주는 고난에도 불구하고 믿음을 굳건하게 지키는 모습으로 그려진다.

이론으로 서사 읽기

정 쁘로따시오는 명가 후예라. 조부가 벼슬을 하다가 나라에 득죄(得罪)하여 그 부친이 종적을 감추어 미천한 사람으로 자처하니라. (중략) 집이 심히 가난하고 몸에 병이 항상 떠나지 아니하나 빈병(貧病)을 위주(爲主) 인내하며 일쩍이 어려워하는 빛이 없고

정 쁘로따시오는 정치적인 상황과 신체적인 면에서 고난에 직면한다. 다시 말해, 명문가의 후손이지만, 조부의 죄로 인해 미천한 사람으로 자처하게 되고, 이로 인해 집이 가난해지고 병을 가지게 된다. 하지만 다른 서사와 마찬가지로 그 역시 고난에도 불구하고 믿음을 지키고 실천하는 것으로 묘사된다.

〈기해일기〉에 나타난 평신도들은, 순교에 이를 수 있는 어떤 특정한 비범한 능력을 지닌 것으로 서사화 되지는 않는다. 오히려 경우에 따라서 그들 가운데에는 현실적인 문제로 배교한기도 한다.

철 모르는 자식 5형제를 고독히 버릴 생각을 함에, 육정이 맹동(猛動)함을 입어 "아무쪼록 살아나와 이 여러 어린 것의 영육을 돌아보리라." 하고 나중에 굴하였으나, 그 맏아들 토마의 사단이 큰 고로, 놓이지 못하고 죽이기로 결단하여 형조로 옮기니

위 인용문은 최양업 신부의 어머니인 이 마리아에 관한 서사이다. 신부의 어머니로서 그녀가 신앙에 대한 비범한 능력을 가졌으리라 기대할 수도 있다. 하지만 〈기해일기〉에서 그는 자식에 대한 연민과 같은 현실적 문제로 배교하는 것으로 서사화 된다.

이처럼 〈기해일기〉에 서사화 된 평신도 순교자들의 인물 자질은 그들이 처해있는 '상황에 따른 현실적인 고난'에 기반한다. 그들은 고난을 지녔음에도 불구하고 순교에 이르는, 혹은 고난을 극복하는 과정을 통해 순교에 이르는 인물 자질을 가지는 것으로 그려진다.

앞서 언급한 것처럼 수도자의 경우에도 고난은 형상화되지만, 평신도 순교자들과는 조금 다른 양상으로 나타난다.

> 교우가 빈핍(貧乏)하여, 헐벗고 굶주린 자를 보시면 마음에 아파하여 옷을 벗어 입히시고, 돈과 음식을 구제하시며, 혹 남은 것이 없으면 힘써 주선하여 구제하심이 비단 교우뿐이랴? (중략) 군란이 대기(大起)하여 경중교우(京中敎友)가 많이 잡히니, 크게 불쌍히 여기시고, 남은 것이 없고, 수금(囚禁)한 교우는 많은고로, 사람을 부려 다스리는 지방에 애긍(哀矜)을 구하여 여간 물건을 얻어가, 서울 옥중에 쓰게 하고, 잠깐 향촌에 피하여 사세를 보려하시니, 그간 신고(辛苦)는 불언가상(不言可想)이라, 어찌 다 형용할 바이리오.

이는 프랑스 출신 신부인 정 야고보가 신앙을 전파하는 과정에서 나타나는 고난 경험 서사이다. 다른 수도자의 인물 자질에서처럼 그 역시 언어나 인품에서 비범함을 보여준다. 그는 전교 과정에서 스스로 고난을 선택하고, 이를 계기로 순교에 이른다. 평신도들의 인물 서사와는 달리 비범한 능력이 있는 존재가 스스로 고난을 선택하는 양상이다. 그의 고난은 신자가 처한 가난이나 감옥살이와 같은 현실적 문제를 해결해주기 위한 것으로 그의 선택에 의한 것이다. 평신도들의 순교-자질 서사에 나타나는 고난 양상이 현실에서의 결핍으로 인한 것이었다면, 수도자들은 비범한 존재임에도 불구하고 신자들을 위해 고난을 선택한다.

순교-자질 서사 부분에 나타나는 양태 조절은 순교라는 최종상태(목적)에 이를 수 있는 조건, 혹은 인물 자질에 대한 서사다. 이때 평신도는 현실에서의 고난에도 불구하고 신앙을 지켜왔기에 순교에 이를 수 있는 자질을 형성한 것으로 서사화 된다. 반면 수도자들은 신자들이 겪는 고난을 함께 하는 과정에서 순교에 이를 수 있는 자질을 형성하는 것으로 재현된다.

(2) 순교-수행의 과정에서 나타나는 고난 양상

다음으로 순교-수행 서사라고 할 수 있는 수행(행위조절)과 최종상태(목표)에 대해 알아보자. 서사의 최종상태인 순교에 이르기 위해서는 반드시 심문과 고문의 과정을 통한 행위조절 양상이 나타난다. 이는 순교에 이르기 위한 주체의 구체적인 실천에 관한 서사이다. 주체가 만약 이 과정에서 배교한다면 서사의 최종 상태인 순교에 이를 수 없게 된다. 이 과정은 순교에 이르기 위한 직접적 행위를 보여준다.

포졸이 달려드니, "막비주명(莫非主命)이라." 하고 혼연히 관차(官差)를 맞아 분요(紛擾)한 것을 진정케 하고 곁의 사람들을 제성(提醒)하여 "각각 다 예비를 하라."하고 주찬(酒饌)을 갖추어 관차를 대접하고 포졸을 따라서 사관청에 이르러 약간 문목한 후 포장이 올려 왈 (중략) 포청에서 두 번 결박함을 받고 후에 형조로 보내니, 수삼차 중형에 피가 흐르고 뼈가 드러나되 태연하여 요동치 아니하고 왈 앞서 보았듯, 박 루치아는 궁녀라는 신분으로 인해 제기된 현실적 문제를 해결함으로써 순교에 이르기 위한 양태적 자질을 획득한다. 박 루치아는 피가 흐르고 뼈가 드러나는 고문 과정에서도 태연하게 요동치 않고 끝내 배교하지 않는다. 그는 궁극적으로 순교에 이르게 된다.

보는 자가 감동치 아니하는 이 없더라. 법장(法場)으로 나갈 때에 용모가 태연하고 입으로 송경(誦經)하기를 그치지 아니하고 참수 치명하니, 연은 39세러라.

박 루치아의 순교 과정에는 고통스러운 장면에 대한 묘사뿐 아니라 배교하지 않겠다는 의지를 담은 발화가 함께 서술된다. 이러한 모습은 수도자들의 경우에도 유사하다.

잡히어 경성에 이르시니, 포장(捕將)이 정 바울로, 유 아우구스떼노, 조 가롤로 3인이 면질(面質)하게 하니, 이때 주교의 말씀이 "이미 3위라는 말씀이 드러났으니, 감출 길이 없거니와, 있는 곳은 말하지 말며 천주를 의뢰하고 형벌을 두려워하지 말라" 하시더라. (중략) 여러 가지로 힐난(詰難)하기를 연삼일에, 여러 관원이 모여 문목(問目)이 많으나, 다 듣지 못하였으며, 또 치도곤(治盜棍) 셋씩 치며,

범 라우렌시오 주교도 여러 고문과 힐난을 태연하게 극복하며 그 과정에서 순교에 대한 자신의 의견을 이야기한다.

이론으로 서사 읽기

밤낮으로 군졸(軍卒)로 지키더니, 후에 3위를 금부(禁府)로 올려, 연삼일 추국(推鞫)에 형장(刑杖) 70여 도(度)씩 하고 8월 14일 성 마태오 종교 첨례날 두 위 신부와 한가지로 군문효수(軍門梟首)하니, 43세요. 천주강생 1839년이러라.

〈기해일기〉에서 수행(행위조절)과 최종상태(목표)에 관한 서사는 수도자와 평신도, 신분이나 계층에 무관하게 유사한 구조를 지니고 있다. 그들은 심문을 받으면서 순교에 대한 자신의 의견을 말하는 것으로 제시된다. 그러나 발화를 통해 나타나는 담화의 가치체계 간에는 차이가 있다.

평신도의 순교 경험에 나타나는 발화 양상에 대해 살펴보겠다. 평신도들의 순교 경험 서사의 경우 인물의 발화는 심문 상황에서 자신의 믿음을 드러낸다.

형벌할 기계를 베풀며 왈 "네 몸에 혹독한 주뢰, 주장하기 전에 천주를 배반하고 당을 대라." 답왈, "장하에 죽사와도, 배반도 못하옵고, 당도 못 대리라." "못하는 연고를 아뢰라." "우리 등의 공경하는 천주는 신인만물(神人萬物)의 대주(大主)이시라. 사람의 선악을 상벌하시어, 선자(善者)를 상 주시고, 악자(惡者)를 벌하시니, 천주십계를 지키면 천당 영복을 누리고 범하면 지옥 영고에 나리는 연고로 배반치 못하옵고, 다른 사람을 해하지 못하니이다. 다시 묻지 마옵소서. 죽을 따름이로소이다."

김 로사는 천주의 존재와 역할에 대한 확고한 믿음을 지닌다. 따라서 절대 배교할 수 없으며, 천주 십계를 지키고 순교하여 천당 영복을 누리겠다고 말한다. 순교자가 알고 있는 천주의 기능과 천주 십계 같은 교리에 대한 구체적 지식을 바탕으로 '믿음을 보여주는 양상'으로 서사화 된 것이다.

　　포장이 문왈, "너 저만치 낳은 계집이 천주학을 한단 말이냐?" 답왈,
"과연 하나이다." "이제라도 말만 하면 살리리라." "그리 못하나이다."
"형벌을 중히 하여도 그리하겠느냐?" "장하에 죽사와도 우리 공경하는 천
주는 배반치 못하나이다." "네가 배반치 못하는 연유를 아뢰라." "천주는
천지 신인만물(神人萬物)을 화성(化成)하시고, 재제(裁制)하시고, 상선벌
악(賞善罰惡)하시는 대군대부이시라. 만번 죽어도 배반치 못하나이다."

　김 루치아는 심문 과정에서 천주교의 교리에 대한 정확한 지식을 말한
다. 교리서에나 나올만한 내용인 천주의 기능, 영혼의 개념, 죽음의 의미와
같은 것들에 관해 발화하는 것이다. 김 루치아가 혹독한 심문 과정에서 이
렇게 구체적인 교리를 발화하는 것은 어려운 일이었을 것이다. 앞서 언급
했듯, 사실 여부가 중요한 것이 아니다. 〈기해일기〉에서 혹독한 상황 속에
서 구체적이고 정확한 교리를 발화하는 존재로 그녀를 서사화하고 있다는
점이 중요하다. 〈기해일기〉에서 평신도 순교자는 발화를 통해 '지식을 보
여주는 양상'으로 서사화된다.
　이처럼 〈기해일기〉에 나타난 평신도 순교자들은 고난 속에서 천주에 대
한 '믿음과 지식에 대해 발화'한다. 이때 믿음과 지식은 인식적 차원에서
가치 대상을 규정한다.[23] 그 가치 대상은 평신도 순교자가 갖추고 있는 혹
은 있어야하는 인식적 자질과 관련이 있다. 평신도 순교자들의 발화에 나

23　박인철, 『파리학파의 기호학』, 민음사, 2006, 236쪽.

타나는 인식적 가치는 순교에 이르기 위해 그들이 지니고 있어야하는 존재 자질과 다르지 않다. 또한 이러한 모습은 앞에서 살펴본 평신도 순교-자질 서사의 양태적 자질과 '선택적 유사성'을 지닌다.[24] 다시 말해, 평신도들이 순교를 통해 종교적 가치 대상에 이르기 위해 자신이 처해있는 현실적 고난을 극복해야한고 할 때, 그럴 수 있는 가능성과 근거는 바로 순교를 수행하는 과정에서 발화로 나타나는 지식과 믿음의 인식적 가치체계에 있는 것이다.

이에 반해 수도자들의 순교 경험 서사에는 붙잡힌 상황에서 고난을 매개로 자신의 '의무와 능력에 대해 발화'한다.

"자헌치 못할 연고가 세 가지 있으니, 일은 전일 주교의 명이 계신즉, 명을 기다림이요. 이는 동국에 자헌한 자가 많은 고로 우리 표양을 보이어, 모든 교우로 하여금 자헌치 못하는 큰 의리를 알게 하고자 함이요, 삼은 동국에 다시 목자가 없음이라."(중략) "내가 이 길을 가는 것이 혼인 잔치에 나아가는 것 같다."

정 야고보 신부는 관군이 몰려오는 상황에서 자수하자는 교우의 말에 위와 같이 대답한다. 관군에게 붙잡히면 죽음에 이른다는 것을 아는 상황

---

24 헤이든 화이트는 플롯구성과 논증양식과 이데올로기적 함의를 바탕으로 각각의 설명양식이 마구잡이로 결합되지 않는다고 주장한다. 이들 사이에는 선택적 유사성이 존재하기에 역사가가 자의적으로 세 가지 설명 양상을 조합할 수 없다는 것이다. 이를 '선택적 유사성(elective affinities)'이라는 개념을 통해 설명한다. 다시 말해, 역사 경험 서사에서 서사의 구성과 그것에 내재된 가치체계는 마구잡이로 결합되는 것이 아닌 선택적 유사성이 존재하는 것이다.

에서 그는 도망가지 않고 감옥에서 신자들과 함께 해야한다는 자신의 의무에 대해 발화하는 것이다. 그는 붙잡혀가는 길이 혼인 잔치와 같다고 말하며, 상황을 두려워하지 않는 비범한 능력을 보여준다. 이러한 발화 양상은 심문 상황에서도 찾아 볼 수 있다.

여러 가지로 힐난(詰難)하기를 연삼일에, 여러 관원이 모여 문목(問目)이 많으나, 다 듣지 못하였으며, 또 치도곤을 셋씩 치며 "당을 대라" 하니, 답 "사람을 상하게 하지 못하나니라." 관왈 "본국으로 돌아가라." 하니 "싫다." 하시고 "내가 너희 나라에 와 사람의 영혼을 구하려 하였더니, 죽노라." 하시더라.

범 라우렌시오는 혹독한 고문으로 인해 순교에 이르게 된 상황에서 조선 사람들의 영혼을 구하기 위해 왔다는 자신의 의무에 대해 말한다. 그의 순교는 수도자로서 자신의 '의무를 보여주는 양상'으로 서사화 된다.

이처럼 〈기해일기〉에서 수도자들은 심문 및 체포되는 과정에서 천주를 향해 '의무와 능력에 대한 발화'를 하는 것으로 서사화 된다. 이때 의무와 능력은 존재들이 수행해야할 실천적 가치에 관한 것이다.[25] 이러한 발화 역시 앞서 살펴본 수도자들의 고난을 매개로 한 양태 조절의 서사구조와 선택적 유사성을 지닌다. 수도자들이 순교를 통해 종교적 가치 대상에 이르기 위해서는 자신들의 능력을 바탕으로 신자들의 현실적 고난을 함께 하는 과정이 필요하다고 할 때, 이러한 양상에 대한 구체적 근거와 내용은 발화

---

25 박인철(2006), 앞의 책, 236쪽.

에서 의무와 능력의 실천적 가치체계를 통해 드러나는 것이다.

5. 〈기해일기〉에서 사건의 '서사화'와 순교의 의미

그동안 순교는 자기희생을 통해 개인이 종교적 가치를 획득할 수 있는 영웅적 행위로 간주되었다. 하지만 〈기해일기〉에 나타난 순교 경험의 기록은 기해박해를 전후한 조선 후기에 인식된 순교가 단일한 의미체계가 아니라는 점을 보여준다. 〈기해일기〉를 작성한 현석문은 비록 범 주교(앵베르 주교)의 명에 따라서 자료를 수집하고 기록하였지만, 순교를 서사화하는 과정에서 단순한 사실에 대한 기록 이상의 심층적 의미를 형상화하고 있다.

〈기해일기〉에서 평신도들은 자신들이 처한 상황에서 현실적 고난을 인식하고, 그것을 당시 존재하는 구체적인 종교적 교리와 믿음을 통해 극복하는 과정을 거쳐 순교에 도달할 수 있다. 이에 반해 수도자들은 평신도들의 삶의 어려움을 함께 하는, 그리고 할 수 있는 의무와 능력을 통해 순교에 도달할 수 있다. 이처럼 순교 경험은, 순교라는 종교적 사건을 통해 공동체와 소통하고, 공동체에게 교육하고자하는 문화적 규약을 바탕으로 서사화된다.

이는 기해박해에 대한 자료를 수집하여 기록한 현석문이 인식하고 있는 조선 천주교회의 사회·문화적 역할과 포교 전략을 보여준다. 조선 후기 사회의 거의 모든 부분에서 혼란을 경험하던 조선 민중들이 실제로 처한 현실적 어려움을 천주교의 교리와 믿음을 통해 위로받고 극복하기를 바라며, 이를 위해 수도자들이 교회 안에만 머물 것이 아니라 신자들의 삶 속으로 들어가 그들의 어려움과 함께하는 실천적 모습을 통해 사회 안에 자리를 잡으려고 했던 조선 후기 천주교 공동체의 문화적 인식의 한 단편이기도 하다.

　그동안 〈기해일기〉는 이 박해를 전후한 순교자들에 대해 사실적 정보를 제공하는 기록으로 간주되었다. 이러한 관점에서 〈기해일기〉는 역사적 사실에 대한 기록이며, 당시 순교자들에 대한 정보를 제공해 줄 수 있다. 하지만 이 글에서는 헤이든 화이트의 관점, 특히 플롯화의 관점에서 역사적 기록으로서 〈기해일기〉에 존재하는 서사의 구조를 발견하고, 서사구조와 그것들의 유기적 양상에 초점을 두어 '순교의 의미'가 어떻게 형상화되고 있는지 생각해 볼 수 있었다. 다시 말해, 헤이든 화이트의 관점을 통해 살펴본 〈기해일기〉는 순교자들에 대한 정보를 제공해주는 아카이브의 의미를 넘어서, 순교자들의 삶을 기록하는 과정에서 확인할 수 있는 재현적 글쓰기의 의도, 더 나아가 당시의 순교를 재현하는 사회 문화적 상상력에 대해 살펴볼 수 있을 것이다.

헤이든 화이트^{Hayden White} 주요 저작

- "The Structure of Historical Narrative", *Clio* vol. 1 no. 3, Fort Wayne, Ind.: Indiana University-Purdue University at Fort Wayne, 1972.
- *Metahistory: The Historical Imagination in Nineteenth-Century Europe*, Baltimore: Johns Hopkins University Press, 1973.
  『메타 역사: 19세기 유럽의 역사적 상상력』, 천형균 역, 문학과지성사, 1991.
- "The Problem of Style in Realistic Representation: Marx and Flaubert", *The Concept of Style*, Berel Lang edit., Philadelphia: University of Pennsylvania Press, 1979.
- "The Narrativization of Real Event", *Critical Inquiry* vol. 7 no. 4, Chicago, Ill.: University of Chicago Press, 1981.
- "Historical Pluralism", *Critical Inquiry* vol. 12 no. 3, Chicago, Ill.: University of Chicago Press, 1986.
- *Tropics of Discourse: Essays in Cultural Criticism*, Baltimore: Johns Hopkins University Press, 1986.
- *The Content of the Form: Narrative Discourse and Historical Representation*, Baltimore: Johns Hopkins University Press, 1987.
- "The Rhetoric of Interpretation", *Poetics Today* vol. 9 no. 2, Durham, NC: Duke University Press, 1988.
- "Historical Emplotment and the Problem of Truth", *Probing the Limits of Representation*, Saul Friedlander edit., Cambridge, Mass.: Harvard University Press, 1992.
- "Historiography as Narration", *Telling Facts: History and Narration In Psychoanalysis*, Morris and Joseph H. Smith edit., Baltimore: The Johns Hopkins University Press, 1992.
- "Response to Arthur Marwick", *Journal of Contemporary History* vol. 30 no. 2, London: SAGE, 1995.

- "Storytelling: Historical and Ideological", *Centuries' Ends, Narrative, Means*, Robert Newman edit., Stanford: Stanford University Press, 1996.
- "The Suppression of Rhetoric in the Nineteenth Century", *The Rhetoric Canon*, Brenda Deen Schildgen edit., Detroit: Wayne State University Press, 1997.
- *Figural Realism: Studies in the Mimesis Effect*, Baltimore: Johns Hopkins University Press, 1999.
- *The Fiction of Narrative: Essays on History, Literature, and Theory, 1957-2007*, Baltimore: Johns Hopkins University Press, 2010.
- *The Practical Past*, Evanston Ill.: Northwestern University Press, 2014.

Umberto Eco Claude Lévi-Strauss René Girard

Hayden White Roman Jakobson Walter Ong Jacques Fontanille

Clifford Geertz Yuri Lotman François Rastier Jacques Derrida

옹의 '구술성'과
근대 야담의 구술시학

김신정

Algirdas Greimas Roland Barthes Charles Peirce

* **월터 옹**(Walter Ong, 1912~2003)

미국 출생의 매체 연구자다. 언어의 구술성과 문자성을 비롯하여 매체와 언어의 관계를 연구했다.

1. 옹의 『구술문화와 문자문화』, 말과 쓰기의 관계[1]

월터 옹(Walter Ong, 1912~2003)은 미국 출생으로 대학에서 고전학을 전공하였고, 졸업 후 예수회에 몸담았다. 이후 중세 수사학을 연구하면서 시작된 쓰기와 인쇄술에 대한 그의 관심은 커뮤니케이션 미디어 기술이 인간의 말과 사고에 미친 영향력을 탐구하는 방향으로 나아갔다.[2] 그는 『구텐베르크 은하계』, 『미디어는 마사지다』로 유명한 맥루한(Herbert Marshall McLuhan)의 제자로서 세인트루이스 대학에서 석사 논문을 지도받으며 맥루한과 인연을 맺었고, 이후 저서 『구술문화와 문자문화』를 통해 쓰기에 전혀 영향을 받지 않은 구술문화와 문자문화를 비교한 연구를 진행했다. 하틀

---

1   이 글은 다음 글을 바탕으로 수정, 보완했다.
    김신정, 「1930년대 야담의 구술시학 연구: 야담잡지 『월간야담』 소재 작품들을 대상으로」,
    서강대학교 대학원 박사학위논문, 2014.
2   이동후, 「월터 옹, 커뮤니케이션을 질문하다」, 『월터 옹』, 커뮤니케이션북스, 2018, p.vii.

리(John Hartley)는, 푸코가 의학과 같은 지식 체계를 통해 일상생활 관리에 접근하고 있다면 옹은 인쇄를 통해 지식의 배치에 접근하고 있다고 하며 옹의 연구가 지식 역사의 한 부분으로서 가치가 있음을 강조하였다.[3]

옹의 구술문화와 문자문화 연구는 두 가지 사실을 전제로 한다. 하나는 모든 쓰기는 말에 영향을 받고 있으며, 쓰기와 인쇄술 그리고 전자매체로 이어져 오는 매체의 발달 속에서 쓰기와 말은 서로에게 영향을 받는다는 사실이다. 그러한 사실은 두 요소 즉 쓰기와 말이 섞여 있는 상황이 새로운 미디어 안에서도 발견될 수 있음을 통해서 확인된다. 그러하기에 옹은 새로운 미디어의 도입이 기존 미디어와의 변증법적 상호관계 속에서 생태학적 변화를 일으키므로 미디어의 변화를 단순히 선형적 진보로 봐서는 안 된다고 한다.[4] 또 하나는 말이든 쓰기이든 이러한 담화 표현 양식이 인간의 사고와 정신에 영향을 미친다는 사실이다. 옹은 이를 통해 구술문화와 문자문화 중 어떤 것이 더 나음을 말하려는 것이 아니라 매체가 인간의 사고 방식을 좌우한다는 점을 강조하고자 한다.

옹은 말로 대표되는 구술문화와 쓰기 및 인쇄로 대표되는 문자문화, 그리고 이어지는 새로운 미디어 시대의 **제2의 구술성** 개념을 제시한다. 이때 제2의 구술성은 구술성과 비교하여 설명되어야 한다. 구술성은 쓰기 이전의 문화, 즉 쓰기에 전혀 영향을 받지 않는 구술문화 안에서 나타나는 특성

---

3 존 하틀리, 「옹(ONGISM)이후」, 월터 옹, 『구술문화와 문자문화: 출간30주년 기념판』, 임명진 역, 문예출판사, 2018, 281쪽.

4 위의 책, p.xiv.

을 말하는 반면 제2의 구술성은 쓰기에 영향을 받은 구술성, 쓰기에 나타난 구술성이라고 할 수 있다. 옹은 구술문화 특유의 표현방식과 의식을 문자문화의 표현방식과 의식에 비교하였다. 이 둘을 비교하여 정리하면 다음과 같다.

표 1. 구술문화와 문자문화의 담화적 특성[5]

구술문화의 담화적 특성	문자문화의 담화적 특성
· 종속적이기보다는 첨가적이다. · 분석적이기보다는 집합적이다. · 반복적이고 풍부하다. · 보수적이고 전통적이다. · 표현과 사고방식이 생활 세계와 밀접하다. · 논쟁적 어투를 띤다. · 객관적으로 거리를 두기보다는 감정이입적이고 참여적이다. · 항상성을 유지한다. · 추상적이기보다는 상황적이다.	· 종속적이다. · 분석적이다. · 선형적이고 간결하다. · 기억의 부담에서 자유로워진 인간은 독창적인 지식의 세계를 넓혀나갈 수 있다. · 생활 세계와 일정한 거리를 둘 수 있다. · 지식은 추상적인 사고의 대상이 된다. · (아는)대상과 (아는)주체를 분리함으로써 대상과 객관적 거리를 둘 수 있다. · 새로운 지식의 축적과 확장이 가능하다. · 추상화된 개념이 경험과 해석을 조직하는 사고의 준거틀이 된다.

구술문화와 문자문화의 담화적 특성에 대한 비교를 통해서 우리가 알 수 있는 것은, 말 혹은 문자라는 매체가 담화 더 나아가 담론에 영향을 미치고 있으며, 이는 다시 말해 인간의 지식과 정보의 전달 측면에서 말과 문자의 차이가 인간의 삶의 방식과 사고방식의 차이에 깊게 관여한다는 사실이다.

---

5 표의 내용은 이동후(2018), 앞의 책, 14-32쪽의 내용을 참고하여 정리하였다.

구술문화에서 쓰기 중심의 문자문화로 발달했다고 말하기는 어렵다고 앞서 언급하였다. 대표적인 예로, 초기 단계의 쓰기는 여전히 구술문화의 영향권 하에 있었다. 쓰기는 구술문화의 청각/듣기 중심의 언어 전달을 위한 보조적인 역할을 하였으며, 예컨대 서구 중세 대학의 토론에서 혹은 사람들 앞에서의 낭독 행위는 지식을 구술세계로 재순환시키는 수단이었다.[6] 구술문화는 인쇄 텍스트에도 계속 영향을 미쳤는데, 16세기 엘리엇의 책 『통치자』의 표제지에서 그 증거를 찾을 수 있다고 한다. 구체적으로 설명하자면, 그 표제지에는 중요하지 않은 첫 단어 "The"가 가장 크게 쓰여 있는데, 이는 현재 우리가 시각으로 활자를 인식하는 것과 달리 16세기 사람들은 소리에 주의를 집중했기 때문이다.[7] 이후 인쇄는 청각 중심의 읽기를 시각 중심의 읽기로 바꾸어 놓았고, 텍스트 공간의 특정한 위치에 단어를 "못 박는다.".[8]

인쇄를 통해 묵독과 속독이 가능해지고 인쇄된 텍스트가 저장할 수 있는 내용의 양과 깊이도 그 범위가 커짐에 따라 인간은 기억의 부담에서 해방될 수 있었다. 다만, 그 변화는 급격하게 이루어지면서도 그 전 시대의 매체적 특성에서 완전하게 벗어나기보다는 서로 어울리면서 변화해갔다고 볼 수 있다. 그러므로 각 매체가 담화를 비롯하여 담론을 지배하는 특성을 갖고 있다고 할 때, 인쇄된 기술 텍스트 안에는 구술 담화적 기표들의

---

6 월터 옹(2018), 앞의 책, 194-195쪽.

7 위의 책, 196쪽.

8 위의 책, 197쪽.

이론으로 서사 읽기

담론과 인쇄된 활자들의 담론이 공존하고 있으며 다만 시기에 따라 그 공존의 양상이 달라졌을 뿐이라고 볼 수 있다.

그 담론들의 실체가 무엇인지는 구체적이고 분명하게 알 수 없지만, 구술 담화적 기표들은 존재 자체로 어떠한 목소리를 내고 있어 텍스트의 특성과 담론에 영향을 미치고 있으리라는 것을 짐작할 수 있다.

2. 서사 텍스트를 구성하는 원리로서의 구술성, 구술시학

한국의 설화는 구술 전승된 이야기로서 앞서 제시한 구술문화의 담화적 특성을 고스란히 담고 있다. 구술 전승되는 이야기를 구성하는 요소에는 불변성을 지닌 화소와 가변성을 지닌 그 밖의 요소들이 있다. 후자는 이야기가 전승되는 **이야기판**이라는 현장을 비롯하여 **청중 및 화자의 특성**(성별, 나이, 가치관, 출신 지역) 등의 맥락을 말한다. 즉 이야기는 **맥락**의 영향을 받게 된다. 예컨대 열녀이야기에 대한 남성 화자와 여성 화자의 이야기 전개 방식과 중심인물에 대한 표현은 각기 다르다. 청중의 분위기에 따라 화자가 전하는 이야기의 내용도 조금씩 달라진다. 또한, 이야기에는 인물이나 사건을 표현하는 관용적 표현이 존재한다. **옛날 옛적에 호랑이 담배 피던 시절에**로 시작하거나 **잘 먹고 잘 살았대**로 끝맺는 표현이, 많은 이야기에서 발견된다. 이러한 관용적 표현은 구술 전승을 최대한 효과적으로 하기 위한, 전승자의 기억을 위한 장치이다.

그런데 이러한 구술 전승을 위한 표현들은 기술 텍스트에서도 나타날 수 있다. 앞서 말한 것처럼 말과 쓰기가 서로 영향을 주고받는 관계에 놓여 있기 때문이다. 분명 문자로 쓰인 텍스트 안에서 담화 상의 구술적 표현들이 발견될 수 있다. 손쉬운 예로 어린이들을 대상으로 만들어진 전래동화를 보면 기술 텍스트임에도 불구하고, 앞서 언급한 관용적 표현들이 그대로 있는 경우가 많다. 입으로 말하기 위해 준비한 대본이 아님에도 구술 담화적 표현들은 인쇄된 활자 안에 개입되어 기술 텍스트에 드러난다. 이러한 것들이 인쇄된 활자들이 만들어가는 서사 텍스트 안에서 발견되는 구술성의 지표다.

기술 텍스트에서 구술성은 단순한 담화적 표현뿐 아니라 서사구조적 차원에서도 나타난다. 먼저 기술 텍스트의 서사구조적 특징을 살펴보자. 옹이 지적한 것처럼, 인쇄된 텍스트 공간은 활자를 텍스트에 매어 둠으로써 작가와 독자를 기억의 부담과 이야기 현장의 긴장감에서 해방시켰다. 화자에서 작가로의 위치 이동은 화자 즉 작가가 자신이 이야기하는 현장 속에 함께 있던 독자/청중들을 의식할 필요 없이 독립적인 공간에서 자유롭게 이야기를 만들어갈 수 있게 하였으며 그에 따라 청중 역시 독자로 위치를 이동하여 지금 당장 집중하여 단 하나의 단어도 놓치지 않으려 애쓰지 않아도 원하는 시간과 장소에서 이야기를 읽어나갈 수 있게 되었다. 구술 전승되어야 하는 부담에서 벗어난 서사는 중복되는 표현이나 사건의 낭비 없이 치밀하게 기획된 플롯을 지향하게 되며 당연히 그 안에 잉여적인 요소는 허락되지 않는다. 그러므로 인쇄된 텍스트에 잉여적인 것들이 존재하지 않아야 하는 점이 기술성의 원칙이라면, 반대로 잉여적인 것처럼 보이는 요소가 기술 텍스트에 존재하는 것은 서술상의 전략이라고도 볼 수 있지 않을까.

이 글에서는 근대 야담의 인쇄된 활자들 사이에 개입한 이 **의도적 전략**

이론으로 서사 읽기

으로서의 구술성을 확인하고자 한다. 근대 야담은 기존에 있던 야담을 개작한 것이다. 기존 야담들(조선조 야담)은 구전되던 이야기와 기술된 이야기를 모은 것인데, 근대 야담은 그것들을 다시 쓰기 한 것이다. 이처럼 근대 야담은 태생에서부터 이미 다양한 서술자와 그에 따른 다양한 서술 방식이 뒤섞여 복잡한 관계를 맺고 있음을 알 수 있다. 근대 야담의 서사 구성 원리를 살피는 것은 무모하면서도 근대 야담이 가지는 개성과 의미를 찾아내는 하나의 시도가 될 것이다.

옹에 따르면, 암기와 기억을 통해서 이야기를 전승시키는 구송 시인들의 노래를 살펴보면 운율 상으로는 규칙적이지만, 한 시인이 결코 정확히 같은 방식으로 두 번 노래 부르는 경우는 없다고 한다. 기본적으로 동일한 정형구와 테마가 있지만, 노래가 불리는 환경에 따라 다르게 꾸며질 뿐[9]이라고 한다. 근대에 제작된 야담도 마찬가지다. 기존에 있던 이야기들을 가지고 작가가 나름대로 재창작하고자 어떠한 부분들은 남기거나 뺐으며 새로운 내용을 추가하기도 하여 이야기를 만들었다.

이러한 근대 야담의 구성 원리를 살펴보기 위해서는 **시학의 개념**을 빌려와야 한다. 시학의 개념을 말하기 위해서는 문학이 언어의 예술을 실현하기 위해 특별히 사용하는 규약이 있음을 전제로 해야 한다.[10] 시학은 문학을 문학답게 만드는 요소들의 구성 원리이다. 그렇다면, 기술 텍스트 속에 깃든 구술성이 문자성과 어우러져서 빚어내는 특징들은 그 해당 텍스트

---

9   위의 책, 112쪽.

10   송효섭, 『해체의 설화학』, 서강대학교 출판부, 2009, 78쪽.

의 개성과 의미를 만들어내는 구성 원리의 요소가 될 수 있다. 그것을 구술성의 시학 즉 구술 시학의 원리라고 할 수 있을 것이다.

3. 근대 야담에 나타난 구술성의 지표

이 글에서 다루는 근대 야담은 1930년대 등장한 야담이다. 이전에도 근대 야담이라 불리울 만한 야담이 있었으나, 이는 주로 야담대회에서 연사들이 강당에 청중들을 모아놓고 들려주던 방식으로 전달되었다. 이 글에서는 기술 텍스트에 나타나는 구술성에 주목하고자 하므로 1930년대 야담을 다룰 것이다. 1930년대에 들어, 구술로 전승되던 야담은 인쇄된 텍스트로 그 자리를 옮겼다. 기술된 근대 야담은 조선조 야담을 비롯한 설화들이 작가에 의해 선별, 해석, 재구성되어 근대의 독자 대중 앞에 나타난, 재창작된 옛 이야기이다. 당시의 야담에 대한 문학계의 기대는 야담의 계몽성과 민중성에 있었다. 실제로 그 기대와 달리, 근대 야담의 내용에는 민중의 계몽을 위한 현실 인식과 일상성을 다룬 내용은 나타나지 않는다.

대표적으로 1930년대 창간된 야담 전문 잡지 『월간야담』은 재래의 정서, 옛것, 그리운 것, 조선적인 것의 환기를 자신의 개성으로 내세웠다. 『월간야담』이 이야기를 통해서 전달하고자 한 재래의 정서, 옛것, 그리운 것, 조선적인 것은 사실상 뚜렷하지 않고 추상적이므로 이를 찾기 위한 분석이 필요하다. 『월간야담』의 개성과 의미를 찾기 위해서는 각 이야기들에서 발견되는 공통된 특징, 즉 서사적 형식을 분석해 보아야 한다.

서사구조를 비롯한 서사적 형식을 살펴보면, 근대 야담의 서사 전략이라

이론으로 서사 읽기

할 만한 것이 눈에 띈다. 이는 근대 야담 텍스트만의 시학이 있다는 말이다. 시학은 문학 텍스트에 대한 독자의 미학적 경험을 만들어 내는 문학 요소의 체계와 구성 원리를 말하므로 시학 연구를 통해 근대 야담의 특수성을 발견할 수 있다.

『월간야담』은 정기간행물이었으며, 인쇄된 활자를 이야기의 매체로 하였다. 그런데 그 서사적 형식이 독특하다. 형식상의 특수성은, 1920년대 크게 유행하였던 구술 연행으로서의 야담대회에 영향을 받았기 때문으로 볼 수도 있다. 인쇄물로서의 야담 텍스트 안에는 구술 연행적 특징을 지닌, 야담대회의 연사를 연상케 하는 대목을 찾아볼 수 있기 때문이다. 그러나 『월간야담』은 대본으로 사용되기 위해 기술된 것이 아니라, 기존 이야기에 대한 재창작과 읽기의 재미를 목적으로 한 취미 독물로 판단된다. 여기에 수록된 이야기들의 구술성은 연설의 흔적뿐 아니라 서사적 전략으로 볼 여지가 있다.

『월간야담』 텍스트를 분석할 때 서사를 다음과 같은 방식으로 분석하고자 한다. 우선 서사를 입체적인 구조물로 가정하여, 표층과 심층으로 나뉘어 있다고 보고 표층 부분에 주목하였다. 표층은 다시 플롯 층위와 담화 층위로 구성되어 있는데, 여기서는 플롯 층위에서의 분석 내용을 소개하고자 한다. 플롯을 분석하기 위해 **사건**이라는 단위를 만들어 **사건의 결합** 양상에 주목했다.

이와 같은 사건의 결합 관계에서 구술성이 나타난다. 구술성은 실제 대화상에서 이루어지는 언어 전달적 특성이자 구술 서사물의 특성이며 구술되는 현장의 제약 상황을 극복하기 위한 언어적 특성인데, 이러한 구술성이 기술된 서사 텍스트에 나타난 것이다. 이때의 구술성은 구술 상황에서 나타나는 특성과는 전혀 다른 의미와 기능을 가진다. 텍스트 분석을 통해 이를 확인해보자.

　근대 야담의 서사를 구성하는 요소들은 단일한 서사 세계를 지향하는 듯하지만, 서사를 이루는 개별적이고 독자적인 사건들은 서로 긴밀한 관계에 놓여있지 않고 그저 모여 있는, 이른바 **집합적 상태**를 이룬다. 즉 개별적이고 독자적인 사건들이 연속성 없이 결합되어 있다. 사건의 나열과 반복은 구술적 언어 전달에서 나타나는 패턴이라는 점에서 기술 텍스트 안에 나타난 구술적 요소로 볼 수 있다. 『월간야담』의 야담 텍스트를 대상으로 하여 서사를 구성하는 한 단위로서 **사건**이라는 단위를 설정하고 이들의 결합 양상을 기준으로 야담 텍스트를 살펴본 결과, 네 개의 유형 즉, ①사건의 대조적 결합, ②사건의 나열적 결합, ③사건의 인과적 결합, ④사건의 위계적 결합으로 분류되었다.[11]

　①유형과 ②유형에서는 사건의 **개별성**과 **독립성**이 나타난다. 여기서 사건들은 서사의 전개나 흐름을 고려하지 않고, 개별적이고 독립적인 의미체계를 갖춘 채로 결합한 상태여서 전체 서사적 흐름에 단절감을 생성하였다. 이와 비교하여 ③유형과 ④유형에서는 사건 간에 **인과성**과 **위계성**이 나타난다. 다시 말해, 한 사건이 다른 사건에 위계적이고 종속적으로 결합하여 다른 사건이 일어나게 된 경위나 동기를 설명하게 된다. 여기서 사건들은

11　근대 야담 텍스트에 나타난 구술적 요소들과 구술성을 살피려는 시도로서 **사건**을 단위로 하여 사건의 결합 양상에 주목하였다. 이하의 내용은 김신정(2014), 앞의 논문, 21-44쪽의 주요 내용을 요약 및 발췌하였다.

　　　　　　　　　　　　　　　이론으로 서사 읽기

단일한 질서와 주제를 갖춘 하나의 덩어리로서 이야기를 형성하고 있다.

『월간야담』의 야담은 ①유형과 ②유형에 해당하는 텍스트보다 ③유형과 ④유형에 해당하는 텍스트가 더 많다. 이는 『월간야담』에 수록된 근대 야담이 기술성과 구술성을 모두 가지고 있으며 동시에 기술성과 구술성의 관계가 동등하지 않음을 의미한다. 경우에 따라 기술성이 압도하는 텍스트가 있기도 하다. 그럼에도 불구하고 ①사건의 대조적 결합 유형과 ②사건의 나열적 결합 유형의 텍스트가 존재하고 있다는 점은 근대 야담 안에 잔존하는 혹은 의도적으로 배치된 구술적 서사 구성 원리가 있음을 시사한다. 여기서는 이를 확인하기 위해 ①유형과 ②유형의 사례를 제시함으로써 근대 야담에 나타난 기표로서의 구술성에 대해 살펴보겠다.

(1) 사건의 대조적 결합—〈슬기(智略)[12]〉

[A]우주 간 인류가 생긴 이후로 여러 천백년 동안에 사람이 행하는 도리가 몇 십 몇 백 가지인지 알 수 없으나 ①이를 행하려면 먼저 알아야 될지니 알아서 행하는 그것이 슬기이다. …중략… 저절로 아는 슬기는 역사에 전례가 많다. 동서고금에 유명한 성현과 꾀 있는 여자들의 이야기가 그것이다. ②그러나 이는 공부했기 때문이거나 경험적 헤아림이 있었을 수 있다. ③오직 어린 아이의 순수한 두뇌로 사람이 놀랄만한 일을 한 것이야말로 참으로 신이 그 아이를 가르쳤다고 할 수 있다.

---

12 아래 인용한 부분은 모두 소운거사, 〈슬기(智略)〉上, 『월간야담』 2호를 현대어 역한 것임.

제시된 내용은 『월간야담』 2호에 수록된 〈슬기〉上편 맨 처음 부분이다. 밑줄 친 곳은 슬기에 관한 개념 정의 부분으로, 뒤이어 나올 사건들로 이 개념은 구체화된다.(앞으로 설명절은 알파벳 대문자를, 이를 구체화한 사건은 알파벳 소문자를 내용 앞에 붙여 구분하겠다.) 서두에 제시된 내용에서는 슬기를, 글공부나 경험의 결과로 얻어진 것(②)이 아니라 사람의 도리를 행하기 위한 것(①)이자 오직 어린 아이의 순수한 두뇌처럼 타고난 것(③)이라고 한다. 이러한 슬기는 이어지는 사건으로 구체화된다.

[a]순수한 두뇌로 사람이 놀랄만한 일을 한 것은 참으로 신이 가르쳤다고 할 수 있다. 이런 전례로 오직 왕양명(王陽明)이 어렸을 때 한 일이 있다. 왕양명은 명나라 중엽(中葉)의 대학자로 우리나라 조정암(趙靜菴)선생이 북문(北門)의 화를 당할 그 때 쯤 난 사람이다. 이름은 수인(守仁)이니 공자 후로 유도(儒道)의 첩경을 이뤄 대현이 되고 장수로 여러 번 난리를 평정하여 신거후(新建候)까지 봉하였으니 문무를 겸전하고 도학을 겸비함이 전무후무하다.

제시된 내용은 슬기를 구체화하는 사건이다. 설명절[A]에 이어서 서술되고 있다. 사건[a]는 왕양명의 어린 시절 일화이다. 왕양명이 어린 시절 친모를 여읜 후 서모에게 구박을 받다가, 서모를 골려주려는 생각에 까마귀한 마리를 서모의 침상 밑에 넣어 놓고 놀라게 한 뒤 자신이 매수한 무당을 불러 친모의 영혼이 서모를 꾸짖는 상황을 꾸며낸다. 이 사건은 슬기를 구체화한 내용인데, 슬기를 발휘해 행하고자 한 사람의 도리가 무엇인지 이야기 속에 정확하게 나타나지는 않는다. 다만, 약자로 보이던 사람이 꾀를

써서 복수 혹은 징치를 행한 이야기로 읽힌다.

왕양명의 어린 시절 일화에 뒤이어 선천적인 지략을 발휘한 우리나라 인물들의 이야기가 나온다. 구체적으로 말해, 매월당의 어린 시절 이야기인, 매월당이 세종대왕께서 하사하신 비단 오십필을 풀어서 끝을 이어 끌고 나갔다는 일화가 소개되고 이후 주요 인물들의 이름(류겸암, 이토정, 정북창 등)이 나열되며 "대개 하늘이 내려준 사람이 아니고서는 해내기 어려운 일이다."라고 간략하게 정리된다. 매월당 일화는 "될 성 부른 나무는 떡잎부터 안다는 속담처럼 우리 조선 안에도 명인(名人)이 어렸을 적에 이러한 기적이 더러 있었다."로 시작된다. 선천적인 지력을 강조하고 있는 것으로서 이러한 서술은 왕양명 일화에 비해 뒤에 나온 매월당 일화와 설명절 [A]와의 관계가 긴밀함을 보여준다.

[B]글공부하여 사리에 통달한 일은 역사에 전례가 많다. 많을 뿐만 아니라 전부라 하여도 과언이 아니다 …중략… 그런 즉 고금의 정치가, 법률가, 경제가, 사업가, 공업가, 농업가, 군인, 의사 무엇 할 것 없이 다 이 글에서 나왔는데…

설명절[A]와 사건들 소개가 끝나면, 설명절[B]가 나온다. 이 설명절[B]는 설명절[A]가 강조했던 선천적인 지략과는 대조적으로 글공부를 통해 얻은 지식을 강조한다. 또한 글공부를 통해 사리에 통달한 사람의 이야기가 나올 것을 예고한다. 이를 구체화하는 사건으로서 충무공이 진도 바다에 있다가 옛 시의 구절을 생각해내고 바다 밖으로 몸을 피해 무사했다는 일화가 덧붙여져 있다. 충무공의 일화가 아주 짧은 반면 뒤에 이어지는, 서울로 올라가는 상납돈을 지킨 채생원의 일화는 길게 서술된 채 결합되어 있다. 채생원의 일화를 끝으로 〈슬기〉上편이 끝난다. 정리하자면, 이러한 내용들이 담긴 〈슬기〉上편은 다음과 같은 순서로 전개된다.

[A]슬기는 선천적인 지략이기에 경험적 지식과 다르다고 설명
    [a]왕양명이 서모를 혼내준 일화
    [b]매월당의 일화
[B]글공부를 통해 얻은 지식으로 사리에 통달할 수 있다고 설명
    [c]충무공의 일화
    [d]채생원의 일화

사건들의 결합 양상을 살펴보면 전체 서사가 어디에 중점을 두고 흐르는지 명확하지가 않다. 선천적인 지략에 관한 이야기와 글공부를 통해 얻은 지식에 관한 이야기가 제시된 이유가 명확하게 드러나지 않는다. 그러하기에 이 결합에서는 어떤 사건이 더 중요한지 우열을 가리기가 어렵다. 다만 사건[a]보다 사건[b]가 설명절[A]와 긴밀히 연결된다는 점이나 사건[d]가 사건[c]보다 내용이 풍부한 점 그리고 사건[d]가 설명절[B]와 긴밀히 연결된다는 점을 통해서 이 서사 텍스트는 사건[b]와 사건[d]를 위해 앞의 사건들이 덧붙여진 것이라고 짐작해 볼 수도 있다. 그러나 그렇게 따져본다면, 사건[d]를 위해 모든 사건이 결합한 것처럼 해석되는데, 이것은 설명절과의 관계나 단순히 길이를 통해서 중심이 되는 사건을 유추하는 것이므로 타당하지 않다.

사건들의 결합이 결과적으로 이 텍스트의 서두 부분에 제시되었던 슬기

를 지향하지 않을 뿐만 아니라 전체 서사를 아우르는 단일한 주제가 없다는 점을 알 수 있다. 이 점은 『월간야담』 다음 호에서 이어지는 〈슬기〉下편[13]의 사건 결합 양상을 볼 때 더욱 확실해진다.

[C]슬기라 하는 것이 천성으로 신(神)이 가르치는 것 바꾸어 말하면 당사자는 아무런 생각을 안 하고 있는데 우연히 감발되어 특이한 일을 행하거나 몽중에 묵시(默示)하거나 생시에 명명(明命)하는 신령의 지시로 위란을 피하는 수도 있는 것은 다 저절로 일어난 것이라 할 수 있다.

[D]글 공부를 잘하여 종으로 역대의 변천한 곳 고금의 치란득실과 횡으로 인류의 상태 곧 황백(黃白)의 소장성쇠를 요연히 알며 겸하여 천도(天道)의 복선화음(福善禍淫)과 인정의 천변만화(千變萬化)를 통달하여 대중적으로 국가의 변란과 개인적으로 인생의 화복에 관한 어떠한 사물을 대하든지 지금 발생하거나 미래에 발생할 것을 추리하고 응용하여 처리하는 신 같은 일이 한 두 가지가 아니었다.

[E]그러나 글이라는 옛사람이 뱉은 말과 무릇 시험하여 보던 일을 적은 것은 보지도 못했지만, 사람과 사람 사이에 보통으로 일어나는 상례(常例)에 비추어 어찌어찌 되겠다는 것을 미리 예탁할 수 있으니 이런 전례도 적지 않다. 이는 글공부에서 순전히 나왔다고 할 수는 없고 다소간 경험적으로 비교해서 판단한 것이라 할 수 있다.

---

13 아래 인용한 부분은 모두 소운거사, 〈슬기(智略)〉下, 『월간야담』 3호를 현대어 역한 것임.

이해를 돕기 위해 〈슬기〉下편을 시작하는 설명절을 [C], [D], [E]로 나누어보았다. [C]는 하늘이 내려준 선천적인 지략을, [D]는 글공부를 통해 얻은 지식을, [E]는 경험적 지식을 서술하고 있다. 〈슬기〉上편에서 [C]와 [D]에 해당하는 설명절과 사건들이 나온 바 있다. 이어지는 [E]를 통해 〈슬기〉下편에서는 경험적 지식과 그에 대한 사건이 나올 것으로 예상된다.

이 부분은 〈슬기〉上편에서 다루었던 이야기들을 [C]와 [D]로 요약하여 다시 제시하고, 앞으로 선천적인 지략도 글공부에 의한 지식도 아닌, 경험적 지식으로 문제를 해결하는 이야기(뒤에 제시되는 [e], [f])를 소개하기 위해 [E]로서 사전 고지를 하고 있는 것처럼 보인다. 이 경험적 지식의 구체화는 두 가지 사건을 통해서 이루어지는데, 다음과 같이 간략히 정리될 수 있다.

[e]아버지가 돌아가시고 그 아들이 묘를 쓸 땅을 보러 다니던 중 자신의 처가로 들어가 부인과 동침하는데, 부인이 이에 대한 문빙(文憑)을 마련해 놓아 남자가 죽은 후 유복자에 대한 시시비비가 멈출 수 있었다는 일화

[f]김치복이 자신의 첩과 서자를 위해서 장자 몰래 궤짝하나를 첩에게 남기는데, 후에 원님이 궤짝 속 화상을 보고 추리하여 문제를 해결해준 일화

사건[e]와 [f]는 보통 사람들의 지략을 다룬 이야기로, 그들의 지략은 선천적인 지략이나 글공부를 통해 얻은 지식이 아닌, 경험적 지식이다. 이렇게 해서 〈슬기〉上·下편에서는 총 세 가지의 지략이 등장한다. 이 세 가지의 지략 중에 이 텍스트가 어떤 지략을 강조하고자 하는지 사건들의 결합으로 알기 어렵다. 정리하자면, 〈슬기〉上편과 下편은 다음과 같이 전개된다.

이론으로 서사 읽기

$$A(a+b)+B(c+d)+C+D+E(e+f)$$

이와 같은 서사구조는 추상적 개념과 이를 보여주는 구체적 일화들의 세 종류가 결합되어 만들어진 것이다. 이것은 함께 묶여 있고 일련의 순서를 가지고 있으나 전체적으로 보았을 때 일치되지 않은 주제를 가진 이야기들이다. 이러한 이야기들이 모여 만들어진 서사구조는 얼마든지 뒤에 또 다른 개념과 구체적 일화들을 이어붙일 수 있다는 점에서 구술적 담화형식인 반복이나 나열, 그리고 이로 인해 나타나는 특성 즉 부연성, 장황성을 이 이야기의 주된 특성으로 만든다.

사건의 결합 사이에는 어떤 인과관계도 성립되지 않는다. 서사가 어떤 일의 인과관계를 중심으로 전개되는 것 즉 시간이라는 개념을 토대로 만들어진 체계라고 할 때, 근대 야담에서 보여주는 서사적 특성은 기존의 서사적 개념으로 이해하기 어렵다. 〈슬기〉下편이 [C]와 [D]라는 설명절로써 〈슬기〉上편의 사건들을 다시 개념 정리한다고 해서 上편과 연결될 수 있는 것도 아니다. 오히려 설명절[C]와 [D]는 설명절[E]와 그에 해당하는 사건 [e],[f]의 결합으로 이루어지는 구조에 이른바 정형성을 부여하려는 시도로 보인다. 〈슬기〉上편을 구성하는 사건의 결합방식이 〈슬기〉下편에서 그대로 되풀이되고 있을 뿐 두 편간의 결속력을 찾기 어렵다. 그러므로 이 야담은 내용상의 결속력이 아니라 형식상의 반복과 그로 인해 만들어지는 정형성을 눈여겨볼 필요가 있다.

부연성, 장황성, 정형성은 구술문화에서 나타나는 담화적 특성이다. 이러한 특성의 발견을 통해 근대 야담에서는 구술성을 지닌 서사적 전개가 돋 보인다고 할 수 있다. 부연성, 장황성, 정형성은 잘 짜인 서사의 구심점을 해체한다. 부연되고 장황한 서술은 내용을 하나의 주제로 집약할 수 없게 하거나 **주제 없음**을 만들어낸다. 정형성 역시 전체 서사의 주제를 찾는 것과는 관계가 없다. 그러나 바로 이러한 특성들로 인해 근대 야담의 구성 원리를 지배하는 구술성을 발견할 수 있다.

(2) 사건의 나열적 결합—〈李土亭의 面影〉

서사 텍스트를 읽는 동안, 서사를 구성하는 사건 간의 연결 관계가 전혀 없다는 것을 알게 되면, 그 형식인 반복적 리듬에 주목할 수 있다. 앞서 사건의 대조적 결합으로 인해 결국 **주제 없음**으로 귀결되는 근대 야담에서 독자들이 경험하는 **독서의 즐거움**은 이 **형식적 특성**에서도 비롯될 수 있음을 확인하였다. 그 특성은 구술성이었다.

다음은 『월간야담』 1호에 수록된 〈李土亭의 面影〉이라는 야담이다. 이 야담은 이토정의 일생에 관한 이야기이다. 이 이야기의 서두는, 이토정이 목은 이색의 자손이고 판서 이산보와 이산해 같은 명신을 조카로 둘 만큼 유명한 문벌 가문에서 태어난 것도 모자라 이인성(異人性)을 가지고 있었음을 설명하면서 이토정의 굴곡 있는 운명을 예고한다. 아래 제시된 15개 소제목[14]은 한 편의 서사 텍스트를 구성하는 사건들의 제목이다.

---

14   아래의 소제목들은 신정언, 〈李土亭의 面影〉, 『월간야담』 1호에서 발췌하여 현대어 역한 것임.

[a1] 명문대가 후손으로 부귀공명을 초개시

[a2] 토정이 지은 별명부터 지은 뜻이 기괴하다.

[a3] 입었던 도포를 찢어 거지아이에게 선사

[a4] 축지법을 알아서 하루에 백리는 예사

[a5] 조상 무덤의 물 피해 막으려고 호박장사를 시작해

[a6] 개나리 보따리 밑에 두레박은 항상 달려

[a7] 바가지 장사를 시작 백미 수천 석을 무역

[a8] 오색 비단 헝겊으로 각종 나비를 만들어

[a9] 주발 팔아서 은젓가락 사고 은젓가락 팔아서 주발 찾아

[a10] 쇠갓 쓰고 다니면서 그 갓으로 밥도 지어

[a11] 매 한번 맞아보려다 좋은 말로 쫓겨나다

[a12] 천하절색 옥주에게 웃음일까 눈물일까

[a13] 재앙은 내가 당할테니 어서 무덤 만들 구덩이 파기를 하여라

[a14] 공자맹자 두 성인도 모두 거짓말투성이

[a15] 늙게야 관원이 되고 지네즙 마시고 별세

이토정의 기이한 행적은 15개 사건들의 나열 속에서 강조되는데, 이때 각 사건의 순서는 무의미하며 사건 간의 인과성도 없다. 각 사건들은 앞의 사건이 빠진다 해도 뒤 사건에 전혀 영향을 미치지 않는다. 하나의 사건이 빠진다고 해서 서사 전개나 논리의 흐름에 큰 문제가 되지는 않는 것이다. 순서를 바꿔도 문제가 없다. 이토정의 이인성(異人性)은 사건들의 **나열**을 통해 더욱 강화되고 구체화되는 양상을 띤다. 이토정의 이인성을 a라고 할 때, 15개의 사건들은 모두 a를 드러내는 사건들이다. 사건이 많아질수록 a 는 강조되고 강화된다. 조선조 야담에서는 하나의 일화로 소개되는 이인성

(異人性)이 근대 야담에서는 다양한 사건들의 결합을 통해 나열되면서 강조된다. 이 야담에서 사건들의 결합은 다음과 같은 형식을 취한다.

[a1]+[a2]+[a3]+[a4]+[a5]+[a6]+[a7]+[a8]+[a9]+[a10]+[a11]+[a12]+[a13]+[a14]+[a15]

이 야담에서 사건들은 각각의 독립성을 유지한 채로 결합되어 있다. 이 중 한 사건이 탈락했다고 해서 서사의 목적이 상실되지 않는다. 개별 사건들은 독립해 있으므로 서사를 움직이는 역할을 하지 않으므로 중심으로부터 멀어져 있다. 그러나 동시에 결합함으로 해서 중심으로 수렴되려는 의지도 보인다. 이때 주목할 점은, 사건들의 집합이 반드시 단일한 주제를 드러내지는 않는다는 점이다. 반복되는 사건들의 결합은 **정보의 과잉**이자 **잉여성**을 드러내는데, 이는 구술성의 특징이다. 내용의 반복은 오히려 형식적인 특성을 부각시키며 리듬감을 만들어낸다. 중심에서 멀어지고자 하는 사건들의 원심력과 중심을 만들어가려는 구심력 이 두 방향의 동시적인 움직임이 서사에 영향을 미치고 있다. 그리고 그러한 원심력과 구심력을 만드는 것은 다름 아닌 구술성이다. 텍스트의 구술성은 해체와 수렴이라는 양방향의 기표가 되어 서사를 불안정하게 만들지만, 불안정한 서사는 근대 야담의 특수성이 된다.

플롯의 개념에서 볼 때, 의미와 상관없는 사건의 개입은 없다. 모든 것은 계획 하에 연결되어 있다. 복선을 통해 미래의 사건을 암시하며, 연속되는 사건은 인과 관계에 놓여있다. 그러나 근대 야담에서는 그렇지 않은 경우

이론으로 서사 읽기

가 많다. 예컨대 이번 호에 최치원의 탄생에 관련된 이야기가 있었다면, 다음 호에서는 이를 요약함으로써 내용을 다시 제시한 후, 최치원의 이인성(異人性)에 대한 이야기를 서술한다. 기술 텍스트에서 발견되는 이와 같은 의도적인 정보의 주입은 정보의 과잉을 일으키는데, 과잉된 정보는 복선이나 인과성이라는 서사적 개념을 고려하지 않음을 의미한다.

근대 야담에는 이러한 사건의 결합 방식 외에도 구술 담화 상의 특성이 나타난다. 대표적으로 장황한 묘사의 방식이 있고, 정형화된 사건의 패턴이 있다. 사건의 정형성을 설명하기 위해 예를 들어보자면, 배신으로 인한 살인이라는 사건이 있었고, 이에 대한 피해자 가족의 복수가 전개되는 패턴이 반복해서 이야기상에 나타난다. 전쟁이나 사화, 반정(反正), 역성(易姓)혁명 등을 다루는 야사의 경우, 근대 야담 안에서 그 사건들은 고유명사적 속성을 잃는다. 역사적 사건에 대한 사실적 정보에 입각한 기술이 배제되고 대신 허구적인 사건과 인물들이 부각 된다. 앞서 말한, 장황한 장면 묘사는 역사성을 배제하고 허구성이 강화되면서 생겨난 부분이다. 근대 야담이 허구성에 몰입하고 있음은 실제 역사적 사건들과 인물에 대한 정보 전달보다는 창작적 시도에 집중하고 있음을 의미한다.

근대 야담의 이러한 특성은 과거와 조선을 바라보는 근대 이야기 향유층의 심적 거리감이나 이야기와 현실 간의 괴리감을 보여준다. 지극히 현재적 관점에서 바라본 전통은 모호하고 추상적인 개념일 뿐 이야기상에 분명하게 형상화되지 않는다. 그러나 이처럼 이야기의 이야기성이 부각되고 강조되는 현상을 통해 근대 야담이 바라보는 과거와 조선이 기표 자체로서 활용되고 있음을 확인할 수 있다. 구술성은 담화적 특성에서만 보이는 현상이 아니라 서사 안에 깊게 자리 잡게 되면서 서사적 요소들과 불협화음을 일으키면서도 이야기를 이야기답게 만드는 시학의 구성 원리가 되고 있다.

4. 전통을 환기하는 전략으로서 구술성

근대 야담의 형식은 그 자체로 주제가 없거나 모호하다는 의미를 산출하고 있다. 근대 야담은 서사에 대한 실험적 시도를 통해서 **지금 여기**를 서사적 세계로 형상화하려고 하며, 당시의 상황을 **주제 없음**이나 **모호함**으로 그려내려 했던 것은 아닐까. 주제 없음이나 모호함은 고정된 가치나 본질의 존재를 인정하지 않는 것이다. 구체적으로 1930년대 학계와 문화 분야에서는 **조선적인 것**을 구호로 외치며, **전통**에 대해 탐구하였다. 근대 야담 (이 글에서는 구체적으로 1930년대 야담)도 이에 동참하였는데, 전통의 본질을 탐구한 것이 아니라 구술성을 매개로 한 전통의 활용을 통해 **전통의 미적 에센스를 지금 여기**에서 찾아내려 한 것으로 보인다. 그러므로 1930년대 야담 텍스트는 전통의 미적 에센스를 구술성으로 보고 있으며, 동시에 이를 시학의 구성 원리로 활용하고 있다고 할 수 있다.

문자와 인쇄가 발명된 시대에도 수많은 텍스트는 구술성을 품고 있었다. 물론 그 이유가 구술 전승 방식에 대한 고집이나 낭독이라는 문화의 유행 때문이기도 하였으나 그것만이 전부라 할 수는 없다. 맥루한의 "미디어는 메시지이다."라는 전언은 내용뿐 아니라 **형식** 즉 **매체**가 그 자체로서 메시지를 구성해낼 수 있으며 인간의 사고와 의식이 매체에 영향을 받음을 의미한다.

이론으로 서사 읽기

구술성은 구술문화에서 문자문화를 거쳐 뉴미디어가 등장한 지금에도 여전히 하나의 형식으로서 굳건히 존재하고 있다. 이와 같은 개념을 바탕으로 하여, 옛이야기를 새롭게 재창작한 근대 야담의 시도에는 과거나 전통의 환기를 불러일으키기 위한 전략으로서 구술성이 의도적으로 서사 안에 자리했다고 해석할 수 있다. 기술된 텍스트 안에 스며든 구술성은 기술성과 공존하며 독특한 시학이 되어 텍스트의 의미를 구성하였다. 월터 옹의 이론은 인쇄된 텍스트로서의 근대 야담이 그 의미를 창출하기 위해 내용적 요소뿐 아니라 형식적 요소에 있어서 구술적 전략을 시도했다는 점을 추측하는 데 주효하게 활용될 수 있다.

월터 옹^{Walter Ong} 주요 저작

- *Orality and Literacy: The Technologizing of The Word*, 30th Anniversary edit., London & New York: Routledge, 2012.
  『구술문화와 문자문화: 출간30주년 기념판』, 임명진 역, 문예출판사, 2018.
- *Ramus: Method, and the Decay of Dialogue*, Cambridge, Mass.: Harvard University Press, 1958b.
- *The Barbarian Within*, New York: Macmillan, 1962.
- *In the Human Grain*, New York: Macmillan & London: Collier Macmillan, 1967.
- *The Presence of the Word*, New Haven & London: Yale University Press, 1967.
- *Rhetoric, Romance, and Technology*, Ithaca & London: Yale University Press, 1971.
- *Interfaces of the Word*, Ithaca & London: Cornell University Press, 1977.
- *"Literacy and Orality in Our Times"*, ADE Bulletin, 58(September), 1-7, 1978.
- *Fighting for Life: Contest, Sexuality, and Consciousness*, Ithaca & London: Cornell University Press, 1981.

기어츠의 민족지 기술과
〈선녀와 나무꾼〉

전주희

＊ **클리퍼드 기어츠(Clifford Geertz, 1926~2006)**

철학, 문학과 같은 인문학적 사유에 기반하여 당대 인류학에 기호적 문화 개념을 제시한 문화인류학자이다. 그는 철학, 이론, 방법론, 경험론적 연구들을 인간과 문화, 사회의 관계를 밝히는 과정에서 통합적으로 다룸으로써 인류학에서 민족지 기술과 문화 연구 발전에 지대한 영향을 미쳤다.

1. 기어츠의 중층 기술과 문화 모델[1]

구술 문학은 문학을 다루는 인문학자들뿐 아니라 인류학, 민속학과 같은 사회과학자들의 관심 대상이 되어왔다. 오랫동안 특정 집단의 사람들이 향유한 노래와 이야기들은 그들을 보여주는 하나의 자화상으로 다루어질 수 있다. 그런 점에서 신화, 전설, 민담, 민요, 구술 서사시 등은 한 민족이나 집단의 문화, 가치관, 정서 등과 같은 그들 특유의 정체성을 탐구할 수 있는 좋은 자료가 된다.

이 글은 미국의 문화인류학자 클리퍼드 기어츠(Clifford Geertz, 1926~2006)가 제시한 민족지 기술의 한 관점인 '중층 기술(thick description)'을

---

1 이 글은 다음 글을 바탕으로 수정, 보완했다.
   전주희, 「한국의 혼인과 가족 문화의 관점에서 본 〈선녀와 나무꾼〉-결혼 생활에 관한 집단 기억과 공유된 정서를 중심으로」, 『한국고전여성문학연구』 39, 한국고전여성문학회, 2019.

소개하고, 전통 구술 담화를 통해 문화를 연구하는 데 중층 기술이 어떻게 적용될 수 있을지 시도해보려는 목적에서 마련되었다. 여기서 다룰 한국의 옛이야기는 〈선녀와 나무꾼〉이다. 동물보은담을 기반으로 하여, 주인공 남녀가 만나 가정을 이뤄 맺게 되는 가족 관계와 갈등이 주요한 내용인데, 특별한 점은 한국에서 이 이야기가 남녀노소 가리지 않고 꽤 널리 알려진 이야기인데도 구연자에 따라 결말에 대한 기억과 해석에 차이가 있다는 것이다. 종국에는 선녀와 나무꾼이 재결합하는 이야기도 있지만 재결합없이 헤어지거나 재회하더라도 재결합에는 실패하는 결말의 이야기들도 상당하다. 두 남녀가 만나 자식들을 낳고 살았음에도 안정적인 결혼 생활에 어려움을 겪는 이야기가 왜 이토록 오랫동안 전승되어왔는지, 그리고 이전 세대의 전통 혼인 문화를 경험한 중년과 노년층의 구술자들은 이 이야기를 구연함으로써 무엇을 기억하고 공유하는지에 대한 궁금증이 이 글의 출발점이라고 할 수 있겠다.

곧 필자는 기존의 문학 연구, 특히 전통 구술 담화를 대상으로 한 연구들에서 모티프나 인물의 행위를 분석하는 것을 넘어, 이 이야기를 둘러싸고 있는 우리들의 문화적 맥락을 재구해 보고자 한다. 〈선녀와 나무꾼〉을 기억하고 구연하는 전승자들의 언술, 특히 특정 세대와 성별에 따른 언술의 특징을 파악하여 이들이 〈선녀와 나무꾼〉을 이해하는 방식, 그리고 이 이야기를 통해 드러내는 한국의 혼인과 가족 문화에 대한 그들의 '집단 기

이론으로 서사 읽기

억'[2]과 '공유된 정서'[3]를 파악할 것이다.

이해를 돕기 위해, 먼저 기어츠가 제시했던 문화 기술의 방법으로서 '중층 기술'이 무엇을 의미하는지 알 필요가 있다. 국내에도 널리 알려진 그의 저서 『문화의 해석』[4] 에서 그는 한쪽 눈을 깜박거리는 행위를 다양한 맥락에서 설명한다. 한쪽 눈꺼풀을 깜박거리는 행위 그 자체는 말 그대로 단순

---

2 '집단 기억'이라는 용어는 프랑스의 사회학자 모리스 알박스(Maurice Halbwachs)가 이론화한 개념으로 그는 "모든 사회의 사상 혹은 생각들은 본질적으로 기억이며, 그 모든 내용들은 집단 기억 혹은 회상"이라고 하였다. 즉 그것은 한 사회를 구성하고 유지하면서 변화해 나가는 모든 동력의 '틀(framework)'이며, 개인은 불완전한 자신의 기억을 사회구성원들 서로의 기억에 의존하여 소통하면서 자신의 정체성을 형성한다. 필자는 이 과정에서 중요한 촉매가 되는 것이 이야기(narrative)라고 생각하며, 여기에는 구비 전승되는 옛이야기들도 포함되어야 할 것이다. '집단 기억'이 대체로 사회문화 담론을 연구하는 사회학과 역사학에서 주로 언급되기 때문에, 옛이야기에 반영된 문화적 기억이나 집단의 정념에 집중하는 본 연구의 맥락에 그대로 적용하면 혼란이 있을 수 있다. 본 연구에서 '집단 기억'은 특정 집단에서 대부분의 구성원들이 자기 삶에서 경험하는 중요한 사건들, 특히 결혼과 가정 생활에 관한 회상에 한정한다. 큰따옴표 사이의 언술은 다음을 참조. Maurice Halbwachs, *On Collective Memory,* The University of Chicago Press, 1992, p.189.

3 여기서 '공유된 정서'는 특정 문화권에 속한 사람들이 어떠한 상황이나 사건에 마주하였을 때 대개 공통적으로 느끼게 되는 일련의 감정이나 심리 상태를 뜻한다. 보편적으로 대부분의 사람이 느낄 수 있는 희로애락의 정서를 포함하면서도 특히 해당 문화권에서 구성원들이, 혹은 특정 계층과 집단 안에서 자연스럽게 받아들여지는 인지상정(人之常情)으로서 '정념'을 뜻한다. 예를 들면, 연장자를 대우하는 한국 문화에서 나이 많은 어르신에게 인사를 하거나 자리를 양보하는 행위는 그 바탕에 노인을 '공경하는 예'의 정서를 공유하는 것이다. 마찬가지로 본 논문에서 예로 든 시집살이담에서 며느리들이 경험한 고부 갈등과 거기에서 느꼈던 서러움의 정서는 그 세대의 여성뿐 아니라 현 세대의 여성들도 충분히 공감하는 정서라고 할 수 있다.

4 클리퍼드 기어츠, 『문화의 해석』, 문옥표 역, 까치, 2019. 원서는 Clifford Geertz, *The Interpretation of Cultures*, Basic Books, 1973.

한 눈꺼풀의 떨림에서부터 시작하여 의도적인 모방, 그러한 행위의 연습 혹은 모종의 가벼운 음모의 암시에 이르기까지 다양한 의도에서 발생할 수 있다. 하지만 이것을 객관적으로 기술하려는 시도는 그것을 '한쪽 눈꺼풀이 순식간에 감겼다가 다시 떠지는 움직임'쯤으로 건조하게 기술할 수밖에 없게 된다. 많은 인류학자들이 현지 조사에서 맞닥뜨리게 되는 고민으로서 민족지 기술의 방식, 즉 어떤 현상에 대한 객관적 기술과 자기주관적 서술 사이의 간극 발생은 그들이 이미 알고 있거나 이제 이해하기 시작한 낯선 문화에 대한 그들 '해석'의 문제와 연결된다. 기어츠의 말처럼, 민족지 기술의 대상은 늘 현상 기술(thin description)과 중층 기술(thick description) 사이에 존재하며 이들 사이에 위계적으로 존재하는 의미구조를 파악하는 일이 문화 해석의 관건이라 할 수 있을 것이다.

그가 강조한 중층 기술의 한 예로 같은 저서에 수록된 〈발리의 닭싸움〉에 관한 그의 분석을 볼 수 있다. 이에 관한 몇몇 연구자들의 부정적 평가에도 불구하고, 필자의 생각에 이 글은 여전히 훌륭하게 쓰인 민족지이다. 그곳의 닭싸움은 당시 국가에서 전근대적인 풍습으로 규정하고 있었기 때문에 특별한 경우를 제외하고는 개최가 금지된 불법 행위였다. 그럼에도 불구하고 발리의 남자들은 닭싸움에 열광했는데, 기어츠는 수십 차례의 관찰을 통하여 닭싸움에서 '닭'이 발리 남성들의 억제된 남성성을 분출할 수 있는 수단이 된다는 것, 그리고 싸움닭과 주인의 관계, 그리고 맞붙게 되는 상대와의 관계가 발리 사회 남성들이 가지고 있는 일종의 위계 의식과 친족 규율에도 관련된다는 것을 발견한다. 그리고 그는 닭싸움이 발리 사회의 어떤 특징들을 단순히 상징한다기보다 닭싸움 자체가 '그것들을 수행한다'고 주장하였다. 곧 그들 사회에서 억압되어 있거나 감추어져 있는 것들, 예를 들면 다양한 감정의 표현, 공격성과 같은 남성성, 갈등에 대한 회피, 위계 사회에 대한 불만 들이 닭싸움이라는 드라마적 형식을 통해 현실화되고, 사람들은 그것을 봄으로써 현재 일어나고 있는 것들과 일어나지 않은 것들(그러나 분명히 일어날 수 있는 것들)을 그 시간 안에서 경험하고 감정화한다는 것이다. 그들은 닭싸움과 관련된 경험들에 자신들의 "감수성을 창조하고 유지"[5]한다. 곧 행위로서의 문화는 어떤 것들을 '요약'하여 나타냄과 동시에 그와 관련된 어떤 것들을 '생산'한다.

기어츠는 이처럼 인간의 삶에서 문화가 작동하는 방식을 문화 모델로 설명하고자 하였는데, 바로 '무엇에 대한 모델(model of)'과 '무엇을 위한 모델(model for)'이 그러하다. 사실 이 두 가지는 현실 세계에서 뚜렷하게 다른 영역으로 나눌 수는 없으나, 이론상 이들 개념을 분리하여 이해할 수는 있다. 이들은 우리의 사고와 행위들이 일어나는 문화의 장을 설명할 수 있는 유용한 개념이다. '무엇에 대한 모델'은 무엇에 대한 기호(sign)나 상징이라 생각할 수 있다. 기어츠가 예시했듯이, 댐 설계와 관련된 수리학이나 유수도는 어떤 지식이나 현상에 관한 개요이며, 우리는 그것에 기반하여 대상을 이해할 수 있다. 그의 말을 빌려 표현하면 그것은 '실재에 대한 모델'[6]이다. 한편 '무엇을 위한 모델'은 잠재적 효과를 포함하는 용어인데, 모든 생물이 지닌 유전자의 기능과 같은 것으로 은유할 수 있다. 유전자는

---

5   기어츠(2019), 앞의 책, 530쪽.

6   위의 책, 118쪽.

무엇에 대한 모델이 아니라 '무엇을 하게 하는 모델'이다. '무엇을 위한 모델'은 앞서 말한 수리학이나 유수도를 바탕으로 해서 우리가 실재의 댐을 조성하고 건축하는 것과 같다. 즉 그것은 상징적 체계의 바탕에서 실재 세계에 의미를 부여할 수 있는 어떤 '행위를 불러일으킨다'. 기어츠에 따르면 문화는 이러한 방식으로 자신들의 체계를 유지하고 강화한다. 필자는 본고에서 다룰 옛이야기의 기억과 구연도 '무엇에 대한 모델'과 '무엇을 위한 모델'이 상호 교차하는 과정으로 볼 수 있다고 생각한다. 최소한 이야기를 기억하고 해석하면서 자신의 방식과 선택대로 이야기를 구연하는 과정은 무엇에 대한 모델로서의 이야기를 통해 자신도 모르게 어떤 것을 확인하고 재생산하는 것과 같다.

기어츠 자신도 지적했듯이, 민족지 기술은 '지적인 노력'을 필요로 한다. 민족지 기술이 엄연한 사실에 기반되어 기술되는 것이기는 하지만, 연구자가 그러한 사실들을 연결하여 특정한 문화적 색채를 완성해 나간다는 점에서 그것은 픽션 구성의 과정과 유사하다. 게다가 '지적 노력'이라는 것이 단순히 자신이 수집한 정보들을 바탕으로 종이 위에 문장들을 나열하는 과정이 아니라, 그러한 정보들을 독자들에게 이해가능한 형태로, 논리적이고 설득력 있는 이야기로 만들어나가는 과정을 뜻하므로 자신이 관찰한 현상들에 대한 깊은 이해가 필요한 것은 두말할 필요가 없다.

'깊은 이해'는 앞서 말한 '중층 기술'과 관련된다. 기어츠가 그의 책에서 제시한 예처럼, 코헨의 가게를 약탈하려 했던 베르베르인들의 이야기[7]

---

7 기어츠(2019), 앞의 책, 17-18쪽.

는 조사자의 입장에서, 강가로 흘러온 유리병 속의 편지같이 구체적 맥락이 불분명한 사건이다. 코헨과 유대인, 프랑스 대위와 총사령관, 마무샤 부족과 추장, 베르베르인들은 서로 정치, 역사, 문화, 사회 현실 및 그들의 이해관계에 따라 움직인다. 즉 소설의 일부분을 보는 것처럼, 그러나 여전히 소설의 플롯을 유지하는 이 하나의 사건에는 연루된 다양한 인물들이 있으며, 그 인물들이 위치한 공간과 시간의 무게 및 관계망으로서의 역사, 문화적 코드, 상황 그리고 감정적 선택 등이 존재한다. 당대 문화인류학에 기어츠가 제시한 중층 기술은 이와 같이 살아 있는 현실, 그러나 어디서부터 구획을 그어야 할지 짐작할 수 없는 드넓은 현실 세계를 소설의 한 플롯처럼 간주하면서 그 안에서 발견할 수 있는 온갖 것들, 즉 배경, 인물들의 행동, 상호관계, 영향들을 마치 문학작품을 해석하듯이 보여주는 것이었다. 그런 점에서 중층 기술은 사라진 맥락을 재구하고 유추하여 자신의 논리를 증명해야 했던 당대에 많은 역사 연구자들에게 큰 감흥을 불러일으켰다.

중층 기술은 또한 그 용어 안에 두꺼운 맥락을 포함한다. 그가 말한 대로, 인간은 '의미의 그물'[8] 안에 놓여 있으며, 그물은 우리가 가늠할 수 없을 정도로 서로 중첩되어 있다. 실제로 인류학자들이 어떤 현상을 보거나 사건에 관한 제보를 들을 때조차 그것은 그들이 목격하지 못한 몇 겹의 맥락

---

8 "나 자신이....제시하고자 하는 문화 개념은 본질적으로 기호론적인 것이다. 인간을 자신이 뿜어낸 의미의 그물 가운데 고정되어 있는 거미와 같은 존재로 파악했던 막스 베버를 따라서 나는 문화를 그 그물로 보고자 하며, 따라서 문화의 분석은 법칙을 추구하는 실험적 과학이 되어서는 안 되며, 의미를 추구하는 해석적 과학이 되어야 함을 주장하고자 한다." 기어츠(2019), 앞의 책, 13쪽.

들을 바탕으로 일어난 일이거나, 제보자의 어떤 설명조차도 이미 제보자의 견해가 가미된 하나의 해석일 가능성이 더 높다. 그래서 어쩌면 그들은 중첩된 그물 사이에서 길을 찾지 못해 현상의 바탕에 닿지도 못할 수도 있다. 그럼에도 연구자들이 의미의 그물망에 뛰어들 수 있는 당위성은 인간의 사고와 행위가 대부분 문화의 산물이며, 문화는 공유된 코드로서 인간 '외부'에 '관찰할 수 있는' '공적인' 형태로 존재하고 있기 때문이다. 인간은 동물이나 식물과 달리, 유전적 프로그래밍이 그 생을 결정짓지 않으며 그가 태어난 사회 문화에 의해 자기 삶의 많은 것들이 형성된다. 그리고 기어츠는 문화를, 그 의미를 해석할 수 있는 '기호(sign)'로 간주하였다. 그러므로 그에게 민족지 기술은 하나의 '해석'이다.

그의 기호론적 문화 분석이 특히 유의미한 것은 상징으로서 문화를 '행위'와 '행위자' 중심으로 분석하려고 했다는 점이다. 인간의 행위는 인류학자로서 그가 주요한 연구 대상으로 삼았던 것이지만, 그것을 행함으로써 무엇이 실현되는지, 그리고 그 행위는 어떠한 의도에서 일어나는지를 철저히 문화 안에서 밝혀내고자 했다는 것이다. 이를 바탕으로 한 그의 연구는 후에 그의 제자인 셰리 오트너(Sherry Ortner)에 의해 '행위력(agency)' 개념으로 다시 재조명되는데, 그녀는 행위력, 즉 "인간의 의도와 그것을 실천에 옮기는 형태들이 문화적으로 구성되는"[9] 양상을 기어츠의 이론이 풍부하게 담고 있다고 논했다. 즉 "문화는 행위자의 관점에서 이해되어야 한다는 주장, 특정 시대와 장소의 개인적 특성을 형성하는 욕구, 욕망, 감정 등

---

9 셰리 오트너 엮음, 『문화의 숙명』, 김무영 역, 실천문학사, 2003, 26쪽.

이론으로 서사 읽기

이 문화적으로 구성된다는 확신, '중층 기술'에서는 행위자의 의도를 이해하는 것이 핵심적이라는 선언 등은 기어츠의 연구가 '행위력'을 비환원론적 방식으로 이론화하거나 적어도 분석적으로 활용하도록 해주는 생산적 토양을 마련"[10]했다고 주장한다.

2. 한국의 혼인과 가족 문화의 모델로서 〈선녀와 나무꾼〉 읽기

〈선녀와 나무꾼〉에 관한 필자의 논의 또한 한국 문화에 관한 하나의 해석이다. 보편적인 주제로서 이 이야기에 나타나는 남녀의 만남과 결혼, 가족 구성은 다른 많은 민족들의 전승담 속에서도 발견할 수 있는 모티프이며, 특히 천상의 여인과 지상의 남자가 만나는 모티프는 동아시아 구술 문학에서 공통적으로 발견할 수 있는 것이다. 하지만 비슷한 모티프가 서로 다른 문화권에서 상이한 이야기로 전승되는 모습은 그 모티프를 받아들이고 인식하는 전승 집단의 사고방식이나 에토스(ethos)[11]에 따라서 달라질 수 있다. 인간은 자신들의 세계를 자신들이 이해할 수 있는 방식으로 받아들이고 이미지화한다. 내러티브로서 이야기는 그러한 점에서 우리들이 공

---

10   셰리 오트너(2003), 앞의 책, 26-27쪽.

11   "한 민족의 에토스는 그들 생활의 색조, 성격, 성질이고, 그것의 도덕적, 미적 양식이며 분위기이다. 그것은 그들 자신에 대한 그리고 생활이 반영하는 그들의 세계에 대한 근본적 태도이다." 기어츠(2019), 앞의 책, 157쪽. 곧 '무엇이 옳고 그른가', '무엇이 아름답고 적절한 것인가'와 같은 윤리적이며 미적인 가치 판단을 말하는 것으로 생각된다.

유하는 가장 확실한 세계관(world-view)[12]이라고 할 수 있으며, 〈선녀와 나무꾼〉은 남녀가 만나 가정을 이루는 일에 관하여 해당 집단이 이야기로서 기억하고 공유하는 하나의 '해석'이라고 할 수 있다.

물론 하나의 구술 전승담을 분석하는 것으로 어떤 집단을 충분히 설명할 수는 없다. 그러나 기어츠가 지적한 바와 같이, 우리는 현상의 본질에 접근할 수는 없을지라도 그것의 의미를 적절하게 해석하려고 시도할 수는 있다. 이야기가 하나의 문화이며 그 이야기를 기억하고 구연하는 행위 자체는 사회적으로 표출되는 공적인 것이므로, 해당 사회의 문화적 코드를 공유하는 우리는 그것을 적절하게 해석할 수 있다. 이야기의 세계는 우리의 세계를 이해하고 해석한 하나의 모델이기 때문이다. 구술 전승담을 바탕으로 한 문화에 관한 중층 기술은 그런 점에서 간접적이지만, 동시에 어느 지점에 관한 꽤 있을 법한 지도를 그릴 수 있다는 점에서 여전히 유효하다.

필자는 이를 위해 전통 구술 담화의 특징을 고려하여, 인물들의 '행위'와 '관계'를 중심으로 이야기가 전달하는 메시지를 파악하고자 하였다. 이는 현실 세계에서 관찰되는 사람들의 행위와 그들의 관계를 분석하는 인류

---

12 "세계관은 사물이 실제로 존재하는 방식에 대한 그들의 그림이며, 자연, 자신, 사회에 관한 그들의 개념이다. 그것은 질서에 대한 그들의 가장 포괄적 관념을 포함하고 있다." 기어츠(2019), 앞의 책, 157-158쪽. 세계관은 그들이 자신들의 세계를 이해하는 이미지라고 할 수 있다. 에토스와 세계관은 기어츠가 종교와 같은 신앙 의례와 관련하여 논의한 것으로, 이에 대한 자세한 설명은 위의 책, 157-174쪽(원문은 다음참조 "Ethos, World View, and the Analysis of Sacred Symbol", *The Antioch Review*, vol. 17, no. 4, pp.421-437.)과 그 개념을 적용한 논문인 전주희, 「제주도 본풀이의 세계관과 에토스 연구」, 서강대학교 대학원 박사학위논문, 2018. 참조.

학의 연구 방식을 담화 분석에 적용한 것과 크게 다르지 않다. 그러므로 이 글에서는 이야기 속 인물의 '행위'에 집중하며 그 행위가 왜 '반복적'으로 일어나는지에 대한 의문이 중요하였다. 더불어 그러한 행위가 인물이 맺는 '특정한 관계'에서 반복되고 있으므로 이러한 양상이 내포하고 있는 중층적 맥락에 접근하는 것이 본 연구의 목표이기도 하다.

〈선녀와 나무꾼〉을 한국의 전통 혼인과 가족 문화의 관점에서 읽는다는 것, 그리고 텍스트를 기반으로 하는 문화 연구로까지 확장하기 위해 그것을 중층적으로 기술한다는 것은 무슨 의미인가? 인류학자들이 현실 세계에서 제보자들의 말과 행위, 그리고 그 변이들을 지속적으로 관찰하며 해당 집단의 문화를 연구할 수 있는 것에 반하여, 전통 구술 담화를 대상으로 해당 집단의 문화를 연구하는 것은 상당히 제한적인 조건에서 이루어질 수밖에 없다. 연구자는 이야기 속 인물들을 인터뷰할 수 없다. 담화에서 제시된 것 이상의 정보를 얻을 수 없으므로 이야기에서 일어난 '행위'와 인물들이 속한 세계로서 그들이 맺고 있는 '관계'만을 가지고 일단 접근해야 한다. 이러한 분석 방식은 전통 구술 담화의 특성을 고려한 것에 기반한다. 근현대의 소설과 달리, 전통 구술 담화에는 인물의 심리나 배경이 자세히 서술되지 않는데 반하여, 그들이 행한 '행위'와 그들이 맺는 '관계'만큼은 뚜렷하게 드러난다. 이는 인물이 맺는 '관계'가 그 이야기의 주요 세계이자 배경이며, 그들이 행한 '행위'가 그들(전승집단)이 '동의'한 어떤 '선택'이기 때문에, 이들을 중심으로 이야기의 메시지를 파악하는 것은 중요하다. '동의한 선택'이라 함은 받아들여질 수 있는, 그럴 법한 상황이라는 점에서 집단이 인정하는 어떤 상태를 뜻한다. 전통 구술 담화를 창작한 특정 작자는 없지만, 일정한 규모의 집단이 오랜 시간 동안 그것을 기억하고 구연해왔다는 점에서 담화 자체는 그들이 이룩한 하나의 세계인 것이다.

한편 그 세계를 알거나 기억하고 동의하면서(혹은 동의하지 않더라도) 이 이야기를 구연하는 구술자들이 있다. 비슷한 결말들, 혹은 정반대의 결말들이라도 그들의 언술을 통해 드러나는 이 이야기에 대한 그들의 태도도 주목해야 할 것이다. 구술자들은 각자 자신의 기억을 확신하거나 확신하지 못하면서도 이야기의 사건들을 서술하는 과정에서 자신에게 익숙한 방식으로 인물을 묘사하고 상황을 설명한다. 그러한 태도들은 구술자가 전해들은 이전 이야기의 분위기일 수도 있고, 그들이 경험해온 삶의 한 부분일 수도 있다. 더군다나 〈선녀와 나무꾼〉이 부부의 결혼과 헤어짐을 소재로 하고 있기 때문에 남편이나 부인의 입장이 될 수 있는 구술자의 성별에 따라 그 언술의 차이가 있음은 분석을 통해 확인할 수 있을 것이다. 곧 이 글에서 중층 기술은 이야기와 이야기를 구연하는 사람을 연결하는 하나의 맥락으로 '결혼과 가족'을 주요한 바탕으로 하여 이루어진다. 따라서 구술자들의 결혼과 가족 문화가 참고될 것이며, 이 글에서는 〈선녀와 나무꾼〉에서 나타나는 남녀의 결합 방식과 비슷한 심리적 상황을 창출했던, '전통 시집살이혼'을 경험한 이전 세대의 혼인 문화가 함께 다루어질 것이다.

더불어 이들은 이야기를 발화하면서, 자신들의 기억과 바람에 따라 결말을 제시하면서 무엇을 확인하고 재생산하는가? 〈선녀와 나무꾼〉이 다른 옛이야기들에 비하여 교훈적인 메시지가 약하다는 점에서 이 이야기는 가치의 제시나 규율을 의도하는 맥락에서 구술되었을 가능성은 적다. 흔히 한국의 전통 문화에서 강조하는 윤리적 가치들이 전경화되어 있지 않은 이

이론으로 서사 읽기

야기임에도 불구하고 이 이야기는 아주 익숙한 한국의 부부 관계와 가족 문화를 배경으로 하고 있다. 필자는 이 이야기가 무엇에 대한 모델과 무엇을 위한 모델의 상호 순환으로도 설명될 수 있다고 생각한다. 〈선녀와 나무꾼〉은 우리가 아는, 익숙한 세계를 그대로 재현하면서도 그것은 구술자와 전승자들의 가정 문화에 관한 집단 기억 및 모종의 정서(그것을 경험했건 경험하지 못했건)를 공유하는 효과를 지닌다. 그것은 어떠한 세계나 상태에 대한 동의가 될 수도, 불만의 표출이 될 수도, 아니면 수용해야 할 어떤 세계의 제시가 될 수도 있다.

3. 인물들의 행위와 관계에 나타난 특징

(1) 선녀와 나무꾼의 부부 관계: 쌍방의 이질적인 소속감

본격적인 논의에 들어가기 전에 〈선녀와 나뭇꾼〉 이야기를 간략하게 살펴볼 필요가 있다. 여기서는 선녀와 나무꾼의 만남과 이별이 두 번씩 반복해서 드러나는 '나무꾼 지상회귀형(수탉유래형)'의 결말을 선택하여 제시한다.

살림이 몹시 가난하여 산에 나무를 해다 팔아서 살아가는 나무꾼이 살고 있었다. 어느 날 그가 나무를 하고 있는데 사슴 한 마리가 뛰어와 사냥꾼에게 쫓기고 있으므로 살려달라고 하자 나무꾼은 사슴을 숨겨주고 사슴을 살려주었다. 사슴이 나무꾼에게 은혜를 갚고 싶다며 소원을 말하라고 하자, 나무꾼은 좋은 색시를 얻어 가정을 꾸리고 싶다고 말한다. 그러자 사슴이 말하기를, 여기 산속에 선녀들이 내려와 목욕을 하는 연못이 있으니 그때 나무꾼이 가서 선녀들의 날개옷 하나를 숨겨 하늘로 올라가지 못하는 선녀를 붙잡으면 그녀와 함께 살 수 있을 것이라고 말한다. 단 아이를 (둘이나) 셋 낳을 때까지는 절대 선녀에게 날개옷을 보여주지 말라고 한다. 나무꾼은 사슴의 말대로 선녀들이 내려오는 날 밤에 연못으로 가서 날개옷 하나를 집어 숨겼고, 선녀 하나가 하늘로 올라가지 못하자 그녀를 집으로 데리고 와 함께 산다.

두 사람은 아이를 둘까지 낳고 살았는데, 하루는 나무꾼이 선녀가 여전히 하늘을 그리워하는 모습을 보고, 이제 아이 둘까지 낳았으니 날개옷을 보여줘도 되겠다는 마음이 들어 선녀에게 그녀가 입던 옷을 보여준다. 하지만 선녀는 그 옷을 입고 아이 둘을 양 팔에 안고서 하늘로 올라가버린다. 나무꾼은 상심하다가 사슴을 다시 만나 선녀를 다시 만날 방법을 물었고, 사슴의 도움으로 그는 선녀를 처음 만났던 연못에서 하늘로 올라갈 수 있는 두레박을 타고 하늘로 올라가 선녀와 아이들을 만난다.

그러나 선녀의 아버지인 옥황상제(그리고 주로 선녀의 언니들이나 형부들)는 나무꾼을 보고는 그가 사위가 될 자격이 있는지를 시험하며 몇 가지 임무를 제시한다. 그때마다 선녀는 나무꾼이 그 시험을 다 통과할 수 있도록 도와서 결국 나무꾼은 옥황상제의 인정을 받고 하늘나라에서 살게 된다.

그러다 하루는 나무꾼이 선녀에게 지상에 홀로 계신 어머니가 걱정이 되니 한번 뵙고 오겠다고 하자, 선녀는 용마를 한 필 내어주며 어머니를 뵙고 오되, 다시 이 말을 타고 돌아오려면 절대 말 위에서 내려 땅을 밟지 말라고 당부한다. 나무꾼이 약속을 하고 땅에 내려와서 어머니를 뵙고 다시 하늘로 돌아오려고 하자 어머니는 떠나는 아들을 그냥 돌려보내기 아쉬워 박죽이라도 한 그릇 먹고 가라며 부엌에서 막 끓인 박죽을 그릇에 담아 말에 타고 있는 아들에게 건네준다. 나무꾼이 박죽을 먹다 뜨거워서 박죽을 말등에 흘리니 말이 놀라 뛰어오르는 바람에 나무꾼은 땅으로 떨어지고 말은 그만 하늘로 올라가 버렸다. 나무꾼은 슬퍼하며 울다 하늘을 바라보고 우는 수탉이 되고 말았다.

채록담을 보면 구술자에 따라 조금씩 다르게 제시되는 세부 사항들이 있다. 그러나 일단 여기에서는 선녀와 나무꾼의 관계에서 가장 중요하고 반복적인 행위인 '만남'과 '헤어짐'에 주목한다. 그들의 첫번째 만남은 선녀가 하늘에서 땅으로 내려오면서 이루어진다. 선녀와 나무꾼은 아이 둘 (혹은 셋)을 낳을 때까지는 부부로서 지낸다. 이야기에서 그 시간 동안의 일은 거의 드러나지 않으나, 유독 나무꾼의 시점에서 봤을 때, 그가 결혼 생활에서 느끼는 행복감이나 유쾌한 감정을 추측할 수 있는 구연 사례가 있다. 그리고 이러한 양상은 남성 구연자들에게서 뚜렷하게 드러난다.

선녀가 한참 있더니,"눈을 떠 보쇼." 허닝껀, 아, 떠 보니껀 크은 고래당(등) 같은 기와집이다가설랑은 네 귀에 풍경, 핑경 달구서는 '왕그링' '덩그렁' 허구우, 종 노속덜이 왔다 갔다허구 참 아주 어마어마허거든? 참 그거. 이상할 일이란 말여 그게에? 참. "그러냐."구 인저, 그러니 이눔이 인저 남으 집 고공 고공살이 허던 눔이 아주 지거기 지대각구설랑은 아주 호이 호식허구 지내네에? 그런디 머 날마두 여전히 좋은 음석으루 그저 전부 크은 상이다가설랑은 들어 오는디 이거 당최 워트게 장만해 들어 온지 몰르겠어 당최. 이눔으 음식이. 뭐 안이서는 나오는디이 이상허거든? '그렁가 보다. 좀 이 이상허다아.' 그렁 저렁 세월을 보내는디....(충남 보령군 오천면, 편만순, 男)[13]

13 『한국구비문학대계』 4-4(충청남도), 792쪽.

....두 손목을 마주 잡고는 즈그 집이를 내려와서 호가산천을 이뤄감시로 산다 그말이여. 수년간 아름답게 보내고 사는 것이 주고 받고 하는 정리가 무지하게 두터웁다 그말이여. 못헐 말이 없어. 대처간 일하는데, 머라겄냐 하는 세월이 흐른 것이 아들을 둘을 낳습니다. 둘을 나 가지고 있는 처지에 얼마나 정다와서 그러했등가...(전남 진도군 군내면, 박길종, 男)[14]

그래 이 반식이 머 변해가지고 집이 되가지고, 양석을 안 팔아주도 밥도 잘해 주고, 아 세상 기릴 기(아쉬울 것이) 없어. (경남 거창군 북상면, 권기동, 男)[15](강조 필자)

더 많은 구술 자료가 있으나 지면의 한계상 몇 가지만 제시하였다. 이와 같이 나무꾼의 시선을 취하고 있는 남성 구술자들은 나무꾼이 선녀와 가정을 꾸려 나간 세월을 비교적 만족스럽게 말하고 있다. 흥미로운 것은 여성 구술자들이 구연한 사례들에서는 이러한 경우를 거의 찾아볼 수 없으며, 결혼 생활이 어떠했다는 언술 자체가 잘 발견되지 않는다는 점이다. 오히려 여성 구연자들 대부분의 이야기에서 선녀는 날개옷을 잊지 않고 찾으려고 하며, 이야기가 아이를 낳은 후 나무꾼으로부터 날개옷을 돌려받는 지점으로 빨리 진행되는 경우가 많다.

"...삼 형제 놓걸랑 그 날개옷을 내 주고, 딱 숨카 났다가 둘 놓걸랑 내 주지 마라." 캐 놓은게 이놈우 자석(나무꾼을 말함)이 마음이 바빠, 좋아

14 『한국구비문학대계』 6-1(전라남도), 85쪽.

15 『한국구비문학대계』 8-6(경상남도), 140쪽.

갖고,... 그래서 고만 좋아 쌓아서 마 날개옷을 내 주뻤는 기라. 웬걸? 그만 한 쪽 팔에 하나씩 찌고(끼고) 고만 두룸박 타고 올라가 삔 기라. (경남 의령군 정곡면, 안복덕, 女)[16]

"왜 이렇고 우노?" 카이께네, 그래 옷이 없어서 그렇다 카이, "고마 그렇거던 나 따라가자." 카이, 그 고마 구처없이 따라갔다. 따라갔는데, 그래 옷으는 날개옷을 감찼거던. 딴 거는 있는데, 속옷은 있고. 아들을 그래 하나 놓고 둘 놓고 만날 거 날개옷 타령이라 말이라. 그러인게 그래 보다 모 해가주고 참 좃뻤어. 설마 둘 낳는데 어떨라 싶어 좃디. 한날은 낭굴 하러 갔다아 해가주 오이 여자가 고만 아를 말이라 양짝 한 쪽찌이 고마 하늘 올라갔뿌고 없어. (경북 군위군 소보면, 최순금, 女)[17]

... 선녀 한 사람이 못 올라가고 그 나무꾼과 같이 결혼 해가지고. 결혼 해가지고 살아도 그 하늘 나라 항상 그리웠는디. 아들 둘 낳고 둘 낳은 뒤에, '설마 아들 둘 낳는디, 우리 인간 같으믄 모정이 있어서 못 떠날 줄 알고, 이 아들 둘 낳는데 갈꺼냐.' 싶었어. 내(내내) 날개옷 때문에 항상 수심에 차가 있어서, "내 날개옷 한번만 입어 봤이믄, 한 번만 입어 봤이믄." 그러니까 아들 둘 낳다고 인자 믿고 날개옷을 내 좃다가, 그만 아기 둘도 안고 그만 하늘로 올라 가버렸어. (경남 하동군 악양면, 문영자, 女)[18]

보다시피 여성 구연자들은 대체로 결혼 생활에 대한 서술을 생략하거

16 『한국구비문학대계』 8-11(경상남도), 274-275쪽.

17 『한국구비문학대계』 7-12(경상북도), 172-173쪽.

18 『한국구비문학대계』 8-14(경상남도), 508쪽.

나 자녀를 낳는 사건으로 빠르게 진행시키는 것을 알 수 있다.[19] 결혼 생활
에 관한 언술이 있더라도 그 세월은 선녀가 늘 날개옷을 찾아야 한다는 생
각을 하며 하늘을 그리워하고, 그러려면 자식을(아들을) 일정 수 이상으로
낳아야 하는 의무 이행의 시간으로 그려진다. 즉 선녀는 이 결혼 생활이 영
구적이지 않으며 자신이 돌아갈 곳은 하늘이라고 생각한다. 반면 나무꾼은
날개옷을 감추고 있었기 때문에 부부 관계의 위태로움을 인식하고 있었더
라도 결혼 생활이 행복하다고 느꼈으므로 어느 순간 경계를 늦추고 금기를
어겨 옷을 돌려주는 정도에까지 다다른다. 이로써 나무꾼은 첫 번째 이별
을 경험한다.

　이 헤어짐은 선녀와 나무꾼이 부부로 살았음에도 불구하고 자신들의 구
성가정[20]에 대한 소속감이 일치하지 않았기 때문에 발생한 결과라고 볼 수
있다. 표면적으로는 나무꾼이 사슴이 말한 금기를 지키지 않았기 때문으로
보이지만, 근본적인 원인은 선녀가 하늘나라를 잊지 못한 것에 있다. 선녀
는 원가정[21]으로부터 육체적으로만 분리되었을 뿐 아직 심리적으로는 분

19　하지만 예외적인 사례가 있기는 하다. 남성들의 몇몇 구연 사례처럼, 선녀가 요술 방망
　　이를 사용해서 기왓집과 좋은 의복, 풍부한 곡식을 얻게 해주는 이야기가 여성 구술자의
　　이야기에서 하나 발견된다.
　　『한국구비문학대계』 8-14(경상북도), 508쪽.

20　'구성가정'은 필자가 선택한 용어로서, 장성한 자녀가 자신의 배우자를 만나 부부가 됨
　　으로써 자신의 원가정과 분리하여 꾸린 가정을 뜻한다.

21　여기서 '원가정'은 자신이 속한 원래의 가정이라는 뜻으로 선녀에게 원가정은 나무꾼
　　과 부부가 되기 이전에 속해 있던 천상의 가정이고, 나무꾼에게는 선녀를 만나기 전에
　　어머니와 함께한 가정을 뜻한다.

　　　　　　　　　　　　　　　　　　　　　　이론으로 서사 읽기

리되지 못했다. 선녀에게 나무꾼과의 결혼은 원가정으로부터의 갑작스러운 분리이자, 공식적으로 인정받지 못한 혼인이었기 때문이다. 무엇보다 선녀에게는 지상에서 함께 아이를 낳고 키우는 나무꾼을 향한 소속감보다 하늘나라에 두고 온 원가정을 향한 그리움이 더 컸다. 이것은 아이들만 데리고 떠난 선녀의 행위 자체에서 이미 증명된다.[22] 그러나 나무꾼은 물리적으로든 심리적으로든 그 어떤 '분리'도 경험하지 않고 구성가정을 이루었다. 그는 지내왔던 일상을 잃지 않았으며, 오랫동안 결혼이 간절했기에 그에게 선녀는 행복한 가정을 이루게 해준 사슴의 선물과도 같았다. 반면 선녀에게 나무꾼은 오갈 데 없는 낯선 곳에서 살아남기 위해 어쩔 수 없이 받아들여야 했던 사람이었다.

한편 이들 부부의 두 번째 헤어짐은 '나무꾼 지상회귀형(수탉유래형)'에서 보듯이, 나무꾼이 어머니를 뵙기 위해 지상으로 다시 내려오면서 일어난다. 선녀가 천상에 있는 가족을 그리워하여 승천한 것과 비슷한 맥락이다. 나무꾼도 선녀를 다시 만나기 위해 하늘로 올라갔다가 그곳에서 지내게 되면서 지상의 어머니(혹은 다른 친척들)를 그리워하기 때문이다. 흥미로운 점은 두 번째 헤어짐도 이들 부부가 서로 다른 '소속감'을 지닌 것에서 비롯된다. 선녀는 이제 천상에서 원가정으로부터 독립된 구성가정을 이루고 가족들과 잘 지내는 데 반하여, 나무꾼은 지상에 계신 어머니를 걱정하

---

22 심지어 날개옷을 돌려받더라도 재차 떠나지 않겠다고 자기를 믿어도 된다고 하던 선녀가 날개옷을 받은 후 나무꾼에게 한마디 인사도 없이 아이들만 데리고 떠나는 이야기도 있다. 곧 선녀는 아이들과 함께라면 지상에서의 삶에 미련이 없으며, 결혼 생활에서 나무꾼과 돈독한 애정 관계가 형성되지 않았음을 뜻한다.

고 그리워한다. 여기서 선녀가 구성가정으로서 독립하는 것은 물리적인 것보다는 심리적인 의미에 중점이 있다. 물리적으로 원가정과 가까이 있지만, 그녀가 자신의 구성가정을 심리적으로 독립된 가정이라고 생각하고 그 가정을 유지하려는 태도와 노력을 보였기 때문이다. 그러나 이번에는 나무꾼이 떠나온 고향과 어머니를 그리워하는 탓에 구성가정에 집중하지 못한다. 그 때문에 이들 부부는 동일한 소속감을 가질 수 없으며, 구성가정으로서 완전한 독립을 이루지 못한다. 그리고 그것은 이들 부부 관계를 둘러싼 다른 가족과의 관계들에도 원인이 있다.

(2) 선녀와 나무꾼의 원가정 및 구성가정: 분리와 독립의 어려움

많은 구연 사례를 보면 알 수 있듯이, 선녀에게 나무꾼은 애초에 데리고 가야 할 대상이 아니라 벗어나야 할 대상으로 인식되었다. 나무꾼이 싫어서라기보다(직접적으로 드러나지 않기 때문에) 자신이 원래 있었던 곳으로 빨리 돌아가고 싶은 마음에서이다(날개옷의 행방을 계속 물었기 때문에). 그러나 선녀가 아이들과 함께 하늘에 올라갔음에도 그곳에서 선녀와 아이들은 독립된 구성가정으로 인정받기 힘들었다. 이는 나무꾼이 뒤따라 하늘에 올라가서 겪는 상황들을 보아도 가늠할 수 있다.

"아이구 우리 지하에 아부지 올러온다."구....아 이 잡아대려 올렸더 말여. 아뜩 올리니까, "아이그-아유." 그 마누라는, "어이구 저 인저 아부지한테 또 구박-성덜한테두 또 구박맞겠다." 구 하는데.....아 그래서 인제 같이 살지. 아 같이 사는데 아 이 성- 성년덜이 즈 아버지더러 그 죽이라구 그런

말여. "그 시(세) 식구 다 죽이라."구. (경기도 안성군 안성읍, 이복진, 男)[23]

그러구 집이를 왔는디. 인저 그 아마 그 처남덜이 몇 있덩개벼. 뒷이나 있덩가 처남덜이 써억허니, 암만해두 이 잉간 사람을 천상이 올려다가서 자기 동상허구 살리기를 싫거던? 이걸 워트개래두 옰이야겠어. 그래 꾀를 내기를, "내기를 허자." (충남 부여군 은산면, 황태만, 男)[24]

두레박을 내려 좍 올라가는 판인데, 타구서 이늠이 올라갔던 말야. 아 민간민이 왔다구, 그냥 거기서 그냥 큰 사우 둘째 사우 뭐 이것들이 괄세를 허구 말이지, 장인 장모가 괄세를 허구 헝편 없단 말야. (경기도 남양주군 와부읍, 박운봉, 男)[25]

하늘로 올라가이 마누래가 있어. 그 집 장모, 사우 셋이 됐는데 지하 사람 사우 봤다고 흉을 보거덩. 언니랑 형부들이 장모가 이바구 오라 하이 걱정을 더러 하는데.... (경북 성주군 대가면, 이종선, 女)[26]

나무꾼은 처가 식구들, 즉 선녀의 원가정으로부터 배척당한다. 장인, 장모가 되는 옥황상제부터, 선녀의 언니들이나 형부들, 혹은 오빠들까지 대상은 다르게 나타나지만 나무꾼은 지하사람이라는 이유로, 혹은 허락없이 선녀와 결혼하여 아이를 낳았다는 이유로 사위로서, 선녀의 남편으로서 인

---

23 『한국구비문학대계』 1-6(경기도), 68쪽.

24 『한국구비문학대계』 4-5(충청남도), 309쪽.

25 『한국구비문학대계』 1-4(경기도), 710쪽.

26 『한국구비문학대계』 7-4(경상북도), 166쪽.

정받지 못한다. 제시된 이야기들을 보면 짐작할 수 있듯이, 그 뒤부터는 나무꾼은 하늘나라에서 가족들과 함께 살기 위해서 몇 가지 시험에 통과해야 한다. 말타기, 쏜 화살 찾아오기, 장기두기, 변신한 식구들 알아보기, 고양이에게 빼앗긴 옥새 찾아오기 등 다양한 화소들이 있지만 공통적인 내용은 주로 선녀의 적극적인 도움을 받아 이러한 임무들을 모두 완수하여 처가 식구들로부터 인정을 받게 된다는 것이다.[27]

나무꾼이 선녀를 집으로 데리고 와서 그녀를 부인으로 삼고, 나무꾼의 어머니도 선녀를 쉽게 며느리로 들인 것에 비하여 나무꾼은 선녀의 가족으로부터 인정받기 위해 많은 노력을 기울여야 한다. 이것은 나무꾼이 존재와 신분의 차이를 극복하는 과정이기도 하지만, 선녀와 나무꾼이 유일하게 외부의 반대를 극복하고 함께 살기 위하여, 부부로서 소속감을 가지고 결속하는 장면이기도 하다. 이때만큼은 두 부부가 자신들의 가정에 온전히 집중한다.

그러나 시험을 다 통과한 후에 나무꾼이 지상에 계신 어머니를 걱정하면서 이야기는 다시 긴장의 국면에 들어선다. 구연 사례들에서 대부분 선녀는 처음에는 지상으로 가는 것을 만류하다가 나중에는 그 마음을 이해하는 듯, 용마(혹은 줄 달린 두레박)를 한 필 내어주면서 잠깐 내려 갔다 오되, 절대 그 말에서 내리지 말라고 당부한다. 나무꾼이 오래도록 뵙지 못한 노모를 만나러 간다는 상황은 이미 선녀의 금기가 지켜지기 힘들 것임을 예

---

27 이야기 중에는 나무꾼이 고양이 나라에 가서 옥황상제의 옥새나 왕관을 되찾아오기도 하는데, 이때에는 나무꾼이 예전에 밥을 먹여 키워준 쥐가 쥐나라의 왕이 된 덕분에 이 임무를 도와주는 동물보은 모티프가 종종 발견된다.

상할 수 있는데, 결국 나무꾼이 말에서 떨어져 금기를 깨게 된 것은 누구를 탓할 수도 없을 정도로 안타까운 어머니와 아들의 관계를 드러낸다. 이제 천상에서 지낼 아들을 보내기 아쉬워 어머니가 뜨끈한 죽이라도 한 그릇 먹여 보내려고 하는 마음은 자식을 향한 사랑에서 비롯되었다. 그리고 그 것을 거절하지 못하고 받아든 아들의 마음도 어머니를 향한 사랑에서이다. 선녀가 지상에서 그녀의 원가정을 그리워한 정서에 비해 나무꾼의 그리움 은 어머니를 향해 조금 더 개별화·구체화되어 나타난다. 이전의 연구에서 는 이러한 〈선녀와 나무꾼〉의 모자 관계를 심리학적인 관점에서 부정적 아 니마, 즉 아들의 성장을 가로막는 부정적 모성으로 분석한 바 있다.[28] 일견 동의하는 부분이 있으나, 자칫 이러한 용어는 마치 나무꾼이 어머니로부터 분리되지 못해 아내와 자식을 돌보지 못하게 된 어리석은 캐릭터로 비추 어질 우려가 있다. 물론 나무꾼도 어머니와 제대로 된 작별 인사를 하지 못 한 채 올라갔기 때문에 심리적으로는 아직 어머니와 완전히 분리되지 못했 다고 볼 수 있다.[29] 그러나 선녀가 나무꾼에게 주는 금기를 살펴보면, 선녀 는 그에게 어머니와의 심리적 분리를 강제하기보다는 오히려 나무꾼이 자

---

28 이부영, 「2. 〈선녀와 나무꾼〉—아니마를 찾아서」, 한국민담의 심층분석—분석심리학적 접 근, 집문당, 2000, 188-203쪽 참고.

29 한국의 가족 문화에서 어머니와 아들은 애착 관계로 자주 나타난다. 옛이야기에 흔히 나 오는 남자 주인공들은 홀어머니를 모시고 사는 경우가 많으며, 〈선녀와 나무꾼〉에서 분 리될 수 없는 관계로 나오는 '선녀와 아들들'의 관계도 그러하다. 애초에 사슴이 제시한 금기에서도 알 수 있듯이 선녀는 천상으로 아들들과 함께 떠날 수 없다면 자기 혼자서 올라가지 못한다. 모자 관계의 애착은 당연한 것으로 서술되고 있는 것이다. 또한 현대 의 한국 드라마에서도 아들의 결혼을 반대하는 사람은 대부분 그의 어머니이다. 고부갈 등도 이러한 애착 관계에서 비롯된다고 볼 수 있을 것이다.

고 나란 '터전', '지상' 그 자체와의 분리를 더 지향하고 있다. 예를 들면 말에서 내려 땅을 밟지 마라거나, 집 안으로 들어가지 말라는 것, 또는 지상의 음식을 먹지 말라고 한 것이 그러하다. 그러나 나무꾼은 자신의 구성가정으로 돌아오기 위해 지켜야 할 약속을 지키지 못한다. 그렇다면 〈선녀와 나무꾼〉의 여러 유형들 중에서 이러한 비극적 결말은 어떻게 설명될 수 있는가. 이를 위하여 이 이야기가 전승되는 문화적 배경인 한국의 혼인과 가족 문화에서 결혼으로 인한 '분리'와 '독립'을 어떻게 이해할 수 있는지 살펴볼 필요가 있다.

4. 한국의 혼인과 가족 문화에서 '분리'에 관한 집단 기억과 공유된 정서

(1) 한국의 전통적인 혼인 문화

〈선녀와 나무꾼〉은 한국 사람이라면 거의 대부분이 알고 있는 보편적인 이야기이다. 그리고 그만큼 오랜 시간 동안 전승되어 기억되어 왔기 때문에 이 이야기에는 집단 구성원들의 생각과 경험이 버무러져 있으며, 그들로부터 '공감'을 얻을 수 있는 화소들이 '선택적'으로 결합되어 있다. 구술 담화가 몇몇 지점에서는 다양하게 변이되어 나타나면서도 전체적으로는 비슷한 화소들로 사람들에게 기억되는 것은 바로 그러한 보편성을 지니기 때문이다. 4장에서는 이러한 관점을 전제로 하여, 〈선녀와 나무꾼〉을 구연하는 남녀 제보자들의 유의미한 차이들을 제시하면서 그것들의 차이를 설명할 수 있는 문화적 맥락을 살핀다. 이를 위하여 '집단 기억'과 '공유된 정서'라는 개념을 활용할 것인데, 일반적으로 '집단 기억'은 역사학이나 사회학 분야에서 특정 시대의 어떠한 사건을 함께 경험한 사람들의 개별적이고도 집합적인 역사 인식을 가리킨다. 그러나 본 연구에서는 '집단 기억'을 그 사회의 구성원이라면 대부분이 겪을 만한 '공통된 경험', 그러나 '주체별로 상이하게 전개되는 경험', 예를 들면 통과의례로서 학교생활, 군생활, 혼인, 출산과 육아 등의 일들을 겪고, 이것을 기억하고 표현하는 다양한 방식이라고 규정한다. 또한 '공유된 정서'는 이러한 경험들로부터 발생하여 인지된 심리적 상태를 뜻한다. 4장에서는 주로 이전 세대의 결혼에 관한 이야기들을 참고로 하여, 〈선녀와 나무꾼〉에 반영된 부부와 가족 관계에 관한 '집단 기억'과 '공유된 정서'를 찾을 것이다. 본고에서 자료로 삼은 결혼담에 관한 구연자와 〈선녀와 나무꾼〉 이야기의 구연자가 일치하지 않음에도 불구하고 이 둘을 연결하는 것은 본 연구에서 유의미하다. 왜냐하면 이를 통해 오랜 세월동안 유지되어온 혼인 문화로서 '시집살이'를 경험하였거나, 그러한 결혼 생활을 직간접적으로 인지하고 있는 후속 세대들이 공유하는 한국의 결혼 생활 및 가족 문화에 관한 큰 그림을 그리는 것이 가능하기 때문이다. 그리고 그를 바라보는 공통된 해석들이 부부와 가족을 소재로 하는 〈선녀와 나무꾼〉 이야기 구연에 적잖은 영향을 줄 수 있다는 가정을 하기 때문이다.

본격적인 논의에 앞서 한국의 전통 혼인문화에 관하여 간략하게 살필 필요가 있다. 우리나라는 16세기에 사림이 성리학을 자신들의 기반이 되는 학문으로 삼으면서 성인식, 혼례, 상장례, 제사 등을 『주자가례』에 의하도록 하였다. 그전까지 조선사회에는 남자가 여자 집으로 장가드는 '서류부가(婿留婦家)'의 혼인 풍습이 일반적이었으나, 17세기 말에서 18세기 초에 친영(親迎;시집살이)이 국법으로서 자리[30]하면서 조정과 사대부 집안에서부터 여자가 남자 집으로 시집가는 '여귀남가(女歸男家)'의 혼례를 행하도록 법으로 정한 것이다. 이는 유교사회의 가부장적 질서를 구축하기 위한 가장 중요한 절차이자 의식[31]이었다. 그러나 실제로 조선후기까지 사대부 집안은 물론 일반 백성에 이르기까지 친영이 보편적으로 이루어지지는 못했다고 보는 것이 학자들의 의견이다.[32] 그것은 당대의 혼례와 관련하는 몇몇 문헌에서도 확인된다.

중종 11년(1516) 병자에 교지를 내려 말하기를 '세종대왕께서 옛 제도를 지극히 사모하시어 왕자, 왕녀가 혼인할 때마다 다 친영하게 하여 사대부의 집에서 보고 본받는 바가 있게 하고자 하였으나, 옛 습관을 따라 남자가 여자의 집에 들어가므로 하늘의 도를 역행하니 옳은 것인가. 이를 중외(中外)에 효유(曉喩)하여 모두 옛 법을 따르게 하라.'고 하였다.[33]

---

30 김연수, 『전통혼례 제도사와 시집살이 문화의 탄생』, 민속원, 2018, 49쪽.

31 심승구, 「조선시대 왕실혼례의 추이와 특성」, 『조선시대사학보』 41, 조선시대사학회, 2007, 83쪽 참고.

32 "한복용의 연구(2007)에서는 조선 500년을 통하여 절대적 세력을 가졌던 유교사상으로도 솔서혼속(率婿婚俗)의 근본 내용을 변치 못하였으며, 조선시대 친영제도의 본래 모습은 왕실에서 엄수하고, 기타 계층에서는 반친영 내지는 서류부가의 혼속이 지속되었다고 본다. 이처럼 왕실과는 다르게 사대부친영을 비롯한 사대부반친영은 조선시대에 정착되기 어려웠던 것으로 보인다."
김연수(2018), 앞의 책, 82쪽. 한복용, 「조선시대 친영제도의 전개과정」, 『중앙법학』 9, 중앙법학회, 2007, 1040-1041쪽 참조.

33 김연수(2018), 앞의 책, 78쪽에서 재인용.

이론으로 서사 읽기

우리나라의 혼인 풍속은 3일 후에 상견하는 것을 3일 대반(對飯)이라 부른다. 문정공(文貞公) 조식(曺植)이 말하기를, '모든 것이 주문공(朱文公) 가례를 따르나 친영의 예만은 그 실행에 어려움이 있다. 그러므로 친영의 예를 축소하여 혼례의 처음에 교배와 상견의 예를 행한다.'고 하였다.[34]

이렇듯 친영을 국법화하였음에도 불구하고 신랑이 신부집으로 장가가는 오래된 풍습 탓에, 친영이 민간에서 자연스럽게 시행되기가 어려웠음을 알 수 있다.

그러나 19세기에 접어들어 신문물이 들어오고 일제의 통치가 시작되면서 점점 혼례 절차가 간소화되고 변화를 보이기 시작한다. 혼인 과정에 시집살이를 전제로 하는 친영 문화가 점점 자리잡게 되는데, 19세기에서 20세기에 이르기까지 서울 지역의 혼례 문화를 살펴보면 혼례를 치른 후 신부가 시댁으로 들어가는 우귀(于歸)가 이전과 달리 빨리 행해진 것이다. 남녀가 서로 배우자로 정해진 이후에도 실제로 합방하고 함께 살게 되기까지 일정한 기간을 뒀던 예전의 관습이 점점 혼례식 당일과 이후 며칠 간의 왕래로 바로 함께 거주하는 결혼 문화로 자리잡게 된 것이다.[35] 또한 일제의 태평양 전쟁으로 인하여 갖은 공출, 징용, 위안부 소집으로 인하여 한 식구라도 입을 덜기 위해서 딸을 빨리 출가시킨다든지, 자녀들의 강제 소집

---

34 위의 책, 77쪽에서 재인용.

35 "요즘 경성(京城)의 귀가(貴家)에서는 하루 사이에 신랑은 전안(奠雁: 혼인 때 신랑이 처가에 기러기를 가지고 가서 상위에 놓고 절하는 예)을 하고, 색시도 시부모를 뵙고 예물을 드려 이것을 '당일신부'라 하니 이 어찌 친영이 아니겠는가." (정약용, 『與猶堂全書』, 〈嘉禮酌儀〉, 婚禮.)

을 막으려고 이른 나이에 급하게 결혼을 시키는 경우가 많았다. 이후에도 6.25 전쟁과 가난, 산업화 시기를 겪은 우리나라의 어려운 시대적 상황에서 비교적 이른 나이에 혼인한 이전 세대는 그들의 결혼 생활에서 많은 심적 괴로움을 겪었으리라 예상할 수 있다.

(2) 시집살이에서 여성의 이방인 의식과 트라우마

조혼 금지가 법으로 문서화됨에 따라 결혼 적령기가 늦추어졌다고는 하나, 시집살이담을 살펴보면 20세 이전에 혼인한 여성들이 상당하다. 또한 이전 세대 여성들은 대부분 남편이 살던 집에서 부모님을 모시며 시댁 식구들과 살아야 했다. 혼인이 한 개인에게 있어 커다란 변화이자 삶의 가장 중요한 문제라는 것에 동의하지 않을 사람은 없을 것이다. 결혼은 남녀를 불문하고 신랑 신부 모두 이제까지 나와 다른 가족 문화에서 자라온 타인과 평생 마음을 맞추어 살아야 하는 과업을 이루어나가는 것이기 때문이다. 특히 시집살이를 해야 하는 여성에게 결혼은 자기 생활의 터전과 가족 문화, 그리고 이전에 맺고 있던 애착 관계들로부터 '분리'되어, 자신의 몸과 마음을 시가의 생활권에 모두 맞추어야 하는 어려운 통과의례인 것이다. 그리고 이 통과의례는 한 번의 의례로 끝나지 않고 매순간 매일 겪으면서 이루어나가는 실시간의 삶이다. 더군다나 이전 세대의 결혼은 평생 함께 살 배우자의 얼굴을 제대로 보지도 못하고 집안의 결정에 따라서 하는 경우가 많았으며, 현대와 달리 혼인 당사자 간의 상호 감정적 교류가 부족하였다.

선을 봤넌디, 우리 이모가 중신을(중매를) 했어. 선을 봤는데, 괜찮다고 그랬는데, 속였어, 나를. 우체국 댕긴다구 구래구서는 해서, 가보니께 아무 일두 읎어, 남의 집 품팔이 일을 헤는 거여. 그래갖구 글쎄 인젠, 시집을 갔는데, 막, 먹구 살게 인제 막연핸 거야. "아, 우체국 댕긴대더니 왜 거짓말 했느냐"구. 그랜게, "어 원래 결혼으는 그렇게 그짓말 해는 거야. 돌아서 그런거야." 중신 애비가 그려. 나두 몰랐다. (경기도 안산시, 최영철, 1940년생, 女)[36]

그래서 오빠말 듣느라구 이렇게 그냥 그 방이루, 큰 방인데 이쪽 들어가구 저쪽들 앉으란 데 앉았는데, 난 그때만 해두 이렇게 보질 못했어. 우리 때만 해도 이렇게 맞보질 못했다구......문틈으루 이렇게 내다보니께 선 인상이, 쯧! 남들은 다 잘생겼다는데 요, 연분이 아니라 근데 이상하게 인상이 미섭드라구. 그래서 안는다구 안는다구(결혼을 안하겠다고) 해서 냥, 또 거기선 좋아하니께 어떤 땐 막, 막 오는 소리만 들으면 가슴이 덜렁덜렁 해가지구선 막 도망가구....그렇게 헌 것이 칠월이 선 봤는디 그게 십이월 가진 끌어가지구서는 십이월 딸에 왔는디, (충남 예산, 김영분, 1935년생, 女)[37]

우리 시어머니가 그렇게 시집살이 시키는 거 아냐? 저기 말도 못하고, 여기 들어오면 가슴이 덜컥 내려앉고 마실이라도 잠깐 가서 없었음 좋겠어, 그때는. 마실도 안 가고 그렇게 시집살이를 시켜요. 아니 뭐 별거 다 시켜요. 가만 있다가도 별안간 뭐 잡아먹는 소리를 하지....(중략)... 말도 못 해

---

36 신동흔 외, 『시집살이 이야기 집성 3』, 박이정, 2013, 220쪽.
37 위의 책, 336쪽.

고 맨날 시집살이. 물 퍼도요, 펌프 푸면은, 얼른 저기 안 하면, "요년!" 그러고 와서 머리끄댕이 확 끄들르고, 여북해면 내가 한번은 죽을라고 그랬어요..... 나하나 죽으면 시집살이 안 하겠다, 그 생각 먹고, 앞치마 쓰고 저 물에 가 빠져 죽을라 그래도 몇 번 그래도 못 죽었어. 응, 그래도 목 죽었어요. 애들 때문에 죽을 수가 없더라고. (충북 음성, 이남화, 1936년생, 女)[38]

그랬는데 나를 민며느리로 줬어. 무주구천동 같은 데다가. 동생을 데리고 가는데 날 이사간다고 하니까로, 이사 가는가 했더니, 거기다 갔다가 둘을 떼어놓고(동생과 나만 떼어놓고), 아버지는 그 이튿날 가셨어. 우리 모르게 밤에....그래서 막 물어봐도 소용이 없고 이래 사는데, 산골에 아주 집도 없고 물 암 십리는 가야 되고, 쪼만한 거, "물 이어와라, 방아 찧어라." 말도 못하지 뭐. 열 세 살 먹었는데......기다리다, 기다리다 시어머니가 들어온 거여. 그리고 감자를 안 끓고 그러니까 막 뚜드러 패더라고. 막 뚜드러 패니까로 내가 맞아야지 어떻게 해? 그래서 실컷 울고서는 이제, 친구 보고 싶지, 아부지 보고 싶지, 동생하고 둘이 댕겼는데, 내가 아이고 죽어야지, 이러다 살 수 있나? 죽을라고 동상을 데리고 밤에 이제 산에 가면 호랭이 물어간다 그러기에, 산을 갔어요. (충북 제천, 조미영, 1933년생, 女)[39]

이처럼 이전 세대 여성들은 혼인 상대자나 결혼 시기가 내키지 않았어도 집안 어르신들의 명이 떨어지면 할 수 없이 결혼을 해야 하는 경우가 많았다. 또한 남편과 시댁 식구들이 유별나더라도 그 성품에 맞추어 살아야

---

38 신동흔(2013), 위의 책, 316-317쪽.

39 신동흔, 「시집살이담의 담화적 특성과 의의-'가슴 저린 기억'에서 만나는 문학과 역사」, 『구비문학연구』 32, 한국구비문학회, 2011, 14쪽.

했으며, 이러저러한 조건들과 '가난'이 겹쳐지면 이중고를 겪어야 했다. 이전 세대는 요즘 세대와 달리 혼인 당사자들 간의 합의와 선택에 의하여 결혼하지 못했다. 결혼은 그저 때가 되면 부모님께서 정해주신 혼처에 따라 했으며, 남들처럼 노동하며 자식을 낳고 키우는 것이 자기 삶의 미래이며 의무라고 인식하였다. 그러했기 때문에 혼처가 맘에 들지 않았고, 당장 결혼하는 것이 싫었어도 여성들은 도리없이 받아들이고 시집을 갔다. 그리고 낯선 사람들의 공간 속으로 들어가 육체적·심리적으로 감당하기 힘든 여러 가지 변화들을 빠른 시간 내에 수용해야 했다.

이전 세대 여성들의 시집살이담에서 나타나는 공통적인 어려움들은 크게 두 가지로 나눌 수 있는데, 첫째는 시댁 식구들과의 관계에서 겪는 것들, 예를 들면 시부모 시집살이, 남편 시집살이, 자식 시집살이가 그러하다. 인격적으로 존중받지 못하는 설움, 뜻대로 되지 않는 가족 관계에서의 어려움은 '스스로 목숨을 끊고 싶다'[40]는 생각을 하게 만들 정도로 극심한 심리적 좌절감을 동반하였다. 두 번째는 인간관계가 아니라 외부적 환경에 관련된 것으로 역사적 사건이나 가난으로 인한 어려움이다.[41] 가뜩이나 먹고 살기 어려웠던 시절에 가난한 집에 시집 온 여성들은 그들의 체력으로 감당하기 어려운 여러 가지 일들을 해야 했다. 예를 들면 농사(농사는 가장 힘든 노동이다), 길쌈, 품팔이, 식구들의 식사 마련을 해야 했고, 그 와중에서

---

40 실제로 시집살이담을 살펴보면 여성들이 시집살이가 너무 힘겨워 자살을 생각한 적이 있었다는 이야기가 꽤 자주 발견된다.

41 김경섭, 「여성생애담으로서 시집살이담의 의의와 구연 양상」, 『겨레어문학』 48, 겨레어문학회, 2012, 15쪽 참조.

도 자녀 출산 및 육아를 동행해야 하는 강도 높은 노동이 하루하루를 고단하게 하였다. 그리고 시집살이의 어려운 요소들은 단독으로 작용하지 않고 서로 복합적으로 작용하는 경우들이 많았기에 이전 세대의 여성들에게 결혼은 그야말로 고난의 시작이었다.

게다가 이전 세대의 결혼 과정과 생활은 〈선녀와 나무꾼〉의 이야기와 유사하다. 집안끼리 혼담을 정했던 탓에 배우자 선택권이 없었다는 것(선녀와 나무꾼 모두 배우자감으로서 구체적인 인물 선택권이 없었음), 그나마 남자쪽 집안에서 적극적으로 혼처를 구하러 다녀서 혼사가 이루어졌다는 것(나무꾼이 연못으로 가서 선녀들 중에 제일 막내로 보이는 선녀의 옷을 훔침), 특히 여성에게는 출가의 시기를 정할 결정권이 없없다는 것(선녀가 옷을 잃고 갑작스럽게 나무꾼의 집으로 가게 된 것),[42] 자손을 낳아야 아내, 며느리, 어머니로서의 삶과 그들의 정체성을 인정받을 수 있었다는 것(아들을 몇 명 낳아야 날개옷[43]을 준다고 함) 등이 그러하다. 정말로 이 이야기는 특정 세대에게 결혼이라는 세계를 그대로 반영하는 이미지가 되고 있다. 따라서 옛 시대의 여성들이 시집살이를 하며 친정 식구들과 고향이 그리워 남모르게 눈물을 많이 흘렸다는 이야기는 〈선녀와 나무꾼〉에서 뚜렷하게 나타나지 않는 선녀의 슬픔과 그리움의 정서와 맞닿아 있다. 선녀 또한 원하지 않은 때에 원하지 않은 남성과 갑작스럽게 부부가 되었고, 하늘나라에서는 해 보지도

---

42 선녀가 옷을 잃어버리고 홀로 남겨진 상황은 이전 세대 여성들이 일단 혼사가 결정되면 그것으로 출가외인이 되어 시집이 아니면 갈 곳이 없어지게 되던 처지와 비슷하다.

43 선녀에게 날개옷은 자신의 정체성과 같다.

않았던 농사일과 어른 봉양을 하며, 자녀를 낳고 어머니가 되었다. 결국 날개옷을 돌려받고는 아이들을 안고 하늘로 떠난 선녀의 이야기는 현실의 여성들에게는 시도될 수 없는 행위지만, 남편을 내버려둔 채 미련없이 하늘로 떠나는 선녀의 행위는 그만큼 시집살이에서 벗어나고 싶었던 여성들의 마음을 대변한다. 이전 세대 여성들이 시집살이를 회상할 때 공통적으로 한숨과 눈물 섞인 '가슴 저린 기억'[44]으로 인식하는 것은 그 시대의 결혼이 주변 사람들의 축복을 받고 행복을 꿈꾸는 새로운 시작의 의례가 아니라, 나이가 차면 싫든 좋든 자신의 가족과 터전에서 '분리'되어야 하는 통과의례였으며, 낯설고 배타적인 공간에서 권리는 없이 의무만 요구되는 노동의 삶이 지속되는 슬픔과 고난의 과정이었기 때문일 것이다. 그런 의미에서 과거 이 땅의 여성들에게 결혼과 시집살이는 고난과 슬픔, 즉 가슴 저림을 집단의 기억과 공유된 정서로 가지고 있다.[45] 경험담이 내포하는 이러한 의미들을 고려한다면 한국 여성들의 시집살이담에서 나타나는 비슷한 패턴들- 고부갈등 같은 시댁과의 갈등, 남편의 외도, 병든 시부모 봉양, 가난 같은 질곡의 삶과 서러움의 파토스는 여성들의 결혼 생활에 관한 집단 기억과 슬픈 정서의 보편성을 구성한다.

　시집에서 여성들은 이방인으로, 노동력을 제공하는 일원으로, 그리고 대

44　신동흔(2011), 앞의 논문.

45　"경험이란, 행동과 그에 따르는 감정뿐 아니라 행동과 감정에 대한 개인적 성찰을 포함하는 개념이고 따라서 주관일 수밖에 없다. 또한 개인의 회상을 통해 말하여진다는 점에서 이야기하는 사람이 삶에 대하여 부여하는 주관적인 의미, 주관적 해석이 포함된다." 한경혜, 「생애사 연구를 통해 본 남성의 삶」, 한국가정관리학회 제38차 추계학술발표대회자료집, 2005, 13쪽.

를 이을 아들을 낳아야 하는 며느리로 인식되었으며, 심지어 남편이 외도를 하거나 군대에 가서 부재한 경우에 그들의 존재는 더욱 쉽게 무시되었다. 남편이 곁에 있었다고 해도 당시 바깥일을 하는 남자들은 집안일에 거의 무관심하기 십상이었다. 때문에 시부모와의 갈등, 남편과의 애정 부족과 같이 우호적이지 않은 관계 속에서 여성들은 유일하게 자신을 따르는 자녀들에게 의지할 수밖에 없었다. 특히 집안에서 자신의 지위 보전에 지대한 영향을 끼치는 '아들'의 존재는 남편보다 더 강력한 방어막이 되었을 것이다. 보편적으로 모성이 강하다고는 하지만, 아마 한국의 이러한 전통 혼인 제도와 가족 문화 안에서 '모자 관계', 곧 아들을 향한 어머니의 애정과 집착은 다른 문화권보다 더 강하게 나타나는 것으로 보인다. 그리고 이러한 관계의 성격이 〈선녀와 나무꾼〉의 비극적 결말에 일면 반영되고 있다.

한편 〈선녀와 나무꾼〉을 구연하는 여성 제보자들의 이야기를 시집살이 담과 관련하여 살펴보면 흥미로운 점들이 있다. 먼저 선녀와 나무꾼의 결혼 생활에 관한 장면들이 남성 구연자들에 비하여 거의 재현되지 않으며 (남성들은 그 결혼 생활을 꿈같은 시간으로 그린다), 그들의 화소의 선택과 결말에서 가장 많은 비중으로 나타나는 유형이 나무꾼이 천상으로 올라와서 아무런 시험을 거치지 않고 선녀와 자녀들이 다시 만나 함께 산다는 이야기이다.[46] 반면 남성 구연자들은 나무꾼이 천상 시련을 겪고 극복하는 화소

---

46 본 연구에서 여성들이 구연한 〈선녀와 나무꾼〉의 자료는 총 18편이다. 그중에서 나무꾼이 천상에서 시험을 치르지 않고 선녀와 결합하는 유형(시험無+결합)은 9편(50%), 시험을 치르고 결합하는 것(시험+결합)은 4편, 시험을 치르고도 금기를 어겨 결별하게 되는 것(시험+결별)은 3편, 시험도 치르지 않고 결별하는 것(시험無+결별)은 2편이다.

들을 거의 빠짐없이 말한다. 이것이 의미하는 바는 무엇일까?

시집살이담을 보면 대부분의 여성들은 남편이 외도를 하거나 집안 일에 무관심해서 자신의 시집살이를 눈치채지 못했어도, 심지어 남편이 더 구박하는 경우에도 여성들은 남편이 자녀들의 아버지라는 생각 때문에 큰소리 한번 제대로 내지 않고 묵묵히 부부로서 관계를 유지한다. 〈선녀와 나무꾼〉을 구연하는 여성 제보자들의 이야기에는 그러한 태도들이 잘 나타나 있다.

그래서 인제 그건 참 우물에 가서 앉아 있으니간, 정말 두레박이 사슴이가 가르쳐준 대루 내려와서 그걸 푹 쏟구 거기 들어앉어 올라갔드니, '인간세 사람들이 올라왔다'. 구 다른 사람들은 참 비웃구 학대가 신데(센데), 그래두 그 부인은 아들 형젤 생각해서 그 남편을 찾어서 같이 천상 극락에서 잘 사드래요. (경기도 남양주, 이순희, 女)[47]

"에라, 저 안 된다. 저 저 내라 주머 안 되고, 썩은 두룸박을 하나 내라 주머 타고 올라오다가 떨어져 못에 빠져 죽어 뿌리거로(죽어 버리게)." 썩은 두룸박을 내라 준다 쿤께, 애기를 둘이나 낳고 하룻밤을 쌓아도 만리성을 쌓아라고, 애기를 둘이나, 아들을 둘이나 낳아 놓고 델고 올라갔는데, 우째 지 가장 직이고 짚겠는교(싶겠는가요?) (경남 의령, 안복덕, 女)[48]

선녀 승천 이후에 벌어지는 이야기들에서 나무꾼이 시험을 치르는 화소를 보면 선녀는 나무꾼을 사위로서, 자신의 남편이자 아이들의 아버지로서

---

47 『한국구비문학대계』 1-4(경기도), 798-799쪽.

48 『한국구비문학대계』 8-11(경상남도), 275쪽.

하늘나라 식구들(장인, 장모, 처형, 처남, 동서 들)에게 인정받게 하기 위해, 어느 때보다 나무꾼을 조력한다. 그러한 조력은 부부로서의 애정 관계를 기반으로 한다기보다는 자녀들의 뿌리이자 보호자로서, 그리고 '다른 가족들과의 관계'를 기반으로 이루어지는 것임을 알 수 있다.[49] 더군다나 여성 구연자들의 이야기에서 '나무꾼의 시험 없음+결합' 유형이 가장 많이 발견되는 것은 여성의 입장에서는 자신의 남편이 특별한 능력을 가지거나 다른 사람들의 인정을 받는 것이 결혼 생활에 중요한 조건이 아님을 나타낸다. 나무꾼이 자신의 터전으로 올라온 것만으로도 선녀는 그를 아이들의 아버지로서 가정의 가장으로서 받아들인다. 즉 여성들에게는 선녀가 천상에서 가족들과 지낸 것처럼 자신들도 힘든 시집살이를 벗어나 자기가 익숙하고 편안한 공간에서 남편, 아이들과 함께 사는 것이 하나의 꿈이었지 않았을까 이해된다. 옛이야기가 전승 집단의 가치관이나 이상을 반영한다면, 〈선녀와 나무꾼〉을 구연하는 여성들의 이상적인 부부 관계나 결혼 생활은 아마도 이와 같았으리라 유추할 수 있다.

(3) 가부장적 가족 문화에서 남성의 자기 터전에의 애착과 봉양 의무감

남성들의 구술생애담, 그중에서도 결혼에 관련된 구술 자료는 여성의

---

49 나무꾼이 하늘로 올라오는 것을 아이들이 제일 먼저 보고 선녀에게 알리는 것도 이와 같은 맥락에서 의미가 있다. 본 연구에서 대상으로 한 이야기들을 보면, 나무꾼을 보고 아이들과 함께 기뻐하는 선녀의 모습이 나타나기도 하지만, 선녀가 나무꾼을 친정 식구들에게 소개하기 전에 고민하는 모습도 많이 나타난다.

그것에 비하여 많이 조사되어 있지 않다. 몇 안 되는 남성 생애사 연구나 남녀 구연자들의 특징을 비교 대조한 연구들을 보면, 대체로 남성들이 "생애 사건을 기술하는 데 있어 준거점을 주로 직업 경로 및 거시적 사건"[50]에 둔다면, "여성은 가족적 사건에 치중하는"[51]경향을 보인다. 또한 여성들이 주로 가족 설화, 소화, 신이담, 동물담 등[52]과 같은 가벼운 이야깃거리를 화제로 삼는 것에 비하여, 남성들은 마을이나 특정 가문공동체에 관련한 이야기들, 혹은 역사적 맥락이 강한 이야기들을 선호하는 것[53]으로 보인다. 예를 들면 마을 지명 유래담, 마을의 자랑스러운 인물이나 특정 성씨에 관한 이야기가 그러한데, "대체로 토박이 주민들만 연행하는 이야기이며 해당 이야기를 알거나 연행할 수 있다는 것이 특정 단위 지역 공동체, 곧 특수한 마을 공동체에 소속된 존재임을 증명하는 이야기들"[54]이다. 필자의 경험으로도 『한국구비문학대계』와 『증편 한국구비문학대계』에서 '마을'에 관한 이야기를 보면 대부분 남성 구술자들의 제보가 많았던 것으로 기억한다. 이는 남성들 대부분이 스스로 '소속 집단'을 중시하면서 집단 내에 '자

---

50 한경혜(2005), 앞의 논문, 27쪽.

51 위의 논문, 27쪽.

52 김영희, 「구전이야기 연행과 공동체 경계의 재구성」, 『동양고전연구』 42, 동양고전학회, 2011, 158쪽.

53 남성 노인들의 이야기판에서 사화·실담류에 대한 청중의 반응이 대부분 긍정적인 점도 남성들이 정치나 역사와 같은 정보성을 담지한 이야기를 선호하는 것에 관련된다. 신동흔, 「도심공원 이야기판의 과거와 현재」, 『구비문학연구』 23, 한국구비문학회, 2006, 551쪽 참고.

54 김영희(2011), 앞의 논문, 159쪽.

기 정체성'을 추구하려는 경향과도 관련한다.[55]

이러한 맥락에서 〈선녀와 나무꾼〉을 구연하는 남성들의 이야기에서 가장 많이 발견되는 화소가 나무꾼의 '천상시련'이라는 것은 특기할 만하다. 여성 구연자들의 이야기와 달리, 남성 구연자들의 이야기에는 나무꾼이 천상에서 '시험'을 치른 후에 가정과 결합하는 결말이 가장 많이 나타난다.[56] 그리고 구연자들의 태도에서도 나무꾼의 천상시련과 그것의 극복은 남자로서, 가장으로서 그가 자신의 정체성을 확인하고 지위를 인정받는 것과 같은 것으로 나타난다.

그래 장인헌테 떡 갖다가, 두 내우가 가서 인제 바치구서 절을 허니깐 두루, "이게 실지가(진짜냐)?" '이게 내가 이거 잘못했다.'는 걸 이제 그 때 깨달았어. '그 하늘- 이 사람을 갖다 괄세를 했구나!' 인제 큰 사우 둘째 아 사우는 개돌- 아 주 개도토리루 생각해. 이 사우만 이렇게. [두 손으로 받드는 시늉.] 그래 여적지- 시방 그저 그 사람두 아주 그냥 뭐 굉장히 잘 허구 살지. (경기도 남양주군 와부읍, 박운봉, 男)[57]

---

55 "중세 한국남성의 자기서사가 개인의 독특한 정체성을 문제 삼거나 혹은 공적이고도 사회적인 정체성을 중시한다는 점은 여성의 자기서사와는 사뭇 구별되는 특징적인 면모라고 할 수 있겠다."
박혜숙, 「여성 자기서사체의 인식」, 『여성문학연구』 8, 한국여성문학학회, 2002, 16쪽.

56 본고에서 대상으로 삼은 〈선녀와 나무꾼〉의 남성 구연자들의 각편은 총 19편으로 그중에 10편이 '나무꾼의 시험+결합' 유형(52%)이다. 그 다음으로 '시험+결별'이 3편, '시험無+재회'가 3편, 시험無+결별이 3편이다. 곧 시험 화소는 총 19편 중에 13편을 차지한다. 이는 나무꾼과 선녀의 재결합 여부를 떠나서 남성 구연자들이 나무꾼이 남편과 사위로서 선녀와 처가에 자신의 지위를 인정받는 것을 필수 과정으로 생각하고 있음을 나타낸다.

57 『한국구비문학대계』 1-4(경기도), 715쪽.

그러니께 그걸 인저 옥황상제 앞이다 바쳤다 말여. 아! 참! 인간사위 참! 제주 용하다구 말여. 그 뭐, 큰 사위드른 다 젖혀 놓고 이눔만 그냥 아주 뭐 칙사대우허더랴. (충남 대덕군 신탄진읍, 오영석, 男)[58]

남성들이 구연하는 〈선녀와 나무꾼〉은 대체로 여성들의 이야기에 비하여 서사가 길고 짜임새가 있다. 여러 이유들이 있지만, 가장 큰 이유는 천상시련 화소가 거의 빠짐없이 나타나기 때문이다.[59] 나무꾼이 치러야 하는 시험에서 경쟁과 승리, 그로써 얻어지는 사위라는 지위는 전형적인 영웅 서사의 방식을 띠고 있다. 그러므로 그들의 이야기를 통해 보면, 남성에게 처가는 자신을 배척하는 사람들에 맞추어 적응할 곳이 아니라, 보통 사람이라면 쉽게 할 수 없는 비범한 일을 그곳에서 해냄으로써 자신의 능력을 인정받고 대접받는 곳으로 그려지고 있다. 실제로 이전 세대 여성들에게 시집이 자신에게 요구하는 것들을 해내고, 핍박을 견뎌야 하는 공간으로 인식된 것과는 대조적이다. 그리고 나무꾼이 처가에 살게 되면서 얻는 지위는 자신의 세력, 즉 선녀와 자식들, 자기가 도와주었던 동물들(사슴, 쥐 등)의 도움으로 가능한 것이다. 남성들이 집단 내에서 소속감을 공유하려고도 하면서도 지속적으로 개별화를 지향하며 자기 정체성을 획득하려는 경향이 이야기 구연에서도 드러난다.

한편 앞서 언급했듯이, 우리나라는 조선시대부터 나라에서 혼례와 관련

---

58 『한국구비문학대계』 4-2(충청남도), 228쪽.

59 이야기 초반에 동물보은담(먹을 것을 주어 키운 쥐나 고양이에 관한 이야기)과 선녀와 이룬 결혼 생활에 관한 설명도 많이 나타난다.

하여 친영(시집살이)을 권장하는 규범을 만들었지만 그것이 금방 보편화되지는 못하다가, 19~20세기에 들어서면서부터 여성의 시집살이 결혼 문화가 일반화되었다. 그 때문에 남자들은 여자들과 달리 결혼을 계기로 자신의 '집과 터전을 떠나는 경험'을 할 필요가 없었다. 곧 이사나 돈벌이를 위하여 타지로 나가지 않는 이상(나갔다고 하여도 대체로 결국에는 고향으로 돌아옴), 최소한 이전 세대의 남자들은 자신들이 태어난 고향에서 벗어나지 않았다는 말이다. 이는 결혼과 함께 원가정으로부터 '분리'되는 과정과 그 심리적 상태가 여성의 그것과 확연한 차이가 있을 수 있음을 암시한다.

　이전 세대 대부분의 남성들에게 결혼은 여성에 비하여 잃는 것이 적었던 통과의례였다고 할 수 있다. 신부는 결혼을 하면서 자신이 살던 터전을 떠나야 했지만, 신랑은 계속 자신이 살던 곳에서 아내를 맞았고, 신부는 다른 자매나 어머니와 함께 식사를 함께 준비하다가, 혹은 전혀 음식을 하지 않다가 시집을 오게 되면서 매 끼니를 준비해야 했지만, 신랑은 식사를 챙겨주는 사람이 어머니나 누이에서 아내로 바뀌었을 뿐이었다. 게다가 남편 입장에서는 아내가 생김으로써 힘든 농사일도 나누어서 할 노동력까지 얻은 셈이었다. 또한 아내는 자식을 낳고 육아와 살림을 도맡아 해야 했으며, 그마저도 출산 때마다 아들을 낳지 못하면 몸조리도 제대로 못한 채 농사일을 하며 눈칫밥을 먹어야 했다. 반면 남편은 바쁜 농사일이나 직장 일을 핑계로 육아나 집안일에 참여하지 않았으며, 출산의 고통은커녕 딸을 낳았다고 하여 직접적으로 비난받을 일이 없었다. 아들을 못 낳는 것은 오로지 여성의 탓이라고 인식되었기 때문이다. 즉 이전 세대의 혼인 문화에서 남성은 여성에 비하여 '낯선 곳', 그리고 '이방인으로서 배척당하는 곳'에서 자신을 발견하고 단련하면서 이루어지는 '성장'을 경험할 수 없었다. 노인 남성들의 구술담에서 자주 나타나는 자기 터전에 대한 애착, 토박이로서의 자부심, 마을에 관련한 정보들도 이러한 혼인 문화와 관련이 있는 것으로 판단된다.

'나무꾼 지상회귀형(수탉유래담)' 이야기에서 금기를 어겨 지상에서 수탉이 된 나무꾼을 부정적 아니마를 극복하지 못한 남성의 '퇴행'으로 보는 심리학적 관점도 이러한 면에서 설득력을 지닌다. 그러나 필자는 이러한 비극적 결말이 혼인을 통해 '분리'를 경험하지 못한 남성들의 딜레마를 보여준다고 생각한다. 근세기의 결혼 문화와 가부장적 가족 제도의 문화에서 남성들은 자기 터전에서 땅을 일구고, 그곳에서 집성촌을 이루며 씨족 가문을 이어왔다. 자기 고향을 떠나 객지에서 산다는 것은 자신의 뿌리와 든든한 기반을 잃는 것과 같았으며, 객지에 나가서 큰돈을 벌었어도 결국 고향으로 돌아왔던 이전 세대의 남성들에게 귀소본능은 자연스러운 정서로 인식되었다. 그들에게는 자기가 살던 터전에서 부모를 봉양하고 동생들을 가르치고(장남의 경우 더 심함), 더 나아가 자기 가문의 일과 마을 대소사를 돌보는 것을 보람있는 일로 여기는 경향이 있다.[60] 실제로 고향에서 군대를

---

60 서당에 다녀 문자속 깊은 할아버지는 연초면 동네 사람들 토정비결도 봐주고 혼인날도 잡아주고 애기들 작명도 해주었다....당제 유사를 뽑는 막중한 일을 맡고 있기도 하다...."오늘도 선산에 성묘하고 오다가 손자들 데꼬 삼부자 다섯이가 당주할마이한테 인사드리고 왔어. 문 앞에 계단 앞에서. 땅바닥에 엎드려서 두 자리 반, 긍께 재배하고 반절을 했어...어떤 사람들은 자식들 땜에 서울 가서 쉬는디, 나는 일부러 추석 설을 여그서 쇠. 그래야 자석들이 한 번이라도 고향을 더 찾제. 명절에도 안오문 고향이 여영 멀어져불어." (전남 완도군 넙도, 김양배, 男, 83세)

다녀온 기간 빼고 토박이로 살아온 반촌의 남자들은 마을에서 존경받는 어른으로 대접받는다.

〈선녀와 나무꾼〉에서 나무꾼은 처음에 선녀와 자식들과 헤어지고는 가정을 찾겠다는 일념으로 천상으로 찾아간다. 하지만 생활이 안정된 후 지상에 있는 어머니나 친척을 뵙고 오겠다는 생각을 하게 되면서 또 다른 갈등이 시작된다.

인제 그 선녀랑 애덜이랑 만났지. 만나설랑 인저 참 잠시라두 또 유쾌한 참 재미를 보다가 결국은 마누래두 좋구 자식두 좋지만, 나는 어머니한티 질 딱하거든(제일 딱하다는 말로, 어머니한테 제일 마음이 약하다는 뜻임). [청중: 그렇지 그렇지....음.] 그래 자기 마누래보구 그랑 겨. "나는 지하에 계시는 어머니가 나를 하나 길러 가지구서 후세 영화를 볼라구 이렇게 고상을 하셨는디 지금 우리 내외만 좋고 살먼 안 뒹게, 어머니를 가서 내 보고 올 수가 읎느냐."닝게, "아 보고 올 수가 있다."구. 그래 부모한티 그렇게 효성이 있응께 인저 선녀두 그걸 이해를 헝 게지.[청중: 그렇지 암만....].....(중략)....내려와서 즤 어머니를 만나닝게 "너 인저 오느냐."구 막 그냥 한 번 울며 어쩌구 나오는디 자식치구설랑은 말이 올란져서 인사할 도리가 어딨느냐 얘기여.[청중: 그럼 그게야 그렇지...] 펄쩍 뛰 내렸단 말여. 말은 그냥 깜짝 놀래서 천상으로 올라갔지. (충남 대덕군 구즉면, 김홍진, 男)[61]

거기서 그러고 살다 본께, 아들 한 두어 행제(형제) 인자 낳았던 모앵이

『전라도닷컴』 203호, 2019. 03. 43쪽.

61 『한국구비문학대계』 4-2(충청남도), 345쪽.

지. 낳아갔고, 그렇게 고모가 믿게 하고 믿게 했어도 고모집을 가고 싶거든. 그래 인자 저거 마느래 보고, "나 고모집에를 좀 가고 싶은데 어짜꺼냐?" 그란께, "지금 가서는 안 된다."...(중략)....그래 인자 내려오서 저거 고모집으로 온께, 앗따 좌우간 천방지방 반가이하고 기양 다시 없게 그래하거든. 그래 막 점심 묵고 가라고 어짜고 해쌓는디, 말이 인자 한 번 울어. "갈란다."고 그런께, "아이, 조까마 더 앉앙서 이액(이야기) 좀 하고 가라."거든. 또 인자 두 번 울어. 그래 나선께 꽉 잡고는 못 가게 한디, 말이 세 번 울었어. 세 번 운 뒤로 올라가서 말을 타러 간께 말은 밸밸이 기양 가불고 없어. (전남 고흥군 도양읍, 장갑춘, 男)[62]

비슷한 언술의 사례들이 많지만 지면상 대표적인 예시만 제시하였다. 구연에서 알 수 있듯이, 나무꾼이 홀로 계신 어머니를 걱정하는 마음이나 자기를 구박했던 고모였더라도 한번 뵙고 오려는 마음은 남성들의 자기 터전에 대한 애착을 상징할 수 있다. 어머니 품과 같은 고향, 모질게 대했더라도 다시 돌아온 조카를 반갑게 맞아주는 고모는 오래도록 떠나있던 고향 땅을 다시 밟은 남성들의 심리를 대변한다. 물론 익숙한 자신의 터전을 그리워하는 마음은 인간 보편 심리지만, 나무꾼의 지상 회귀에는 단순한 향수를 넘어 홀어머니 봉양에 대한 '의무'를 다하지 못한 '자책'이 섞여 있다. 이것은 자신을 낳아주고 길러준 어머니를 향한 일종의 채무 의식과도 같이 나타난다. 그리고 부모를 위하려는 나무꾼의 도리 의식은 급기야 스스로 금기를 어김으로써 자신의 구성가정으로부터 단절되는 결과를 가져온다.

---

62 『한국구비문학대계』 6-3(전라남도), 115-116쪽.

이러한 점에서 〈선녀와 나무꾼〉 이야기에 나타나는 대표적인 금기 두 가지가 모두 나무꾼에 의해 깨진다는 것은 주목할 만하다. 첫 번째로, 아이를 셋 낳을 때까지는 선녀의 날개옷을 돌려주지 말라는 사슴의 금기는 나무꾼이 '가장'이자 '남편'으로서 역할을 적절히 수행하지 못한 결과라고 볼 수 있다. 왜냐하면 남편인 나무꾼은 결혼 생활로 인한 안정과 자신만의 행복에 도취되어 선녀의 마음을 헤아리지 못했을 뿐만 아니라, 그들의 혼인 관계가 지닌 위태로움을 인지하지 못한 채 선녀에게 날개옷을 돌려주었기 때문이었다. 두 번째로, 나무꾼은 어머니를 위하는 '아들'의 도리를 지키려다 말에서 내리면 안 된다는 선녀의 금기를 깨고 만다. 그는 선녀의 남편이자 자녀들의 아버지이기도 하지만, 지상에 내려온 순간 그는 홀어머니의 아들 역할에 더 충실하려고 한다. 곧 나무꾼은 양쪽 집안 가장의 역할 사이에서 단호하게 행동하지 못함으로써 결국 집을 지키며 하늘만 바라보고 우는 수탉이 된다. 날개를 지니고는 있지만 결코 날지 못하고 땅에서만 사는 닭의 모습은 어쩌면 원가정과 구성가정 사이에서 발생하는 갈등을 해결하지 못하고 부모님이나 본가 중심으로 결혼 생활을 했던 이전 세대의 남성들을 은유한다. 자연스럽게 발생하는 자신의 구성가정을 향한 '애정'과 부모 봉양 및 가문과 터전을 지켜야 한다는 '책임감'은 '나무꾼 지상회귀형 (수탉유래형)'에 나타난 이전 세대 남성들이 겪었던 결혼 생활의 딜레마이며, 이는 곧 그들의 집단 기억이자 공유된 정서이기도 하다. 실제로 이전 세대 부부들의 많은 가정에서 노년의 어머니는 자녀들에게 둘러싸여 친근한 유대를 형성하는 것에 비하여, 노년의 아버지들이 자녀들과 소통에 어려움을 겪고 그들로부터 심리적 소외를 느끼는 양상은 지상에 떨어져 수탉이 된 나무꾼의 모습과 유사하다.

또한 앞서 언급했듯이, 나무꾼에 의한 금기의 파괴는 결혼하고 자식까지 낳았음에도 성장하지 못한 남성의 일면을 반영하기도 한다. 나무꾼은 구성가정을 유지하기 위한 사슴의 부탁도, 처가에서 어렵사리 얻은 인정과 가정의 재결합을 도모하는 선녀의 부탁도 모두 들어주지 못한다. 확고한 결단을 내려야 하는데도 난감한 상황이 조성되면 머뭇거리는 남자, 그래서 약속을 지키지 못하게 되는 나무꾼은 '말(조언)을 듣지 않는 남자'의 모습을 떠올리게 한다. 게다가 나무꾼은 두 가지 금기를 모두 지상에 있는 '자기 터전'에서 어겼다. 그는 자신의 터전에 있거나 자신의 터전으로 돌아온 순간 조심해야 할 것을 조심하지 않고 지켜야 할 약속을 지키지 않는다. 그가 낯선 곳에서 자기를 발견하고 단련하는 경험은 오로지 천상에서뿐이었다. 일반적인 영웅 서사나 신화, 다른 많은 이야기들에서도 주인공은 공간을 넘나들며 이전과는 다른 모습으로 성장한다. 그러나 수탉유래형 이야기에서 나무꾼은 천상시련을 극복하고도 지상으로 잠깐 회귀한 순간, 옛 지상에서의 환경과 관계의 관성에 따라 행동하고 만다. 자기가 머물던 터전과 마을에서 결혼 생활을 영위했던 이전 세대의 남성들이 여성들에 비해 더 보수적인 성향을 띠는 현상도 이와 비슷한 맥락에서 이해할 수 있을 것이다. 그들에게 자기 터전 혹은 원가정으로부터의 완전한 '분리'는 받아들여질 수 없는 것이다.[63] 또한 터전에서 분리를 경험하지 못하므로 그들은

---

63 한국 사회의 장남과 그의 아내를 통하여 한국의 가족 문화를 연구한 김현주는 다음과 같은 인터뷰들을 통하여 한국의 장남들이 동거와 분가를 어떻게 인식하고 있는지를 보여주었다. "부모님하고는 왜 같이 살고 싶으세요?" "'왜'라는 건 없어요. '왜'라는 건 없는데,

괄목할 만한 내적 성장을 이루지 못한다.

5. 〈선녀와 나무꾼〉의 중층 맥락으로서 결혼 생활의 고난

필자는 〈선녀와 나무꾼〉이 부부와 가족 관계를 소재로 하는 이야기라는 점에서, 이 이야기가 그 자신의 전승 맥락인 전통 혼인 문화와 특정 세대의 결혼에 관한 집단 기억 및 공유된 정서를 반영하면서도 동시에 일부분 은폐하고 있다고 생각한다. 선녀와 나무꾼의 급작스러운 만남, 결혼에 대한 선녀의 결정권 부재, 천상 가정으로부터의 강제적 분리, 강제된 지상 생활에의 적응 등은 이 이야기를 구연하는 남녀 세대의 결혼 풍습 및 시집살이 혼을 그대로 반영한다. 문제는 그들의 현실 속 결혼 생활이 구체적 사건보다는 모종의 감정적 상태로 기억되고 있음에 반하여, 이야기는 그러한 정서적 맥락이 제거된 채 오로지 인물들의 선택에 따른 행위들로만 이루어져 있다는 차이가 있다. 필자는 곧 인물들의 그러한 선택에는 전승자들이 무의식적이든 의식적이든 서로 공유하고 기억하는 감정이 밑바탕 되었을 것이라고 전제하였다. 옛이야기에서 아무 의미없이 그냥 일어나는 행위는 없

제가 계속 어렸을 때부터 생각을 한 게, 부모님하고 같이 살아야 된다고 생각을 했거든요. 그러다 보니까 '왜'라는 이유는 없고 그냥 당연히 부모님을 모셔야 된다..."..."같이 살면 좋은 거는 어떤 건가요?" "....일단 애를 키울 때 가족적인 유대 안에서 도움을 받고요, 또 심리적으로 안정이 된다고 그럴까요." "누가요?" "저도 그렇고 부모님들, 노인네들이 따로 계시면 불안하잖아요?" "아내도 심리적으로 안정을 갖고 계신가요?" "그런거 같지는 않더라구요."(서규철, 30세).
김현주, 『장남과 그의 아내』, 새물결, 2001, 156-160쪽.

　　　　　　　　　　　　　　이론으로 서사 읽기

기 때문이다.

또한 서두에서 언급했듯이, 이러한 이야기를 구연하면서 구연자와 청중은 결혼에 관한 하나의 모델을 기억하고 확인하며 감정적으로 경험한다. 물론 구연자에 따라 세부 내용과 결말이 달라지기 때문에 구체적으로 그들이 동의하는 결혼 생활이 무엇인지, 그리고 그들이 이야기를 통해 어떠한 감정을 느끼는지는 정확히 알 수 없다. 그러나 이들이 이야기가 내포한, 거기에서 감지되는 어떤 메시지와 파토스에 공감하고 있다는 것은 이야기 판의 청중들이 보이는 반응들에서 증명된다.[64] 곧 이야기로서 '무엇에 대한 모델'과 이야기의 효과로서 '무엇을 위한 모델'이 상호 순환하며 결혼 및 가족 문화에 관한 집단 기억과 감정을 공유하고 강화한다고 생각한다. 결혼이나 부부 생활이 구연자나 청중에게 있어 과거에 발생한 사건이든, 현재적 상태이든, 아니면 앞으로 맞이하게 될 바람이든 간에 말이다. 흥미로운 사실은 선녀가 나무꾼과의 지상 생활을 저버리고 아이들과 함께 천상으로 떠나는 행위, 나무꾼이 지상의 어머니를 만나러 왔다가 천상으로 되돌아가지 못하는 상황들은 철저히 감정이 배제된 채 행동으로만 드러나며, 많은 구연자들의 언술에서도 기쁘거나 슬픈 감정들은 대부분 남성 구연자에 의하여 나무꾼의 입장에서만 서술된다는 것이다. 이야기에 은폐된 선녀의 감정들은 침묵과 희생이 강요되었던 그녀들의 시집살이를 반증한다.

한편 시집살이담에 나타난 주요한 파토스로서 '가슴 저린 기억'은 그들

---

64 청중은 구연자가 이야기를 잘 기억하지 못하거나, 자신의 생각과 다른 줄거리를 이야기하면 끼어들어 자기 의견을 표현하다가도 이야기의 중요한 국면과 결론에는 모종의 '동의'를 나타내는 언술, 예를 들면 추임새나 감탄사 등을 내뱉는다.

의 이야기를 통해, 혹은 비슷한 서사로 재생산되는 미디어의 드라마들, 혹은 유사한 감정적 상태를 불러일으키는 실제 경험담들을 통하여 결혼과 부부 생활에 관련된 하나의 세계를 만든다. 물론 현 세대에게 결혼은 이와 다른 관념을 떠올리게 할 수 있다. 그런 점에서 근래에 재생산되는 〈선녀와 나무꾼〉 이야기나 이러한 모티프를 활용하여 창작되는 새로운 서사를 분석하는 것은 흥미로운 연구가 될 것이다. 하지만 필자가 보기에 이전 세대가 기억하는 〈선녀와 나무꾼〉에서 드러나는 그들의 반복적인 만남과 헤어짐은 쌍방에게 영구적으로 안착하지 못하는 불안정한 심리 상태를 시사한다. '왜 헤어지는가?' 그리고 '어떻게, 무엇을 위해 재결합하는가?'와 같은 질문에 답하기 위해, 인물 행위의 의도를 그 자신의 가장 근접한 혼인 문화의 맥락에서 살핀 것은 담화에서 소거된 해당 집단의 결혼과 가족 문화에 관한 인식을 중층적으로 살피기 위함이었다. 담화에서 일어난 행위를 문자 그대로 받아들이고 해석하는 것은 현상 기술에 지나지 않는다. 마찬가지로 몇몇 어린이를 주요 독자로 삼는 동화책에서 이 이야기를, '어려움에 처한 사람을 도우면 복을 받는다'든지 '지키기로 한 약속은 꼭 지켜야 한다'든지와 같은 메시지로 해석하는 것은 어린이의 이해 수준을 고려한 잠정적인 지도는 될 수 있을지언정 이 이야기의 온전한 의미와 가치를 전달할 수는 없다.

곧 〈선녀와 나무꾼〉은 혼인을 통해 서로 다른 곳에서 살던 남녀가 함께 가정을 이루는 것이 얼마나 많은 노력이 드는 생의 과정인지를 인물들의 '반복적인 만남과 헤어짐'을 통하여 보여주며, 이전 세대들에게 이것은 전통 혼인 문화를 둘러싼 그들의 기억과 감정이 중층적으로 엉겨 구연하게 되는 내러티브이다. 어쩌면 〈선녀와 나무꾼〉은 여성들에게 결별과 재결합을 마음 속으로 수도 없이 경험했을 고난의 이야기(결혼 생활에 대한 모델)이자, 그럼에도 아이들을 둔 어머니로서의 역할과 그들의 뿌리로서 아버지의 존재를 끝까지 지키려 하는 의지(결혼 생활을 위한 모델)의 이야기일 수도 있다. 또한 남성들에게 그것은 어느 순간 자신에게 이루어진 꿈같은 결혼 생활과 처가에서 인정받는 사위로서의 환상을 반영하는 이야기(~에 대한 모델)이자, 친부모 봉양에 대한 의무와 자기 정체성으로서의 터전에 대한 애착을 합리화하는 이야기(~을 위한 모델)이다. 남녀 구연자에 따라 결말이나 이야기 구연 양상의 차이가 보이는 것은 기어츠의 지적처럼 특정 공동체의 구성원들이 문화적으로 습득한 세계관과 자기 욕망 혹은 의지를 암묵적으로 수행한 결과로 보인다.

클리포드 기어츠^{Clifford Geertz} 주요 저작

- *The Religion of Java*, London: Free Press of Glencoe, 1960.
- *The Social History of an Indonesian Town*, Cambridge, Mass.: MIT Press, 1965.
- *Agricultural Involution: the Process of Ecological Change in Indonesia*, Berkeley: University of California Press, 1971.
  『농업의 내향적 정교화: 인도네시아의 생태적 변화 과정』, 김형준 역, 일조각, 2012.
- *The Interpretation of Cultures*, New York: Basic Books, 1973.
  『문화의 해석』, 문옥표 역, 까치, 2019(9쇄).
- *Kinship in Bali*, Chicago: University of Chicago Press, 1975
- *Negara: the Theatre State in Nineteenth-Century Bali*, Princeton, N.J.: Princeton University Press, 1980.
  『극장국가 느가라: 19세기 발리의 정치체제를 통해서 본 권력의 본질』, 김용진 역, 눌민, 2017.
- *Local Knowledge: Further Essays in Interpretive Anthropology*, New York: Basic Books, 1983.
- *Works and Lives: the Anthropologist as Author*, Stanford, Calif.: Stanford University Press, 1988.
  『저자로서의 인류학자』, 김병화 역, 문학동네, 2014.
- *After the Fact: Two Countries, Four Decades, One Anthropologist*, Cambridge, Mass.: Harvard University Press, 1995.
- *Available Light: Anthropological Reflections on Philosophical Topics*, Princeton, N.J.: Princeton University Press, 2000.

Umberto Eco   Claude Lévi-Strauss   René Girard

Hayden White

Roman Jakobson

Walter Ong

Jacques Fontanille

Clifford Geertz

Yuri Lotman

François Rastier

Jacques Derrida

색인

Algirdas Greimas   Roland Barthes   Charles Peirce

로마자

S

S/Z 11, 93, 95, 96, 97, 98, 99, 100, 102, 114, 115, 127, 131, 133

한국어

ㄱ

가능화 297, 300, 306, 307, 308, 309, 314

가추법 46

감응 101, 108, 110, 111, 112, 113, 114, 120, 125, 126, 127, 128, 129, 130, 131, 263, 292

건국신화 16, 423, 424, 425, 426, 427

경제적 도식 10, 66, 71, 74

경험적 텍스트 362

계열체 29, 35, 44, 45, 53, 66, 67, 71, 85, 87, 143, 144, 152, 256, 257, 363

고난 경험 서사 433, 452

공간 설화 274, 277

공간적 모델링 332, 351

구술문화 16, 465, 466, 467, 468, 469, 481, 487, 488

구술성 16, 463, 464, 466, 467, 469, 470, 471, 472, 473, 474, 475, 481, 482, 484, 485, 486, 487

구술시학 463, 465, 469

그라마톨로지 11, 137, 140, 141, 142, 144, 147, 148, 150, 155, 160, 164

그레마스 9, 12, 13, 14, 30, 44, 45, 53, 54, 247, 248, 249, 250, 251, 252, 253, 254, 255, 257, 258, 259, 260, 268, 269, 277, 278, 279, 280, 283, 284, 285, 286, 288, 294, 297, 300, 307, 387, 388

근대 야담 16, 463, 470, 471, 472, 473, 474, 475, 481, 482, 484, 485, 486, 487

기반(ground) 192, 196, 203, 211

기어츠 7, 8, 15, 16, 489, 490, 491, 493, 494, 495, 496, 497, 498, 499, 500, 539, 540

기해일기 6, 16, 440, 441, 442, 443, 445, 446, 447, 450, 451, 452, 455, 456, 458, 459, 460

기호계 57, 326, 327, 328, 332, 351, 353

기호 사각형 250, 253, 254, 277, 286, 297

기호작용 12, 13, 42, 43, 47, 178, 179, 180, 197, 202, 203, 207, 208, 209, 210, 212, 213, 214, 215, 220, 222, 226, 227, 413

기호적 자아 207

기호학 7, 9, 10, 12, 13, 14, 15, 26, 27, 28, 29, 30, 48, 49, 53, 60, 67, 133, 137, 138, 146, 150, 151, 152, 153, 154, 167, 169, 170, 171, 172, 173, 174, 175, 176, 177, 178, 180, 181, 184, 190, 193, 194, 195, 196, 205, 206, 207, 208, 209, 210, 212, 213, 214, 215, 222, 224, 226, 227, 244, 248, 249, 250, 251, 252, 253, 255, 257, 259, 267, 268, 277, 279, 281, 283, 284, 285, 286, 287, 288, 289, 290, 291, 292, 295, 296, 297, 300, 307, 310, 311, 319, 320, 322, 323, 324, 325, 326, 328, 350,

이론으로 서사 읽기

이론으로 서사 읽기

저자 소개

....

송효섭   서강대학교 국제인문학부 명예교수

유정월   홍익대학교 국어교육과 교수

김정경   인천대학교 국어국문학과 교수

윤예영   청주교육대학교 국어교육과 강사

김경섭   을지대학교 교양학부 교수

이지환   서강대학교 국어국문학과 박사수료

황인순   인천대학교 인문학연구소 연구교수

강지연   충북대학교 국어국문학과 박사후연구원

이향애   충북대학교 국어국문학과 강사

김보현   충북대학교 창의융합교육본부 초빙교수

오세정   충북대학교 국어국문학과 교수

윤인선   가톨릭대학교 학부대학 교수

김신정   호남대학교 교양학부 교수

전주희   서강대학교 국어국문학과 박사

이론으로 서사 읽기

초판인쇄	2020년 9월 29일
초판발행	2020년 10월 15일
지은이	송효섭 유정월 김정경 윤예영 김경섭 이지환 황인순 강지연 이향애 김보현 오세정 윤인선 김신정 전주희
펴낸이	이대현
편 집	이태곤 문선희 권분옥 임애정
디자인	안혜진 최선주 김주화
마케팅	박태훈 안현진
펴낸곳	도서출판 역락
주 소	서울시 서초구 동광로 46길 6-6 문창빌딩 2층
전 화	02-3409-2060(편집), 2058(마케팅)
팩 스	02-3409-2059
등 록	1999년 4월 19일 제303-2002-000014호
전자우편	youkrack@hanmail.net
홈페이지	www.youkrackbooks.com

ISBN   979-11-6244-556-3   93800